캐롤라인

After Caroline
by Kay Hooper

캐롤라인

케이 후퍼 / 김정민 옮김

김 정 민
성신여대 경제학과 졸업,
전문 번역가로 활동하고 있고
현재는 미국에서 체류하며
현지에서 기획과 번역을 담당하고 있다.
역서로『마법의 성』등이 있다.

캐롤라인

초판 인쇄 / 1999년 6월 20일
초판 발행 / 1999년 6월 25일

지은이 / 케이 후퍼
옮긴이 / 김정민
펴낸곳 / 도서출판 큰나무
펴낸이 / 한익수

등록 / 1993년 11월 30일(제5-396호)
주소 / 120-090 서울시 서대문구 홍제동 215
전화 / 736-9653 · 736-6960 팩스 / 732-8694
통신 / 천리안 큰나무북 E-MAIL / BTREEPUB@Chollian.net

값 8,500원

ISBN 89-7891-076-9 03840

"후퍼의 대화는 사실처럼 생생하다. 소설 속의 인물들은
이러한 장르에서 항상 등장하는 인물들보다 더욱 입체적이다.
당신은 결과를 예측하고, 모든 거짓을 풀어냈다고
생각할지 모른다. 그렇지만 다음 순간, 당신은
나만큼이나 잘못 생각하고 있는 것이다."

글을 옮기는 내내, 알지 못할 조바심으로 내 마음까지 옥죄어 왔다. 혹시 나에게도 나와 똑같거나 비슷하게 생긴 사람이 지구 어느 편엔가 살고 있는 것은 아닐까?

혹시라도 나에게 이 소설과 같은 상황이 왔을 때, 나는 어떻게 행동할 것인가?

조안나는 자신의 꿈속에 나오는 상황을 외면하거나 등돌리지 않고, 냉철한 판단과 이성으로 하나하나씩 풀어나가는 차분함과 지성을 보여 주었다.

하지만 사람의 마음은 약한 법이라 냉철한 지성을 보여 주는 조안나에게도 호감은 갔지만, 끝내 아쉬운 것 하나 없이 태어나서 진정한 사랑을 한 번도 못해 보고 죽은 캐롤라인에 대한 연민의 마음이 더 컸다.

'여자는 약하지만 어머니는 강하다'라는 상투적인 문구도 새삼 생각났다. 얼마나 절실하고, 절절했으면 다른 사람의 영혼에 들어가서 그리 뒤흔들어 놓을 수 있는지를……

　정말 누구 말대로 사랑이 외로운 건 운명을 걸기 때문이고 모든 것을 거니까 외로운 거다. 하지만 외롭다고 마음의 문을 닫고 산들 마지막엔 무엇이 남을까.

　거리의 가로수가 봄볕의 여린 연두색에서 짙고 울창한 초록색으로 변화하고 있다. 아마도 성큼 계절이 뛰어넘고 있음을 나무도 제 온몸으로 보여 주기 위함이리라.

　현재가 우리에겐 제일 중요하다. 그리고 아직 살아보지 못한 나날들이 우리를 기다리고 있다.

　21세기가 간절히 나를 원한다는 생각, 진정한 사랑만이 사람을 사람답게 만든다는 생각, 이 책을 손에서 놓으며 내 생활의 화두로 떠오르는 단상들이다.

김 정 민

프롤로그

7월 1일

길 위의 작은 기름 얼룩은 대단한 것이 아니다. 대단할 이유가 조금도 없었다. 차를 돌릴 만한 공간이 없는 이 길에서 어떤 차가 피치 못할 사정으로 멈춰 섰을 때, 흘린 기름 얼룩 같았다. 운전을 하던 조안나는 그 기름 얼룩을 보지 못했다.

오래된 포드 자동차는 여느 때처럼 순조롭게 달리고 있었다. 그런데 갑자기 차가 미끄러지며 돌기 시작했다. 그것도 정신이 나갈 만큼 격렬하게……

몸이 인형처럼 맥없이 흔들렸다. 자동차를 세워야 한다는 생각에 핸들을 힘껏 잡았다. 격렬하게 돌아가는 힘을 당할 수 없었다. 차는 영원히 계속 돌 것처럼 보였다.

차창 옆으로 보이는 여름의 신록도 어지럽게 돌아갔다.

도로 위에서 뒤틀리는 타이어의 비명이 조안나의 귓속을 파고들었고 다른 차들도 연달아 비명을 지르기 시작했다. 여기저기서 타이어의 끼익 소리, 요란한 경적소리가 뒤따르더니 운전자를 비난하는 웅성거림도 들렸다.

격렬하게 돌던 차가 물체를 들이받는 생생한 충격이 느껴졌다. 처음에는 도로에 늘어선 잘 자란 가로수에 부딪히고 작은 나무에 잇따라 부딪혔다. 엄청난 충격이 조안나와 차를 뒤흔들었다. 회전 속도가 느려지더니 차 바닥에 무엇인가 걸려서 풀리지 않았다. 고막이 터질 듯한 금속 찌그러지는 소리가 나더니 차가 뒤집혔다. 한 번이 아니라 걷잡을 수 없는 속도로 몇 번이고 되풀이해서 구르기 시작했다.

그녀는 차가 다 구르고 멈추어 서서 요란하게 진동할 때까지 두려워서 눈을 꼭 감고 있었다. 차는 아직도 계속 무슨 소리를 냈다.

처음으로 귀청이 터질 것 같은 침묵을 이해할 수 있었다. 들리는 것은 쿵쾅거리는 심장소리 뿐이다가, 서서히 볼륨을 올린 것처럼 사람들의 아우성치는 소리와 빵빵거리는 경적소리가 들리기 시작했다. 조심스럽게 눈을 떴다. 눈을 깜빡이자 공포에 젖은 눈물 방울이 떨어져내렸다.

보이는 것들이 모두 섬뜩하게 느껴졌다.

잘 깨지지 않는 앞 유리창이 완전히 부서졌고, 보닛이 무슨 괴물 아코디언처럼 운전석을 향해 찌그러져 있었고, 헤드라이트는 신기하게 하늘을 향하고 있었다. 조수석 문이 안쪽으로 심하게 오그라들어서 오른쪽으로 몸을 기울이지 않고도, 쉽게 팔꿈치를 문 위에 올려놓을 수 있었다. 그런데 놀랍게도 운전석 문은 전혀 피해가 없이 말짱했다. 뒷좌석의 문들도 심하게 찌그러진 사실에도 불구하고…….

조안나는 찌그러진 금속 상자 안에 갇혀 있는 셈이다.

그녀는 핸들에서 손을 떼어 눈높이로 들어올려서 손가락 열 개가 모두 제대로 붙어 있고, 움직이는지 하나씩 하나씩 확인했다.

아주 조심스럽게 약간씩 몸을 움직이며, 통증이나 다른 상처가 있는지 살펴봤다. 치마가 말려 올라가 드러난 다리 아래쪽을 손으로 더듬어보면서 상처가 있는지 찾아봤지만 긁힌 자국 하나 없이 멀쩡했다.

더 이상 자동차라 부르기 민망할 정도로 구겨진 차안을 둘러보면서
믿고 있는 종교가 없었지만, 자신을 무언가가 지켜줬다는 생각이 났다.

"아가씨, 괜찮아요?"

유리가 없는 창문 밖에서 걱정에 가득 찬 낯선 사람의 얼굴이 불쑥
나타났다. 조안나의 입에서 안도의 웃음소리가 새어 나왔다.

"예, 말짱해요. 이 사실을 믿을 수 있겠어요?"

"아니오."

낯선 남자는 웃음을 띠우며 솔직하게 대답했다.

"아가씨 몸이 산산조각 났어야 정상일 건데……. 아가씨 일생에서 오
늘이 가장 운수 좋은 날임에 틀림없어요."

"나도 그렇게 생각해요."

조안나는 몸을 약간 움직이면서 덧붙였다.

"그렇지만 나는 지금 조금도 움직일 수 없어요. 대신 문 좀 열어 주시
겠어요?"

힘든 노동으로 다져진 억세고 탄탄한 어깨를 가진 낯선 남자가 문을
잡아 당겼다.

"안 돼요. 이 문에는 흠집 하나 없지만 앞뒤로 압착이 되어서 단단히
고정되어 있네요. 이제부터 우린 수다나 떨면 돼요, 너무 걱정하지 말아
요. 당신을 구해 줄 구조대하고 구급차가 급히 오는 중이니까."

멀리서 들려오는 사이렌소리가 점점 커졌다. 갑자기 두려운 마음에
등골이 오싹해졌다.

"차에 기름이 가득 들었어요. 모르시는 것 같은데……."

"아무 냄새도 안 나요."

남자가 조안나를 안심시켰다.

"난 자동차 정비 공장에서 평생 일한 사람이니 걱정하지 말아요. 내
이름은 짐이요, 짐 스미스. 믿든 말든 자유지만."

"오늘은 어떤 말도 다 믿을 수 있을 것 같아요. 난 조안나라고 해요.
만나서 반가워요, 짐."

짐은 고개를 끄덕였다.

"나도 그래요, 조안나. 정말 괜찮아요? 어디 아픈 데 정말 없어요?"

"어디 쑤시는 데도 없는 걸요."

그의 어깨 너머로 다른 자동차들이 그녀의 차가 세워진 제방 쪽으로 미끄러지듯 내려오는 것이 보였다. 자신의 차가 얼마나 멀리 굴러 왔는지 깨닫고 마른침을 삼켰다.

"세상에, 난 죽을 뻔했군요, 그렇죠?"

짐은 납작해진 관목과 파헤쳐진 땅의 넓이를 흘낏 살펴보고 나서 미소를 지었다.

"내가 말했던 것처럼 오늘은 당신에게 아주 재수가 좋은 날인가 봐요."

자신의 주위를 단단하게 둘러싸고 있는 찌그러진 차안을 둘러보고 그 끔찍한 광경에 몸을 떨었다.

5분만에 구조대와 구급차가 도착했다.

운전자가 조금도 다치지 않았다는 사실을 알고, 구조 대원들과 응급 요원들이 모두 놀라면서도 기뻐했다. 짐은 구조 대원들이 일할 수 있게 뒤로 물러나, 제방 아래쪽에 모여 있는 구경꾼들 사이로 들어갔다. 조안나는 그제야 자신이 많은 사람들의 시선을 받고 있다는 사실을 알아챘다.

"난 항상 스타가 되고 싶어했죠."

그녀가 농담조로 과장되게 중얼거렸다.

가장 가까이 있던 응급 요원이 웃으면서 대꾸했다. 응급 요원은 E. 맬로리라고 적힌 이름표를 달고 있는 자기 나이 또래의 생기 넘치는 여자였다.

"당신의 몸에 긁힌 상처조차 없다는 소문이 금방 돌 거예요. 그러면 갑자기 개떼처럼 기자들이 몰려들어도 놀라지 말아요."

조안나는 또 다른 농담으로 답하려고 했다. 하지만 미처 입을 열기 전에 평온하던 분위기가 갑자기 무참하게 깨져 버렸다.

갑자기 사람들이 다급한 비명소리를 냈다. '뒤로 물러서!' 하는 소리에 재빨리 앞쪽을 바라보았다. 앞쪽에 불이 활활 타오르는 두껍고 검은 뱀같이 생긴 물체가 하늘에서 떨어지고 있었다.

폭주하는 기차와도 같은 위력으로 이 물체가 차 위에 쿵하고 떨어졌다. 동시에 모든 것이 암흑에 휩싸였다.

시간이 흘러가는 것을 느낄 수 없었다. 공중에 떠 있는 것 같았다. 그것도 천국과 지옥의 중간 정도 되는 곳에……. 무게도 느낄 수 없었고 편안한 마음으로 평화로운 침묵 속을 떠다녔다.

조안나는 무언가를 기다리고 있었고 뭔가 찾기를 고대하고 있었다. 완전한 침묵 속에서 사방이 점점 환해져 온다 그리고 몸이 부드럽게 끌어당겨지는 것도 느껴졌다. 그녀는 몸을 돌려 자신을 끌어당기고 있는 쪽으로 움직이기 시작했다.

그렇지만 거의 동시에, 그 손길에서 풀려나더니 또 다시 몸이 떠돌기 시작했다. 주위가 다시 어두워지기 시작하더니 갑자기 혼자가 아니라는 느낌이 들었다. 누군가가 함께 이 어둠 속에 있다. 아주 희미한 빛이 스쳐 지나가는 것을 느꼈다. 너무 빨리 지나가는 바람에 확신할 수 없었지만 어떤 물체나 사람이 스치고 지나간 듯 했다.

'그 여자를 혼자 내버려두지 마세요.'

아무것도 보이지 않지만 애원하는 목소리가 조안나의 가슴에 선명하게 와 닿았다. 애원하는 목소리에서 느껴지는 감정이 저항할 수 없을 만큼 강렬했다. 손을 뻗어 애원하는 어둠 속의 다른 존재를 만져 보려고 했지만, 그 전에 어떤 손길이 자신을 격렬하게 잡아 흔들었다.

"이봐요? 이봐요! 어서 눈을 떠요."

부르는 소리가 들렸다. 소리가 점점 커지면서 몸이 갑자기 밑으로 내려가는 것이 느껴졌다. 마음이 내키지 않아 잠시 저항을 해보았지만, 그 순간 급속도로 떨어져내렸다. 그리고 다시 몸의 무게가 느껴졌다.

온몸의 신경과 근육이 타는 것처럼 아팠다. 신음소리와 함께 가까스로 눈을 떴다. 투명한 플라스틱 산소 호흡기 너머로 낯선 얼굴이 환한 웃음을 터뜨리고 있는 것이 보였다. 그리고 그 사람들 너머로 하얀 양털 구름이 떠 있는 파란 하늘이 보였다. 자신이 땅 위에 누워 있었다. 땅 위에서 무엇을 하던 걸까?

"여자가 깨어났어요."

그 중에 한 명이 어깨 너머로 고개를 돌려 나머지 사람들을 쳐다보면서 말했다.

"어서 들것 위로 옮깁시다."

그러고 나서 조안나에게 기쁨으로 상기된 얼굴로 말했다.

"당신은 괜찮아질 거예요, 정말 괜찮을 거예요."

몸이 들어 올려졌다. 통증이 엄습했다. 그녀는 들것에 실려 가면서 옆에 서 있는 사람들의 얼굴을 몽롱하게 쳐다보았다. 눈에 익은 얼굴이 보였다. 그리고 그 사람이 뭐라고 말하는 것이 들렸다. 잠시 후, 사이렌을 울리고 있던 앰뷸런스에 올라타고서야 그 말이 이해되었다.

'확실히 오늘 당신은 운이 좋은 거요. 두 번이나 죽을 뻔했어요.'

그때서야 정신이 맑아지면서 짐의 의견에 동의할 수 있었다. 평생에 한 번이라도 죽을 뻔한 경험을 해본 사람이 얼마나 있을까? 그렇게 많지 않을 것이다. 그 경험을 하루에 두 번이나 겪은 조안나는 아직 살아 있었다. 안 아픈 곳이 코끝밖에 없다는 사실을 뺀다면, 사실상 상처 하나 없이 온전하게 살아 있었다.

자신이 무사하게 살아 남았음에 굉장히 감사했다.

병원에서 검사를 받고 치료를 받았다. 송전선이 넘어지면서 차를 덮쳤을 때, 껍질이 벗겨진 전선에서 흘러나온 전기에 감전되어 발목에 흉터가 생긴 것과 멈춘 심장을 다시 뛰게 하려는 전기 충격 조치로 생겨난 상처 때문에 한동안 몸이 욱신거렸다.

의사는 조안나가 매우 운이 좋았고 그 사고로 인해 어떤 후유증도 없을 것이라고 장담했다.

그렇지만 그것은 잘못된 진단이었다. 바로 그날 밤부터 꿈은 시작됐다.

1

"캐롤라인?"

조안나 플린이 뒤돌아 본 이유는 자신의 어깨를 붙든 손 때문이 아니라 이름을 부르는 목소리에 담긴 경악스러움 때문이었다. 놀라움과 또 다른 감정들이 느껴졌다.

"아니에요."

조안나는 어떤 알 수 없는 감정이 치솟아 올라 자신을 캐롤라인이라고 부른 남자의 얼굴을 유심히 쳐다보았다.

붉은 기가 도는 금발머리에 파란 눈동자를 가진 유순하게 생긴 남자는, 충격을 받은 듯한 표정을 얼른 감추고 어깨를 잡은 손도 내리고 엉거주춤한 자세로 고개를 끄덕였다.

"죄송합니다."

남자는 공손하게 실수를 인정했다.

"죄송합니다. 그렇지만 아는 사람과 너무 닮아서……."

남자는 말을 끊고 고개를 흔들더니 '귀찮게 해서 죄송합니다'라는 예의바른 미소를 짓더니 가던 길을 계속 걸어갔다.

조안나는 남자가 성큼성큼 걸어가는 것을 지켜보면서 까닭 없는 당혹감을 느꼈다. 사람들은 가끔 사람을 착각하기 마련이다. 그 사실을 알고 있었지만, 그 남자의 충격받은 표정은 마음속에서 쉽게 떨쳐지지 않았다. 사람들의 왕래가 드문 뜨거운 9월의 햇볕이 내리쬐는 길 위에 서서, 아주 오랫동안 낯선 남자가 시야에서 사라질 때까지 쳐다보았다. 불안감을 떨쳐 버리고 자신이 연구원으로 일하고 있는 도서관을 향해 발걸음을 재촉했다.

그냥 이상한 일이었다. 그게 전부다. 평소 일어나는 이상한 일들을 기록해 놓는 난에 기록될 사건이었다. 그 기록은 두 달 전, 사고 이후 생긴 많은 이상한 사건들로 가득 차 있었다.

사건들은 사소한 일이었는데 이토록 마음이 불안해지는 게 이상했다. 희미하지만 점점 더 강한 긴박감이 느껴졌다. 이유가 무엇인지 시원하게 집어낼 수 없다는 점이 마음을 더욱 불안하게 했다.

가장 이상한 일은 바로 꿈이다.

사고가 나던 그날 밤부터 시작되었다. 처음 몇 주 동안은 간간이 그 꿈을 꾸었지만, 지금은 날마다 똑같은 꿈을 꾸고 있다. 언제나 똑같다. 항상 이미지와 소리가 이어지고 매번 같은 순서였다. 하지만 악몽은 아니었다. 어떻게 그런 꿈을 계속 반복해서 꾸는지에 대해 두려운 마음이 드는 것은 아니었지만 매일 아침, 두근거리는 심장과 목구멍 위로 차 오르는 공포감으로 잠을 깨곤 했다.

무언가 잘못되었다. 조안나는 그 사실을 알고 있었고 그 사실에 대해서 어떤 조치를 취해야만 했다. 그렇게 하지 않으면…… 무언가 끔찍한 일이 벌어질 것 같았기 때문이다. 무엇을 해야 하는지도 알 수 없었지만, 아주 끔찍한 일이 기다리고 있다는 사실은 직감으로 알 수 있었다.

꿈은 전혀 비논리적이고, 너무나 애매모호해서 무의식의 대수롭지 않은 활동이거니 생각하며 별다른 신경을 안 썼다. 그리고 시간이 지나면 그 꿈이 사라지리라 믿었다.

　의사는 이상한 꿈들이 예상된 일이라고 충고했다. 어쨌든 조안나는 사고가 나던·날, 심장을 멈추게 할만큼 강력한 전기에 감전되어 지금도 후유증을 겪고 있는 듯 했다. 뇌도 전기의 충격으로 가득 차 있었다. 송전선에서 흘러나온 수천 볼트의 전기로 인해, 충격을 받은 것도 사실이지만 의사가 걱정할 정도는 아니라고 확신했다.

　조안나도 의사처럼 확신하고 싶었다.

　처음에는 바다의 격노하는 소리에 귀가 멍멍했다. 파도소리는 다른 소리들을 모두 덮어 버렸다. 바다 위로 높이 솟아 있는 집이 보였다. 아름답지만 쓸쓸한 느낌이고, 혼란스럽게 뒤얽힌 감정들을 불러일으켰다. 감탄과 자랑스러움, 그리고 만족감이 불안, 공포와 충돌했다.

　조안나는 그 감정들을 더 자세히 살펴보고 싶었다, 그 감정들을 이해하기 위해서. 하지만 갑자기 그 집으로부터 멀어지면서 점점 주위가 흐릿해진다. 그러고 나서, 눈앞에 밝은 색깔의 회전 목마가 나타났다. 번쩍이는 놋쇠 기둥에 고정된 목마는 아래위로 움직이면서 돌아갔다. 마치 조안나에겐 들리지 않지만 음악에 맞춰 움직이고 있는 것 같았다.

　향기와 함께, 꽃병에 탐스럽게 꽂혀 있는 장미꽃이 시야에 들어왔다.

　그러더니 갑자기 바다의 노호하는 소리가 줄어들었다. 재깍거리는 시계 소리를 들을 수 있을 때까지…….

　조안나는 화려한 색깔의 그림이 놓여 있는 이젤 옆을 지나갔다. 발걸음이 빨라졌다. 왜냐하면, 조안나는 어딘가로…… 어딘가로 가야 했기 때문이었다. 무엇인가를……찾아내야만 했다. 흐느끼는 울음소리가 들렸다. 조안나는 앞으로 달려가려고 했다.

허공을 향해 팔을 휘저으며 침대 위에 벌떡 일어나 앉았다. 가슴속에서 심장이 터질 듯이 방망이질 치고 몸이 떨렸으며, 숨을 쉴 때마다 꽉 막힌 목구멍에서 거친 소리가 새어 나왔다. 고통과 처절한 슬픔이 느껴졌고, 모든 감정에 차갑고 검은 공포가 들어 있다.

마음을 진정시키려 노력하면서 천천히 팔을 내렸다. 공포와 고통, 그리고 슬픔이 서서히 사라졌고, 늘 자리하던 불안감만이 남았다. 조안나는 자신을 안심시키려고 했다. 이건 꿈이다. 단순히 꿈일 뿐이다.

그런데 꿈의 느낌이 변했다. 그리고, 그녀에게 미치는 영향 또한 변했다. 공포심의 강도가 더욱 심했다. 눈앞에 꿈이 펼쳐지면서 느껴지는 슬픔과 고통, 그리고 다른 모든 감정들이 새롭게 다가왔다.

저항할 수 없는 불안감과 급박함도 들었다. 너무 강렬해서 자신이 느끼는 감정들을 무시하려는 시도조차 할 엄두가 안 났다.

그것이 무엇인지는 모르겠지만, 무언가 해야만 한다는 확신이 훨씬 더 강해졌다. 상황이 너무 급박하다. 이불을 옆으로 걷어 내고 침대 바닥으로 다리를 내렸다. 그녀는 자신이 지금 하고 있는 일을 깨닫고 잠시 주춤거렸다. 지금은 새벽 다섯 시 반이다.

작은 아파트. 부엌에 가서 커피를 올려놓고 거실을 왔다갔다하면서 램프 두 개를 켰다. 기분을 편안하게 해주는 거실이었다. 아늑한 가구들이 방안 가득 들어 차 있었고, 전 세계에서 모은 다양한 수집품들이 장식되어 있었다.

사라 아주머니는 여행을 좋아해서 해마다 여름이면 조카딸을 데리고, 멀리 떨어져 있는 지구의 한 구석으로 비행기를 타고 여행을 다녔다. 친구들은 늘 조안나가 사라 아주머니 같은 보호자를 가진 것을 부러워했다. 아주머니는 보통의 고리타분한 부모님과는 확실히 달랐다. 하지만 유년기를 즐겁게 보낸 조안나도 가슴 한구석에는 작은 비밀이 있었다. 친구들이 부러웠다. 왜냐하면 그들은 모두 엄마와 아빠가 있었기 때문이었다.

불기 없는 벽난로 가를 서성거리다 벽난로 선반 위에 놓여 있는 사라 아주머니의 사진이 들어 있는 은빛 액자 테두리를 따라 손가락으로 만져 보았다. 그리고 자세히 아주머니를 뜯어보았다. 그 분의 따뜻한 미소가 추억을 기억나게 했다. 미안한 마음이 왈칵 들었다. 아주머니로는 충분히 행복하지 않았다는……. 그래서 어린 시절, 진짜 중요한 부모님의 애정을 놓치고 살았다는 어린애 같은 생각 때문이었다.

계속 아주머니의 사진을 만지면서 다른 은빛 액자로 시선을 돌렸다. 부모님이다. 사진 속의 엄마는 지금의 조안나보다 어려 보인다. 금발의 우아한 여성인 엄마는 아빠의 팔 안에 안겨 있고 미소가 환하게 반짝이고 있었다.

루시 플린은 어린 시절 남자 친구인, 아빠와 결혼했고 죽는 날까지 오직 한 남자의 사랑에 흠뻑 빠져 살았다. 아직도 남아 있는 어린 시절의 기억 중 하나는, 아빠에게 '달링'이라고 부르던 엄마의 부드러운 목소리였다.

알란 플린, 아빠에 대해서 조안나가 기억하고 있는 것은 만족감에 젖어 있던 그의 웃음소리였다. 아빠는 아내와 딸을 매우 사랑했고 그 사실은 의심의 여지도 없었다. 항상 모녀 곁에 있었다. 변호사였던 아빠는 일보다는 늘 가족이 우선인 사람이었다. 너무 바쁘거나 너무 일에 몰두해서, 가족과 함께 할 시간이 없었던 적은 없었으니까.

손을 뻗어 부모님의 사진이 들어 있는 은빛 액자를 만지면서 수도 없이 스스로에게 물어 보았던 질문을 떠올렸다.

만약 그날, 햇살이 내리비추던 6월의 아침에 판사가 병이 나지 않아서 아빠에게 휴가가 생기지 않았다면, 지금은 어떻게 됐을까? 아내를 데리고 즐거운 마음으로 작은 배를 타고 항해를 나섰던 그 시간. 왜 운명의 신은 그날 자신과 부모님을 떨어뜨려 놓았는지 궁금했다.

부모님의 사고가 있던 날, 자신은 갑작스럽게 사라 아주머니와 디즈니 월드 구경을 갔다. 왜 그날 폭풍이 올 것이라는 일기 예보를 하지 않았고 만약 했다면, 아빠가 그 경고를 왜 무시했을까? 아빠처럼 배를 다루는 일에 노련하고 경험 많은 사람이 배를 해안까지 안전하게 이끌지 못했을까?

벌써 그 일이 20년이나 지난 일임을 깨닫고 조안나는 새삼 놀랐다.

조안나는 커피 메이커에서 커피가 다 됐음을 알리는 소리에 정신이 들었다. 벽난로와 옛 추억으로부터 벗어나면서 간밤의 꿈이 이상한 기분을 안겨 주었다고 결론을 내렸다. 그게 전부였다. 그저 이상한 기분이었다.

하루를 시작하는 모닝 커피를 가지러 가면서 조안나는 좀전보다 더 불안해졌다. 왜냐하면 어린 시절의 비극적인 사건을 기억할 때마다 느끼는 감정보다, 이 고요한 아침에 꿈으로 인해서 느끼는 감정이 더 강렬했기 때문이다. 고통과 슬픔, 말못할 분노가 치밀었다. 희망을 빼앗기고 버림받은 느낌, 마치 무언가가 마음속에 있는 오래된 상처를 찢고 들쑤신 것 같았다. 부모님의 비보를 듣고 사라 아주머니가 조안나를 껴안고 오열했던 그날처럼 마음이 쓰라렸다.

그 비극적인 사건이 다시 일어난 것 같았다.

9월의 첫주가 지나갔다. 그리고 둘째 주도 지나갔다.

평소와 같은 모습을 가까스로 유지하고 살았다. 온 신경을 날카롭게 곤두서게 만드는 그 꿈은 밤마다 찾아왔다. 결코 헤어날 수 없는 불안과 함께 무엇인가 틀렸다는 느낌도 같이 기어들었다. 일에서 눈을 떼고 어떤 소리를 듣기 위해서, 긴장해서 주위의 소리에 귀를 기울이고 있는 일이 잦아졌다. 무엇을 그렇게 열심히 들으려고 하는지는 자신도 알 수 없었다.

또 다른 설명할 수 없는 이상한 일도 생겼다.

엄마가 사탕을 사 주지 않아서 가게 앞에서 울고 있는 아이의 안타까운 마음처럼, 갑자기 조안나의 마음을 순식간에 사로잡는 것은 흡연의 욕구였다. 담배 연기를 깊숙이 빨아들이고 싶은 충동이 왜 그렇게 강렬한지, 왜 바지보다 치마를 더 자주 입게 되는지…… 자신은 평소에 치마를 별로 좋아하지 않았다. 그리고 거울 속의 자신을 볼 때마다, 마치 자기가 아닌 다른 사람을 본 것처럼 흠칫 놀라곤 했다.

조안나는 폭발 직전의 압력 밥솥 같았다. 몸 안의 압력이 점점 커지고 있었지만 무엇을 해야 할지 알 수 없었다. 욕구 불만이 그녀를 잠식해 갔다. 9월 중순에 이르러서야 밤마다 괴롭히던 꿈이 한 가지 단서를 주었다.

처음에는 바다의 격노하는 소리에 귀가 멍멍했다. 파도소리는 다른 소리들을 덮어 버렸다. 바다 위로 높이 솟아 있는 집이 보였다. 아름답지만 쓸쓸한 느낌이고, 혼란스럽게 뒤얽힌 감정들을 불러일으켰다. 감탄과 자랑스러움, 만족감과 불안감, 공포심이 충돌했다.

조안나는 그 감정들을 더 자세히 살펴보고 싶었다, 그 감정들을 이해하기 위해서.

하지만 갑자기 그 집으로부터 멀어지면서 점점 주위가 흐릿해진다. 그러고 나서, 눈앞에 밝은 색깔의 회전 목마가 나타났다. 번쩍이는 놋쇠 기둥에 고정된 목마는 아래위로 움직이면서 돌아갔다. 마치 조안나에게 들리지 않는 음악에 맞춰 돌아가는 것 같았다.

향기와 함께, 꽃병에 탐스럽게 꽂혀 있는 장미꽃이 시야에 들어왔다.

그러더니 갑자기 바다의 노호하는 소리가 줄어들었다. 재깍거리는 시계 소리를 들을 수 있을 때까지……. 종이 비행기가 높이 솟아올랐다가 곤두박질쳤다. 조안나는 느낄 수 없는 바람을 타고 있는 것 같았다. 그녀는 화려한 색깔의 그림이 놓여 있는 이젤 옆을 지나갔다. 발걸음이 빨라졌다. 왜냐하면, 어딘가로 가야 했기 때문이었다. 무엇인가를…… 찾아내야만 했다. 흐느끼는 울음소리가 들렸다, 어린아이의 흐느끼는 소리. 조안나는 앞으로 달려가려고 했다. 그렇지만 움직일 수 없었다. 고개를 들어 이정표를 보니 자신이 이제 어디로 가야 할지 알게 되었다……

침대 위에 벌떡 일어나 앉아 있는 자신을 발견했다. 양팔은 앞으로 쭉 뻗어 있었고 심장이 고통스럽게 뛰고 있었다. 어둠에 휩싸인 침대 위에서 천천히 팔을 내리면서 조안나는 한마디를 중얼거렸다.
"클리프 사이드."

영화에서 나오는 섬뜩한 느낌을 주는 이정표처럼 낡고 쪼개진 판자 위에 꼬부라진 글씨로 '클리프 사이드'라고 써 있었다. 그렇게 대단한 단서는 아니다. 미국에서만도 클리프 사이드라는 이름을 가진 마을이 수백, 아니 수천 개 될 것이니까.

조안나의 직장 도서관은 모든 정보를 샅샅이 훑어볼 수 있는 수단과 지식이 있기 때문에 즉시 조사에 착수했다. 꽤 오래 걸릴 줄 알았는데 운 좋게도, 마침 그때 일이 많지 않아서 여러 시간을 컴퓨터와 마이크로 필름 기계 앞에 앉아서 조사할 수 있었다.

장시간 정보를 뒤지는 것은 늘 하는 일이다. 자신의 직업 덕분에 다른 사람의 의심을 받지 않고 꿈에서 본 이정표를 찾는 작업을 할 수 있다는 사실이 다행이었다. 주위에 있는 누구도, 그녀가 무엇을 생각하고 있는지 눈치챌 수 없을 것이다. 매일 밤, 목구멍을 꽉 메우는 비명과 숨을 잡아뜯는 것 같은 공포와 함께 섬뜩한 꿈에서 깨어난다는 사실은 아무도 상상조차 못할 것이다.

겉보기에 생활은 평소와 다름없었다. 매일 아침 일하러 갔고 밤이면 집으로 돌아왔다. 거울에 비춰진 얼굴도 변함없었고 미소도 언제나처럼 짓고 살았다. 동료들은 종종 점심 시간에도 일할 만큼 조안나를 강하게 사로잡고 있는 것에 대해서 이상한 낌새를 전혀 눈치채지 못했다.

그녀는 가족이 없었고, 최근에 너무 바빠서 친구도 만나지 못했기 때문에 요즘 생활이 이상하다는 것을 눈치챌 만큼 함께 많은 시간을 보낸 사람은 아무도 없다.

마치 조류에 휩쓸려 자신도 어떻게 할 수 없는 상태로 가고 있다는 사실을 느끼고 있었다. 원하든 원하지 않든 간에, 조류가 흘러가는 방향으로 휩쓸려 가고 있었다. 클리프 사이드라는 이름이 붙어 있는 곳으로.

조안나는 운명이라는 것을 믿진 않았지만, 시간이 지나면서 운명이라는 것이 자신의 모든 힘을 온통 한 곳으로 집중시킨다는 생각이 들기 시작했다. 바로 클리프 사이드를 찾는 일에…….

꿈에 점령당한 조안나는 자신에게 무슨 일이 일어나고 있는지 이해할 수 없었지만 사고와 관련해서 이런 일이 벌어지고 있다고 믿었다. 왜냐하면 사고 직후에 그 꿈이 시작되었기 때문이었다. 그렇지만 이유는 설명할 수 없다.

좌절감이 심해지자 이 모든 일이 전기충격의 여파로 두뇌에 이상이 생겨서가 아닌지 걱정이 됐다. 사고는 아무래도 이런 일이 발생하도록 도운 촉매 같았다. 그렇지만 두뇌에 전기 충격이 가해져서 이런 꿈을 꾸는 것 같지는 않았다.

무엇인가 있다. 그것을 밝혀 낼 때까지는, 자신의 본래 인생이 되돌아오지 않을 것이라는 사실도 깨달아 갔다.

클리프 사이드를 찾는 데 여념이 없었다. 바위가 많고 파도가 세차게 부서져내리는 해변이 있는 꿈속의 장소를 찾으려고 노력하면서……. 처음 클리프 사이드라는 이름을 가진 마을을 뽑아 리스트를 만들었을 때 내륙 지방은 제외시켰다. 그러자 리스트가 반으로 줄었다. 그리고 해안이 낮은 지대도 뺐다. 그래도 클리프 사이드라는 이름을 가진 마을이 수십 군데나 남았다. 각각의 마을들이 가진 특성을 꿈속의 장소와 맞춰 보는 수밖에 없었다.

무척 느리고 고된 작업이었다. 9월의 세 번째 주가 반쯤 지났는데도 꿈속의 클리프 사이드를 못 찾아냈다. 자신이 지금 제정신인지 심각하게 고민해 보았다. 더 이상 예전의 자신이 아니다. 좋아하던 음식이 더 이상 구미를 당기지 않았고, 전에는 쳐다보지도 않던 색깔에 흥미를 갖고, 생전 처음으로 손톱도 물어뜯기 시작했다. 이런 버릇은 너무나 자신답지 않은 일이기 때문에 스스로 놀랐다.

매일 아침마다 칼날처럼 날카로운 긴박함과 불안, 고통이 가득 차 꿈에서 깨어났고 낮에는 그런 감정들이 조금 약화될 뿐이었다.

클리프 사이드. 그것이 조안나 앞에서 떠돌면서 따라오도록 꾀어내는 길잡이 별 같았다. 자신의 인생을 차지하고 있던 다른 모든 것들은 무의미한 것으로 변하고 있었다.

일요일 오후에 조안나는 거실에 어지럽게 널려 있는 책과 수집한 기사 더미에서 벗어나 휴식을 취해야겠다는 생각이 들었다. 그래서 가까운 쇼핑 센터로 차를 몰고 갔다. 특별히 살 것은 없었지만 지치고 낙담한 그녀는 밤이 오는 게 두려웠다. 그래서 새 향수와 목욕 오일로 기분을 바꾸려고 했다.

역시 좋은 생각이었다. 쇼핑을 마친 후, 조안나는 세련된 로고에 금박을 입힌 쇼핑백에 물건을 담아 들고 백화점을 나왔다. 그때 차가운 손이 조안나의 팔을 붙들었다.

"캐롤라인?"

충격받은 표정의 여자가 조안나의 놀란 얼굴을 쳐다보고 있었다. 여자는 아름다웠다. 이국적인 멋을 풍기는 금발에 고양이같이 생긴 눈에는 멋진 녹색 빛을 띤 콘택트 렌즈를 끼고 있었다. 그리고 한눈에 보기에도 이백 달러짜리 블라우스에 빛이 바랬지만 세련된 청바지를 받쳐입었다.

"아니에요."

조안나가 대답했다.

"죄송해요."

여자는 예의바른 미소를 지으면서 붙잡은 손을 풀어줬다. 얼굴에 나타난 충격의 빛도 곧 사라졌다.

"실례했어요, 다른 사람으로 착각했어요."

여자는 희미한 미소를 띄웠지만 아직도 충격에서 벗어나지 못했다는 사실을 알 수 있었다. 사과의 말을 중얼거린 후, 여자는 조안나가 방금 나온 백화점으로 들어갔다.

조안나는 낯선 여자의 뒷모습을 좇으며 유리문에 비친 흐릿한 자신의 모습을 바라보았다. 또 캐롤라인이다. 이렇게 짧은 기간 동안에, 두 번이나 캐롤라인이라는 여자로 보인 것은 우연의 일치라고 보기에 좀 이상하다는 생각이 들었다. 무엇보다도 자신을 다른 사람이라 착각한 낯선 여자와 남자의 얼굴에 나타난 경악스러운 표정이 더 마음에 걸린다.

왜 그런 얼굴로 쳐다본 것일까? 자기의 눈을 믿을 수 없다는 듯 그렇게 어리벙벙한 표정을 지었을까?

캐롤라인은 도대체 어떤 여자일까? 그리고 왜 이 질문이 이토록 중요하게 느껴질까?

"오, 세상에……."

조안나는 무의식중에 큰 소리를 냈다. 대단히 마이크로 필름실에는 아무도 없어서 그녀의 탄식을 들은 사람은 없었다. 오리건 주의 클리프 사이드에서 발행되는 '포틀랜드 시티즌 타임스'를 살펴보다가 7월호 기사에서 중요한 것을 발견했다.

캐롤라인 맥케나(29세) 부인이 빗길 자동차 사고로 7월 1일 사망했다. 사고는 집에서 멀리 떨어지지 않은 곳에서 일어났다. 맥케나 부인은 오리건 주, 클리프 사이드 해안 마을의 유명 인물이며 지역 사회 일에 적극적으로 참여했었다. 유족으로는 남편과 외동딸이 있으며 추도식은 7월 4일 클리프 사이드에서 열릴 예정이다.

캐롤라인. 바로 조안나가 사고를 당한 그날 죽었다.

캐롤라인이라는 여자는 오리건 주의 클리프 사이드에서 살고 있었으며, 7월 1일 자동차 사고로 세상을 떠났다. 그리고 낯선 두 사람이 착각할 만큼 조안나와 닮은 것이 틀림없다.

캐롤라인 맥케나의 사망 기사를 뚫어지게 읽고 또 읽었다. 사망 기사에 나와 있는 정보로는 죽은 여자의 삶과 죽음을 알기엔 턱없이 부족했다. 자동차 사고였다. 젊고 활기 넘치는 여성이 제 명을 다하지 못하고 남편과 딸을 남기고 죽었다. 조안나의 마음은 무척이나 이 사건에 끌렸다.

여러 가지 면에서 자신과 캐롤라인의 삶은 완전히 다르다. 그녀는 결혼해서 아이가 있었고, 조안나는 독신이고 아이도 없다.

조안나는 전문직 여성이고, 캐롤라인은 지역 사회 일을 돕는 주부였다. 한 사람은 작은 마을에서 살고, 다른 한 사람은 대도시에서 살았다. 공통점은 두 사람 모두 같은 날 교통사고를 당했다. 하지만 한 사람은 살고 다른 사람은 죽었다.

오천 킬로미터 떨어져 있는 곳에서 낯모르는 한 여자가 죽었다. 나이도 같고 외모도 비슷했지만 두 사람의 인생은 아무런 관련이 없다. 자신과 캐롤라인의 관계에 대해 더 많이 알고 싶다는 마음이 강렬해졌다.

캐롤라인과 클리프 사이드를 알고 싶었다……. 자신의 그런 느낌을 이해할 수 없었다.

사망 기사를 복사해서 새 파일 폴더를 붙여 이제까지 모아 온 다른 자료에 끼워 넣었다. 모든 자료 중에서 이 신문 기사 자료가 가장 중요한 것이라는 생각이 들었다.

폴더를 덮어서 옆으로 치워놓고 다시 신문을 훑어보기 시작했다. 아무것도 없었다. ‘포틀랜드 시티즌 타임스’에 관한 한, 7월에 있었던 캐롤라인의 죽음이 올해 클리프 사이드에서 있었던 가장 중대한 사건이었다.

그리고 8월에 클리프 사이드의 병원 증축 계획에 대한 짧은 기사가 있었다. 캐롤라인 맥케나의 유산을 기부 받아 새로운 병동을 증축할 계획이라고 했다. 병동 증축과 최신 의료 장비를 같이 들여 올 예정이라고 적혀 있었다.

캐롤라인은 재산이 있었나 보다. 그것도 상당히 많은 재산을 가지고 있었던 것이 틀림없었다. 새로운 병동을 건립하는 데 들어가는 예상 비용만 해도 300만 달러에 달했다.

300만 달러.

“우리 사이엔 한 가지 분명히 다른 점이 있었군.”

그녀는 쓸쓸하게 중얼거렸다.

신문 기사는 캐롤라인이 의학투자에 관심이 있었다는 것과 클리프 사이드에 병원이 더 있어야 한다고 주장했던 걸 알려 주었다.

이튿날 점심 시간이 되어서야 컴퓨터로 클리프 사이드의 신문과 마을 기록에 접근해서, 찾고 있던 정보를 발견했다. 기후와 경제 생활에서부터 결혼, 세례, 그리고 장례의 숫자에 이르기까지 마을과 마을 사람들에 대한 정보가 시청에 기록되어 있었다.

작년에 클리프 사이드 지역 사회를 위한 극장을 후원하는 사람들과 함께 찍은 캐롤라인 맥케나의 사진이 있었다. 남편도 함께 있었다.

정말 조안나와 자매처럼 똑 닮았다.

자신의 금발과는 다른 검은머리를 한 죽은 여인은 얼굴형, 심지어 다소 마른 듯한 체격까지 똑같았다. 컴퓨터 스크린을 통해 캐롤라인의 섬세한 외모가 뚜렷하게 드러났다. 하트형 얼굴에 조안나의 다소 밝은 금발머리보다 좀 짧은 윤기 나는 검은머리가 어깨에서 찰랑거리고 있었다. 커다란 눈과 연약해 보이는…… 거의 어린애 같은 입, 마치 금방이라도 깨어져 버릴 것 같은 가냘픈 이미지의 여자였다.

남편인 스콧 맥케나는 삼십대 중반으로 보이는 잘생긴 남자였다. 체격이 좋았고 캐롤라인이 높은 구두를 신었음에도 불구하고, 자기 부인보다 10센티미터는 키가 커 보였다. 입고 있는 짙은 색 양복은 남자를 차가운 사람처럼 보이게 했다.

남자는 약하게 웃고 있었지만 주위를 둘러싼 모든 것에 초연한 사람 같은 묘한 분위기를 풍겼다. 게다가 부인과 나란히 서 있으면서 서로 손도 안 잡고 있었다.

맥케나 부부와 사진 속의 사람들을 보면서 수주일 동안 느꼈던 긴박감이 맹렬한 기세로 다가오는 것을 느꼈다. 자동차 사고를 당하고 의식이 돌아온 이래, 처음으로 조안나는 무엇을 해야만 하는지 정확하게 알게 되었다.

클리프 사이드에 가야 한다.

자신의 일상을 되돌려 받기 위해서라도 가야 한다. 그리고 같은 날 자동차 사고를 당해 죽은 여자의 삶을 추적해야 한다.

　이유를 알진 못했지만 자신과 캐롤라인이 어떤 관련이 있다는 확신이 들었다. 그 관련성과 이유를 알아내기 전까지는 결코 다시는 자신에게 평화로운 삶이란 없을 것이다.

2

홀리 드럼몬드는 사무실에서 나와 프런트 데스크 위를 샅샅이 훑어보았다. 관리라기보다는 일종의 버릇에서 나온 행동이었다.

블리스 웰든은 일처리를 능률적으로 해내는 믿을 만한 사람이었다. 프런트 데스크는 아주 조용했고 블리스는 컴퓨터 앞에 앉아서 업무에 열중하고 있었다. 전화는 오지 않았고 불만을 늘어놓는 손님도 없었다. 모든 것이 평화스러웠다. 흔히들 호텔 매니저가 바라는 전형적인 호텔 분위기였다.

그녀는 서류철 위에 끼워져 있는 종이를 유심히 살펴보면서 고개를 끄덕였다. 오후에 한 손님이 새로 투숙할 예정이다. 그 손님은 이 주일 동안 작은 객실을 예약해 놓았다. 좀더 오래 있을지도 모른다고 했다.

그건 아무래도 괜찮았다. 올해 손님들은 산발적으로 찾아왔지만, 비수기일지라도 객실의 50%는 항상 채워져 있다고 자신 있게 말할 수 있었다. 호텔 주인뿐만 아니라 홀리도 그 사실에 만족했다.

호텔의 우아하고 편안한 분위기를 즐기면서 로비를 통해 베란다로 나갔다. 간단하게 '인'이라고 이름 붙인 이 호텔은 지어진 지 50년이 넘었지만 5년 전에 비용을 아끼지 않고 대대적인 수리를 했다.

호텔은 매우 아름다운 곳으로 바닥에 깔려 있는 대리석에서부터 벽지에 이르기까지 최고급 내장재로 꾸며졌고, 잘 훈련된 직원들이 호텔을 순조롭고 효율적으로 운영하고 있었다. 인은 별 네 개 호텔이었고 손님들에게 최고의 편안함을 제공한다는 훌륭한 명성도 지니고 있었다.

인은 이 지방으로 관광객을 끌어들이는 주요 요인이었다. 아름다운 자연 경관과 평화롭고 고요한 분위기, 그리고 호텔 인이 클리프 사이드로 관광객들을 끌어들였고 관광객들은 이 지방 경기를 살리는 돈을 뿌리고 갔다. 그건 모두에게 좋은 관계였다.

열려 있는 문을 통해서 바다가 보이는 베란다로 나갔다. 10월의 태양이 밝고 따뜻하게 내리쬐고, 햇빛을 막는 지붕 아래 부분에 테이블과 의자가 손님을 맞이하고 있었다. 열댓 명쯤 되는 손님들이 베란다에서 휴식을 취하고 있었다. 몇 명은 신문을 보고 있었고 다른 사람들은 커피를 마시면서 얘기를 나누고 있었다.

홀리는 웨이트리스에게 고갯짓을 해서 손님이 원하는 것은 재빨리 제공할 수 있도록 준비시켰다. 그리고 베란다 가장자리에 있는 긴 의자를 향해서 갔다. 적갈색 머리카락에 약간 마른 듯한 체격의 남자가 햇빛을 받으며 휴식을 취하고 있었다. 남자는 혼자가 아니었다. 18살 정도 되어 보이는 여자애가 긴 의자 발치에 앉아 남자의 관심을 끌기 위해서 애를 쓰며 농담을 건네고 있었다. 여자애는 남자의 웃음기 머금은 즐거운 표정에 용기를 얻었는지 계속 노력하고 있었다.

홀리는 자기도 모르게 눈살을 찌푸렸다. 그렇지만 두 사람에게 가까이 다가가면서 얼굴 표정을 펴고 경쾌한 어조로 말을 걸었다.

"안녕, 앰버. 오늘 드라이브를 나간다고 알고 있는데?"

호리호리한 금발머리가 벌떡 일어섰다. 앰버의 얼굴에는 약간의 당황스러움과 도전적인 표정이 교차했다.

"부모님께 나는 안 간다고 말씀드렸어요. 누가 시골 풍경들을 구석구석 보고 싶겠어요? 난 그냥 케인 씨하고…… 난 그냥 케인에게 마을 상점에 가서 쇼핑이나 같이 하자고 말하고 있었어요.”

“쇼핑하기엔 참 좋은 날이군.”

홀리가 선선히 대답했다. 하지만 목소리는 굉장히 건조했다. 자신과 앰버 사이의 20년 세대차이를 뼈저리게 느꼈다. 앰버는 벌써 한 달 전쯤에 옷장 속에 넣었을 법한, 아주 짧은 반바지의 앞주머니에 손을 찔러넣고 환하게 미소를 지어 보였다.

“나도 그렇게 생각해요. 케인, 어때요. 저와 함께 가실래요?”

케인 바로우는 키득거리면서 앰버의 미소를 쳐다보며 나른한 목소리로 대답했다.

“가장 최근에 나온 심리학 전문 용어를 들어보았니? 남자는 사냥꾼이고 여자는 채집인이라는 말이 있는데. 앰버는 자신을 위해서 쇼핑하는 것을 좋아하겠지만, 우리 남자들은 대개 쇼핑하는 행위를 싫어하지.”

앰버는 케인을 내려다보았다. 얼굴에서 당혹감이 분명하게 느껴졌다.

“오, 그래요. 그러면 나중에라도 같이 해안 절벽을 따라 산책할 수 있을까요?”

“그 명단에서 난 제외시켜야 할 것 같은데, 앰버. 오늘 오후에 포틀랜드에 가야 하거든.”

“오.”

앰버는 다시 미소를 되찾았다. 미소로 남자를 사로잡으려는 눈치가 분명했다.

“그러면 다른 날은 어때요?”

“상황 봐서 그렇게 하지.”

금발머리는 홀리에게 예의 그 어정쩡하게 도전적인 미소를 보내더니, 둘을 남겨 놓고 호텔 건물 안으로 걸어가 버렸다.

“당신은 앰버가 저렇게 걷는 것을 옛날 서부 영화에서 보고 배웠다고 생각하오?”

케인이 앰버의 뒷모습을 유심히 살펴보면서 말했다.

“그냥 몸 속의 호르몬이 시키는 대로 하는 것 같은데요.”

홀리가 대답했다.

“발걸음도 그렇고 구두굽이 팔 센티미터는 족히 되겠군요. 저 애를 부추기면 안 돼요, 케인. 열여덟 살 소녀들은 쉽게 실연의 아픔을 겪는다구요.”

“내가 부추겼다구? 저 애가 이리 와서 내 무릎 위에 앉은 거나 다름없는 포즈를 취했을 때도, 나는 여기 앉아서 내 일만을 생각하며 당신이 오길 기다리고 있는 중이었소. 내가 어떻게 하길 바라는 거요? 당신네 호텔 손님 딸한테 무례하게 굴어서 마음 상하게라도 하길 바란 거요?”

케인은 손을 뻗어 홀리를 잡으려고 했지만 그녀는 신경질적으로 어깨를 움직여 그의 손을 피했다. 그의 눈이 작아졌다.

“당신은 내가 앰버를 확실하게 내 주위에서 쫓아 버렸어야 했다고 생각하는 거군.”

홀리는 앰버가 앉아 있던 케인의 의자 발치에 앉는 대신 근처에 있는 다른 의자에 앉았다.

“당신은 사려 깊게 생각해 보지 않고 앰버를 유혹한 거나 다름없어요.”

“홀리, 앰버는 아이야. 그냥 어린 아이라고. 당신보다 스무 살이나 아래라니까.”

“그래서 더 조심해야 돼죠.”

홀리는 서류 파일을 내려다보면서 얼굴을 찡그렸다.

케인은 긴 손가락을 깍지껴서 탄탄한 배 위에 올려놓고 잠시 그녀를 쳐다보았다. 그녀의 비난에 아무렇지도 않다는 듯한 표정이었다. 그의 침착한 얼굴에서 녹색 눈이 생기 넘치게 반짝거렸다.

“좋아, 주의하겠어. 앞으로 참고하지. 자, 그럼…… 전화가 우리를 방해하기 전까지 같이 해안 절벽을 따라 산책하기로 하지 않았나?”

“안 돼요.”

“안 된다는 이유를 맞춰 볼까? 당신 주인님한테서 오는 전화를 기다리고 있는 거지?”

홀리는 여전히 얼굴을 찡그린 채 케인을 바라보았다.

“주인님이 아니라 스콧이에요. 당신은 스콧을 말할 때마다 왜 그렇게 조롱하는 투로 말하는 거죠?”

“왜냐하면 그 인간이 휘슬을 불 때마다, 만사를 제쳐놓고 달려가는 당신 태도가 마음에 안 들기 때문이오.”

“그건 옳지 못한 생각이에요. 스콧은 내 고용주예요.”

홀리가 반박했다.

“캐롤라인이 세상을 떠난 이래로…….”

“캐롤라인이 세상을 떠난 이래로, 온 마을 사람들이 불쌍한 스콧에게 동정과 이해를 보내고 있소.”

그는 지금도 스콧을 조롱하고 있다.

“그리고 그 바보 같은 녀석은 있는 힘을 다해 사람들의 동정을 이용해 먹고 있지.”

“너무 심하게 말하는군요.”

“심하다구? 유감스럽지만 그건 사실이야.”

홀리는 방패처럼 서류 파일을 움켜쥐고 의자에서 벌떡 일어섰다.

“이것 봐요, 난 그냥 시청에서 스콧을 만나 병원 신축에 관한 몇 가지 일을 검토해야 한다고 말해 주러 갈 뿐이에요. 한 시간 이상은 걸리지 않을 거니 만일 그때까지 여기 있으면…….”

“여기 없을 거요. 아까 앰버 어린이에게 말한 것처럼 난 포틀랜드에 가야 하오.”

케인은 별 다른 움직임 없이, 홀리를 올려다보기만 했다. 편안한 자세로 앉아 있었지만 긴장을 늦추지 않는 듯했다. 홀리는 그의 생각을 알 수 없었다. 짐작도 할 수 없었다. 남자의 마음을 모른다는 건 여자를 미치게 만들기에 충분한 이유였다.

홀리는 고개를 끄덕였다.

“그렇다면 좋아요. 점심 식사는…… 즐거웠나요?”

“그렇소. 우리가 디저트를 함께 침대 위에서 먹었다면, 훨씬 즐거웠을 테지만. 요새 당신은 디저트 먹을 시간도 없는 것 같군. 아니면 기호가 바뀐 거요, 홀리?”

“당신도 바쁘잖아요.”

홀리가 궁색한 변명조로 말했다.

“최근 몇 주 동안 당신이 얼마나 자주 로스앤젤레스나 뉴욕에 갔었는 지 알아요? 우리가 만나지 못한 게 모두 내 책임처럼 말하지 말아요.”

그녀의 변명은 남자에게 무관심한 여자가 하는 말처럼 들렸고 그녀도 그런 투로 말하려고 무척 애쓰고 있었다.

“생각해 봐요. 우린 둘다 직업이 있어요. 그리고…….”

“우린 둘다 최근 몇 달 동안 굉장히 바빴고, 또 지금도 시간을 내기가 몹시 힘드오.”

말을 가로채는 케인의 목소리가 굳어 있었다.

“불쌍한 스콧이 당신에게 모든 일을 의존하기 전에…….”

“당신은 지금 옳지 못한 생각을 하고 있어요.”

홀리는 자신이 똑같은 말을 반복하고 있다는 사실을 깨달았다.

“아니, 아마 내 생각이 맞을 거요. 하지만 만약 틀렸다면 내가 아주 이기적인 나쁜 놈이겠지. 당신이 자주 나한테 말했던 것처럼 말이오.”

케인은 실제로 이 논쟁의 결론이 나든 안 나든 상관없다는 투로 결론 을 내리면서 어깨를 으쓱해 보였다.

“당신은 가서 스콧이 현재 직면한 문제를 푸는 것이나 도와주시오. 난 쉬어야겠소, 포틀랜드까지는 꽤 먼 거리니까.”

홀리는 몸을 돌려 두 발자국을 떼고는 멈춰 섰다. ‘제기랄, 제기랄, 제 기랄.’ 자기 자신이 미웠다. 그녀는 뒤를 돌아다보았다.

“포틀랜드에 오래 있을 건가요? 내 말은…… 내일 당신을 볼 수 있나 요?”

“아마 오늘밤 늦게 돌아올 거요.”

케인이 대답했다.

홀리는 케인이 말하는 것을 완전히 이해할 때까지 잠시 서 있다가 다시 위엄 있는 태도로 돌아와 고개를 끄덕였다.

"즐거운 여행되세요. 운전 조심하구요."

날카롭게 빛나는 녹색 눈동자가 약간 부드러워지면서 알았다는 듯이 고개를 끄덕였다.

"삼 개월 전만 하더라도 장거리로 떠나는 것에 대해서 서로 이렇게 무관심하게 될 줄은 몰랐었는데. 걱정하지 마시오, 조심할 거요."

다시 등을 돌리기는 정말 힘들었지만, 홀리는 몸을 돌려 빠른 걸음으로 베란다에서 벗어났다. 호텔 안으로 들어갈 때까지, 케인의 시선이 등에 꽂히는 것을 느꼈지만 뒤돌아보거나 걸음을 멈추는 짓 따위는 하지 않았다. 어쨌든 자신은 할 일이 있었다. 그 생각만 떠올렸다. 그녀는 호텔 인 뿐만 아니라 클리프 사이드에서 다른 많은 재산과 사업을 가진 스콧을 위해서 일하고 있었다. 병원을 증축하는 일에 자신의 도움이 필요하다면 기꺼이 스콧을 도울 작정이었다.

홀리는 케인과의 사이에 틈이 생긴 것이 느껴졌다. 조용한 로비 한복판에 다다랐을 때 호텔 현관문이 열렸다. 밖에서 벨보이가 가져온 짐과, 주차시키는 일에 관해서 설명하는 소리가 들렸다. 그러고 나서 금발의 여성이 들어왔다.

금발의 여성을 보자 그 자리에서 몸이 얼어붙고 말았다. 눈앞에 벌어진 믿을 수 없는 광경에 입이 쩍 벌어져서는 다물어지지가 않았다.

금발머리 여성은 로비 안으로 들어오다가 홀리를 발견하고 나서 약간 머뭇거리다가 걸음을 멈췄다. 자신과 비슷한 167센티미터 정도의 보통 키에, 아름다운 벌꿀색 머리는 수수하게 어깨 뒤로 늘어뜨렸다. 편안한 바지와 스웨터는 날씬한 몸매를 드러내고 있었다. 얼굴형은 달걀형이라기보다는 하트형에 가까웠다. 특이하고 커다란 황갈색 눈동자에 민감해 보이는 입은 금방이라도 부서져 버릴 것 같이 연약해 보였다.

홀리가 미처 정신을 차리기도 전에, 금발머리 여자가 먼저 근심스러운 미소를 띄우고 조심스럽게 질문을 던졌다. 남부 억양이 강하게 풍겨

나왔다.

"제게 하고 싶은 말이라도 있나요?"

홀리는 눈을 깜빡거렸다. 너무나 친숙한 사람에게서 이렇게 낯선 음성이 흘러나오다니…… 기분이 굉장히 이상했다.

"오, 아니에요. 세상에, 죄송해요. 그냥 전에 알았던 사람과 너무 닮아서요."

"알았던 사람이요?"

"몇 개월 전에 죽었어요."

"그렇다면 정말 안됐네요."

"괜찮아요. 우린 친한 사이가…… 아니었거든요."

홀리는 미소를 지으면서 앞으로 걸어가 악수를 청했다.

"난 홀리 드럼몬드예요, 호텔 인의 지배인이죠. 그냥 홀리라고 불러요."

조안나는 홀리의 손을 꼭 붙잡고 악수를 했다.

"만나서 반가워요, 홀리. 난 조안나예요, 조안나 플린."

"그래요, 조안나. 이곳에 온 것을 환영해요. 호텔 인에서 지내면서 더욱 즐거운 시간을 보내는데 필요한 것이 있으면 곧바로 알려 주세요."

상투적이고 다분히 직업적인 말이지만, 언제나 진심으로 이 말을 했다. 게다가 이제껏 성실하게 자기가 한 말을 지켜왔다.

"그럴게요, 고마워요."

조안나도 상냥한 미소로 답했다.

"당장은 짐을 풀고 여기까지 오는데 너무 피곤해서 좀 쉬어야겠네요. 나중에 다시 만날 수 있겠죠?"

"난 항상 호텔에 있어요."

홀리는 웃으면서 대답했다. 조안나가 프런트 데스크 쪽으로 가는 것을 지켜보았다. 그리고 다음 순간 다시 발걸음을 재촉했다. 시청까지는 단지 두 블록 거리인 얼마 안 되는 거리였다. 지금 그녀에게는 약간의 운동뿐만 아니라 머리를 맑게 해줄 신선한 공기가 필요했다. 스콧에게 조안나의 등장을 어떻게 말해 줘야 하는지 생각하기 위해서.

제기랄, 마을 사람들에게는 어떻게 경고해 줘야 하지…….

'이봐, 도대체 무슨 생각을 하고 있는 거야? 호텔 인에 새로운 손님이 온 것뿐이라구. 그런데 만일 조안나의 머리카락을 검게 물들이고 파란색 콘택트 렌즈를 끼워 주면, 바로 그대로 캐롤라인이야! 그 사실에 대해서 어떻게 생각하는 거야…….'

"제기랄."

홀리는 자신이 중얼거리는 소리가 이제서야 들렸다.

"스콧이 당신을 보면 어떤 생각이 들 것 같아요, 조안나 플린? 어떤 느낌을 받을 것 같아요……?"

4층 객실은 아름다웠다. 거실과 침실, 그리고 욕실도 넓고 안락했다. 다소 특이한 이름과는 달리 호텔 인은 24시간 룸서비스와 케이블 TV를 갖추고 있다고 벨보이가 친절하게 말해 주었다. 그리고 좀더 편안하게 지내는 데 필요한 것이 있다면, 무엇이든지 즉시 요청만 하면 된다는 말도 덧붙였다.

벨보이가 나가자 마자 짐을 풀기 시작했다. 일하는 동안 듣기 위해서 TV를 CNN에 맞춰 놓고 가방 속의 물건들을 모두 꺼내 놓았다. 짐을 다 정리하고 침실에 나 있는 프랑스식 문 쪽으로 다가갔다. 열려진 문 바깥쪽으로 작은 발코니가 보였다. 바다를 보고 싶은 마음에 밖으로 걸어 나갔다.

오른쪽 아래로 베란다를 일부 가려 주고 있는 타일 지붕이 보였고 앞쪽에는 2에이커 정도의 푸른 잔디밭이 있었다. 그리고 험준한 절벽의 꼭대기들, 그 너머로 바다가 펼쳐져 있었다.

벨보이의 말에 따르면 절벽 아래쪽에 해변은 없었다. 오직 높은 파도만이 부서지고 있을 뿐이라고 했다. 절벽 아래로 내려가는 길은 매우 좁고 험해서 아래로 한번 내려가 본 손님은 다시는 내려가길 꺼려한다는 말도 했다.

조안나는 오른쪽으로 고개를 돌렸다. 시선이 남쪽 절벽 꼭대기로 향했다. 순간, 그 자리에 못박혔다. 숨을 쉴 수가 없었다. 꽤 오랫동안 그대로 서서 뚫어지게 쳐다보았다. 그러다가 천천히 뒤로 물러났다. 거실로 돌아가서 노트를 올려 둔 작은 책상 앞에 앉았다.

그녀는 평소 일기를 써 본 적이 없었지만 문득 이곳에서는 일기를 쓰는 것이 좋을 것 같다는 생각이 들었다. 논리적인 사고의 체계를 세우고 모든 일을 명확히 정리하기 위해서……. 숨을 한 번 들이쉬고 조심스럽게 노트를 펼쳤다. 호텔 인에서 준 펜으로 맨 꼭대기에 날짜를 적어 넣었다. 무엇을 쓰고 싶은지 알 수 없었지만 무작정 쓰기 시작했다.

오늘 나는 클리프 사이드에 도착했다. 여기 호텔 인의 내 방 침실 발코니에서 바다가 한눈에 내려다보인다. 그리고 발코니에서 그 저택을 볼 수 있다. 꿈에서 보았던 것과 한 치의 오차도 없이 똑같다.

멀리서 보아도, 저택은 매우 인상적이었다.

호텔 인과 꿈속에서 본 저택과 중간 정도 되는 곳까지 와서 저택을 바라보고 있었다. 절벽 꼭대기에 표면이 매끄러운 둥근 바위 위에 앉아 있었다.

호텔 인처럼 저택은 빅토리아 양식으로 지어진 것 같았다. 끝이 뾰족한 지붕들이 많았고 햇빛에 반사되는 수없이 많은 창문들이 있었다. 바다를 보고 있는 넓은 현관도 두말 할 필요 없이 대단히 아름다웠다.

지금 앉아 있는 곳에서는 어떻게 보면 저택이 황량해 보일 수도 있다. 바위투성이의 곶 위에 홀로 우뚝 서 있는데, 절벽 아래쪽에는 흰 거품을 머금은 파도가 철썩거리고 있었다. 황량해 보인다기 보다는…… 위엄이 있었다.

그래도 저택에 대한 조안나의 느낌은 좋지 않았다. 수주일 동안 자신을 괴롭혀 온 꿈 때문이었다. 우울했고 협박을 당하는 기분이 들었다.

본능적인 경계심은 두려움에 가까웠다.

조안나는 무릎을 세워 두 팔로 느슨하게 감싸안고, 절벽 아래서 부서져내리는 거친 파도소리에 귀를 기울이며 시원한 바닷바람을 만끽했다. 태양은 멀리 보이는 저택의 창문을 붉게 물들이며 바다 위에 걸려 있었다. 점점 내려가는 기온과는 상관없이 그녀의 몸이 떨리는 것을 느낄 수 있었다.

캐롤라인의 집. 지금 자신이 바라보고 있는 저택에서 그녀가 살았다는 사실을 어떻게 알게 되었는지 모르겠지만 그녀의 집이라는 사실을 확신했다. 그리고 아마 지금은 캐롤라인의 남편과 딸이 저기서 살 것이다.

캐롤라인이 죽은 지 3개월이 지난 지금, 분명히 아내와 엄마의 죽음을 극복해 내기 시작하고 있을 부녀에게 조안나는 자신의 출현이 어떤 일을, 어떤 재앙을 불러일으킬 것이라는 사실도 어렴풋이 느끼고 있었다.

호텔 인에 있는 벨보이와 프런트 데스크의 직원조차도 보고 깜짝 놀랐다. 그리고 검은머리의 매력적인 여성인 홀리는 충격을 받아 금방이라도 털썩 주저앉을 것처럼 보였다.

여행을 바쁘게 준비하는 동안 조안나는 클리프 사이드로 가기로 한 충동적인 결정에 대해서 별로 대단하게 생각하지 않았지만, 여기 바위 위에 앉아서 꿈속에 나왔던 집을 바라보니 공포의 감정이 점점 커져갔다. 무엇을 얻으려고 이곳에 온 것인가? 만일 그 꿈이 죽은 여인의 영혼이라면 이곳에 온 것으로 인해, 캐롤라인 맥케나의 영혼을 내게서 쫓을 수 있을까?

너무 성급하게 클리프 사이드에 온 것 같아서 마음이 불안해지면서 점점 그 생각이 순식간에 걷잡을 수 없이 커졌다. 당장 인에 돌아가 짐을 꾸려 애틀랜타로 가는 첫 비행기를 잡아타고, 자신이 속하고 익숙한 곳으로 돌아가고 싶었다. 공포심이 폭발하려는 순간, 어떤 목소리가 조안나를 현실 세계로 불러왔다.

"실례지만, 거기 그렇게 가까이……."

그녀가 놀라서 고개를 돌리자 인기척도 없이 다가온 남자는 충격을 받아 말도 잇지 못했다. 남자의 반응에 조안나는 이제 별로 놀라지도 않았다. 키가 크고, 넓은 어깨를 가진 남자는 강인해 보였다. 칠흑같이 검은머리에 새까만 눈동자를 가지고 있었다. 잘생겼다고 하기에는 너무 거친 윤곽에 얼굴은 다소 야윈 듯했지만 사람을 끌어당기는 남다른 매력이 있었다.

남자의 어깨 너머로 숲 주변 좁은 오솔길에 세워져 있는 그의 자동차로 보이는 블레이저가 눈에 들어왔다. 지금까지 저런 오솔길이 있다는 건 몰랐는데……. 자동차 옆면에 써 있는 로고는 아주 컸지만 이쪽에서는 보이지 않았다.

"경찰이세요?"

조안나는 남자가 경찰 제복을 입지 않은 점이 의아했다. 남자는 아주 캐주얼한 청바지에 밝은 색 점퍼를 걸쳤고 열려 있는 점퍼 속에는 짙은 색 티셔츠가 보였다.

남자는 천천히 고개를 끄덕이면서 두 걸음 더 다가왔다.

두 사람은 불과 몇 미터를 사이에 두고 마주 보게 되었다. 남자의 얼굴에서 충격의 표정은 가셨지만 얼굴은 약간 찡그리고 있었다.

"보안관, 그리핀 카바너프요."

늘 그런 것인지, 아니면 자신을 보고 불편한 마음이 묻어 나서 그런 것인지 알 수 없었지만 남자의 목소리는 깊은 울림이 있었고 다소 거칠었다.

"알겠어요. 그런데 내가 지금 어떤 법규를 위반하고 있는 건가요, 보안관님?"

너무 뚫어지게 쳐다보는 보안관의 시선에 자신의 얼굴을 뚫릴 것 같다고 느낄 정도였다. 얼마 지나지 않아 보안관이 건조하게 대답했다.

"절벽에 그렇게 가까이 앉아 있으면 안 돼요. 정말 위험합니다, 얼마 전에 바로 이 자리에서 사람이 떨어져 죽었어요."

높다는 생각을 하지 않았기 때문에 절벽 끝에 앉았지만, 한쪽 다리라
도 움직여 본다면 허공에서 흔들거릴 위치이다. 보안관의 말을 듣고, 조
안나는 파도가 철썩이고 있는 톱니 같은 바위들이 늘어서 있는 아래쪽
을 내려다보고 몸을 약간 떨었다. 잠시도 지체하지 않고 바위에서 내려
와 보안관 앞에 섰다.

"떨어진 사람은?"

조안나가 물었다.

"그 남자 아니면, 그 여자는…… 죽었나요?"

보안관 그리핀 카바너프는 고개를 끄덕였다.

"여기서 오 년에 한 번씩은 사람이 죽었소."

보안관이 대답했다. 그는 다른 생각을 하고 있는 것 같았다.

"절벽에서 물러 서 있어야 한다는 기초 상식도 없는 몰지각한 관광객
들이 죽었소."

조안나는 모든 관광객들을 대신해서 변호하고 싶은 마음이 생겼다.

"여긴 푯말 하나 없군요. 그렇게 위험하다면 왜 푯말을 세워 경고하
지 않는 거죠, 보안관?"

보안관의 검은 눈동자가 약간 가늘어지더니 확실한 목소리로 대답했
다.

"내가 푯말을 세워 놓을 때마다 바람이나 어떤 이상한 놈들이 푯말을
뽑아 가기 때문이오. 인에서 왔군, 그렇지 않소?"

"그래요. 거기서 머물고 있어요."

"그러면 당신 방문 안쪽에 붙어 있는 경고문을 보았을 텐데. 호텔 뒤
쪽의 절벽에는 난간이 세워져 있고, 손님들은 바깥쪽으로 나갈 수 없게
되어 있소. 당신은 지금 사유지에 들어와 있는 거요."

조안나는 무심결에 멀리 보이는 저택을 바라보았다.

"그렇소, 저 저택 주인의 땅이오."

보안관은 조안나의 시선이 미치는 곳을 따라보면서 대답했다.

"푯말은 없지만 들어오는 것이 강력하게 통제되고 있소. 이 지역은

발 밑이 꺼질 수도 있는 지대요, 미스……?"

"플린, 조안나 플린이에요."

보안관은 고개를 끄덕였다.

"미스 플린, 해안 절벽을 따라 산책하는 것은 호텔 경계선 안쪽으로만 제한해 준다면 고맙겠소. 당신의 안전을 위해서요."

"알겠어요."

말을 더 하려는 생각이 없었지만 보안관이 몸을 돌렸을 때, 자신도 모르게 불쑥 말을 내뱉었다.

"난 오늘 굉장히 많은 사람들이 날 보고 놀라는 것을 보았어요. 당신을 포함해서요."

"당신은 여기서 살았던 어떤 여자와 굉장히 많이 닮았소."

보안관은 선선히 대답했다.

"나도 그렇게 들었어요. 홀리 드럼몬드 씨 말이 내가 어떤 여자와 많이 닮았는데……, 그 여자는 얼마 전에 죽었다고 하더군요."

"그렇소, 석 달 전에 죽었소."

캐롤라인의 죽음을 어떻게 받아들였던 간에 그리핀 카바너프는 자신의 감정을 남에게 안 드러냈다. 얼굴에 변화가 없었고 목소리에도 감정이 묻어 나지 않았다.

"죄송하지만 그 여자의 이름은 뭐죠? 그리고 어떻게 죽었죠?"

조안나는 자신이 왜 캐롤라인에 대해서 아무것도 모른 척하는지 알수 없었다. 그렇지만 아무 상관이 없는, 죽은 여자와의 관계를 밝히기 위해 수천 킬로미터 떨어진 곳에서 찾아왔다는 사실을 클리프 사이드 사람들에게 알리고 싶지 않았다.

"왜 알고 싶은 거요?"

보안관은 무뚝뚝하게 대꾸했다.

"내가 그 여자와 자매인 것처럼 생각될 만큼 닮았다고 들어서요."

조안나는 어깨를 으쓱해 보였다.

"그래서 궁금해요."

"캐롤라인 맥케나요. 자동차 사고로 죽었소, 길이 미끄러웠고 과속을 해서 차가 균형을 잃었소. 더 알고 싶은 게 있소?"

조안나는 보안관의 퉁명스러운 설명에도 굴하지 않고 계속 물었다.

"내가 정말 그 여자하고 많이 닮았나요?"

보안관은 아주 자세히 조안나를 아래위로 뜯어보더니 대답했다.

"머리를 검게 물들이고 눈 색깔만 바꾸면, 당신 엄마도 구분해 내지 못할 것 같소."

그의 목소리에서 느껴지는 게 아픔인지 분노인지는 알 수 없지만, 자신의 지나친 관심에 대해 경고하는 태도를 읽었다.

"알겠어요. 고마워요, 보안관님. 경고도 고맙고 정보도 고마워요."

"천만에."

조안나의 어깨 너머로 해가 빠른 속도로 넘어갔다.

"곧 어두워 질 거요, 해마다 이맘때면 늘 갑작스럽게 어두워지니까. 지금 호텔로 돌아가는 것이 좋을 거요."

그만 가보겠다는 뜻이리라.

조안나도 돌아가기로 결정했다. 어쨌든 최소한 이 주일은 이곳에 있을 것이니 캐롤라인에 대해서 알아 볼 시간은 많이 있었다. 호텔을 향해서 몸을 돌릴 때 이번에는 보안관의 질문이 조안나의 발을 붙들었다.

"왜 이곳에 온 거요, 미스 플린?"

"휴가차 왔어요."

"시월에 말이요?"

"난 가을 휴가를 좋아해요."

보안관은 얼굴을 찌푸리고 조안나를 바라보았다.

"남부에서 왔소?"

"남부 사람을 싫어하나요?"

조안나는 가볍게 응수했다.

보안관은 조안나의 대답을 무시했다.

"내 생각엔 조지아 같군."

그럴 필요는 없었지만 조안나는 보안관의 추측에 답을 해줬다.

"그래요, 조지아의 애틀랜타에서 왔어요. 내가 여기 있다는 것을 왜 그렇게 놀라워하는지 모르겠군요."

보안관의 경직된 입술이 약간 말려 올라갔다, 아주 잠시 동안이지만.

"자연 경관 말고는 아무것도 볼 게 없는 이곳에 휴가를 보내려고 그렇게 먼길을 왔단 말이오?"

"그건 분명히 당신이 상관할 일이 아닌 것 같군요. 그 이유를 꼭 알고 싶다면…… 난 휴가 때마다 우리 나라의 모든 지역을 여행할 계획을 가지고 있어요. 오리건은 태평양 연안 중에서, 우연히도 내가 처음 오기로 선택한 곳일 뿐이에요."

"그 중에서도 클리프 사이드로 말이오?"

보안관이 자신의 말을 믿고 있는지 종잡을 수 없었지만 어깨를 으쓱해 보였다.

"상업 회의소에서 근사한 곳이라는 말을 들었어요. 내가 가장 오고 싶어하던 곳이 편안히 쉴 수 있는 예쁜 해안이 있는 곳이었거든요. 이젠 충분한 설명이 되었나요?"

"그럼 이젠 휴가를 즐겁게 보내시오, 미스 플린."

몸을 돌려 호텔로 향했다. 대수롭지 않은 듯 태연하게 걸어가는 데는 엄청난 노력이 필요했다. 처음에 조안나는 보안관의 관심을 작은 마을에서 얼마든지 받을 수 있는 경고의 수준이라고 생각하려 했지만, 관광 수입이 큰 비중을 차지하고 있는 이 마을의 경제 사정을 고려해 볼 때 그런 생각은 조리에 맞지 않았다.

보안관은 캐롤라인과 섬뜩하리만큼 닮은 여자의 갑작스런 출현이 우연의 일치 이상의 어떤 의미가 있다는 것을 알아차린 것이 분명했다.

바로 그때, 조안나는 클리프 사이드에 있는 모든 사람들이 자신에게 보안관과 같은 의심을 품고 있다는 사실을 깨달았다. 곧 깔끔하게 손질된 호텔 인의 잔디밭에 도착했다. 그리고 멈춰 서서 뒤를 돌아보니 보안관은 아직도 그 자리에 그대로 서 있었지만 조안나를 보고 있는 것은 아니었다. 대신 멀리 떨어져 있는 캐롤라인의 쓸쓸한 저택을 물끄러미 바라보고 있었다.

첫날, 밤새 깨지 않고 잘 잤지만 다음날 아침에 일어났을 때는 꿈을 꾼 기억과 불안감으로 신경이 날카로워졌다. 꿈에서 회전 목마와 종이 비행기, 그리고 비처럼 쏟아져내리는 장미꽃잎을 똑똑히 보았다.

오랫동안 편안한 침대에 그냥 누워 있었다. 낮게 들려오는 바다의 노호하는 소리에 귀를 기울이며 천장을 바라보았다. 어제를 생각하며 클리프 사이드와 만났던 사람들에게서 받은 인상을 정리하려고 했다. 자신을 보고 놀라워했던 사람들의 표정으로 판단해 보건대, 캐롤라인을 잘 알고 있는 사람들을 만난 건 틀림없었다. 그것은 곧 정보를 알아낼 수 있는 원천이 무궁무진하다는 것을 뜻했다.

자신은 이제 그들에게 물어볼 말들을 준비하면 되는 것이다.

일어나서 샤워를 하고, 룸서비스로 아침 식사를 주문했다. 그리고 열려 있는 발코니 문 앞에 서서 캐롤라인의 저택을 바라보며 마지막 남은 커피 한 모금을 마셨다. 저택을 바라보는 내내 마음이 불안했다. 마음은 불편했지만 조안나는 그 저택을 방문하기 위한 가장 좋은 방법을 궁리하느라 여념이 없었다.

들어가는 것이 강력하게 통제되고 있다고 했다. 좋아, 그리고 푯말이 세워져 있지 않다는 말도 했다. 그렇다면 저택이 있는 방향으로 해안 절벽을 따라 산책한다고 해서 법규를 어기는 것은 아니다. 만약에 붙잡힌다면 보안관은 좀더 분별 있게 행동하라고 꾸짖을 것이다.

평소답지 않게 무분별한 행동을 하려는 자신을 보면서 재미있는 기분이 들었다. 그녀는 방을 나와 엘리베이터를 타고 로비로 내려갔다.

프런트 데스크 근처에 서 있던 홀리 드럼몬드는 조안나를 보고 반갑게 인사했다.

"잘 잤어요, 조안나?"

근처에 있는 다른 여자들이 자신을 유심히 살피는 것이 느껴졌다. 무의식적인 행동이고 의심할 여지도 없이 캐롤라인과 닮았기 때문이리라. 사람들의 시선에 행동이 거북했지만 이런 일에 곧 익숙해져야 한다고 마음을 다잡아먹었다.

"안녕, 홀리. 난 오늘 여기저기를 돌아다닐 생각이에요. 클리프 사이드나 주변 지역에 대한 정보가 있으면……."

"그런 일이라면 호텔 인의 어떤 직원이라도 당신에게 도움을 줄 수 있어요."

홀리가 대답했다.

"직원들 대부분이 이 지역에 대해서 아주 잘 알고 있거든요. 따로 관광 안내원을 두는 것은 아니지만요. 저쪽 내선 전화 옆에 관광 안내 팜플렛이 아주 많이 있구요. 그리고 우리 전 직원은 언제라도 당신을 도울 준비가 되어 있어요. 무엇을 알고 싶으세요?"

'좋은 질문이군.'

"오…… 특별한 건 없어요. 적어도 지금은요."

홀리의 호기심어린 표정을 보면서 조안나는 어설프게 웃어 보였다.

"내 직업은 연구 사서예요. 이건 순전히 직업병인데 내가 휴가를 보냈던 곳에 대해서 자세한 조사를 해보고 싶어요. 아무리 열심히 쉬려고 해도, 항상 도서관에 파묻혀 마을을 설립한 사람은 누구인지 따위를 알아보면서 시간을 보내기 일쑤죠. 너무 바보 같은 짓이라는 것을 나도 잘 알아요."

홀리는 미소를 지었다.

"그렇군요. 하지만 마음에 안 내키는 골프를 치거나 필요하지도 않은 물건을 무분별하게 사들이는 것보다는 훨씬 재미있을 것 같네요."

"주위의 내 친구들은 일의 대가를 받지 못할 때, 일하는 건 바보 같은 짓이라고 항상 말하거든요."

"나도 그런 느낌 알아요."

홀리는 다소 슬픈 표정으로 언제나 들고 다니는 서류 파일을 내려다보았다.

"나한테는 휴가 같은 게 없어요. 누가 감히 인생을 공평하다고 말할
수 있을까요?"

"우리 사라 아주머니죠."

조안나가 정색을 하고 대답했다.

"정말이요?"

"그래요, 사라 아주머니는 날 키우신 분이죠. 그리고 아주머니는 죽는
그날까지 사람은 뿌린 만큼 거둔다고 확신하셨어요. 그러니까 이 세상
사람들은 모두 공평하다고 하시면서요. 예전에 강도를 만났을 때, 엄한
목소리로 왜 인생을 강도짓이나 하면서 낭비하냐고 꾸짖던 아주머니의
얼굴을 잊을 수가 없어요. 그 강도는 한 블럭을 줄곧 따라왔어요. 강도
짓을 할 수밖에 없었던 이유를 설명하려고 애쓰면서 말이에요."

홀리는 웃음을 터뜨렸다.

"정말 대단한 여성이었군요."

"그래요."

조안나도 웃음을 보이면서 말을 이었다.

"잠시 바다를 보러 바깥에 나가려구요."

"바다를 보려면 지금 나가는 게 좋을 거예요."

홀리가 대답했다.

"차가운 빗속을 걷는 것을 좋아하지 않는다면 말이에요. 일기 예보에
서 오늘 오후에 비가 올 것이라고 했거든요."

"알려줘서 고마워요."

조안나는 손을 흔들고는 베란다 쪽으로 걸어가기 시작했다.

"조안나?"

"예?"

홀리는 친절한 미소를 지었다.

"도서관은 여기서 세 블록 내려가면 있어요. 법원을 지나면 바로 보
여요, 걸어갈 수도 있는 거리예요. 나중에 가고 싶어질지도 모르니까 미
리 말해 주는 거예요."

조안나는 답례로 미소를 지으면서 다시 손을 흔들었다. 홀리의 궁금증에 충분한 대답을 해준 셈인가? 확신할 순 없었지만 짜낼 수 있는 최선의 대답을 했다고 생각했다. 그리고 최소한 클리프 사이드 도서관에서 시간을 보내는 일과, 캐롤라인에 대해서 물어 볼 수 있는 이유를 마련했다고 생각했다.

낮게 드리워진 구름은 일기 예보가 맞아떨어지리라는 것을 예고하고 있었다. 휘몰아치는 바람이 높게 일렁거리는 바다에서 소금기를 실어 오고 있었다. 조안나는 호텔 인 뒤쪽에 있는 난간에 기대 서서 잠시 바다를 바라보다가, 해안 절벽을 따라 남쪽으로 발걸음을 옮겼다.

잔디밭 끝에 이르자 조심스럽게 주위를 둘러보았다. 호텔 부지를 벗어나는 것에 죄책감과 긴장감이 동시에 고조되었다. 일단 아무도 없다는 것을 확인하자 씩씩하게 앞으로 걸어갔다. 이번에는 절벽으로부터 일정한 거리를 두고 떨어져서 걸어갔다. 그렇지만 바다는 계속 볼 수 있었다. 조안나는 숲을 향해 걸어갔다.

캐롤라인의 저택 가까이 갈 때까지 숲 속으로 걸어갈 생각이었다. 그 다음에 할 일은 정해져 있지 않았다. 물론 문을 두드릴 생각은 없었다. 가능하다면 아무도 모르게 다녀오고 싶었다.

무엇을 알아내고 싶어서 저택 가까이 다가가는 것인지 자신도 모르겠지만 가까이 다가가면 갈수록, 발견해 내야 하는 중요한 것이 기다리고 있다는 확신이 들었다.

조안나는 그것이 무엇인지 알 길이 없었다. 캐롤라인 저택 앞의 잔디밭과 15내지 18미터 정도 높이의 나무숲을 이루고 있는 개간지가 갑자기 나타났을 때, 자신을 기다리고 있는 중요한 것이 뭔지 알아차렸다. 반달 모양의 개간지 안, 절벽 근처에 아름다운 노대가 세워져 있었다. 조그마한 탑을 연상시키는 동양적인 디자인이었다.

노대 안에는 꿈에서 본 회전 목마가 있었다. 색깔이 너무나 밝고 선명해서, 새것 같았다.

자신도 모르게 앞으로 걸어갔다. 계단을 올라가서 단단한 마룻바닥을 가로질러가 말의 갈기 위에 천천히 손을 올려놓았다. 회전 목마는 진짜 살아 있는 말과 똑같은 크기였으며, 목마를 지탱하고 있는 기둥은 천장과 바닥에 단단히 고정되어 있었다.

"이제 날아가는 종이 비행기만 찾으면 되겠군."

조안나가 혼자서 중얼거렸다.

"여긴 우리집이에요."

자신이 얼굴을 돌리면 목소리의 주인공이 놀랄 것이라는 사실은 불을 보듯 뻔했다. 역시나 어린 소녀는 커다란 파란 눈을 더욱 커다랗게 뜨고 얼굴이 백짓장처럼 하얗게 변해서 뒤로 물러났다.

"괜찮아."

조안나는 무심코 말을 건넸다. 그렇지만 어린 소녀를 더욱 놀라게 하고 싶지 않았기 때문에 몸을 움직이지 않았다.

"네게 해를 입히진 않을게."

"아줌마는 우리 엄마랑 똑같이 생겼어요."

조안나는 캐롤라인의 딸을 만나리라곤 미처 생각하지 못했기 때문에 무척 낭패한 기분이 들었다. 고작해야 8살 아니면, 9살 정도 되어 보이는 소녀…… 3개월 전에 엄마를 잃은 불쌍한 소녀는 엄마와 즐겨 찾던 장소에서 엄마와 쌍동이같이 닮은 여자를 발견하고 충격을 받은 것이 분명했다.

"내 이름은 조안나란다."

조안나는 최대한 목소리를 낮추고 본능이 시키는 대로 말을 걸었다.

"난 그냥 클리프 사이드에 놀러 온 사람이란다. 어제 이곳에 도착했을 때, 사람들이 내가 누군가를 닮았다고들 하더구나. 누군가…… 이곳에 살았던 사람을 말이야. 그 사람 이름은 캐롤라인이고, 그런데 너의 엄마니?"

작은 소녀는 천천히 고개를 끄덕였다. 소녀의 눈은 깜빡거리지도 않고 여전히 그녀의 얼굴에 박혀 있었다.

"엄마를 잃었다니 너무 안됐구나. 아줌마도 네 나이 정도에 엄마를 잃었단다. 아빠도 함께 잃었지."

"저…… 자동차 사고로요?"

캐롤라인의 딸은 잠시 주저하다가 어렵게 물어보았다.

"아니, 다른 사고였어. 아빠가 배타는 것을 좋아하셨어, 어느 날 엄마
와 아빠는 작은 배를 타고 바다에 나갔다가 폭풍을 만났지."

"배가 가라앉았어요?"

조안나는 고개를 끄덕였다.

작은 소녀는 얼굴을 찡그리고 잠시 조안나의 어깨 너머를 바라보았
다.

"그럼 지금은 바다가 무섭지 않아요?"

"나도 그때 같이 있었더라면 그랬을 테지. 그렇지만 난 같이 있지 않
았단다. 그리고 그건 벌써 아주 오래 전에 있었던 일이니까."

"난 차가 무서워요. 다시는 차에 타고 싶지 않아요."

"네 기분이 어떤지 알 것 같아."

조안나는 위로의 말을 건네며 두려움이 가득한 작은 소녀의 얼굴을
보니 가슴이 저려왔다.

"내 이름은 리건이에요."

"만나서 반갑다, 리건."

"아줌마는 우리 엄마하고 다른 억양으로 말하네요."

리건은 검은머리를 갸웃거렸다.

"우리 마을 사람들하고도 다르게 말해요."

"아줌마는 여기서 아주 멀리 떨어져 있는 곳에서 왔기 때문이란다."

조안나가 설명해 주었다.

"애틀랜타에서 산단다. 조지아 주에 있지."

"거기 야구팀 브레이브즈가 있죠?"

조안나는 미소를 띄웠다.

"그래, 브레이브즈 팀이 있단다. 야구를 좋아하니?"

"음…… 좋아해요, 우리…… 엄마도 좋아했어요."

리건은 청바지 앞주머니에 손을 쑤셔 박고 어깨를 힘없이 내렸다.

"아빠는 좋아하지 않아요. 아빠는 일을 빼놓고는 세상의 아무것도 좋아하지 않아요."

리건의 마지막 말에서 많은 감정들이 느껴져서 일부러 천천히 대답했다.

"때때로 어른들은 자신이 사랑하는 사람을 잃었을 때, 계속 일만 한단다. 그래야 훨씬 덜 슬프거든."

리건은 어른들의 눈초리처럼 조안나를 꿰뚫어 보듯이 쳐다보았다.

"차 사고가 있기 전에도 아빠는 항상 일만 했어요."

'한 가지 교훈, 아이가 아무것도 모른다고 생각하는 투로 얘기하지 말 것.'

조안나는 고개를 끄덕였다.

"알겠다. 원래 그런 어른도 있지."

리건은 조안나의 변명에 기뻐하는 것 같았지만 조금도 웃지 않았다.

"우리 선생님도 아줌마처럼 그렇게 말했어요."

"선생님? 아, 그렇구나. 오늘은 왜 학교에 안 간 거니?"

"난 요즘 집에서 배우고 있어요."

리건이 설명했다.

"자동차나 버스 때문이에요. 학교는 마을 끝에 있어서 걸어가기에는 너무 멀어요. 그리고…… 의사 선생님이 아빠한테 내가 안정이 될 때까지는 억지로 자동차나 버스에 태우지 말라고 하는 것을 들었어요. 그래서 지금은 집에서 배우고 있어요. 내 선생님은 포터 부인이에요."

"선생님을 좋아하니?"

리건은 다시 어깨를 축 늘어뜨렸다.

"좋아요……. 그런데 선생님은 공부보다 텔레비전 토크쇼를 좋아해요. 그래서 나는 선생님이 텔레비전을 보는 아침 시간에 쉬어요."

"쉬는 시간에는 항상 이렇게 밖에 나오니?"

조안나가 물었다.

"아니요, 가끔 나와요."

리건은 잠시 말을 멈추고 머뭇거리다 퉁명스럽게 말을 이었다.

"이 노대는 엄마가 좋아하는 장소였어요. 내가 아주 어렸을 적에, 엄마는 나를 데리고 유원지에 가서 나랑 회전 목마를 탔죠. 내가 목마를 굉장히 좋아했기 때문에, 엄마는 마음에 드는 목마를 사기 위해서 계속해서 돌아다녔어요. 우리는 이 목마를 사서 이곳에 가지고 왔어요. 엄마가 가장 좋아했던 이곳을 나도 제일로 좋아해요."

"참 좋은 엄마였구나."

리건의 얼굴이 슬픔과 그리움으로 일그러졌다. 소녀는 감정을 침착하게 유지하려고 안간힘을 쓰고 있었다.

"음……."

조안나는 모르는 척했다.

"리건, 내가 가끔씩 이곳에 찾아와도 괜찮을까? 네가 싫다면 오지 않을게."

"괜찮아요. 원한다면 말 위에 앉아도 돼요. 엄마가 그랬던 것처럼……."

"고맙다, 말 위에 앉아 보고 싶은 내 마음을 네가 알았구나."

조안나가 다른 말을 꺼내기 전에 멀리서 종소리가 들렸다.

"포터 부인이 정원의 종을 울리고 있어요."

리건이 설명했다.

"텔레비전 쇼가 끝났다는 얘기예요. 지금 집에 들어가 봐야 해요."

"그래."

조안나는 리건을 향해 미소를 지어 보였다.

"만나서 아주 반가웠다, 리건. 꼭 다시 만나자."

"클리프 사이드에 얼마나 있을 거예요?"

"적어도 이 주일 정도는 있을 거야."

"좋아요, 그럼 됐어요."

리건은 몸을 반쯤 돌리고 잠시 멈춰 서서 조안나를 바라보았다. 왜

머뭇거리는지 알 수 없었다. 마음속으로 무엇인가 결심하는 것 같더니
마침내 수줍게 입을 열었다.

"아줌마, 어른들이 겁이 나면 어떻게 하는지 알아요?"

"어른마다 다르지."

조안나는 침착하게 대답했다.

"아줌마의 경우에는 꼼짝 않고 앉아서 두려워하는 것이 없어지기만
바란단다."

"난 겁을 먹으면 무서운 꿈을 꿔요."

리건이 말했다.

"내 생각엔 엄마도 그랬어요. 지난 여름에 엄마는 나쁜 꿈을 많이 꿨
어요. 차 사고가 나기 직전예요."

"리건……."

다시 종이 울리자 리건을 급하게 말을 이었다.

"가 봐야 해요. 안녕히 가세요, 조안나 아줌마."

"안녕."

조안나는 캐롤라인의 노대 안에 서서 손을 회전 목마 위에 올려놓고,
리건이 집으로 달려가는 것을 조용히 바라보고 있었다.

3

그리핀 카바너프는 책상 앞에 앉아 창 밖을 내다보고 있었다. 길 건너편의 마을 도서관은 보안관 사무실과 비스듬하게 마주 보고 있는 방향이다. 앉아 있는 곳에서 도서관 정문이 똑똑히 보였다. 그는 시계를 쳐다보고 나서 얼굴을 찡그렸다.

조안나가 도서관에 들어간 지 벌써 세 시간이 되었다. 비오는 수요일 오후를 도서관에서 보낸다는 것이 그렇게 이상한 일은 아니었지만, 관광객이 작은 마을의 자료들을 휴가 때 와서 즐길 대상으로 삼는다는 것은 어색한 일이다. 그녀가 클리프 사이드에 온 지 24시간도 채 안 돼서, 벌써 이곳이 지겨워져서 세 시간 동안 '내셔널 지오그래픽'지를 옛날 것부터 샅샅이 훑어보면서 흥밋거리를 찾고 있는 것은 아닌지 궁금해졌다.

도대체 도서관에서 뭘 하는 걸까?

그리핀은 조안나의 렌터카 차번호를 적어 두었다. 포틀랜드에 있는 렌터카 회사에서 쓸 만한 정보를 알아낼 지도 모른다고 생각이 들었다. 그녀를 조사할 이유는 전혀 없었지만, 오늘 아침 사무실에 나오자마자 애틀랜타로 전화를 걸었다. 형제처럼 친하게 지내는 동료 경찰관에게 전화를 걸어 업무에 관계된 일이 아닌 조안나 플린에 관해 몇 가지 질문을 했다. 대답은 금방 얻을 수 있었고 어느 정도 안심은 되었다. 전과 기록은 전혀 없었고 깨끗했다. 심지어 주차 요금을 안 낸 일조차 없었다.

지난 여름에 자동차 사고를 당해 차가 완전히 부서졌지만, 다른 차와 부딪힌 것이 아니어서 고소를 당하지 않았다. 애틀랜타의 한 사설 도서관에서 일하고, 세낸 아파트에서 혼자서 수년 동안 살고 있었다. 세금도 꼬박 꼬박 냈다.

찰스톤에서 태어났고 부모님은 20년 전에 보트 사고로 죽었다. 그래서 아주머니 손에서 자랐으며 십대 때 매년 여름마다 해외로 여행을 다녔다.

이것이 애틀랜타 경찰서에서 보내 온 조안나 플린에 대한 정보였다.

"보안관님?"

"응?"

그리핀은 사무실 안으로 들어오는 부보안관을 보면서 어질러져 있는 책상 위의 서류를 들여다보는 척을 할 필요가 없었다. 작은 마을의 보안관 생활에는 확실히 편한 점이 많았다. 좋은 점에는 업무에 대해서 느긋한 태도를 취한다는 것도 들어 있었다. 어쨌든 급한 일은 전혀 없었다.

"무슨 일이지, 마크?"

"랄프 톰슨 씨한테서 방금 전화가 왔어요. 톰슨 씨 가게 옆에 새로 주차 공간을 만드는 일에 관해서 물어본다구요. 마을 의회에서 그 일에 관해서 뭐라고 결정을 내렸나요?"

"그 의견은 완전히 기각됐어. 주차장은 구 미터 정도면 충분하다더군."

"그럼 보안관님께서 톰슨 씨에게 직접 설명해 주세요."

마크 벨러는 한숨을 내쉬면서 불안하게 눈동자를 굴렸다.

"보안관님도 아시다시피 제가 공적인 일을 전하는 것이 좀 그래서요,

괜찮으시다면 그렇게 해주셨으면 해요. 지난 달에 톰슨 씨네 강아지가 드나드는 뒷출입구를 막아 달라고 공문을 보낸 이후로, 그 집은 마치 날 애완 동물을 독살한 사람처럼 대하고 있다구요.”

그리핀은 다시 창 밖을 내다보았다. 그녀의 렌터카는 아직도 도서관 앞에 세워져 있었다.

“내가 직접 가서 말하지.”

그리핀이 대답했다.

“톰슨 씨에게 내 관심을 보여주기 위해서라도, 아마 고마워하겠지. 어쨌든 다리 운동을 좀 해야겠군.”

“아시다시피 밖엔 비가 오고 있어요.”

“그렇다고 미룰 수는 없지.”

의자를 뒤로 밀어젖히고 몸을 일으켰다. 그리고 손을 뻗어 점퍼를 잡았다. 근무 중이지만 검은 바지에 하늘색 셔츠를 입고, 넥타이도 매지 않았다. 부보안관들은 유니폼을 입었지만 자신만은 캐주얼에 가까운 평범한 옷을 고집했다.

그리핀은 마을의 모든 고민거리를 맡고 있는 보상 중의 하나라고 생각했지만 시장은 그와 만날 때마다 작게 한숨을 내쉬곤 했다. 하지만 지금껏 근무 중에 유니폼을 입지 않는 것에 대해서 뭐라고 나무라는 사람은 아무도 없었다.

“조안나 플린에 관해서 이미 들으셨죠?”

마크가 말했다.

그리핀은 아무 반응도 보이지 않았다.

“그 여자가 어떻다는 거지?”

“글쎄요, 우리 마을에 온 여잔데요. 머리만 검은 색으로 물들이면 맥케나 부인과 똑같을 거예요.”

그리핀이 조안나를 만난 것을 누구한테도 얘기한 적이 없건만, 마을 사람들은 벌써 알고 있었다. 그렇다고 별로 놀랍지 않았다. 클리프 사이드의 수다쟁이들은 만만치 않은 사람들이니까.

“그래, 알고 있네.”

“사람들이 궁금해 하고 있어요.”

마크가 무심코 말했다.

“뭘 궁금해 한다는 거지?

“모든 것을 다요. 시청 직원들은 캐롤라인의 환생이라고 말하고 있고…… 내가 들은 바로는 농담 삼아 하는 말들이 아니던데요. 소방서에서는 출생할 때 헤어진 쌍둥이라고 말하고 있어요. 그들 중 몇 명은 내기까지 걸었어요. 그리고 제니 말로는 가게에 온 모든 부인네들이 맥케나 부인이 어떤 피치 못할 사정으로 죽은 척하고 있다가, 복수하기 위해서 돌아온 거라고 말한대요. 그렇지만 은행에서 근무하는 테드는 제니의 말이 가장 신빙성이 없다고 보고 있어요.”

“환생보다 더 못 믿을 말이 있나 보지?”

마크가 기분이 상한 목소리로 대답했다.

“난 그냥 마을 사람들이 말하는 것을 알려드렸을 뿐입니다.”

“사람들이 어떻게 말해 줬지? 자네한테 팩스라도 보낸 건가?”

그리핀이 다그쳤다. 그 말에 마크는 웃음을 터뜨렸다.

“거의 그렇다고 할 수 있죠. 오늘 아침부터 얼마나 많은 전화가 걸려 왔는지 믿지 못하실 거예요. 제가 그 사람들에게 뭐라고 대답해야 하죠?”

보안관은 점퍼의 지퍼를 올리고 어깨를 폈다.

“우리는 아무 죄 없는 관광객의 일에 참견하지 않아. 그 사람이 누굴 닮았든 간에 말이지. 내 말을 직원들에게 전하게, 마크. 난 우리 사무실에 있는 어느 누구도 이 소문에 기름을 붓는 어리석은 짓을 하는 걸 원치 않네.”

“기름을 부을 필요도 없어요. 저절로 잘 타고 있거든요.”

마크가 대답했다.

조용한 빌딩 로비를 빠져 나가면서 그리핀은 마크의 말이 사실이라고 생각했다. 클리프 사이드에서 떠도는 소문은 보통 악의가 없었지만 홍

밋거리가 생기면 왕성한 활동력을 보여 준다.

조안나 플린은 확실히 사람들의 화제를 몰고 다녔다.

자신도 흥미를 느끼고 있다는 사실을 부인하지 않았고 불안한 마음 또한 부인하려 하지 않았다. 겉으로 보이는 클리프 사이드의 평온함 밑에는 그에 못지 않은 불안감이 숨어 있음을 느끼고 있었다.

작년 이맘때는 이런 긴장감이 없었다. 캐롤라인 맥케나와 섬뜩하리만큼 닮은 여자가, 캐롤라인이 죽은 지 얼마 안 되는 시점에 나타났다는 사실이 마을에 무슨 일을 몰고 올까 봐 걱정스러웠다.

감정을 딱 꼬집어 뭐라고 설명할 수는 없었지만 오랜 경찰 생활에서 나온 육감은 마을 사람들의 이상한 분위기를 생생하게 느끼고 있었다.

그가 밖에 나갔을 즈음에는 빗줄기가 다소 누그러져 있어서 흠뻑 젖지 않고 길을 건널 수 있었다. 그는 도서관 안으로 들어갔다. 꽤 작은 건물이지만 3층까지 있다. 도서관 안에는 책상 앞에 앉아 사무를 보고 있는 중년의 사서만 있을 뿐이다.

"안녕하세요, 보안관."

사서는 그리핀를 올려다보고 인사말을 건넸다. 사람이 좋아 보이게 생긴 사서는 전통적으로 조용한 장소인 도서관에 어울리지 않게 의외로 높은 톤의 기분 좋은 목소리로 인사했다. 그러더니 엄숙하게 한마디 덧붙임으로써 사서 본연의 모습으로 돌아갔다.

"기한이 지났어요."

그제서야 이 주일 전에 책 몇 권을 빌려간 사실이 기억났다.

"죄송합니다, 챈들러 부인. 내일 가져다 드리겠습니다. 약속드리죠."

"그 책들을 다 읽기는 했나요?"

"아직 다 못 읽었습니다."

잠시 머뭇거리다가 순순히 인정했다.

챈들러 부인은 괴로운 듯이 잠시 눈을 감고 있다가 대답했다.

"읽지 않은 책은 가져오지 마세요, 제발. 그 책들을 빌려 가려는 사람이 나타나면 전화할게요. 가져오기 전에 다 읽고 주세요."

“그러죠, 부인.”

“온순한 태도는 보안관에게 어울리지 않아요.”

챈들러 부인이 농담조로 말했다.

“알고 보면 나도 온순한 사람이라는 것을 보여 드려야겠군요.”

그도 챈들러 부인에게 웃어 보였다.

“조안나 플린이 여기 있지요?”

“그래요, 위층에 마이크로 필름 판독기 옆에 있어요. 도서관 일에 정통한 것 같더군요.”

“무엇을 읽고 있는 건가요?”

“마을 역사요. 마을 설립자와 이 마을 사람들의 조상들에 관해서 물어보고, 또 우리 마을의 건축물들이 정말 아름답다고 하더군요. 그리고 누가 그런 건축물들을 소유하고 있는지 궁금하다고 했어요. 지도와 도면 몇 개를 복사하고 또 우리가 시청을 대신해 출생이나 사망, 그리고 결혼 기록을 보관하는 것을 보고 기뻐하는 것 같았어요. 아, 그리고 신문 자료들도요.”

부인은 잠시 말을 끊었다가 신중한 목소리로 덧붙여 말했다.

“어떻게 캐롤라인과 그렇게 닮을 수가 있죠? 머리 색깔하고 목소리만 바꾸면…….”

“동감이에요.”

진지한 표정의 사서를 향해 고개만 끄덕이면서 이층으로 올라갔다. 이층에는 마을과 관련된 모든 자료들이 보관되어 있었다.

오래된 계단과 마루에서 삐걱거리는 소리가 났지만 마이크로 필름 판독기 옆에 앉아 있는 조안나는 너무 자료에 열중해 있었기에 누가 다가오는 것을 모르는 것이 분명했다. 몇 미터 떨어진 곳에 멈춰 서서, 객관적인 시각으로 보려고 노력하면서 그녀를 지켜보았다.

별로 밝지 못한 형광불빛 아래서 금발머리는 환한 빛을 뿜어내고 있었다. 집중해서 자료를 읽느라 얼굴을 약간 찡그리고 있었지만 여전히 아름다운 여자였다. 심지어 옆모습은 더욱 놀라울 만큼 캐롤라인과 닮아 있었다. 오래 전에 잃어 버렸던 쌍둥이 자매인가? 조안나를 쳐다보고 있으니 그것도 전혀 가능성 없는 얘기는 아닌 것 같았다.

캐롤라인에게 자매가 없다는 확실한 사실을 몰랐더라면 자신도 자매라는 가능성에 돈을 걸었을 것이다.

그리핀은 숨을 한 번 내쉬고, 그녀에게 걸어갔다. 그녀도 주위에 누가 있다는 사실을 눈치챘는지 주위를 둘러보다 그를 발견했을 때 놀라서 몸을 움찔했다. 그러더니 갑자기 손을 움직였다. 아마 정신없이 보고 있던 것을 그가 보지 못하게, 아주 교묘하게 치운 것 같았다.

조안나가 자신에게 무엇인가를 숨긴다는 의심이 들자 기분이 좋지 않았다.

"보안관님, 여기서 만나다니 정말 반갑군요."

"미스 플린."

가까이에 있는 의자에 앉았다. 그때, 조안나의 향기를 어렴풋이 맡을 수 있었다. 그녀의 향기는 정말 좋았지만 그리핀을 당황하게 만들었다. 잠시 후, 그 이유를 깨달았다. 항상 캐롤라인의 체취에 가까웠던 담배 냄새가 날 것이라고 예상하고 있었던 것이다.

"그냥 조안나라고 불러요."

그녀의 목소리에서 친근함보다는 건조함이 묻어 났다.

"우리는 하루도 빠짐없이, 우연히 만날 운명인 것 같군요."

그리핀은 잠시 아무 말도 하지 않고 가만히 있었다가 일부러 뒤를 밟은 것이 아니기 때문에 그녀의 빈정거림을 지적하기로 마음먹었다.

"난 당신을 따라다니지 않았소. 만약에 그런 생각을 한다면 말이오."

그리핀이 계속 그녀에게 반박했다.

"내 사무실은 도서관 건너편에 있어서 당신이 이리로 들어가는 것을 봤소. 최소한 세 시간은 있던 것 같군요."

"그래서요?"

조안나는 싸움을 거는 투로 다그쳐 물었다.

"그래서 내 생각엔 당신이 쉴 때가 된 것 같소. 커피나 한 잔 합시다."

그녀가 믿을 수 없다는 표정으로 그를 바라보았다.

"이건 또 무슨 속임수인가요?"

그리핀의 입에서 자기도 모르게 웃음이 새어 나왔다.

"전혀 아니오. 이봐요, 난 쉬는 시간이고 당신도 쉴 때가 되었다고 생각한 것 뿐이오. 여기서 조금만 내려가면 아주 맛있는 커피를 파는 데가 있소, 어떠오?"

"좋아요, 잠시만 기다려 주세요. 자료들을 있던 자리에 갖다 놓고 올게요."

"오늘은 다 한 거요?"

"그런 것 같아요. 휴가인데도 도서관에서 세 시간 이상이나 시간을 보내다니……, 비록 비오는 날이었지만요. 난 일에 대한 강박관념에 사로잡힌 것 같아요. 그런 생각 안 들어요?"

"아마 사정에 따라 다르겠지요."

그리핀이 대답했다.

"당신이 찾고 있는 것이 무엇이냐에 따라서 말이오."

조안나는 마이크로 필름을 다시 감으면서 줄곧 그를 바라보다가 진지하게 말을 건넸다.

"당신의 의견을 말해 봐요, 보안관. 당신이 어느 작은 마을로 휴가를 떠났는데, 거기서 당신과 거짓말처럼 닮은 사람을 발견했어요. 그런데 그 사람은 최근에 죽었구요. 당신이라면 어떤 행동을 취하겠어요?"

"당신하고 똑같은 일을 할 것 같소."

그가 조안나의 진지한 표정에 걸맞는 목소리로 대답했다.

"내가 알아낼 수 있는 한, 그 사람에 대한 모든 것을 알아내겠소. 호기심에서 말이오."

조안나는 고개를 끄덕였다.

"그렇다면 내가 갖는 감정에 대해서 당신은 왜 그렇게 불만이죠?"

"불만을 가진 것은 아니오. 그보다는 염려하고 있다는 편이 맞을 거요. 많은 사람들이 아직도 캐롤라인 맥케나의 죽음을 슬퍼하고 있으니까.”

“나도 그렇게 생각하고 있어요. 이렇게 작은 마을에서는 단 한 명의 죽음이라도 많은 사람들에게 영향을 미치는 법이죠. 당신은 내가 왜 나가서 사람들에게 직접 물어보지 않고, 여기 앉아서 지나간 신문 자료들을 뒤지고 있다고 생각하세요? 난 이미 내 얼굴을 보고 놀란 사람들을 더 혼란스럽게 만들고 싶지 않아서예요.”

그 말을 하고는 숨을 한 번 들이쉬었다.

“오늘 아침에 정말 우연히 누군가를 만났어요. 캐롤라인의 딸이었어요. 난 더 이상 이런 식으로 놀라고 싶지 않아요, 보안관. 정말 싫어요.”

그리펀은 마이크로 필름을 잘 정리하고 있는 조안나의 민첩한 손가락을 지켜보았다.

아름다운 손이다. 하지만 입에서 나온 말은 생각과는 달랐다.

“당신에게도 견디기 힘든 일이겠소.”

“나보다는 그 불쌍한 아이가 더 그랬죠. 내가 그렇게 놀라지만 않았어도 더 잘 대해 줄 수 있었을 텐데 말이에요.”

“무슨 말을 하는지 알겠소.”

“진짜 이해하는 건가요?”

조안나는 많은 자료들을 깔끔하게 접어들었다. 챈들러 부인이 말한 지도와 도면뿐만 아니라 마이크로 필름에 저장되어 있던 정보들을 복사한 것이 틀림없었다. 커다란 가방에 복사한 자료들을 집어넣었다.

“당신이 캐롤라인에 관해 알아내려는 이유를 이해하오.”

그리펀은 조안나가 유심히 쳐다볼 때까지 자신이 캐롤라인의 성을 빼고 친근한 사람을 부르듯이 이름만 말했다는 사실을 깨닫지 못했다.

“캐롤라인하고 잘 아는 사이였나요?”

‘제기랄, 어떻게 대답해야 하는 거지?’

“잘 알고 있었소. 워낙 작은 마을인데다가 여기서 산 지 구 년도 넘었으니까.”

그녀는 아무 대답도 없이 숄더백을 어깨에 멘 채, 마이크로 필름을 보관 장소에 다시 갖다 놓기 위해서 일어났다. 그리핀은 쓸쓸한 미소를 띠우며 일어서서 그녀가 돌아오기를 기다렸다. 맞다, 조안나의 마음은 아주 잘 이해할 수 있었지만 그녀의 태도는 이해할 수 없었다.

캐롤라인에 대한 흥미가 순수한 마음에서 나온 것이고 그렇게 쉽게 설명할 수 있는 것이라면, 왜 그렇게나 주위 사람들을 의식하고 경계하는 것일까?

조안나가 돌아오자 두 사람은 묵묵히 계단을 내려갔다. 그리핀은 그녀가 다소 긴장하고 있다는 것을 눈치챘다. 눈에 보이진 않지만 느낌이 왔다. 상대의 긴장감을 느낀다는 사실이 본인을 더 당혹스럽게 만들었다. 단지, 캐롤라인을 많이 닮았다는 이유만으로 이전부터 알고 있다고 느끼는 것인가?

이런 상황이라면 캐롤라인은 틀림없이 긴장했을 테니까 이 사람도 긴장하고 있다고 느끼는 건가?

"원하던 자료를 다 찾았나요, 조안나?"

챈들러 부인이 물었다.

"꽤 찾았어요."

조안나는 중년 부인에게 고개를 끄덕여 보였다.

"그렇지만 다시 와야 할 것 같아요. 특히 이렇게 비가 계속 온다면 말이에요. 도서관에 인기 있는 소설도 많이 비치돼 있더군요."

"꽤 있는 편이죠. 언제라도 오세요, 도서관은 늘 당신을 환영해요."

챈들러 부인이 대답했다.

두 사람이 도서관 문을 나섰을 때 비는 그쳤지만, 얼마 후에 비를 더 뿌릴 것 같은 구름이 잔뜩 몰려들고 있었다. 공기 중에서도 비 냄새가 났다. 조안나는 잠시 멈추어 서서 자신의 차를 바라보다가 말을 건넸다.

"보안관, 내 차가 여태 한 시간밖에 주차할 수 없는 구역에 있었군요."

"알고 있소."

그리핀이 대답했다.

"난 몰랐어요. 주차 위반 딱지를 뗄 건가요?"

"그럴 생각 없소."

그녀가 조심스럽게 그를 쳐다보자 어깨를 가볍게 으쓱해 보이고 말했다.

"주차할 차들이 많은 관광 시즌에만 그 법규를 적용하고 있소. 지금 주위를 둘러보면 주차를 시키려고 기다리거나, 빙빙 돌고 있는 차는 한 대도 없잖소."

"당신 말뜻을 알겠어요. 그러니까 우리가 차를 마실 동안 내 차를 그대로 두고 갔다와도 공무 수행을 하지 않을 작정이라는 거죠?"

"지금은 오후 휴식 시간이오."

그리핀이 여유 있게 대답했다.

"누군가 저기 은행을 턴다고 해도 가만히 있을 생각이오."

그리핀이 길을 안내하자 조안나는 선선히 따라나섰다. 두 사람은 두 블록 떨어져 있는 커피숍을 향해 나란히 걸어갔다.

"작은 마을의 보안관 임무는 항상 이렇게 한가로운가요?"

그녀가 물었다.

"보통 이렇소."

그는 쉽게 대답하고 어깨를 가볍게 들어올렸다.

그녀가 정말 궁금하게 생각하는 것 같아 덧붙여 말했다.

"범죄보다는 주민들 사이에서 벌어지는 분쟁이 고작이요. 판사가 할 일이 거의 없어서 우리 마을 판사는 일 주일에 이틀만 일하고 있소. 관광 시즌이 아닐 때는 그렇지만, 여름에는 마을이 떠들썩해지오. 그래도 우리들은 시의 법령과 규칙이 지켜지도록 힘쓰고 있소. 그리고 고등 학생들이 밤에 열리는 댄스 파티에 넋을 뺏기지 않도록 애쓰기도 하고……."

조안나는 호기심어린 눈빛으로 그리핀을 올려다보았다.

"여기서 구 년 넘게 살았다고 했는데, 어쩐지 당신은 이렇게 작은 마을 출신으로는 보이지 않는군요. 오리건 주에서 태어났나요?"

그녀가 직관적으로 느낀 것인지 아니면 진짜 그렇게 보이는 것인지 궁금해 하면서 고개를 가로저었다.

"네바다 주요. 그리고 여기저기 돌아다니면서 컸소, 아버지가 직업 군인인 관계로."

거기에 대해서 미처 뭐라고 대꾸도 하기 전에, 맞은편에서 나타난 노부인이 두 사람 곁을 지나갔다. 노부인은 그리핀에게 정중한 인사를 건넸지만 눈은 그녀 자신을 보고 있었다.

"나를 쳐다봐도 조금도 놀랍지 않아요. 그렇지만 굉장히 흥미로운 사실만은 틀림없어요."

그녀는 슬픈 듯이 기분이 가라앉은 투로 말했다.

"그 노부인은 틀림없이 내 이름도 알 거예요. 주유소에서 차에 기름을 넣어준 남자애도 그렇고, 도서관의 챈들러 부인에게도 날 소개할 필요가 없었어요. 뭐라고 말 좀 해봐요, 보안관. 이 마을에 있는 모든 사람들이 내 이름을 알고 있는 건가요?"

"만일 아직도 모르는 사람이 있다면……."

그리핀은 커피숍 문을 열면서 대답했다.

"오늘 해질녘까진 모두 알게 될 거요. 그리고 내 이름은 그리핀이요, 조안나."

그는 그녀를 위해서 커피숍 문을 잡고 있었다. 조안나는 미소로 대답했다. 그 미소를 보니 갑자기 손을 뻗어 만져 보고 싶은 충동이 생겨서 그리핀은 자신을 억눌러야만 했다. 가까스로 충동을 자제하고 얼른 뒤를 따라 커피숍 안으로 들어갔다.

커피숍의 젊은 웨이트리스에게도 조안나를 소개할 필요가 없었다. 웨이트리스는 두 사람을 구석 자리로 인도하면서 호기심을 감추려 들지 않았다. 그들과 같이 있고 싶은 마음이 역력히 드러난 표정으로 커피를 가지러 갔다.

"나 때문인가요, 아니면 당신과 같이 있기 때문인가요?"

조안나가 물었다.

"리즈 탓이오."

그리펀이 가볍게 대꾸했다.

"리즈는 남에 일에 참견하는 것을 매우 좋아하오."

"알겠어요."

조안나는 주위를 둘러보았다. 열댓 명의 손님들이 앉아 있었다.

"마을 사람들 모두 참견하기를 좋아하는 것 같군요, 보안관. 아……
그리펀."

"유감이지만 그렇소."

손님들이 모두 그녀를 보고 있다는 사실을, 그것도 노골적인 시선으
로 보고 있다는 사실을 확인해 볼 필요도 없었다.

"최소한 며칠 동안은 당신은 최신 화제가 될 거요."

그리펀은 사람들이 불안해 하며 그녀를 얼마나 이상하게 쳐다보고 있
는지도 알 수 있었다. 파란 눈동자가 아닌 평범해 보이지 않는 연한 갈
색 눈동자. 그리고 검은머리가 아닌 금발머리…… 그렇지만 생김새는
거의 똑같았다. 세상에, 골똘히 생각할 때 고개를 옆으로 숙이는 버릇도
똑같았다. 하지만 다른 점은 눈과 귀를 혼란스럽게 만들 정도로 완전히
달랐다.

"마을 사람들이 곧 내 모습에 익숙해지리라고 생각해요."

"그렇게 될 거요."

그리펀은 아무 생각 없이 대답했다. 그리고 나서 자신도 모르게 불쑥
이런 말이 튀어 나왔다.

"난 당신과 캐롤라인이 자매일 확률은 거의 없다고 생각하오."

조안나의 눈썹이 치켜올라갔다.

"솔직히, 나도 그 점에 대해서 궁금하게 생각했어요. 그래서 도서관에
가서 자료도 찾아보고 캐롤라인의 출생 증명서도 확인해 보았어요. 그
녀는 바로 이곳 클리프 사이드에서 태어났더군요. 그리고 부모님은 사
실상 이 마을을 세운 것이나 다름없는 분들이구요. 반면에, 나는 사우스
캐롤라이나 주의 찰스톤에서 태어났고 우리 부모님도 오래 전부터 찰스

톤에서 사시던 분들이죠. 캐롤라인은 나보다 3일 먼저 태어났어요. 수천 킬로미터나 떨어져 있는 두 장소에서, 우리 두 사람이 어떻게 해서든지 출생의 연관성이 있다는 것은 완전히 불가능해요.”

“그래도 아무 관련 없는 두 여자가 이렇게 닮았다는 것은…… 좀 이상하지 않소?”

조안나는 깊은 생각에 빠졌다.

“나도 모르겠어요. 만일 우리 모두가 이 지구상 위에 꼭 빼닮은 사람, 아니면 살아있는 사람의 유령을 가지고 있다는 이론을 믿는다면…….”

“제발, 공상 과학 같은 얘기는 하지 맙시다.”

이때 리즈가 커피를 가져 왔다. 웨이트리스가 갈 때까지 대답을 미루고 있다가 대답을 했다.

“어제의 공상 과학이, 오늘의 과학적인 사실이 되는 거예요. 내 말을 믿지 못 하겠어요?”

그리핀은 침착하게 대답했다.

“대답은 평범하고, 간단해야 하오. 클리프 사이드와는 비교도 안 될 큰 도시에서 수년 동안 경찰 생활을 하는 동안 깨우친 거요.”

“그러니까 당신은 냉정한 현실주의자란 말인가요?”

“그렇게 표현하고 싶다면…….”

그가 자신의 생각을 덧붙여서 말했다.

“사람들은 언제나 일정한 틀에 따라 행동하오. 행동을 유발하는 동기도 그렇게 복잡한 것이 아니오. 난 늘 눈에 보는 것만 믿는 편이오, 그게 일을 훨씬 간편하게 만들지.”

“나를 보았을 때는 무엇을 발견했죠?”

조안나가 진지하게 물었다.

“난…… 조안나 플린을 발견했소.”

“당신은 지독한 거짓말쟁이군요, 그리핀.”

“난 거짓말을 하지 않소.”

그리핀은 침착한 목소리를 유지하려 애썼다.

"캐롤라인 맥케나는 물론 죽었소. 마을 사람들은 그녀의 시체를 보지 못했지만 나는 보았소. 그러니까 당신을 그녀라고 생각할 수 없는 거요. 설령 내가 그렇게 믿고 싶어한다 해도 말이요."

조안나의 얼굴에서 미소가 사라졌다. 얼굴을 찡그린 채 커피를 내려다보았다.

"죄송해요. 그 일을…… 생각나게 하려고 한 건 아니었어요."

"뭘 말이요? 고통스러운 기억 말이요? 난 시카고에서 오 년 동안 경찰 생활을 했었소, 조안나. 어마어마하게 많은 수의 시체들을 보았소. 자동차 사고가 캐롤라인의 몸을 어떻게 만들었는지 아무렇지도 않게 말할 수 있소."

"당신의 직업을 고려해 본다면, 그럴 수 있을 거라고 믿어요. 그렇지만 내가 당신보고 거짓말쟁이라고 말한 건 당신이 나를 보고 캐롤라인으로 착각했다는 의미가 아니에요."

"그러면, 무슨 뜻이오?"

그리핀은 너무 긴장해 있었기 때문에, 아무리 태연하려고 해도 목소리가 날카롭게 갈라져 나왔다. 무엇보다도 캐롤라인의 죽음이 조금도 슬프지 않다고 그렇게 급하게 부인한 것이, 오히려 어설픈 거짓말같이 들린다는 사실을 스스로 뼈저리게 느끼고 있었다.

"당신은 날 보았을 때 캐롤라인과 닮은 점들을 찾아냈어요. 당신도 그렇고 나를 본 마을 사람들은 모두 캐롤라인을 알고 있어요. 사람들은 캐롤라인과 닮은 어떤 여자를 본 것이지, 나를 본 것이 아니에요. 이곳 사람들 중에서 조안나 플린이 어떤 사람인지 아는 사람은 한 사람도 없어요. 그러니까 그 사람들은 나를 봤다고 할 수 없어요."

"당신 말이 맞소. 충분히 그렇게 생각할 만하오. 그렇지만 솔직히 무척 당황스러운 건 사실이오."

그리핀은 자신의 복잡한 심경을 충분히 설명했다고 생각했다. 머릿속에서는 닮은 두 여인의 이미지를 일치시키려고 애쓰고 있었다. 비록, 여러 가지 점에서 서로 다르다는 것을 알고 있었지만……

"내가 어떤 느낌을 받고 있다고 생각하나요? 사람들은 마치 나를 잘 알고 있는 것처럼, 바라보고 있어요. 모든 일들을 지레짐작하죠. 도서관에 들어가기 바로 전에 약국에 갔었는데 점원이 자동적으로 담배를 꺼내 주더군요."

"캐롤라인은 담배를 피웠소."

그리핀은 자신도 모르게 불쑥 말을 꺼냈다.

"그래요, 점원이 자신의 실수를 깨닫고 그 얘기를 해줬어요. 맥케나 부인은 담배를 피웠었다고…… 그리고 자기는 단지……."

조안나는 한숨을 쉬었다.

"그 불쌍한 아이는 어디를 쳐다봐야 할지 몰라 쩔쩔맸어요. 나도 그랬죠. 사실대로 말하자면, 정말 기분이 안 좋았어요."

그가 잠시 머뭇거리다가 말했다.

"휴가를 빨리 끝내고 돌아갈 생각이오?"

조안나는 커피를 한 입 마시고 나서 단호한 표정으로 황금빛 나는 눈을 그리핀에게 고정시켰다. 잔을 다시 탁자 위에 올려놓고 아주 간단명료한 대답을 했다.

"아뇨."

"우리가 당신을 그렇게 불편하게 한다면……."

그녀는 괜찮다는 듯이 어깨를 으쓱해 보였다.

"만일 정 참기 힘들면 난 언제라도 떠날 수 있어요. 어쨌든 관광 안내에서 말한 바에 따르면, 클리프 사이드는 내가 원하는 것을 모두 갖추고 있어요. 아름다운 자연 경관, 평화로움, 고요함……."

"만일 이곳 사람들이 계속해서 당신을 불편하게 만든다면 어떻게 하겠소?"

"그렇다면 하루 종일 호텔 내 방 베란다에서, 아름다운 풍경을 바라보거나 평화롭게 책을 읽으면서 보내겠어요."

그리핀은 남부 사람 특유의 악센트에 익숙해 질 수 없었다. 그녀의 악센트는 묘한 즐거움을 주었지만, 말할 때마다 깜짝 깜짝 놀라곤 했다.

"애틀랜타에서 굉장히 정신없이 보낸 모양이오."

순간, 재미있다는 듯 조안나의 눈동자가 빛나면서 입술도 말려 올라갔다. 언뜻 지나간 미소는 캐롤라인과는 딴판이었다.

"사실 내 생활은 아주 단조로워요. 난 도서관에서 일하고 있어요."

"그렇다면 왜 굳이, 평화와 고요한 분위기를 원하는 거요?"

"아마 꼭 그런 분위기를 원한다기 보다는 그냥 주위 환경에 변화를 주고 싶은 거겠죠. 게다가 대도시는 굉장히 시끄럽잖아요."

조안나의 말을 믿고 싶었지만 경찰의 본능이 단순히 주위 환경에 변화를 주기 위해서 이곳에 그녀가 온 게 아니라고 말해 주고 있다. 딱 꼬집어서 말할 것은 아무것도 없었고 명백한 증거가 있는 것도 아니지만, 그녀는 무엇인가를 숨기고 있는 것은 확실했다.

애틀랜타에 있는 동료 경찰에게 그녀의 깨끗한 기록을 들었음에도 불구하고, 우연히 클리프 사이드에 왔다는 생각보다 어떤 목적을 가지고 이 마을에 온 거라는 생각이 들었다.

"나를 뚫어지게 쳐다보시는군요."

조안나가 중얼거렸다.

그리핀은 황급히 커피를 내려다보았다. 그제서야 자신이 여태 한 모금도 마시지 않았다는 것을 깨달았다.

"미안하오."

"그렇다면 캐롤라인에 대해서 얘기해 주세요."

그녀를 쳐다보았을 때 진심임을 알았다.

"도서관에서 이미 캐롤라인에 대한 모든 것을 알아내지 않았소?"

그는 완고한 태도로 물었다.

"아, 내가 알아낸 것은 아주 작은 부분이에요. 지역 사회의 일을 했었고, 마을 사람들로부터 두터운 신망을 얻고 있었죠. 의료 시설의 질을 향상시키기 위해서 노력했었고 딸의 학교 일에도 헌신적인 자상한 엄마였어요."

"그거면 충분하지 않소?"

조안나는 살짝 고개를 가로저었다.

"그런 사실들은 실제로 캐롤라인이 어떤 사람이었는지 밝혀 주지 못해요. 난 아직도 그녀에 대해서 많은 의문점이 있어요. 지역 일을 하지 않을 때, 학교 연극을 위한 무대 배경을 그리지 않을 때, 그녀는 무슨 일을 했죠? 그런 일들은 캐롤라인을 충분히 만족시켰나요? 다른 취미는 없었나요? 동물을 좋아했나요? 음악이나 미술은요? 남편을 사랑했고 행복했나요?"

그리핀을 숨을 내쉬었다.

"왜 나한테 묻는 거요?"

"당신은 캐롤라인에 대해서 말해도 상처받지 않을 테니까요."

조안나는 낮은 목소리로 추궁했다.

"당신이 그렇게 말했잖아요, 그렇지 않은가요?"

'빌어먹을.'

"난 당신 질문에 대답해 줄 수 없소."

"못하는 건가요? 안 하는 건가요?"

그가 어떻게 대답할 것인지 미처 결정하기도 전에 조안나는 고개를 약간 흔들더니 말을 이었다.

"미안해요, 무리한 요구를 해서는 안 되는 건데……. 이 마을에 참견하기 좋아하는 사람이 한 명 더 늘었네요, 그렇죠?"

여전히 얼굴을 찡그린 채 그녀를 쳐다보았다.

"조안나, 내가 도서관에서 한 말을 잊지 말아요. 제발 캐롤라인에 대해 물어보며 다니지 말란 말이오. 당신은 많은 사람들의 가슴을 아프게 만들 수 있소."

"마을을 지키는 보안관으로 하는 명령인가요?"

얼굴 표정으로는 속마음을 알 수 없지만 그가 몹시 화가 나 있다는 사실을 본능적으로 느꼈다.

"아니오, 내 개인적인 부탁이오."

조안나는 예의를 차리는 태도로 고개를 약간 숙였다.

"주의하죠, 그리고 이제 호텔에 가야겠어요. 커피 잘 마셨어요."
"천만에."

조안나는 커피숍 밖에서 그리핀과 헤어질 때 악수도 건네지 않고 인사만 했다.
"또 봐요."
조안나는 차가 세워져 있는 도서관 쪽으로 성큼 성큼 걸어갔다.
그녀의 뒷모습을 지켜보다가 리즈는 물론이고 커피숍에 있는 손님 모두가 자신을 쳐다본다는 것을 깨달았다. 그리핀은 사람들을 노려보고 싶었지만 포기하고 랄프 톰슨 씨에게 가기로 결정했다.
15분 후 그리핀은 톰슨 씨가 숨이 차서 헉헉거릴 때까지, 오만방자하고 주민들을 완전히 무시하는 시의회에 대한 가시 돋친 항의를 참을성 있게 듣다가 보안관 사무실로 돌아왔다. 호텔로 돌아갔는지 도서관 앞에 세워져 있던 조안나의 차는 보이지 않았다.
그는 아무 말 없이 자기 방으로 들어가서 문을 닫았다. 문도 잠그고 점퍼를 벗어 옷걸이에 걸어 놓고, 책상 앞에 앉았다. 그리고 맨 윗서랍을 열었다. 안에는 몇 가지 기밀 서류가 들어 있다. 하늘색 종이 한 장을 꺼냈다. 반으로 접혀 있었는데 자신이 수없이 펼쳤다 접었다해서 접은 금이 다 닳아 있었다.
지금 다시 종이를 펼쳐 둥글둥글하고 어린애 같은 필체의 문장을 들여다보았다. 벌써 오래 전에 적혀 있는 내용은 다 외웠다.

그리핀,
당신을 꼭 만나야 해요. 정오에 헛간에서 만나요.
캐롤라인

쪽지를 접어 서랍 속에 다시 넣고 의자에 몸을 기대고 창 밖을 내다보았다.

다시 비가 내리기 시작했다.

"비는 정말 지긋지긋해."
스콧 맥케나가 투덜거렸다.
"사장님은 지금 오리건에서 살고 있어요."
홀리가 스콧에게 상기시켰다.
"여긴 비가 많은 지역이죠."
"너무 많아. 샌프란시스코로 돌아가야겠어."
"물론 거긴 비를 전혀 볼 수 없겠죠. 하지만 지진이 있잖아요. 게다가 사장님은 여기서 십 년이 넘게 살아 왔어요. 이제 완전히 여기 사람이에요."
"그런가?"
홀리는 화면에서 눈을 떼고 잠시 스콧을 쳐다보았다. 그는 창가에 서서 흠뻑 젖은 정원을 내다보고 있었다. 아찔할 정도로 잘생긴 남자였다. 검은머리, 마음을 드러내지 않는 회색 눈동자. 그리고 어딘가 먼 곳에 홀로 있는 것 같은 분위기…… 그는 언제나 혼자 같았다. 여럿이 모여 있을 때도 그랬다. 처음 만났을 때부터 그런 분위기가 전해졌다.
"사장님 재산의 대부분은 여기 있어요."
홀리가 말했다.
"사장님이 그 재산들을 관리해야죠."
스콧은 고개를 돌려 홀리를 쳐다보았다. 똑바로 쳐다보는 집요한 시선이지만 그녀는 그의 시선을 받고 안절부절 하지는 않았다.
"당신 혼자서도 내 재산을 관리할 수 있소."
스콧이 말했다.
"말도 안 돼요. 호텔 인은 제쳐 두고라도 상점, 그린 하우스, 제재소, 그리고 새로 증축하는 병원을 어떻게 나 혼자 관리하죠? 분명하게 말씀 드리겠는데요, 사장님. 혼자서 그것들을 전부 관리할 수는 없어요."
스콧은 희미하게 미소를 지었다.

"나도 알고 있소. 그래도 당신은 할 수 있소."

"그래요, 맞다고 해두죠."

홀리는 스콧의 컴퓨터에 수치 입력 작업을 끝마쳤다.

"자, 다 됐어요. 의료기기 공급업자한테서 받은 목록과 견적, 입찰가, 그리고 자재 목록을 모두 입력했어요. 땅 고르기 비용에서 조경공사 비용까지요."

"고마워, 홀리."

"별일 아닌데요, 뭐. 괜찮아요, 사장님."

그녀가 말을 계속하려 했지만 그때 갑자기 문이 열리더니 스콧의 딸이 들어왔다. 요즘 늘 리건에게서 볼 수 있는 심각한 얼굴이다.

"무슨 일이지, 리건?"

스콧이 퉁명스럽게 물었다.

"아빠가 허락하면 암스 부인이 오늘밤에 하는 영화를 끝까지 볼 수 있게 해준대요."

리건의 목소리에는 아무런 감정이 들어 있지 않아서 쌀쌀맞게 들렸다.

그는 무슨 영화인지 물어보지도 않고 고개를 끄덕였다.

"봐도 괜찮아."

리건은 아무 말 없이 들어왔을 때처럼 갑작스럽게 방에서 나갔다.

홀리는 의자에 등을 기대고 앉아 자신의 고용주를 바라보았다.

스콧은 다시 창 밖을 내다보기 시작했다. 그녀는 그의 무관심한 얼굴을 보고 용기를 내어 입을 열었다. 자신은 결코 하고 싶은 말을 참는 겁쟁이가 아니었으니까.

"포터 부인이 집에 돌아가면 항상 가정부가 리건을 돌보나요?"

"리건은 별로 돌봐 줄 필요가 없는 아이오."

스콧이 차갑게 대꾸했다.

"당신도 아는 것처럼 그 애는 독립심이 강하오."

"물론, 독립심이 강하죠. 그렇지만 리건은 삼 개월 전에 엄마를 잃었어요. 당신, 리건하고 대화는 하나요?”

“내가 무슨 말을 해줘야 하는 거요?”

비록 스콧이 보고 있지는 않았지만 홀리는 정말 어쩔 도리가 없다는 듯이 어깨를 으쓱했다.

“나도 모르겠어요. 내가 아는 거라곤 리건이 캐롤라인을 정말 사랑했다는 것이에요. 그런데 리건이 슬퍼하는 모습을 아직 본 적이 없어요. 사고가 있었던 날이나, 캐롤라인의 장례식 날에도 울지 않았어요. 그때 이래로 지금까지 죽 그랬왔어요. 그 애가 조금이라도 엄마의 죽음에 울기는 한 건가요?”

스콧은 잠시 말이 없다가 대답을 했다.

“나도 모르겠소.”

“스콧……”

“홀리, 갑자기 아내를 잃었다고 해서 내 성질까지 바꿀 수는 없소. 리건은 엄마와 사이가 좋았지만 나와는 안 좋았소. 난 아이를 위해서 최선을 다할 거지만 엄마의 자리를 대신해 줄 순 없소.”

홀리는 스콧과 8년이나 알고 지냈지만 지금 기분은 알 수 없었다. 언제나 딸과 서먹해 보였지만 다른 사람들에게 대할 때도 늘 그런 태도였으니 아마 그의 천성인 것 같았다.

“물론 상관할 일이 아니라는 건 잘 알고 있어요, 사장님. 그렇지만 정말 걱정이 돼요. 만일 지금 사장님이 리건에게 다가가서 슬픔을 이겨내도록 도와주지 않는다면 평생 후회하실 거예요.”

홀리는 몸을 일으키면서 기운차게 덧붙였다.

“그리고 제가 간섭한 이유는 사장님이 후회하시지 않길 바라는 마음에서예요. 그만 돌아가 보겠어요.”

“운전 조심해요.”

“예, 그럴게요.”

그녀는 문 앞까지 걸어가다가 걸음을 멈추고 스콧을 돌아다보았다.

“안녕히 주무세요, 사장님.”

스콧은 여전히 창 밖을 내다보면서 홀리에게 물었다.
"그 건방진 예술가는 자기가 얼마나 여자복이 좋은 건지 알고 있소?"
"모르고 있어요."
스콧은 홀리의 대답을 예상했다는 듯 아무런 동요 없이 고개를 끄덕였다.
"잘 자요, 홀리."
홀리는 방을 나와서 등 뒤로 조용히 문을 닫았다.

조안나는 캐롤라인의 파일 마지막 장을 손에서 놓고 얼굴을 찡그린 채 베개에 등을 기댔다. 귀중한 자료도 더러 있었지만 그녀의 인생을 알기엔 역부족이다. 이제까지 캐롤라인 인생의 대략적인 모습도 모르고 있다.

세 시간 동안, 클리프 사이드 주간 신문의 일년치 분량을 훑어봤다. 그래서 애틀랜타에서 알아낸 것보다 더 많은 정보를 알아냈지만 보안관에게 말한 것처럼 어떤 정보도 캐롤라인이 실제로 어떤 사람이었는지 밝혀 주지는 못했다.

부유한 여인, 그랬다. 부유한 남자와 결혼도 했지만 원래 부잣집에서 태어났다. 많은 자선 사업을 했고 의료 사업에 관심이 많았다. 십대 때, 불치의 병으로 남동생을 잃었던 것이 마음에 남았나 보다. 겉으로 보기에는 남들 앞에서 스스럼없이 말을 잘 하는 여자였고 뛰어난 패션 감각을 가지고 있었으며, 공식석상에 바지보다 치마를 더 자주 입었다.

사실들……. 그런 사실들은 오직 무수한 추측만 낳을 뿐이다.

신문에 실린 기사보다는 사람들과 대화를 통해서 캐롤라인의 성격을 더 많이 알아냈다. 약국 점원은 그녀가 담배를 꽤 많이 피웠다는 얘기와 초조하면 손톱을 물어뜯는 버릇이 있었다고 말해 주었다.

'캐롤라인은 손톱을 물어뜯었어요. 너무 안됐지 뭐예요.'

점원은 매니큐어가 칠해져 있는 길고 아름다운 손톱을 가지고 있었다. 그래서 안됐다고 말한 것을 쉽게 이해할 수 있었다. 자신의 손을 쳐들어 자세히 바라보았다. 중간 길이의 단정한 손톱이지만 엄지손톱만은 길이가 들쭉날쭉했다. 최근에 조안나가 손톱을 물어뜯는다는 증거였다. 사라 아주머니는 젊은 여자가 갖추어야 할 것들에 관해서 확고한 의견을 가지고 계셨다. 그 중에는 초조할 때 손톱을 무는 버릇은 금물이었다.

애틀랜타에서 캐롤라인과 클리프 사이드에 관한 조사를 벌이는 동안, 생전 처음 자신도 모르게 손톱을 물어뜯는 버릇이 생겼다. 신기한 우연의 일치인가? 아니면 이유를 알 수 없는 기이한 행동인가?

조안나는 무의식적으로 몸을 떨다가 손을 떨구었다. 그리고 스스로에게 물어보았다. 다른 사람의 버릇을 흡수하듯이 받아들이는 것이 가능할까? 한 번도 만난 적이 없는 사람에게서? 아니다, 그런 일은 확실히 있을 수 없었다. 단지 같은 날, '죽을 뻔했다'는 이유로 전혀 모르는 두 사람 사이에 정신적인 연관성이 생긴다는 건 전혀 불가능한 얘기다. 논리와 상식을 완전히 무시한……

그렇지만 자신은 지금 클리프 사이드에 있었다.

조안나는 고개를 흔들었다. 가물거리는 생각들은 접어두고 수집한 사실에만 정신을 집중하려고 애썼다.

주유소에 있던 남자는 조안나를 정신없이 쳐다보다가 캐롤라인에 대해서 말하기 시작했다. 맥케나 부인은 신중한 운전자였으며 모든 사람이 그 사실을 알고 있었다고 했다. 그래서 과속에 의한 사고로 죽었다는 얘기를 들었을 때, 다들 큰 충격을 받았다고 했다. 차에 이상이 생긴 거라고 말하는 사람도 있었지만 차에는 아무 이상이 없었다고 했다. 자기네 사장과 보안관이 정밀 돋보기를 가지고 부서진 차조각들을 자세히 살펴보았는데, 아무런 이상도 발견하지 못했다고 했다. 그래서 캐롤라인이 차를 통제할 수 없는 상황에 처했던 것이 틀림없다는 결론을 내렸다고 했다. 정말 유감스러운 일이라는 말도 덧붙였다.

호텔 인의 선물 가게에서 일하는 여자애는 지난 번 병원에 갔던 일을 길고 복잡하게 얘기하다가 맥케나 부인이 심한 알레르기 증상으로 종종 의사를 찾아갔었다는 것을 말해 주었다. 특히 봄과 여름에 더욱 심했다고 한다. 다른 사람들은 접수를 하고 진찰을 받기 위해서 기다려야 하지만 그녀는 항상 곧바로 진찰실로 들어갔다는 말도 전했다. 그래도 아무도 싫어하지 않았다고 했다. 왜냐하면 멋진 여성이었고, 남편을 설득해 병원 바로 옆에 약국을 열게 했으며, 그 약국은 유난히 약값이 쌌기 때문에 모든 사람들이 혜택을 받을 수 있었다고 했다.

'물어 보지 말고, 그냥 사람들과 대화를 하라.'

사라 아주머니가 가르쳐 준 교훈이었다. 아주머니가 가르쳐 준 교훈을 일상 생활 속에서 뼈저리게 느끼고 있었다. 아주머니는 학교에서 배우는 것보다, 인생을 지켜보는 게 더 많은 배움을 준다고 확신하고 있었다. 그리고 조안나에게도 그 확신이 힘있는 진실이라는 믿음을 심어 주었다.

정리하자면 캐롤라인은 두 가지 초조해 하는 버릇이 있었다. 담배 피우는 것과 손톱 물어뜯는 것이다. 안전하게 차를 모는 게 당연한, 신중했던 운전자 캐롤라인은 미끄러운 길에서 과속으로 달리다가 사고를 당했다. 그리고 알레르기 증상으로 고통을 겪었으며, 의사의 처방으로 치료를 해야 하는 심각한 상태였다.

약간의 구도가 잡혔다. 많은 부분은 아니지만 약간은 잡혔다.

게다가 클리프 사이드에 와서 조안나가 직접 간파한 몇 가지 사실들을 덧붙일 수 있었다.

자신이 가장 좋아하는 장소에 딸을 위해 재미있는 회전 목마를 설치할 만큼 헌신적인 좋은 엄마였다. 그리고 리건의 말로 추측해 본다면 아빠보다 훨씬 많은 사랑을 딸에게 듬뿍 주고 있었던 것이 분명했다.

리건…… 조안나는 리건을 생각하면 마음이 답답해졌다. 그 애는 말할 수 없을 정도로 엄마를 그리워하고 있었다. 비록 조안나가 여러 가지 점에서 엄마와 다르다는 사실을 받아들이는 것 같았지만 외모가 비슷해서인지 그녀에게 애정을 느끼는 것처럼 여겨졌다.

비록 그런 종류의 애정이 지금은 리건에게 도움이 될 지도 모르지만 자신이 떠났을 때 더 큰 고통을 주리란 것은 너무나 뻔한 일이다.

바로 그런 이유에서 리건과 만나는 것을 피하고 싶었다. 하지만 마음 한구석에는 오히려 다가가고 싶었다. 엄마의 죽음을 슬퍼하는 어린 소녀는 무엇인가를 알고 있고 또 걱정하는 것 같았다. 조안나는 그 생각을 도저히 떨쳐 버릴 수 없었다. 아이를 품에 안아 달래주고 지켜 주고 싶었다.

'어른들이 겁이 나면 어떻게 하는지 알아요?'

"캐롤라인은 자동차 사고로 죽었어."

조안나는 아무런 감정도 없는 큰 소리로 중얼거렸다. 그래, 그건 단지 비극적인 사고였을 뿐이다.

'난 겁을 먹으면 무서운 꿈을 꿔요. 내 생각엔 엄마도 그래요. 지난 여름에 엄마는 나쁜 꿈을 많이 꿨어요. 차 사고가 나기 전에요.'

"리건은 단지 엄마가 왜 죽었는지 이해하려고 안간힘을 쓰며 슬퍼하는 불행한 어린 소녀일 뿐이야. 난 이런 일이 일어난 이유를 찾으려고 애쓰고 있어. 완전히 허무맹랑한 일을 이치에 맞게 생각하려고 애쓰면서……."

'… 보안관이 정말 돋보기를 가지고 부서진 차조각들을 자세히 살펴보았는데…….'

"보안관은 아주 철저하게 조사했어. 캐롤라인이 차를 통제할 수 없게 된 이유를 찾기 위해서 말이야. 왜냐하면 보안관도 캐롤라인이 신중한 운전자라는 사실을 알고 있었거든. 보안관은 사고 이외에는 어떠한 가능성도 의심해 볼 수 없었기 때문에…… 이렇게 혼잣말을 계속 하다간, 특히나 이렇게 큰 소리로 입 밖으로 말하다간 누군가 나를 정신 병원에 넣으려고 할지도 모르겠군."

아마 보안관이 하겠지. 그것도 아주 즐겁게, 단순한 즐거움 이상의 감정을 느끼면서.

단순히 보안관이 자신을 믿지 못하는 건지, 아니면 다른 이유가 있는 것인지 알 수 없었다. 분명한 건 보안관이 자신이 마을을 돌아다니며 캐롤라인에 대해서 묻는 것을 싫어한다는 거다.

왜? 마을 사람들의 감정을 다치지 않게 하기 위해서? 아니면 내가 찾아내면 큰일나는 일이라도 있는 건가? 숨겨진 비밀을 찾는다는 게 뭐가 나쁘단 말인가?

어쨌든 그리핀은 보안관이다. 다른 사람들보다 캐롤라인의 '사고'에 대해서 더 상세히 알고 있었다. 본인도 그녀의 죽음에 뭔가 미심쩍은 점이 있었을 것이다. 사고가 아니라는 어떤 증거가 있을 지도 모른다.

심지어 계획된 살인의 증거가 있을 것이다. 그리고 보안관은 그 증거를 혼자만 알고 있는 것이다.

왜냐하면…… 왜지? 작은 해안 마을의 존경받는 보안관이 도대체 무슨 이유로 살인의 증거를 숨기고 있는 걸까? 자신이 그 사건에 연루되어 있기 때문에? 아니면 다른 연루된 사람을 보호하기 위해서?

조안나는 침대로 기어 들어가며 낮은 신음소리를 냈다. 세상에…… 얼마나 우스운 일인가? 죽은 여인에 관해서 알아내기 위해 5천 킬로미터나 떨어져 있는 곳을 찾아오다니. 지금 전혀 증거가 없는데도 고의적인 사고라는 상상을 정신없이 하고 있다니. 우스운 것보다 더 심각한 상황이다. 이건 미친 짓이다.

조안나는 성급한 판단을 내린 적이 없었다. 그러나 이 마을과 마을의 모든 것은 의심스러운 눈초리로 바라보게 된다. 도대체 왜? 공포로 가득 찬 악몽이 끊임없이 계속되어서? 터무니없는 일이지만 캐롤라인의 영혼이 자신에게 도움을 청하려 한다고 믿기 때문에? 엄청난 슬픔을 억누르고 있는 리건이 더운 6월의 어느 날, 어린 날의 자신을 생각나게 해서……?

눈을 감으니 피로감이 몰려들었다. 아직 10시도 채 안 돼서 잠자리에 들기는 일렀지만, 오늘은 이상하게 하루가 길고 낯설음과 불안함이 마음을 괴롭혔다. 그리고 도저히 침착할 수 없었던 만남들도……. 리건과 그리핀. 슬픔으로 온몸이 젖은 어린 소녀와 속을 알 수 없는 우울한 눈빛을 하고 있던 강인한 남자. 눈동자 색깔은 뭐였지? 조안나는 눈동자

색깔을 기억해 낼 수 없었다.

그도 다른 사람들처럼 자신을 보면서 캐롤라인을 느끼고 있었다. 그렇지만 그는 무엇인가 다른 것도…… 느끼고 있었다.

조안나는 해안 절벽을 따라 노대로 걸어가고 있었다. 숲이 안전하지 않다고 생각해서 숲과 약간 떨어져서 걸었다. 머리 위에서 갈매기들이 끼룩거리는 소리가 계속해서 들렸다. 어깨 너머로 뒤돌아보았을 때, 긴 금발의 소녀가 날듯이 절벽 위에서 뛰어 내리는 것을 보았다. 위험하다고 소리치려고 했지만 너무 늦었다. 그 소녀는 높이 날아올랐다가, 떨어져내렸다…… 계속 떨어졌다. 소녀가 서 있던 절벽에 한 남자가 서 있었다. 남자는 조안나에게 등을 보이고 서 있다가 몸을 돌리기 시작했다. 조안나는 너무 무서웠다…….

놀라서 몸에 경련을 일으키면서 깨어났다. 숨이 헐떡였고 심장은 사납게 날뛰고 있었다. 침대맡의 시계를 보니 겨우 자정 가까이 된 시각이다. 밖에서 바람이 낮게 울부짖는 소리가 들려 왔다. 아직 비는 오지 않았지만 일기 예보는 밤새도록 폭풍이 몰아칠 것이라고 했다. 바람소리를 들으니 폭풍이 몰려오고 있는 것 같았다.

그녀는 일어나 앉아 머리를 쓸어내렸다. 꿈이 아직도 기억 속에 생생하다. 이곳에 와서 캐롤라인을 조사하게 만들었던 꿈보다 훨씬 더 긴박했다.

"세상에, 캐롤라인."

조안나는 중얼거렸다.

"무슨 일이 있었던 거지? 그 불쌍한 소녀가 절벽에서 떠밀리는 것을 본 건가? 그게 바로 당신이 두려워하는 이유인가?"

대답은 들리지 않고 오직 바람소리만 들릴 뿐이다.

4

처음엔 꿈인 줄 알았다.

바람소리에 귀를 기울이면서 평화로운 기분에 젖어 있었다. 홀리는 어렴풋이 깨어 있는 상태에서 폭풍이 도착하기를 기다리고 있었다. 그녀는 폭풍을 좋아했고 폭풍우가 몰아치는 밤이면 훨씬 잠을 잘 잤다.

어떤 움직임이 느껴졌다. 침대가 아래위로 흔들렸다. 성가셔서 신음소리를 내면서 몸을 뒤척였다.

무엇인가 입술에 닿았다. 따뜻하고 단단했으며 흐린 커피 맛이 났다. 그녀는 또 작은 소리를 냈다. 이번에는 즐거운 기분의 신음이다. 홀리는 이 꿈이 마음에 든다고 생각했다. 누군가 자신에게 키스를 하고 있었다. 단지 입술만 포개고 있었는데 남자는 아주 능숙했다. 남자는 홀리의 몸이 뜨거워지고 몸 안 깊숙한 곳으로부터 나오는 느릿한 고동이 사납게 날뛸 때까지 유혹했다. 남자의 입술이 그녀의 입술을 쓰다듬으면서 짓궂은 장난을 했다. 그러더니 아랫입술을 살짝 깨물었다. 홀리가 이불을 젖히고 남자에게 매달릴 때까지 남자의 혀가 교묘하게 홀리를 자극했다.

남자는 홀리의 손목을 모아 쥐고, 베개 위쪽에 대고 부드럽게 눌렀다. 입을 열 수 있었다면 항의를 했을 것이다. 그렇지만 남자의 입술이 그녀의 입술 위에서 움직이면서 그녀의 입술을 지배하고 있었다. 여자는 곧 불타오르거나 폭발해 버릴 것 같은 느낌이 들었다. 남자가 온몸을 휘감고 있는 미친 듯이 날뛰는 욕망을 채워 주지 않는다면 녹아서 물이 될 듯 싶었다.

남자의 손이 홀리의 가슴을 애무하기 시작했다. 아주 천천히 원을 그리면서 움직이자 나이트 가운은 부드러운 감촉을 전해 주었다. 즐거움의 물결이 밀려오면서 그녀는 낮은 신음소리를 내었다. 마치 줄곧 그랬던 것처럼, 남자는 능숙하게 여자의 입술에 키스하면서 가슴을 애무했다. 홀리의 몸이 자신을 애태우는 남자의 손길에 더 가까이 다가가기 위해서 활처럼 휘었다. 남자가 짓궂게 몸을 뒤로 빼자 그녀는 욕구 불만으로 가득 차 남자의 이름을 불렀다.

"케인……."

"내가 누군지 알다니 정말 기쁘군."

그가 중얼거리면서 나이트 가운 안으로 손을 넣어 그녀의 가슴을 모아 쥐었다. 그는 딱딱하게 굳어있는 젖꼭지를 엄지손가락으로 천천히 쓰다듬기 시작했다.

"이 와중에서도 계속 자고 있다니. 눈을 떠요, 홀리."

그녀는 눈을 뜨고 반짝거리는 짙은 눈동자를 쳐다보았다. 케인이 붙들고 있는 손목을 풀려고 했지만 포기하고 정신을 가다듬으려 했다.

"당신이 왜 지금 내 방에 들어와 있는 거죠?"

"당신이 테라스 문을 잠그지 않았소, 아주 나쁜 버릇이지. 아무리 작은 마을일지라도……."

미처 뭐라 대답하기 전에, 케인이 다시 키스를 시작했고 그녀도 욕망에 굶주려 하며 그에게 키스를 돌려주었다. 홀리의 육체가 케인의 육체를 절실히 원하고 있었기 때문에 더 이상 싸울 힘이 없었다.

그럼에도 불구하고 자신도 모르게 중얼거렸다.

“당신 마음 내킬 때마다, 이렇게 뻔뻔스럽게 내 방에 들어 올 수 없어
요.”

“내가 나가길 바라오?”

엄지손가락과 집게손가락 사이에 홀리의 젖꼭지를 살며시 끼워넣고
그가 정중히 물었다.

자신이 케인의 허세에 화를 낼 수 없는 것처럼, 그도 똑같은 열정에
휩싸여 있다고 확신했기 때문에 날카롭게 소리쳤다.

“당신이 만약 지금 나간다면, 난 절대로 당신을 용서하지 않을 거예
요.”

그가 다시 키스를 했다. 이젠 짓궂게 놀리지 않았고 손목도 풀어 주
었다. 그러더니 몸을 뒤로 빼고 이불을 걷어 버렸다. 그리고 어둠에 싸
여 있는 침대 위에 누워 있는 여자를 들여다보았다. 침실에는 항상 켜
놓는 홀의 램프 불빛만이 새어 들었다. 불빛이 흐릿해서 간신히 두 사람
이 서로 알아 볼 정도였다.

케인은 침대 위로 올라오기 전에 이미 옷을 모두 벗고 있었다. 더 밝
은 불빛 아래서 그를 똑똑히 보고 싶었지만 손을 뻗었을 때 만져지는
몸과, 눈으로 볼 수 있는 케인의 몸 사이에서 발생하는 차이점은 기억이
채워 주었다. 남자의 몸은 단단했고 잘 단련된 근육을 감싸고 있는 가슴
은 매끄럽고 팽팽했다. 홀리의 손가락이 케인의 팔을 따라, 어깨에서 가
슴으로 더듬어 갔다.

그녀는 자신의 몸만큼 케인의 몸을 잘 알고 있었다. 하지만 그의 육
체를 더듬어 갈 때마다 늘 새로운 발견의 기쁨이 느껴지곤 했다. 마치
그는 나날이 새로워지는 것 같다.

“당신이 와 줘서 기뻐요.”

그녀가 중얼거렸다.

“정말이오?”

그가 섬세한 나이트 가운의 끈을 어깨에서 끌어내렸다. 그리고 어깨
에 입술을 갖다 댔다.

“당신이 날 찾아왔으면 좋겠다고 생각했어요. 그렇지만…….”

“그렇지만……?”

다른 쪽 끈마저 내리자 팔이 자유로워지며 미끄러져 내리는 실크의 부드러운 감촉이 느껴졌다. 케인의 긴 손가락이 홀리의 목부터 가슴의 계곡 사이를 지나 배꼽까지 내려갔을 땐, 아무것도 생각할 수 없었다.

그에게서 낮고 거친 웃음소리가 터져 나왔다.

“그렇지만 당신은 날 찾아오지 않았겠지. 물론 그 사실은 나도 알고 있소. 그렇지만 난 기다릴 수 없었어, 당신이 날 미치게 만든 사실을 알고 있소?”

케인이 갑자기 참을 수 없다는 듯이 홀리의 나이트 가운을 완전히 벗겼다. 그리고 미처 엉덩이를 들기도 전에, 나이트 가운을 거칠게 잡아당겨 침대 옆에 던져 버렸다.

그녀는 그의 비난을 반박하고 싶었다. 아니면, 자신의 무엇이 그를 그토록 미치게 만들었는지 묻고 싶었다. 케인의 입술이 홀리의 입술에서 목으로, 그리고 가슴으로 내려가자, 입 밖에 나는 소리는 승리감을 표현하는 짐승 같은 흐느낌뿐이었다. 그는 여자의 어디를 애무하고 어떻게 해야 하는지, 상대의 육체가 자신에게서 갈망하는 것이 무엇인지를 잘 알고 있었다. 그리고 원하는 것을 주었다.

즐거움의 물결이 그녀의 온몸을 쓸어내렸고 그 강도는 점점 더해 갔다. 마침내 그녀의 몸 안에 들어갔을 때 홀리는 자신이 앞으로도 영원히 케인을 원하게 될 것이라는 사실을 느꼈다. 반갑게 맞아들였고 그가 가르쳐 준 황홀하고 리드미컬한 동작을 함께 했다. 그를 만나기 전까지 이런 육체의 기쁨을 느껴 본 적이 없었다. 그도 이 사실을 눈치채고 있는지 궁금해졌다. 이 사실이 과연 그에게도 중요할까?

홀리는 자신을 강렬하게 바라보는 눈빛을 멍하니 올려다보았다. 늘 궁금했다. 왜 이렇게 항상 자신을 빨아들이려는 듯이 쳐다보는지……. 절정에 이르면 어찌할 수 없는 황홀감에 젖어 울부짖는 순간, 왜 그렇게 자신의 얼굴만 뚫어져라 쳐다보는지…….

절정에 다다르면 홀리는 모든 것을 잊었다. 오직 육체의 기쁨에 눈이 멀고, 귀가 먹고, 말 못하는 벙어리가 되었다. 케인은 늘 그녀를 미치게 만드는 힘을 가지고 있었고 기다리고 있었다. 정신을 차릴 때까지, 여자의 몸 안에 들어가는 것을 미루면서…… 그가 홀리의 몸 안에 들어 간 바로 그 순간, 환희에 찬 거친 신음소리와 함께 클라이맥스에 다다랐다.

두 사람은 잠시 가만히 있다가 케인이 몸을 뒤척여 홀리를 자신의 배 위에 올렸다. 간혹 가다 두 사람이 함께 잠을 잘 때, 그가 좋아하는 자세였다.

홀리는 기운을 차리고 가슴 위에 팔을 포개어 올려놓았다. 그리고 팔 위에 턱을 괴었다.

"여기서 밤을 보낼 건가요?"

그녀가 물었다.

"그럴 생각이오. 아직 못 들었나 본데, 지금 밖에는 폭풍우가 몰아치고 있소."

그 말을 듣고서야 비로소 요란하게 우르릉거리는 천둥소리와 침실 창문을 세차게 두드리는 빗소리가 귀에 들렸다. 그녀에게는 마음을 편안하게 해주는 소리였다. 마음이 아주 편안했지만 잠이 오지 않았다.

"밖에 폭풍우가 없더라도 당신을 보내지 않을 작정이었어요."

홀리가 교태어린 목소리로 말했다.

"안 보낸다구?"

"그래요."

대답을 하고는 고양이처럼 나른한 미소를 지었다.

"그리고 지금 이 순간부터 테라스 창문은 잠가 놓고 잠자리에 들 생각이에요."

케인이 낄낄거렸다.

"내가 당신의 초대를 받을 때까지 기다려야 한다 그거요?"

"체면도 지켜야죠."

그녀가 진지하게 대답했다.

"호텔에서 사는 것은 여러 가지 불편한 점이 있죠. 그 중 한 가지가 바로 모든 사람들이 지켜본다는 거예요."

그는 홀리의 부드러운 머리카락을 쓰다듬으면서, 어깨와 등에 머리카락을 펼쳐 놓았다.

"클리프 사이드에 사는 열두 살이 넘은 사람들 중에, 우리가 애인 관계라는 사실을 모르는 사람이 있을 것 같소?"

"아마 없겠죠. 그렇지만 난 사람들의 의심을 눈으로 직접 확인시키고 싶진 않아요."

"그 말은 아침에 내가 몰래 이 방에서 빠져 나가야 한단 소리요?"

그가 쓸쓸하게 물었다.

"글쎄요, 다시 테라스 문으로 빠져 나가서 식당에서 만나 아침 식사를 할 수도 있겠죠. 아무튼 내 방에서 나온 사실을 아무도 모르게 해야 돼요. 그런데 지금 집에서 오는 길이에요?"

"그렇소."

홀리는 머뭇거리다가 말을 이었다.

"난 확신할 수가 없어요. 내 말은, 어제 이후 당신이 날 많이 좋아하지 않는다는 생각이 들었어요."

번개가 내리쳐 순간적으로 방이 환해졌다. 케인의 눈도 어둠 속에서 고양이 눈처럼 빛났다.

"그렇지 않소."

메마른 어조로 그가 대답했다.

"내가 벌써 말했던 것처럼 당신은 날 미치게 만들고 있소."

"내가 일하는 것 때문예요?"

"그래. 스콧 맥케나가 진짜 어떤 사람인지, 당신이 꿰뚫어 보지 못하기 때문이오."

그녀가 숨을 깊이 들이쉬었다.

"무엇을 꿰뚫어 봐야 하는 거죠, 케인? 스콧은 언제나 내게 잘 대해 주었어요. 심한 말 한 마디 한 적이 없다구요. 내가 그의 어떤 점을 봐야 하는 거죠?"

"그 녀석은 수탈자야, 홀리. 늘 수탈자였고 앞으로도 계속 그럴 거요."

"수탈자? 당신이 무슨 말을 하는지 모르겠어요."

갑자기 홀리는 기분이 나빠졌다. 그래서 그의 몸에서 내려와 이불을 끌어당겼다.

그녀를 쳐다보며 옆으로 누워 팔로 턱을 괴더니 그가 입을 열었다.

"이해하지 못하겠소? 스콧의 생활은 어떤 것에도 동요되지 않도록, 교묘하게 짜여져 있다는 것을 눈치채지 못했소? 당신이 인을 책임지고 있고, 딜런 요크와 리사 메이트랜드가 대부분의 다른 사업을 맡고 있소. 게다가 당신은 그들 두 명이 없을 때마다 지체 없이 달려가 그 불쌍한 스콧을 돕고 있고……."

"그건 내 일이에요, 케인."

"당신은 하루 스물네 시간 스콧이 시키는 대로 하고 있소. 그는 집을 돌봐 줄 가정부, 하녀, 그리고 정원사도 있소 캐롤라인만이 리건에게 유일한 부모 역할을 했다는 사실을 생각해 봐요. 지금 엄마가 없는 리건에게 무슨 일이 일어나고 있소? 무서워서 차나 스쿨버스를 타지도 못하는데, 도대체 아빠라는 작자가 딸을 도우려는 시도를 해보기나 한 거요? 그 애의 엄마를 땅에 묻으면서도 아이를 안아 준다든지, 하다못해 손이라도 잡아 주는 것을 본 적이 있소? 그런 일은 없었소. 그 인간은 그저 다른 누군가를 고용해서…… 이번에는 선생님이겠지. 그래서 선생이나 가정부가 그 불쌍한 어린아이를 보살피게 하고 있소."

케인이 하는 말이 어느 정도 타당성이 있기 때문에 홀리는 반박할 수 없었지만 듣기가 매우 거북했다.

"그래요, 당신이 말하는 것처럼 스콧은 그런 사람이에요. 그렇지만 난 그를 위해 일하고 있어요. 당신이 그에 대해서 그렇게 적대적인 감정을 갖는 것은 나를 정말 당황스럽게 해요."

잠시 아무 말이 없다가, 케인이 손을 뻗어 홀리의 뺨을 어루만졌다.

"당신과 타협을 해야겠군. 당신은 처음부터 하기로 약속한 일만 하고,

난 스콧에 관해서 입을 다물고 있고."

"처음부터 하기로 약속한 일이……."

"당신은 인의 지배인이요, 그것도 전임직이오. 당신은 병원 증축 공사 때문에 건설업자나 자재 공급자하고 말다툼을 벌이거나, 묘목 밭에 있는 식물에 물을 주거나, 제재소를 맡고 있는 지배인이 아플 때 제재소일을 대신 해주기 위해 고용된 것이 아니라 호텔을 경영하기 위해 고용된 거요. 그러니까 호텔만 경영해요. 그리고 다음에 스콧이 타이프 치는 방법을 모른다는 이유로 자기 컴퓨터에 자료 입력을 시키거든, 그 일을 할 타자수를 고용하라고 말해 줘요. 아니면 전임 비서를 고용하든가, 스콧은 전임 비서가 필요할 것 같군."

"리사와 딜런이 며칠만 있으면 돌아와요. 곧 괜찮아 질 거예요."

"그건 타협 조건이 아니요, 홀리."

"날 궁지에 몰아 넣지 말아요."

케인은 고개를 가로 저었다.

"제기랄, 당신은 정말 고집불통이군. 난 단지 타협을 원할 뿐이오. 내가 말한 대로 한다면, 우린 일주일에 한 번 정도는 만날 수 있소. 지금 하고 있는 일 중에서 한 가지만 그만 둬도 우리가 함께 할 시간이 훨씬 늘 거요."

"나도 그러고 싶어요, 그렇지만……."

"그렇지만, 뭐요? 난 당신을 위해서 기꺼이 시간을 낼 수 있소. 내 다음 작품전은 봄에 있을 예정이고, 그림을 그린다 해도 당신이 호텔을 운영하는 낮에만 그릴 거요. 그러면 우리에겐 저녁 시간과 주말이 남는 거요. 당신이 기꺼이 시간을 내준다면 말이오."

케인은 끈질기게 집요한 시선으로 홀리를 쳐다보았다.

"우리 관계가 그럴 만한 값어치도 없는 건가?"

홀리는 자신이 양보해야 한다는 사실을 처음부터 알고 있었다. 이런 요구는 케인이 가끔씩 잠자리를 같이 하고, 점심 시간에 데이트하는 관계 이상을 희망한 이후 처음 있는 일이었다.

"홀리?"

그녀는 급히 고개를 끄덕였다.

"좋아요, 그럼 지금부터 호텔 일만 열심히 하기로 할게요. 스콧이 시키는 대로 하지 않구요, 그럼 됐죠?"

대답 대신에 케인은 몸을 숙여 키스하고 나서 베개를 베고 누워 홀리를 품안에 끌어당겼다.

"난 지금 승리의 환성을 올리는 게 결코 아니오."

케인이 말했다.

"현명하군요."

홀리가 그에게 몸을 바싹 갖다 붙이면서 중얼거렸다.

"자기 뜻대로 여자가 따른다고 환성을 지르는 남자처럼 꼴불견인 사람도 없으니까요."

케인이 키득키득 웃음을 터트렸다.

그녀는 눈을 감고 부드럽게 들려 오는 케인의 심장 고동소리에 귀를 기울였다. 그때 그의 다소 나른한 목소리가 홀리에게 다가오던 잠의 손길을 쫓아 버렸다.

"당신은 조안나 플린에 대한 애기를 하지 않는군. 사람들이 하루 종일 떠들고 다니던 것처럼 정말 그렇게 캐롤라인을 꼭 닮았소?"

그녀는 관심 없다는 목소리로 대답했다.

"놀라울 정도로 닮았어요. 금발머리와 황색기가 도는 눈동자, 그리고 남부 억양만 바꾼다면 말이에요. 색깔과 목소리만 바꾸면 정말 캐롤라인의 쌍둥이처럼 생각될 거예요."

"음, 언젠가 나도 만나게 되겠지."

"그렇겠죠."

잠시 가만히 있다가 어렵게 홀리가 입을 열었다.

"케인? 왜 날 그리지 않는 거죠?"

그는 기다렸다는 듯이 가벼운 목소리로 지체없이 대답했다.

"아직 당신을 잘 알지 못하잖소."

홀리는 더 할 말이 없었다. 케인이 잠든 후에도 오랫동안 깨어서, 밖에서 들려오는 폭풍우소리에 귀를 기울였다. 마음속에서 생각은 꼬리를 물고 이어졌다. 나중에는 마음을 옥죄어오는 답답함을 없애기 위해 큰 소리로 비명이라도 지르고 싶었다.

케인이 스콧에게 적대감을 갖는 이유가 자신을 이용한다고 생각하기 때문이라고 믿고 싶었다. 하지만 그것이 거짓은 아닐까 두려웠다.

두 남자에게 중요한 역할을 하는 여자가 자신이 아닌 캐롤라인이라는 사실이 두려웠다.

케인은 모르고 있었지만 홀리는 캐롤라인이 죽고 나서 일주일쯤 후에, 그의 집에 찾아갔었다. 그는 집에 없었지만, 창문을 통해서 작업실 안을 들여다볼 수 있었다. 그리고 그 곳에서 캐롤라인의 초상화를 보았다.

케인이 캐롤라인은 잘 알고 있다는 뜻인가?

목요일 아침까지 폭풍이 사납게 휘몰아쳤다. 조안나는 방에서 아침 식사를 한 후에 햇빛을 받고 싶어서 밖에 나갔다. 베란다 끝에 서서 깨끗한 바람의 내음을 맡으며 절벽 너머에 있는 바다를 쳐다보았다. 아름다운 풍경이고 상쾌한 날이지만, 풍경이나 날씨에 대해서 감동받을 기분이 아니었다.

어젯밤에 여러 번 깨어났었다. 첫번째 꿈을 꾼 이후 다시 침대로 돌아갔는데 또 꿈을 꾸었다. 절벽에서 떠밀리는 소녀에 대한 꿈은 아니었다. 자신을 클리프 사이드로 이끌었던 꿈을 다시 꾼 것이다. 저택과 해안 절벽, 그리고 회전 목마, 장미꽃, 그림, 종이 비행기가 나오는 꿈이었다. 꿈속에서 째깍거리는 시계소리가 유난히 크게 들렸고 아이가 슬프게 흐느껴 울고 있었다. 이정표는 눈에 띄지 않았다. 당연한 일이다. 자신이 클리프 사이드에 와 있었기 때문에 더 이상 방향을 가르쳐 주는 이정표는 필요 없으니까.

늘 그랬던 것처럼 꿈은 그녀를 불안하고 걱정스럽게 만들었다. 그래서 날씨도 햇빛이 난다기 보다, 구름이 잔뜩 낀 것처럼 느껴졌고, 바위에 부서져 내리는 파도소리도 고통스럽게 귓속을 파고들었다. 그런 기분에서 탈출하고 싶었다. 그리고 위험해 보이는 절벽과 떨어져 있고 싶었다. 자신은 지금 무슨 일을 해야만 한다.

도서관에 다시 가서 지역 신문 훑어보는 일을 끝마칠 생각이었다. 스콧 맥케나가 이곳에 화초 재배 사업인 그린 하우스를 시작한 이유가 쓰여 있는 흥미로운 기사를 읽고 있었다. 캐롤라인이 꽃을 매우 좋아했기 때문이라고 쓰여 있었다. 보안관의 방해로 그 기사는 복사하지 못했다. 그리핀이 언제라고 그랬지? 넉 달이나 다섯 달 전에? 조안나는 절벽에서 떨어지거나 떠밀려 죽은 그 불쌍한 여자에 대해서 알아봐야겠다고 생각했다.

그렇지만 이렇게 빨리 도서관에 또 가면 보안관 사무실 창문 너머로 의심스럽게 내다 볼 것이 틀림없었다. 비오는 날 오후를 도서관에서 보내는 것과, 햇빛이 좋은 날 도서관에 처박혀있는 것은 완전히 다른 일이다.

잠시 생각한 후에 좋은 생각이 나서 고개를 끄덕였다. 쇼핑을 하자. 관광객들은 언제나 쇼핑을 하는 법이니까. 그냥 마을을 거닐면서 상점에 진열된 물건을 구경할 것이다. 사람들과 대화를 나누면서.

그리핀의 경고는 말도 안 된다. 도대체 그 빌어먹을 남자는 자신을 얼마나 생각 없는 여자로 본 것인가? 캐롤라인에 대해 직접 물어 볼 생각은 조금도 없었다. 그녀에 대한 얘기를 상대방이 먼저 꺼내지 않는다면 말하지 않을 생각이었다. 조안나가 캐롤라인과 닮았다는 것을 고려해 본다면 대부분의 사람들이 캐롤라인의 얘기를 먼저 꺼낼 것이니까. 스스로 가슴 아픈 화제를 먼저 꺼내는 사람은 없을 것이다.

"지금쯤이면 넌……."

조안나가 놀라서 뒤를 돌아보니 홀리가 멍한 얼굴로 서 있었다.

"오, 미안해요. 말실수를 하다니, 조안나. 당신은 앞에서 보면 캐롤라인이고 뒤에서 보면 앰버 같군요."

"앰버? 그 짧은 반바지 입고 돌아다니는 젊은 아가씨 말인가요?"

"맞아요. 난 지금쯤이면 반바지를 싸서 옷장 속에 넣어야 한다고 말해 주려던 참이었어요. 그런데 앰버가 아니라 당신이네요."

"그 애는 나보다 열 살은 어려 보이던 걸요."

조안나가 즐겁게 투덜거렸다.

"그리고 어떻게 내가 그 애처럼 걷는다고 볼 수 있어요? 제발 실수였다고 말해 줘요."

홀리가 즐겁게 키득거렸다.

"아니에요, 당신은 앰버가 정말 아니에요. 그냥 머리 색깔이 똑같고 길이가 비슷해서 그랬어요. 그리고 체격도 비슷하구요. 키는 당신보다 약간 작은 듯 싶지만 그 애는 하이힐을 신었으니 누가 알겠어요?"

조안나는 한숨을 내쉬었다.

"됐어요, 누구랑 닮았다는 얘기는 이제 충분해요. 이 근처에 미장원 없어요? 얼른 가서 머리를 새빨간 색으로 물들여야겠어요."

홀리는 다시 웃음을 터뜨렸다.

"경솔한 행동은 금물이에요."

"오, 물론 경솔한 행동은 하지 않아요. 난 굉장히 신중한 사람이거든요. 원래 천성적으로 경솔한 행동을 못하는 사람이죠."

'죽은 여인에 대해서 알아내려고, 오천 킬로미터나 떨어져 있는 곳으로 날아온 것만 빼고는……..'

"사라 아주머니가 준 또 다른 교훈인가요?"

홀리가 호기심어린 눈빛으로 물었다.

이번에는 조안나가 키득거렸다.

"많은 교훈들 중에 한 가지죠. 모든 일을 항상 끝까지 생각해라, 허리를 똑바로 펴고 앉아라, 탁자 위에 팔꿈치를 올려놓지 말아라……."

홀리는 입을 오므리고 곰곰이 생각하는 표정이었다.

"사라 아주머니는 값진 교훈들을 가르쳐 주셨군요."

"그런 교훈이 값지다는 것을 이제서야 알게 되었죠."

조안나가 대답했다.

"또 아주머니는 쇼핑을 할 때는 빈틈없고, 정력적이어야 한다고 말씀하셨지요. 이 마을의 상점들은 어때요?"

"정말 좋은 생각을 했군요."

홀리가 즐거운 목소리로 대답했다.

"음, 먼저 '실루엣'의 의류는 최고급품이에요. 매니저가 로스앤젤레스나 샌프란시스코까지 가서 물건을 구입해 오거든요. 심지어 뉴욕이나 애틀랜타, 뉴올리언스까지 갈 때도 있죠. 그리고 옷이 아니라 그냥 물건을 살 거면, '과거로의 여행'에 가 봐요. 작은 골동품 가게인데 간혹 가다 정말 멋진 물건을 발견할 때도 있죠. 둘다 메인 가에 있어요. 그 지역에 상점들이 몰려 있거든요."

"좋은 정보군요, 고마워요."

홀리는 약간 어색한 표정으로 대답했다.

"호텔 인의 주인이 실루엣의 주인이라는 얘기를 먼저 했어야 하는데……. 그렇지만 내가 손님을 보낸다고 해서 소개료를 받는 것은 아니에요. 맹세해요."

"굉장히 솔직하군요, 알겠어요."

홀리가 가벼운 한숨을 쉬었다.

"그냥 죄책감이 좀 들어서요."

"신경쓰지 말아요, 난 스웨터가 필요해요. 이렇게 쌀쌀한 날씨가 계속된다면 말이에요. 실루엣에서 스웨터를 사면 딱 좋겠네요."

"예쁜 스웨터가 많아요."

홀리가 미소를 지어 보였다.

"쇼핑백을 들고 다니는 게 싫으면 배달도 해줄 거예요."

"굉장하군요. 그러면 차를 타지 말고 걸어서 마을에 가야겠네요. 정말 고마워요, 홀리."

"오히려 즐거웠어요. 즐겁게 보내요, 조안나."

조안나는 지갑을 들고 호텔을 나와 마을을 향해 힘차게 걸어가고 있었다. 문득 애틀랜타에서 자신을 캐롤라인으로 잘못 보았던 남자와 여자가 이곳 상점의 매니저나 바이어가 아닐까 하고 생각이 들었다. 아니면, 먼 곳에 출장을 가는 어떤 직업에 종사하고 있는 것이 틀림없었다.

그것도 아니라면 신기한 우연의 일치가 적용된 것이다.

조안나는 이곳 클리프 사이드에서 그 두 사람을 만나는 것이 본능적으로 꺼려졌다. 왜냐하면 일단 그 두 사람과 만나면, 애틀랜타에서 자신을 캐롤라인으로 잘못 오인했다는 소문이 퍼지는 것은 시간 문제였기 때문이었다. 그렇게 되면, 이곳에 휴가를 얻어 쉬러 왔다는 자신의 말이 설득력을 잃게 되는 것이 뻔했다. 두 사람이 클리프 사이드에 돌아오지 않기를 바라는 수밖에 다른 도리가 없었다.

드디어 쇼핑 가에 도착했다. 아직 아무도 못 만났다. 마을은 깔끔하게 정돈되어 있었고 상점의 매력적인 쇼윈도는 사람들을 끌어들이고 있었다. 실루엣을 찾는 건 금방이었다. 바로 다음 블록 끝에 위치해 있었다.

실루엣은 나중에 가기로 하고, 처음 들어간 상점에서 조안나는 충격을 받았다. 상점 자체로는 특별히 흥미를 끌지는 못했다. 바구니에서부터 가구에 이르기까지, 가는 나뭇가지로 엮어 만든 상품을 팔고 있었다. 그렇지만 쇼윈도 안에 놋쇠로 만든 이젤 위에, 꿈속에서 본 그림이 비스듬히 놓여 있었다.

"물론, 우리 가게에는 이 그림이 필요해요."

켈리 헤이스가 말했다. 켈리와 조안나는 그림을 칭찬하면서 나란히 서 있었다.

"꽃이 만발한 들판에 있는 어린 소녀, 그리고 소녀의 무릎 위에 놓여 있는 저 바구니. 우린 저 그림이 우리 가게와 완벽하게 어울린다고 생각해요. 바로우 씨는 저 그림을 팔려고 안 했었죠. 나중에야 저 그림을 우리 가게 쇼윈도 안에 걸어 놓는 것에 간신히 동의를 받았다구요. 물론 바로우 씨는 자기가 그린 그림을 팔 필요가 없어요. 그 사람은 샌프란시스코나 뉴욕에서 열리는 전시회에서 돈을 아주 많이 벌거든요. 게다가 이 그림은 바로우 씨가 아주 좋아하는 그림이라서, 아무리 돈을 많이 줘도 팔지 않겠다고 했어요."

"그 화가의 이름을 들어 본 적은 없지만……, 난 현대 미술가들에 관해 문외한이거든요. 굉장히 유명한 화가인가요?"

조안나는 이 그림이 중요한 단서가 될 거라고 생각했다. 그렇지 않다면, 도대체 왜 이 그림이 꿈속에 나온 것일까? 캐롤라인과 어떤 관련이 있던 것일까?

"오, 그럼요. 굉장히 유명하구말구요. 그런데 바다를 그리는 법이 결코 없죠. 바닷가에 사는 화가치고는 좀 이상하죠? 바로우 씨는 초상화로 유명한 화가라서 전국에서 초상화를 그려 달라는 사람들이 몰려들어요. 하지만 초상화보다 이 그림처럼 그리는 것을 좋아하죠. 잡지에서도 바로우 씨와 예술에 대해서 여러 번 실었죠. 잡지에서는 바로우 씨가 대통령의 초상화를 그릴 후보 화가라고 했어요. 상상할 수 있겠어요? 바로우 씨는 그다지 좋아하지 않았지만요."

"좋아하지 않았다구요?"

"그랬을 것 같아요. 바로우 씨는 참 잘생겼고 굉장히 매력적인 사람이죠. 그렇지만 때때로 사람들을 비웃는 눈길로 바라보죠. 쌀쌀맞은 것은 아니지만 사람의 인생이 웃음거리에 지나지 않는다고 생각하나 봐요."

"바로우 씨를 잘 알고 있는 것 같군요. 그가 여기서 오래 살았나요?"
자신의 관심이 드러나지 않도록 조안나는 무심한 목소리로 물었다.
"어디 보자, 그 작은 집을 언제 샀더라?"
켈리는 그림을 쳐다보면서 얼굴을 잔뜩 찡그리고 생각해 내려 애썼다.

"적어도 사오 년 전이 틀림없어요. 처음 몇 해 동안은 여름에만 이곳에서 지내다가 거의 일년 전부터는 글쎄……."
조안나는 켈리의 발언을 격려하는 듯이 고개를 끄덕였다.
"뭐 변한 것이 있나요?"

그녀는 직관적인 통찰력으로 사람들의 마음을 재빨리 읽을 수 있었다. 첫인사를 나누는 동안, 켈리가 사건이나 사람에 대해서 즐겁게 얘기할 사람이란 사실을 알았다. 켈리는 타고난 수다쟁이였고 모든 사람들의 험담을 다 알고 있는 것 같았다.

"글쎄, 이건 비밀도 아니지만…… 바로우 씨는 어느 여름인가부터 홀리 드럼몬드를 눈여겨보기 시작한 것 같아요. 그녀를 알죠, 조안나? 그리고 가을이 왔는데도 바로우 씨는 그냥 이곳에 머물러 있더군요. 두 사람은 정말 잘 어울리는 커플이에요. 사람들은 바로우 씨는 절대 결혼하지 않을 것이고, 홀리가 헛물을 켜고 있다고들 하지만 말이에요. 내 생각엔 바로우 씨가 이곳을 떠나지 않는 다른 이유가 있을 것 같아요."

"당신 말이 맞을 것 같군요."

조안나가 말했다.

"음, 이 마을에 바로우 씨의 그림을 전시해 놓은 다른 곳이 있나요?"

"오, 없어요. 바로우 씨는 클리프 사이드 지방의 화가로 불리는 것을 좋아하지 않는다고 했거든요. 그리고 관광객들이 자기 사진을 찍는 것도 싫어해요. 바로우 씨의 작품에 흥미가 있다면 샘한테 가면 아마 볼 것이 있을 거예요. 샘은 두 집 건너에서 서점을 경영하고 있으니까 분명 바로우 씨의 그림이 실린 책이 있을 거예요."

켈리가 미소지었다.

그녀는 답례하는 마음으로 바구니를 샀다.

"세상에, 당신은 맥케나 부인하고 기절할 정도로 많이 닮았어요."

샘 아서톤은 고개를 흔들면서 말했다. 약간 경계하면서도 호기심으로 조안나의 얼굴에서 눈을 떼지 못했다.

"맥케나 부인은 멋진 여성이었고 우리 서점의 단골 손님이었어요. 항상 책을 사러 우리 서점에 왔었죠. 대부분 리건을 위한 책이었죠. 그 꼬마 아가씨는 책 읽는 것을 굉장히 좋아했거든요. 상상력이 얼마나 무궁무진하던지, 한 번은 내게 해안 절벽 아래에 요정들이 살고 있다고 말하지 않겠어요?”

“난 항상 장난꾸러기 난쟁이들이라고 했는데…….”

조안나는 샘을 따라 책들이 산더미처럼 쌓여 있는 서점의 뒤로 걸어
가면서 말을 계속 했다.

“내가 살던 집 근처엔 다리가 있었죠. 난 다리 아래에서 장난꾸러기
난쟁이들이 살고 있다고 생각했어요.”

샘이 희미한 미소로 웃어 보였다.

“당신과 리건은 사이 좋게 잘 지낼 것 같군요. 나는 자이언츠 팀의 유
격수로 활약하는 내 모습을 상상해 보는 게 고작이었는데……. 이리 와
요, 조안나. 이 책에 케인 바로우 씨에 대한 얘기가 많이 나와 있어요.”

“좋군요, 바로 내가 찾던 책이에요.”

조안나는 꽤 두꺼운 책을 받아 들면서 말했다.

“그리고 이 지방의 역사에 관한 책도 있나요?”

“물론이죠.”

샘은 약간 주저하는 것 같더니 금방 대답했다.

“이쪽에 있어요. 벽 쪽에 있었는데…….”

샘은 서점의 다른 쪽으로 조안나를 인도했다. 눈은 여전히 그녀를 유
심히 쳐다보면서 무관심한 말투로 얘기하고 있었다.

“맥케나 부인을 닮았다는 얘기를 신물나도록 들었겠군요. 정말 놀라
워요, 사람들이 그 얘기를 할 수밖에 없겠군요”

“남들이 그러니까 나도 그녀에 대해서 당연히 흥미가 생겨요.”

조안나가 선선히 대답했다.

“그럴 것 같군요. 맥케나 부인은 비록 수년 동안 우리 서점의 단골 손
님이었지만 난 부인을 잘 안다고 할 수는 없어요. 아까 말했던 것처럼
부인은 항상 친절했지만, 자신에 내한 말은 거의 하지 않았거든요.”

무관심하게 보이려고 노력했지만 사실 샘이 깊은 관심을 가지고 있다
는 것을 알았다. 입 밖으로 말하고 싶은 것보다 캐롤라인에 대해서 더
많은 것을 알고 있는 것인지, 아니면 그녀를 좋아하지 않았기 때문에 그

런 감정이 드러날까 봐 조심하는 것인지 모르겠지만, 서점 주인은 겉으로 보이는 것처럼 솔직하게 생각 없이 말을 하는 형은 아니었다.

말하고 싶지 않은 일이란 무엇일까?

"맥케나 씨는 어때요?"

조안나가 불쑥 물었다.

샘의 엄격해 보이는 얼굴은 표정 변화가 전혀 없었지만 눈빛이 어두워지고 목소리가 차가워졌다.

"글쎄요. 맥케나 씨에 대해서는 뭐라고 할 말이 없군요. 책을 많이 읽는 사람은 아니었죠. 간혹 우리 서점에 오기는 했지만, 그렇게 자주는 아니었어요. 언제나 나무랄 데 없이 예의가 바르지만…… 좀 차가운 사람이었죠. 당신도 그런 느낌을 받을 걸요."

'스콧 맥케나를 싫어하는 것이 분명하군. 게다가 내가 그 사실을 눈치채도 전혀 상관없다는 말투로군.'

"이 지방에 재산을 많이 가지고 있다면서요?"

"맞아요, 여기서 좀 떨어진 곳에 제재소를 가지고 있죠. 땅도 꽤 있고 실루엣하고 다른 상점도 몇 개 있어요. 호텔 인하고 여름마다 빌려주는 별장, 거기다가 그린 하우스도 있죠."

샘이 얼굴을 찡그리다가 경계하는 눈빛을 띠고 있는 눈동자가 작아졌다.

"문득 재미있는 생각이 드는군요. 이 지역에 맥케나 씨가 소유한 재산이 많은데, 유독 그린 하우스에만 자기 이름을 붙였군요."

그는 앞쪽에 있는 책장을 쳐다보다가 책 한 권을 뽑아 들었다.

"이리 와요, 조안나. 우리 집에 있는 가장 훌륭한 마을 역사책이에요."

"고마워요, 샘."

그녀는 서점 주인과 일상적인 잡담을 계속하면서 책을 계산하기 위해서 카운터로 갔다.

이번에는 특별히 성과가 있는 화제가 없었다. 그녀는 냉정하고 침착한 표정을 유지했지만 마음속은 온통 불안했다. 자신의 상상력이 낯선 사람한테 가질 수 있는 자연스러운 경계심을, 불길한 징조로 받아들인 걸지도 몰랐다. 샘이 자신을 경계할 이유가 없다는 사실을 생각했다. 혹시 어떤 이유가 있는 것일까?

다음 상점인 음료수도 같이 팔 약국을 쳐다보며 천천히 숨을 크게 들이쉬고 가게 안으로 들어갔다.

"사라 아주머니는 우리 앨리스 아주머니하고 비슷한 분이었나 봐요."

마비스는 조안나의 체리 코크가 놓여진 먼지 하나 없는 카운터를 부지런히 닦으면서 말했다.

"모든 일에 속담과 격언을 적용시키죠. 그런 것들은 인생을 단순하게 만드는 경향이 있거든요, 그렇지 않은가요? 내 말은 인생의 모든 의문점에 대한 해답을 명쾌하게 제시한다는 뜻이에요."

"살아가는 데 반드시 필요한 규칙을 주죠."

조안나가 선선히 동의했다.

"내가 늘 남자 친구인 대니한테 말하는 게 바로 그 점이에요. 대니는 그런 규칙은 고민만 늘릴 뿐이라고 하지만 내가 보기엔 우리보다 앞서 살았던 사람들은 우리보다 고민을 별로 하지 않았어요. 왜 우리가 그 사람들 말에 귀 기울이면 안 되는 거죠? 우리 앨리스 아주머니는 공황과 전쟁을 겪으면서 살았어요. 글쎄요, 우린 윗세대 말에 귀 기울일 의무가 있다고 생각해요."

"오, 나도 그 말에 동의해요. 사라 아주머니는 나쁜 교훈을 준 적이 없어요, 단 한 번도요."

"앨리스 아주머니도 그랬어요."

마비스는 자매의 정을 느끼는 표정으로 조안나에게 푸근한 미소를 지어 보였다.

"우리가 이렇게 당신들의 애기를 하고 있는 것을 알면 좋아하시겠죠?"

조안나도 동의하듯 고개를 끄덕였다.

"그럼요, 사라 아주머니는 사람이 죽은 다음에 얼마나 많은 사람들이 그 사람을 기억하느냐에 따라 그 사람의 명성이 달렸다고 말씀하셨어요."

"그건 반드시 맞는 말은 아니에요."

마비스가 무슨 생각을 했는지 그 말을 부인했다. 그리고 나서 무심결에 불쑥 말이 튀어 나왔다.

"오, 세상에. 당신은 그 여자하고 너무나 닮았어요!"

"캐롤라인이요? 나도 이미 들었어요."

"말투는 전혀 다르네요. 당신은 아주 편하고 상냥한 사람이지만, 내 생각엔…… 캐롤라인은 좀 수줍음을 탔어요."

"수줍음을 탔다구요? 어디선가 그녀는 사람들 앞에서 연설을 많이 했다고 읽었는데."

"오, 물론 연설을 많이 했어요. 그것도 꽤 자주 했었죠. 위원회 쪽과 학부모 관련의 일 때문이었어요. 하지만 이렇게 평범한 일상 생활 속에서 만나면 수줍어했어요. 적어도 나는 그렇게 느꼈어요. 조용했고 말을 거의 안 했어요, 많이 웃지도 않구요. 아름다운 여자였는데 어딘가…… 억눌려 있었어요. 그냥 생기가 없었죠, 내 말 무슨 뜻인지 알겠어요?"

"네, 알아듣겠어요."

조안나는 느릿느릿 대꾸했다.

"하지만 리건하고 있을 때는 달랐어요. 캐롤라인은 그 어린 딸을 무척 사랑했죠, 눈에 보일 정도로요."

"그 말도 여러 번 들었어요."

'캐롤라인이 날 이곳에 데려 온 이유가 그것일까? 리건에게 어떤 위험이 도사리고 있어서? 도대체 어떤 위험이 닥친다는 거지?'

"리건을 만났어요. 아이가 좀…… 겁을 먹었더군요. 굉장히 외로운 표정이었어요. 그래서 그 애는 아직 아빠가 있다고, 내 스스로에게 다짐을 해야 할 지경이었어요."

마비스의 쾌활한 미소가 사라졌다. 그녀에게서 시선을 거두면서 경계하는 태도는 아니었지만 확실히 마음이 불편해 보였다.

"오, 그렇죠. 리건에게는 아빠가 있어요. 하지만 내가 보고들은 바에 따르면, 그 불쌍한 아이는 완전히 고아나 다름없어요. 난 그 남자가 딸에게 눈곱만큼이라도 관심 가지는 것을 본 적이 없으니까요."

'스콧을 싫어하는 사람이 또 있었군.'

"맥케나 씨가 요새만 그런 건가요? 아니면…….."

"아니요, 맥케나 씨는 리건에게 계속 그런 식이었어요. 난 아빠될 자격이 없다고 생각해요. 사람들은 모두 아이를 원했던 사람은 부인이었고, 스콧은 그저 아내의 생각을 따른 거라고 말하고 있어요. 여태껏 그가 그녀의 생각을 따라왔던 것처럼요."

"캐롤라인이…… 그렇게 설득력이 좋았나요?"

조안나는 계속 느릿한 말투로 물어 보았다.

"남자들에게는 그랬죠."

마비스의 시선이 조안나에게 돌아오더니 별로 내키지 않는다는 표정으로 감탄의 말을 내뱉었다.

"캐롤라인은 독특한 분위기가 있었어요. 연약해 보이는 여자였죠. 항상 남자들이 그녀를 위해서, 여러 가지 일을 해주었어요. 심지어 보안관까지 캐롤라인에게 불려 다닌 걸요."

"두 사람은 가까웠나요?"

자제하려고 무척 노력했지만 조안나의 목소리에서 약간의 호기심이 묻어났다.

마비스는 생각에 잠기는 듯했다.

"글쎄요, 두 사람이 가까운 사이라는 애기를 들은 적이 있어요. 내 말, 무슨 뜻인지 알죠? 그렇지만 그 소문의 직접적인 증거는 본 적이 없어요. 그냥 소문인 것 같아요. 확실한 것은, 캐롤라인이 도움을 필요로 할 때마다 그리핀은 거절하지 않고 도와줬다는 거예요. 클리프 사이드의 모든 주민들은 그리핀이 정말 좋은 보안관임을 알고 있어요. 그리핀은 모든 일을 해결해요. 우리 마을에 범죄가 별로 없지만, 보안관 카바너프는 번개처럼 문제의 밑바닥까지 샅샅이 파헤치죠. 대니는 보안관이 문제를 해결하려고 할 때는, 먹이를 쫓는 사냥개처럼 보인다고 했어요.”

'대단한 사람이군, 아주 대단해. 그런 사람이 날 의심하고 있다니
…….'

“보안관 일에 아주 적격인 사람인 것 같군요.”

조안나가 보안관에게 받은 유일한 느낌을 말했다.

“그렇게 말할 수 있죠. 우리 마을에 그런 보안관이 있다는 건 정말 행운이에요.”

조안나는 무심결에 고개를 끄덕였지만 머릿속은 빠르게 회전하고 있었다. 먹이를 쫓는 사냥개라면 진실을 밝히는 데 철저한 남자일 것이다. 하지만 그 남자가 사고라고 부르는 사건 피해자와 관련되어 있다면, 얼마나 깊이 진실을 파헤칠 수 있었을까?

“체리 코크 한 잔 더 줄까요, 조안나? 아니면 뭘 좀 먹겠어요? 곧 점심 시간인데.”

“배가 고프지 않아서요.”

조안나는 살짝 미소를 지으면서 대답했다.

“이젠 그만 쉬고 계속 쇼핑을 해야겠어요.”

“작은 마을인데도.”

마비스가 자랑스럽게 말했다.

“우리 마을에는 꽤 좋은 물건들이 많죠, 그렇지 않나요?”

“맞아요.”

조안나도 맞장구를 치며 대답했다.

실루엣을 나온 것은 두 시가 넘어서였다. 나오다가 상점의 오래된 난간에 기대 서 있는 그리핀을 발견했다. 그녀를 기다리고 있었던 것이 분명했다. 조안나는 산 물건들을 호텔로 배달해 달라고, 실루엣에 맡기고 나왔기 때문에 빈손이었다. 머릿속에는 오늘 수집한 정보들이 혼란스럽게 뒤섞여 있었다.

길 위에 서서, 조안나가 확신할 수 있는 것은 자신이 치밀해졌다는 것이다. 특히, 이 남자를 만날 때는 더 그랬다. 자신에게 배우의 기질이 있다고 생각해 본 적은 없지만, 클리프 사이드에서 편안한 휴가를 즐기는 관광객 흉내를 내기로 마음먹었다.

그녀는 조금도 망설이지 않고 먼저 말을 걸었다.

"이렇게 만나는 것을 자제해야 할 것 같아요, 보안관. 사람들이 수군거리겠어요."

"이미 수군거리고 있는 것과 다른 내용을 말이오?"

보안관은 대답을 기다리지 않고 또 물었다.

"쇼핑은 즐거웠소, 조안나?"

"굉장히 재미있었어요."

조안나가 밝게 대답했다.

"많은 물건들을 샀어요. 정말 좋은 물건들이죠."

"궁금한 것이 있소."

보안관이 무뚝뚝하게 말했다.

"바구니를 가지고 뭘 할 생각이오? 그리고 클리프 사이드의 법원 건물처럼 생긴 시계를 가지고는 또 뭘 할 생각이오?"

"하루 종일 날 따라다녔나요?"

조안나가 다그쳤다.

"아니오, 난 단지 매일 하는 마을 순시를 했을 뿐이오. 클리프 사이드의 선량한 시민들이 모두 안전하고 즐겁게 살고 있는지 확인하기 위해서요."

그녀는 거리 한가운데 서서 주위를 둘러보았다. 햇살이 내리비치는 목요일 오후는 꽤 바쁜 시간이었다. 자신과 마을 보안관에게 쏟아지는 호기심어린 시선들을 발견하고도 이젠 전혀 놀라지 않았다. 틀림없이 캐롤라인과 닮은 사람에 대한 단순하고 순수한 흥미였을 테지만, 뭔가 불길한 예감을 던져 주었다. 마치 자신을 제외한 모든 사람들이 무엇인가를 알고 있는 것 같았다. 외지인이 모르길 바라는 어떤 검은 비밀이 마을에 있는 것은 아닐까.

'난 단지 상상을 하고 있는 거야. 어둠 속에 과감히 뛰어들라고.'

"좋아 보여서요."

조안나는 억지로 꾸며서 대답했다.

"난 내 직업에 이골이 난 사람이오."

생각해 보니 그리핀은 한 번도 웃음을 보인 적이 없었다. 어두운 눈동자는 완전히 베일에 덮여서 무슨 생각을 하고 있는지 판단할 수도 없었다. 내 행동을 수상히 여기는 것일까? 아니면, 그저 작은 마을의 보안관의 임무를 다하는 것일까?

조안나는 어깨를 으쓱해 보이면서 대꾸했다.

"난 언제라도 바구니를 쓸 수 있어요. 누구라도 바구니는 쓸 수 있죠. 그리고 시계는 단지 클리프 사이드에 온 기념으로 산 거예요."

"난 다르게 짐작했소."

보안관이 빠르게 대꾸했다.

"클리프 사이드 관광 기념품은 멘튼의 가게에서 구입한 서진일거라 일반적으로 알고 있는데……."

"짐작은 금물이라는 사실을 아셨겠군요. 호텔 인의 내부처럼 생긴 서진은 분명히 기념품이에요. 내가 인에서 묵었다는 기념이 되겠죠."

보안관은 진지하게 고개를 끄덕였다. 이 남자는 무언의 압력으로 사람을 닦달하는 얼굴을 가진 사람이었다. 조안나는 헛기침을 했다.

"이봐요, 내가 산 모든 물건들은 단지 내 마음에 들었어요. 그게 전부예요. 좋아하는 물건을 사는 것이 죄가 되는 건 아니겠죠."

"물론 그렇소. 난 그냥 좀 놀랐을 뿐이오. 당신이 시대에 뒤떨어진 관광 기념품을 사리라고는 상상도 못했으니까……."

"그럼 분명히 당신 생각이 틀렸네요."

"그런 것 같소, 내 생각이 틀렸다는 것을 인정해야 될 것 같소. 마지막으로 당신이 조개 껍데기가 붙어 있는 작은 상자를 무슨 마음으로 샀는지 설명해 줄 수 있다면 말이오."

“아, 그거…… 애틀랜타에 있는 친구에게 줄 선물이에요.”
조안나는 막힘 없이 대답했다.
“여자 친구요, 남자 친구요?”
보안관이 사무적인 말투로 물었다.
“여자 친구요. 왜요?”
“그 여자 친구가 포커를 좋아하나 보군요.”
조안나는 어리둥절해서 눈을 깜빡거렸다.
“그 친구는 스트레이트 플래시와 포커도 구별할 줄 몰라요. 그런데 왜 그런 생각을 한 거죠?”
“상자 안을 보지도 않고 그 물건을 산 거군. 그렇지 않소?”
“그게…….”
“조안나, 상자를 열어 봤다면 그 안에 카드 한 벌이 들어 있는 것을 발견했을 거요. 그것도 성인용 카드로 말이오.”
“그래서 토니가 내가 그것을 사겠다고 했을 때 그렇게 놀란 거군요.”
조안나는 점원의 반신반의하는 표정을 떠올리며 중얼거렸다.
“당신 친구가 그 선물을 좋아할 것 같소?”
그리핀이 예의바른 태도로 말했다.
그녀가 한숨을 내쉬었다.
“더 자세히 살펴봤어야 하는 건데…….”
“단지 상점에 들어갔다는 이유만으로 꼭 물건을 사야 할 필요는 없소.”
“당신이 왜 그런 생각을 했는지 모르겠지만…….”
“당신이 철물점에서 못을 한 상자 사는 걸 보고 확신했소. 애틀랜타에도 못은 있소, 그렇지 않소? 아마 이곳에서 파는 못하고 크게 다르지 않을 거요.”
조안나는 무표정한 얼굴을 하려고 굉장히 노력했지만 얼굴이 일그러지면서 헛웃음이 터져 나왔다. 그녀의 세세한 모든 행동이 의심을 받고 있었다. 신경질적인 웃음을 터트리자 눈물까지 나왔다. 난간 기둥에 기

대어 서 숨을 고르고 있을 때, 보안관은 씩 웃으면서 손수건을 내밀었
다.

"당신을 울게 만들려던 것은 아니었소."

조안나는 아직도 터져 나오는 웃음을 자제하려고 노력하면서, 손수건
으로 물기어린 눈을 찍어누르고 코를 팽 풀었다. 이건 분명히 히스테리
였다.

"오, 이럴 수가. 날 다시 웃게 하지 말아요."

"이것 봐요, 당신은 그 못에 대해서 그럴듯한 설명을 할 수도 있었어
요."

보안관이 입을 열었다.

"예를 들어, 인의 마룻바닥이 헐거워져서라든지……. 당신이 웃느라고
제대로 서 있지도 못하는 것은 내 잘못이 아니오."

"그런 식으로 말하지 말아요. 당신은 내 속을 뒤집어 놓으려고 작정
했어요, 아닌가요? 완전히 무표정한 얼굴로 나 보고 말도 안 되는 설명
을 하라고 하고 있어요."

'계속 가볍고 편하게 행동하는 거야.'

그리핀은 조안나에게 손수건을 받아 들더니 약간 슬픈 목소리로 말했
다.

"당신이 그 물건들의 사용처를 설명할 수 있을 것이라고 믿었소. 조
안나, 정보를 모으는 방법에 대해서 어디서 배운 거요? 아니면 그냥 저
절로 알게 된 거요?"

그녀는 한숨을 내쉬었다.

"난 질문 따위를 해서 다른 사람들을 혼란스럽게 만들지 않았어요,
그리핀. 맹세할 수 있어요. 사람들이 캐롤라인에 대한 얘기를 내게 꺼냈
다고 해서 그게 내 잘못인가요? 내가 그녀하고 이렇게 많이 닮았는데
얘기를 꺼내는 사람이 아무도 없다면, 그건 기적이에요. 내가 어떻게 했
어야 되는 거죠? 사람들이 캐롤라인이라는 이름을 말할 때마다 하지 말
라고 입이라도 막아야 하나요?"

“이 모든 일들이 우연인 것처럼 말하지 마시오.”

보안관이 대답했다.

“당신은 우리 마을에서 세무 조사를 하는 사람처럼 아주 교묘하게 일을 진행하고 있소.”

“그런 험악한 애기는 하지 말기로 해요, 보안관.”

“내가 지금 농담하는 것처럼 보이오?”

보안관이 다그쳤다.

조안나의 얼굴도 딱딱하게 굳었다.

“글쎄요, 약간…… 눈가에 웃음이 있는 것 같군요.”

보안관은 잠시 눈을 감고 한숨을 쉬었다.

“이 일에 대해서 좀더 애기를 해야겠소. 이봐요, 내가 점심을 사겠소. 아직 점심을 안 먹은 것으로 아는데 나도…….”

“내 뒤를 쫓아다니느라 점심때를 놓친 거겠죠.”

조안나는 보안관의 말을 중간에서 가로채서 애기했다.

“뭐 그렇다고 할 수도 있소.”

보안관은 조금도 개의치 않고 대꾸했다.

“난 이탈리아 음식을 좋아하오. 당신은 어떻소?”

“이 마을에서 이탈리아 음식을 판다고 간판을 걸어 놓은 음식점은 못 본 것 같은데요.”

조안나가 주위를 둘러보면서 말했다.

“어디 있죠?”

“해안도로를 따라 십육 킬로미터 정도 포틀랜드 쪽으로 올라가면 있소. 어떻소? 저쪽 거리는 내일 일정을 위해서 남겨 놓지 않겠소?”

“우리가 같이 차를 타고 가면 사람들이 어떻게 생각하겠어요?”

조안나가 물었다.

“우리가 몹시 배가 고픈 거라고 생각할 거요.”

보안관이 메마른 어조로 대답했다.

“내가 어디 가는지, 사무실에 애기해 놓아야만 하니까…… 잠시 기다려 줘요. 당신도 우리의 동행이 사람들에게 안 들킬 거라고 생각하진 않을 거요, 그렇지 않소?"
조안나는 그리핀의 말뜻을 정확히 깨달았다.
"안 돼요, 절대로 안 돼요. 이 마을에는 비밀이 없는 것 같은데……."
'한 가지 중요한 비밀은 빼고 말이지.'
"맞소, 비밀은 많지 않소."
그리핀이 조안나의 팔을 붙잡고 경찰서가 있는 쪽으로 끌었다.
"그런데 사라 아주머니를 만날 수 있었으면 참 좋았을 뻔했소. 사라 아주머니는 정말 훌륭한 부인인 것 같소."

클리프 사이드에서 16킬로미터 정도 떨어진 곳에 이르렀을 때, 그리핀은 블레이저를 길옆 넓은 갓길에 세우고 시동을 껐다. 조안나는 주위를 둘러보았다. 앞은 오르막길이 시작되고 있는 급커브 길이었고 왼쪽은 깎아지르는 듯한 절벽이 있으며 오른쪽으론 숲이 펼쳐져 있었다.
"왜 여기서 멈춘 거죠?"
조안나가 물었다.
"당신이 이곳을 보고 싶을 거라고 생각했소. 잠깐만 있을 거요."
그는 차에서 내려 길을 건너갔다. 갓길이 아주 좁은 길 건너에는 낮은 가드레일이 울타리 역할을 하고 있었다.
그녀는 내키지 않는 태도로 천천히 그를 따라갔다. 그의 옆에 다가서 주위 풍경이 아닌 그의 얼굴을 쳐다보았다. 바닷바람이 검은머리를 헝클어뜨리고 있었고 어두운 눈동자는 꿈꾸듯이 먼 곳을 쳐다보고 있었다.
'캐롤라인은 당신에게 어떤 의미였지, 그리핀? 애인이었나요?'
"여기가 캐롤라인의 차가 뒤집힌 곳이요."
그리핀이 말했다.
"마을로 가고 있던 캐롤라인은 저쪽 마지막 커브 길에서 통제력을 잃은 것이 분명하오. 속도가 너무 빨랐기 때문에 가드레일이 전혀 효과가 없었소. 차는 순식간에 도로에서 벗어났소."

'당신 목소리에 숨겨진 감정은 아픔인가요, 분노인가요?'

조안나는 다른 부분보다 새 것처럼 보이는 가드레일을 한참 쳐다보았다. 꽤 길었다. 침을 꿀꺽 삼키고 가드레일 너머의 절벽을 쳐다보니 아찔했다. 호텔 인의 뒤쪽에 있는 절벽보다 훨씬 높고 깊었다. 바위들은 들쭉날쭉했고, 송곳같이 날카롭게 솟아 있었다. 저 바위들이 차를 갈가리 찢어 놓았을 것이다.

잠시 아래를 쳐다보던 조안나는 현기증이 나서 심장이 빠르게 고동치기 시작했다.

'내가 왜 여기 있는 거지? 캐롤라인, 당신이 다른 누군가의 손에 의해 살해되었다는 것을 밝히기 위해서?'

갑자기 확신이 생겼다. 캐롤라인 맥케나는 살해된 것이 분명했다.

잠시 눈을 감고 있다가 다시 눈을 뜨면서 그리핀을 보려고 반쯤 몸을 돌렸다. 그의 얼굴은 굳어 있었다.

"어째서 내가 이곳을 보고 싶어할 거라고 생각한 거죠?"

조안나가 물었다. 목소리가 예상 외로 침착하게 나왔다.

"당신은 캐롤라인에게 호기심이 많잖소."

돌덩이처럼 굳은 옆모습과 어울리는 거친 음성이다. 눈빛에서는 쓸쓸함이 배어 나왔다.

"이곳에서 캐롤라인이 죽었소. 부서진 차조각도 거의 찾아 내지 못했지, 그녀는…… 더 찾기 힘들었소. 그렇지만 우리는 가까스로 시신을 끼워 맞췄소. 죽은 여자가 캐롤라인이라는 것을 확인하기에 충분할 만큼, 그리고 무슨 일이 있었는지 판단하기에 충분할 만큼 차의 조각을 끼워 맞췄구."

"사고라고 확신하나요?"

이 질문을 하지 않고는 배길 수 없었다.

그리핀은 얼굴을 찡그리면서 그녀를 쳐다보았다.

"캐롤라인은 자살한 것이 아니요, 당신이 생각하는 것이 그거라면 말이오. 지금은 보이지 않지만, 마지막 커브의 중간 부분부터 이 지점까지 브레이크를 건 자국이 선명하게 나 있었소. 차를 멈추려고 최후까지 노력했던 거요. 실패했지만 말이오.”

“당신은…….”

조안나는 잠시 입술을 깨물었다가 말을 이었다.

“누군가 캐롤라인을 도로 밖으로 밀어냈을 가능성은 없나요?”

“또 다른 차가 있었냐는 거요? 술에 취했거나 미친 짓을 즐기는 운전사라도 타고 있었냔 말이오?”

그녀는 잠시 망설이다 고개를 끄덕였다.

“가능한 얘기 아닌가요?”

“가능성은 있소, 조안나. 그렇지만 아주 희박하오. 그런 흔적은 어디에도 없었소.”

“당신이 살펴 봤나요?”

“물론, 내가 조사했소. 날 어떤 경찰로 생각하는 거요? 난 캐롤라인의 남편을 포함해서 모든 사람들에게 무슨 일이 있었는지 설명해 줄 의무가 있는 사람이요. 어떤 일이 있었는지 알아내기 위해서, 사람들이 내게 월급을 지불하니까 말이요.”

“내 말은 단지…….”

“이봐요, 캐롤라인의 차에 일부러 손을 댄 사람은 없소. 우리는 차가 레일을 들이받고, 바위 위로 처박힐 만한 이상한 점을 조금도 발견하지 못했소. 다른 차에서 묻은 얼룩도 없었고 충돌하기 전에 폭발한 흔적도 없었소. 아무것도 없었소. 그땐 비가 오고 있어서 도로가 젖어 있었고 캐롤라인은 너무 빨리 달려서 통제력을 잃은 거요. 이게 바로 내 최종보고서 내용이요, 미스 플린. 얘기는 끝났소.”

“미안해요.”

조안나는 본능적으로 그리핀의 팔을 잡으면서 얘기했다.

“당신의 능력을 의심하는 뜻에서 한 말은 아니에요. 난 단지 사람들이 캐롤라인은 평소에 신중한 운전자였다고 해서…….”

“그녀는 실수를 한 거요. 공교롭게도.”

“당신 말이 옳은 것 같군요.”

그리핀의 뒤를 따라 차에 타면서 더 이상 아무 말도 하지 않다가 조금 후에 조안나가 말문을 열었다.

“절벽이 위험하다고 내게 한 당신의 경고는 분명히 이유가 있는 행동이군요. 처음에는 어떤 여자가, 그리고 다음에는 캐롤라인이 절벽에서 죽었으니까요.”

“무슨 여자 말이요?”

그리핀은 기어를 넣은 후에, 얼굴을 찡그린 채 조안나에게 되물었다.

“당신이 사오 년 전에 누군가 절벽에서 떨어져 죽었다고 했잖아요.”

“아, 물론 그랬소.”

그리핀은 차를 빼서 가던 길을 계속 달리면서 대답했다.

“하지만 여자가 아니었소. 희생자는 남자였소.”

5

캐롤라인이 죽은 곳을 직접 보고 나니 점심 식사를 즐길 기분이 아니었다. 조안나는 자신의 꿈이 불안감에서 나온 것이라고 스스로를 타일렀다. 그녀는 이미 캐롤라인과 다른 사람이 그 절벽에서 죽었다는 이야기를 알고 있었다. 그래서 불안한 마음에 악몽을 꾼 것이다. 보통의 악몽들처럼 긴장이나 공포에 휩싸여 있을 때, 꿀 수 있는 그런 악몽이리라. 자신은 평생토록 별 의미 없는 꿈을 꾸어 왔다. 그런데 단지 특별했던 최근의 꿈이 클리프 사이드를 알려줬다고 해서 자신의 모든 꿈이 현실을 반영한다고 믿는 것은 바보 같은 짓이다.

여러 생각들로 머릿속이 어지러웠지만 집중력을 발휘해서 지금 이 자리에 정신을 쏟았다. 식당에 도착하자 그리핀의 기분이 편안해진 것 같아서 자기도 편안하게 보이려고 애썼다.

"우리 아주머니가 경찰이 점심을 사줄 때는, 지문을 채취하려는 속셈이 있는 거라고 했어요."

웨이트리스가 메뉴를 놓고 간 후, 도나텔리 식당의 구석 자리에 단둘이 남게 되자 조안나가 말했다. 점심 시간은 이미 지나고 저녁 시간이 되려면 아직 두 시간 정도 남아 있었기 때문에, 손님이라고는 조안나와 그리핀뿐이었다.

"아주머니가 탁자 위에 팔꿈치를 올려놓지 말라는 교훈뿐만 아니라 그런 말도 해주셨소?"

그리핀이 메마른 어조로 물었다.

"그래요. 아주머니는 또 요리하는 법, 바느질하는 법, 운전하는 법, 춤추는 법, 보트 타는 법, 그리고 말 타는 법도 가르쳐 줬어요."

그리핀의 눈썹이 치켜올라갔다.

"당신 아주머니는 나이 많은 독신녀 같은 타입이군. 머리를 단정하게 틀어 올리고, 코에 안경을 걸치고, 스타킹이 흘러내리지 않게 단단히 고정시키고…… 그런데 내 말이 틀린 것 같은 기분이오."

"완전히 틀렸어요."

조안나는 절로 웃음이 나왔다.

"첫째로, 아주머니는 독신이 아니었어요. 남편을 세 명이나 땅에 묻었으니까요. 그리고 사 년 전에 돌아가시기 전까지 아주머니는 밝은 빨간색 머리에 짧은치마와 하이힐을 즐겨 신었어요. 세 번째 남편이 경찰이었기 때문에, 당신 같은 남자들에 대해서 말할 수 있었겠죠."

"특별히 경찰을 조심하라는 경고라도 하셨소?"

"경찰을 조심하라구요? 아니요, 하지만 경찰의 자연스러운 본능을 의심하라는 얘기는 들은 적이 있어요. 만일 내 지문을 채취하기 위해서 이곳에 데려 왔다면……."

"정말 지문을 채취하려고 마음먹었으면 아까 했을 거요."

그리핀은 어렴풋하게 미소를 떠올리며 대답했다.

"왜 내가 당신 지문을 채취하겠소? 당신은 전과도 없는 것 같은데."

"경찰의 직감인가요?"

"그럴 수도 있소. 내 말이 틀렸소?"

"아니요, 사실 난 주차 시간도 속인 적이 없어요."

그녀는 한숨을 쉬었다.

"아주 꽉 막힌 사람처럼 보이죠?"

"법을 지키는 거지, 꽉 막힌 게 아니요. 이 나라 모든 경찰을 대신해 당신에게 감사드리오."

그리펀의 말에 키득거리던 조안나는 메뉴를 들여다보았다.

"여긴 뭘 잘하죠?"

"다 잘해요, 특히 조개와 치즈가 들어간……."

잠시 후, 웨이트리스가 주문을 받아 가자 조안나는 보안관의 도움을 받아, 캐롤라인의 비밀을 알아낼 시간이 왔다고 생각했다. 하지만 아직도 죽은 여인을 알기 위해, 멀리서 이곳까지 찾아왔다는 말을 털어놓지 않았다. 자신을 그가 불신한다는 느낌이 들어서다. 그 느낌이 싫었다. 의심스럽게 바라보는 그리펀의 어두운 눈동자 속에는 조안나를 괴롭히는 것이 있었다.

문제는 지금보다 더 의심을 품지 않게 하면서, 얼마나 많은 사실을 털어놓게 하느냐였다.

"말해 봐요."

조안나가 말했다.

"내가 사람들에게 캐롤라인에 관해 묻고 다니는 것에, 왜 그렇게 신경을 쓰는 거죠?"

"신경쓰지 않소."

그리펀이 즉시 대답했다.

"그리고 이미 그 이유를 설명했소……. 당신의 그런 행동이 싫은 이유를 말이요, 사람들이 상처를 받을 수……."

"그리펀, 내게도 감수성이 있다는 사실을 알아주세요. 난 단지 먼저 캐롤라인의 애기를 꺼내는 사람하고만 애기를 했어요. 내가 먼저 화제에 꺼내지 않는다구요."

"당신이 이렇게 캐롤라인하고 많이 닮았는데 먼저 애기를 꺼내지 않는다면 그건 기적이요. 당신 자신이 그렇게 말했잖소."

"글쎄요, 그렇다고 해서 그녀에 대해서 말하는 게 뭐가 잘못된 거죠? 샘 아서톤은 캐롤라인이 리건을 위해 책을 사 갔다고 말했고, 마비스는 그녀가 개인적인 대화에서는 수줍음을 탄다고 했어요. 그리고 줄리는 파란색과 녹색을 좋아하고, 실크 옷을 좋아한다고 말했죠. 이런 게 무슨 해가 되죠? 도대체 누가 상처를 받는다는 거죠?"

"아무도 없소."

그리핀이 불편한 심기를 드러내며 자신의 의견을 인정했다.

"그렇지만……."

"그렇지만, 뭐죠?"

그녀는 잠시 대답을 기다렸다가 말을 이었다.

"당신은 나를 수상하게 여기고 있죠? 내 동기를요. 그리핀, 내가 어떤 사악한 목적을 가지고 캐롤라인에 관해서 조사한다고 생각하는 거죠?"

한숨소리와 동시에 의자에 몸을 기대더니 희미한 미소를 억지로 지었다. 그의 어두운 눈동자는 갑자기 속을 들여다볼 수 없게 마음의 문을 닫아걸었다.

"난 한번도 그런 생각을 해본 적이 없소."

"그러면 뭘 걱정하는 거죠?"

잠시 입을 다물고 있다가 그가 천천히 대답했다.

"나도 모르겠소, 조안나. 이번 일은 당신이 말하는 것보다, 더 큰 비밀이 감춰져 있다는 느낌이 들고 있소."

그 말을 듣고 약간 놀랐지만 겉으로 드러내지 않으려고 노력했다.

"난 단지 캐롤라인이 나랑 자매처럼 보일 만큼 닮은 것에 흥미가 있을 뿐이에요. 그래서 더욱 궁금해요. 앞으로도 사람들과 계속 대화를 할 생각이지만 어떤 피해도 끼치지 않겠다고 약속할게요, 됐나요?"

그리핀은 천천히 고개를 끄덕였다.

"좋소."

"그럼, 됐어요."

웨이트리스가 샐러드를 가져올 때 화제를 전환시켰다.

"이제 우리 다른 얘기하죠."

"좋소."

그리핀은 의심을 떨쳐 버리려는 표정이 역력한 얼굴로 가볍게 대꾸했다.

"사라 아주머니에 관해서 더 듣고 싶소."

"글쎄요."

조안나가 말을 끌면서 대답했다.

"아주머니가 소녀 시절에 서커스단에 들어가려고 집을 나간 적이 있대요. 어린 시절 찰스톤에서 아주머니와 같이 살 때, 종종 오렌지를 가지고 하는 재주와 뛰어 오르는 말 잔등에 서 있는 곡예를 보여 주었어요."

그리핀이 웃음을 터트렸다.

"아주머니가 당신을 키웠소?"

"아홉 살 때부터요. 부모님이 보트 사고로 돌아가셨거든요. 아주머니와 함께 산 건 내게 행운이었어요. 언제나 내 인생의 한 부분이었죠. 기꺼이 내 법적 후견인이 되어 주셨어요."

그가 고개를 끄덕이면서 대답했다.

"그래도 아홉 살에 부모를 여읜다는 것은 무척 안된 일이요. 당신도 견디기 쉽지 않았을 거요."

그녀는 잠시 말이 없었다. 사고가 난 이후로 쭉 느꼈던 아픔, 세월이 흘러도 새삼스레 느껴지는 생생한 고통이 살아났다. 부모님을 영원히 잃어 버렸다는 사실을 알게 된 날, 느꼈던 것과 똑같은 아픔이 지금도 느껴졌다.

어렸기 때문에, 마지막이라는 의미를 제대로 이해할 수 없었다. 정말 오랫동안 이해하지 못했다. 사라 아주머니에게 사랑을 듬뿍 받고 자랐지만, 엄마에게 하고 싶은 말도 아빠에게 보여 주고 싶은 일도 많았다.

그리고 커가면서 부모님이 세상을 떠났다는 사실을 자각할 때마다, 칼로 베인 상처에서 느낄 수 있는 날카로운 쓰라림을 느꼈다.

엄마가 죽은 후, 삼 개월 동안 리건은 죽음이 갖는 마지막이라는 의미를 벌써 깨달은 것일까? 엄마를 잃은 슬픔에 흐느껴 울고 있는 동안 리건의 아빠가, 아니면 다른 누군가가 리건을 따뜻하게 안아 주었을까? 매일 밤 울다 지쳐 잠이 들고, 행복했던 시절에 대한 꿈을 꾸고, 아픈 가슴을 안고 잠에서 깨어나는 것일까?

"조안나?"

부르는 소리에 맞은편에 앉은 그리핀을 바라보았다. 그리고 그의 마지막 질문을 생각해 내려고 애썼다.

"오…… 물론이죠, 쉽지 않았어요. 사랑하는 사람을 잃는다는 것은 결코 쉽지 않은 일이죠."

잠시 동안, 그리핀의 어두운 눈동자가 감정을 숨김없이 드러내었고 그녀도 그 감정을 읽었다. 눈동자 속에는 아픔이 엉켜 있었다. 사람 사이에 감정이 통한다는 것이 이상했다. 전에는 결코 이런 적이 없었다. 다른 사람의 눈동자를 통해서 그 사람의 아픔을 절실하게 느낀 나머지 울고 싶어진 적은 한 번도 없었다.

조안나의 충격과 슬픔이 밖으로 보였는지 그리핀이 갑자기 몸을 의자에 기대고 음식 접시에 시선을 고정시켰다.

다시 시선을 들었을 때, 그의 눈동자에는 평상시와 같은 베일이 씌워져 있었다.

"정말 쉽지 않소."

무심코 말을 내뱉더니 계속 이었다.

"그 일에 대해선 당신 말이 맞소. 난 직업상 많은 죽음들을 보아 왔지만 그런 일이 여전히 쉽지 않았소."

조안나는 전혀 맛을 느껴지지 않지만 기계적으로 음식을 먹기 시작했다. 이 남자는 캐롤라인을 사랑했기 때문에, 그녀의 죽음으로 이렇게 끔찍한 고통을 맛보고 있는 걸까?

아니면, 단순한 슬픔보다 더 복잡한 것이 있는지 묻고 싶었지만 입이 떨어지지 않았다.

  침묵은 길지 않았다. 가까스로 침착한 태도를 되찾아 말을 시작했다.

  "사라 아주머니는 내게 많은 도움을 주었죠. 어머니다운 여성은 아니었지만, 인생을 모험이라고 생각하는 적극적인 여성이었죠. 아주머니에게서 배운 것이 무엇이냐고 묻는다면 모험이라고 생각해요."

  그리핀이 가볍게 대꾸했다.

  "당신은 휴가를 보내기 위해서 혼자 오천 킬로미터나 떨어진 곳을 찾아왔소. 그 일도 대단한 모험인 것 같소."

  보안관이 자신의 이번 여행을 특별한 일로 여기지 않기를 바라는 마음에서 입을 열었다.

  "오, 이런 일은 아무것도 아니에요. 고등학교 졸업 선물로 사라 아주머니는 이집트 여행을 시켜 주었어요. 난 혼자 갔었어요. 오직 찾아갈 곳과 도움을 줄 사람들 주소만 적힌 쪽지를 들고 가서 여행을 혼자 했는 걸요. 아주머니는 이집트에 친구들이 많았지만 난 혼자 다녔어요."

  그리핀은 미소를 지었다.

  "굉장한 모험심이오."

  사라 아주머니가 이런 상황을 보고 뭐라고 생각할지 궁금해졌다. 해답은 금방 나왔다. 아주머니는 마음을 불안하게 하는 꿈의 의미를 알기 위해, 먼 곳으로 여행을 떠난 조카딸을 칭찬할 것이다. 매사에 조심하라고 주의를 줄 것도 함께.

  그녀는 대답 대신 미소로 답했다. 식사 시간에 어울리는 적절한 화제를 끄집어내서 일상적인 대화를 계속했다.

  식사를 마친 후, 자신의 비밀을 완벽하게 숨기는 낯선 사람과 함께 마을로 돌아왔다.

  "아마 사라 아주머니는 진정한 모험가였을 거예요. 한때, 아주머니가 코끼리를 타고 인도 대륙을 횡단한 적이 있다는 사실을 알아요? 아주머니는 내가 아는 사람 중에서 북극점에 가 본 유일한 사람이죠. 남극점과 마다가스카르에도 갔어요. 당신은 마다가스카르에 가 봤다는 사람을 실제로 본 적이 있나요? 만일 지구의 끝에 정말로 용이 살고 있다면, 아주머니는 용이라도 꼭 찾아냈을 거예요……."

　다음 날 아침, 잠시 도서관에 들른 후에 메인 가 반대쪽을 탐험하기 시작했다. 클리프 사이드에 오게 한 긴박감은 누그러지기는커녕 매일 아침잠에서 깨어날 때마다 더 강해져 갔다. 긴장감을 없앨 방법으로 캐롤라인에 관한 조사를 계속하는 것뿐이다. 어디엔가 자신을 이곳으로 불러 온 이유가 있을 것이다. 바로 그것을 찾아야 했다.
　반대쪽에도 상점들이 많았다. 보석 가게가 두 곳, 옛날식 싸구려 잡화점, 간판을 만드는 가게, 관광객을 상대로 기념품 등을 파는 상점 두 곳, 그리고 옷가게가 여러 곳이었다.
　어제 성공적으로 캐롤라인에 관한 정보를 모은 것처럼, 꽤 좋은 수확을 거둘 줄 알았지만, 그런 낙관적인 희망이 잘못이었다. 맨 처음 들어간 곳은 옷가게였다. '수'라는 이름표를 달고 있는 젊은 점원은 싹싹한 태도로 필요한 것이 있으면 도움을 청하라고 말했지만, 조안나가 그냥 보기만 할 것이라고 말하자, 즉시 가 버렸다. 그러고 나서 자신을 내내 지켜보고 있었다.
　그건 지켜보는 게 아니라 감시였다.
　다시 길 위에 섰을 때, 안도의 한숨을 내쉬었다. 점원의 의심스러운 시선을 더 이상 받고 싶지 않아서 그 가게에서 멀찌감치 떨어졌다.
　'내가 캐롤라인과 닮았기 때문이야, 그 이상은 아니야.'
　조안나는 어깨를 펴고 사교적인 미소를 짓고는 다음 가게로 들어갔다. 기념품 가게였다. 이번에는 좀 외로워 보이는 점원이 금전 출납기 뒤에 앉아 있었다. 점원은 신문을 읽으면서, 작은 라디오에서 흘러나오는 옛날 노래를 듣고 있었다.
　조안나는 손에 잡히는 대로 기념품을 집어들고 카운터 앞에 섰을 때, 비로소 자신이 집어든 것이 철로 만든 문버팀쇠라는 것을 깨달았다. 문버팀쇠는 비버 모양을 하고 있었다. 엉뚱한 선택이 말을 트는 계기가 될 거라고 생각하면서 점원에게 다가갔다.

“이 물건이 전부인가요?”

점원이 물었다. 예의바른 태도였지만 별다른 반응은 보이지 않았다.

“예, 전부예요.”

물건의 가격을 금전 등록기에 찍는 것을 지켜보면서 일상적인 말투로 대화를 이어나갔다.

“가게에 멋진 물건이 많군요.”

“고맙습니다. 삼십팔 달러 오십 센트입니다.”

조안나는 40달러를 건네주고 다시 대화를 시도했다.

“내 이름은 조안나예요.”

점원은 거스름돈을 건네주고, 튼튼한 종이 봉투에 문버팀쇠를 넣어 주었다. 점원의 부드러운 파란 눈에서 좀처럼 감정을 읽어 낼 수 없었다.

“예, 우리 가게에 와 주셔서 감사합니다.”

조안나의 점원의 무신경이 철저히 계획된 것이라고 생각했다. 마치 미리 연습해 놓은 것처럼…… 점원은 이제 그녀가 안중에도 없다는 듯 몸을 돌려 다시 신문을 집어들었다. 하지만 그런 태도들은 뻣뻣했고 부자연스러워 보였다.

다시 길 위에 선, 조안나는 얼떨결에 사게 된 물건을 엉덩이에 대고 서 있었다. 그리고 얼굴을 약간 찡그린 채, 다음 가게를 쳐다보았다. 보석 가게였다. 여기서는 무엇을 찾아낼 수 있을까?

가게 주인은 쾌활한 성격의 랜더스 씨였다. 그가 리건이 엄마를 위해 구입한 목걸이와 관련된 기분 좋은 애기를 해주었다. 하지만 조안나가 캐롤라인에 대한 감정을 살피려 들자, 갑자기 상냥한 미소가 수그러졌고 눈동자에 경계의 빛이 떠올랐다. 그녀는 좋은 부인이었고, 그게 자기가 느끼고 있는 전부라고 딱 잘라 말했다. 스콧 맥케나에 대해서 물어보자, 랜더스 씨는 갑자기 은행에 갈 일이 생각났다고 했다. 그리고 조안나에게 필요한 일이 있냐고 물었다.

조안나는 아무것도 사지 않고 가게를 나섰다. 이건 굉장히…… 이상한 일이다. 메인 가가 자기에게 도움을 주는 편과 안 주는 편으로 나눠지지는 않았을 텐데. 어제 이후, 상황이 갑자기 바뀌어서 사람들이 자신을 경계한다는 생각이 들었다.

보안관이 점심 식사를 하고 돌아와서, 내 질문에 대답하지 말라고 가게 주인들에게 조용히 지시를 내린 것일까?

정말 그랬다면 도대체 무슨 이유에설까? 내 질문이 그렇게 위험한 것일까?

만약 보안관이 그런 짓을 하지 않았다면 오늘 왜 이리 무관심한 반응을 보였을까? 원래 작은 마을에서는 외부인의 질문에 저항감을 느낀다고 하던데 캐롤라인과 그녀의 가족에 대한 관심이 너무 지나쳤던 것일까? 주민들 사이에 감추고 싶은 불길한 감정이 자리잡고 있는 것이 아닐까······.

조안나는 매우 초조한 마음으로 다음 가게로 들어갔다. 또 다른 옷가게였다.

이번에는 웃는 얼굴이 기다리고 있었다. 젊은 여점원은 친밀한 태도로 자신을 린이라고 소개했다. 린은 스스럼없이 조안나가 누구인지 안다고 밝혔다.

"지금쯤이면 아마 모든 마을 사람이 당신이 누군지 알 거예요."

린은 솔직히 말했다.

"당신은 맥케나 부인하고 거의 똑같을 정도로 닮았지만, 별로 놀라운 사실이 아니에요. 뭐 특별히 찾는 거라도 있어요, 조안나?"

"아니요, 사실 없어요. 그냥 스웨터가 필요해서요. 여긴 내가 생각했던 것보다 날씨가 훨씬 차네요."

린은 스웨터가 있는 쪽으로 가서 몇 벌을 추천해 주었다. 활기차고 친밀한 태도를 보여 주었지만, 다분히 의도적인 냄새가 났고 사실 수다를 떨고 싶어하는 것 같진 않았다. 조안나가 시험삼아 캐롤라인을 화제로 끄집어내었을 때, 린은 얼른 말을 얼버무리고는 다른 손님에게 가 봐야 한다고 했다.

되는대로 스웨터를 골라 돈을 지불했을 때, 조안나는 린의 미소와 경계의 빛을 담은 눈동자를 보고도 이젠 전혀 놀라지 않았다. 예상했음에도 불구하고 마음이 어지러웠다. 결국은 쇼핑을 포기하고 호텔로 몸을 돌렸다.

걸음을 옮기면서, 알고 있는 사실과 들었던 것에 정신을 집중하려 애썼다. 오늘 도서관에 잠깐 들렀을 때, 몇 가지 정보를 얻긴 했지만 대부분 어제 들은 정보들이다.

절벽에서 떨어져 죽은 관광객의 이름은 로버트 버틀러이고 샌프란시스코에서 온 사업가였다. 그의 죽음에 사고 이상의 의미가 있다고 생각하는 사람은 아무도 없었고 명백한 사고였다. 여동생이 와서 시체를 가져갔다. 그것이 이 사건의 결말이었다.

그것 이외에 찾아낸 것은, 애틀랜타에서 조안나를 캐롤라인으로 잘못 본 남자와 여자가 딜런 요크와 리사 메이트랜드일 가능성이 아주 높다는 사실이었다. 두 사람은 스콧 맥케나 밑에서 일하는 사람들이며 최근에 업무차 마을에 없었다. 동부 해안의 어느 도시에 갔다고 했다.

두 사람은 곧 돌아올 예정이었다. 아주 **빠른** 시일 안에.

그리고 캐롤라인이 죽기 얼마 전에 과거로의 여행에서 작은 골동품 상자를 샀다는 사실을 알아냈다. 이것이 중요한 단서인지 지금은 알 수 없다. 단지 퍼즐의 또 다른 조각일 뿐이니. 지금까지 알아낸 사실에 한 가지 사실을 더 추가하는 셈이었다.

나중에 조각들을 다 맞춰서 완성된 그림을 볼 수 있을지 의심스러워졌다.

케인 바로우를 만난 것은 금요일 오후였다.

호텔 방에서 혼자 점심 식사를 마친 후, 조용한 장소를 찾아내 바닷바람을 쐬면서 온통 뒤죽박죽인 생각을 정리하고 싶은 마음이 간절했다. 신문을 사서 시원한 베란다에 앉아 읽으려고 했지만, 신문의 기사가 눈에 들어오지 않았다.

네 시가 다 돼서 조안나는 불안한 마음으로 쫓기듯 밖으로 나갔다. 서머 타임이 시행되고 있어서 해가 지려면 아직 두어 시간 더 남아 있었다. 시간에 대한 걱정 없이 해안 절벽 쪽으로 나갔다.

절벽에서 거리를 두고 무작정 북쪽을 향해 걸어가고 있었다. 클리프 사이드의 중심 가는 내륙으로 약간 들어가 있었기 때문에, 마을과 가파른 해안 절벽 사이에는 별장들이 들어서 있었다. 꽤 넓은 간격을 두고 떨어져 있었으며, 각각의 별장들이 독특한 디자인이었다. 대량 건축되었다기 보다는 독창적이라는 느낌을 받았다. 대부분 마을 사람들이 소유하고 있었기에 조안나가 근처를 걸어다니는 것을 싫어할 사람은 아무도 없다고 들었다.

불규칙한 해안선을 따라 꼬불꼬불 나 있는 길은 매우 좁았지만, 절벽으로부터 안전 거리를 유지하고 있어서 조안나는 그 길을 따라 걸었다. 별장 두 개를 지나갈 때까지 아무도 만나지 못했다. 막 호텔로 돌아가려고 했을 때, 해안선을 따라 빽빽이 들어 차 있는 숲 사이로 또 다른 별장이 눈에 들어왔다. 그리고 한 남자가 보였다.

남자는 조안나에게 등을 보이고 서서 이젤 위에 놓인 그림에 온 신경을 집중하고 있었다. 그녀는 무작정 남자를 향해 걸어갔다. 무슨 말을 할 것인지도 생각해 놓지 않았지만 불쑥 말이 튀어 나왔다.

"바다 풍경은 그리지 않는다는 말을 들었어요."

남자가 몸을 휙 돌렸다. 순간적으로 생기 있는 녹색 눈동자가 커졌다. 그렇지만 시선이 조안나에게 고정되면서 눈동자는 점점 작아졌다. 키가 크고 체격이 좋은 잘생긴 남자였다. 적갈색 머리는 예술가치고는 너무 단정하게 손질되어 있었다.

"빌어먹을."

남자는 유쾌하고 굵은 목소리로 욕설을 내뱉었다.

"미안해요, 몰래 다가올 생각은 아니었어요."

조안나가 말했다.

"난……."

“조안나 플린.”

남자가 대신 대답했다.

조안나는 가벼운 한숨을 쉬었다.

“내 이름조차 말할 필요가 없군요. 이곳에 온 첫날 이후, 내가 누구인지 사람들에게 소개할 필요가 없었어요.”

남자를 쳐다보다가 자기도 모르게 말이 튀어 나왔다.

“그리고 당신은 케인 바로우, 이 지방 화가죠.”

남자는 유머 감각을 가지고 있었다. 정중한 어조로 답변했을 때 눈에 웃음이 번지고 있었다.

“바로 맞히셨소, 미스 플린.”

“오, 그냥 조안나라고 불러요. 모두 그렇게 부르는 걸요.”

“좋아요, 조안나. 난 케인이라 해요

그는 여전히 그녀에게 시선을 집중시킨 채 믿을 수 없다는 투로 고개를 흔들었다.

“내가 이렇게 쳐다보는 것을 용서해요. 예술가적인 견해에서 볼 때, 이건 정말…… 환상적이오.”

“내 견해도 그래요.”

조안나는 약간 슬픈 듯이 대꾸했다.

“누군가와 똑같이 생겼다는 것은 정말 이상한 일이에요. 그리고 그 누군가를 잘 아는 사람들에게 둘러싸여 있다는 것은…… 글쎄요, 정말 이상한 경험이에요.”

“상상이 가는군요.”

조안나는 케인의 어깨 너머로 그림을 쳐다보았다.

“당신을 방해한 거라면 가볼게요.”

케인은 고개를 흔들었다.

“오늘 일은 다했소. 그냥 생각하고 있던 중이요.”

“당신은 바다 풍경을 그리지 않는다고 들었어요.”

바다를 그린 그림을 들여다보면서 조안나는 처음에 했던 말을 되풀이

했다. 바구니 가게에 걸려 있던 그림이나 서점에서 산 책에 들어 있는 사진을 통해서, 지금껏 보아 왔던 케인의 작품처럼 색채와 생명력이 꿈틀거리고 있었다. 다른 바다 그림과는 달리, 바위투성이 해안 기슭에 부서져 내리는 파도는 어두운 회색과 파란색으로 칠해져 있었다. 그 안에서 예상치 못했던 따뜻함과 찬란히 빛나는 색채들의 소용돌이와 붓의 터치가 보였다.

"바다 그림을 많이 그리진 않소."

케인이 대답했다.

"사실 바다는 영감을 주지 않소."

"이 작품이 영감을 받지 못했을 때 그린 그림이라면, 진짜 영감을 받았을 때 그린 그림이 보고 싶어지는데요."

"미술에 대해 좀 알고 있소?"

케인은 무미건조한 말투로 물었다.

그녀는 그에게 웃어 보였다.

"걱정하지 말아요. 난 미술에 대해선 모르지만 좋아한다고 말해서, 당신을 화나게 하지는 않을 테니까요."

"그게 바로 대부분의 사람들에게서 들은 말이요."

"나도 그래요…… 그렇지만 그렇게 말하진 않을 거예요."

조안나는 시선을 그림으로 옮겼다. 그리고 천천히 훑어보기 시작했다.

"이 그림은…… 느낌이 있군요. 가는 가지를 엮어 만든 세공품을 파는 가게에 걸려 있던 그림과 같은 느낌이 있어요. 색채와 생명력이 아주 충만해서 금방이라도 캔버스를 뚫고 나올 것 같아요."

"내 작품을 칭찬해 줘서 고맙소, 조안나."

대답하면서 그는 물감이 묻어 있는 천조각으로 붓을 닦고 있었다.

조안나는 케인의 목소리에서 약간의 긴장감이 느껴졌다. 자신의 작품에 대한 평가를 듣고 있어서 일까? 하지만 책에서 읽은 바에 따르면, 케인은 놀라운 재능을 타고난 화가였다. 몸 안에 있는 창조적인 악마를 만족시키기 위해 그림을 그린다고 했다. 상업적인 성공에 개의치 않았고 생활을 꾸려 나갈 수 있을 만큼 벌면 되었다. 예술 비평가들은 케인이 자신들의 비평에 조금도 영향을 받지 않기 때문에 오히려 높이 평가한다고 했다. 그는 누구의 비평에도 끄덕도 없을 것이다.

그림에서 시선을 떼고 케인을 바라보다가 자신을 이곳으로 데려 온 꿈속에 그의 그림이 나왔다는 사실이 기억났다. 케인은 분명 캐롤라인과 관계가 있다.

"이젠 당신이 날 쳐다보고 있군."

약간 재미있다는 듯이 그가 말했다.

"미안해요. 갑자기 어떤 생각이 나서요. 그 가게에 걸려 있던 그림의 어린 소녀는…… 리건인가요? "

"리건을 만났소?"

"잠깐이요, 요전 날에. 우리 두 사람 모두 굉장히 충격을 받았죠. 그림에 있던 소녀가 리건 맞나요?"

"리건을 앞에 세워 놓고 그린 것은 아니오."

케인이 대답했다.

"언젠가 리건이 들판에 있는 것을 보고 아이디어를 얻었소. 엄마한테 갖다 줄 꽃을 꺾고 있었소."

"캐롤라인을 알고 있는 것 같군요."

"모두가 알고 있소. 이 마을에 대해 지금쯤이면 그 정도는 알고 있을 거라 생각했는데."

케인은 붓을 케이스에 넣기 시작했다. 손놀림이 체계적이고 허둥댐이 없었다.

"작은 마을이어서 그런 것도 있지만, 그녀는 이 마을 토박이였으니까. 클리프 사이드에서는 아직도 그런 것들이 중시되오."

조안나는 천천히 고개를 끄덕였다.

"그런 느낌이 많이 들었어요. 당신도 알다시피 너무 재미있는 일이 있어요. 내가 얘기해 본 많은 사람들은 사실 캐롤라인을 알지 못했어요. 그녀는 수줍음이 많았나요?"

"수줍어 했다구? 천만에, 난 차라리 억눌려 있었다고 말하겠소. 그녀는 고등학교를 졸업하고 바로 결혼했소 그리고 곧 리건을 낳았어요. 그런 인생이 아무리 그녀가 원했다 할지라도, 인생에 다른 많은 선택을 원하지는 않았을까 라는 의문이 생겼소."

놀라움 이상의 감정을 느꼈다. 케인의 말 때문이기도 했지만, 목소리에 담겨진 분노를 확실히 읽을 수 있었기 때문이었다. 저 분노는 캐롤라인에 대한 순수한 호의에서 나온 것일까? 그는 캐롤라인에 대해서 많은 것을 알고 있는 것일까?

조안나가 미처 다른 질문을 하기도 전에 방해꾼인 앰버 웨이드가 나타났다. 앰버는 인으로 통하는 길에서 나왔다. 늘 입는 짧은 반바지에 하이힐을 신고 걸어오는데, 길이 울퉁불퉁하다는 것을 감안하더라도 구두가 보기가 위태롭게 불안정하게 흔들렸다.

"오."

앰버가 감탄사를 내뱉었다. 케인 옆에 다다르자 조안나에게 적대감이 어린 불만스런 시선을 보내다가 이내 그를 향해 환한 미소를 지었다.

"혼자 있을 줄 알았어요, 케인."

"조안나가 잠깐 들렀어."

케인이 가볍게 대꾸했다가 조안나에게 물었다.

"두 사람은 아는 사이요?"

"공식적으로는 아니에요."

조안나가 대답했다.

"그렇지만 같은 호텔에서 묶고 있죠. 안녕, 앰버."

"안녕하세요. 당신을 본 적이 있어요."

앰버가 케인의 그림을 들여다보았다.

"오, 아주 예쁘네요."

앰버가 말했다.

"고마워."

케인이 살며시 웃으면서 대답했다.

“당신이 날 그려 줬으면 좋겠어요. 오, 케인. 왜 날 그리지 않는 거죠?”

‘오’라는 감탄사는 입술을 오므라들게 만들기 때문에 마치 키스받을 준비가 되어 있는 것처럼 보였다. 갑자기 앰버가 그런 효과를 노리고 ‘오’라는 감탄사를 자주 내뱉는 것 같다는 생각이 들었다. 뜨거운 정열을 품은 어린 소녀가 수단과 방법을 안 가리고 케인을 쫓아다니고 있구나.

케인은 가볍게 앰버의 말을 받았다.

“난 열세 살에서 스무 살 사이에 있는 사람은 그리지 않아.”

앰버가 당혹스러운 표정으로 케인을 쳐다보았다.

“왜 안 그리죠?”

“자라는 시기이기 때문이지. 하루하루 달라지니까 캔버스 위에 옮기려고 노력하는 것은 쓸데없는 짓이야.”

앰버는 감정을 숨기기에 너무 어렸다. 실망감과 이해하지 못하겠다는 표정이 그대로 드러났다.

“오, 그렇지만……”

“두 숙녀분을 호텔까지 바래다 드리고 싶소.”

케인이 정중하게 제안했다.

“시간도 늦었고, 어차피 호텔에서 홀리를 만나기로 했으니까……”

조안나는 돌아가기 전에 더 멀리까지 걸어보고 싶다고 거절하려 했지만 케인의 활기 있는 녹색 눈동자가 그녀에게 도움을 요청하고 있었다. 할 수 없이 호텔까지 동행하게 되어서 기쁘다고 말했다. 그리고 앰버가 아무 말 없이 씩씩거리는 것을 지켜보았다.

“이 물건들이 집에 가져다 놓고 올 테니 잠시 기다려요.”

케인이 말했다.

“도와 줘요?”

조안나가 물었다.

“고맙지만 괜찮소. 나 혼자도 충분하니까.”

그가 한 손에 그림을 들고, 다른 손엔 이젤과 도구를 들고 별장 안으로 사라졌다.

"케인과 홀리는 잘 어울리는 한 쌍이야, 그렇게 생각하지 않니?"

조안나는 앰버가 두 사람 관계를 알고 있는지 궁금히 여기면서 조심스럽게 물었다.

"홀리는 케인을 좋아하지 않아요."

앰버가 즉시 반발하며 대답했다.

"안 좋아한다구?"

"그래요. 홀리는 항상 바빠요. 그리고…… 불쾌한 표정으로 케인을 쳐다봐요."

만약 홀리가 찡그리고 있는 이유라면, 틀림없이 앰버가 케인에게 너무 가까이 붙어 있었기 때문일 것이다. 조안나는 생각과는 달리 단순하게 대답했다.

"글쎄, 외지 사람들은 이곳의 남녀 관계는 잘 모르는 법이니까."

"난 뛰어난 통찰력을 가진 여자예요."

앰버가 조안나에게 자신만만한 태도로 말했다.

"심리적인 분야도 문제없다구요."

조안나도 진지한 얼굴을 유지했다.

"그래 너는 케인에게 새로운 여자 친구가 필요하다고 생각하는 거니?"

앰버의 얼굴이 빨개졌다.

"난 케인의 자폐증적인 면을 지지하고 높이 평가하고 있어요."

앰버가 턱을 높이 치켜들고 말했다.

진지한 얼굴을 계속 고수하기가 정말 어려웠다. 자아성찰이나 자존심이라는 단어를 제대로 앰버에게 알려 주고 싶은 유혹을 물리치면서 진지한 표정을 지으려고 노력했다.

그때 케인이 돌아왔다. 덕분에 대답을 하지 않아도 되었다. 세 사람은 호텔로 가는 길로 들어섰다. 길은 세 사람이 나란히 걷기에는 좁았지만 앰버가 케인의 오른편에 너무 가까이 붙어 있었고, 그는 주로 조안나하고만 대화를 나누었기 때문에 조안나는 할 수 없이 케인의 왼편에 바싹 다가서서 걸어갈 수밖에 없었다.

그는 앰버에게 무례하게 군다거나 우월감을 드러내진 않았지만, 미국의 현 정치 상황에 대한 생기 넘치는 대화를 시작함으로써 앰버가 두 사람의 대화 깊이에 못 미친다는 것을 교묘하게 보여주었다. 케인과 조안나는 몇 가지 점에서 서로 의견이 달랐기 때문에 토론의 열기가 다소 뜨거워졌다. 세 사람이 호텔 로비에 도착했을 즈음 앰버는 불행과 실망감이 가득한 표정을 하고 있었다.

"나중에 보자, 앰버."

케인은 정중한 말투로 인사를 건넸지만 무관심한 마음이 그대로 드러나 있었다.

"조안나, 어째서 새로운 법안이 별로 필요하지 않다고 말하는."

"안녕, 앰버. 글쎄요, 물론 필요는 하겠지요. 그렇지만 미국의 여러 주들은 그 법을 다루는 방법에서 합의점을 찾아내지 못할 거예요. 틀림없이 몇 백만 개의 법률이 생겨나서 모두를 혼란스럽게 만들 거예요. 그 문제에서 어느 정도 합의점을 찾아내지 못한다면, 우스꽝스러운 법정 싸움에 수년 동안 질질 끌려 다니게 될 게 뻔하죠."

조안나는 케인의 어깨 너머를 쳐다보다가 한마디 덧붙였다.

"그 애가 갔어요."

케인이 한숨을 쉬었다.

"난 이런 일을 좋아하지 않소. 홀리가 열여덟 살 여자아이들은 실연의 아픔을 쉽게 겪는다는 말을 했지만……."

"정말 그래요."

그녀가 동의했다.

"하지만 많이 가슴 아파 하는 경우도 드물죠. 실연을 겪는 것만큼이나 쉽게 치유되니까요. 앰버는 아직 너무 어려요."

"그 애가 열여덟 살이라는 것을 나도 알고 있소. 고맙소, 조안나. 오늘이 두 번째로 우리 집에 찾아 온 날이었소. 첫번째로 찾아 온 날에는 집 안에 있었는데 앰버가 문을 두드렸을 때, 대답도 하지 않았어요.”

“도움이 되었다니 기쁘군요. 그녀가 부모님과 함께 얼마나 오래 이곳에 머무를지 알고 있나요?”

“내 생각엔 한 주 정도 더 있을 것 같소. 여름이었다면 앰버 또래의 애들이 적어도 몇 명은 더 이곳에 머물렀을 텐데. 지금은 시월이고 친구도 없다보니 지루해서 못 견딜 지경에서 그런 생각을…….”

“그래요, 알아요. 예술가들은 로맨틱한 사람처럼 보이는 법이니까요.”

자상한 표정으로 그녀는 말을 맺었다.

“우리 같은 사람들이 사회에 끼치는 폐해요.”

케인은 슬픈 얼굴로 고백했다.

“그런 짐이 참을 수 없을 정도로 무겁게 느껴질 것이라는 사실도 짐작이 되네요.”

조안나는 동정심을 나타내면서 케인을 위로했다.

“당신이 혼자 그 짐을 견디도록 난 물러나야 할 것 같군요. 만나서 반가웠어요, 케인.”

“오히려 내가 즐거웠소, 조안나.”

그녀는 손을 흔들어 주고 로비를 가로질러서 엘리베이터로 갔다. 그리고 홀리와 앰버, 두 사람이 이 예술가에게서 매력을 발견한 것이 틀림없다고 생각했다. 케인은 아주 매력적인 사람이었다.

하지만 아직도 꿈에 케인의 그림이 나타난 이유를 알 수 없었다. 그리고 캐롤라인과 그의 관계도 모르겠다. 친구였을까? 아니면, 애인……?

그리핀이 조안나를 클리프 사이드 마을 공원에서 발견한 것은 토요일 오후였다. 무릎 위에 카커스파니엘 강아지를 올려놓고, 벤치에 앉아 있었다. 캔버스 천으로 만든 커다란 여성용 핸드백이 벤치 주변 땅 위에 놓여 있었고 근처에 야구 방망이와 더러워진 소프트볼, 그리고 너덜너덜해진 야구 글러브 세 개가 쌓여 있었다. 게다가 그녀는 한쪽 발로 커다란 호박을 누르고 있었다.

"그 강아지까지 샀다고는 말하지 마시오."

그리핀이 옆에 앉으면서 말했다.

"아니에요, 난 그냥 강아지를 봐주고 있는 중이에요."

조안나가 정색을 하고 대답했다.

"클리프 사이드의 소프트 볼, 연날리기, 그리고 호박 조각하기 클럽의 활동이 자금 부족으로 어려운 것 같아요. 웹스터 씨가 이곳에 들러서 자신의 집 안마당을 청소해 주면 오 달러를 주겠다고 제안했대요. 그래서 아이들이 모두 갔지만 강아지 트라비스가 청소를 망칠 것 같다고 해서 내가 잠시 봐주는 거예요."

그는 토요일 오후마다 공원에서 봤던 아이들을 말한다고 생각했다.

"호박은 그대로군."

그리핀은 호박을 쳐다보았다.

"분명히 애들은 호박을 조각하려는 것 같았어요……. 할로윈 데이를 대비해서 미리 연습을 해두려고 말이에요. 그렇지만 아무도 칼을 가지고 올 수 없다는 사실을 곧 깨달았어요. 엄마들이 위험한 물건을 주겠어요? 게다가 연을 가진 사람도 아무도 없어서 오 달러가 필요했던 거죠."

"아……, 당신은 어쩌다가 이 일에 휘말리게 된 거요?"

"난 그냥 새들 모이 주러 들렀다가 심판으로 발탁되었죠. 그런데 제이슨 리오던의 피칭을 눈여겨 본 사람이 없나요? 그 아이는 완벽한 팔을 가지고 있어요."

"제이슨의 아버지를 만난다면 그렇게 전해 주겠소."

그가 가볍게 대꾸했다.

"제이슨은 확실히 야구에 소질이 있어요."

그녀는 희미하게 미소를 떠올리며 무릎 위에 앉아 있는 강아지 트라비스를 내려다보더니, 잠자는 강아지의 길고 부드러운 털을 만지작거렸다.

"이 마을이 마음에 들어요."

지금 이 순간 자신의 말을 완전히 확신할 수 없었지만 앞으로 그렇게 될 것 같았다.

"아직 지겹진 않소?"

"전혀요, 난 대도시에서 살면서도 아주 조용한 생활을 했어요. 이 마을은 나하고 아주 잘 맞는 것 같아요."

"특히 쇼핑하기에 안성맞춤인 마을이요? 당신이 어제 또 기념품 몇 개를 샀다는 얘기를 들었소."

"사람들이 모두 참 좋아요."

불안했던 어제 아침 쇼핑 때의 일을 자세히 말하면 그가 어떤 반응을 보일까 궁금해 하면서 대꾸했다. 다시 생각해 보니 이미 알고 있을 것 같기도 했다.

"문버팀쇠를 포함해서 말이오?"

보안관의 목소리에는 호기심이 잔뜩 묻어 있었다.

"모든 가정에서 좋은 문버팀쇠를 필요로 한다고 생각하지만 아래쪽이 높은 철 비버는 비행기를 탈 때 꽤 부담이 될 거요."

"배로 가져갈 거예요."

조안나가 중얼거렸다.

'그래, 이 사람은 분명히 내 행동을 다 알고 있던 거야.'

그리핀은 웃지도 않고 얼굴을 끄덕였다.

"당신이 직접 들고 애틀랜타로 돌아갈 것이라고 생각했소."

"그러시겠죠."

그는 계속해서 조안나의 체면을 깎아 내릴 태세였다. 바로 그때, 강아지를 포함한 자신들의 재산을 돌려 받으러 클리프 사이드의 연날리기, 호박 조각하기 클럽 회원들이 돌아왔다. 그들은 누가 무거운 호박을 들고 집에 갈 것인지 결정하는 데 시간이 좀 걸렸다. 그리핀이 월요일 아침까지 학교에 안전하게 갖다 주도록 약속해서 문제가 해결되었다.

"문제 해결 수완이 있으시군요."

아이들이 자고 있던 강아지를 포함해서 자신들의 물건을 싸들고 가버리자 그녀가 칭찬했다.

"당신이 직접 호박을 배달할 생각인가요?"

"아마도 그렇게 되겠지."

조안나는 일어서서 커다란 가방을 집어들면서 웃었다.

"그때까지 호박을 이곳에 둘 건가요?"

"십중팔구 그러겠지."

그가 옆으로 따라 오면서 대답했다. 두 사람은 메인 가를 향해 가고 있었다.

"어디까지 가는 거요? 쇼핑을 더 할 거요?"

"쇼핑을 하러 가는 게 아니라 못을 교환하러 철물점에 가요."

"크기가 안 맞는 거요?"

그리핀이 예의를 차려 물었다.

"망치가 더 나을 것 같아서요."

"망치로 뭘 하려고 하는 거요?"

조안나가 멀뚱하게 무심한 눈으로 그를 쳐다보았다.

"못을 산 것하고 똑같은 이유예요."

그는 한숨을 쉬어야 할지, 웃어야 할지 잠시 고민했다.

"조안나……."

"오늘 근무하는 날인가요?"

"연락이 오면 달려가야 하지만 근무는 아니오. 왜 물은 거요? 망치 고르는 데 도움이 필요하오?"

"그럴리가요, 보안관들은 주말에도 근무를 하는지 궁금했을 뿐이에요."

"일이 있을 때만 근무하오."

캐롤라인이 청바지와 커다란 스웨터를 입었을 때는 어린애처럼 보였는데, 조안나에게는 어째서 이렇게 잘 어울리는지 궁금해 하면서, 그녀를 쳐다보았다. 아주 낯선 모습이다. 캐롤라인의 어둡고 고요한 눈동자에 비해 눈앞의 생기 넘치는 눈동자는 정말 낯설었다. 두 여자 사이의 닮은 점이 처음에 상상했던 것만큼 그렇게 강렬하지 않다는 것을 깨닫기 시작했다.

"세상에, 바로 당신이군요."

메인 가로 들어섰을 때, 두 사람은 놀란 표정으로 뒤돌아보았다. 중키에 쾌활해 보이는 외모를 가진 30대 남자였다. 붉은기가 도는 금발머리 남자는 급한 걸음으로 두 사람에게 다가오고 있었다. 남자의 시선은 조안나에게 고정되어 있었는데 놀란 얼굴이 분명했다.

조안나와 그리핀은 서로 짧은 시선을 교환했다.

"당신일 거라고 생각했어요."

딜런 요크는 두 사람에게 다가와서 입을 열었다.

"오늘 아침 마을에 돌아왔는데, 사람들이 모두 당신 얘기를 하고 있더군요. 남부에서 왔다고……."

"전에 만난 적이 있소?"

그리핀은 감정을 억제한 냉혹한 표정으로 물었다.

"정확히 그렇진 않아요."

조안나가 자신 없이 중얼거렸다.

딜런은 손을 내밀고 자신을 소개하고 나서 그리핀에게 한마디 덧붙였다.

"애틀랜타에서 조안나를 봤어요, 그리핀. 리사와 나는 일주일 간격으로 조안나를 보았죠. 그리고 둘다 생각 없이 캐롤라인이라고 불렀어요. 충격이었죠. 우리는 꽤 빨리 정신을 차렸지만, 사실 굉장히 혼란스러웠어요. 아무튼 만나서 반가워요, 난 당신이 내 상상 속의 인물이 아니라는 사실을 어느 정도 확신하고 있었어요."

"내가…… 실제 인물이어서 기쁘겠군요."

그녀는 어정쩡한 미소를 띄우면서 대답했다.

"당신이 클리프 사이드에 온 게 우연은 아니겠죠?"

딜런은 마침내 손을 풀고 말했다.

"조안나라고 불러서 기분 나쁜 가요?"

"물론, 아니에요."

"좋아요, 난 딜런이에요. 리사는 이 굉장한 사실을 믿지 못할 거예요. 우리는 둘다 스콧 맥케나를 위해서 일하고 있어요."

"그렇다고 들었어요."

그녀가 간단하게 대답했다.

"내가 여기 온 이유는…… 그냥 호기심으로 왔어요."

딜런이 얼굴을 찌푸렸다.

"그렇다고 해도 여길 어떻게 알아냈죠? 리사와 난 캐롤라인의 성이나, 이 마을에 대해서 한 마디도 한 적이 없는데. 그리고 당신은 우리가 누군지도 몰랐잖아요, 우리는 서로 소개한 적도 없잖아요. 그냥 당신에게 캐롤라인의 이름 이상은 얘기하지 않았는데, 어떻게 클리프 사이드를 알아냈죠?"

'내가 최근에 들은 질문 중에서 가장 좋은 질문이군.'

그리핀은 질문에 대답하기를 기다리고 있었고 그 질문을 피해 갔을 때도 별로 놀라지 않았다.

"당신은 운명을 믿나요, 딜런? 난 요새 믿기 시작했어요."

조안나가 미소를 띄웠다.

미소에 매혹된 표정으로 딜런이 대답했다.

"그런 일에 관해서는 생각해 본 적이 없지만……."

"때로는 당신이 우연히 와 있는 곳이, 당신이 가려던 곳일 수 있어요."

조안나가 가볍게 대꾸했다.

"인생에는 일정한 패턴이 있다고 주장하는 친구가 있어요. 때때로 우리는 그 안에 휘말리게 된대요. 내가 지금 겪는 일이 바로 그런 과정 같아요."

"좋아요."

딜런이 선선히 대답했지만 분명히 실망한 듯한 눈치였다.

"그렇지만 어떻게 이곳에……."

그는 그녀를 자꾸 곤경에 빠뜨리고 있었다. 그때, 그리핀이 불쑥 끼여 들었다.

"딜런, 당신 차가 주차장 두 구역을 차지하고 있소. 왜 그런 거요?"

"이봐요, 그리핀. 난 조안나하고……."

"조안나는 오늘 당장 클리프 사이드를 떠나는 게 아니니 나중에라도 얘기할 수 있소. 그렇지만 경찰 중에 누구라도 이곳을 지나가다가 당신 차가 불법 주차……."

"알았어요, 알았어요. 나중에 얘기해요, 조안나."

"언제라도요."

그리핀은 손을 흔들면서 자신의 차를 향해 뛰어가는 남자를 지켜보다가 누구의 시선에도 개의치 않고 조안나의 어깨를 붙잡고, 자신을 똑바로 쳐다보도록 몸을 돌려 세웠다. 그리고 입을 열었다.

"내게 말하시오, 모두 다."

자신의 목소리가 험악하게 들린다는 사실을 깨달았다. 아마 얼굴도 굉장히 화가 난 것처럼 보일 것이다. 하지만 개의치 않았다. 바로 이 순간, 중요한 것은 그녀의 대답이었다.

그녀는 슬픈 표정으로 고개를 약간 흔들었다.

"당신도 나도, 클리프 사이드에서 온 두 사람이 애틀랜타에서 나를 캐롤라인이라고 부른 것이 당연한 일이라는 것을 알고 있어요. 두 사람은 이곳에 사는 사람들이니 틀림없이 캐롤라인을 알고 있었겠죠. 그리고 어떤 이유로 우연히 애틀랜타에 오게 되었죠. 여기까지는 이치에 맞는 얘기예요. 마침내 두 사람은 집으로 돌아왔고 나랑 다시 마주치게 된 거죠."

그리핀이 조안나의 몸을 마구 흔들어 대며 화를 냈다.

"빌어먹을. 조안나, 난 당신이 이곳에서 무얼 하고 있는 건지 알고 싶소."

"벌써 말했잖아요. 난 휴가차 이곳에 왔고 캐롤라인에 대해서 조사하고 있어요."

그녀의 목소리는 침착했고, 흔들림 없이 쳐다보고 있었다.

"내가 일하고 있는 도서관에 전화해서 지금 휴가중인지 물어보면 되잖아요? 내 상관 이름도 대줄 수 있어요."

그는 화제를 돌리도록 놔두지 않았다.

"당신은 고의적으로 이곳을 찾아왔소, 그렇지 않소? 죽은 여자가 당신과 닮았다는 사실을 이미 알고 여기 온 거요."

잠시 주저하다가 마침내 그녀가 고개를 끄덕였다.

"그래요. 딜런과 리사가 나를 캐롤라인으로 잘못 본 후에, 그 여자가 나와 닮았다는 사실을 알게 됐어요. 그리고…… 난 캐롤라인이 이미 죽었다는 사실을 알아냈죠. 그게 바로 내가 이곳을 찾은 이유 중의 하나예요."

보안관은 조안나의 말을 이해하려 애쓰면서 내려다보았다.

"캐롤라인이 누구인지, 어디서 사는지는 어떻게 알아냈소? 그리고 캐롤라인이 죽은 건 어떻게 알았소?"

조안나는 주위의 시선을 의식해서 잠시 두리번거리다가 다시 그리펀을 쳐다보았다. 자신도 이제 더 이상 침착한 태도를 유지할 수 없었다.

"난…… 알아냈어요."

"뭘 말이오?"

"신문에 난 기사들을 보구요."

"조안나, 당신이 만약 캐롤라인이라는 이름만 알았다면 어떻게 다른 것도 알아낼 수 있었소?"

"내가 사실을 말해도 당신은 믿지 않을 거예요."

"말해 봐요."

그녀는 결심한 듯 턱을 치켜들었다.

"좋아요, 다 말하죠. 난 똑같은 꿈을 되풀이해서 꾸기 시작했어요. 그리고 꿈속에서 이정표를 보았죠. 그 이정표에 클리프 사이드라고 적혀 있었고 클리프 사이드라는 지명을 가진 곳을 찾아보다가 신문에 난 사진과 캐롤라인의 사망 기사를 보게 된 거구요. 그때, 난 이곳에 오기로 결심했죠.”

“왜 나한태 말하지 않았소?”

그리펀이 천천히 물었다. 말투를 보니 그녀의 말을 조금도 안 믿는 듯했다.

“무엇을 말하죠? 죽은 여인에 대해서 알아보려고, 오천 킬로미터나 떨어진 곳에서 날아왔다구요? 단지 나와 닮았다는 이유로, 그리고…….”

“그리고?”

조안나는 숨을 들이쉬었다.

“내가 알기론 캐롤라인과 난, 같은 날 죽을 뻔했어요. 하지만 나는 그녀보다 운이 좋았는지 다시 이 세상으로 돌아왔어요. 그리고 바로 그날 밤부터 클리프 사이드에 관한 꿈을 꾸기 시작했어요.”

6

그리핀의 사무실에서 조안나는 손님용 의자에 등을 기대고 앉아 말했다.

"사람들이 뭐라고 생각하겠어요? 당신이 날 체포했다고 수군거릴 거예요."

사실 걱정스럽진 않았지만 그가 걱정하고 있는지 궁금했다.

"여기가 내가 생각해 낼 수 있는 가장 안전한 장소요."

그리핀이 대답했다. 사무실 문은 닫혀 있었고, 지금까지 부보안관이나 다른 누구에 의해서 방해를 받은 적이 없었다.

"당신은 방금 새로운 소문을 만들어 냈다구요."

'이번 일 이후로 나한테 말 거는 사람이 아무도 없겠군.'

조안나는 계속 말을 이어갔다.

"아까 당신은 굉장히 화난 사람처럼 보였어요."

"난 지독하게 화를 낼 정당한 이유가 있다고 생각하오."

보안관의 목소리는 여전히 거칠었다.

"미안하다고 했잖아요, 진작에 모든 사실을 말하지 않아서요. 그렇지만 난 미치광이 취급을 받고 싶지 않았을 뿐이에요."

그녀는 얼굴을 찡그린 채 보안관을 유심히 살펴보았다.

"내가 지금 무슨 상황을 보고 있는지 모르겠소."

그리핀은 웃으면서 고개를 흔들었다.

"내가 들었던 것 중에서 가장 터무니없는 말이요, 조안나. 당신과 캐롤라인이 아주 똑같이 생겼다는 거짓말 같은 우연의 일치와, 오천 킬로미터나 떨어진 곳에서 비슷한 시간에 자동차 사고를 당했다는……."

"정확하게 똑같은 시간이에요."

조안나는 단호한 자세로 주장을 굽히지 않았다.

"당신은 의사가 캐롤라인의 정확한 사망 시간을 알아내지 못했다고 말했어요. 정오에서부터 한 시 사이쯤 될 거라고 했죠. 난 송전선이 내 차를 덮칠 때, 시계를 차고 있었어요. 내 시계는 내 심장처럼…… 세 시 삼십오 분에 멈췄죠. 그리고 그건, 이 지역의 시간으로는 열두 시 삼십오 분이에요"

말을 계속하려 했지만 그리핀의 얼굴에 나타난 놀라움을 발견하고 말을 멈췄다.

"무슨 일이죠?"

그리핀은 헛기침을 했다.

"캐롤라인도 시계를 차고 있었는데 사고로 망가진 흔적이 없었소. 그래서 사망 시간을 알아내는데 이용할 수 없었소. 시계는…… 열두 시 삼십오 분에서 멈춰 있었소."

그녀는 손가락을 깍지 껴서 무릎 위에 올려놓고, 잠시 손을 내려다보았다. 예상치 못했던 일은 아니었지만 진실임이 확인되자 역시 자신도 충격을 받았다. 실제로 똑같은 시간에 두 사람은 죽음의 문턱을 밟은 것이다.

"난 당신이 말해 주지 않았더라면 그 사실을 알아낼 수 없었을 거예요."

조안나가 조심스럽게 지적했다.

"어떤 신문에도 그런 기사는 없었으니까요."

"없었소."

조안나는 고개를 끄덕였다.

"그래요. 캐롤라인과 나는 삼 일 간격으로 태어났고, 이십구 년 후에 같은 날 자동차 사고를 당했어요. 난 긁힌 자국 하나 없이 살아났는데…… 차와 충돌하는 바람에 쓰러진 송전선이 내 차를 내리 눌렀어요. 덕분에 난 세 시 삼십오 분에 감전되었죠. 캐롤라인이 죽은 시각과 정확하게 같은 시간이에요. 응급구조 대원들이 날 깨어나게 했죠. 그녀는 너무 운이 나빴어요."

"그날 밤부터 꿈을 꾸기 시작한 거요?"

이미 그리핀에게 그 꿈을 설명한 상태여서 고개만 끄덕였다.

"그날 밤부터죠. 그리고 수주 동안 계속됐어요. 난 그 꿈에 대해 어떤 행동을 취해야만 했었죠."

자신을 이곳으로 오게 만든 이상한 강박 관념, 저항할 수 없는 긴박함은 지금도 입 밖에 내지 않았다. 그는 벌써 자신이 제정신이 아니라고 여기는 것 같아서 그것을 굳이 말해 줄 필요가 없다는 생각이 들었다.

"두 번째 사건이 발생했을 때, 나는 애틀랜타에서 클리프 사이드를 찾아내기 위해 애쓰고 있던 때였어요. 누군가…… 리사였던 것 같아요. 누군가 나를 보고 캐롤라인이라고 불렀죠. 그 일이 있은 후에 나는 캐롤라인의 사망 기사를 찾아냈어요. 그리고……."

"그리고 이곳에 오기로 결정했다, 이거요? 그 꿈 때문에 말이오."

"여러 가지 사건 때문이었어요."

"당신은 솔직하게 말해서, 당신과 캐롤라인이 죽음을 넘어 서로 통한다고 믿소?"

그 점에 관해서는 자신도 확신이 없었지만 그의 노골적으로 비웃는 목소리에 자기도 모르게 반박하고 싶어졌다.

"죽음 너머에 무엇이 있는지 나도 몰라요. 아마 아무것도 없겠죠. 이게 사고가 있기 이전에 내가 생각하던 거예요. 죽으면 끝이라고 생각했으니까요. 난 죽은 다음에 어떤 것이…… 있을 거라고 생각하지 않았어요. 지금은 잘 모르겠어요, 그렇지만 적어도 예전처럼 생각하진 않아요. 아마도 캐롤라인과 나 사이에는 불가사의한 운명의 끈 같은 게 있을 거라는 생각이 들어요. 우리는 전세계에 자신과 닮은 사람을 많이 가지고 있는지도 모르겠어요. 그것들은 우리들이 이해할 수 없는 방식으로, 서로 연결되어 있을 거예요. 내가 정확하게 아는 것이라고는, 칠 월 일 일에 나는 죽을 뻔했고 캐롤라인은 죽었다는 거예요. 우리가 그날 이전에 연결돼 있지 않았다고 하더라도, 어쩐 일인지 그날 서로 접촉했다는 사실은 알 수 있어요. 바로 그 순간예요. 어떻게 더 잘 설명할 방법이 없어요, 그리핀."

그는 그녀의 목소리에 담겨진 차가운 공포심을 느꼈을 테지만 겉으로 드러내진 않았다.

"당신은 캐롤라인이 무엇인가를 바라고 있다고 생각하고 있소."

"두려워하고 있었어요. 난 캐롤라인이 차 사고로 죽기 전에, 어떤 커다란 고통을 겪고 있었다고 생각해요. 당신네 작은 마을에 무언가 엄청난 비밀이 존재하고 있다구요."

조안나는 숨을 들이쉬었다.

"하지만 당신에게 이 사실을 증명할 증거는 조금도 제시할 수 없어요."

그리핀이 고개를 가로젓고 입을 열었다. 아직도 불신감을 노골적으로 드러내고 있었다.

"당신 말이 맞다고 칩시다, 캐롤라인은 무엇인가를 두려워하고 있었고 그래서 기분이 안 좋았다고 합시다. 그녀는 죽었소, 조안나. 당신이나 내가 죽은 사람을 다시 돌아오게 만들 수도 없는데 왜 지금 그녀에 관한 조사를 해서 무슨 결과를 얻길 바라는 거요?"

"이 마을에는 어떤 커다란 비밀이 있어요."

조안나는 조심스럽게 아까 했던 말을 되풀이했다.

"나는 그게 뭔지는 몰라요. 누가 관련됐는지도 모르구요. 내가 확실히 알고 있는 것은 난 이곳에 있어야 한다는 거예요. 그리고 캐롤라인이 어떤 사람이었는지, 그녀의 인생이 어땠는지 알아내야만 해요. 난 그 일에 대해서 선택의 여지가 없어요."

"우리는 모두 자신의 행동을 선택할 수 있는 권리가 있소."

그리핀이 퉁명스럽게 대꾸했다.

"어떤 일들은 그렇죠. 하지만 이 일은 아니에요. 난 평생 동안 이렇게 강한 느낌을 받은 적이 없어요. 당신이 이해하지 못해서 정말 유감이에요."

"어떻게 내가 이해할 수 있겠소? 당신은 지금 주관적인 감정을 말하고 있소. 느낌, 감각, 믿음 말이오. 당신 얘기 중에서 내 손에 쥐어주고 이건 현실이다, 라고 말할 수 있는 것은 아무것도 없소."

조안나는 몸을 앞으로 숙여 팔꿈치를 책상 위에 올려놓고 입을 열었다.

"난 여기 있어요, 난 진짜 사람이라구요. 그걸 설명해 봐요."

그리핀은 열심으로 설명거리를 찾아보았지만 그녀가 이곳에 있는 사실을 설명할 다른 말을 찾아낼 수 없었다. 놀라운 우연의 일치라고 밖에는……. 만약 다른 설명을 찾아낼 수 있었다면 그녀를 거짓말쟁이로 생각했을 것이다. 클리프 사이드에 정말 일부러 찾아 온 것이라면, 이 작은 마을을 어떻게 찾아냈는지 그 사실을 믿기 어려웠다. 예를 들어, 딜런이나 리사가 묶고 있던 호텔 지배인에게 거액의 뇌물을 주지 않은 이상, 그녀가 주장하는 논리를 확인하거나 부인할 어떤 증거도 없었다.

"좋소."

그리핀이 마침내 입을 열었다. 여전히 꺼림칙한 말투였다.

"당신이 꿈속에 나온 이정표를 보고 이곳을 찾아왔다는 것을 받아들이겠소. 믿고 싶지 않지만 받아들이겠소. 그리고 이곳에 어떤 비밀이 있다는 것도, 아니면 예전에 존재했거나…… 그 얘기들도 모두 받아들이겠소. 당신은 며칠 동안 사람들한테 캐롤라인에 대해서 묻고 다녔는데 비밀에 대해 힌트라도 얻은 게 있소?"

"아니요, 사실 없어요. 어렴풋하게 떠오르는 것은 있지만 당신 손에
쥐어줄 수는 없는 것들이에요. 리건은 엄마가 무엇인가를 두려워했다고
생각해요. 캐롤라인에 대해서 들은 말 중에서, 강렬하진 않지만 머릿속
에서 계속 맴돌고 있는 것도 몇 가지 있어요. 결혼 생활이 행복한 것 같
지 않았고, 주변 사람들하고 별로 친하지 않았어요. 그렇지만 딸을 굉장
히 사랑했었고 바쁜 생활을 했던 것 같아요."

"그렇소, 그래서?"

"나보고 논리적으로 모든 일을 증명하라는 말은 하지 말아요."

자신의 처지를 변호하는 기분을 드러내지 않으려고 애쓰면서 말했다.

"증명할 수 없으니까요. 난 이곳에 해답이 있다고 확신해요……. 단지
아직 발견 못했을 뿐이에요. 내가 적당한 증거를 못 찾았기 때문이겠
죠."

그녀는 말을 멈췄다가 다시 의자에 등을 기대고 앉아 천천히 이어갔
다. 내키지 않는 말투였다.

"그러고 나서, 그 다음에 당신이 있었어요."

그가 놀란 표정을 지었다.

"나요? 내가 어쨌단 말이요?"

놀란 그에게서 시선을 떼지 않았다.

"당신은 캐롤라인과 사랑하는 사이가 아니었던가요?"

그는 분개하거나 화가 난 표정이 아니었고 놀란 것 같지도 않았다.
잠시 동안 조안나를 쳐다보다가 마치 그 질문을 기다리고 있었던 것처
럼 침착하게 대답했다.

"아니오, 우리는 그런 관계가 아니었소."

조안나는 그리펀의 말을 믿고 싶었다.

"그렇다면 다른 이유가 있겠군요."

"다른 이유라니 무슨 말이오?"

"캐롤라인에 대한 얘기를 할 때마다 보이는 당신 태도, 당신 말투 말

이에요. 나는 당신을 잘 몰라요, 그리핀. 그렇지만 아픔이 뭔지는 알아요. 그리고 당신 안에 아픔이 들어 있다는 것도 알 수 있어요. 그녀의 죽음이 당신에게 깊은 영향을 미쳤어요.”

잠시 동안 고요했고, 대답하지 않을 줄 알았던 그리핀이 입을 열었다.

“캐롤라인은 그날 아침 내게 쪽지를 보냈소. 해안도로에서 조금 떨어진 오래된 헛간에서 만나자고 했소, 정오에.”

침착한 목소리와 속을 들여다볼 수 없는 어두운 눈동자로부터 많은 것을 읽을 수는 없었지만 긴장으로 몸이 죄어드는 것을 느꼈다. 조안나는 숨을 들이쉬었다가 조심스럽게 물었다.

“그런 일이 자주 있었나요?”

“빌어먹을……, 아니오. 캐롤라인과 어떤 관계가 있었던 것은 결코 아니오.”

하지만 여전히 그를 믿을 수 없었다. 그리핀의 말에는 한 가지 뜻이 담겨 있었지만, 목소리와 무수한 의혹이 가득한 눈동자는 다른 의미들을 포함하고 있었다.

“그녀가 왜 그런 특이한 장소에서 당신을 보자고 한 거죠?”

“나도 모르겠소.”

“그녀가 말하지…….”

“난 캐롤라인을 만나지 않았소.”

그리핀은 자제력을 갖기 위해서 말을 억지로 끊는 듯했다. 그러다가 말을 이었다.

“그때 작은 문제가 생겨서 정오가 지나서야 시간이 났소. 내 생각엔 캐롤라인이 오래 기다리지 않을 것 같아서 굳이 갈 생각도 없었소.”

“내 말이 틀렸다면 고쳐 줘요.”

조안나는 여전히 조심스러운 태도로 말했다.

“당신은 캐롤라인의 부탁을 늘 중요하게 여긴 것 같은데요.”

그리핀은 씁쓸한 표정으로 입술을 비틀었다.

“아니오, 당신 생각이 틀렸소.”

"캐롤라인이 어떤 말을 하고 싶었는지 전혀 몰랐다면……."

"약속 장소는 이상한 곳이었소. 그렇다고 특별히 긴급한 일도 아닌 것 같았소. 그녀는 여섯 개나 되는 위원회 일을 하고 있었고, 지역제 법령이나, 학부모와 선생님 협회가 주관하는 카니발에 필요한 허가증에 관한 일로 전에도 여러 번 면담을 요청한 적이 있었소."

"그런 일이라면 왜 당신 사무실로 직접 찾아오지 않은 거죠?"

"나도 모르겠소. 빌어먹을, 내가 어떻게 듣지도 않고 캐롤라인이 하려던 말을 알 수 있겠소?"

그의 목소리에서 죄책감이 묻어 났다. 조안나는 그가 왜 그런 감정을 느끼는지 짐작할 수 있었다.

"만일 그때 캐롤라인을 만났더라면, 그녀가 죽지 않았을 거라고 믿고 있는 거죠? 그렇죠?"

"난…… 난 캐롤라인을 만나러 갔어야 했소. 내가 정오에 약속한 헛간에서 만났더라면, 그녀는 해안도로에서 추락하지 않았을 것이오."

"그렇게 생각하면 안 돼요."

"맞소, 그렇지만 그 생각이 옳은 것 같소."

"아뇨, 다른 이유도 있어요. 뭔가 다른 이유가 당신을 괴롭히고 있어요."

조안나는 잠시 생각한 다음에 그리핀의 표정을 읽으려고 노력하면서 말을 꺼냈다.

"무슨 이유죠?"

그리핀은 한숨을 쉬었다.

"그 당시엔 아무 생각도 없었소. 지금 생각해 보면 캐롤라인은 죽기 얼마 전부터…… 좀 예민했었소. 평상시보다 훨씬 심했소."

그 말에 그녀는 등을 곧추 세웠다.

"당신은 지금, 이곳에 뭔가 커다란 비밀이 있다는 내 말에 동의하는 건가요?"

"아니오, 그런 뜻은 아니오. 이곳에는 아무 일도 없소, 조안나. 캐롤라인과 관련된 음모 따위는 없소. 그녀는 단지 신경이 예민했던 거요, 무슨 생각이 있었고 내게 말하려고 한 거요. 그 생각이……."

"그 생각이 캐롤라인을 평소보다 더 예민하게 만들었던 거라구요?"

"조안나, 심각하게 뭔가 잘못되어 가고 있다는 생각은 전혀 들지 않았소. 난 조금도 그런 기색을 느낀 적이 없었소. 제기랄, 이상한 일은 전혀 일어나지 않았소."

"캐롤라인이 죽기 전에, 절벽에서 한 남자가 떨어져 죽었어요."

그리핀에게 그 사실을 환기시켰다.

"내가 말했잖소, 몇 년마다 한 번씩 그런 일이 일어난다고. 왜 그 일을 캐롤라인과 연관시키려 하는 거요?"

"음, 캐롤라인의 죽음 바로 전에 일어났고, 난 그 일을…… 일종의 극적인 사건이라고 보고 있어요. 기폭제 역할을 하는 거죠."

조안나는 절벽에서 한 여자가 떨어지는 꿈이 기억났다. 그리고 그 꿈이 어떤 의미를 나타내는 것이 아닐까 하는 의구심이 들었다.

"남자의 죽음이 사고가 아니라는 증거는 없었나요? 내 말은……, 살인은 전혀 생각해 보지 않았나요?"

그리핀은 순간 조안나를 뚫어지게 쳐다보았다. 두 시간 전보다는 의심이 많이 줄어 든 눈치였다.

"전혀."

"피해자를 조사해 보았나요?"

"무엇 때문에 말이오? 클리프 사이드에서 죽었다는 사실 때문에?"

"그리핀……."

"그 남자는 관광객이었소. 절벽 끝에 너무 가까이 가서 추락했을 당시에는, 인에서 머문 지 일주일도 안 된 시점이었소. 그게 전부였소."

조안나는 손을 올려 잠시 관자놀이를 부드럽게 마사지했다. 두통이 시작되려 하고 있다. 너무 신경을 집중하고 있었나 보다.

"관광객? 그는 이곳에 혼자 와 있었어요?"

"그렇소, 그게 뭐 나쁜 일이요? 당신도 혼자 왔잖소."

다시 화가 치밀었지만 그리펀의 냉소적인 말을 못 들은 체했다.

"그는 일반적인 관광객들이 하는 일을 했나요?"

"적어도 철로 만든 문버팀쇠는 사지 않았소."

"그리펀!"

"뭐가 일반 관광객들이 하는 행동이오?"

"이 근처에 혼자 관광 온 남자들이 하는 행동은 뭐든지. 하이킹을 하러 온 건가요? 아니면, 자연을 감상하러? 이곳이 낚시하기에 아주 좋은 장소라는 얘기를 들었어요. 낚시 도구가 있었나요?"

"나도 모르겠소. 이봐요, 내가 기억하는 한 그 남자에 관해 이상한 점은 한 가지도 없었소. 신분을 밝힐 만한 것들이 충분했고, 내가 샌프란시스코에 있는 여동생에게 전화하자 즉시 와서, 시체를 가져갔소. 의심할 만한 것은 조금도 없소, 조안나."

"캐롤라인이 그 남자를 알고 있었나요?"

"이곳에선 아무도……."

그리펀은 갑자기 말을 멈췄다. 그리고 얼굴을 찡그렸다.

"뭐죠?"

그의 얼굴이 점점 더 어두워졌고, 다급하게 손가락 끝으로 책상 위를 두드려 댔다.

그리펀은 고개를 가로저었다.

"빌어먹을, 당신은 지금 내게 가장 평범한 것을 묻고 있는 거요. 단지 그 남자가 죽기 일주일쯤 전에, 마을에서 스콧과 잠깐 대화를 나눴다고 해서, 그 일에 어떤 악마적인 의미가 있다고는 단정지을 수 없소."

"스콧 맥케나요?"

그리펀은 고개를 끄덕였지만 여전히 얼굴을 잔뜩 찡그리고 있었다.

"두 사람은 마을의 어느 상점 앞을 지나가고 있었소. 내가 생각하기로는, 그냥 몇 마디 주고받은 것 같았소. 나는 아주 멀리 떨어져 있었기 때문에, 귀를 기울인다고 해도 들을 수가 없었소."

"그렇지만…… 그 일은 분명히 캐롤라인과 관련이 있어요."

“그렇소? 그때 그 남자가 스콧에게 뭘 물어 본 것이 뭐가 어쨌다는 거요, 그것으로 어떤 관련이 있다고 말할 수 있소?”

“당신은 두 사람이 무슨 얘기를 했는지 모르잖아요.”

“그렇소, 하지만 무슨 음모가 숨어 있는 것으로 생각할 수 없는 지극히 평범한 광경이었소.”

바로 그 점을 가지고 보안관을 공격하려고 하다가 갑자기 얼굴을 찡그리고 불쑥 말을 꺼냈다.

“당신은 지금 어떤 중요한 생각을 하고 있어요. 그게 뭐죠?”

“버틀러는 샌프란시스코에서 왔었소.”

그리펀이 중얼거렸다.

“샌프란시스코에서 온 사업가요, 스콧도 원래 샌프란시스코 사람이요. 그리고 가끔씩 사업 관계로 그곳에 가기도 하오.”

조안나는 이곳에 온 이래, 처음으로 희망의 파도가 밀려오는 것을 느꼈다.

“그거면 두 사람의 관계를 확인해 볼 충분한 이유가 되죠, 그렇죠?”

그리펀이 미처 뭐라고 대답을 하기 전에 전화벨이 울렸다. 시장이 자신을 찾는다는 간단한 보고였다.

“잠시만 기다려 달라고 해요.”

그리펀은 버튼을 누르고 수화기를 내려놓았다. 그리고 일어나서 책상을 돌아 조안나에게 다가갔다.

“조안나······.”

그녀는 일어섰다.

“됐어요, 어쨌든 가봐야 하니까요. 당신도 알다시피 못을 교환해야죠. 그리고 내 과대망상을 좀더 키워야겠어요.”

“당신은 과대망상을 하고 있는 것이 아니오.”

그리펀이 확신 있는 어조로 말했다.

“아니라구요? 그럼 내가 괴롭힘을 당하고 있다고 생각한다는 뜻인가요? 그런가요? 난 정말 어떤 의미에서, 괴롭힘을 당하고 있는 거에요.

잘 생각해 줘야 상상력이 풍부하다고 할거고, 최악의 상황에서는 날 미쳤다고 생각하겠죠. 그래도 그 중에서 뭐가 덜 나쁜 거죠?"

그는 조안나의 어깨 위에 손을 올려놓았다.

"그만 해요. 난 당신이 해준 어떤 얘기도 가볍게 생각하지 않을 거요, 약속할 수 있소."

"고마워요."

가까스로 웃음을 지어 보였다.

"내가 운이 좋아서 정직한 사람에게 올바른 질문을 할 지도 모르죠. 어쨌든 시장님이 당신을 기다리고 있어요."

"그렇소."

그는 잠시 머뭇거리다가 손을 올려 조안나의 볼을 가볍게 건드렸다. 그러고 나서 그녀에게 사무실 문을 열어 주었다.

"나중에 다시 봅시다."

그리핀이 인사말을 건넸다.

"내가 찾아올게요."

그리핀은 조안나를 내보내고 나서 문을 닫고 느린 걸음으로 책상으로 돌아갔다. 책상 앞에 앉아서 수화기를 집어들었다.

시장과 연결되어 있는 불이 번쩍이는 버튼을 누르는 대신 비서를 부르는 버튼을 눌렀다.

"셸리? 예전에 죽은 관광객에 관한 파일을 찾아 주겠어? 호텔 인 뒤쪽 절벽에서 떨어져 죽은 사람 말이야. 호텔 인, 그래. 샌프란시스코에서 하던 사업에 관해서 이미 알아낸 것하고, 또 우리가 더 자세한 정보를 얻을 수 있는지도 좀 알아봐 줘. 그리고 한 가지 더 있어."

그리핀은 잠시 머뭇거리다가 마음속으로 욕설을 중얼거렸다.

"스콧 맥케나에 관해 우리가 알고 있는 정보를 모두 뽑아 줘. 공식적인 모든 자료 말이야. 그리고, 샌프란시스코에서 누구와 같이 사업을 하고 있는지 좀 알아봐 주구. 뭐 급한 것은 아니야, 고마워."

버튼의 불이 계속 깜빡이고 있었음에도 불구하고, 그리핀은 시장의 전화는 잊고 있었다. 덕분에 시장은 보안관에게 화가 나 있었다.

한 시간 정도 있으면 해가 떨어질 것 같은데, 하필이면 이 시간에 캐롤라인의 노대에 다시 가보기로 마음을 정했냐고 누가 묻는다면 조안나는 마땅히 할 말이 없었다.

거미줄처럼 얽힌 생각을 소금기가 실려 있는 바람에 날려 버리고 싶은 충동을 만족시키기 위해서 정신없이 걸었다. 어디로 가야 할지 감을 잡을 수 없었고, 노대에 가서 리건을 만나면 무슨 말을 해야 할 지도 몰랐다. 어린 리건이 마음속의 슬픔을 억누른 채 어찌할 바를 모르기 때문에 다시 만나 이야기를 나누고 싶었다.

게다가 보안관, 그리핀 카바너프가 자신의 볼을 가볍게 건드렸다는 생각도 혼란스러움에 한몫 했다.

절벽으로부터 안전한 거리를 두고 나무 사이로 걸어갔다. 호텔에서 아스피린을 먹었는데도 머리가 계속 지끈거리며 아팠다. 자신에게 며칠 동안, 이런 긴장감이 계속되어 왔다는 사실을 알고 있었고 마음속에서 용솟음치는 생각과 질문들을 떨쳐 버릴 수 없었다. 그것은 달리는 열차를 손을 들어 멈추게 하려는 것과 똑같은 일이다.

노대에 도착한 조안나는 안으로 들어갔다. 그리고 멍하니 서서 마치 진짜 말을 쓰다듬는 것처럼, 회전 목마의 갈기를 쓰다듬었다. 그녀의 손가락이 화려한 색의 갈기를 만지고 있었다. 마음이 표류하고 있는 동안에도 손가락이 바쁘게 움직였다. 조안나는 캐롤라인도 이런 행동을 했었는지 궁금해졌다. 그래서 그 질문에 대한 대답을 큰 소리로 들었을 때 별로 놀라지 않았다.

"엄마도 자주 말갈기를 쓰다듬었어요."

"안녕, 리건."

어린 소녀는 천천히 노대 안으로 들어와서 기둥에 몸을 기대고 섰다.

"내 이름을 기억하네요."

리건이 말했다.

“물론이지. 아줌마 이름은 기억하니?”

“조안나. 전에 아줌마를 본 적이 있잖아요.”

어린 소녀의 목소리에는 약간의 비난이 섞여 있었다. 조안나는 조용히 대답했다.

“내가 떠나는 게 너한테 더 좋을 거라고 생각해.”

“왜요?”

“내가 너의 엄마를 닮았기 때문이지.”

리건은 잠시 곰곰이 생각해 보는 듯 커다란 파란 눈동자가 진지했다.

“걱정하지 않아도 돼요, 조안나 아줌마. 나도 엄마가 다시는 돌아올 수 없다는 것을 알고 있어요.”

리건은 청바지 주머니에 손을 찔러 넣고, 어깨를 구부정하게 했다. 늘 그런 자세인 것 같았다.

“엄마를 그리워하는 건 당연한 일이야, 리건.”

“아빠는 엄마를 그리워하지 않아요.”

작은 소녀가 대답했다.

“어떤 사람들은 좀처럼 감정을 드러내지 않는단다, 그렇다고 해서 감정이 없는 것은 아니지. 아마 너희 아빠도 그런 사람일 거야.”

리건이 어깨를 으쓱해 보였다.

“아마 그렇겠죠. 예전에 난 엄마가 아빠한테 심장이 없는 사람이라고 하는 소리를 들었어요. 그럼 깡통으로 만든 사람이죠, 맞죠? 심장이 없으면 느낄 수도 없잖아요.”

“모든 사람들은 심장을 가지고 있단다.”

조안나는 리건에게 옳은 말을 해주고 있는 것인지 판단할 수 없었지만 그 애를 안심시킬 필요는 있다고 생각했다.

“마음의 문을 열고, 다른 사람들을 안으로 들어오게 하는 능력이 없는 사람들도 있단다.”

“우리 아빠는 나를 좋아하지 않아요.”

리건의 목소리가 갑자기 떨려 나왔다.

“아빠는 널 좋아해.”

“아줌마가 어떻게 알죠?”

리건이 격한 목소리로 다그쳐 물었다.

“왜냐하면 아빠들은 항상 어린 딸을 좋아하는 법이니까 그렇지, 엄마처럼 말이야.”

“어린 딸이 좋은 아이가 아니어두요?”

리건을 품에 안아 주고 싶었지만 자신을 억제했다.

“어린 소녀들은 자기가 생각하는 것만큼, 나쁜 아이는 없단다.”

이 어린 소녀가 엄마의 죽음과 아빠의 무관심을 전부 자기 탓으로 돌리는 것이 아닌가 의심을 품으면서 부드러운 목소리로 대답했다.

“난 나쁜 아이에요, 조안나 아줌마. 굉장히 나쁜 아이에요.”

“애야, 넌 엄마와 아빠가 널 사랑하지 않을 만큼 나쁜 짓을 할 수가 없단다. 아줌마는 약속할 수 있어.”

‘내 말이 사실이든 아니든, 이 애는 내 말을 믿어야 해. 제기랄.’

리건은 숨을 들이쉬고 내뿜었다가 얼굴에 안도의 표정이 떠올랐다. 어린 숙녀를 안심시켰다는 사실이 기뻤고 리건이 저질렀다고 생각하는 나쁜 짓이 무언지 묻지 않았다는 사실도 기뻤다.

아마 심각한 것은 아닐 것이다. 흔히 여덟 살 때, 있을 수 있는 사소한 일일 것이다. 그리고 그 일을 생각 않게 되면 리건도 점점 더 나아질 것이다.

엄마에 관해서 물어 보고 싶은 말이 많았지만, 리건은 조안나가 클리프 사이드에서 캐롤라인에 관해 물어 보지 않기로 마음먹은 단 한 사람이었다. 그래서 얼른 화제를 바꾸었다.

“밖에 나오기에는 좀 늦은 시간이로구나, 그렇지 않니?”

“난 가끔씩 해가 지는 것을 보러 나와요. 예뻐요, 그렇죠?”

조안나는 붉게 물든 서쪽 수평선을 바라보면서 고개를 끄덕였다.

“굉장히 예쁘구나. 바다가 꼭 유리 같구나.”

“나도 그렇게 생각해요, 엄마가 그랬는데…….”

"리건."

두 사람 모두 깜짝 놀랐다. 급히 고개를 돌리자, 어두운 표정의 키가 크고 잘생긴 남자가 노대로 다가오는 것이 보였다. 남자는 아무 표정이 없었다. 얼굴을 찡그리고 있었기 때문에 눈썹이 치켜올라갔을 뿐이다. 남자는 조안나를 꽤 오랫동안 똑바로 쳐다보았다. 캐롤라인과 닮았다는 사실이 남자에게 혼란을 준 것 같았다.

남자의 시선이 리건에게 옮겨지더니 자로 잰 듯한 냉정한 목소리로 말했다.

"암스 부인이 네 저녁 식사를 준비했다, 리건. 집에 돌아갈 시간이다."

하나밖에 없는 아빠를 쳐다보는 딸에게 두려움의 감정은 느낄 수 없어서 그나마 다소 안심이 되었다.

딸의 어두운 눈동자에는 아빠의 정확한 사고력이 그대로 담겨 있었고, 섬세한 눈썹은 스콧의 단호함을 닮아 있었다.

'리건은 캐롤라인보다는 스콧을 더 많이 닮았군. 비록 얼굴 모양보다는 표정이 더 닮았지만 말이야.'

리건이 조안나를 돌아보며 전혀 뜻밖의 예기치 않은 미소를 지어 보였다.

"난 지금 가봐야 해요, 조안나 아줌마."

"나중에 다시 보자, 리건."

"그래요, 안녕히 가세요."

그 다음 얼굴이 다시 딱딱히 굳어지더니 노대를 나갔다. 그리고 스콧을 쳐다보지도 않고 곁을 지나갔다. 이내 작은 개간지와 맥케나 저택 사이에 있는 숲으로 사라졌다.

"닮은 것이……."

스콧 맥케나가 입을 열었다.

"거의 기적의 수준이군."

정당한 것인지 정당하지 못한 것인지 알 수 없었지만, 조안나는 스콧에 대해 선입견을 가지고 있었다. 긍정적인 것은 아니다. 그래서 스콧의 강렬한 시선을 받고 있는 지금 이 순간, 첫느낌은 적대감이었다.

"캐롤라인과 닮은 점보다는 다른 점이 훨씬 많죠."

조안나가 퉁명스럽게 대꾸했다.

스콧의 눈동자가 작아졌다.

"그렇소, 나도 알고 있소."

"알고 있다고요?"

스콧은 고개를 끄덕였다.

"캐롤라인은 항상 내성적이었고, 감정을 드러낸 적이 없소. 어쨌든 당신 성격은 그런 것 같지 않군. 당신 감정이 그대로 눈동자에 드러나 있으니까."

그 점에 대해서 스콧에게 반문을 하지 않기로 결정하고, 편안하게 팔꿈치를 회전 목마 위에 올려놓았다.

"요전에 리건을 만났어요. 내가 찾아오는 것을 기분 나쁘게 생각하지 말았으면 해요."

"내가 그렇게 생각한다면?"

"그 점을 참고하겠어요. 다음에 이곳을 찾아 올 때는 말이에요."

"보안관을 부를 수도 있소."

스콧이 말했다.

"그래요, 그럴 수 있죠. 사실 보안관도 내게 경고를 했었어요. 당신 영지에 침입하지 말라고요."

"그럼 당신이 알고 있는 그대로요."

스콧이 냉정하게 대답했다.

"알고 있어요. 그렇지만 난 당신 생각에 신경쓰지 않아요. 개의치 않는다구요, 알고는 있지만 말이죠."

리건처럼 스콧의 미소도 전혀 뜻밖이었다.

"당신은 나를 아주 싫어하는군, 그렇지 않소, 조안나? 왜 그런지 이유가 굉장히 궁금하군, 당신이 날 알게 된 것은 얼마 되지 않을 텐데."

"유감스럽지만 내 성격에는 문제가 많죠. 난 첫인상을 믿는 편이에요.”

“그러면 내가 나쁜 사람처럼 보인 거요?”

스콧의 얼굴에는 아직도 희미한 미소가 남아 있었다.

“외부인들은 항상 사물을 왜곡시켜 보려는 경향이 있소. 특히 결혼에 대해서 말이요.”

조안나는 스콧의 의견에 동의하고 나서 질문을 했다.

“내가 마을 사람들에게 알아내는 것을 말하는 건가요?”

“그렇소. 당신은 이 근처 사람들한테서 캐롤라인은 불행했고, 난……무관심했다는 말을 들었겠지. 게다가 리건이 무표정한 얼굴로 나를 쳐다보는 것을 지켜보았소. 당신은 아마 내 잘못이라고 생각할 거요. 날 무슨 괴물로…… 문제를 일으킨 장본인으로 생각할 거요.”

“정말 그런가요?”

스콧 맥케나의 미소가 잠시 깊어졌다.

“왜 아니겠소, 맞소. 조안나, 바로 나 때문이요. 그렇지만 모든 사람들이 나보고 피도 눈물도 없는 인간이라고 손가락질한다고 해서 그것이 진실이라는 보장도 없소.”

할 말이 없었다. 그녀는 지금껏 살아오는 동안 이런 순간은 그렇게 많지 않았다.

지는 해를 바라보다가 그가 말을 이었다.

“곧 어두워질 거요. 어두워지면 절벽 근처에 가는 것이 훨씬 위험해지니 얼른 호텔로 돌아가는 것이 좋을 거요, 조안나. 만나서 즐거웠소.”

그러고는 몸을 돌려 왔던 길로 걸어가 버렸다.

조안나는 스콧의 뒷모습을 한참 지켜보았다.

일요일 아침에 비가 내리면서 간간이 폭풍우가 몰아쳤다. 날씨는 불안한 마음을 누그러뜨리는 데 전혀 도움이 되지 않았다. 호텔 방이 점점 참을 수 없을 정도로 작아지고, 죄어드는 것처럼 답답하게 느껴졌다. 팽팽하게 긴장된 신경에 압력이 들어오고, 사방의 벽이 조안나를 향해 다가오는 것 같았다.

'재깍, 재깍, 재깍.'

꿈속에서 들은 것처럼 지금 조안나의 머릿속에서 시계가 재깍거리고 있었다. 그 소리는 시간이 지나가고 있다는 사실을 끊임없이 환기시켜 줬다.

오늘 시간이 어제나 그제보다 더 빨리 흘러가고 있다는 생각에 안절 부절못했다. 조안나를 몰아쳐 댔다. 무엇인가를 하게끔 억지를 부리고 있었다. 그런데 무엇인지 알 수 없다는 사실이 그녀를 미치게 만들었다.

마침내 호텔 방에서 나와 조안나는 게임 룸에서 마을 사람 몇 명이 손님들과 함께 포커 게임을 하고 있는 것을 알았다. 자주 있는 일인 것 같았다. 새로운 사람을 만날 수 있는 기회다. 새로운 사람에게서 캐롤라 인에 대한 정보를 얻을 수 있는 기회였다.

그렇게 성공적인 것은 아니었다. 좀더 정확히 말하자면, 정보를 알아 내는 데 실패했다. 조안나는 몇몇 게임에서 아주 돈을 많이 땄다. 그녀 와 애기를 나눈 쾌활한 성격의 사람들은, 캐롤라인에 대해서는 유독 아 무 말도 하지 않았다. 가까스로 캐롤라인을 화제로 꺼냈을 때 교묘하게 주제를 비껴가면서 말을 얼버무렸다. 사람들은 친밀한 미소와 경계하는 눈빛으로, 카드가 더 필요하냐고만 물었다.

그녀는 다시 자신이 손톱을 물어뜯고 있다는 사실을 깨달았다.

앰버는 평생 동안 이렇게 지루했던 적이 없었다. 이 황폐한 곳에서는 할 일이 아무것도 없었다. 세 번이나 의자에서 몸을 뒤척이며 무거운 한 숨소리를 냈다.

앰버의 엄마는 읽고 있던 책에서 눈을 떼고 그녀를 올려다보았다. 그 리고 온화하게 말을 건넸다.

"애야, 가서 할 일을 좀 찾아보는 게 어떨까?"

"어떤 거요? 수영이요? 엄마가 아직 모르시나 본데, 오리나 물에 빠지 는 것을 좋아한다구요."

"나가라고 말하진 않았다, 앰버. 여덟 시가 넘었잖니? 밖에 나가기엔 너무 늦은 시간이다. 그렇지만 게임 룸이나 체육관이 아직 열려 있잖니. 사람들이 아직 카드 게임을 하고 있단다. 아니면, 수영을 할 수도 있겠구. 집에서는 수영하러 가는 것을 좋아했잖니?"

"구조요원 때문이지."

앰버의 아빠가 텔레비전에서 눈도 떼지 않고 대꾸했다.

"여기는 수영복 입은 모습을 보여줄 사람이 없다구."

얼굴이 화끈거리는 것을 느꼈다. 그 말이 맞았기 때문에 아빠가 미웠다.

이곳 실내 수영장에는 젊은 구조 요원이 없었다. 중년의 안전 요원만이 사무실 유리창 너머에서 무엇인가를 열심히 보고 있었다. 너무 싫었다. 집 근처의 수영장에서는 구조 요원으로 대학생을 쓰고 있었다.

앰버의 엄마는 애원하듯 말했다.

"그러면 게임 룸에 가보는 것이 어떻겠니? 거기엔 재미있는 것이 많을 거야, 앰버. 퍼즐도 있고, 비디오게임도 있지. 탁구도 칠 수 있고 네가 할 수 있는……."

앰버는 갑작스럽게 일어섰다. 엄마의 애처로운 목소리로부터 벗어날 수 있다면 어디라도 갈 태세였다.

"좋아요, 가겠어요."

자신이 훌륭한 연기를 하고 있다고 생각했다.

"열한 시까지는 돌아와라."

엄마가 딸에게 주의를 주었다.

두 개의 침실 사이에 있는 거실에서 나와 자기 방에 들어가서 문을 닫았다. 앰버는 엄마나 아빠가 여느 때처럼, 11시에 잠자리에 들기 전에 자신의 방을 들여다볼 것인지 궁리하면서 화장대에서 열쇠를 집어 호주머니 속에 넣었다.

그래, 물론 엄마가 방을 들여다 볼 것이다.

방을 나오면서 얼굴에 미소를 띄웠다. 그렇다면 엄마 말처럼 11시까지 방에 돌아오면 되는 것이다. 아주 결백하게. 상쾌하게 샤워를 하고, 달콤한 향수를 뿌렸다. 사방에서 좋은 향기가 진동을 했다. 그리고 부모님이 잠자리에 들면, 어제 마을에서 구입한 치마가 짧고 얇은 감으로 지어진 아름다운 드레스를 입고, 테라스 문으로 빠져 나갈 것이다. 이 시끌벅적한 호텔에서 자신이 나가는 것을 볼 사람은 아무도 없었다.

그리고 운이 좋으면 다시는 돌아오지 않을 것이다, 다시는.

카펫이 깔려 있는 복도를 지나 로비와 게임 룸이 있는 쪽으로 향했다. 너무 흥분돼서 마음속에 부글거리고 있는 것이 기쁨인지, 슬픔인지 분간할 수 없었다. 오늘밤 온 세상이 달라 보였다. 게임 룸으로 가면서 몇몇 아는 사람들에게 환한 얼굴로 인사말을 건넸다. 친밀한 태도에 어안이 벙벙한 사람들을 보는 게 재미있었다.

'사람들은 몰라. 아무도 몰라.'

얼마나 달콤한 비밀인가! 앰버는 게임 룸에 있는 평범한 사람들을 연민과 승리감이 뒤섞인 시선으로 쳐다보았다. 지금 자신이 느끼는 감정을 다른 사람들이 느낀 적인 없다는 사실이 안쓰럽게 느껴졌다. 그들은 이해할 수도 없을 것이다.

천둥소리가 났다. 앰버는 천둥소리를 좋아했다. 하지만 자정이 되기 훨씬 전에 폭풍우는 끝날 것이다. 꼭 그래야만 한다. 오늘밤은 앰버의 것이다.

즐거운 마음으로, 중년 부인의 탁구 도전을 받아 들였다. 심지어 나이 많은 부인에게 일부러 져 주기까지 했다.

아주 관대한 마음으로 두 번째 게임도 했다. 그리고 또 져 주었다. 그러고는 누군가 하다가 그만 둔 퍼즐을 맞추었다. 30분 정도 비디오게임을 했지만, 오랫동안 꼼짝 않고 앉아 있을 수가 없었다.

주위를 부산하게 돌아다니면서 잠시 동안 포커 게임을 구경했다. 그리고 자주 테라스 문 쪽으로 다가가, 폭풍우가 울부짖고 있는 어둠 속을 내다보았다. 그녀는 콜라를 집어들고 한 모금씩 마시면서 계속해서 주변을 서성거렸다.

마침내 방으로 통하는 로비와 복도 쪽으로 향했을 때는 10시가 지난 시간이었다. 물론, 앰버의 엄마는 11시에 딸이 방에 있는 것을 분명히 발견할 것이다.

혼자 낄낄거리면서 로비에 멈춰 서서, 다시 한번 평범한 사람들을 흘 낏 쳐다보았다. 애처롭게도 평범한 삶에 만족하고 있었다. 그러다가 그 녀는 무언가를 봤다. 앰버는 지금 다른 것을 보고 있었다. 만일 그녀가 불안과 흥분된 상태가 아니라면 이상한 점을 발견했겠지만 흥분 상태의 그녀는 자각하지 못했다.

"그 후에, 그 남자가 어떤 행동을 할지 너무 궁금하군."

앰버는 낮게 중얼거렸다. 그러고 나서 어깨를 으쓱하고는 다시 방으 로 갔다. 오늘밤에 좋아하는 향수 세 개중에서 어떤 향수를 뿌릴 것인지 고민하고 있었다.

그날 밤, 늦게까지 끊임없이 빗줄기가 창을 때렸고 천둥이 우르릉거 렸다. 조안나는 빠른 속도로 엄지손톱을 물어뜯고 있었다.

그날 밤, 꿈은 약간 달랐다.

모든 상징물들이 그대로였지만, 유령의 집에 있는 물건들처럼 희미 하고 비틀어져 있었다. 파도는 부서져내리고 큰 저택은 바다를 내 려다보고 있었다. 그리고 장미꽃잎은 아래로 소용돌이치면서 떨어 졌다. 화려한 그림은 이젤 위에 놓여 있었다. 지금은 케인이 그린 꽃과 작은 소녀 그림이라는 것을 확실히 알아볼 수 있었다.

시계소리는 점점 커지고 아이의 울음소리는 애처로웠다. 색색의 회 전 목마는 고정된 기둥을 중심으로 위아래로 움직이면서 돌아가고 있었다.

그리고 종이 비행기는 마치 변덕스러운 기류를 탄 것처럼, 솟구쳐 올랐다가 곤두박질치고 있었다.

이번에는 갈매기의 비명소리가 들렸다. 크고 화가 난 듯한 울음소리는 격렬했다. 그리고 끊임없이 이어졌다. 메아리처럼……

눈을 뜨자마자 창문으로 잔뜩 구름 낀 아침의 회색 빛이 새어 들어오는 것이 보였다. 아직 일곱 시가 좀 넘은 이른 시간임에도 불구하고, 다시 잠자리에 들 생각은 들지 않았다. 완전히 잠이 깨어 있었고 긴장감을 이기지 못해 다른 엄지손톱을 물어뜯고 있었다. 그녀는 욕설을 내뱉으면서 이불을 젖히고 일어섰다. 침대에 누워 있는 것보다는 나을 것 같았다. 최소한, 일어서 있기라도 해야 했다.

아침 커피를 룸서비스로 주문하지 않고, 내려가서 마시기로 결정하고 뜨거운 물로 샤워를 했지만 긴장이 풀리지 않았다. 오늘 아침, 신경이 너무 예민해져 있었기 때문에 머리조차 만질 수가 없었다. 요란한 소리를 내는 드라이어를 사용하는 동안, 한두 번 갈매기의 울음소리를 다시 들은 것 같았다. 문득 그 소리가 비상 사이렌 소리 같다는 생각이 들었다.

애틀랜타에서는 사이렌 소리에 익숙했지만 이곳에서는 이상하게 당황스러웠다. 소방차인가? 앰뷸런스? 아니면, 그리핀의 블레이저?

욕실 밖으로 나가 황급히 옷을 챙겨 입었다. 청바지와 플란넬 셔츠를 입고, 골이 지게 짠 터틀 네크 스웨터는 앞을 잠그지 않았다. 그리고 빗속을 걷게 될 경우를 생각해서 운동화를 신고 끈을 동여맸다.

침실 발코니로 나가서 창문을 열고 밖을 내다보았다.

비는 안 왔지만, 하늘은 회색이었고 습기와 짠내음을 실은 세찬 바람이 바다에서 불어오고 있었다. 언제나처럼 사정없이 파도가 몰아치고 있었고 이상하게 주위가 조용했다. 베란다 아래쪽에 아무도 없었다. 호텔의 북쪽으로, 호텔 부지에서 조금 떨어진 곳에 사람들이 많이 모여 있는 게 보였다.

구조 차량이 보였다. 소방차와 앰뷸런스도 있었다. 그리고 그리핀의 블레이저도 보였다.

홀이나 엘리베이터에서 아무도 만날 수 없었다. 로비도 텅 비어 있었다. 급히 로비를 지나 베란다로 향했다. 베란다의 한쪽 끝에 호텔 손님들과 직원들이 모여 있었다. 그 사람들은 일찌감치 나와 있었기 때문에, 무슨 일이 생겼는지 다 알고 있는 듯했다. 사람들은 지붕 아래에서 커피를 마시고 있었다.

손님들은 뒤로 물러나 있으라는 경고를 받았지만 조안나는 신경쓰지 않았다. 서둘러 베란다를 빠져 나가서 계단을 내려갔다. 그리고 젖은 잔디를 밟고 서서, 그리핀을 찾았다. 그는 긴 검은 색 레인 코트를 입고 있었다. 그렇지만 다른 부보안관처럼 모자는 쓰고 있지 않았다. 절벽 가까이에 서 있는 부보안관들은 비옷과 함께, 챙이 넓고 플라스틱 덮개가 달린 모자를 쓰고 있었다.

세찬 바람이 그리핀의 머리카락을 헝클어뜨리고 있었다. 가까이 다가가면서 조안나는 그리핀이 피곤하고 우울해 보인다고 생각했다.

"그리핀?"

그가 재빨리 반쯤 몸을 돌렸다. 표정엔 변화가 없었지만, 그 순간 그리핀의 어두운 눈동자에서 불꽃이 튀는 것을 보았다. 조안나가 가까이 가자, 놀랍게도 그녀의 손을 힘주어 잡았다.

"무슨 일이죠?"

"당신은 여기 있으면 안 되오, 조안나."

그리핀이 낮은 음성으로 말했다.

"우린 사람들이 사고 현장에 가까이 오지 못하게 통제하고 있소."

말을 하면서도 그는 조안나의 손을 놓지 않았다.

"무슨 일이……."

"그리핀?"

키가 크고 마른 남자가 절벽에서 두 사람이 있는 쪽으로 걸어왔다. 남자의 비옷이 다리 사이에서 휘날리고 있었다. 조안나는 방금 이 남자가 구조 대원들이 잡고 있는 로프를 타고, 절벽 아래로 내려갔다가 올라왔다는 사실을 짐작할 수 있었다.

"어떻소? 의사 선생?"

그리핀이 남자에게 말을 건넸다.

조안나를 쳐다보는 의사의 피곤한 파란 눈동자에 약간 놀라는 기색이 떠올랐다가 잠시 고개를 흔들더니 대답을 했다.

"자네도 똑같이 봤지 않나, 내가 무슨 말을 해주길 바라나?"

"여자가 술을 마신 흔적은 없소?"

여자? 조안나는 몸이 오싹해졌다.

"그리핀, 자네도 여자의 시신이 이미 바닷물에 절었다는 것을 알고 있지 않나. 아마 술을 드럼통으로 마셨다고 해도 냄새가 전혀 안 날걸세. 검사를 하지 않고는 술을 마셨는지, 마약을 했는지 말해 줄 수가 없네."

"사인이 뭐요?"

의사는 다시 한번 조안나를 흘끗 쳐다보고 나서 퉁명스럽게 대답했다.

"떨어지는 충격으로 죽었네. 나중에 다른 이유가 발견되지 않는다면 말일세. 제기랄, 여자는 사십 미터나 되는 절벽에서 떨어진 거네."

"누구에게 밀려서 떨어진 건가?"

그리핀의 목소리에 감정이 들어 있지 않았다.

의사가 대답을 천천히 했다.

"나도 모르겠네. 시신의 모든 손상은 추락 때문에 발생한 것이네. 그러니까 밀려서 떨어졌다고 해도, 어떤 증거를 찾긴 힘드네. 그렇지만 애는 써 보겠네."

"고맙군."

키가 큰 의사는 손을 흔들고는 몸을 돌려, 구조 대원들이 다시 로프를 내리고 있는 절벽 근처로 갔다.

"그리핀, 누구죠?"

조안나가 물었다.

"난 처음엔 당신인 줄 알았소."

아까처럼 감정이 전혀 없는 말투였지만 그녀의 손을 잡고 있는 그리핀의 손에 약간 힘이 들어갔다.

"그렇지만 호텔에 머무르던 소녀였소. 앰버 웨이드요."

조안나는 충격을 받았다. 그때 마침, 구조용 바구니가 절벽 위로 올라오는 것이 보였다. 형광 오렌지 빛이 나는 담요에 덮인 시체는 바구니에 꼭 묶여 있었지만, 한쪽 끝으로 흘러나온 긴 금발머리가 바람에 휘날리고 있었다.

7

"농담하지 말게나."

케인이 대답했다.

그리핀이 한숨을 쉬었다.

"난 내 일을 하고 있을 뿐이네, 케인. 내 질문에 어서 대답하게."

세 사람은 호텔 인의 베란다에 있는 테이블 앞에 앉아 있었다. 케인은 옆에 앉아 있는 홀리를 쳐다보고 나서, 다시 맞은편에 앉아 있는 그리핀을 쳐다보았다.

"나한테 지금 그 아이를 절벽에서 밀어 떨어뜨렸냐고 묻고 있는 건가?"

"어젯밤 열한 시부터 오늘 아침 일곱 시까지 자네가 어디 있었냐고 묻고 있는 거네."

그리핀이 다시 물었다.

"이봐, 그 여자애가 자네 뒤를 쫓아 다녔다는 것은 모든 사람들이 다 알고 있어. 그 애 아버지 말이 어젯밤에 딸이 잠이 든 것을 확인했었는데 아마도 그 후에 빠져 나간 것 같다고 하더군. 그 애 방은 부모의 방과 떨어져 있었고, 베란다로 통하는 문이 있어서 그리로 빠져 나간 것이 분명한 것 같다더군."

"그 애는 나를 만나러 오지 않았네."

케인이 대답했다.

"어젯밤에도 그랬고, 지금껏 어떤 밤에도 날 만나러 온 적이 없네. 그리핀, 내가 그 불쌍한 계집아이를 꼬셨다고 생각하는 건가? 그래서 어디에선가 만나자고 해놓고, 죽였다는 건가? 어제 그렇게 요란하게 비가 내리던 밤에 말인가? 기억날지 모르겠지만……."

"어디 있었나? 케인."

"난 집에 있었네. 별장에 밤새 있었네."

"혼자?"

"그렇다네, 혼자. 정말 지독하군."

홀리가 앞으로 몸을 숙였다.

"그리핀, 사고가 확실한가요?"

보안관은 잠시 홀리를 쳐다보다가 고개를 흔들었다.

"아직 모르겠소. 앰버가 미끄러졌다면 똑바로 떨어졌을 텐데, 우리는 어떤 힘에 떠밀려서 추락했다는 사실을 발견했소."

"뛰어내렸을 수도 있잖아요."

"그럴 가능성도 있소. 안된 일이지만, 십대들의 자살은 흔하니까 말이오."

그리핀은 집요한 시선을 케인에게 돌렸다.

"난 모든 가능성을 살펴봐야만 하오. 있을 수 있는 모든 가능성을 고려해 보고. 그리고 그 가능성의 하나가 누군가 앰버를 밀었다는 거요."

케인은 힘주어 한 마디씩 끊어서 대답했다.

"난 아니네."

홀리는 고개를 가로저었다.

"케인이 앰버를 해쳤을 리 없어요. 앰버는 사랑의 열병을 앓고 있었고 그게 다였어요. 십대들은 흔히 그렇잖아요, 우리 모두 자라면서 겪었던 것들이죠. 심지어 그것을 문제삼는 사람은 아무도 없었죠. 앰버는 일주일만 있으면 부모님과 함께 이곳을 떠날 거니까요."

"난 누군가 고의로 앰버를 죽였다고 말하는 것이 아니오, 홀리."

그리핀이 대답했다.

"극도로 화가 났을 때, 그런 일을 저지를 수도 있다는 거요."

케인의 얼굴이 굳어지면서 번득이는 눈동자로 보안관을 쳐다봤다. 그리고 아주 낮은 목소리로 대답했다.

"오, 이제야 알겠군. 예전에 전시회에서 이성을 잃고 혐오스런 행동을 하는 녀석을 내가 때려눕힌 적이 있었는데, 그래서 내가 화를 참지 못하는 사람이라고 낙인찍힌 모양이로군."

"자네 때문에 그 사람은 병원 신세를 져야만 했지, 케인."

그리핀이 낮은 음성으로 덧붙였다.

"넘어지면서 탁자 모서리에 머리를 찧은 것 뿐이야."

"나도 알고 있네. 호텔에 있는 모든 사람들은…… 클리프 사이드 주민의 절반 정도는 앰버가 자네를 어떻게 생각했는지 알고 있다네. 모든 사람들의 눈에 확실히 보였으니까. 앰버는 자네 곁에 있을 때마다, 목에 매달리는 것을 빼놓고는 모든 방법을 다 동원했지. 자네가 호텔에 있을 때마다, 앰버는 항상 자네 주위에서 서성이곤 했지 않나. 자네가 부추겼든 안 부추겼든 간에, 그녀는 자네에게 골칫거리가 될 수밖에 없었지. 난 그 점을 고려 대상에 넣어야만 한다네."

"좋아."

케인이 대답했다.

"그렇지만, 이것 또한 고려 대상에 집어넣게. 난 앰버를 골칫거리로 생각해 본 적이 없다네. 앰버는 사랑의 열병에 빠진 어린애였지, 그럴 시기이지 않나. 그 애와 단둘이 있지 않도록 신경을 써서 곤란한 순간을 피하는 것은 쉬운 일이었지. 내 말을 믿지 못하겠다면 조안나에게 물어보게. 그녀가 날 도와준 적도 있으니. 그게 아마 금요일이었지, 앰버가 별장에 날 찾아왔던 날이.”

“조안나는 자네 별장에서 뭘 하고 있었지?”

그리핀의 입에서 급하게 질문이 튀어 나왔다.

케인의 녹색 눈동자에 갑자기 즐거운 빛이 떠올랐다.

“나보고 자네 생각을 숨김없이 그려내라는 건가? 그래서 모든 사람들이 알 수 있도록?”

“질문에 대답하게, 케인.”

“조안나는 해안 절벽을 따라 산책하다가, 내가 그림 그리는 것을 보고 잠깐 들른 것뿐이네. 그리고 앰버가 나타났을 때 친절하게도 호텔까지 동행해 주었지.”

“앰버가 자네를 만나러 온 적이 한 번도 없었다는 얘기를 방금 전에 들은 것 같은데.”

그리핀이 말했다.

여전히 희미하게 즐거운 표정을 띠고 있는 케인은, 그리핀의 추궁에 조금도 당황하지 않았다.

“바로 내가 얘기한 그대로라네. 난 어디에서건 앰버를 만나려고 기다려 본적이 없다네. 더군다나 내 별장에서 말이야. 그 애가 불쑥 내 집에 찾아온 것은, 금요일이 두 번째였다네. 처음 그런 일을 당했을 때는 앰버가 노크를 했을 때 내가 대답하지 않았지.”

그리핀은 고개를 끄덕이고 몸을 일으켰다.

더 물을 것이 없거나 대답에 만족한 것도 아니라 그의 꿰뚫어 보는 듯한 시선이 부담스러워 조사를 끝내는 것도 아니었다. 그리핀은 케인의 말을 뼈저리게 인식하고 있었다.

‘내 생각을 숨김없이 그려낸다고? 빌어먹을.’

“그리핀?”

홀리가 머뭇거리다가 조심스럽게 말을 이었다.

“요전에 조안나를 뒤에서 봤을 때, 뒤돌아 볼 때까지 난 앰버인줄 알았어요.”

그리핀은 놀라지 않았다. 처음 날카로운 바위 위에 있던 시체에서 흘러내린 금발이 눈에 들어왔을 때 자신도 그런 생각을 했으니까.

"자네의 그 가능성에 덧붙일 다른 생각이 있나?"

케인이 진지한 표정으로 물었다.

"그렇다네, 다른 생각이 있지."

"혹시 무슨 중요한 생각이 나거든 나한테 알려주게."

"그러지."

대화를 끝내고 그들은 그리핀이 몸을 돌려 베란다 끝 쪽으로 가는 것을 지켜보았다. 호텔 뒤쪽에 있는 절벽으로 가는 것이 분명했다. 그곳에는 조안나가 혼자 난간에 기대어 서서 바다를 내려다보고 있었다.

"정말 누군가가 조안나를 죽이려 했다고 믿는 거요?"

케인이 홀리에게 물었다.

그녀는 그를 쳐다보면서 한숨을 쉬었다.

"두 가지 경우, 모두 말이 되지 않아요. 그렇죠? 왜 앰버나 조안나를 죽이려고 했는지 그 이유를 상상해 볼 수도 없어요."

"그렇지만 조안나에게 더 가능성이 있다고 생각하는 거요?"

"나도 모르겠어요."

홀리가 얼굴을 찡그렸다.

"그건 단지…… 글쎄요, 앰버는 그냥 관광객이었고 적을 만들만큼 오래 살지도 않은 어린애였어요. 절벽에서 뛰어 내렸을 수는 있겠지만, 누가 밀었다고 생각하기에는 무리가 있어요. 하지만 조안나는…….."

홀리의 말이 꼬리를 감추자 케인이 조심스럽게 말을 이어갔다.

"조안나는 분명히 관광객으로 이곳에 왔소. 이상하게도 몇 달 전에 죽은 여자와 너무 닮아 있고 죽은 여자에 대해서 많은 것을 묻고 다녔소. 혹시 누군가…… 조안나의 질문이 마음에 들지 않은 사람이 있었던 게 아닐까?"

홀리는 몸이 오싹해지는 것을 느끼면서 머릿속을 맴돌고 있던 꺼림칙한 생각을 자기도 모르게 격앙된 목소리로 말했다.

"그게 무슨 소리죠? 캐롤라인의 죽음이 사고가 아니라는 건가요?"

얼굴을 잔뜩 찌푸린 채 케인은 가만히 생각에 골몰해 있었다. 마음속에서 들리는 소리에 귀를 기울일 때, 케인이 언제나 이런 표정을 짓는다는 것을 홀리는 알고 있었다. 그런 마음의 소리들이 그에게 그림을 그릴 수 있는 영감을 주는 것이다.

"아마 그럴 거요."

그가 느릿한 말투로 대답했다.

"만약에 앰버가 조안나 대신 죽었다면, 이번 일은 어떤 식으로든 캐롤라인의 죽음과 연관이 있을 거요. 내가 알기로 조안나는 이곳에서 적을 만든 적이 없기 때문이오. 그녀가 없어졌으면 좋겠다고 말한 사람은 아무도 없었소. 그러니까…… 이번 일은 뭔가 잘못된 거요."

케인은 잠시 생각하다가 말을 이었다.

"이번 일에서 주목할 사실이지만, 전혀 설명이 되지 않는 사실이 조안나가 캐롤라인과 빼닮았다는 것이요. 그리고 캐롤라인에 대해서 여기저기에 묻고 다니는 것도 좀 그렇소. 그녀는 마치 캐롤라인을 알기 위해서 이곳에 온 것 같소."

"딜런과 리사 얘기를 들었어요?"

홀리가 물었다.

케인이 가볍게 고개를 끄덕였다.

"애틀랜타에서 조안나를 봤다는 것 말이오? 들었소. 그들과 마주친 얼마 후에, 그녀가 이곳에 나타났다는 것은 정말 이상한 일이지. 우연의 일치라고 보기에는 어려운 점이 많소."

"그럼 어떻게 설명할 수 있죠? 딜런 말에 의하면 조안나는 자기들이 어디서 왔는지 전혀 몰랐을 것이라고 하던데."

"알아낼 수 있었을 거요."

케인이 강하게 반박했다.

"관심만 있었다면, 두 사람 중 누구든 호텔로 가는 것을 따라갔었을 거요. 그리고 호텔 직원을 매수해서 정보를 제공받을 수도 있소."

“그런 생각을 해본 적은 없지만 당신 말이 맞는 것 같군요. 그리핀도 그 생각을 했을까요?”

“물론 그럴 거요. 우리 마을 보안관은 바보가 아니니까. 그리핀은 타고난 경찰이오, 누구나 인정하는 것처럼. 사건을 해결하지 않고는 못 견디는 성질은 빼고서라도 말이요. 조안나가 보안관에게 뭐라고 말했는지 모르겠지만, 캐롤라인을 닮은 여자가 이곳에 나타난 일을 우연의 일치라고 결코 믿지 않을 거요. 보안관이 날 의심한다고 해도, 조금도 그를 원망하진 않소. 상당히 귀찮은 일이긴 하지만.”

홀리는 궁금해졌다.

“조안나가 일부러 이곳에 찾아 온 것이라면 도대체 그 이유가 뭘까요? 단지 호기심에서? 낯선 사람 두 명이 자신을 다른 여자 이름으로 불렀다고 해서?”

“아니오, 분명히 더 중요한 다른 이유가 있을 거요.”

케인이 얼굴을 찡그렸다.

“내 그림의 모델이 되어 달라고 말해야겠소. 포즈를 취하는 동안, 사람들은 별의별 말을 다하니까.”

‘캐롤라인은 당신에게 무슨 말을 했나요?’

홀리는 이 질문을 하고 싶었지만, 대신 다른 말을 했다.

“우리가 수사에 끼어 든다면 그리핀이 별로 좋아하지 않을 거예요.”

“물론 그러겠지.”

케인이 동의했다.

“특히 우리가 조안나의 일에 신경 쓴다면 말이오. 그리핀은 그녀 일에 꽤 예민한 반응을 보이고 있소.”

홀리가 미소를 지었다.

“당신이 그리핀의 생각을 숨김없이 그리겠다고 농담했을 때, 그는 한 대 칠 기세였어요.”

“나도 맞을 줄 알았소.”

잠시 케인의 웃음소리가 들렸다. 그렇지만 곧 진지하게 말을 이어갔다.

"내가 재미있어해서는 안 될 것 같소. 그리핀 같은 남자가 완고해진 이상 조안나가 거짓말을 한다고 생각되면, 아마 그 일에 무섭게 열중할 거요. 그리고 의심을 하지 않더라도, 캐롤라인과 많이 닮은 조안나를 쳐다보는 것이 그리핀에게는 힘든 일이 될 수도 있소."

"무슨 뜻이죠?"

케인은 놀라는 표정을 지으며 대답했다.

"난 당신이 아는 줄 알았소. 이 지방에서 오래 살았잖소. 난 비록 여기서 여름만 지냈는 데도 몇 년 전부터 알고 있었소."

"뭘 안다는 얘기예요?"

"한때 그리핀과 캐롤라인이 서로 좋아하는 사이였다는 사실말이오. 그 때문에 그녀는 스콧을 떠날 생각까지 했었소."

"난 어떤 기미도 눈치채지 못했어요. 그냥 단순한 소문이에요, 케인."

"아니오."

"어떻게 그렇게 확신할 수 있죠? 내 말은……."

"홀리, 난 사실을 알고 있소. 본인에게서 직접 들은 말이기 때문이오. 스콧에게서는 결코 느껴보지 못한 감정을 그리핀에게서 느꼈다고 했소."

말을 하다가 케인은 고개를 흔들었다.

"내게 그런 말을 털어놓은 이유는 모르겠소, 사람들한테 그런 경향이 있다고들 하지만. 사람들은 내가 야외에서 그림을 그리는 것을 보고, 멈춰 서서 지켜보곤 하오. 그러면 사람들이 이것저것 말을 거는 거요."

"있을 수 있는 일이에요."

케인은 홀리에게 미소를 지어 보였다.

"생각해 봐요, 나는 당신을 제외하고 누구에게도 캐롤라인의 비밀을 털어놓은 적이 없소. 특히 그 사실이 극히 비밀스런 이야기임을 깨달은 후에 말이요. 그녀는 감정을 밖으로 드러내는 사람이 아니었고, 자신의 좋은 이미지를 너무 의식한 나머지 평판이 나빠지는 짓은 할 수가 없었

소. 지금은 두 사람이 함께 있을 수 없게 되었으니 아무도 모르는 사실
이 되어 버렸소.”

“스콧은 알고 있었나요?”

“캐롤라인은 결코 말하지 않았소. 아마 그가 상상도 할 수 없을 거라
고 말했소. 그게 내가 알고 있는 사실의 전부요, 리건이 태어나기 몇 년
전에 있었던 일이오.”

“이 지방 일에 대해서 내가 모르고 있는 사실이 또 있는지 궁금하군
요.”

홀리는 상당히 동요된 표정으로 중얼거렸다.

“당신은 바빴소.”

아무 뜻 없이 한 말뜻을 파악하려고 노력하면서 홀리는 케인을 바라
보았다.

“나도 그렇게 생각해요. 그렇지만 당신도 알다시피 난 노력하고 있어
요. 우리가 계약을 맺은 이후로 말이에요.”

“나도 알고 있소.”

케인이 미소를 지어 보였다.

“그리고 많이 감사하고 있소. 내 말을 믿어요. 그렇지만 홀리, 다음에
내가 별장에서 같이 밤을 보내자고 하면 우리 두 사람 모두에게 은혜를
베푸는 마음으로 ‘좋다’고 대답해 주시오. 다음 날에 중요한 약속이 있
어도 말이오. 경찰들은 애인이 증인을 서는 알리바이를 믿지 않지만 알
리바이가 전혀 없는 것보다는 낫잖소.”

“그리핀에게 내가 당신과 함께 있었다고, 거짓말을 할 수도 있어요.”

홀리가 진지하게 대답했다.

“물론 그럴 수도 있을 거요. 그러나 그 말은 내가 앰버의 죽음 관련되
어 있다고 생각한다는 얘기나 다름없소.”

그녀는 깜짝 놀랐다. 그리고 잠시 조용히 생각해 보니 케인의 말이
맞았다. 만약, 그녀가 아까 지난 밤의 케인의 행방을 걱정했더라면 그를
방어하는 차원을 뛰어 넘어, 자신과 같이 있었다고 주장했을 것이다. 홀

리는 케인이 불쌍한 앰버에게 죄를 저지르지 않았다고 확신했기 때문에, 무죄를 증명할 만한 알리바이를 필요로 하는데도, 결코 끼어들지 않은 것이다.

"당신이 아무 말도 안 한 것은 참 잘한 일이오."

그가 웃으면서 말했다.

홀리도 같이 웃어 주었다. 케인이 손을 잡았을 때, 손님과 직원들이 보고 있다는 사실을 알면서도 다정하게 손가락 끼는 것을 허락했다.

공공 장소에서 케인과 접촉할 때 남의 눈을 의식하지 않은 것은 처음 있는 일이다. 일종의 발전이라고 생각했다.

캐롤라인 생각이 났다. 그녀가 그리핀에 대한 감정을 어떻게 극복했는지 궁금했다. 아니면, 그런 감정을 또 다른 누군가에게 줄 수도 있었다. 마음을 준다면 무심한 남편인 스콧을 제외한 다른 사람일 것이다. 아마도 자신의 얘기를 잘 들어주고 때때로 넓은 어깨를 빌려 줄 수 있는 사람, 그 사람은 아마 캐롤라인의 섬세한 여성다움을 찬양하고 아름다움과 우아함을 음미했을 것이다.

아마 케인 같은 사람이 아니었을까.

홀리는 케인에게 질문할 준비가 되어 있지 않았다. 왜 그런지는 알 수 없지만 이미 죽은 라이벌과 싸우는 일이 싫었거나 그의 입에서 직접 캐롤라인을 사랑했었다는 말을 듣고 싶지 않았기 때문이다. 확신할 수 있는 것은, 자신은 아무것도 모른다는 사실이다. 전에는 깨닫지 못한 사실이지만 사실, 캐롤라인에 대해서 아는 것이 거의 없었다.

클리프 사이드에 있는 사람들 중에서, 과연 누가 캐롤라인 맥케나의 실체에 대해서 알고 있는지 궁금해졌다.

그리핀이 다가갔을 때, 조안나는 두 손으로 난간을 꽉 움켜쥐고 서 있었다. 초점 없는 시선은 수평선 어딘가에 못 박혀 있었고 강하게 불어오는 찬바람이 그녀의 긴 머리를 세차게 후려치면서, 뺨을 붉은 색으로 만들었다.

"케인이 앰버를 죽였다고 생각하는 건 아니죠?"

"그가 앰버를 죽였다면 난 굉장히 놀랄 거요."

그리핀도 인정했다.

"난 아까 좀 놀랐소. 약간 의심스러운 점이 있소, 조안나. 케인은 앰버가 갑자기 나타났을 때, 당신과 함께 있었다고 했소. 금요일에 케인의 별장에서 말이요."

조안나는 고개를 가볍게 끄덕였다.

"그는 절대 앰버를 부추기지 않았어요. 오히려 감정을 상하지 않게 하기 위해 조심스럽게 행동했는 걸요. 할 수 있는 방법을 동원해서 그녀가 아직 너무 어리다는 사실을 보여주었어요."

"어떻게 했소?"

조안나는 고개를 돌려 그를 쳐다보았다. 그리고 미약한 미소를 지어 보였다.

"케인은 나하고 정치적인 주제를 가지고 토론을 했어요. 불쌍한 앰버는 전혀 이해하지 못했기 때문에 대화에 끼기 어려웠어요."

"당신은 케인이 의도하던 것이 앰버가 자신에게 너무 어린 상대라는 것을 알려주는 것이었다고 확신할 수 있소?"

"물론이죠. 다른 게 뭐 있겠어요?"

그리핀은 하루 동안 두 번이나 속마음을 드러내지 않기로 했다. 특히 조안나에 대해서 어떤 감정을 가지고 있는지 확신할 수 없기 때문이었다. 정신을 사건에 집중시키고 말을 이어갔다.

"케인은 어젯밤 알리바이가 없소."

"나도 없어요."

조안나가 지적했다.

"이 마을 사람들 대부분 그럴 거예요. 당신은 어젯밤 열한 시부터, 오늘 아침 일곱 시까지 어디 있었냐고 묻는 거죠? 어젯밤은 폭풍우가 몰아치는 밤이었어요. 대부분의 사람들이 침대 속에 있었거나 몸을 웅크리고 텔레비전이나 책을 보고 있었을 거예요. 알리바이 같은 것은 없이 말이죠."

"나도 알고 있소."

난간에 엉덩이를 걸치고 조안나를 바라보았다. 그리핀에게 빼어나게 아름다운 클리프 사이드의 자연은 친숙했지만, 그녀는 아직 낯설게 느껴졌고…… 또한 매력적이기도 했다. 심지어 어떤 아름다운 자연 경관보다도 빨리 완벽하게 그리핀을 숨막히게 하곤 했다.

'조안나에 대해서 생각하지 말자, 생각하지 말자. 지금은 아니다, 아직 때가 아니다.'

"누군가 앰버를 민 것은 아닐 거예요. 스스로 뛰어 내린 거예요."

"가능한 애기요."

그리핀은 사건에 집중하려고 애썼다.

"그렇지만…… 앰버같이 이기적이고 자만심이 강한 여자애는 자살을 할 타입이 아니오. 나는 그녀가 질투심에 사로잡혀서 홀리를 못 살게 군다고 생각했소. 아니면 케인이 거부했을 때, 그에게 주먹을 휘두를 수도 있다고 생각했소. 그렇지만……."

"케인은 앰버를 거부하지 않았어요."

조안나가 말을 막았다.

"케인은 드러내놓고 거부하진 않았어요. 무례한 행동을 하기에는 너무 섬세한 사람이었어요. 그의 행동은 철저한 무관심이었어요. 앰버가 자신을 좋아하는 것을 모르는 것처럼 행동했어요."

"그런 행동을 앰버는 거부로 받아들인 것이 틀림없소."

그가 자신의 견해를 밝히자 조안나도 말을 받아서 이어갔다.

"내가 앰버를 마지막으로 보았을 때, 뼈저린 좌절감을 느끼고 있었지만 화가 났다거나 질투심을 느끼는 것처럼 보이진 않았어요. 의기소침하지도 않았구요."

"앰버를 마지막으로 본 게 금요일이오?"

조안나가 고개를 끄덕였다.

"주말에 무슨 일이 있었던 게 틀림없소."

그리핀이 곰곰이 생각하다 입을 뗐다.

"분명히 있었을 거요. 난 앰버가 사고로 떨어졌다거나, 밀려서 떨어졌다고는 생각하지 않소. 아마 자살이 가장 가능성 있는 얘기일 거요."

"그렇지만 당신은 자살했다고 믿지 않잖아요."

보안관은 잠시 머뭇거리다가 한숨을 내쉬었다.

"어젯밤에 비가 왔기 때문에, 우리가 생각하는 것을 증명하기 어렵소. 나는 법정에서 결코 내 생각을 증명해 내지 못할 거요. 나는 앰버가 떨어진 절벽 끝부분에서 희미한 자국을 몇 개 발견했소."

"무슨 자국이요?"

"풀이 밟혀서 납작해져 있었고, 풀과 진흙이 약간 파헤쳐져 있었소. 두 사람이 만든 자국이 분명하고, 그 중에서 한 사람은 다른 사람보다 체중이 훨씬 덜 나가는 사람이오. 약간의 몸싸움이 있었던 거요."

조안나는 절벽 끝에 서서 부둥켜 잡고 싸우는 두 사람을 생생하게 그려볼 수 있었다. 사나운 비바람이 두 사람을 채찍질하고, 번개가 하늘을 가르고 있었다. 생각을 하다가 몸을 떨었다.

"말도 안 돼요. 앰버는 소녀였어요, 어린아이라구요. 누가 그 애를 죽이고 싶겠어요?"

"나도 모르오."

"아무도 본 사람이 없나요?"

"지금까지는 없소. 부보안관 두 명이 호텔 손님들을 대상으로 탐문 수사를 벌이고 있지만, 무슨 좋은 결과가 있을 것 같진 않소. 어젯밤엔 폭풍우가 너무 심했소."

"누가 앰버를 발견했죠?"

조안나가 물었다.

"호텔 관리인이오. 호텔 관리인은 폭풍이 지나간 후에, 해변에 내려가서 폭풍으로 인한 피해 상황을 점검하게 되어 있소."

"어떻게 해볼 수도 없었나요?"

그리핀은 고개를 흔들었다.

그녀는 상대를 바라보면서, 잠시 아무 말 없이 생각에 빠져들었다. 그러고 나서 한숨을 쉬었다.

"나도 이번 사건이 어떻게 막아 볼 도리가 없었다는 것을 인정해요. 그렇지만…… 내가 전에 이곳에서 떨어져 죽은 사람에 관해서 물었던 것을 기억해요? 난 그 사람이 여자라고 생각했어요. 그런데 당신은 사고가 났던 사람이 남자라고 얘기해 줬어요."

"기억나오. 그것이 어쨌단 말이오?"

"내가 그 사람이 여자라고 생각했던 건, 꿈을 꿨기 때문이었어요."

조안나는 간단하게 그 꿈을 설명했지만 그리핀의 무표정한 얼굴은 자신의 말을 믿는지 예측할 수 없었다. 그래도 예전보다는 많이 꿈을 믿는 것 같았다.

"나는 꿈이 이곳에서 일어났던 다른 일과 연관이 있을 거라고 생각했어요. 바로 캐롤라인과 연관이오. 그녀가 여자가 절벽에서 밀려 떨어지는 것을 보았을 거라고 생각했어요. 나는 그 어둠 속에 서 있던 남자가 캐롤라인이 범행 장면을 목격했기 때문에, 그녀를 죽인 것이 아닌가 하는 의심까지 했어요. 그런데 당신이 이전에 죽은 사람은 여자가 아니라 남자라고 말해 주었을 때, 난 혼란스러웠어요. 하지만 오늘 앰버의 시신이 위로 끌어 올려졌을 때, 들것에서 흘러나온 금발의 머리카락을 보고 내가 꿈속에서 본 것이 앰버의 죽음이 아닌가 하는 의심이 들기 시작해요."

"앞날을 예언하는 꿈을 꿨단 말이오?"

그리핀의 목소리가 공허하게 들렸다.

"나도 알아요, 당신이 내 꿈을 안 믿는다는 것을. 심각한 부상을 입었다가 살아난 사람은, 특히 머리에 상처를 입은 사람들은 회복되고 나서 간혹 초감각적 능력이 생겨날 수도 있대요. 아마도 그런 일이 내게 일어난 거겠죠. 전기 충격이 내가 이전에는 모르고 있던 정신 세계의 문을 열어 줬는지도 모르구요."

정말로 전기 충격이 두뇌의 정상적인 기능을 방해해서 조안나가 이상한 꿈을 꾸고 비상식적인 행동을 하게 되었는지, 그리핀은 쉽게 판단 내릴 수가 없었다. 그렇지만 그런 말을 입 밖에 내지는 않았다.

"나는 그런 일이 불가능하다고 단정짓기에는, 신기한 일들을 너무 많이 보아 왔소. 하지만 그 꿈은 우리에게 어떤 도움도 되지 않소. 당신은 꿈속에서 그 남자의 얼굴을 본 것도 아니잖소."

그리핀은 그녀의 꿈을 믿지 않았지만, 적어도 노골적으로 비웃지는 않았다.

"그래요, 못 봤어요. 남자가 나한테 몸을 돌리려는 순간 잠을 깼어요."

"그 남자에게 어떤 특별한 점을 발견하지 못했소?"

조안나는 웃음이 나왔다.

"빨강머린 아니었어요. 케인은 빼는 게 좋겠어요."

"비가 오고 있었고. 멀리 떨어져 있는데 어떻게 남자의 머리 색깔을 알아볼 수 있었소?"

조안나의 미소가 사라지며 고개를 흔들었다.

"비가…… 오지 않았어요. 하늘에는 완전히 구름이 뒤덮여 있어서 온통 사방이 회색이었고, 음산한 분위기였지만 빗방울이 떨어지거나 폭풍우가 몰아치지는 않았어요."

그리핀은 얼굴을 찡그렸다.

"앰버는 적어도 발견되기 전, 몇 시간 전에 죽은 게 틀림없소. 즉, 새벽이 되기 전에 죽었단 소리요. 지난 밤은 칠흑처럼 어두웠소, 조안나."

조안나는 숨을 들이쉬었다. 또 다른 한기가 느껴졌다.

"글쎄, 그렇다면 앰버가 죽는 것을 본 것이 아니었군. 당신 설마……."

"설마, 뭐요?"

조안나는 약간 흥분해서 말했다.

"당신, 설마 절벽에서 떨어지는 사람이 나라고 생각하는 건 아니겠죠, 그렇죠?"

그리핀이 손을 뻗어 그녀의 어깨를 잡았다.

"아니오. 내가 읽거나 들은 것을 종합해 보면 꿈은 거의 상징적이요.

당신이 뭘 봤건, 그게 당신의 죽음을 나타내는 것은 아니오.”

“당신은 그렇게 확신하고 있군요. 꿈이 어떤 의미도 지니지 않는다면서 어떻게 그런 확신을 할 수 있죠?”

“난 당신 꿈이 어떤 의미가 있다는 걸 믿지 않는다는 말은 하지 않았소. 어쩌면 의미를 가질 수도 있을 것이오. 그렇지만 내가 어떻게 알겠소? 난 의심을 할뿐이오, 당연한 의심이지. 내가 꿈에 대해서 어떻게 생각하건, 우리 중에서 어느 누구도 자신의 죽음을 볼 수 없다는 것은 분명하지 않소?”

그가 이렇게 장담하는 이유를 알 수 없었지만, 지금은 철학적인 논쟁을 할 때가 아니다. 확신을 그냥 받아들이는 것이 훨씬 마음 편하고 기분 좋았다.

“좋아요. 그렇다면 그 꿈이 무엇을 상징하고 있는 거죠?”

“정말 남자가 여자를 미는 것을 보았소?”

“처음 그 꿈을 꾸기 시작했을 때, 남자는 보이지 않았어요. 여자만 보였죠. 마치 날아오르려고 하는 것처럼, 절벽에서 솟아올랐어요. 그러고 나서 여자가 있어야 될 자리에 남자가 서 있는 것을 보았어요. 그리고 남자가 내 쪽으로 몸을 서서히 돌리기 시작했어요. 나는 공포에 질려 있었어요.”

“당신은 꿈속에서 남자가 여자를 밀었다고 생각한 거요?”

조안나는 고개를 크게 끄덕였다.

“난 남자가 여자를 밀었다고 확신해요.”

조안나는 씁쓸한 미소를 짓다가 말을 계속 했다.

“그때, 나는 캐롤라인의 눈을 빌어서 보고 있다고 생각했어요. 이미 일어난 일을 봤다고 생각한 거예요. 그것도 그녀가 봤던 일을요.”

그리핀이 잠시 어깨를 잡은 손에 힘을 주다가 놓아주었다.

“당신이 캐롤라인의 눈을 통해서 과거의 장면을 보았다거나, 앰버의 죽음이 일어나기 전에 목격했다는 말을, 내가 믿으려고 노력해야 하는 것인지 난 모르겠소.”

‘믿으려고 노력해 봐요.’

조안나는 그리핀을 비난할 수 없었다. 자신도 믿을 수 없는 애기였다.

“아마 그 꿈에 대한 최고의 해석은, 캐롤라인의 죽음에 무언가 석연치 않은 일이 있다는 것을 내가 확신한다는 뜻이겠죠. 절벽에서 느껴지는 죽음의 그림자와 밤새도록 머리를 휘저어 놓았던 걱정이 그대로 꿈에 나타난 것이겠지요. 금발머리는 아마 나였을 거예요. 지켜보는 사람이 나였던 것처럼 말이에요. 그리고 절벽에 서 있던 남자…… 나의 불안한 잠재 의식이 반영된 것일 테죠. 이게, 예전에 배운 적이 있는 심리학에 나온 내용이에요.”

그는 아무런 동요 없이 조안나를 쳐다보고 있었다.

“나를 확신시키려고 노력하는 거요? 아니면 당신 자신이요?”

“두 사람 다겠죠?”

조안나는 어깨를 으쓱해 보였다. 아직도 그가 자신의 꿈을 믿도록 설득시키고 싶었다.

“내가 아는 건 다 말했어요. 이 마을엔 무엇인가 커다란 음모가 있어요. 그리고 그 일은 캐롤라인의 죽음하고 관련되어 있구요. 나는 그것을 느낄 수 있어요. 그리핀, 당신이 절벽에 떨어져 죽은 세 사람이…….”

“그 세 명은 서로 어떤 관련도 없소. 그리고 먼저 일어난 두 번의 사건은 사고가 아니라는 어떠한 증거도 없었소.”

“분명히 관련이 없어 보여요. 하지만 우리가 아직 발견하지 못한 관련성이 있다면 어떻게 할 건가요?”

“우리? 조안나…….”

그리핀이 계속 말할 기회도 주지 않고, 조안나는 재빨리 머릿속에서 맴돌던 몇 가지 생각을 말했다.

“세 사람한테 어떤 공통점이 있죠? 클리프 사이드에 있었다는 것을 빼놓고 말이에요. 삼십대 남자 관광객, 스물아홉 살의 마을 여자, 그리고 열여덟 살짜리 여자 관광객이에요. 그 중 두 명은 인에 머물렀었고, 인은 죽은 마을 여자의 남편이 소유한 호텔이죠……. 첫번째 남자는 유월에 죽었고, 두 번째 여자는 칠 월에 죽었어요. 그리고, 세 번째 여자는 시월 초에 죽었구요. 첫번째 남자와 세 번째 여자가 떨어져 죽은 절벽은 불과 백 미터도 안 떨어져 있어요. 두 번째 여자가 죽은 곳은 몇 킬로미터나 떨어져 있는 곳이죠.”

그리핀은 계속 반대만 하고 있을 수는 없기에 체계적으로 말을 꺼냈다.

“두 명은 죽기 전에 걸어가고 있었고, 한 명은 차를 몰고 있었소. 한 명은 낮에 죽었고, 다른 한 명은 늦은 오후에, 그리고 나머지 한 명은 밤에 죽었소.”

말을 하다가 잠시 멈췄다.

“아직 나는 세 건의 사건에서 어떤 연관성도 발견하지 못했소.”

“글쎄요, 그 말이 빈말이 아니라면 이미 조사를 했었나보군요.”

“알아주니 고맙소.”

“내 말뜻을 알 텐데요.”

그가 한숨을 내쉬었다.

“그렇소, 첫번째 죽음에 관한 파일을 샅샅이 다 뒤져보았소. 내가 예전에 조사해서 모아 놓은 자료들까지 말이오.”

조안나는 말없이 고개만 끄덕였다.

“난 어떤 이상한 점도 발견하지 못했소.”

“나도 그래요. 난 신문에 실린 기사들만 조사했어요. 남자가 가지고 있던 소지품 목록도 있나요?”

“목록은 가지고 있소. 의심스러운 점이 있는 죽음도 아니었고, 이곳 호텔 방은 깨끗이 청소가 되었소. 왜 묻는 거요?”

“그 남자가 보통 관광객들이 하는 오락을 즐기기 위해서 이곳에 왔다는 증거가 있었나요, 낚싯대라도 가지고 왔나요?”

“아니오. 그런 의심을 제기하기 전에, 단순히 이곳에 쉬기 위해서 오는 사람들도 있다는 사실을 기억해 줬으면 좋겠소. 그 사람의 여동생이 말했던 게 기억나는데, 그 남자가 이곳에 오기 전에 아주 힘든 사업 계약 건을 맡았다고 했소.”

조안나는 한숨을 내쉬었다. 좌절감이 밀려들었다.

“그 남자의 죽음은 단순한 사고였다는 말이군요. 캐롤라인도 미끄러운 도로 위에서 너무 빨리 달렸던 거구요. 그리고 앰버는…… 앰버의 경우는 어떤 거죠? 당신은 그녀가 잘못해서 떨어졌다거나, 뛰어내렸다고 생각하지 않잖아요. 그러니까…….”

“그러니까 아마…… 누군가 앰버를 밀었을 거요. 베켓이 시체를 해부하면서, 어떤 살인의 증거를 발견해 낼지도 모르오. 혹은 목격자를 찾아낼 수도 있을 거요, 그렇지 못할 가능성도 크지만.”

그리핀도 조안나만큼 좌절감을 느끼고 있었다. 그의 태도를 비난할 수 없었다. 어쨌든 냉정한 현실에서 목격자가 없고 증거도 없다면, 오직 사고라는 결과만 나올 뿐이었다. 보안관이 할 수 있는 일은 그렇게 많지 않았다.

그가 잠시 뒷목을 문질렀다. 피로한 기색이 역력했다.

“난 커피를 마셔야겠소. 커피 어떻소?”

“좋아요.”

난간에서 몸을 돌려 함께 잔디밭을 지나 호텔 베란다 쪽으로 걸어갔다. 커피를 들고 지붕 아래에 있는 작은 테이블에 앉을 때까지, 두 사람은 몇 분 동안 아무 말이 없었다. 날씨는 여전히 쌀쌀했지만, 절벽과 세찬 바람을 벗어나니 훨씬 편안한 느낌이 들었다.

“다음엔 무엇을 할 거죠?”

조안나가 뜨거운 커피를 감사하는 마음으로 마시면서 물었다.

그리핀도 커피를 한 모금 마신 후에 대답했다.

“다른 사건과 똑같소. 사람들에게 계속 물어 보고, 의학상의 증거들을 검사해 보고……, 앰버에게 도대체 무슨 일이 일어났는지 밝혀내기 위해 이곳 저곳 뛰어다니겠지.”

전에는 생각해 보지 않은 거지만 조안나는 느낌이 들기 시작했다. 설명할 수 없는 비합리적인 느낌이지만, 세 죽음이 서로 연관이 있다는 느낌이다. 왜 그런지, 어떻게 그럴 수 있는지 몰랐지만 앰버는 캐롤라인의 죽음 때문에 죽었고, 캐롤라인은 로버트 버틀러라는 남자가 죽었기 때문에 죽은 것이라고 확신했다. 아직 이해할 수 없는 부분들이 많았다.

세 죽음 가운데 하나라도 이유를 알아내면, 나머지 죽음들의 실마리를 풀 열쇠를 쥐게 될 것이라는 믿음이 들었다.

이런 느낌은 아무에게도 말하지 말고 혼자 알고 있는 게 좋겠다고 생각했다. 적어도 한동안은······.

그리핀은 노골적으로 드러내 놓고 비웃지는 않았지만 자신을 믿는 것도 아니다. 그를 이해시키기 위해서는 눈에 보이는 명백한 증거가 필요했다. 그리핀의 손에 쥐어 주고 주장해야 한다.

"조안나?"

그녀는 깊은 상념에서 깨어나며 눈을 깜빡였다.

"예?"

"뭘 하고 있소?"

"오, 그냥 생각하고 있어요."

앰버가 '오'라는 말을 자주 쓰던 생각이 났다. 그 생각을 하니 갑자기 부끄러워졌다. 그리핀의 입술을 쳐다보고는, 황급히 두 눈을 커피잔을 향해 내리깔았다. 왜 기분이 이상할까? 이곳에서 애인을 만들고 싶다는 생각······, 그런 생각은 하지도 않았지만 클리프 사이드와 관련된 사람은 절대 사절이었다. 우선 그가 자기를 믿지 못한다는 사실은 제쳐 두고라도, 조안나는 두 주 후면 오천 킬로미터나 떨어진 곳으로 돌아가야 한다. 혼자서.

그리고 캐롤라인이 있다. 수년 동안 이 남자를 알고 지냈고 생의 마지막 날, 그녀는 이 남자를 만나려 했다. 왜? 자신의 고민을 말하기로 마음먹을 만큼, 이 남자를 믿었을까? 아니면, 캐롤라인은 좀더 사적인······ 친밀한 관계라서 그리핀을 만나길 원했을까?

일의 대부분을 일방적으로 그리핀에게서 들었다는 사실을 기억해 내고, 약간 오싹해지는 것을 느꼈다. 그리핀은 캐롤라인이 만나자고 했다고 말했지만 그날 바빠서 약속 장소에 나가지 못했다고 말했다. 그는 두 사람이 어떤 관계도 아니었다고 했고 다른 남자의 아내를 사랑한 적은 없다고 했다.

그리고 그리핀의 보고서는 캐롤라인의 죽음을 사고로 규정지었다.

낮은 목소리로 경찰 특유의 날카로운 명령을 담고 그녀에게 그가 경고했다.

"내 말을 들어요. 이 조사는 당신이 끼어들 일이 아니오."

"난……."

그리핀의 얼굴을 본 조안나는 목소리만큼이나 얼굴도 굳어져 있다는 것을 알 수 있었다. 바깥 공기의 쌀쌀함과는 상관없는 한기가 또 다시 밀려들었다. 이런 식으로 생각하고 싶지 않았지만 진실이 밝혀지는 것을 원치 않기 때문에, 자신에게 사건에서 빠지라고 경고하는 것이 아닌가 하는 의심이 들었다.

"그렇게 말할 필요는 없어요. 당신 얼굴에 이미 난 빠지라고 다 써 있으니까요."

그리핀의 목소리에는 여전히 감정이 메말라 있었다.

"조안나, 우리는 앰버가 살해당했다고 생각하고 있소. 그건 이 마을에 살인자가 있다는 뜻이오. 난 당신이 그런 위험한 인간 뒤를 쫓는 것을 바라지 않소."

잠시 머뭇거리다가 그리핀의 눈동자가 작아졌을 때, 그녀는 빠르게 고개를 끄덕였다.

"알겠어요."

그래도 그가 계속 시선을 떼지 않자 덧붙여 말했다.

"이봐요, 난 바보가 아니에요. 그리고 죽고 싶다는 바람을 가진 사람도 아니구요, 날 믿어요. 나도 살인자와 마주치는 것을 바라지 않아요."

마침내 만족한 듯 그리핀이 긴장을 풀고 고개를 끄덕였다.

"좋소."

"수사의 진행 상황 정도는 나에게 알려 줬으면 좋겠어요."

그의 미소가 다시 구겨졌다.

"여긴 작은 마을이오, 기억하고 있소? 모든 사람들이 수사의 진행 상황을 다 알게 될 거요."

"하지만 사람들은 당신 머릿속에선 어떤 수사가 진행되는지 모르잖아요."

그녀는 계속 온화한 말투를 고수했다.

"어딘가에 아주 중요한 것이 있을 것 같은 예감이 들어요."

'그날 캐롤라인을 만났나요, 그리핀? 차가 절벽으로 굴러 떨어졌을 때, 혹시 그녀는 당신으로부터 벗어나려고 했던 건 아닌가요?'

그는 조안나의 시선을 의식해서인지 어색한 태도로 커피 잔을 집어 올리며 입을 열었다.

"내가 서두르지 않는다면, 아무리 중요한 것이라도 발견해 낼 수가 없소."

커피를 다 마시고 그가 의자에서 일어났다.

"나중에 봅시다, 조안나."

"물론이죠."

호텔 안으로 사라져버릴 때까지, 뒷모습을 바라보다가 멍한 시선을 바다 쪽으로 돌렸다. 자신은 죽고 싶지 않다. 잠시 동안이지만 이미 죽음의 문턱에 가본 적도 있었다.

그렇다고 옆에서 팔짱만 끼고 앉아, 누군가 다른 사람이 이 수수께끼를 풀어주는 걸 기다릴 수는 없었다.

앰버의 사건에서 물러나 있으면서 나름대로의 조사를 진행할 것이다. 그 조사는 그리핀이 이미 종료되었다고 생각하는 로버트 버틀러라는 이름의 관광객의 죽음과, 캐롤라인 맥케나의 죽음이었다.

버틀러의 죽음을 조사하는 것이 더 힘들 것 같았다. 그 남자는 클리프 사이드에서 낯선 사람이기 때문이다. 스콧과의 관계를 비롯한, 버틀러에 관련된 정보는 그가 살았던 샌프란시스코에서 얻을 수 있을 것이다.

자신은 지금 샌프란시스코에 갈 준비는커녕 전화를 걸어 정보를 얻을
엄두도 못 내고 있었다.

샌프란시스코에 간다면 캐롤라인을 버리고 가는 것이나 다름없으니
까.

이곳에서 무슨 일이 일어났건 늘 최종적으로는 관심의 초점이 캐롤라
인에게 돌아갔다.

'내가 편협한 시각을 가지고 있는 것일까? 아니면…… 어떤 의미가
있을까? 혹시 운명이 날 이끌고 가는 것일까?'

'운명, 아니면 캐롤라인이…….'

아침 식사를 끝냈을 무렵 날씨가 좋아져 있었다. 태양이 빛나고 기온
도 따뜻했다. 기분도 날씨처럼 좋아지기를 바랐지만 그렇지 못했다. 앰
버의 죽음이 긴장감을 더욱 가중시켜 당장에라도 신경을 끊어 놓을 것
같았다.

'재깍, 재깍, 재깍.'

시계소리가 조안나를 호텔 밖으로 내몰았다. 지금 몰고 있는 렌터카
로 마구 달리고 싶은 충동을 간신히 억눌렀다. 바람이 몰아치는 해안도
로에서 속도를 높이면 위험하다는 걸 잘 알고 있기 때문에, 자동차의 속
도를 낮게 유지했다.

'이곳에서 무슨 일이 일어나고 있는지 알아내야만 해. 꼭 알아내야
해. 내가 미쳐 버리기 전에 말이야.'

조안나는 마을 밖에 있는 두 군데 장소를 살펴 볼 생각이었다.

첫번째는 해안도로에서 약간 들어가 있다는 그리핀이 말해 준 오래된
헛간이었다. 캐롤라인의 차가 절벽 아래로 굴러 떨어지기 몇 분 전에,
그에게 만나자고 한 장소였다. 그리핀을 불러낸 장소를 듣고 느꼈던 당
혹감과 둘의 관계에 대한 의심이 조안나를 헛간으로 이끌었다. 오래된
헛간? 거기서 남자를 만나자고 했다니?

다른 사람에게 묻지 않고 포틀랜드 쪽으로 가는 해안도로를 타고 유

심히 길가를 살펴보았다. 쉽게 발견할 것이라고 예상했고, 그 예상이 적
중했다. 캐롤라인이 죽은 곳에서 2킬로미터 정도 떨어진 곳에, 요새는
사용하지 않는 것처럼 보이는, 다 쓰러져 가는 헛간이 보였다. 길에서
30미터 정도 들어간 곳에 있었다.

조안나는 길에서 벗어나 헛간 근처에 차를 주차시켰다. 몇 분 동안
주위를 둘러보았으나 특별히 무엇을 찾는 것은 아니었다. 버려진 곳 같
은 느낌이 들었으며, 사방이 고요했고 파도가 부서지는 소리만 들렸다.
첫인상은 사람을 만나자고 할 적당한 장소가 아니라는 것이다. 헛간의
한쪽 끝에 차를 한두 대 정도 주차시켜 놓아도 도로에서는 전혀 보이지
않는다는 사실을 알게 되었다. 어떤 목적을 위해, 이 헛간이 사용되었던
것처럼 보였다. 십대 연인들이 선호하는 밀회 공간이었을까?

손잡이를 비틀자, 문이 쉽게 열려서 안으로 들어갔다. 헛간은 건초를
쌓아 놓는 곳으로 이용되고 있었다. 건초 더미가 높이 쌓여 있었고, 중
앙에 작은 공간만 남아 있었다. 곰팡내가 섞인 공기는 무거웠지만, 달착
지근한 냄새도 났다. 헛간 안은 아주 건조했다.

조안나는 조금도 주저하지 않고 헛간 내부를 탐험했다. 어린 시절, 가
본 적이 있는 건초 헛간의 기억이 건초더미를 가지고 방을 만드는 방법
을 생각나게 했다. 이내 방을 발견했다. 입구는 분명치 않았지만 우연히
건초 더미들을 방처럼 쌓아 놓은 것이 아닌 것은 분명했다. 게다가 짧은
복도가 헛간 뒤쪽 구석에 있는 평방 2.5미터 정도 되는 방으로 이어지고
있었다.

어둠침침한 장소였다. 틈이 벌어진 판자 사이로 들어오는 빛으로, 가
까스로 사물을 알아볼 수 있었다. 바닥에 건초가 두텁게 깔려 있어서 꽤
편안한 침대 역할을 할 것 같았다. 조안나는 높은 선반 위에 깔끔하게
접혀 있는 다소 고급스러워 보이는 격자 무늬 담요를 발견했다. 그 옆에
있는 구두 상자 안에는 대량으로 포장되어 있는 젖은 타월과 여러 종류
의 콘돔이 들어 있었다.

"현대적인 편의 시설이군."

조안나는 다소 큰 소리로 중얼거렸다. 전혀 로맨틱하지 않았지만 아주 실용적이었다.

상식적으로 판단해 보건대, 이곳은 십대들의 밀회 장소였다. 하지만 값비싼 담요는 성인이 갖다 놓을 수 있을 만한 것이었다. 십대들이 집에서 가져왔을 수도 있겠지만, 가정집에서 가져온 것 같았다. 왜 위험을 무릅쓰고 가져다 놓았을까? 싸구려 담요나 가벼운 모포를 새로 사는 것이 나았을 것 같았다.

마음의 목소리가 들려 오고 있었다.

'어쨌든 이것은 추측에 불과해, 열여섯 살짜리 어린여자가 엄마의 벽장에서 담요를 훔쳤다는 증거가 전혀 없어. 건초가 부드러운 엉덩이를 할퀸다는 것 때문에 말이야.'

누구나 캐롤라인을 좋아했다. 연약하고 품위 있는 부인이 이곳에서 애인을 만나야겠다고 생각했다면, 분명히 담요를 떠올렸을 것이다. 연약한 몸매를 보호하기 위해서, 기꺼이 담요를 준비하고 애인이 남겨 놓은 증거를 없애기 위한 수단을 강구했을 것이다. 그래서 남편이 전혀 의심하지 못하게 했을 것이다.

캐롤라인은 틀림없이 더운 7월의 오후에 애인을 이곳으로 불렀을 것이다. 여러 가지 가능성들이 조안나의 혼란을 더욱 가중시키고, 마음을 파고들어 고통스럽게 만들었다. 그리핀은 그녀가 죽던 날, 이곳에서 만나자는 연락을 받았다고 주장했다. 이런 비밀 장소에 전혀 모르는 남자를 끌어들일 것 같지 않았다. 그도 전에 이곳에 와 봤을 것이다.

상자와 담요를 제자리에 올려놓고 몸을 돌렸다. 처음보다 더 불안해졌다. 조안나는 발 밑에 있는 건초를 잠시 내려다보다가 왜 그랬는지 알 수 없지만 발로 바닥의 건초를 훑어 나가기 시작했다. 몇 분만에, 무엇인가를 발견했다.

발 밑에서 무엇인가 걸렸다는 사실을 깨닫는 순간, 반짝이고 있는 금속성 물체를 발견했다. 그것은 섬세하게 세공된 보석이었다.

목걸이였다. 금으로 만든 줄에 하트 모양의 작은 펜던트가 달려 있었다.

얼른 무릎을 굽혀 목걸이를 주워 올렸다. 어두운 빛 속에서, 하트 앞면에 새겨져 있는 것을 읽기 위해서 눈을 가늘게 떴다. 그런 다음, 하트를 약간 뒤집으니 '당신을 사랑해요'라는 문장이 눈에 들어왔다. 잠시 후에, 조안나는 하트를 완전히 뒤집었다. 뒤에 새겨진 나머지 문장이 보였다.

알아보기 어려웠지만, 간신히 읽었다. 필기체로 새겨진 두 마디였다.

'사랑하는 리건'

8

"얘기 좀 합시다, 의사 선생."

닥터 피터 베켓은 병원의 지하 시체 보관소에서 일할 때마다 사용하는 작은 방에서 한껏 의자를 뒤로 뺐다. 두 손으로 날카로운 턱을 문지르는 모습에 피곤이 역력하다. 그러고는 문간에 서 있는 그리핀을 응시했다.

"시체를 가져온 지 두 시간밖에 안 됐네. 난 아직 제대로 보지 않았네, 그리핀."

"알고 있네. 그래도 예비 조사는 하지 않았나?"

"그렇다네."

"그럼?"

"이번 사건은 왜 이렇게 급한가?"

베켓이 물었다. 목소리에는 약간의 호기심이 배어 있었다.

"내 말은…… 제기랄, 죽은 여자가 아직 어린데다 다른 사람들처럼 나도 이번 일을 유감스럽게 생각하네. 하지만 자네가 왜 서두르는 건가?"

"내 일이야. 내 사무실 문에는 빛나는 황금색 명패에 '보안관'이라고 써있지. 날 고용한 계약서에도 똑같은 말이 쓰여 있고. 클리프 사이드의 주민들은 관광객이 바위 위에서 박살이 났을 때, 사건을 해결하기 위해 나한테 돈을 지불하고 있네."

베켓은 그리핀의 말이 끝나기를 기다렸다가 다시 물었다.

"왜 그렇게 이번 사건에 신경을 쓰는 건가, 그리핀?"

보안관은 문설주에 어깨를 기대고 낮게 욕설을 내뱉은 후, 한숨을 쉬었다.

"어린 여자애가 절벽에서 떨어졌다는 사실이 가슴 아파서 그러네. 내 말이 이상하면 어디 말해 보게. 자네가 오늘 아침에 사건에 대해 물었을 때 단순한 사고라고 내가 너무 쉽게 단정지은 것 같네"

베켓이 천천히 입을 열었다.

"현장에서 내가 못 보고 놓친 거라도 있나?"

"땅이 약간 파헤쳐져 있었다네, 그게 다야."

"뭔가 더 있을 것 같은데, 그렇게 애매한 증거만 가지고 살인 사건이라고 단정지을 자네가 아니지."

동료이자 친구지만, 그리핀의 직업과 본능이 갖고 있는 카드를 모두 펼치지 않고 숨기게 했다. 보안관은 베켓의 질문 공세에도 어깨만 으쓱하고는 불분명한 대답을 늘어놓았다.

"지금도 살인 사건이라고 의심하지는 않네. 사고일 수도 있고, 떠밀려서 떨어졌다는 주장이 맞을 수도 있지. 단지, 나는 다른 가능성이 있는지 알고 싶을 뿐이라네. 그게 전부지."

베켓은 콧방귀를 뀌었다.

"그렇군. 맞아, 그게 바로 자네가 나한테 시체 해부할 시간도 주지 않는 이유군."

베켓은 손을 흔들어 그리핀이 뭐라 반박하려는 것을 막았다.

"내 말에 신경쓸 거 없네. 고맙지만 자네 걱정 아니라도 난 걱정할 것이 많으니까. 이보게, 예비 조사로는 어떤 것도 단정지을 수 없네. 죽기 전에 누군가 여자의 손목을 강하게 쥐었던 것 같더군. 손목에 타박상이 있어, 그리고 어깨에도 설명할 수 없는 상처가 좀 있고. 하지만 어젯밤에 다른 누구와 같이 있었다는 것을 증명할 증거는 아무것도 없다네. 해부를 하면 떨어질 때 생긴 상처 때문에 죽은 것인지 명확하게 가려낼 수 있을 것 같네."

"죽기 전에 성행위를 했는지, 말해 줄 수는 없나?"

"옷을 다 입고 있었지 않나."

베켓은 그리핀의 기억을 환기시켰다.

"나도 알고 있네. 그래도 죽기 몇 시간 전에 성행위를 했는지 알 수는 없나?"

베켓은 어깨를 으쓱해 보였다.

"가능하지. 만일 그 여자애가 성행위를 했고, 파트너가 콘돔을 착용하지 않았다면 확실히 알 수 있겠지. 강간을 의심해 보진 않았나?"

"그렇진 않네. 옷을 입은 채 발견되었으니까. 혹시 강간의 증거를 발견하거든……."

"자네한테 즉시 알려주지."

"고맙네."

"가서 잠시 기다리게. 독성 검사만 제외하고는, 오늘 오후까지 완전한 보고서를 자네한테 제출할 테니까."

"독성 검사는……."

"며칠 있어야 나오네, 그리핀. 이젠 제발 가 주게."

떠밀려서 방을 나왔다. 병원 밖에서 사람이 죽었을 때, 영안실로 가기 전에 검시를 하기 위해 시체를 옮겨다 놓는 시체 안치소, 일명 '선착장'이라고 불리는 방의 뒷문으로 나오지 않았다. 시체 안치소는 특색 없이 크기 만한 뒷문이 사람의 감정을 우울하게 만들었다. 위층으로 올라가서 데스크에 앉아 있는 간호사에게 손만 흔들어 보이고는 병원 앞문으로 나갔다.

당장 차에 타지 않고 잠시 그대로 서서, 보안관으로의 본능에 맞게 주위를 유심히 둘러봤다. 아침 공기가 상쾌했다. 병원은 메인 가 뒤쪽 거리에 위치하고 있었다. 도서관에서 한 블록 건너 뒤편이었고, 한 블록을 완전히 차지했다. 병원 옆쪽과 뒤쪽에는 캐롤라인이 병원 증축을 위해 유산으로 남긴 땅이 있었다. 스콧은 아내의 유언을 즉시 실행에 옮겼다. 그래서 새로운 병동을 짓기 위한 준비 작업으로 땅을 깨끗이 밀어 놓았다.

그리핀은 그 일에 별 관심을 가진 적이 없었다. 불도저가 임무를 완벽하게 끝낸 땅을 멍하니 바라보다가 차에 올라탄 후 다시 사무실로 향했다.

지옥 같은 아침이다. 속이 아픈 게 조금도 나아지지 않는다. 바위 위에서 흘러내리던 금발머리를 처음 본 순간, 죽은 여자가 조안나라는 끔찍한 생각이 들었을 때, 마치 주먹으로 배를 맞은 것 같은 강한 통증을 느꼈다. 죽은 여자가 조안나가 아니라는 사실을 확인했을 때, 이상하게 안도감으로 온몸이 마비되는 것 같았다. 나중에 그녀를 만나서 손을 만져 보고, 애기도 나누고 나서야 무사하다는 확신이 서고, 마비도 풀리는 듯 싶었다.

걱정이 좀처럼 사라지지 않았다. 뒤에서 보면, 앰버는 조안나로 착각하기 쉬웠다. 게다가 어두운 밤이라면 마지막 순간에 지른 비명도 조안나의 목소리처럼 들렸을 것이다. 그런 비명에서는 느린 악센트도, 그녀만이 갖는 말의 독특한 개성도 찾아 볼 수 없는 단순히 공포에 찬 부르짖음이었을 것이다.

왕성한 상상력을 가지고 있는 것보다 더 나쁜 것은, 경험에서 우러난 훈련받은 상상력을 가지고 있다는 것이다. 그는 침울한 기분으로 그 사실을 인정했다. 앰버는 누군가의 공격을 받고 죽었다. 범인은 앰버를 조안나로 착각한 것이 틀림없었다. 이 모든 일이 어떻게 일어났는지 머릿속에 그려볼 수 있었다.

보안관이라는 직업이 갖는 나쁜 점 중의 하나는 어쩔 수 없이 나쁜 소식을 전해 줄 수밖에 없다는 것……. 그리핀은 종종 보통 사람은 상상하기도 힘든 참혹한 시체의 장면을 감당하기 위해서, 보안관에게 어떤 마음과 감정 상태가 필요한지 궁금했다. 자신은 왜 경찰이 된 건가?

자신이 그 대답을 잘 알고 있었다. 보안관이 되겠다는 결심이 언제, 어디서였는지 잘 기억하고 있었다. 살아 있는 동안, 절대로 잊을 수 없을 것 같은 그해 여름의 경험이 자신을 경찰로 만들었다. 그 경험은 불의를 미워하도록 만들었고, 사회에 대한 믿음보다는 불신을 심어 주었다. 그리고 이치에 맞지 않는 일은 의심하고, 해결되지 않은 사건을 가장 참기 어려운 것으로 만들었다.

그해 여름, 그리핀은 열다섯 살이었다.

그리핀은 머릿속에서 맴돌고 있는 기억들을 밀어내고, 현재 해야 할 일에 주의를 집중하려고 애썼다. 첫단계는 정보 수집이다. 가능한 한 많은 정보를 수집해야만 한다.

다음으로는 앰버 웨이드의 삶과 죽음에 대한 모든 부분을 샅샅이 조사하면서 수집한 모든 정보를 추려 나갈 것이다.

베켓에게 죽기 전에 성행위를 했는지 알아봐 달라고 한 것은 막연한 추측일 뿐이었다. 그리핀도 케인이 앰버와 성행위를 했다고 믿지 않았고, 또한 앰버도 케인에게 집착해 있었기 때문에 다른 남자와 성행위를 하려 하지 않았을 것이다.

강간일 가능성도 거의 없다. 보통 강간하는 사람들은 나중에 피해자에게 다시 옷을 입히지 않기 때문이다. 물론, 그랬을 가능성도 있긴 하다. 공격받고, 강간당하고, 살해되었다. 그러고 나서, 다시 옷을 입혀 사고처럼 위장하기 위해 절벽 아래로 밀었다. 아무리 그래도 어젯밤 날씨를 고려해 볼 때, 가능성이 희박한 일이었다.

그리핀은 생각에 잠긴 채, 늘 세우던 자리에 블레이저를 주차시키고 경찰서 안으로 들어갔다. 사무실에 들어가기 전에 부보안관인 그웬 테일러와 부딪쳤다. 그웬은 평소처럼 우울한 표정으로 사무실 안으로 따라 들어왔다.

“진술서를 모두 갖고 왔습니다. 보고 싶어하실 것 같아서요.”

“뭐 새로운 일이라도 발견했나?”

그리핀이 재킷을 옷걸이에 걸면서 물었다.

그웬이 미소를 지었다.

“간단한 일이죠. 마크와 메건이 호텔 인을 중심으로 탐문수사를 벌이고 있어요. 완전히 야단법석이에요. 사망자를 알고 있는지, 어젯밤에 본 사람이 누구인지를 물어 보면서 말이에요.

“그래, 나도 알고 있어.”

그리핀은 그웬에게서 진술서를 받아 책상 앞으로 갔다.

“닐은 해변에서 뭘 좀 찾아냈나?”

그웬은 고개를 저었다.

“아무것도 없습니다. 뭔가 찾을 게 있었더라도 파도에 쓸려 갔을 거예요.”

“그래. 수고했어, 그웬.”

그웬이 문까지 걸어갔다가 잠시 멈춰 서 뒤를 돌아보았다.

“보안관? 셸리한테 들었는데, 웨이드 씨가 딸의 시신을 언제 집으로 가져갈 수 있는지 물었다고 하던데요?”

그리핀의 가슴이 한구석이 죄어들었다. 잠시 아무 대답도 할 수 없었다. 가족들의 자연스러운 반응이었다. 전에도 수도 없이 보아 왔던 일이었다. 죽음과 공포의 장소에서 벗어나 집으로 돌아가고 싶은 충동. 그리고 이 모든 일들이 한낱 악몽에 불과했다고 믿고 싶은 간절한 마음. 딸을 잃은 부모의 마음을 상상하니 감정이 너무 격해져서 동요까지 일어났다.

엄청난 슬픔에 직면한 가족들이 검시를 해서 시신이 더욱 훼손될 것이란 사실을 알게 된다면…….

“셸리한테 가능한 한 말을 얼버무리라고 전해. 검시 결과를 기다리고 있다는 말 따위는 하지 말라고 하고. 딸의 죽음과 관련된 상황을 철저히 수사하고 있다는 말과 최대한 빠르고 철저하게 수사를 하겠다고 말야.”

“그런 대답에 만족하지 않으면 어쩌죠?”

“그렇다면 내가 직접 얘기하겠어.”

그리핀은 그렇게 되기를 원하지 않았다. 지금은 어떤 말도 그들의 고통을 덜어 줄 수 없었기 때문이다.

부보안관이 고개를 끄덕이고 아무 말 없이 방을 나갔다.

그웬의 뒷모습을 잠시 지켜보다가 우울한 마음으로 진술서를 읽기 시작했다. 이 수사에서 모든 가능성을 조사하기를 마음먹었다.

조안나가 옳은 것인가? 십대 관광객의 죽음과 다른 관광객의 죽음이 과연 관련을 맺고 있을까? 그리고 캐롤라인의 죽음도?

그리핀이 받았던 모든 훈련과 본능은 아니라고 대답했다. 지금껏 찾아낸 증거가 그 사실을 뒷받침하고 있었다. 로버트 버틀러에 관한 내용과 샌프란시스코에 있는 스콧 맥케나의 사업에 관한 정보도 그렇고, 지금까지 발견한 사실에서는 어떤 관련도 찾아낼 수 없었다. 그리고 이 두 남자와 앰버가 간접적으로 연결되어 있다고는 상상도 되지 않았다.

세 사람 모두 절벽 위에 떨어져 죽었다는 사실을 제외하고는, 어떤 관련도 없다. 그렇지만 조안나의 확신이 그리핀을 혼란스럽게 하고있었다. 꿈 같은 비논리적인 것에 기반을 두고 있지만…….

단순한 해답이 항상 옳은 법이다. 하지만 이번 사건의 해답이 복잡하고 애매 모호하다면 어떻게 할 것인가? 세 사람에게 연관성이 있다면 어떻게 할 것인가? 그 연관성이 수수께끼 같아서 꿈과 같이 허구적인 상상 속에서만 볼 수 있다면? 조안나가 세 사람의 죽음에 대한 열쇠를 쥐고 있다면? 그리고 범인이 이 사실을 알고 있다면 어떤 행동을 할 것인가?

조안나가 시내에 있는 랜더스 씨의 보석 가게에서 나온 것은 이른 오후였다. 스콧 맥케나와 그리핀이 얘기하고 있는 걸 보고 두 사람이 있는 쪽으로 다가갔다.

두 사람이 키도 체격도 비슷하지만 흥미로운 대조를 보였다. 차가워 보이는 세련된 외모, 고양이에게 종종 볼 수 있는 냉담하고 공허한 표정을 짓고 있는 스콧에겐 교활함이 엿보였고, 옷차림은 색의 기미를 전혀 느낄 수 없는 무채색의 진한 슈트 차림이었고 얼굴 역시 무표정했다.

그리핀은 언제나처럼 캐주얼한 복장이었다. 짙은 색 바지에 밝은 색 셔츠와 늘 입고 다니는 점퍼를 입고 있었다. 그리핀은 험악한 얼굴을 하고 있었고 훨씬 힘이 세 보였다. 스콧보다 한층 활기 있는 사람처럼 보였다. 그의 창조적인 생명력은 구속을 받거나 억제될 수 없을 것이다.

두 사람은 서로 싫어하고 있다. 아니, 그 이상이다. 스콧이 그리핀을 미워한다는 걸 조안나도 느낄 수 있었다. 그에게서 나오는 냉랭함은 빙하라도 날려 버릴 것 같았지만 그리핀의 질문에 대답하는 스콧의 목소리는 이상하게도 아주 침착했고 심지어 즐거워 보였다.

"내가 지난 일을 기억해 내지 못해도 날 이해해 줘야 하오, 보안관. 시간이 너무…… 길었소."

"버틀러는 당신과 여기서 얘기하고 나서 며칠 후에 죽었소."

그리핀의 목소리에는 긴장감이 들어 있었다.

"당신 기억에 남아 있을 거라고 생각하오."

"유감스럽지만 그렇지 않소, 미안하오."

스콧은 어렴풋한 미소를 떠올렸다.

"두 사람 중에서 누군가 시간을 물어 봤을 거요."

그리핀은 다소 날카로운 시선으로 스콧의 손목을 쳐다보았다.

"로렉스를 차고 있군, 맞소?"

"그렇소."

이번엔 그리핀이 희미한 미소를 떠올렸다.

"버틀러도 로렉스를 차고 있었소. 죽었을 당시에 말이오. 그리고 시계를 차고 있던 손목 살이 유난히 하얀 것으로 봐서, 계속 차고 있었던 것이 분명하오."

조안나는 1미터 정도 떨어진 곳에 서서, 자신의 흥미를 겉으로 드러내지 않고 좀처럼 보기 힘든 대면을 열심히 지켜보고 있었다. 두 남자는 자신이 옆에 서 있는 것을 알고 있을 것이라고 생각했지만 그들의 관심은 여전히 서로에게 집중되어 있었다.

스콧은 어깨를 으쓱해 보였다. 단지 아주 조금 어깨를 올렸다 내렸을 뿐이었다.

"아마 시계가 틀렸을 거요. 아니면, 괜찮은 커피숍이 어디 있는지 물어 봤을 수도 있을 거구. 그때 마을에는 관광객들이 많았으니까, 누군가 내게 뭐라고 말을 했는지 기억나지 않소. 왜 지금에 와서 내게 그런 말을 묻는지 궁금하오. 그 수사는 종결된 걸로 알고 있는데."

"곧 끝날 거요."

그리핀이 대답했다.

다시 스콧이 어깨를 으쓱했다.

"물론, 당신 일이오. 아직까지 의문점이 남아 있으면 수사를 다시 할 수도 있지만, 나는 그 질문엔 답해 줄 수가 없소. 그 사람을 만난 기억이 없으니까."

잠시 후에, 그리핀이 고개를 끄덕였다.

"좋소. 우린 지금 앰버의 죽음에 관해서 조사하고 있소, 또 다른 사고요. 어젯밤에 어디 있었는지 말해 줄 수 있소?"

스콧의 눈썹이 약간 치켜올라갔지만 표정의 변화는 없었다.

"당연히 집에 있었소."

"혼자서?"

스콧은 대답하지 않을 것 같더니 마침내 입을 열었다. 목소리에서 아까보다는 흥미가 떨어진 듯 했다.

"딜런과 리사가 아홉 시까지 집에 있었소. 그 후에는 내 알리바이를 증명해 줄 사람이 아무도 없소. 당신이 물어 보는 시간이 그때라면 말이요. 가정부도 밤에는 자기 집에 돌아가니까."

그는 딸에 대해서는 언급하지 않았지만, 조안나는 그 시간이면 리건이 잠자리에 들었을 것이라 짐작했다. 스콧도 그것을 설명할 필요를 느끼지 못하고 있는 것 같았다. 스콧의 이어지는 말에 정신을 집중했다.

"물론, 나도 그 여자에 관한 얘기를 들었소. 안된 일이지만…… 난 그 여자를 모르오. 그 여자를 보지도 못했고…… 만족하시오, 보안관?"

"현재로선."

그리핀이 짤막하게 대답했다.

"그러면 난 이만 가보겠소."

스콧이 그리핀을 지나쳐 조안나가 있는 곳으로 걸어왔다. 차가운 회색 눈동자가 잠시 스치고 지나갔다. 스콧은 약간 고개를 끄덕이더니, 간단한 인사말을 건넸지만 걸음을 멈추지는 않았다. 그가 시야에서 곧 사라졌다.

"그를 만난 적이 있소?"

약간 거친 목소리였다. 그리핀은 조안나를 쳐다보았다. 너무 오랫동안 자신을 강하게 억누르고 있어서인지, 그의 어깨가 무의식중에 구부러져 있었다.

그녀는 성큼 다가가서 마주보는 자세로 난간에 기대어 섰다.

"잠깐이요. 요전 날, 캐롤라인의 노대에서 리건과 얘기를 하다가 만났어요. 내 생각엔 지금보다는 훨씬 덜 차가운 만남이었어요."

그리핀은 얼굴을 약간 찡그렸다.

"우리가 대화하는 게 그렇게 차갑게 보였소?"

"음, 커다란 글씨로 '우리는 서로 미워하고 있어요'라고 써놓은 게시판보다 더 잘 보이던 걸요."

"당신은 과장하고 있소."

"글쎄요…… 아마 약간은 그렇겠죠. 하지만 굉장히 눈에 띄던 걸요. 내가 왜 그렇게 빨리 길을 건너왔다고 생각해요? 당신들 두 사람이 서로 주먹이라도 휘두를 것 같은 기분이 들었다구요. 말해 봐요. 누가 더 미워하는 거죠? 당신? 스콧?"

"어떤 의미로 묻는 거요?"

"그냥 남의 일에 참견하기 좋아하는 사람이 묻는 거예요. 내 질문에 대답해 주겠어요? 만약 스콧 맥케나가 누군가를 차로 밀어 버리고 싶다면, 당신이 맨 처음일 것 같아요. 그리고 당신도 어떤 이유에선지 스콧을 굉장히 미워하는 것 같았어요."

"자신을 미워하는 사람에 대해 좋은 감정을 갖기는 어려운 법이오."

그리핀이 시인했다.

"스콧이 당신을 미워하는 이유는……?"

"나도 그 이유를 모르겠소."

"몰라요?"

"모르오."

그리핀의 어조는 매우 단호했기 때문에 오히려 그의 말에 믿음이 안 갔다.

"솔직히 말해, 스콧이 나와 친구를 하자고 해도 싫었을 거요."

"왜 그렇죠?"

그리핀은 대답하고 싶지 않은 것처럼 보였다. 말투도 그랬다.

"신경쓸 것 없소, 그냥 성격이 맞지 않는 것뿐이니까. 당신도 들었을 거요, 스콧은 버틀러와 어떤 관계도 없고 아는 사이도 아니라는 것 말이오. 그리고 앰버가 죽던 날 혼자 집에 있었다는 것도 들었겠지. 내가 그 말을 믿지 않는다 해도 증명할 수는 없소."

"뭘 증명할 수 없다는 거죠?"

그가 고개를 가로저었다.

"스콧이 폭풍우가 몰아치는 시월의 어느 날 밤에, 어떤 목적을 가지고 호텔의 뒤쪽에 있었던 것을, 내가 보지 못했다는 사실은 젖혀 두고서라도……, 스콧과 앰버 사이는 어떤 관계가 있다는 뜬소문도 전혀 없었소."

조안나는 별로 놀라지 않았다. 어떤 관계가 있었더라도 그것은 간접적인 것이고, 결코 쉽게 겉으로 드러나지 않을 것이라는 예감이 들었기 때문이다.

"당신 말이 맞을 거예요."

조안나가 대답했다. 그러고 나서 신중한 태도로 덧붙였다.

"당신은 오늘 아침에 당신이 말한 것보다 훨씬 더 강한 확신을 가지고 있네요. 앰버의 죽음은 사고가 아니에요, 그렇죠?"

"그렇지 않소. 검시를 통해서 떨어진 충격으로 죽었다는 것을 알게 되었소. 며칠 있으면 실험실에서 보고서가 올 텐데, 그러면 혹시 앰버가 마약을 했는지도 알 수 있을 거요. 의사가 너무 기대하진 말라고 하더군."

그녀는 얼굴을 찡그렸다.

"그 말은 사고나 자살이 아니라는 증거가 없다는 말이에요? 스콧 맥케나에게 왜 그렇게 자세하게 어젯밤 일을 물은 거죠?"

"모든 수사의 기본이요."

그녀가 의아한 눈으로 잠시 그리핀을 쳐다보았다.

"당신은 피해자와 완전히 무관한 사람에게도 항상 알리바이를 물어보나요?"

"앰버의 죽음이 어떤 식으로든, 스콧과 관계가 있던 이전 피해자와 관계가 있을지도 모른다는 희박한 가능성 때문이오."

"희박한 가능성이요? 꿈과 예감이 거기에 속할 것 같은 데요."

그리핀은 내키지 않는다는 태도로 클리프 사이드 주민 가운데…… 특히 스콧 맥케나와 버틀러가 관계를 맺고 있었는지, 뒷받침해 줄 수 있는 증거를 찾고 있다고 시인했다. 아직 어떤 증거도 못 찾았다고도 짤막하게 말했다.

"글쎄, 두 사람은 정상적인 경찰의 그물망 밖에 있었던 것 같소."
"그래요?"

조안나는 잠시 곰곰이 생각해 보았다. 다음 주제로 넘어가도 되는지 확신할 수 없었지만 벌써 입에서는 맴돌고 있었다.

"무슨 생각하는 거요? 조안나?"

주위를 살펴보았다. 쌀쌀한 10월 오후, 평화롭고 멋진 작은 마을에 사람은 거의 눈에 띄지 않았다. 그녀는 한숨을 쉬었다. 예리한 관찰력을 가진 클리프 사이드 수다쟁이들에게 들키지 않고, 얼마나 많은 사건들이 벌어지고 있는가? 이곳은 비밀이 많았다. 의심할 여지도 없이, 사람들은 비밀을 지키기 위해서 전전긍긍하고 있는데 잘 지켜지고 있는 비밀이 밝혀진다면 어떤 일이 벌어질까?

특히 범인에게.

'당신은 이 질문을 해도 될 만한 논리적인 사람이에요, 그리핀. 하지만 당신도 비밀을 가지고 있어서 내가 당신을 믿을 수 없다면 어떡하죠?'

조안나는 재킷 대신 입고 있는 플란넬 셔츠의 주머니를 뒤져 오래된 헛간에서 발견한 목걸이를 꺼냈다.

"이게 뭔지 알겠어요?"

그리핀은 잠시 하트 모양의 펜던트를 쳐다보다가 목걸이를 낚아채 자세히 들여다보았다. 뭐라고 대답하기 전에 새겨진 글씨를 확인했다.

"캐롤라인의 목걸이요. 이걸 자주 했었소."

그의 목소리에서는 아무 감정도 느낄 수 없었다.

조안나는 그리핀의 목소리의 감정을 분석해 보려고 애쓰다가 무표정한 얼굴에 시선을 집중시켰다.

"음, 랜더스 씨 보석가게에서 캐롤라인이 이년 전, 딸애의 생일날 글씨를 새긴 목걸이를 샀대요. 그 후에 엄마의 생일에, 리건이 보석 가게로 들어와서 이십오 센트짜리 동전 한 움큼을 카운터 위에 올려놓고 자신에게 똑같이 글씨가 새겨진 하트 모양의 목걸이를 만들어 달라고 했대요. 랜더스 씨는 삼 달러밖에 안 되는 이십오 센트 짜리 동전 무더기를 받고 진지한 얼굴로 그 제의를 받아들였대요. 나머지 금액은 나중에 스콧이나 캐롤라인에게 청구해야겠다고 생각했고 또 실제로 캐롤라인이 갚았다는군요."

"그렇소, 그것은 누구나 알고 있는 얘기요. 그게 어쨌다는 거요?"

조안나는 목걸이를 다시 받아 쥐고 멍하니 바라보았다.

"이것을 캐롤라인이 하고 있었던 것을 마지막으로 본 것이 언제였죠?”

“내가 어떻게 그런 일을…….”

“어서요, 당신은 경찰이에요. 당신은 세세한 일을 모두 알고 있어야 해요. 언제 마지막으로 봤죠?”

“그 일이 왜 중요한 거요?”

“그냥 물어 보는 거예요. 제발, 그리핀.”

그는 재킷 주머니에 손을 찔러 넣고 집중하는 듯 얼굴을 찡그렸다.

“그건…… 그래, 그렇소. 기억나오. 지난 부활주일이었소. 마을에서 리건과 함께 있는 캐롤라인을 보았소. 둘다 교회에 가는 차림이었고 하트 목걸이를 하고 있었소.”

“그 후로 캐롤라인이 이 목걸이를 하고 있는 것을 본 기억은 없나요?”

“없소, 왜 그런 거요, 조안나? 그리고 어디서 났소?”

“찾아낸 거예요.”

조안나는 작은 하트 모양의 목걸이를 바라보았다.

‘부활 주일.’

적어도 캐롤라인은 부활절인 4월초까지 이 목걸이를 가지고 있다가 사망날인 7월 1일 사이에 잃어 버린 것이 틀림없다. 석 달 동안, 가끔 그 헛간의 작은 방에서 애인을 만났던 것이 틀림없었다.

“어디서 찾았소?”

조안나는 목걸이를 주머니 속에 넣었다.

“다음에 리건을 만나면 전해 줘야겠어요. 이것을 돌려 받고 싶어할 거예요.”

“조안나, 어디서 그 목걸이를 찾았소?”

그리핀의 일그러진 눈동자를 바라보았다. 이 남자는 캐롤라인의 애인이 아니었다고 믿고 싶었다. 믿는다면 모든 일들이 훨씬 수월해질 것 같았다. 하지만 혹시나 하는 마음은 여전히 들었다. 어쨌거나 캐롤라인은 죽던 날, 그리핀에게 헛간에서 만나자고 했던 것이다.

"그 오래된 헛간에서 발견했어요. 뒤쪽 모퉁이에 작은 방이 하나 있었어요. 건초 더미로 몰래 만들어 놓은 방이었어요. 알고 있었나요?"

"여름에 아이들이 고삐가 풀린 말을 그곳에 몰아넣고 장난치는 것을 본 이래로, 그 근처에 가본 적이 없소. 그런데, 방이라구?"

전혀 몰랐다는 표정으로 대답했다.

그의 말이 사실이라 해도, 캐롤라인이 죽었을 때 그리핀이 왜 헛간을 조사해 보지 않았는지 궁금해졌다. 그녀의 죽음에 아무 관련이 없다 하더라도 예상할 수 있는 대답은 오직 하나뿐이었다. 그는 캐롤라인의 죽음에 대해서 죄책감을 느끼고 있어서 자기가 갔어야만 하는 그곳을, 그녀가 죽기 몇 분 전에 있었던 곳이라고 냉정하게 생각하지 못한 것 같았다.

물론 그리핀이 캐롤라인의 죽음과 아무 관련이 없을 때 얘기지만.

"방이요."

조안나가 힘있게 말했다.

"한 쌍의 연인이 거기서 만나는 것 같았어요."

"어떻게 안 거요?"

"증거가 있어요, 보안관."

조안나는 씁쓸한 미소를 지어 보였다.

"품질 좋은 담요가 있었어요…… 콘돔 한 상자하구요."

그리핀은 짧은 웃음소리를 냈다.

"아주 주도면밀한 연인이군."

그의 웃음은 진심에서 우러난 것이고, 무의식중에 나온 것이지만 조안나의 긴장감을 덜어 주진 못했다. 그녀는 계속해서 그리핀의 얼굴에 온 신경을 집중하고 온화한 말투로 말을 이었다.

"그 작은 방의 건초더미 밑에 목걸이가 있었던 걸로 봐서, 캐롤라인이 연인들 중 한 사람과 만났던 것 같지 않아요?"

그리핀은 깜짝 놀란 것처럼 보였다. 그렇지만 쇼크를 받거나 믿지 못하는 것 같지는 않았다. 놀란 것도 아주 잠시였다.

“그랬을 것 같소. 마을 사람들 대부분이 캐롤라인 불행한 결혼 생활을 했다고 말할 거요.”

“사실인가요? 그저 소문인가요?”

“캐롤라인이 내게 결혼 생활에 대해서 털어놓았냐고 묻는 거라면, 그런 적은 없었소. 몇 년 전에 별로 행복해 하지 않았던 것은 알고 있지만, 리건이 태어난 이후로 캐롤라인은…… 난 잘 모르겠소. 모든 관심이 아이에게 쏠려 있었소. 부부 사이도 겉으로 보기에 좀 사이가 멀어진 것 같았소. 그래도 그게 그녀가 바라는 결혼 생활이라고 생각했소.”

“그냥 캐롤라인이 실제로 했던 결혼 생활이었겠죠.”

조안나는 대답을 기다릴 수 없어서 다시 덧붙여 말했다.

“그러니까 헛간에서 누군가를 만난 것이 아닐까요?”

그리핀이 어깨를 으쓱해 보였다.

“그럴 거요. 캐롤라인이 그런 장소를 택했으리라 믿어지지 않지만, 이 근처에는 비밀을 유지할 만한 마땅한 장소가 별로 없긴 하오. 만일 캐롤라인에게 애인이 있었다 해도 그게 어쨌다는 거요?”

“그 사실은 당신이 캐롤라인의 죽음에 관해서, 물어 볼 수 있는 누군가가 있다는 소리예요.”

“사고라는 증거밖에 없는데? 그리고 뭘 물어 본다는 거요, 조안나?”

“나도 몰라요. 그 남자가 그날 캐롤라인을 봤다면, 그리고 그녀가 혼란스러운 상태였다면…… 그녀는 죽기 며칠 전부터 신경이 예민했던 것 같다고 말했죠? 그렇다면, 왜죠? 그것을 알아내는 게 문제 해결의 중요한 단서라는 생각이 안 드나요, 그리핀? 애인은 알고 있었을 것 같지 않아요?”

“애인은 알고 있었을 것 같소.”

그리핀도 동의했다.

“무엇인가 캐롤라인을 괴롭히고 있었다면 말이오. 그렇지만 그 애인이 누구인지 안다 해도, 내가 그 사람한테 물어볼 정당한 권리가 있다고 생각하오? 애인이 있었다 해도, 철저히 비밀을 유지했을 테니 말이오.

정신이 혼란스러워 차의 통제력을 상실한 사고였다는 것 이외에는 어떤 증거도 없소.

"캐롤라인이 애인을 가지고 있었다는 것이 다른 의미를 갖는다면 어쩌죠?"

조안나는 논리적인 말투로 추리를 계속했다.

"애인이 있었다는 점 때문에 그녀가 죽었을지도 몰라요. 스콧이 알았다면 어떻게 했을까요? 차가 절벽 아래로 떨어졌을 때, 스콧은 어디 있었나요?"

"평일이면 늘 그랬던 것처럼 집에 있었소."

"혼자 있었나요?"

그리핀은 고개를 끄덕였다.

"그런 셈이오. 가정부도 쉬는 날이었고 리건이 집에 있었지만 감기에 걸려서 오후 내내 침대에 누워 있었소. 리사는 마을에 있는 가게에 있었고, 딜런은 포틀랜드에 있었소. 정원사가 일하고 있었지만, 스콧이 그날 집을 나섰더라도 알 수 없는 상태였소. 난 모든 것을 조사했소. 또 무엇이 남았다는 말이요? 내가 말했던 것처럼 그녀의 죽음은 사고요, 조안나. 차를 일부러 망가뜨려 놓은 사람도 없었고, 누군가 캐롤라인의 차를 절벽으로 밀어 떨어뜨렸다는 증거도 없소. 즉, 범죄가 아니라는 말이오."

그리핀이 한 얘기 중에서 마음에 걸리는 부분이 있었다.

"리건이 아파서 집에 있었는데 캐롤라인이 옆에 없었다구요?"

그리핀은 잠시 얼굴을 찌푸리더니 고개를 가로저었다.

"아이가 많이 아픈 것은 아니었소. 캐롤라인은 잠깐은 스콧과 함께 있어도 괜찮다고 생각했을 거요. 리건은 회복되는 중이었으니까."

그의 말이 맞겠지만 특별한 이유 없이 리건을 남겨 두고 집을 나서지는 않았을 엄마 같았다. 어쨌든 조안나는 그 사실이, 그날 캐롤라인이 혼란스러워 했다는 결정적인 증거가 된다고 생각했다.

그리핀은 그녀의 생각에 동의하지 않았다. 캐롤라인의 죽음이 사고가 아니라는 확신을 가질 때까지, 그녀의 죽음에 관해서 새로운 정보를 추적할 생각이 없는 게 확실했다.

그리고 그는 캐롤라인의 애인이 아니었다고 말했다. 사실일 지도, 사실이 아닐 지도 모른다. 그가 캐롤라인의 죽음에 관해서 비밀이 있다는 증거도 없었지만 아직 완전히 믿을 수는 없다.

그래도 그를 믿고 싶었다. 경찰에서 받은 훈련과 경찰로서의 본능보다 우선 자신을 믿었으면 싶었다. 자신의 꿈을 믿을 이유는 없었지만…… 그토록 믿는다는 게 불가능한 것인가? 그녀는 설명할 수 없었지만 이번 일에 그가 곁에 있어 주길 바랐다.

조안나는 무관심한 표정을 지으면서 어깨를 으쓱했다.

"난 캐롤라인에게 애인이 있었을지도 모른다는 사실이, 우리에게 중요한 힌트를 주고 있다고 생각해요."

"어떤 힌트 말이요?"

"클리프 사이드엔 비밀이 존재해요. 캐롤라인 같은 여자가 아무도 모르게 애인을 유지할 수 있었다면, 이 마을의 내부에 굉장히 많은 비밀이 숨겨져 있다는 게 충분히 짐작 가능해요."

"그럴 거요."

조안나는 캐롤라인의 삶과 죽음에 관해서 계속 조사할 것이라는 사실을 그리핀이 눈치채는 것을 바라지 않았기 때문에, 교묘하게 화제를 앰버의 죽음으로 옮겼다.

"그런데, 앰버 사건은 어떻게 됐어요? 왜 죽은 거죠? 끔찍한 생각이긴 하지만, 이 근처에 정체를 알 수 없는 강간범이 있다고 생각하는 건 아니죠?"

"그럴 수도 있소."

목소리에는 아무런 감정도 들어 있지 않았다.

"앰버는 강간범의 공격을 받고 가까스로 범인을 퇴치했거나, 아니면 싸우는 동안에 절벽에서 떨어졌을 수도 있소. 앰버는 처녀였으니까."

조안나는 갑자기 앰버가 '오'라고 말하는 모습이 생생하게 떠올랐다. 앰버는 그런 감탄사를 내뱉는 것이 섹시하게 보인다고 생각하는 것 같았다. 그녀는 입술을 굳게 다물고 눈에 눈물이 글썽였다. 예상치 못했던 전율감이었다. 현실이기 때문에 더 날카롭게 마음속을 파고들었다.

'얼마 살지도 못하고 죽었다. 영원히 순결을 간직한 채…… 여자라기보다는 아이에 가까운…….'

"조안나?"

그리핀이 어깨를 잡고 흔들었다.

"괜찮소?"

"아니오, 괜찮지 않아요."

조안나는 가까스로 미소를 짓고 질문을 계속 했다.

"남의 죽음을 조사하는 일을 재미있는 퍼즐을 즐기는 것처럼, 생각하기까지 얼마나 걸렸어요?"

"난 열다섯 살 때부터 경찰일을 해왔소."

그리핀은 잠시 말을 멈췄다가 덧붙여 말했다.

"그렇지만 지금도 수월하다고 느껴본 적이 없소."

"그러면 어떻게 그렇게 남의 일처럼 볼 수 있는 거죠? 만일 살아 있을 때의 희생자가 뇌리에 남아 있다면, 어떻게 그렇게 객관적일 수가 있죠?"

조안나는 한 인간으로서 묻고 있는 것이었다. 그리핀도 그 사실을 알고 있었다.

"경찰 업무의 기본 규칙이, 희생자가 경찰 본인과 가까운 사람이었다면 경찰로서 효과적인 임무를 수행할 수 없다는 거요. 사건이 너무나 인간적으로 다가온다면, 절대 객관적이 될 수 없으니까. 사물을 있는 그대로 보는 것이 아니라 자신이 보고 싶은 대로 보는 것은 위험한 일이오."

"당신이 캐롤라인의 죽음을 사고라고 보는 것처럼 말인가요?"

조안나가 미처 입을 막을 틈도 없이 그 말이 튀어 나왔다. 그 말을 하자 그리핀은 그녀의 어깨를 잡은 손을 놓고 주머니에 손을 찔러 넣었다.

"그게 당신이 생각하고 있는 거요? 내가 캐롤라인과 너무 가까웠기 때문에, 무엇인가를 놓쳤다고 생각하는 거요? 내가 말했잖소, 조안나. 난 그녀와 아무 관계도 아니었소."

조안나는 화를 내기 보다 답답해 하는 그를 보면서 자신이 안심하고 있는 것인지 갈피를 잡을 수 없었다. 그녀는 침착하게 대답했다.

"내 말은, 당신이 캐롤라인의 죽음에 대해서 많은 죄책감을 느끼고…… 지금까지도 느끼고 있다는 거예요. 당신이 얘기하는 것 보다 더 떳떳치 못한 마음을 갖고 있다는 거죠. 그러니 사고라고 단정짓는 것이 훨씬 마음이 편했겠죠. 헛간에서 캐롤라인을 만났더라면 그녀가 그렇게 무모하게 운전하는 걸 막을 수 있었을 테니까요. 그러니까 사고라고 생각하는 것이 최선의 방법이죠. 안 그런 가요? 당신은 달리 캐롤라인의 죽음을 막을 방법이 없었어요. 왜냐하면, 그건 그냥 사고였으니까요."

그리핀이 갑자기 몸을 돌려 걸어가기 시작했다.

조안나는 그를 쫓아가지 않았다. 대신 난간에 기대어 서서 그가 서 있던 장소를 쳐다보고 있었다. 갑자기 불어오는 차가운 바람에 시간이 너무 늦었다는 사실을 깨달았다. 추웠다. 날씨가 굉장히 추워지고 있었다.

"빌어먹을."

조안나는 나지막이 내뱉었다.

"자고 가도 돼요."

리사 메이트랜드가 말했다.

스콧은 약간 고개를 끄덕였다. 여느 때처럼 절제된 행동이었다. 그는 침대 가장자리에 앉아서 나른하게 기지개를 켰다.

"아니, 괜찮소."

그의 윤기 나는 피부와 잘 발달된 근육을 지켜보면서, 리사는 세상이 불공평하다고 생각했다. 부자고, 잘생긴 것도 모자라서, 타고난 운동 선수 같은 체격을 거의 아무런 힘도 들이지 않고 유지하고 있었다. 아주 적절한 표현이다.

'아무런 힘도 들이지 않고.'

자기 자신과 소유하고 있는 모든 재산을, 아무런 힘도 들이지 않고
유지하고 있었다.

"샤워해도 괜찮겠소?"
스콧이 물었다. 늘 그랬던 것처럼 리사가 대답했다.
"물론이죠, 당신을 위해서 새 수건을 준비해 놓을게요."
스콧은 희미한 웃음을 띠우고 고개를 돌려 리사를 쳐다보았다.
"그럴 줄 알았소."
스콧이 속마음을 읽어 내는 것이 아닐까 의심해 본 것이 이번이 처음
은 아니었다. 쳐다보지 않고도 마음을 읽어 내니까, 세상에!
리사는 베개를 등뒤에 세워 놓고 기대앉아 있었다. 시트를 허리까지
끌어당기고 있었기 때문에, 그녀의 아주 흐린 색 머리카락이 가슴을 가
리고 있었다.
"누구나 버릇을 가지고 있어요."
리사는 가볍게 대꾸했다.
비록 희미한 미소는 없어지지 않았지만 스콧의 눈동자가 작아졌다.
"나도 그렇게 생각하오."
스콧은 잠시 말을 멈췄다가 덧붙였다.
"당신은 굉장히 아름답소."
그의 무심한 목소리는 아첨을 하거나 기쁘게 해주려는 말이 아니다.
그래서 리사는 어깨를 으쓱해 보이면서 인사말을 했다.
"고마워요, 반응을 예상하기 쉬운 사람들은 바로 남성이란 족속 같아
요. 당신들은 보통 다리가 미끈하게 잘 빠진 금발머리를 좋아하죠."
"경험에서 나온 말이오?"
스콧이 정중하게 물었다.
리사는 스콧이 늘 그러는 것처럼 비꼬는 것인지 종잡을 수가 없었지
만 물어볼 수가 없었다. 그와 함께 지내면서 터득한 것은 너무 깊은 곳
까지 들여다볼 수 없다는 사실이다.

"물론 과거 십 년 동안, 만났던 남자들 중에서 내가 하버드 대학에서 올 A학점을 받았다는 사실에 조금이라도 관심을 보이는 사람은 한 명도 없었어요. 덕분에 나는 자연스럽게 그런 결론을 알게 됐죠."

스콧은 아주 약간 어깨를 으쓱해 보였다.

"부티크 바이어가 경제학으로 학위를 땄다고 짐작하는 사람은 아무도 없을 거요."

"왜 사람들이 그런 짐작을 할 수 없는지 모르겠어요."

"음, 이 세상이 완벽하지 못하기 때문이겠지."

스콧은 허리를 굽혀 리사의 어깨에 살짝 키스를 했다. 그러고 나서 욕실로 향했다. 그는 옷을 잘 차려 입고 있는 것처럼, 벌거벗고 있다는 사실에 조금도 수줍어하지 않았다.

스콧이 샤워기 트는 소리를 들으면서 그대로 앉아 있었다. 그는 굉장히 뜨거운 물로 하는 샤워를 즐겼다. 몇 분만 지나면, 천장을 따라 스멀대는 증기를 볼 수 있을 것이다. 그리고 화장대 거울이 반쯤 안개로 뒤덮이면, 샤워기를 끄고 욕실에서 나올 것이다.

사람들은 흔히 연인에게서 성적 매력을 발견한다. 리사도 매사에 무관심한 사람처럼 보이는 스콧이 침대 안에서는 정열적이고, 노골적인 욕망을 지닌…… 놀라울 만큼 성적인 사람이라는 사실에 놀랐다. 그리고 더 놀라운 사실은 그가 이기적인 연인이 아니라는 것이다.

지금까지 6개월이 넘게 만나는 동안, 언제나 똑같았다. 일주일에 두세 번은 스콧이 이리로 찾아오거나, 아니면 누구에게도 들킬 염려가 없는 마을 밖에 있는 호텔에서 만났다. 호텔에서 두 사람은 저녁 식사를 하고 나서, 몇 시간 동안 침대에 있었다. 밤을 같이 보내는 것은 드문 일이었다. 리사의 방에서는 저녁 식사를 하지 않았고 그녀가 출장을 갔다 오면, 며칠 동안은 매일 밤 만났다. 그녀는 자신이 없는 동안, 스콧이 기다린 것이 섹스가 아니라 자기 자신이라고 생각할 만큼 어리거나 순진하지 않았다. 그리고 결코 그런 것을 묻지도 않았다.

두 사람 사이의 관계가 시작된 이래, 단 한 번의 변화가 있었다. 캐롤

라인이 죽은 후, 한달 동안은 관계가 없었다. 자신을 멀리하는 스콧의
무관심에 관계가 다시 전처럼 될 수 있을지 확신할 수 없었지만 먼저
다가가지 않고 끝까지 기다렸다.

이내 잠시도 끊어졌던 적이 없었던 것처럼, 두 사람의 관계는 전처럼
지속되었다. 낮 동안은 너무 사무적이라 두 사람이 애인 관계라는 사실
을 눈치챌 사람은 아무도 없을 것이라 확신했다. 클리프 사이드 내에서
는 아무도 모를 것 같았다.

욕실에서 희미한 연기가 덩굴손같이 더듬어 올라오는 것이 보였다.
스콧의 육체는 뜨거운 물이 쏟아져 내리는 샤워기 아래에서, 젖어서 빛
나고 있을 것이다. 그의 육체는 어느 부분도 모자라지 않고 완벽했다.
조금도 흠이 없었다. 너무 완벽에 가까워서, 흠이란 것을 인정조차 안
했다. 그리고 그의 손가락은 마법, 그 자체였다.

"빌어먹을, 내 자신이 너무 비참하잖아."

리사는 큰 소리로 중얼거리면서 한숨을 내쉬었다. 침대에서 빠져 나
와 증기가 가득 찬 욕실로 갔다. 욕실 문 앞에 멈춰 서서, 우윳빛 유리
뒤에서 움직이는 희미한 형체를 바라보다가 다시 한숨을 내쉬고, 문을
열고 뜨거운 증기가 자욱한 작은 공간 안으로 들어갔다. 욕실의 대부분
은 스콧의 거대한 체격이 차지하고 있었다. 더운 기운에 잠시 동안 숨을
쉴 수가 없었다.

"나에게 오는데 이렇게 오래 걸렸소?"

스콧이 팔을 뻗어 리사를 끌어당기면서 물었다.

이런 일이 늘 있는 것이 아니었다고 말하려 했지만 그만 두었다. 자
신이 알고 있는 스콧은 아직도 많은 부분 경계선이 분명해서 경계선 안
쪽으로 침입해 들어간다면, 여지없이 발로 걷어찰 것이다. 스콧에 대해
알고 있는 것은 매우 적었고 불확실한 것이었지만, 리사는 그것마저 놓
치고 싶지 않았다.

"힘을 모으고 있었어요."

생각과는 달리 말을 했다.

스콧은 웃음을 터뜨렸다. 그의 입술이 그녀의 볼에서 목까지 더듬어 내려왔다.

"당신이 언제쯤이나 내가 듣고 싶어하는 말이 아닌, 진실을 말해 줄지 몹시 궁금하군."

스콧이 중얼거렸다.

'제기랄, 또 내 마음을 읽다니!'

"사업 때문이었어요, 스콧."

리사가 도전적인 말투로 대답하면서 손으로 스콧의 옆구리에서부터 매끄러운 엉덩이와 허벅지를 훑어 내리면서 교묘하게 대화를 마무리지었다. 그런 후에 더 단단한 스콧의 물건이 잡힐 때까지 손을 올렸다. 그가 벌써 흥분해 있다는 것은 별로 놀라운 사실도 아니었고 특별히 리사를 우쭐하게 만들지도 않았다. 사업상 같이 있을 때, 그녀가 아무리 유혹해도 그는 돌로 만들어진 인간처럼 행동했다. 하지만 이런 상황에 함께 있을 때, 스콧이 얼마나 빨리 그리고 얼마나 정욕에 불타는 반응을 보이는지는 상상할 수도 없는 지경이었다.

리사는 스콧의 불 같은 성적 욕망은 평소에 너무 오랜 시간 억제했기 때문에, 그렇게 강렬하게 나타나는 것이 아닌가 하고 여러 번 생각했었다.

"당신은 똑똑한 여자가 아니군."

스콧이 말했다.

"샤워실에서 곡예하는 것은 철부지 애들이나 하는 짓이요."

그렇지만 말과는 달리, 그는 차가운 유리벽에 리사를 밀어 붙였다. 뜨거운 물이 가슴 위로 흘러 내렸다. 그녀를 내려다보다가 그의 손이 움직이기 시작했다. 스콧의 엄지손가락이 리사의 젖꼭지를 경쾌하게 애무하기 시작했다.

마법을 부리는 손……, 굶주린 욕망을 느끼면서 리사의 입이 저절로 벌어졌다. 그녀도 스콧을 애무하기 시작했다. 능숙한 손가락과 신기할 정도로 관능적인 입을 통해, 리사의 육체 안으로 들어온 자극적인 리듬에 따라 스콧의 몸을 쓰다듬었다. 그는 여자를 기쁘게 만들고, 욕망을 일깨우고, 굴복시키는 방법에 대해서 완전히 터득한 것 같았다. 그것을 본능적으로 알고 있는 남자 같았다. 스콧의 심장이 흥분으로 쿵쾅거리고 있었고, 리사의 마음속에 감돌고 있는 긴장감이 더욱 단단하게 자신을 조여 오고 있었다. 그를 필요로 하는 그녀의 욕구가 맹목적인 갈구로 변했다.

그가 리사의 몸을 들어올리자, 등이 젖은 벽을 타고 미끄러지며 올라가는 게 느껴졌다. 샤워기에서 떨어지는 물이 리사의 팔과 어깨에 작은 손가락처럼 부딪혀 왔다.

그녀의 다리가 벌어지고 스콧을 받아들였다. 그가 몸 안으로 들어올 때, 그녀는 만족감에 울먹이기 시작했다. 성취감은 더할 나위 없이 최고였다. 마치, 이 남자와 함께 하는 순간만이 리사가 알고 있는 것 중에서 가장 완전한 순간인 것 같았다.

쾌감과 함께 공포심도 몰려들었다. 비명을 지르지 않기 위해서, 굳게 다문 입술을 스콧의 어깨에 묻었다. 자기의 비명소리를 그가 이해하지 못하거나, 깔볼까 봐 겁이 났기 때문이었다. 침묵을 지키면서, 스콧이 가져다 준 즐거움을 받아들였다. 그렇지만 리사는 감사해 하고 있는 자신이 혐오스러웠다.

마침내 바닥에 그녀를 내려 주었을 때, 완전히 무기력한 상태였다. 그래서 리사는 계속 차가운 유리벽에 기대야만 했다.

"이게 누구의 아이디어예요?"

리사는 거의 숨이 턱에 닿아, 가까스로 건방진 말투를 유지하려고 애썼다.

"당신 아이디어요."

스콧은 리사에게 여유 있게 키스를 했다. 그러더니 씩 웃으면서 손을 들어 샤워기 꼭지를 조정했다.

그녀의 얼굴에 물줄기가 탁탁 소리를 내면서 쏟아져내렸다. 그녀는 고개를 돌렸다.

“나쁜 사람.”

스콧이 웃음을 터트렸다.

“뒤돌아요, 등을 씻어 줄 테니.”

그녀는 고분고분 따랐다. 그가 등과 가슴을 다 씻기고 머리도 감겨 주었다.

리사는 다시 무기력한 상태에 빠졌다. 그리고 또 화가 났다.

‘빌어먹을 스콧, 빌어먹을 마법의 손가락.’

자신도 스콧의 등을 씻어 주면서, 손놀림이 얼마나 떨리는지 그가 눈치채지 않도록 빌었다. 눈치를 못 챘는지 아무 말도 하지 않았다. 스콧이 샤워기를 끄고, 욕실 문을 열자 리사는 차분해지는 자신을 느꼈다.

리사는 커다란 타월로 몸 전체를 감고, 작은 타월로 머리를 감싸 침대 가장자리에 앉아 있었다. 타월로 머리카락의 물기를 털고, 손가락으로 성긴 빗질을 시작했다. 스콧이 옷을 입는 것을 빨려들 듯이 바라보고 있었다.

‘세상에, 난 왜 이렇게 비참하지?’

“오늘 마을에서 그리핀을 잠깐 만났다고 들었어요.”

리사는 딴 데로 주의를 돌리려고 노력하면서 물었다.

스콧은 어디서 그 얘기를 들었는지 묻지 않았다. 클리프 사이드에서는 소문이 빨리 도는 법이니까.

“만난 것은 아니었소.”

스콧은 셔츠를 바지 속에 쑤셔넣으면서 대답했다.

“몇 달 전에 죽은 관광객에 대해서 물었을 뿐이오.”

그녀는 얼굴을 찡그렸다.

“버틀러요? 그건 예전에 있었던 일이잖아요, 난 그리핀이 지금 그 여자애가 절벽에서 떨어져 죽은 경위를 조사한다고 알고 있어요.”

스콧이 창가에 있는 의자에 앉아서 양말과 신발을 신다가, 처음으로 리사를 보려 동작을 멈추었다.

“나도 그렇게 생각했소. 그리핀은 그 남자 조사를 곧 끝낼 예정이라고 하더군."
"무슨 뜻일까요?"
"나도 모르겠소."
"당신은 버틀러가 누구인지도 모르잖아요, 그렇죠?"
"물론이오."
그는 다시 신발 신는 데 주의를 돌렸다.
리사는 잠시 기다렸다 스콧이 아무 말이 없자 입을 열었다.
"그리핀은 앰버에 대한 수사를 하고 있는데 두 사람의 죽음 사이에 어떤 관련성이 있다고 보는 걸까요?"
"분명히, 그 관련성이 나라고 생각하는 것 같았소."
"뭐라고요?"
"어젯밤에 어디 있었는지 물었소. 내가 그 사건에 관련되어 있다고 의심하지 않는다면, 왜 나한테 그런 말을 물어 봤겠소?"
"당신, 어젯밤에 여기 있었다고 얘기했어요?"
리사가 물었다.
"안 했소."
스콧은 일어서서 재킷을 입으려고 어깨를 수그렸다.
"당신은 자정이 넘어서까지 여기 있었잖아요."
리사가 천천히 얘기했다.
스콧은 그녀를 내려다보면서 입가에 희미한 미소를 띠웠다.
"나는 그 여자가 새벽에 죽은 걸로 들었소. 새벽이 되기 전에 말이오. 그러니까 그전에 내가 어디 있었는지는 보안관에게 별로 중요한 문제가 아니오. 그 여자애가 죽었을 때, 나는 집에 있었소. 그것이 그리핀이 알고 싶어하는 것이었소."
잠시 후에, 리사가 입을 열었다.
"물론, 내가 상관할 바가 아니죠. 그렇지만 당신이 나와 함께 있었다고 보안관에게 말해야 할 시기가 온다면 그렇게 해요."
"내가 위기를 모면하기 위해서, 잘 생각해 보지도 않고 당신의 명예를 희생시킬 것 같소?"

스콧은 궁금한 표정을 드러내면서 물었다.

"아니오."

리사는 아무런 동요도 없이 대답했다.

"그렇게 생각하지 않아요."

그의 미소가 약간 커졌지만, 리사의 믿음에 대한 어떤 답례의 말도 하지 않았다. 대신에 짤막하게 한마디했다.

"나는 보안관이 알고 싶어하는 것만 말했소. 단지 그것뿐이오."

"당신이 보안관의 일을 수월하게 만들어 줄 생각이 없기 때문이죠."

"비슷한 얘기요."

리사는 작은 웃음소리를 냈지만 그렇게 즐거운 소리 같지는 않았다.

"당신들 두 사람은 서로 미워하는 사이죠, 그렇죠?"

스콧이 갑자기 주제를 바꿨다.

"내일 아침에 집에 오기 전에 시청에 들러서, 시장한테 서류를 받아 오는 것을 절대로 잊으면 안 되오."

"잊지 않을게요."

"가겠소."

스콧이 말했다.

"그래요, 잘 자요."

"잘 자요, 리사."

스콧은 작별의 키스도 해주지 않고 심지어 안아주지도 않았다. 그녀도 바라지도 않았다. 이제껏 그런 적이 한 번도 없었다. 그는 리사에게 자기 얘기를 하지 않았고 이곳에서 잠을 잔 적도 없었다. 언제나 캐롤라인과 함께 했던, 비록 침실은 함께 쓰지 않았지만 아름답고 쓸쓸한 저택으로 돌아갔다.

9

조안나는 차에서 내려 주위를 둘러보았다. 아주 깔끔하고 조용했다. 그런 침묵이 신경을 긁었다. 꽤 이른 화요일 아침, 그린 하우스를 찾은 손님은 조안나 말고는 아무도 없었다. 간판에는 '맥케나의 장미'라고 씌어 있었다. 이곳이 여러 사업 중에서, 유일하게 맥케나의 이름을 붙인 곳이라는 애기를 들었다. 아니면…… 캐롤라인의 이름인가?

그린 하우스 세 개와 식물 판매나 장비를 보관해 놓는 자그마한 건물이 한 개 있었다. 그린 하우스는 대략 클리프 사이드의 번화가와 호텔인의 중간에 위치했고 해안도로에서 꽤 들어와 숲에 둘러싸여 있었다. 각각의 그린 하우스마다 깔끔하게 씌어진 팻말이 붙어 있었는데, 장미만 있는 것은 아니었다.

주위엔 아무도 없었고 근처 그린 하우스의 출입구가 열려 있는 것을 발견하고 안으로 들어갔다. '다년생 식물'이라고 팻말이 붙은 온실 안에, 건강하고 향기로운 식물과 꽃이 가득 차 있었다. 그린 하우스나 종묘원에서 이렇게 다양한 품종을 기르는 것을 본 것은 처음이었다. 모든 것이 아주 잘 가꾸어져 있었다. 다른 사업처럼, 스콧은 최고의 실력을 가진 믿을 수 있는 사람을 고용해서 재산 관리를 철저히 하고 있었다.

조안나는 두 번째 그린 하우스로 들어갔다. 이번에는 '일년생 식물'이라고 씌어져 있었는데, 성장 단계에 있는 식물과 꽃이 가득했다. 조안나는 휭하니 주위를 둘러보았지만, 역시 아무도 없었다. 그러고 나서, 밖으로 나와서 마지막 그린 하우스로 들어갔다. 이번에는 '장미'라고 씌어 있었다.

늘 장미를 좋아했지만 세 번째 그린 하우스로 들어갔을 때, 처음 느낀 것은 온실 안에 굉장히 많은 장미가 있다는 것이다. 심지어 이 그린 하우스 전체를 합친 큰 곳에서도 이렇게 많은 장미는 보지 못했다. 장미의 꽃송이도 컸다.

달콤한 장미 향기가 너무 진해서 아찔할 지경이었다. 몇 분 동안, 향기를 덜 맡으려고 입으로 숨을 쉬었다. 장미는 정신이 나갈 만큼 아름다웠다. 천연의 모든 색깔과 창의력이 풍부한 인간이 만든, 많은 종류의 장미가 그곳에 모두 모여 있었다.

다른 두 개의 그린 하우스처럼 이곳도 아주 깔끔했으며 꽃봉오리가 벌어진 싱싱한 장미가 많았다. 분명히 누군가 최고의 관리를 하고 있다는 생각이 들었다.

걷기 편하게 만든 사잇길을 따라, 반대편 끝쪽으로 천천히 걸어갔다. 식물에게 최대한의 공간과 빛을 주기 위해 서로 높이가 다르게 설치되어 있는 선반들과 상당히 비쌀 것 같은 복잡한 스프링쿨러 시스템을 살펴보았다. 그러다가 각각의 장미마다 놋쇠로 만든 이름표가 달려 있는 것을 봤다. 조안나는 주의를 집중해서 아주 열심히 이름표를 읽었다.

많이 들어 본 이름도 있었다. 스칼렛 나이트, 퀸 엘리자베스, 러브, 프렌치 레이스, 체리쉬, 티파니, 피스 등이었다. 그렇지만 대부분 낯설고 이국적이었다. 누가 이름을 골랐는지, 그리고 이유는 무엇인지 궁금해졌다. 컴플리카타, 스패리 숲, 마담 하디, 올드 블러쉬, 비이트쉬, 레이디 엑스, 몬 체리 등등 여러 가지였다.

조안나가 갑자기 발걸음을 멈추고 한 장미를 뚫어지게 쳐다본 것은, 두 번째 사잇길을 반쯤 걸어갔다가 다시 앞문 쪽으로 방향을 돌렸을 때였다. 다른 장미들과는 조금 떨어져 있었고, 다른 검정이나 녹색 플라스틱 화분과는 달리, 장식이 있는 파란색 세라믹 화분에 심어져 있었다. 게다가 이 그린 하우스 안의 어디에도 장미꽃잎이 떨어져 있는 것을 보지 못했는데, 조안나의 꿈에서 장미 꽃병 주위에 꽃잎이 떨어져 있었던 것처럼 선반 위에 있는 깔끔하게 손질된 장미꽃 덩굴 주위에 꽃잎이 떨어져 있었다. 꿈속의 장미처럼 깊고 선명한 분홍색에다가 모양도 아름다웠다. 이제껏 보아 온 다른 장미와는 약간 차이가 있었다.

조안나는 작은 놋쇠 이름표에 씌어진 이름을 보고 나서, 천천히 손을 뻗어 빛나는 꽃을 살며시 만져 보았다. 캐롤라인의 이름을 그대로 딴 장미였다.

"어서 오세요, 어떻게 오셨습니까? 처음부터 있었어야 하는 건데 죄송합니다, 그렇지만……."

조안나가 고개를 돌려 남자를 쳐다보자 갑자기 말이 끊어졌다. 남자의 눈동자가 커지면서 입이 쩍 벌어졌다. 충격을 받은 것이 분명했다. 남자는 그린 하우스의 뒷문으로 들어와 지금은 조안나와 두 걸음 정도의 거리를 두고 서 있었다. 사람 좋아 보이는 얼굴과 땅딸막한 체격의 40대 남자였다. 하지만 남자의 옅은 파란색 눈동자는 평범해 보이지 않았다. 빛바랜 청바지와 청남방을 입었는데, 그린 하우스 만큼이나 깨끗했다. 심지어 손톱 밑에도 때가 없었다. 이 남자가 이곳을 이끌어 가는 식물 재배의 전문가라는 사실을 한눈에 알아보았다.

"세상에……."

남자는 낮게 중얼거렸다.

"사람들이 닮았다고 하는 소리는 들었지만……."

며칠 전부터 조안나를 보고 놀라는 사람이 없어서 그녀도 얼떨떨했지만 잠시뿐이었다.

"안녕하세요."

조안나가 인사말을 건넸다.

"난 조안나 플린이에요."

남자는 천천히 고개를 끄덕였다.

"그래요, 알고 있어요. 이렇게 무례하게 쳐다봐서 미안합니다. 그렇지만……."

이번엔 조안나가 고개를 끄덕였다.

"괜찮아요, 일주일 동안 겪은 일이니까요."

"말투는 다르군요."

남자가 중얼거리다 고개를 가로저으며 어깨를 들썩거렸다. 마치 무엇인가 골치 아픈 것을 털어내려는 것처럼 보였다.

"난 아담 해리슨입니다. 그린 하우스를 책임지고 있죠."

조안나는 아담과 악수를 하고 나서 고개짓으로 장미 덩굴을 가리켰다.

"방금 여기 있는 장미들을 보고 감탄하고 있었어요. 그런데 저 장미는 아주 특별해요. 그리고 이름에 대해서도 궁금증을 갖게 됐죠. 내가 알기로는, 장미는 만들어 낸 사람이 이름을 짓는다고 하던데요. 누가 저 장미를 만들었는지 알고 있나요? "

"내가 만들었어요."

아담이 대답했다.

"몇 년 전, 이 그린 하우스를 처음 시작했을 때 처음 발명한 장미에 캐롤라인이라는 이름을 붙이기로 스콧과 약속했죠."

아담은 어깨를 약간 으쓱해 보였다.

"그래서 그렇게 했죠. 어쨌든 캐롤라인이 영감을 줬으니까요."

"캐롤라인이 장미를 좋아해서 스콧이 그린 하우스 사업을 시작했다는 말이 사실인가요?"

조안나가 물었다.

아담 해리슨은 다소 재미있는 주제라는 듯이 미소를 지었다.

"그래요, 사실입니다. 결혼 초기에, 스콧은 일주일에 두 번은 장미를 구하러 포틀랜드까지 사람을 보내곤 했어요. 그래도 가끔씩은 장미를 구하기가 힘들었죠. 아니면, 종류가 다양하지 않거나요. 그래서 직접 클리프 사이드에 식물 종묘원을 만들어야겠다고 결심하고, 경영을 맡기려고 샌프란시스코에서 나를 데려왔어요. 난 샌프란시스코에서도 스콧의 가족들이 경영하는 회사에서 일하고 있었죠. 그래서 나를 잘 알고 있었어요.”

'샌프란시스코에서 온 또 다른 사람이군.'

“네, 그렇군요”

조안나는 얼마나 깊이 있게 아담을 조사할 수 있을지, 아니 얼마나 깊이 조사해야 하는 것인지 알 수 없었지만 이상한 긴박감이 느껴져서 질문을 계속했다. 꿈에서 본 장미꽃이 지금 이곳에 캐롤라인이라는 이름으로 있기 때문이었다. 그린 하우스가 중요한 정보를 제공할 것 같았다. 그렇지 않다면 꿈속에 왜 장미꽃이 나온 것일까?

“저 장미꽃을 좋아하는 것 같군요, 해리슨 씨.”

“아담이라고 불러요, 플린 양. 그래요, 굉장히 좋아합니다.”

조안나는 그의 냉소적인 말투에 놀라서 눈을 깜빡였다.

“그냥 조안나라고 부르세요. 무례한 질문이지만…… 캐롤라인을 싫어했나요?”

그는 잠시 조안나를 쳐다보았다. 그녀의 호기심이 어떤 종류인지 가늠해 보는 것 같았다. 다른 많은 사람들처럼, 경계하는 것은 아니라 단지 신중을 기하고 있었다.

“당신이 캐롤라인에 대해서 묻고 다닌다는 말을 들었어요. 그 이유를 말해 줄 수 있습니까?”

조안나는 잠시 주저했지만, 클리프 사이드에 도착한 이래 그랬던 것처럼……, 그리고 이제껏 살아오면서 늘 그랬던 것처럼 자신의 본능을 따랐다.

“왜냐하면 나와 많이 닮았기 때문이에요. 이곳에 오니까 캐롤라인이 늘 했던 것들을, 나도 하리라고 사람들이 미리 짐작했어요. 난…… 그녀가 누구인지 알고 싶었어요. 단순히 캐롤라인이 좋아하던 색깔이나 뿌리던 향수 같은 것보다 훨씬 더 깊은 것을 알고 싶었죠."

아담은 고개를 끄덕이고 나서, 마치 캐롤라인이라는 주제에 별 흥미가 없다는 듯이 어깨를 으쓱했다.

"말이 되는 소리군요. 좋습니다, 난 캐롤라인을 좋아하지 않았어요. 달콤한 미소와 부드러운 목소리 안에는 원하는 것을 얻기 위해서, 수단과 방법을 가리지 않는 잔인하고 파괴적인 본능이 숨어 있었죠. 그녀는 누가 상처를 받든지 상관하지 않았습니다."

조안나는 아담의 목소리에서 씁쓸한 기운이 느껴졌다. 그것도 아주 강렬했다. 적당한 이유를 찾을 수 없었다.

"캐롤라인이 당신한테서 바랐던 것은 무엇이었어요?"

아담은 피식 웃었다.

"공범 의식이었지요. 물론, 캐롤라인은 얻어냈구요."

"무엇을 하기 위한 공범이었나요?"

아담이 선선히 그것에 대해서 많은 얘기를 해줄지는 의문이었지만 자신이 그렇게 강한 싫은 감정을 가지고 있는 여자와 닮아서인지, 아니면 너무 오랫동안 비밀을 간직해서인지 모르겠지만 말을 멈출 것 같지는 않았다.

"스콧을 속이는 일이었지요. 캐롤라인은 애인을 만날 장소가 필요했어요. 문제를 일으키지 않을 만한 장소로요. 이곳에서 그런 짓을 하는 모험을 즐겼던 것이 분명했어요. 남편이 자신에게 사랑을 바치는 의미로 만든, 바로 이 장소에서 말이죠."

조안나는 할 말이 없었다. 지금 머릿속에 그려지는 여자는 많은 마을 사람들이 보아온 여자가 아니었다. 아담의 시각이 감정의 영향을 받아 다소 비뚤어졌는지, 아니면 캐롤라인의 성격에서 나쁜 면만 보았는지 판단해야 했다.

그가 그녀에 대해서 얼마나 알고 있느냐에 따라 둘다 가능성이 있었다. 그는 캐롤라인에 대해서 아주 잘 알고 있었을 것 같다는 생각이 들었다.

"뒷방이 사무실입니다."

아담은 무미건조하게 말했다.

"대개, 앞에 내다 놓을 공간이 없는 장비들을 쌓아 놓고 있지요. 캐롤라인은 내 낡은 간이 침대 위에 담요를 갖다 놓고, 일주일에 몇 번씩 애인을 만났어요."

그린 하우스의 창고…… 그리고 오래된 헛간. 뭔가 이상하다. 그래서 질문을 했다.

"캐롤라인이 죽기 전에, 일주일에 서너 번씩 여기 왔었다는 말인가요?"

아담은 고개를 저었다.

"아니, 그때는 아니었어요. 일년 전쯤이죠. 단 몇 주 정도 그랬지만 속인 건 어쨌든 속인 것이니까요. 내가 알고 있는 바로는, 캐롤라인은 스콧에게 상처를 주려고 했죠. 그것만이 유일한 이유였어요. 남편에게 상처를 주기 위해서, 이 장소를 이용하고 싶어했던 겁니다."

"그래서 그렇게 했나요? 그녀가 스콧에게 상처를 입혔나요?"

아담의 입에서 다시 웃음소리가 새어 나왔다.

"당신도 알다시피, 문제는 캐롤라인에게 있었어요. 그녀는 겁쟁이였죠, 대결을 견딜 자신이 없었어요. 그래서 스콧이 상처 입기를 바랐어도, 애인에 관한 일을 직접 얘기할 용기가 없었어요. 나도 잘 모르겠지만, 마음속에 있는 부족한 욕구를 만족시키기 위해서 그랬을 수도 있어요. 남자들도 그 사실을 알게 되었죠. 캐롤라인이 자신에게 열중했던 이유가 바로 그것이니까요."

아담은 어깨를 으쓱해 보였다.

"어쨌든 캐롤라인이 스콧에게 말한 적이 있는지 의심스러워요. 관계를 끊었을 때, 애인이 자기 대신 스콧에게 말하길 바랐을 수도 있겠죠. 버림받은 후에도, 매달릴 만큼 남자들이 자신에게 푹 빠져 있다고 생각했어요."

조안나는 낮은 음성으로 물어 보았다.

"당신도 그랬나요?"

"난 안 그랬어요."

아담은 목소리는 무미건조했고, 얼굴에는 의미 없는 미소를 띄우고 있었다.

"하지만 다른 남자들은 그랬겠지요. 난 많은 남자들 중에서 한 사람일 뿐입니다. 나도 그것을 알고 있지요. 예전에, 그녀에게 물어본 적이 있었죠. 스콧의 아름다운 저택과 대조를 이루려고, 항상 이렇게 더러운 뒷방이나 값싼 모텔에서 애인과 성행위를 하냐고 말입니다. 캐롤라인은 코웃음을 쳤죠."

하고 싶은 질문들이 조안나의 머릿속에서 소용돌이쳤다. 닥치는 대로 골라서 질문을 했다.

"왜 관계가 끝난 거죠?"

"왜냐하면, 캐롤라인이 내게 질렸고 더 이상 흥미를 끄는 대상이 아니었기 때문이죠. 그녀는 만족할 수 없었고, 다음 애인에게 넘어갈 준비가 되어 있었으니까요. 당신 마음에 드는 것으로 이유를 골라요."

"당신은 스콧에게 애기하고 싶지 않았나요?"

아담의 얼굴에서 냉소적인 즐거움이 사라졌다. 조안나에게서 시선을 돌려, 한때 애인이었던 여자의 이름을 딴 장미를 바라보았다. 그는 장미 쪽으로 다가가서, 거의 무의식적으로 손을 뻗어 부드럽게 장미를 어루만지고 시든 꽃잎을 떼어 냈다.

"그렇게 하고 싶었습니다. 단순히 캐롤라인에게 원수를 갚는 일이 중요했다면 말이죠. 그렇지만 나는 스콧을 좋아했고, 그에게 많은 도움을 받고 있습니다."

괴로운 심정이 담긴 아담의 흐릿한 파란색 눈동자가 다시 조안나에게로 돌아왔다.

"그것이 바로 캐롤라인이 나를 선택한 이유죠. 스콧을 괴롭히기 위해서, 그린 하우스 뿐만 아니라…… 나도 이용하고 싶어했습니다. 난 자기 남편의 친구였으니까요. 결국 나도 스콧을 배반했습니다.”

아담의 입술이 축 처졌다.

잠시 후, 조안나는 자신도 모르게 불쑥 말을 꺼냈다.

“당신은 캐롤라인의 올가미에 걸려들어 어쩔 수 없었다는 애기군요.”

아담은 즉시 고개를 가로저었다.

“아니에요, 이 모든 일을 전부 캐롤라인 탓으로 돌릴 생각은 조금도 없습니다. 빌어먹을, 그녀는 날 강간하지도 유혹하지도 않았죠. 단지 내가 자신을 원하는 것을 알고, 자신을 제공한 것뿐이에요. 누군가 엄지손가락을 들고 있는 것을 보고, 차를 세워 태워 주는 것과 마찬가지였어요.”

그제서야 진실을 이해할 수 있었다. 아담 해리슨은 캐롤라인을 미워하지 않았다. 아니, 미워하지 않는 게 아니라 그녀를 사랑하고 있었다, 지금까지도. 캐롤라인이 죽은 지 석 달도 더 지난 시점에서도, 두 사람의 관계가 끝난 지 일 년이 지난 시점에서도 아담은 계속 사랑하고 있었다. 그는 그녀가 자신과 똑같은 감정을 느끼지 않는다는 것에 괴로워했지만 그런 괴로움이 아담의 사랑을 파괴시키진 못했다. 그는 자신이 스콧을 배신했다는 죄책감에 찢어지는 괴로움을 맛보고 있었지만, 캐롤라인이 두 사람 관계를 일방적으로 끊지 않았더라면 아직도 ‘더러운’ 뒷방을 쓰고 있었을 것이다.

그런 사랑의 감정이 조안나에게 주저 없이, 그리고 이해하기 쉽게 솔직하게 얘기할 수 있는 힘을 주었다고 생각했다. 아담이 결코 잊을 수 없는 여자와 자신이 너무 많이 닮았기 때문에, 그가 자진해서 말한 내용은 거의 고백의 형식에 가까웠다.

조안나는 신부가 아니었기 때문에, 아담에게 기꺼이 면죄부를 내어 줄 수도 없었고 그럴 능력도 없었다. 캐롤라인에 대한 그의 격한 감정이 느껴지자 마음이 불편해졌다. 보기에 민망할 정도로 속살을 드러내고 있는 사람에게 시선을 돌리는 것처럼 조안나도 아담에게서 시선을 돌렸다.

“죄송해요.”

조안나가 말했다.

아담이 거칠게 소리쳤다.

“빌어먹을, 당신까지 날 불쌍하게 여기는 거요?”

그 말에 마음을 다잡아먹고 다시 아담을 쳐다보았다. 그의 고통보다는 분노를 보는 것이 마음이 편했다.

“난 캐롤라인이 아니에요.”

매우 조심스럽게 말을 꺼냈다.

“난 캐롤라인과 약간 닮은 여자일 뿐이에요. 그녀의 일생이 어땠는지 궁금해 하고 있는 여자이기도 하구요.”

“그리고, 캐롤라인의 죽음도?”

조안나의 마음속에서 순간, 논쟁이 벌어졌다. 이유는 알 수 없었지만 아담이 캐롤라인의 죽음과 아무런 관련이 없다는 사실을 확신했다. 그의 고통스러운 번민을 보고 조안나의 본능이 말해 주고 있었다. 자신의 꿈이 이곳으로 이끌어 아담에게 인도했고, 그에게서 최대한의 정보를 얻어내야 한다는 사실이다.

“그래요.”

조안나가 대답했다.

“캐롤라인의 죽음에 관심이 있어요.”

“그건 사고였소. 모든 사람들이 다 그렇게 말하고 있어요.”

“당신은 그렇게 확신하지 않나 보죠.”

조안나는 주의 깊게 아담을 관찰하면서 물었다.

“왜 그렇게 생각하죠?”

그가 어깨를 으쓱해 보였다.

“음, 사고라고 생각하고 있어요. 캐롤라인은 차를 몰고 있었고, 또 혼자 있었던 것이 분명했죠. 사고가 나기 전, 마지막 몇 주 동안 캐롤라인에게 무슨 일이 있다고 생각했어요. 그녀는 그 일로 걱정하고, 겁을 먹고 있었어요.”

“왜 그렇게 봤죠?”

“캐롤라인이 사고가 나기 며칠 전에 여기 들렀었죠……. 우리가 사무실 뒤에 있는 방을 사용하지 않게 된 이후로는, 한 번도 찾아온 적이 없었어요. 무슨 걱정이 있었던 것이 틀림없었어요. 가만히 있질 못했고 무엇인가를 찾는 사람처럼, 그린 하우스 주위를 어슬렁거렸죠. 담배 연기를 굴뚝처럼 내뿜으면서 말입니다. 게다가 속살이 나올 때까지 손톱을 물어뜯었어요, 내가 똑똑히 봤죠.”

조안나는 물어뜯어 놓은 손톱을 숨기기 위해서, 거의 무의식중에 손을 주머니 속에 집어넣었다.

“왜 그렇게 혼란스러웠는지 그녀와 애기를 안 해 봤어요?”

아까의 고통스러운 감정이 다시 아담의 흐린 파란색 눈동자에 되살아나더니 고개를 가로저었다.

“아니오. 솔직히 말해서, 난 캐롤라인에게 말할 기회도 주지 않았어요. 그때 손님이 있었고 손님이 갔을 때 난…… 빌어먹을, 난 화가 나 있었어요. 내가 말하는 뜻을 알겠죠? 나 같은 놈에게 무슨 일로 귀한 몸이 몸소 찾아왔냐는 식으로 빈정거리며 말을 했어요. 그때 나는 정말 비열했어요. 캐롤라인은 말을 하고 싶어도 할 수 없었죠. 그리고 나 또한 남의 말을 들을 기분도 아니었어요.”

“그런 관계가…… 끝난 다음에, 처음으로 찾아왔다는 건가요?”

“캐롤라인이 내 간이 침대에서 낮잠을 즐기는 것을 그만 둔 이래로 말인가요? 그렇습니다. 단 둘이 있었던 것이 그때 이후로 처음이었죠. 나의 하찮은 노여움을 억누르고 그녀와 말을 했어야 한다고 당신은 생각하는 건가요?”

“캐롤라인은 자신을 괴롭히는 생각에 관해서, 아무 말도 하지 않고 가 버렸단 말인가요?”

아담이 고개를 끄덕였다.

“만일 그녀가 필요로 하고 있었던 것이 도움이었다면, 왜 나를 찾아왔는지는 신만이 알고 있겠죠. 그런 식으로 취급당했다면, 누구라도 화가 안 나겠어요? 그런 상황을 예상했어야 했죠. 캐롤라인이 왜 예상을 하지 못한 걸까요?"

죄의식으로 가득 찬 질문이었다. 그리핀의 목소리에서 같은 감정을 느꼈었다. 그것도 비슷한 이유에서 나온 것이다. 캐롤라인의 인생에 개입했던 모든 남자들이, 마지막 순간에 그녀를 도와주지 못했다는 죄책감에 사로잡혀 있는 것은 아닌지 궁금해졌다.

아담은 확실히 그녀를 사랑하고 있었다. 그리고 그리핀은 부인하고 있지만, 캐롤라인을 사랑하고 있었던 게 틀림없다. 하지만 어떤 남자도 그녀가 간절히 도움을 바라고 있을 때, 도와주지 못했다. 캐롤라인에게 다른 남자도 있었다고 했다. 마지막 며칠 동안 과거의 애인을 찾아다니며 남편에게 차마 털어놓을 수 없는 어떤 문제에 대해서 도움을 받길 원했지만 과거의 애인들은 캐롤라인에게 완전히 지쳐 있었기 때문에, 기댈 만한 어깨를 제공하거나 얘기를 들어 줄 사람이 없었던 걸까?

"당신이라도 사고를 막지는 못했을 거예요."

아마 이게 아담이 듣고 싶은 얘기일 것 같았다.

"난 계속해서 캐롤라인의 잘못이라고 생각하곤 했어요. 사람을 그렇게 지독하게 취급해 놓고, 자신은 대접을 받길 바랄 수는 없는 법이니까요."

"이 지방의 대부분 사람들은 그녀를 좋아하는 것 같았어요."

조안나는 별 생각 없이 느끼고 있는 것을 얘기했다.

"오, 확실히 캐롤라인은 마음만 먹으면 꿀같이 달콤한 여자처럼 보였을 테지요. 그게 공적인 얼굴이었죠. 그렇지만 친한 친구는 없을 겁니다. 특히 여자 친구는 거의 없어요. 그녀는 다른 여자들을 좋아하지 않았죠. 물론 아주 예의바르게 대했지만…… 그런 식으로 교육받은 것뿐이죠. 또 사회 복지에 관련된 일에도 열심이었죠. 항상 마을의 이익을 위해서 일했고 딸아이를 끔찍하게도 아꼈죠. 그 사실에 대해서는 의심할 여지가 없습니다."

잠시 후에 조안나가 대답했다.

"캐롤라인이 사람들을 지독하게 취급했다고 말했는데, 그녀가 남자들을 그런 식으로 대했단 말인가요?"

처음으로 아담은 머뭇거렸다.

"몇몇 남자에게 그렇게 대했죠. 난 적어도 클리프 사이드에서 캐롤라인이 걷어 찬 남자를 한 명은 알고 있어요. 캐롤라인은 자신의 힘을 과신했고 관계가 끝났을 때, 애인에게 너무 냉담했죠."

조안나는 아담의 의견을 적당히 에누리해서 받아들였다. 그가 캐롤라인에 대해서 객관적일 수 없었다. 버림받은 애인은, 캐롤라인이 상습적으로 남편을 속여 왔는지 판가름할 적당한 사람이 될 수 없었다. 버림받은 애인의 의견과 감정은 아담이 캐롤라인에 대해서 느꼈던 것과 같거나, 정반대의 형태로 나타날 것이 틀림없었다. 다른 애인이라는 남자가 오래된 헛간에서 캐롤라인과 만났던 사람이 틀림없었다. 그녀가 죽기 바로 직전에 사귀었던 애인일 것이다.

"다른 남자가 누구인지 말해 줄 수 있나요?"

조안나가 느릿한 말투로 물었다.

"그 사람하고도 애기를 좀 하고 싶어서요."

아담은 고개를 저었다.

"말하면 안 될 것 같군요, 조안나. 이 마을에서 그 사람의 평판이 중요하니까요."

아담이 해를 끼치고 싶어하지 않는 사람이 보안관의 평판은 아닐까 의심하면서 마음이 불안해졌다. 그런 의심이 사실인지 들을 준비가 되어 있는 지도 의심스러웠다.

'오, 하느님. 계속해서 그리핀이 생각나는 이유는 무엇인가요? 왜 나는 그리핀이 캐롤라인의 애인이 아니었다는 말을 믿을 수 없는 거죠?'

"어떻게 그 사람은 알게 되었죠?"

"캐롤라인이 그 남자를 버렸을 때, 그 남자가 직접 애기해 줬어요. 약간 술에 취해 있었는데, 애기를 들어 줄 사람이 필요한 상태였죠. 우린 친구였어요. 그래서 그 사람이 나를 만나러 왔었죠."

아담의 입술이 씁쓸하게 휘어졌다.

"내가 캐롤라인과 관계를 맺기 몇 달 전의 일이었어요. 그러니까 나도 경고를 받지 못했다고는 말할 수 없겠죠."

몇 달 전. 그렇다면 그 사람은 캐롤라인이 죽었을 때, 만나던 애인은 아니다. 관계가 다시 시작된 것이 아니라면 말이다.

"보통 관계가 어떻게 끝났죠? 당신의 경우와 비슷했나요?"

"그래요, 아무런 이유 없이 남자를 차 버렸죠. 아니면, 남자에게 이유를 밝히고 싶지 않았던 거겠죠. 그냥 끝났다고만 말하고, 성큼 성큼 걸어가 버리죠. 늘 그랬던 것처럼. 그래도 불쌍한 남자들은 캐롤라인을 계속 사랑하죠. 남자는 아직 끝나지 않았거든요."

'당신도 그렇죠.' 캐롤라인과 정신적, 육체적으로 관련을 맺고 있는 사람이 적어도 두 사람은 있었다. 또 다른 남자도 있었을까? 스콧은 어땠을까? 아내가 부정하다는 사실을 알고 있었을지, 의심이라도 하고 있었을까? 스콧이 알고 있었다면 신경을 썼을까?

조안나는 알 길이 없었다.

"아담, 캐롤라인이 죽기 직전에 누구와 사귀고 있었는지 알고 있나요?"

"아니요, 누군가와 관계를 맺고 있었겠죠. 그렇지만 확신할 수는 없어요. 단지 그 당사자인 애인만이 알겠죠."

"이 마을은 온갖 소문으로 가득 차 있어요."

그녀가 믿을 수 없다는 투로 물었다.

"캐롤라인이 어떻게 그런 일을 숨길 수 있었죠? 게다가 습관적이었다면서요."

아담이 어깨를 으쓱해 보였다.

"나도 모르겠어요. 캐롤라인이 원하지 않았기 때문에 들키지 않은 거겠지요."

조안나는 어느 정도 그 말이 타당하다는 생각이 들었다. 그 말이 사실이라면……

운명이 뜻밖의 좋은 결과를 가져오는 것처럼, 잃을 것이 아무것도 없는 사람들은 종종 대단한 행운을 발견하게 된다. 의식적이든, 무의식적이든 스콧이 정말로 원했다면 자연스럽게 아내의 불륜을 발견했을 것이다.

조안나는 이것저것 생각할 것이 많아졌다.

"여러 가지 얘기를 해줘서 고마웠어요."

조안나가 답례하는 마음으로 말했다.

"그리고 걱정하지 말아요. 아무에게도 당신과 캐롤라인 사이에 있었던 일을 얘기하지 않을 테니까요."

"고맙습니다."

아담이 낮은 어조로 중얼거렸다. 사실 그런 일을 걱정하는 것 같지도 않았다.

무언가 하고 싶은 말이 있는데, 그 말이 무엇인지 알 수 없어서 결국, 몸을 돌려 문을 향해서 걸어갔다.

"관은 닫혀 있었어요."

조안나는 깜짝 놀라서 발걸음을 멈추고 아담을 돌아다보았다. 그는 장미 덩굴을 바라보고 있다가, 그 순간 멍한 시선을 그녀에게 돌렸다.

"장례식이요. 관이 닫혀 있었어요."

아담의 목소리에서 아무런 감정도 느껴지지 않았다.

"사고는 너무 끔찍했어요. 캐롤라인은 마치…… 캐롤라인을 다시 잘 맞춰 놓을 방법이 없었죠. 그래서 관을 닫아 놓았어요. 다시는 그녀를 볼 수 없었죠."

'미안하단 말도 결코 할 수 없었겠지.'

이 말이 클리프 사이드 사람들이 조안나에게 보였던 반응들을 이해하는 데 도움이 되었다. 단지 아주 소수의 사람들만 캐롤라인의 시신을 봤다면 많은 사람들이 그녀의 죽음을 믿지 못했던 것이 틀림없었다. 사람들은 땅에 묻기 전에 캐롤라인의 마지막 모습을 볼 수 없었고, 어떤 식으로든 꼭 필요한 작별 인사를 하지 못했다. 그러니까 그녀가 죽은 지,

얼마 안 돼서 닮은 여자가 나타난 것이 훨씬 더 무성한 추측을 낳은 것이다.

"닥터 베켓과 얘기를 해 봐요, 조안나."

아담이 불쑥 말을 꺼냈다.

"베켓도 누군가처럼 캐롤라인을 잘 알고 있어요."

베켓이 캐롤라인의 애인이었다고 말해 주는 것인지 알 수 없었지만, 되묻지는 않았다. 그래서 아무 말 없이 그 충고를 받아들였다.

"고마워요, 그럴게요. 잘 있어요, 아담."

다른 위로의 말이 생각나지 않았기 때문에 자신이 무기력하게 느껴졌다.

"잘 가요, 조안나."

아담은 몸을 돌려, 캐롤라인의 이름을 딴 장미를 다시 바라보기 시작했다. 사람 좋게 생긴 그의 얼굴에 쓸쓸한 표정이 떠올랐다.

조안나는 그린 하우스를 나와 차에 올라탔다. 그리고 시동을 넣기 전에 잠시 동안 앉아만 있었다. 아담의 고통을 떨쳐 버리려 애썼지만 그런 노력은 헛수고였다.

누가 캐롤라인 맥케나를 죽였을까? 수줍어하는 여자, 억제되어 있는 여자, 차분한 여자, 손톱을 물어뜯는 신경질적인 여자. 헌신적인 엄마, 습관적으로 불륜을 저지르는 아내, 마을의 병원을 개선하기 위해서 수백만 달러를 기증하는 여자, 그렇지만 경고나 양심의 가책 없이 애인을 버릴 수 있는 여자.

남편의 무관심 때문에 불성실하게 결혼 생활을 했던 것일까? 아니면 캐롤라인의 그런 행동 때문에 스콧이 냉담하게 변한 것일까?

'… 당신은 내 잘못이라고 생각할 거요. 날 무슨 괴물로, 문제를 일으킨 장본인으로 생각할거요.'

'정말 그런가요?'

'왜 아니겠소, 맞소. 조안나, 바로 나 때문이오. 모든 사람들이 나 보고 피도 눈물도 없는 인간이라고 손가락질한다고 해서 그것이

사실이라는 보장은 없소.'

사실인가? 마음이 혼란스러웠다. 스콧 맥케나는 자신이 생각하는 것처럼 냉담하고 무관심했는지, 아니면 저지른 죄에 비해 더 많은 비난을 받고 있는 것은 아닐까? 그는 캐롤라인 때문에 정신적으로 비틀거리던 또 다른 남자였을까? 내성적인 성격과 차가운 외모 속에 비밀을 숨기고 있었던 것인지…….

"오, 빌어먹을. 캐롤라인, 당신은 도대체 누구인가요?"

혼자서 중얼거리면서 차 쪽으로 시선을 돌렸다.

"확실한 건가?"

그리핀은 뒷목을 문지르면서 수화기를 쥐고 있었다.

"어제 말한 것과 틀리잖나, 빌어먹을."

베켓은 한숨을 내쉬었다.

"그리핀, 자네도 나만큼이나 잘 알걸세. 시체가 본래 인간이 있던 환경에서 벗어나 오래 있으면 있을수록…… 특히 비오는 추운 밤, 정확한 사망 시간을 알아내기가 힘드네. 자네 말이 그 여자가 열한 시경에 호텔에서 빠져 나오기로 계획을 세우고 있었고, 우리가 처음 추측해 낸 시간보다는 자정에 가까운 시간에 죽을 가능성이 있냐고 묻지 않았나? 그렇다네, 그럴 가능성도 있네. 밤 열 시와 새벽 네 시 사이에 죽었네. 그것보다 더 자세한 시간을 추측해 내기는 어렵네"

"한 번 추측해 보게."

그리핀이 중얼거렸다.

"의학의 힘은 대단하지 않나."

"다른 것들처럼 한계를 가지고 있지."

베켓이 대꾸했다.

"이보게, 다른 의견이 필요하다면 포틀랜드에 전화해 보게나."

"아니, 바보 같은 소리는 하지 말게. 고맙네."

그리핀은 수화기를 내려놓고, 서류 위에 놓여진 가죽 장정의 우아한 일기장을 내려다보았다.

"빌어먹을."

그리핀은 낮게 욕설을 내뱉었다.

"안 좋은 일이 있나요?"

그는 열려 있는 문을 쳐다보고는 의자에 등을 기대고 앉아 어깨를 으쓱해 보였다.

"당신도 그런 것 같군."

"나중에 다시 올까요?"

조안나가 조심스럽게 물었다.

그리핀은 고개를 가로저었다.

"아니, 괜찮소."

그녀는 조용하게 안으로 들어와 손님용 의자에 앉았다.

"그런데 사무실 분위기가 왜 이렇게 냉각됐죠?"

"난 아직도 범인을 잡지 못하고 시간을 낭비하고 있소. 이런 바보 같은 내가 정말 싫소."

조안나는 눈을 깜빡거리더니 어렴풋한 미소를 지었다.

"자신에게 굉장히 엄한 편이군요, 그렇죠?"

그리핀은 질문에 대해서 잠시 생각하고 나서 고개를 흔들었다.

"별로 그런 편은 아니오, 당신은 내가 미처 보지 못한 것들에 대해 말을 해주는군. 그런 소리가 기분이 좋은 건 아니오. 생각해 보니 당신 말이 맞소. 캐롤라인의 죽음이 우연히 일어난 사고였다고 믿는 것이 내겐 더 편했소. 나라는 존재가 상황을 바꾸지 못했을 것이라고 생각하면, 죄책감을 덜을 수 있었으니까."

"그것이 정말 사고였는지도 몰라요."

조안나가 침착하게 그리핀의 말을 정정했다.

"그렇소, 우리는 이미 그 사실을 받아들였소. 캐롤라인이 헛간에서 나를 기다리는 동안, 무슨 일이 있었던 것이 틀림없소. 그러니 내가 그 자리에 있었다면 분명히 결과는 달라졌을 거요."

“아마 그랬겠죠. 그렇다고 그날로 돌아가 시간을 바꿀 수는 없어요. 그런 죄책감이 무슨 소용이 있죠? 당신에게도 도움이 안 되는 것이 확실하니 그만 죄책감에서 풀려나요, 그리핀.”

과연 그럴 수 있을지 의심스러웠지만, 조안나에게 미소를 지어 보였다.

“좋소, 그렇게 하겠소. 그렇지만 아무리 내가 그날 없었던 일에 대해서 죄책감을 느낀다고 해도, 증거를 바꿀 수는 없소. 캐롤라인은 혼자였고 차를 몰고 있었소. 누가 차를 일부러 망가뜨렸다거나, 도로에서 차를 밀어낸 흔적도 없소. 범죄일 가능성이 전혀 없소.”

조안나는 고개를 끄덕였다.

“법률상의 범죄가 아니에요, 난 그렇게 생각해요. 그렇지만 도덕상의 범죄라면요? 누군가 캐롤라인의 마음을 혼란스럽게 만들어서 사고가 나게 유도했다면 어떻게 하죠?”

“난 그 녀석을 때려눕히고 말 거요.”

그리핀이 무심코 내뱉었다.

“하지만 그 녀석을 체포할 순 없소.”

조안나의 황금빛 눈동자가 그의 얼굴을 유심히 쳐다보았다. 그는 갑자기 그녀가 중요한 결정을 내릴 것이라는 사실이 느껴졌다. 더 참을 수 없는 일은, 그녀가 무엇을 찾고 있는지 자신이 모른다는 사실이었다.

그녀는 유심히 쳐다보던 시선을 거두고, 깍지 낀 손을 배 위에 올려놓고 편한 미소를 지었다.

“좋아요, 앰버 사건은 어떤가요? 그것도 사고인가요, 아니면 자살인가요?”

“당신, 무슨 일이 있었소?”

그리핀이 느릿한 말투로 물었다.

조안나가 깜짝 놀라는 눈치를 보이더니 이내 경계하는 표정으로 변했다.

“당신이 무슨 얘기를 하는지 모르겠군요.”

"아니, 당신은 알고 있소. 당신은 여기 들어올 때 이미 어떤 생각을 가지고 들어왔소. 그런데 지금은 나한테 그 일에 대해서 얘기하지 않기로 결심한 거요."

"그건 분명한 내 권리예요."

조안나가 중얼거렸다.

"동의하오."

그리핀의 목소리는 긴장되어 있었다.

"왜 당신 마음이 바뀌었는지 알고 싶소."

지금 조안나는 캐롤라인과 다른 사람으로 보였다. 그녀는 포커 판에서 허세를 부리기에는 적당하지 않은 얼굴이지만, 표정이 풍부한 얼굴로 느릿한 말투로 겉도는 얘기만 하고 있었다.

"난 오늘 어떤 사실을 발견했어요. 정말 깜짝 놀랐어요. 당신한테 말하려 했지만, 그렇게 하지 않기로 했어요. 왜냐하면 해줄 만한 얘기가 아니거든요. 게다가 앰버 사건이나 당신이 지금 하고 있는 조사와 아무 상관이 없어요. 그래서……."

"캐롤라인에 관한 거 아니오?"

조안나는 더욱 느릿한 말투로 대답했다.

"캐롤라인의 죽음에 관한 얘기는 아니에요. 그러니까 별로 중요하지 않아요, 그렇죠?"

"그 판단은 내게 맡겨야 할 거요."

조안나의 입술이 휘어지면서 묘한 미소가 떠올랐다.

"아니, 지금은 때가 아니에요. 누가 나한테 비밀을 털어놓았어요. 당신이 안다고 해서 도움이 되는 것도 아니에요. 그러니까 나 혼자만 알고 있는 것이 나아요, 미안해요."

그리핀은 조안나의 태도가 마음에 들지 않았다. 대번에 목소리에서 못마땅한 기분이 묻어 나왔다.

"글쎄, 고문 기구와 고문 행위가 불법이라는 판정을 받았기 때문에 억지로 당신 입을 열게 할 수는 없겠군."

잠시 침묵이 흐른 후에 그녀가 낮은 소리로 중얼거렸다.

"내가 다시 일을 엉망으로 만들고 있으니 우리는 더 이상 친구로 지낼 수 없겠군요."

"우리가 친구였소?"

"나는 그렇게 생각했어요."

조안나는 조심스럽게 그리핀을 쳐다보았다.

"내 생각이 틀린 건가요?"

이제까지 살아오면서 이런 경우는 별로 없었지만 그는 확신이 서질 않았다. 감정이 너무 복잡해서 쉽게 결론을 내릴 수 없었다. 조안나가 자신에게 나누어주지 않는 비밀이 있다는 게 자신을 괴롭히고 있었다. 조안나 플린은 도대체 누구이고, 왜 이곳에 온 것일까?

그녀를 알게 된 지 일주일밖에 안 됐지만…… 게다가 일주일 후에는 클리프 사이드를 떠날 예정이다. 주어진 시간이 많지 않았다.

"케케묵은 논쟁이오."

마침내 그리핀이 입을 열었다.

"남자와 여자가 단순히 친구로 지낼 수 있다고 생각하는 거요?"

"두 사람이 원하는 관계에 따라 다르다고 생각해요. 당신이 원하는 것이 친구인가요, 그리핀?"

"난 친구가 많소. 당신은 어떻소, 조안나? 애틀랜타에 남자 친구가 있소?"

처음으로 시선을 그리핀에게서 다른 쪽으로 돌리는 그녀를 보니 자신을 경계하고 있는 것이 분명했다.

"보안관 사무실에서 시시덕거리는 것은 마을 법령에 위배되는 일인 것 같네요."

"내가 부임한 이후로는 아니오. 어서 대답해 보시오."

"좋아요, 없어요. 애틀랜타에서 날 기다리는 남자 같은 건 없어요."

조안나는 그리핀의 눈동자에서 아무것도 읽어 낼 수 없었다.

"누군가를 만나지 않은지 이 년 정도 됐어요, 만족해요?"

그리핀의 목소리에는 아무 감정도 없었다.

"왜 관계를 끝낸 거요?"

조안나는 얼굴을 찡그리며 그를 바라보았다.

"내가 그 남자를 죽여서 장미 정원에 묻었어요."

"농담이 아니오."

그녀는 한숨을 쉬면서 말을 이었다.

"성격이 안 맞았다고 해야겠죠. 그 사람은 내가 명령을 내려줄 사람을 원한다고 생각했나 봐요. 나는 내 스스로 생각하고 싶어했으니까요. 내가 무슨 옷을 입을지, 무슨 일을 할지, 그리고 무슨 말을 할지 난 스스로 결정을 내리고 싶어했죠. 그래서 그 사람이 나에게 바지를 입지 말라고 두 번째 말했을 때, 그동안 생각하던 말이 불쑥 튀어 나왔어요. 헤어져야겠다구요. 이젠 만족해요?"

"그 남자가 바보라는 사실에 만족하오."

그리핀은 조안나가 뭐라 대꾸할 시간도 주지 않고 말을 이었다.

"사라 아주머니도 분명히 당신을 자랑스러워할 것 같소."

그녀는 유쾌한 웃음소리를 내면서 대답했다.

"아주머니는 맨 먼저, 그런 사람하고 애인사이였다는 사실부터 꾸짖을 거예요. 아마 아주머니는 당신을 좋아했을 거예요."

"나의 매력 때문이오?"

"그것도 이유가 되겠죠. 아주머니는 검은 눈동자에 검은머리 남자를 좋아하거든요, 그래서 당신을 좋아할 거라는 애기예요. 하지만 재미있는 사실은, 아주머니의 남편 중에서 검은머리 남자는 한 명도 없었다는 사실이죠. 아주머니는 남부에서 가장 정력적인 남자는 금발머리 남자라고 믿었거든요."

"남자에 대해서 대단한 편견을 가지고 있는 것 같소."

"그럴 거예요. 그렇지만 아주머니는 일생 굳게 믿고 있었죠. 덕분에 아주머니의 남편 세 명 모두 금발머리였죠."

"그런데 아주머니는 세 명의 남편들보다 오래 살았군. 그 사실을 통해서 새롭게 알게 된 것도 있겠군."

조안나가 다시 웃음을 터트렸다. 미처 뭐라고 말하기도 전에, 부보안 관이 열려 있는 문을 급하게 두들기고 나서 사무실 안으로 들어왔다.

"죄송합니다."

부보안관이 미안한 얼굴로 말했다.

"이 일을 빨리 알고 싶어하실 것 같아서."

서류를 받아 들면서, 그리핀은 좋은 기분이 빠져 나가는 것을 느꼈다.

"나쁜 소식인가?"

"좋은 소식일 수도 있어요."

보안관이 씁쓸하게 대답했다.

"알겠어. 고마워, 메건."

부보안관은 조안나를 힐끔 쳐다보고 나서 방을 나갔다. 부보안관이 급하게 전하고 나간 짤막한 내용을 읽어 내려갔다. 메건이 말했던 것처 럼 좋은 소식이 될 수도 있었다.

그것도 아주 좋은 소식.

"그리핀?"

그는 고개를 들고 조안나의 걱정스런 시선을 응시했다.

"때때로 나는 보안관이라는 직업을 혐오하오."

"당신 조사에 참견하지 말라고 했지만, 어떤 획기적인 수사의 진전이 있다면 나도 알고 싶군요."

그리핀은 조안나에게 모두 얘기해 주고 싶었다. 그녀의 통찰력과 판 단력을 높이 사기 때문인지, 모든 것을 함께 나누고 싶어서인지 알 수 없었다.

"절대로 입 밖에 내지 않겠다고 약속할 수 있어요."

그녀가 강하게 말했다.

그리핀은 쪽지를 옆에 내려놓고, 서류더미 위에 놓여 있는 일기를 내 려다보았다.

"웨이드 부인이 오늘 아침에 사무실에 왔었소. 딸의 물건을 싸다가 일기를 발견했소."

그리핀은 노트의 방향을 돌려 조안나 쪽으로 밀었다.

그녀는 몸을 숙여 일기장을 집어들고는 머뭇거리는 표정으로 그를 보았다.

"웨이드 부인은 일기를 읽지 않았소. 나도 읽고 싶지 않지만 앰버가 죽었소. 만일 써 놓은 일기가 앰버에게 무슨 일이 있었는지 알아내는데 도움이 된다면…… 어쨌든, 난 아직 이 수사에서 손을 뗄 수 없게 됐소. 앰버의 마지막 날 일기를 읽어봐요."

조안나는 일기를 집어들고, 마지막 날의 일기를 읽기 시작했다. 일요일 저녁 11시였다. 앰버의 필체는 크고 둥근 게 어린애 글씨 같았다.

엄마와 아빠는 벌써 잠자리에 들었다. 나는 오늘밤 살아 있음을 느낀다. 케인이 내 편지를 읽었을까? 지금쯤은 분명히 읽었겠지. 내가 얼마나 그를 사랑하고, 얼마나 필요로 하는지 알 것이다. 오, 하느님. (…) 케인을 오늘밤 만날 것이다. 날 만나 줄 거다. 우리는 폭풍우가 몰아치는 밤에, 그의 별장에서 사랑을 나눌 것이다. 그러고 나서, 함께 떠날 것이다. (…) 오늘밤 내내 폭풍우가 몰아친다고 했지만 지금은 잠잠하다. 비가 안 올 때, 테라스 문으로 몰래 빠져 나가야겠다.

꼭 성공할 것이라고 믿는다. 내 사랑에게 갈 때까지, 폭풍우가 날 기다려 줄 것이라고 확신한다…….

조안나는 책상 위에 일기를 살며시 내려놓고 그리핀 쪽으로 밀었다. 통속 드라마적이고 자기 중심적인 생각이지만 앰버에게는 진실하게 다가온 생각이었다. 새삼 그녀가 안됐다는 생각에 목이 메어 왔다. 절망적인 사랑의 고통은 어린 여자에겐 평범한 일이었고, 열여덟 살에게는 흔히 있는 일이다. 죽을 일까지는 아니다.

"이젠 그날 밤 앰버가 왜 방을 나갔는지 확실히 알게 됐군요."

조안나가 중얼거렸다.

"그리고 언제 나갔는지 말이에요."

"그리고, 누구를 만나러 나갔는지."

"그리펀, 앰버도 케인이 그 편지를 읽었는지 확실히 몰랐어요. 그러니까……."

그리펀은 냉랭한 말투로 대답했다.

"의심스러운 것은, 케인이 그 편지에 대해서 전혀 언급하지 않았다는 사실이오. 그렇지 않소?"

"못 받았을 수도 있죠."

"그 편지에 대해서 말하지 않았을 수도 있소. 일요일 밤에, 별장에 없었던 것을 내게 말하지 않았던 것처럼 말이오."

"별장에 없었다구요? 어떻게 알죠?"

"누가 케인을 봤소."

그는 집게손가락으로 아까 부보안관이 가져온 쪽지를 가리켰다.

"케인은 은색 재규어를 몰고 나갔소. 아주 눈에 잘 띄는 차요. 그리고 안됐지만 소음도 엄청나지, 큰 소리가 나오. 이웃 사람이 폭풍이 완전히 끝난 건지, 아니면 잠시 멈춘 건지 알아보려고 창가로 갔는데 케인의 차가 지나가는 것이 보였다고 했소. 차는 해안도로 쪽으로 갔다고 하더군."

"몇 시쯤 봤다고 해요?"

조안나가 느릿한 말투로 물었다.

"열한 시 사십오 분쯤이라고 했소."

"너무 이르지 않아요? 그녀는 새벽이 다 되어서 죽었다고 했잖아요."

그리펀은 고개를 가로저었다.

"방금 베켓과 통화했소. 그가 사망 시간은 밤 열 시에서 새벽 네 시 사이라고 했소. 일기를 보면, 앰버는 열한 시까지 살아 있었소. 그러니까 열한 시 이후에, 그리고 네 시 전에 죽은 것이 확실하오. 그것이 공식적인 사망 시간이고 비공식적으로는 자정에 가까울 것이라고 했소."

조안나는 깍지 낀 손을 잠시 내려다보다가 그리펀의 덤덤한 얼굴을 바라보았다.

"좋아요, 그렇다고 해요. 케인의 별장에서 호텔 인까지는 한 15분 정도면 걸어갈 수 있어요. 그냥 천천히 걸었을 때 그렇고, 서두르면 더 적게 걸려요. 만일 앰버가 그 일기를 쓰고, 몇 분 안에 호텔에서 나왔다면……."

"십중팔구 그랬을 거요."

그리펀이 말을 막았다.

"폭풍우가 잠잠해졌지만 그녀는 다시 시작될 것이라고 생각했소. 앰버는 폭우를 맞고 싶어하는 사람이라고 생각할 수 없소, 특히 남자를 만나러 가는 도중의 여자라면 말이오."

조안나가 고개를 끄덕였다.

"케인이 차를 몰고 나가기 전까지, 어떤 일이 생길 수 있을 만한 충분한 시간적인 여유가 있군요. 그의 별장에 갔다가, 호텔로 돌아올 수도 있을 만한 시간이에요. 혼자 오거나 아니면, 케인과 함께 오거나 말이에요. 아마 케인이 서둘렀다면, 앰버를 호텔에 데려다 주고 별장에 되돌아갈 수도 있는 시간이겠죠. 그리펀, 설마 지금 터무니없는 추측을 하고 있는 건 아니겠죠?"

"그렇소, 하지만 나는 냉혹한 현실도 알고 있소. 앰버가 그날 밤 죽었고 케인은 그 시간에 어디 있었는지 내게 거짓말을 했소."

"진실을 얘기할 수 없었던 순수한 동기가 있었을 거예요."

"거짓말에 순수한 동기란 있을 수 없소."

그리펀이 씁쓸하게 대꾸했다.

"내 말뜻을 알잖아요."

"당신도 내 말뜻을 알고 있소, 조안나. 난 케인이 앰버를 죽였다고 믿고 싶지 않소……. 고의적이었든, 우발적이었든 간에 말이오. 앰버가 떠밀렸든, 뛰어 내렸든 케인은 내게 알리바이를 댔던 장소에 없었소. 이 다음에는 내가 어떻게 생각해야 되는 거요?"

"케인이 앰버에게서 도망치려고, 집을 나갔을 수도 있잖아요. 그 생각은 안 해봤어요? 그날 밤에 별장에 온 앰버를 돌려보내려고 그가 어디 가야 된다고 말했을 수도 있잖아요. 그래서 차를 몰고 나갔고, 앰버는 호텔로 돌아가는 수밖에 없었겠죠. 그리고…… 발을 헛디뎠겠죠. 아니면, 뛰어 내렸던가요."

"그렇지만 케인이 앰버를 만났다면, 왜 내게 그 애기를 안 했는지 알고 싶소."

"당신이 자신을 의심하기 때문 아닐까요?"

"어쨌든 케인은 용의자고 자신도 그것을 알고 있소. 거짓말한 것을 발견한 이상, 용의자 리스트에서 뺄 수 없소."

조안나는 앰버의 죽음이 캐롤라인과 버틀러의 죽음과 관련이 있다는 확신을 버릴 수 없었다. 정말 케인이 관련되었다면, 무슨 동기에서 세 사람을 죽음으로 몰고 갔을까? 상식적으로 이해가 되지 않았다.

"케인은 단순히 화가 났던 거요."

그리핀이 자신의 마음을 꿰뚫어 본 것처럼 입을 열었다.

"앰버는 케인의 거절을 받아들일 수 없었겠지. 여러 가지 상황으로 봤을 때 말이요. 앰버는 히스테리를 부렸고, 케인이 무슨 말을 해도, 그를 놔주려고 하지 않았을 거요. 빌어먹을, 그래서 앰버를 떼밀었고……, 그게 너무 셌던 거요."

"케인이 정말 그랬다 해도 당신은 법정에서 그 일을 증명할 수 없어요. 그렇지 않은가요? 내 말은, 당신한테는 실증적인 증거가 없다는 소리예요. 당신은 앰버가 죽는 순간에, 그가 옆에 있었다고 주장할 수도 없어요. 그날 밤은 목격자도 없고, 검시 결과는 추락사라고 나왔어요. 약간 파헤쳐진 흙은 많은 의미를 가질 수도 있고, 아무것도 아닐 수도 있어요. 누군가 자백하거나 실토하지 않는다면 이 사건은 재판에 회부할 수 없어요."

"진상은 이 정도요."

그리핀은 메마른 미소를 떠웠다.

"케인은 절대로 고백 같은 건 하지 않을 거요. 그리고 아까 당신이 말했던 것처럼, 앰버가 살해되었다는 증거도 내겐 없소. 아마 내 최종 보고서는 앰버 웨이드의 죽음이 사고나 자살이었다고 맺게 될 거요. 난 앰버가 절벽 아래로 떨어질 때, 혼자 있었다고 써야겠지. 거기서 있었던 일을 모르니까. 그녀의 부모는 슬픔에 겨워 집으로 돌아갈 거요, 앰버의 시신과 함께 말이오."

그리핀을 보면서 얼마나 가슴 깊이 아파하는지 처음으로 깨달았다. 앰버는 그에게 낯선 사람이고 그녀의 죽음을 수사하는 것이 그리핀의 직업이다. 그러나 앰버의 사건을 해결하지 못하는데 따르는 괴로움이 직업적인 자존심 때문이 아니라, 진실로 동정하기 때문이라는 사실을 깨달았다. 앰버의 부모는 평생을 자기 자식의 죽음이 자살인지, 타살인지 모르는 채 살아갈 것이다. 틀림없이 딸에게 일어난 일에 대해서 자책감을 느끼고, 막을 수 있었을 것이라는 괴로운 생각이 평생 머릿속을 떠나지 않을 것이다. 그리핀은 그런 슬픔을 알고 있었다.

요새 말로는 '사건 종결'이었다. 그리핀은 슬픔에 빠져 있는 앰버의 부모에게 그녀의 의미 모를 죽음에 이유와 설명을 말해 주고 싶었다. '이런 일이, 이런 이유 때문이었습니다… 그리고 그런 일을 막지 못해서 죄송합니다.'

조안나는 그리핀의 마음 속 깊은 곳을 꿰뚫어 볼 수 없었다. 캐롤라인의 죽음에 대한 죄책감과 분노는 알 수 있었지만, 무엇이 있는지는 알 수 없었다. 지난 여름의 사건보다 더 깊고, 고통스러운 사건이 그의 내면에 존재하는 게 분명했다.

"당신은 소중한 어떤 사람을 잃은 적이 있군요, 그렇죠?"

조안나가 천천히 말을 이었다.

"당신은 어떤 사람을 잃었어요. 그리고 아무도 그 이유를 얘기해 주지 않았구요."

10

"그게 눈에 보이오?"

마침내 그리핀이 입을 열었다. 목소리가 약간 거칠었다.

조안나는 고개를 가로저었다.

"아니오."

그녀는 그의 얼굴에서 본 게 아니라, 마음으로 느낀 것에 대해 상세히 설명하지 않았다.

"우린 모두 마음의 짐을 지고 살아가고 있소."

그는 서류 위에 깍지 낀 손을 올려놓고는 잠시 손가락을 쳐다보다가 조안나의 차분한 눈동자를 들여다보았다.

"이십 년도 더 지난 일이요. 올 팔 월에 이십이 년이 지났소. 난 열다섯 살이었고, 여동생은 열두 살이었소."

그가 감정을 강하게 억누르고 있었다. 그녀는 그리핀이 할 말을 예상할 수 있었기 때문에 몸이 오싹해졌다.

"우리는 아주 가까웠소. 군인 자녀들은 유별나게 형제애가 좋지, 내 생각에는 늘 갑작스럽게 이사를 다니기 때문에 그런 것 같소. 어쨌든 우리는 새 마을에 있었고, 막 새 학교에 가려던 참이었소. 우리는 그곳에 이사간 지 몇 주밖에 안 돼서 부대 내에 있는 다른 아이들은 거의 알지 못했소.”

그리핀은 잠시 말을 멈췄다가 침착한 목소리로 말을 이었다.

“내 동생 린지는 같은 또래의 여자 친구가 있었소. 어느 날 그 친구한테 놀러 간다고 엄마에게 말했소. 친구 집도 우리 집처럼 기지 내에 있었고 몇 블록 떨어지지 않은 곳에 있었소.”

그는 다시 말을 멈췄다. 이번에는 감정이 북받쳐서 말을 잇기가 더 어려운 것 같았다.

“한 시간도 안 돼서 우리는 일이 잘못 되었다는 것을 알았소. 린지의 친구가 집으로 전화를 해서, 그 애가 아직 안 떠났냐고 물었기 때문이었소. 그리고 삼 일이 지난 후, 부대에서 이 킬로미터 떨어진 곳에서 린지의 시신을 찾아냈고.”

그의 얼굴이 단단해졌고 짙은 눈동자가 쓸쓸한 빛을 띄웠다.

“신문을 보고, 린지가…… 죽기 전에 오랫동안 고통받았다는 사실을 알았소. 그나마 얼마 안 되는 사실도 신문과 텔레비전을 보고 안 거요. 린지의 죽음을 조사한 경찰과 군사무관들은 내게 사실을 알려주지 않았으니까. 우리 부모님은 너무 충격을 받아서 린지가 죽었다는 사실 외에는 아무것도 생각할 수 없었소.”

“미안해요.”

그녀가 낮은 음성으로 말했다.

“지옥이나 마찬가지였겠군요.”

“더 화가 나는 것은, 완전히 어리둥절했다는 것이오. 어떤 경고도 없이 갑작스럽게 일어난 일이었소. 린지는 방금 전까지 살아 있었는데 그 애가 죽었다는 말은 우리 가족에게 완전히 터무니없는 거였소.”

“당신에게 그 이유를 말해 줄 수 있는 사람은 아무도 없어요.”

조안나는 어린 소년의 고통과, 지금은 어른이 된 남자의 상처에 마음

아파하면서 위로의 말을 했다. 앰버의 죽음에 대해서 고통을 느끼는 사람……. 그리핀은 사랑하는 사람이 죽었을 때 곁에 있는 사람이 겪게 되는 상실감을 너무나 잘 알고 있었다.

그는 절망스럽게 고개를 가로저었다.

"해답도 이유도 없었고, 당국은 증거도 용의자도 끝내 찾지 못했소. 조사는 한 달 동안 계속되다가 결국은 흐지부지 끝나 버렸소. 우리는 린지를 가슴에 묻었소. 그리고 계속 살았지만 우리 가족은 누구도 그 애의 죽음을 이겨내지 못했소. 빌어먹을, 우리는 그 일을 잊을 수 없소. 우리 모두 풀리지 않는 의문이 있었기 때문이요."

"무슨 일이 있었는지 끝까지 알아내지 못했나요?"

"오늘까지도, 린지 카바너프의 죽음이 기록된 서류는 아직도 텍사스에 미해결인 상태로 남아 있소. 살인에는 범죄 소멸의 원칙이 적용되지 않으니까."

최악의 상황을 겪은 게 틀림없었다. 무슨 일이 있었는지 모르는 답답한 현실.

"그게 경찰이 된 이유인가요? 다른 사람들에게 해답을 찾아주고 싶어서요?"

"그렇소."

그는 머뭇거리지 않고 단호하게 말했다.

"그 당시 내가 좀더 어리거나, 좀더 나이가 많았다면 그 일은 내게 다른 형태로 영향을 끼쳤을지 모르오. 어쩌면 별다른 영향이 없을 수도 있겠지. 세상에서 가장 나쁜 일은, 누군가를 왜 잃었는지 모른다는 것이오. 모르니까 그 일을 이겨낼 방법이 없는 거요. 나는 바로 그때, 그해 여름에 내가 경찰이 되리란 걸 알게 되었소."

그리핀은 갑자기 어깨를 으쓱해 보였다.

"린지에게 일어난 일이 내 선택에 많은 영향을 끼쳤을 거요. 내가 확실히 알고 있었던 것은, 그 풀리지 않는 의문이 우리 가족을 파괴시켰다는 것이오. 우리 부모님은 일 년 후에 헤어지셨소. 여전히 린지의 죽음에 대해서 어쩔 줄 몰라 하시면서, 그 일을 막을 수 없었냐고 서로를 탓하고 계셨소. 난 군대에 들어갈 나이가 될 때까지, 아버지와 같이 살았소. 그 후엔 많이 뵙지 못했구, 어머니한텐 지난 십 년 동안 두 번 찾아갔었소. 크리스마스에 갔었는데, 어머니의 집은 완전히 린지의 무덤 같았소. 그리고 나는 어머니에게 자식이 아닌 낯선 사람이었소. 아버지는 은퇴하셔서 알래스카로 옮기셨고, 어머니는 플로리다에서 살고 있소. 그 거리를 재어 본다면, 더 이상 멀어질 수 없을 만큼 떨어져 있는 셈이오. 두 분은 모두 굉장히 외로운 삶을 살고 있소.”

한 아이는 죽고, 다른 아이는 정신적으로 포기했다……. 그리고 부모는 헤어져서 외롭게 살고 있다. 린지를 죽인 범인은 린지만을 죽인 것이 아니라 가족 모두를 죽인 것이다. 그리고 그리핀은 비록 정신적으로 이겨냈다고 하더라도, 너무도 깊은 상처를 입었다.

“린지를 죽인 사람이 누군지 알아냈다면, 부모님이 헤어지지 않고 함께 살았을 거라고 생각해요?”

조안나가 물었다. 그녀도 가장 참을 수 없는 비극적인 사실이, 이유를 알 수 없는 고통이라는 것을 부모님이 돌아가심으로 알기 때문이었다.

“헤어지지 않았을 것이라고 믿소.”

그가 즉시 대답했다.

“서로를 빼놓고는 비난할 사람이 없던 거요. 만일 린지를 죽인 악한이 있었다면, 적어도 누군가에게 왜 그랬냐고 물어볼 사람이라도 있었다면, 아마 부모님은 린지의 죽음을 이겨낼 수 있었을 거요. 분명히 이겨낼 수 있었을 거요.”

“그리핀…… 때때로 어떤 해답도 찾지 못할 때가 우리 인생에는 있어요.”

무엇인가 다른 말을 해주고 싶었다. 이렇게 엄청난 고뇌에 싸인 사람 앞에서는, 어떤 위로의 말도 도움이 되지 않을 테지만.

그는 미소를 약하게 지어 보였다.

“린지를 죽인 범인을 알아냈다 해도, 우리는 범인이 린지를 왜 죽였는지 이해할 수 없었을 거요. 마찬가지로 내가 웨이드 씨에게 딸을 죽은 범인을 알려 준다고 해도, 그 부부는 이해하지 못할 거요."

"그래도 기분은 더 나아질 거예요."

조안나는 그때, 이것이 바로 그리핀이 캐롤라인의 죽음을 사고라고 주장하는 이유가 아닐까 하는 의문이 생겼다. 사고라 생각하면 풀리지 않는 의문을 남기긴 하지만 참을 수 없을 정도는 아니었다. 그렇지만 살인 사건으로 분류하면 많은 의문들이 산적해 있고, 그건 참을 수 없는 것들이 되고 만다.

"앰버의 부모님께 무슨 일이 있었는지 말해 줄 수 있다면, 내가 쓸모 있는 인간이라는 기분이 들 거요."

그리핀이 계속 말했다.

"내 임무를 제대로 수행하고 있는 기분이 들겠지. 그리고 웨이드 부부도 딸의 죽음을 이겨낼 수 있을 거요. 지금은 힘들어도 언젠가는 이겨낼 수 있을 거요."

조안나가 고개를 끄덕였다. 이해할 수 있었다. 문제는 방금 몇 분전에 두 사람이 동의했던 것처럼 앰버의 부모에게 그녀의 죽음이 원인 모를 사건이 아니었다고 말할 수 있어야 한다는 거다.

"아직 사십 팔 시간도 안 지났어요."

조안나가 그리핀에게 환기시켰다.

"오늘 확실하게 말해 줄 수 없는 것이, 내일도 말해 줄 수 없다는 것을 의미하지는 않아요."

"그렇소, 나도 그 말을 되뇌이고 있소."

그리핀은 일기장을 내려다보면서 한숨을 내쉬었다.

"난 앰버가 이 마을에 도착한 날부터, 마지막 날까지 쓴 일기를 읽어야 하오. 그리고 케인하고도 얘기를 해봐야 하오."

조안나는 그가 해야 할 두 가지 일에 흥미가 생기지 않았다.

"그렇다면 그만 가봐야겠군요."

그녀는 몸을 일으켰다. 아담 해리슨이 고백한 것을 보안관에게 얘기

안 하겠다고 결정했고, 그도 앰버의 죽음에 대한 수사에 골몰해 있는 것이 분명했기 때문에 자신이 할 일은 많지 않았다. 캐롤라인의 죽음과 죽기 전의 일에 관해서 나름대로 조사를 계속할 일만 남았다. 명확한 증거를 찾을 때까지, 캐롤라인과 이곳에서 죽은 다른 두 사람 사이에 있었던 관계를 밝히기 전까지, 그리핀을 도울 수 있는 일은 아무것도 없다.

"조안나?"

조안나는 문 쪽으로 몸을 돌리다가 멈춰 서서 그리핀을 바라보았다. 그녀의 눈썹이 왜냐는 물음으로 치켜올라갔다.

"한 주 더 있을 거요?"

조안나는 고개를 끄덕였다.

"적어도."

"잘됐소."

그 말을 끝으로 사무실을 나왔다. 그리핀의 마지막 말이 기쁘기도 하고 불안하기도 했다. 그렇지만 기쁨은 일시적이고 걱정거리가 더 많았다. 꿈에 대한 조안나의 반응이 점점 강렬해지고, 캐롤라인에 대해서 알아낼수록 그녀가 좋아지지 않았다. 한 사람의 죽음에 관해 알아내기 위해서 이곳에 왔지만, 지금은 세 명의 죽음이 얽혀 있다. 마을에 온 지거의 일주일이 돼 가는데 마음은 오기 전보다 더 불안했다.

보안관 사무실 앞 인도에 서서, 불안감을 떨치려고 애쓰면서 입술을 깨물었다. 오래 서 있지는 않고 상점들이 있는 시내 쪽으로 발걸음을 옮겼다. 닥터 피터 베켓과 애기를 해보고 싶었다. 호텔 인의 뒤쪽에서, 앰버의 시신이 앰뷸런스에 실리는 것을 지켜보면서 그리핀이 그를 소개시켜 줬지만 개인적으로 그 의사를 만나 본 적은 없었다.

의사를 만날 좋은 구실이 생길지 의문이었다. 배탈이나 병원을 찾을 만큼 괴로운 다른 통증이 적당할 것 같았다.

"안녕, 조안나."

"오, 안녕. 마비스."

조안나는 약국의 젊은 점원에게 고개를 끄덕여 보였다. 두 사람은 실루엣 근처에 서 있었다.

"오늘 일이 일찍 끝났네요?"

"예, 두 시간 정도 일찍 끝났어요. 음, 보안관과 얘기했나요?"

마비스는 아무렇지도 않은 듯이 물었으나 조안나의 경계심이 붉은 불을 켰다.

"그냥 잠깐 얘기했어요."

조안나가 순순히 시인하면서 덧붙였다.

"보안관이 바빠서요."

마비스가 재빨리 고개를 끄덕였다.

"그 불쌍한 여자애가 일요일 밤에 절벽에서 떨어져 죽었다죠. 나도 소문을 들었어요. 바로우 씨가 그 사건과 관련이 있다면서요. 그날 밤에 어디 있었는지 보안관에게 거짓말을 했다고 하던 걸요."

'이 마을은 정말 소문이 빠르군.'

"어디서 그 애길 들었어요?"

"방금 전에 노턴 부인이 약국에 왔었어요. 우리 이웃에 사는 부인이거든요. 보안관이 사람을 노턴 부인의 집으로 보내서 일요일 밤에 케인이 외출하는 것을 보았는지 물어보더래요. 그런데 노턴 부인이 봤다는 거예요, 자정이 되기 얼마 전에 말이에요. 바로 그 불쌍한 여자애가 죽은 시간이죠. 그리고 약국에 온 다른 손님도 그랬어요. 그 손님이 바로우 씨가 그날 밤 내내 집에 있었다고 보안관에게 거짓말하는 것을 들었대요. 그래서……."

노턴 부인은 새로운 소식을 마을 사람들과 나누기 위해 급히 마을로 달려온 것이 틀림없었다. 조안나가 말했다.

"바로우 씨가 그 시간에 밖에 나갔더라도 그것이 반드시 앰버의 죽음과 관련 있다는 것을 의미하진 않아요."

"오, 그렇지만 앰버가 바로우 씨를 얼마나 쫓아다녔는지 모두가 알고 있어요."

마비스가 눈을 빛내면서 대답했다.

"바로우 씨는 그런 앰버를 좋아하지 않았을 거예요. 그 사람은 홀리 드럼몬드와 그렇고 그런 사이니까요. 홀리가 그 여자를 싫어했던 것도 너무나 뻔한 일이에요. 바로우 씨도 불쌍한 앰버 때문에 꽤나 골치를 썩었겠죠. 바로우 씨가 앰버를 해칠 의도가 없었다는 것은 확신할 수 있지만, 그냥 살짝 밀 수는 있었겠죠. 그 아가씨가 바로우 씨를 졸라대는 바람에……."

"자정이 가까운 시간이었어요."

조안나는 가능한 한 감정을 드러내지 않으려고 애쓰면서 대답했다.

"게다가 폭풍우가 몰아치고 있었어요. 어떤 일이 더 가능성이 크겠어요, 마비스. 앰버와 밀회를 나누려고 호텔 인의 뒤쪽으로 왔겠어요? 아니면, 폭풍우가 잠시 멈춘 틈을 타서 호텔에만 갇혀 있기 답답해서 마음을 풀러 바람 쐬러 나왔는데 실수로 미끄러졌겠어요?"

"폭풍우가 몰아치는 밤에 두 사람이 함께 있는 것을 누군가 볼 확률은 거의 없어요. 두 사람은 홀리 때문에, 비밀을 유지할 필요가 있었겠죠."

마비스는 단호하게 고개를 끄덕이면서 대답했다.

"난 그게 사실이라고 믿지 않아요, 조안나. 그렇지만 보안관이 바로우 씨를 의심하는 데는 그럴 만한 이유가 있을 거라고 생각해요. 모두 그렇게 말하고 있어요."

사람들은 다른 사람의 가장 최악의 상황을 믿는 경향이 있다는 교훈은 처음 깨달은 게 아니었다. 전에 그 교훈을 느꼈을 때 받았던 괴롭고 아픈 감정들이 그대로 살아났다. 그때 조안나는 17살이었다. 아직 사라 아주머니와 찰스톤에서 살던 시절인데, 미스터리한 부모님의 죽음과 음모설로 가득 찬 소문에 홍미를 느낀 무책임한 젊은 기자가 이웃 사람들을 찾아다니면서 그녀의 부모님에 대해서 물었다.

알렌 플린이 비밀리에 조직 범죄단 거물급들을 위한 변호사로 일하고 있었으며, 보트 사고도 사실은 폭도들의 소행이라고 믿고 있는 기자의 근거 없는 생각이 이웃들 사이에 점점 퍼지기 시작했다. 기자는 조안나의 아버지가 그 조직 범죄단을 궁지에 몰 증언을 준비하고 있었으며, 그 래서 그녀의 부모가 살해당한 것이라 주장했다.

그 애기가 너무 터무니없었기 때문에 조금도 믿지 않았다. 낯모르는 사람이 감히 아버지의 권위 있는 평판을 무너뜨린다는 생각에 분노가 치밀었다. 그러던 어느 날 이웃 사람과 그 문제에 관해 애기하면서, 그 이웃의 눈동자가 혹시나 하는 호기심으로 빛난다는 것을 문득 깨달았다. 기자의 애기를 믿고 싶어하는 열망으로 가득 차 있었다. 조안나는 충격 을 받았다.

이웃 사람들뿐만이 아니라, 다른 사람들도 마찬가지였다. 조안나의 부 모를 알고 있던 사람들, 심지어 친척들까지 그 믿음에 합세했다.

사라 아주머니는 그 일에 관해 많은 애기를 하지 않았지만, 몇 주 지 나지 않아 집을 내놓고 애틀랜타에 익명으로 이사했다.

조안나는 숨을 들이쉬면서 말을 이었다.

"사라 아주머니는 항상 지레 짐작하지 말라고 했죠. 그래서 나는 쓸 데없이 의심하느라 시간을 낭비하기 전에, 보안관이 범인을 체포할 때 까지 기다릴 생각이에요."

"보안관이 바로우 씨를 체포하러 갈 건가요?"

마비스가 진지하게 물었다.

"그런 일은 애기가 없었는데요."

조안나는 대화를 시작하지 말았어야 했다고 후회하면서 신경질이 섞 인 어조로 대꾸했다.

"나는 보안관 사무실에서 그렇게 오래 있지 않았기 때문에……."

분명히 실망한 얼굴로 마비스가 대답했다.

"보안관이 당신에게 이번 사건에 대해서 말해 줬을 거라고 생각했는 데……."

조안나는 눈도 깜빡하지 않고 대답했다.

"미안해요, 그런데 아는 게 없어요. 애기 나눠서 즐거웠어요, 마비스."

"오, 나도요. 조안나, 한번 약국에 들러요. 내가 체리 코크를 살게요."

“그럴게요, 고마워요.”

조안나는 마비스가 걸음을 재촉하는 것을 지켜보았다. 집이 있는 쪽으로 가는 게 아니라 몇 미터 떨어진 다른 상점으로 들어갔다. 마비스는 케인이 범인일 가능성에 대해서 사람들과 더 얘기를 나누고 싶은 것이 분명했다.

“빌어먹을.”

조안나가 중얼거렸다.

“마비스는 지칠 때까지, 케인의 몸에 페인트를 칠하고 제멋대로 새털을 뒤집어 씌우겠죠.”

어떤 여자 목소리가 들렸다.

“예를 들면 그렇다는 거죠.”

조안나는 재빨리 주위를 둘러보았다. 실루엣의 문간에 한 여자가 기대 서 있는 것이 보였다. 애틀랜타에서 그녀를 캐롤라인으로 오해한 이국적인 외모의 금발머리 여자였다.

“다시 만났군요.”

금발머리 여자가 인사를 했다.

“난 리사 메이트랜드예요.”

아름다운 여인은 삼십대 중반쯤 되어 보였다. 리사는 조안나가 기억하고 있는 것처럼 우아한 옷차림이었다. 이번에는 검은 바지에 실크 블라우스, 태피스트리로 짠 조끼를 입고 머리를 위로 틀어올렸다. 조안나는 콘택트 렌즈를 끼고 있는 것도 아닌 데 리사의 눈동자가 매우 진한 녹색이라는 사실을 문득 깨달았다.

“난 조안나 플린이에요.”

리사가 미소를 지었다.

“그래요, 사람들이 그렇게 말하더군요. 당신이 내 상상 속의 인물이 아니라 현실에 존재한다는 사실이 기뻐요.”

조안나는 두 걸음 정도 다가갔다.

“나도 놀랐어요. 다른 사람으로 잘못 보여진다는 것 말이에요. 그것도 두 번씩이나, 내가 본 적도 없는 여자로 말이에요.”

“틀림없이 그랬을 것이라고 생각이 드네요.”

리사는 의심을 숨기지 않고 조안나를 유심히 살펴보았다.

“그게 바로 클리프 사이드에 오기로 결정한 이유인가요? 닮은 여자에
대해서 알아내기 위해서?”

조안나는 간략한 설명을 하면서 대답했다.

“난 연구 사서예요. 당신과 딜런이 나를 캐롤라인으로 잘못 본 다음
에 얼마 지나지 않아, 조사를 하다가 포틀랜드 신문에서 캐롤라인의 사
진을 봤어요. 그리고 그녀의 사망 기사를 보았죠. 난 휴가를 떠날 예정
이었고, 그래서 이곳에서 휴가를 보내기로 결정한 거죠.”

두 번씩이나 캐롤라인으로 오해받은 후에, 그녀의 기사를 발견한 우
연의 일치……. 그러나 조안나의 직업을 고려해 본다면 전혀 믿을 수 없
는 얘기도 아니었다. 어쨌든 거짓말은 아니었다.

리사도 우연의 일치를 믿는 것 같았다. 그녀는 이해한다는 듯 천천히
고개를 끄덕였다.

“알겠어요. 그러니까 지금 당신은 이름뿐인 휴가를 보내고 있는 거군
요. 캐롤라인에 대해서 조사를 하면서 말이에요.”

“비공식적으로는 그런 셈이죠.”

조안나가 어깨를 으쓱해 보였다.

“이미 알겠지만 난 스콧을 위해서 일해요.”

조안나는 리사에게는 일부러 무관심한 척 할 필요가 없다는 결론을
내렸다.

“그렇게 들었어요. 캐롤라인을 잘 알고 있었나요?”

“과연 그녀를 잘 알고 있는 사람이 있을까요? 물론, 스콧을 빼고 말이
죠.”

“그녀는 클리프 사이드에서 평생을 살았어요.”

조안나가 대답했다.

“어떻게 이 마을 사람들이 캐롤라인에 대해서 잘 모를 수 있죠?”

리사는 수수께끼 같은 미소를 띠웠다.

"내게 묻는 거라면, 캐롤라인이 그렇게 되길 원하지 않았다고 해두죠. 사람들에게 수수께끼 같은 인물로 보이는 것이 그녀의 허영심을 만족시켰겠죠. 아무도 애기해 주지 않은 모양인데 그녀는 이곳을 싫어했어요."

"캐롤라인은 지역 활동으로 바쁘게 활동했다고 아는데요."

조안나는 아무런 감정을 나타내지 않고 대꾸했다.

"오, 물론이죠. 그 여자는 지역 위원회 일을 했고, 마을을 위해서 정력적으로 일했어요. 한마디로, 클리프 사이드의 주연 여배우 위치였다고 할 수 있죠."

리사가 자신보다 나이가 어린 캐롤라인에게 질투심을 느끼고 있는 것이 아닌가 하는 의심이 들기 시작했다.

"그런데 캐롤라인이 이곳을 좋아하지 않았다구요?"

"네, 좋아하지 않았어요. 열일곱 살에 고등학교를 졸업하고 나서, 더 이상 이곳에서 지내는 것을 참을 수 없는 지경이 되었죠. 그래서 샌프란시스코에 있는 대학에 들어갔어요. 거기서 육 개월을 버티지 못했죠. 샌프란시스코라는 거대한 연못에서, 캐롤라인 더글러스라는 존재는 피라미에 지나지 않는다는 것을 알게 된 거죠. 결국 집으로 돌아왔어요. 캐롤라인이 샌프란시스코에 있을 때, 어느 파티에서 스콧을 만났고 그는 그녀를 따라 이곳에 온 거예요."

"스콧이 순전히 캐롤라인 때문에 이곳에 온 건가요?"

'그렇게 두 사람이 만났군. 샌프란시스코에서 시작되었다구?'

리사가 고개를 끄덕였다.

"스콧의 가족들이 하는 사업은 모두 샌프란시스코에 아직도 있어요. 자신의 지분을 팔고 이곳으로 옮겨왔을 때, 가족들은 노발대발했죠. 그래도 스콧은 전혀 개의치 않았어요. 이곳에서 수년 동안 적자를 내고 있던 오래된 제재소를 사들여, 육 개월만에 흑자로 돌렸어요. 마을에 있는 오래된 상점 몇 개를 개조해서, 딜런과 나를 샌프란시스코에서 불러왔죠. 이곳은 딜런의 고향이기 때문에, 이곳을 좋아했어요. 난 그저 장래가 유망한 사업을 맡고 싶었구요."

리사는 줄줄이 말이 이어갔다.

"스콧은 캐롤라인에게 결혼 신청을 했고 신데렐라 이야기에 나오는 왕자처럼 그녀에게 모든 것을 주었어요. 그리고 그녀는 열여덟 살이 되자, 그의 결혼 신청을 받아들였어요."

'리사, 딜런…… 샌프란시스코에서 온 또 다른 사람들. 버틀러가 샌프란시스코에서 왔다는 사실이 별로 중요한 사실이 아닌 것 같군.'

조안나는 잠시 머뭇거리다가 솔직히 털어놓았다.

"그런데 결혼 생활이 행복하지 못했다는 얘기를 들었어요. 유리 구두에 어떤 문제가 생긴 거죠?"

"깨진 것 같아요."

리사가 어깨를 으쓱해 보였다.

"아니면, 캐롤라인에게 맞는 구두가 아니었던지…… 아무튼 행복하지 못했어요. 이 작은 마을을 좋아하지 않았지만 이 마을에서 자신이 소유하던 것들을 포기할 수는 없었겠죠. 그녀는 샌프란시스코에서 스콧의 아내로서, 더욱 화려한 성공을 할 수도 있지만 그가 이곳에 머물고 싶어해서 두 사람은 이곳에서 살았죠."

"당신은 캐롤라인을 좋아하지 않은 것 같군요."

리사는 곰곰이 생각해 보는 것 같았다.

"글쎄요, 대부분의 여자들이 그랬죠. 캐롤라인은 굉장히 매력적이었고 금방이라도 깨져 버릴 것 같은 여성스러움이 있었어요. 그게 바로 남자들을 끌어당기는 매력이었던 것 같아요. 물론 여자에게도 예의바르게 행동했죠. 그 점이 가게 점원이나 마을 사람들에게 그녀가 상냥하고 부끄러움을 타는 여성이거나 정말 멋진 여성이었다는 말을 들은 이유일 거예요. 그런 사람들보다 그녀에 대해서, 더 잘 알고 있는 사람들은 캐롤라인에 대해서 복잡한 감정을 갖고 있어요."

조안나는 잠시 머뭇거리다가 말을 꺼냈다.

"캐롤라인이 사고가 나기 전에 어떤 일로 당황해 하는 것 같지 않았어요?"

"그런 눈치는 없었어요. 왜요?"

리사의 녹색 눈동자가 작아졌다.

"무슨 생각을 하는 거죠? 사고가 아닌 다른 이유가 있다는 건가요?"

조안나는 급히 고개를 가로저으며 부인했다.

"캐롤라인이 죽기 전에 불안하고 신경이 예민했다는 애기를 들었어요. 그리고 난 그녀가 왜 그날 자동차 운전을 제대로 못했는지 궁금할 뿐이구요."

"결코 알아낼 수 없을 것 같은데요."

"그래요, 그럴 것 같아요."

조안나는 불안한 마음이 들었지만 미소를 지어 보였다.

"그럼 만나서 반가웠어요, 리사."

"나도 그랬어요, 조안나."

리사에게서 몸을 돌려, 차를 주차시켜 놓은 메인 가 끝을 향해 걸어갔다. 모퉁이에서 잠시 멈춰 서서 뒤를 돌아보니 리사가 아직도 문간에 서서 자신을 바라보고 있었다. 무표정한 그녀의 얼굴이 조안나를 오싹하게 만들었다. 서둘러 모퉁이를 돌았다.

일단 리사의 시야에서 벗어나자 마음을 불안하게 만드는 감정을 살펴보기 위해서, 걸음을 멈췄다. 무엇인가 속도를 높여 달리고 있는 것 같았다. 이 사건의 클라이맥스에 다다르기 전에, 몇 달 동안 치밀하게 움직여 온 것 같았다.

빌어먹을, 움직이고 있는 것이 무엇이고 무엇과 관련된 것인지 알 수 없었다. 단서조차 없었다. 분명히 아는 것이라고는 캐롤라인이 왜 죽었는지만 알아내면, 나머지 것들은 저절로 풀릴 것이라는 사실이었다.

의학적인 구실이 있든 없든, 조안나는 닥터 피터 베켓을 만나서 애기할 필요가 절실했다.

어수선한 병원의 사무실에서 닥터 베켓은 의외로 조안나를 반갑게 맞아 주었다. 언제나 피곤해 보이는 파란 눈동자가 놀라움으로 약간 작아졌다.

"마리온이 당신이 나와 얘기하고 싶어한다고 하더군요."

베켓이 접수원을 들먹이며 입을 열었다.

"어디가 잘못된 거요, 조안나? 의학적으로 말이오."

조안나는 의사가 가리키는 갈색 가죽 의자에 앉으면서 고개를 저었다.

"아니오, 몸은 괜찮아요."

베켓은 큰 키를 접으면서 책상 앞에 앉았다.

"그렇군요. 이번엔 내가 캐롤라인에 대한 질문에 대답할 차례인가요?"

베켓의 목소리는 온화했지만 흔들리지 않는 시선은 조안나를 어색하고 불안하게 만들었다.

"싫다면 묻지 않겠어요. 당신이 그녀에 대해서, 잘 알고 있다고 생각해서요. 그래서 내게 도움이 될 만한 얘기를 해줄 수 있다는 생각이 들었어요."

"도움이 된다고? 어떤 식으로 말이오?"

베켓이 고의적으로 모르는 체한다는 생각이 들자 조심스러워졌다. 하지만 대범한 척 하면서 대답을 했다.

"난 캐롤라인을 이해하려고 노력하고 있어요. 그녀가 어떤 사람이었는지, 어떤 것을 좋아했었는지 말이에요. 사실 그 이유는 설명할 수 없지만 꼭 해야만 한다는 느낌이 들뿐이에요."

"그렇군요."

베켓은 똑같은 말을 반복했다.

"내게 캐롤라인에 대한 어떤 얘기라도 해준다면 정말 고맙겠어요."

"난 해줄 얘기가 없어요, 조안나."

베켓은 사무적인 말투로 대답했다.

"음, 캐롤라인에게 꽃가루 알레르기 있었다는 얘기는 해줄 수 있군요.

그리고 매년 빠지지 않고 지독한 감기에 걸렸는데, 유행성 감기는 아니었고, 또…… 임신하기는 어려웠지만 출산은 쉬웠어요. 도움이 좀 됐나요?"

"선생님이 말한 정보 때문에 내가 그녀를 더 잘 이해하게 되었다면, 정보 하나하나가 전부 도움이 된 거겠죠."

조안나가 대답하면서 질문을 던졌다.

"어떤 사람들이 캐롤라인은 수줍음을 탔다고 말하더군요. 정말 그랬나요?"

"얌전했어요."

"선생님하고 같이 있을 때도요?"

베켓은 어깨를 으쓱해 보였다.

"난 캐롤라인의 주치의지, 친한 친구가 아니었답니다."

그는 의학적인 것과 관련이 없는 사실들을 밝히지 않을 거라는 확신이 들었다. 억지로 말하게 하고 싶지 않았기 때문에 넌지시 물어 보았다.

"캐롤라인이 죽기 일주일 전쯤, 같이 얘기를 해본 적이 있나요?"

베켓은 책상 위에 있던 펜을 집어들어 긴 손가락 사이에 끼웠다. 그러고 나서 펜을 내려다보았다.

"없어요."

그는 거짓말을 하고 있었고 거짓말하는데 익숙지 않은 사람이었다.

"그렇다면 캐롤라인이 죽기 바로 전에, 어떤 일로 불안해 한다는 것도 몰랐겠군요."

조안나가 대답했다.

"몰랐어요, 전혀요."

베켓이 즐거운 듯이 미소를 지었다.

"더 도움을 못 줘서 미안하오, 조안나."

"괜찮아요."

조안나도 미소를 떠올렸다.

"단편적인 지식들을 모으고 있어요. 대부분의 사람들이 그녀에 대해서 할 말을 가지고 있거든요. 그 조각들이 하나로 맞춰지고 있는 중이에요."

"어떤 그림이 될 것 같소?"

베켓이 물었다.

"내가 그림의 제목을 붙이자면. 난 '복잡한 여인'이라고 짓겠어요. 누구나 알고 있는 제목은 캐롤라인에게 전혀 어울리지 않아요."

"누구나 알고 있는 제목?"

"예. 부유한 남자의 아내, 지역 사회의 대들보, 헌신적인 어머니, 모두 적당한 제목이긴 하지만…… 그녀에게 딱 맞는 건 아니에요."

"우리 중에 그 제목이 잘 맞는 사람이 있나요?"

"없는 것 같아요."

조안나는 다시 좌절감을 맛보았고 잠시 침묵이 흘렀다. 그녀는 몸을 일으켰다.

"시간을 내주셔서 감사합니다, 선생님."

베켓도 몸을 일으켰다. 의사의 입은 웃고 있었지만, 웃음을 눈으로까지 전달하지는 못했다.

"난 의사일 뿐이오, 조안나. 더 도움을 주지 못해서 미안해요."

조안나는 알아들었다는 의미로 손을 한 번 들어 보이고는 작은 사무실을 나왔다. 그리고 접수계가 있는 쪽으로 걸어갔다. 기다리는 환자도 없고 따분한 오후에, 마리온은 병원 컴퓨터 시스템에 데이터를 입력시키고 있다가 접수계로 그녀가 다가오자 일손을 놓고 시선을 들었다.

"일은 잘 됐어요?"

마리온은 활기 넘치는 중년 부인이었다. 검은머리에 아주 날카로운 눈동자를 가지고 있는 마리온은 조안나의 활동을 모르는 체하는 거짓말은 않겠다는 사인을 보낸 것이다.

지금쯤이면 모든 사람들이 자신이 캐롤라인에 관해서 묻고 다니는 것을 알 것이라고 짐작했다. 이 지역의 소문 파급력을 고려해 본다면 충분히 가능했다. 대답 대신 어깨만 으쓱거렸다.

"사실은 실패했어요"

"환자의 일을 발설하지 않는다는 의사의 책임감을 늘어놓지는 않던가요?"

"내가 최선을 다하지 않은 거 같아요. 닥터 베켓은 단지 원칙에 입각해서 말했어요. 캐롤라인에 대해서 내게 도움이 될 만한 것은 아는 게 없더라구요."

마리온이 놀라운 사실이 아니라는 듯이 고개를 끄덕였다.

"선생님을 신중하다고 지금 상황에서 말하는 것은 오히려 헐뜯는 말이에요."

조안나는 베켓이 병원 밖에서 캐롤라인을 만났는지, 마리온에게 물어보지 않았다.

"캐롤라인이 알레르기 증상 때문에 병원에 왔었다는 얘기를 들었어요. 아는 사이인가요?"

"물론 보았고, 정중하게 말도 건넸죠. 알고 있어요. 하지만 캐롤라인 맥케나는 여자들하고는 별로 친하지 않았어요."

"그 얘기는 들었어요."

조안나가 낮게 중얼거렸다.

"다른 여자 친구는 없었나요?"

"내가 알기로는 없어요."

"캐롤라인이 죽기 일주일쯤 전에, 그녀를 본 적이 있나요?"

조안나가 물었다.

"사실 캐롤라인이 죽기 이틀 전쯤, 늦은 오후에 이곳에 왔었어요. 선생님을 만나고 싶어했지요."

조안나는 반응을 감추려고 노력했다.

"그래서 선생님을 만났나요?"

"글쎄, 캐롤라인을 막 들여보내려고 하는데 고등학교 야구팀에서 한 소년이 슬라이딩하다가 다리가 다쳤다는 전화가 왔어요. 선생님은 급히 왕진 가방을 가지고 나갔죠. 그녀가 선생님한테 뭐라고 얘기를 하려고 했는데, 선생님이 무시를 했어요."

마리온은 약간 얼굴을 찡그렸다.

"생각해 보니까, 캐롤라인이 주차장까지 졸졸 따라가면서 얘기를 하려고 했어요."

베켓이 거짓말을 했다. 캐롤라인의 죽음에 대해서 말하지 않은 것이 있기 때문에 거짓말을 한 것인지 의심스러웠다. 아마도 그러겠지, 베켓은 캐롤라인의 시신을 해부했다. 혹시 그녀가 죽기 며칠 전에 도움을 받으러 찾아 왔을 때, 쫓아 보낸 죄책감을 느끼고 있는 또 다른 사람이기 때문일까.

"캐롤라인이 당황한 것처럼 보였나요?"

"그녀는 약간 혼란스러운 것 같았어요."

"이유는 알 수 없었나요?"

"전혀요."

조안나는 고개를 끄덕였다.

"고마워요, 마리온."

"도움이 됐나요?"

"좋은 정보였어요. 맞출 퍼즐의 조각이 점점 더 늘어나는군요."

조안나는 베켓의 사무실이 있는 복도 쪽을 흘낏 쳐다보았다. 순간적으로 무엇인가 움직였다. 의사가 문간에 서 있다가, 그녀가 고개를 돌리는 순간 문안으로 들어간 것 같았다.

애기를 얼마나 들었을까?

"퍼즐을 맞추는데 행운이 있길 빌어요."

마리온은 인사말을 건네면서 다시 일할 준비를 했다.

"고마워요, 다음에 봐요."

병원을 나와 차를 타러 메인 가 쪽으로 갔다. 어두워지기 시작하면서 날씨가 쌀쌀해졌다. 정보의 조각들, 단편적인 정보들과 막연한 추측이 머릿속에서 계속 맴돌았다. 일단 호텔로 돌아가서, 저녁 식사를 하고 따뜻한 물에 오랫동안 몸을 담그며 오늘 알아낸 것을 논리적으로 생각해 보기로 마음먹었다.

메인 가에 도착해 조안나는 멈춰 서서 10월의 늦은 오후, 평화로워 보이는 마을을 둘러보았다. 그리핀의 블레이저가 아직 보안관 사무실 앞에 세워져 있는 것으로 봐서, 사무실에 있는 것 같았다. 챈들러 부인은 도서관 문을 잠그고 있었고 리사와 딜런은 시청 앞에서 얘기하고 있었다. 두 명 모두 서류 가방을 들고 있었다. 그러다 이내 헤어져서 각각 자신의 차로 가 버렸다. 마을 상점 대부분이 아직 열려 있었고, 길에는 사람들이 조금밖에 없었다. 급하게 뛰어다니는 사람은 아무도 없었다.

정말 평화로운 작은 마을이다. 죽은 세 사람을 제외하고, 많은 사람들이 조안나를 경계하는 눈빛으로 쳐다보는 것을 제외하고는, 아무 이상이 없는 마을이다. 마을 사람들이 낯선 사람을 싫어하거나, 낯선 사람이 던지는 질문을 싫어하든지, 아니면 공통의 비밀을 숨기고 있기 때문일 것이다.

'정말 평화로운 작은 마을이군. 뭔가 이상한 것만 빼놓고 말이야.'

그녀는 한숨을 쉬면서, 맴도는 불안감을 떨쳐 버리려 애썼다. 지금 이 순간, 더 합리적인 생각은 있을 수 없다. 지금은 하루 동안의 피곤을 푸는 시간이다.

호텔로 돌아가기 전에, 몇 가지 더 알아볼 게 있어서 약국에 갔다. 약국에서 15분 정도 있으면서 사람들하고 일상적인 대화를 나누었다. 약국에서 나올 때쯤, 조안나는 이 마을에서 케인 바로우가 입방아에 오른다는 것을 깨달았다. 모든 사람들이 케인이 앰버의 죽음에 관련을 가지고 있다고 확신했다. 만약 그리핀이 범인을 찾지 못하거나 앰버의 죽음이 사고였다고 결론을 내린다면, 사람들의 의심은 검은 구름처럼 케인의 머리 위를 뒤덮게 될 것이 분명했다.

고의가 아니었다고 해도, 조안나는 케인이 앰버를 죽였다고 믿고 싶지 않았다. 사람들의 의심을 풀어 주기 위해서, 자신이 할 수 있는 일이 아무것도 없었고 할 수 있는 일이라고는 오직 캐롤라인에 대해서 마을 사람들한테 더 많이 알아내는 일밖에 없었다.

약국에서 나와 호텔에서 가장 먼 쪽에 세워 놓은 차를 향해서 걸어갔다. 청바지 앞주머니에서 열쇠를 꺼내서 차 문을 열고 들어가 시동을 걸었다. 호텔까지는 아주 짧은 거리지만 조안나는 습관적으로 안전 벨트를 맸다.

차 사고를 당하기 전에도 그녀는 조심스러운 운전자였지만 요새는 더욱 조심해서 운전을 했다. 어떤 상황에서도 과속을 하지 않는 게 조안나의 철칙이다. 이제까지 액셀러레이터가 바닥에 닿을 때까지, 밟아본 적도 한 번도 없었다. 그런데 지금의 차, 렌터카를 운전하면서 액셀러레이터를 살짝 밟자 그대로 바닥까지 닿았다.

그리고 그 상태로 고정되었다.

처음에는 발로 치면서 페달을 올리려고 노력했다. 그녀의 차가 클리프 사이드 번화가를 높은 속력으로 지나가니까 행인이나 다른 차들이 주의 깊게 보았다. 엔진 소리도 크게 났다.

지도를 보니 해안도로는 절벽을 따라 남쪽으로 뻗어 있었고 차가 절벽으로 떨어지는 것을 막기 위해서 가드 레일만이 설치되어 있었다. 가드 레일은 캐롤라인의 차를 멈추게 할 수 없었던 것처럼 이 차도 멈추게 할 수 없을 것이다.

속도계를 볼만큼, 길에서 오래 눈을 뗄 수 없었지만 마을 남쪽에 있는 공원을 지나칠 때 이미 시속 80킬로미터를 넘었다는 사실을 알고 있었다.

브레이크를 밟아 보았지만, 심한 소리만 날 뿐 조금도 속도가 줄지 않았다.

심지어 기어도 움직이기 않았다. 기어가 들어가 있고 이런 속도로 차가 달리고 있는 동안, 점화 장치를 끊어 버린다면 결국엔 벽을 들이받게 될 것이라는 사실은 예상 가능했다. 안전 벨트를 매고, 에어백이 장착되어 있지만 결국 원치 않던 일이 일어날 것이다.

호텔 인으로 들어가는 분기점을 지나치는 순간, 사이렌 소리가 들리기 시작했다. 그리핀, 아니면 다른 부보안관이 조안나를 따라잡으려고 속력을 높이고 있었다. 그녀는 백미러를 볼 겨를도 없었다. 왜냐하면, 맥케나의 사유지를 지나서 이어져 있는 해안도로가 구불구불했기 때문이다. 차를 무사히 달리게 하는 것에만 모든 신경을 집중시켰다.

도로의 왼편으로 건초 더미가 드문드문 놓여진 목장이 펼쳐져 있는 것이 눈에 들어왔다. 건초 더미가 차의 속력을 충분히 줄여줄 수 있을지 알 수 없었지만, 더 좋은 기회가 있을 것 같지 않았다.

자동차가 요란한 소리를 내면서 도로에서 벗어나 목장으로 뛰어 들자, 목장을 둘러싼 가시 철망 중 기둥 한 개가 뽑혀 나갔고, 철망이 뚝하고 끊겼다. 차가 주말에 내린 비로 젖어 있던 땅으로 들어서자, 미끄러지기 시작했다. 조안나는 첫번째로 보이는 건초 더미를 향해, 차를 몰고 가기 위해서 운전대와 죽을 힘을 다해 씨름을 했다.

작은 건초 더미에 부딪힌 차는 흔들리더니 속력이 아주 조금 줄었다. 계속 운전대와 힘겨운 싸움을 벌이면서, 다음 건초 더미를 향해 달려갔다. 건초 더미에 부딪히고 나서 속도는 줄었지만, 차가 회전하기 시작했다. 차가 천천히 회전하면서, 차의 뒷부분이 또 다른 건초 더미를 스치고 지나갔다. 네 번째 건초 더미는 충분한 방어물이 되어 주었다.

차가 네 번째 건초 더미에 부딪히자 다시 격렬하게 흔들렸다. 엔진이 날카로운 비명소리를 냈다. 그러더니 갑자기 엔진이 꺼지더니, 흔들리던 차가 멈췄다. 순간, 건초 더미가 앞유리창을 덮었고 조안나는 어둠 속에 갇혔다.

그녀는 놀랄 만큼 꼼꼼하게 자동차 열쇠를 돌려 점화 장치를 껐다. 그리고 나서, 팔을 무릎 위에 올려놓고, 가슴에서 아직도 맹렬하게 뛰고 있는 심장의 고동소리에 귀기울이면서 가만히 앉아 있었다. 운전대를 내려다보니 에어백은 망가져 있었다.

희미한 소리가 들리더니 운전석 옆의 건초가 옆으로 치워졌다. 누군가 운전석 문을 세게 비틀어서 열었다.

“조안나? 괜찮소?”

그리펀의 목소리는 거칠었고 그녀를 내려다보고 있는 얼굴 표정은 굉장히 무서웠다. 다친 데가 전혀 없고 약간 몸이 떨릴 뿐, 괜찮다고 말해 그를 안심시키고 싶었다. 그렇지만 낮은 음성으로 웅얼거린 말은 조안나의 가슴속에서 메아리치고 있던 말이었다.

“이것으로 세 번째예요.”

“난 괜찮아요, 이렇게 살아 있잖아요.”

조안나는 힘겹게 미소를 지어 보였으나 베켓은 여전히 얼굴을 찡그리며 쳐다보았다.

“정말이에요.”

“그런 것 같군요.”

베켓은 청진기를 옆에 내려놓으면서 대답했다. 그렇지만 계속 얼굴을 약간 찡그리고 있었다.

“그래도 당신은 방금 지독한 쇼크를 받았어요, 조안나. 오늘밤은 병원에 있으면서 경과를 지켜보는 게 좋겠군요.”

“고맙지만 사양하겠어요.”

“이봐요, 반드시 내일 아침에는 온몸이 욱신거릴 거요. 그렇게 차 속에서 몸이 흔들렸으니까. 적어도 병원에 있으면, 우리가 빨리 손을 쓸 수 있어요.”

조안나는 완강하게 고개를 저었다.

“기분 나쁘게 듣지 말아요. 난 병원 침대가 너무 싫고 또 괜찮으니까요.”

베켓은 그리펀 쪽을 바라보았다.

“그리펀, 자네가 알아듣게 설명을 좀 해주게나.”

그는 진찰실 문 앞에 서서 아무 말도 하지 않았다. 병원에 온 이후 거의 말을 하지 않았다. 그러더니 매우 낮은 음성으로 말문을 열었다.

“의사 말이 맞소, 조안나. 오늘밤은 병원에 있어야 하오.”

고집불통처럼 행동하긴 싫었지만, 병원에서 밤을 보내는 것이 끔찍했다. 자신의 말처럼 정말 괜찮은 것은 아니었다. 시간이 지나고 흥분이 가라앉으면 분명히 상태가 나빠질 것이다. 그래도 병원에 있는 것보다는 혼자 있는 편이 나았다.

조안나는 의사를 쳐다보면서 말했다.

"고마워요, 그렇지만 호텔로 돌아가는 편이 낫겠어요. 문제가 생기면 즉시 연락할게요, 됐죠?"

"틀림없이 연락을 하게 될 거요."

베켓이 씁쓸하게 미소를 지었다.

"적어도 내 충고를 따르도록 해요. 한 시간 정도 지나 몸이 안 좋아지면 뜨거운 것을 먹거나, 잠시 뜨거운 물에 몸을 담그고 있는 것도 좋아요. 그러고 나서 편안히 쉬도록 해요."

"그렇게 할게요."

"좋아요."

베켓은 조안나의 어깨를 토닥이고 나서 몸을 돌려 문으로 향했다.

"차는 어떤가? 그리핀?"

"완전히 부서졌다네."

그리핀이 대답했다.

"빌 쿡의 농장도 엉망이 됐고."

베켓은 고개를 젓더니 아무 말 없이 방을 나갔다.

조안나는 진찰대 위에서 조용히 미끄러져 내려왔다.

"보험료로 목장 수리비를 전부 보상하지 못한다면 내가 보상비를 낼게요."

조안나가 평소와는 다르게 신경질적으로 말했다.

"바보 같은 소리 마시오. 그런 목장 따위는 아무도 신경쓰지 않소."

그리핀의 목소리는 쉬어 있었다.

"그 방법밖에 없었어요."

여전히 화가 난 목소리였다.

"목장이 아니면, 절벽이었으니까요. 사실 절벽 쪽으로는 가고 싶지 않았어요."

그가 조안나에게 다가왔다. 그의 얼굴은 굳어 있었고 검은 눈동자는 매우 강렬한 빛을 띠고있었다. 주머니 속에 있던 손을 빼내어 조안나의 어깨 위에 올리더니 한 마디 말도 없이 고개를 숙여 그녀에게 키스를 했다.

상상도 못한 행동에 굉장히 놀랐다. 설령 알았다 하더라도 큰 도움이 되지는 못했을 것이다. 그의 입술에서 따뜻하고 단단한 감촉이 전해져 왔다. 어떤 식으로든 설명할 길이 없었지만, 느낄 수 있었다. 오랫동안 중요한 것을 정신없이 찾고 있다가 끝내 찾기를 포기했을 때, 우연히 발견한 것 같은 다행스런 느낌⋯⋯.

그리핀의 손이 어깨에서 머리로 옮겨가더니 엄지손가락이 얼굴을 부드럽게 쓰다듬었다. 그녀는 강렬한 욕망에 따라 그리핀에게 몸을 기댔다. 그녀의 몸이 미묘한 악기처럼 그 악기를 가장 잘 다루는 사람의 손길에 자연스럽게 응답하고 있었다.

그 사람의 손길은 악기로부터 가장 순수한 선율을 끌어 낼 수 있었다. 조안나는 그리핀을 위해서 고안되고 만들어진 악기 같았다. 그녀는 지금 느끼고 있는 감정이 자신을 클리프 사이드로 데려온 충동만큼 강하다는 걸 확신했다.

그리핀의 키스에는 망설임이 없었다. 우물쭈물하지도 않았고 모든 행동이 아주 솔직했다. 소유의 욕망을 고스란히 나타내고 있었고, 순수하고 간단 명료했다.

그가 마지못해 입술을 뗐을 때, 희미한 거친 소리가 흘러 나왔다. 조안나를 품에 안고 그대로 있었다. 강하고 빠르게 고동치고 있는 그리핀의 심장소리를 들으면서, 자신의 심장도 그리핀과 똑같이 뛰고 있는지 궁금해졌다. 조안나는 그리핀의 허리를 껴안았다. 이렇게 있으니 기분이 좋아졌다. 이 상황에서 저항하거나 밀어내고 싶지도 않았다.

"오, 내가 실례를 했군요. 오늘밤에 내가 필요할 수도 있으니까, 호출

번호를 알려주려고 왔는데."

닥터 베켓이 진찰실로 들어오다가 포옹하던 두 사람을 보고 놀랐다.

"시간을 잘못 택했네, 의사 선생."

그리핀은 낮은 음성으로 말하면서 조안나의 어깨를 감싸고 있는 손을 내내 풀지 않았다.

그녀도 별로 당황해 하는 기색 없이, 의사가 주는 메모를 고맙다는 인사와 함께 받아들었다. 자신도 그리핀의 허리에 손을 감고 있었다. 왜 손을 풀지 않는지 스스로도 약간 놀라고 있었다.

"미안하군."

베켓은 그리핀을 쳐다보면서 어색한 미소를 지으면서 말했다.

그리핀은 조안나를 복도로 데리고 나갔다. 베켓은 접수 데스크가 있는 곳까지 두 사람 뒤를 따라왔다.

"내일 독성 검사 결과가 나오네."

베켓이 그리핀에게 환기시켰다.

"분명히 음성 반응일 테지만, 확실히 알게 되겠지."

"고맙네."

두 사람은 병원을 나와 그의 블레이저가 있는 곳으로 걸어갔다. 날이 어두워졌지만, 주차장이 밝아서 걸어가는데 불편하지 않았다. 그리핀이 조수석 문을 열어 주자 조안나는 차에 올라탔다. 막 문을 닫으려고 할 때, 보안관 사무실 소속 자동차가 주차장에 들어오는 것이 보였다.

"곧 돌아오겠소."

그리핀은 조안나에게 말하고 나서 부보안관과 얘기하러 갔다.

5분도 채 안 돼서 그리핀이 돌아왔다. 운전석에 앉아 시동을 걸면서 무뚝뚝하게 말했다.

"오늘밤은 우리 집에서 지내시오."

조안나는 그리핀의 말이 명령조였고 목소리도 거칠었기 때문에 약간 놀랐다.

"난 호텔도 괜찮아요."

그리핀은 기어를 넣었지만 브레이크를 밟고 있었다. 그는 몸을 반쯤 돌려, 조안나를 쳐다보면서 말했다.

"의사 말이 당신은 오늘밤 돌봐 줄 사람이 필요하다고 했소. 내가 돌봐 주겠소."

"그리핀……."

"조안나, 내 말을 들어요."

그리핀의 목소리는 매우 낮았지만 여전히 거칠었다.

"당신 차의 액셀러레이터는 고정되어 있었소. 게다가 에어백도 펴지지 않았소. 액셀러레이터가 움직이지 않게 조작되어 있었고, 전체 전기 시스템이 바싹 조여 있었소. 이해하겠소? 누군가 당신 차를 일부러 망가뜨려 놓은 거요, 누군가 당신을 죽이려 했소."

11

그리핀은 호텔 인과 마을 북쪽 사이, 절벽을 따라 일정한 간격을 두고 세워져 있는 별장에서 살고 있었다. 별장에 도착했을 때는 완전히 어두워져서 집이 어떻게 생겼는지 잘 알아볼 수 없었지만, 작았지만 잘 지어진 매력적인 집이었다. 절벽에서 아주 가까운 곳에 위치해 있었다.

문을 여는 동안, 바위 위에 부서져 내리는 파도소리가 들렸다. 조금 후, 조안나는 그리핀을 따라서 별장 안으로 들어갔다.

그는 집안에 들어가자 등을 몇 개 켰다. 그녀는 흥미롭게 주위를 둘러보았다. 두 사람은 식당과 거실이 함께 붙어 있는 부엌을 통해서 집안으로 들어갔다.

부엌은 컸고, 통풍도 잘됐다. 밝은 색상으로 꾸며진 부엌은 정갈했고, 기분 좋은 느낌이 들었다. 유리가 깔린 작은 식탁에는 선명한 색깔로 짜여진 접시받침이 놓여 있었다. 거실 가구는 덩치가 컸고 실용적이었다. 남자들은 대부분 이런 가구를 편안하게 느끼나 보다. 가구는 중간 계열 색상이었고, 쿠션이 여기 저기 흩어져 있었다.

식당 양쪽 벽에 문이 있었는데, 침실과 욕실로 통하는 문 같았다. 거실 한쪽 귀퉁이에는 벽난로가 있고 나머지 벽 부분은 바다로 접해 있었는데, 커다란 유리창과 안뜰로 이어진 문이 달려 있었다. 창문에는 가벼운 소재로 만든 모랫빛 커튼이 드리워졌고 벽난로의 반대편 구석에는 텔레비전과 스테레오가 달린 작은 가전제품이 있었다.

조안나는 옛날에는 인테리어 디자이너가 이 집을 꾸몄는데, 시간이 지나면서 처음의 꼼꼼함이 바래고 편안하고 기분 좋은 느낌만 남았다고 생각했다.

"멋지군요."

그리핀은 문 옆에 있는 옷걸이에 재킷을 걸으면서 감사하다는 표시로 미소를 지었다. 그의 검은 눈동자는 아직도 우울해 보였다. 누가 차를 망가뜨려 놓았을까 생각만 하는 것 같았다. 조안나는 약간 긴장이 됐다. 그 일에 대해서 생각하고 싶지 않았다, 적어도 지금은.

그가 커다란 방에서 나갔다. 몇 분 후에, 욕조 안으로 물이 떨어지는 소리가 들리더니 돌아왔다. 그리고 그녀가 뭐라고 입을 열기 전에 말을 건넸다.

"당신 몸이 괜찮다고 생각하는 것을 다 알고 있소. 그렇지만 쇼크에 대해서는 의사 말이 맞소. 내일 아침에 몸이 욱신거릴 것이라는 사실이 맞소. 당신이 우리말에 동의하지 않는다고 하더라도 우리 기분도 좀 맞춰 주시오, 알겠소?"

조안나는 웃으면서 대답했다.

"알겠어요."

그가 사무적인 태도로 고개를 끄덕였다.

"욕실에 파자마를 갖다 놓았소. 몸이 완전히 파묻힐 테지만, 허리에 졸라매는 끈이 있으니까 입을 수는 있을 거요. 당신이 뜨거운 물에서 놀란 근육을 푸는 동안, 난 부엌에서 먹을 것을 만들겠소. 오믈렛 좋아하오?"

"좋아해요. 하지만 그렇게까지 신경 쓸 필요는……."

그리핀은 조안나의 몸을 욕실로 이어진 문 쪽으로 돌리더니 살짝 밀었다.

"자자, 들어가서 몸이나 좀 담그고 있어요."

조안나는 시키는 대로 걸어갔다. 한쪽에는 욕실이 있고 다른 쪽에는 침실이 있는 짧은 복도에 서서 잠깐 안을 둘러 봤다. 램프가 켜져 있는 침실에서 그의 분위기가 느껴졌기 때문이다. 단정하고 깔끔하게 정리되어 있는 침실, 단단한 검은색 오크 가구가 있었고, 커다란 침대 위에는 침대 커버 대신에 퀼트 이불이 덮여 있었다.

조안나는 욕실로 들어갔다. 역시 욕실도 깔끔했다. 거대한 집게발 모양의 욕조가 작은 욕실의 대부분을 차지하고 있었다. 욕조에는 뜨거운 물이 가득 담겨 있었는데 아주 편안해 보였다.

문을 잠그고 옷을 벗기 시작했다. 옷을 벗다가 경대 위에 접혀 있는 짙은 파란색 플란넬 잠옷을 발견했다. 파자마는 따뜻하고 편안해 보였지만 섹시해 보이지는 않았다. 선택권이 주어진다면, 다른 것을 고르고 싶었다…… 더군다나 병원에서 그렇게 열렬한 키스를 나눈 지금에는. 호텔에 돌아가서, 잠옷을 가져오겠다는 말은 할 수 없었다. 지금 그런 제안은 시기 적절한 게 아니니까.

그런 생각을 떨쳐 버리고 옷을 다 벗었다. 조심스럽게 커다란 욕조 안으로 들어갔다. 물의 온도는 아주 이상적이었다. 너무 뜨겁지도, 차지도 않고 적당하게 따뜻했다. 온몸 근육의 긴장이 풀리는 것을 느껴졌다. 수도꼭지를 잠그고 욕조의 가장자리에 목덜미를 갖다 대며 뒤로 몸을 기댔다.

몸은 괜찮다고 생각했다. 조안나는 차 사고로 인한 쇼크와 누군가 자신을 죽이려 했다는 두려움을 아주 잘 이겨내고 있다고 생각했다. 그렇지만 뜨거운 물 속에서 긴장이 풀리자, 얼굴이 젖어 오는 것을 느꼈다. 자신이 울고 있었다. 큰 소리로 흐느껴 우는 것은 아니었지만 흘러내리는 눈물을 참을 수 없었다. 마치 몸 속에 있던 댐이 터진 것처럼 계속해서 눈물이 뺨을 타고 흘러 내렸다.

괜찮다고? 조안나는 조금도 괜찮지 않았다. 충격을 받고 놀랐으며, 겁에 질려 있었다.

'누군가 나를 죽이려 했다고, 왜? 캐롤라인에 대한 것을 물어보고 다녀서? 누군가의 비밀에 너무 가까이 다가가서?'

그녀는 눈을 감았지만, 억지로 눈물을 참으려고는 안 했다. 마음의 눈으로 떠오르는 얼굴들을 훑어보고 있었다. 누가 비밀을 지키기 위해서, 살인까지 서슴지 않고 저지르는 것일까? 클리프 사이드에 온 이래로 많은 사람들을 만났었다. 겉으로 보기에는 평범해 보이는 사람들이 어떻게 살인을 저지를 만한 비밀을 가지고 있다고 추측이나 하겠는가?

조심스러운 노크소리와 함께 그리핀의 목소리가 조안나를 현실로 불러 올 때까지, 시간이 얼마나 지났는지 알 수 없었다.

"조안나? 커피는 이미 뜨거워졌고, 십 분 후면 저녁 식사가 준비될 거요."

조안나는 헛기침을 했다.

"알겠어요."

잠시 침묵이 흐른 뒤 그리핀의 목소리가 들렸다.

"괜찮은 거요?"

조안나는 욕실 문을 바라보았다. 눈물이 아직도 흘러내리고 있었기 때문에 부옇게 보였다. 그에게 사실대로 말하고 싶은 충동과 싸워야 했다.

"난 괜찮아요."

간신히 침착한 목소리로 대답했다.

"몇 분 있다가 나갈게요."

"알았소."

그리핀의 목소리는 조안나의 말을 완전히 믿지는 않았지만 이내 큰방 쪽으로 가는 발소리가 들렸다.

목욕 수건을 찬물에 적셔 눈에 갖다 대었다. 부운 게 누그러지고, 눈물이 그칠 때까지 여러 번 반복해서 수건을 갖다 댔다. 아주 불안정한 상태였기 때문에, 이 안정이 효과가 있을까 염려되었다. 그렇다고 해서 어떻게 할 수 있는 다른 방법도 없었다.

욕조에서 나와 물기를 닦는 동안, 욕조의 물을 뺐다. 그러고 짙은 파란색 파자마를 입었다. 그리핀 말이 맞았다. 완전히 파자마에 파묻혔다. 바지가 흘러내리지 않도록, 가까스로 허리끈을 졸라맸다. 그리고 소매 끝이 손가락 끝을 완전히 덮지 않게 소매도 몇 번 접어 올렸다.

그리핀은 두꺼운 양말도 갖다 놓았다. 양말을 신으면서 조안나는 웃음이 터져 나왔다. 물론 따뜻했다, 파자마처럼……

빗으로 머리를 빗고 자신의 옷은 가는 가지로 엮어 만든 바구니 안에 접어서 넣어 놓은 뒤 큰방으로 갔다.

그리핀은 벽난로에 불을 붙여 놓았다. 커다란 방안에는 기분 좋은 나무 연기와 음식 냄새가 나고 있었다. 식탁은 벌써 차려져 있었다. 그는 부엌에서 능숙한 솜씨로 그릇에 달걀을 풀어서 휘젓고 있었다. 조안나가 나타나자 유심히 쳐다보았다.

"기분은 나아졌소?"

목소리가 부드러웠다. 처음 들어보는 부드러운 목소리였다. 그런 목소리를 듣자 어떤 이유에선지 목이 메어왔다.

그리핀은 오랫동안 조안나를 바라보고 나서 싱크대 옆에 있는 카운터를 향해서 고갯짓을 했다. 커피 메이커가 있었다.

"마음대로 들어요."

조안나는 고개를 끄덕이고 나서 커피를 따랐다.

그는 오믈렛을 만들면서 조안나를 지켜보았다. 특별히 눈여겨보지 않아도 그녀의 손이 떨리는 것과, 커다란 황금색 눈동자가 흠뻑 젖어 있는 것, 그리고 눈꺼풀이 붉게 부어 올랐다는 사실을 알 수 있었다. 그녀는 차 사고를 당한 이후로, 비정상적일 만큼 침착한 상태를 유지하고 있었다. 누군가 자신을 죽이려 했다는 사실에 눈 한번 깜빡거리고 멍하게 고개를 끄덕이면서 아무렇지 않게 받아들였다. 그래서 그는 조안나에게 곧 충격이 올 것이라는 사실을 알고 있었다.

그리핀이 예상하지 못했던 것은 자신의 감정이었다. 굉장히 큰 파자마를 입고 있는 그녀는 아주 연약하고 상처받기 쉬워 보였다. 여자의 이런 모습이 너무나 낯설었다.

그녀를 품에 안고, 실제로 살아 있는 따뜻한 체온을 느껴보고 싶다는 욕망이 들까 두려웠다. 병원에서부터 느꼈던 감정이다. 조안나를 품에 안고 있었던 순간이 다른 어떤 것보다 중요하고 행복했다.

커피를 한 모금 마시고 몸을 돌려, 그를 쳐다보더니 고갯짓으로 스토브를 가리키면서 말했다.

"냄새가 좋군요."

계속 그녀를 쳐다보다가 오믈렛을 태울까 봐 걱정이 돼서 마지못해 오믈렛을 쳐다보았다.

"일 분만 있으면 될 거요. 식탁에 앉아요."

조안나는 그리핀의 말을 듣고 식탁에 앉았다. 두 손으로 커피 잔을 감싸 쥐고, 커피를 쳐다보고 있었다. 너무 조용했다. 누군가 자신을 죽이려 했다는 생각이 들었다. 그 생각을 현실로 받아들이기 위해서 그녀는 내심 싸우고 있었다.

그리핀은 그녀의 눈동자에 어른거리는 어두운 그림자를 쫓아내기 위해서, 어떤 말이라도 해주고 조안나의 눈동자에 즐거운 웃음을 떠오르게 해주고 싶었다. 하지만 그의 본능이 그대로 내버려두라고 말하고 있었다. 누군가 자신의 생명을 노렸다는 사실을 생각해 볼 시간을 주라고 말하고 있었다.

조안나 앞에 음식 접시를 내려놓았을 때, 그녀는 기계적으로 먹기 시작했다. 그리핀은 재미있는 듯 눈을 깜빡거리면서, 놀랄 만한 힘을 가진 사라 아주머니가 귀에 못이 박히도록 가르쳐 준 예절 중 하나가 틀림없다고 생각했다. 전혀 맛을 느끼지도 못하면서, 예의바른 말투로 맛있다는 칭찬의 말을 늘어놓고 있었다. 그도 정중하게 고맙다는 인사말을 건넸다. 조안나가 먹고 있다는 사실만으로도 만족스러웠다. 그 후에는 중요하지 않은 일상적인 얘기들이 오고 갔다.

다 먹었을 때, 부엌 치우는 일을 돕겠다고 역시 자동적으로 우기는 조안나에게 새로 뽑은 커피를 손에 들려서 겨우 거실로 보냈다. 그녀에게 혼자만의 시간을 주고 싶었다. 이번 일에 대해서 애기를 하게 되었을 때, 보안관이 질문하고 있다고 생각하는 것 보다 순수하게 그녀의 사고를 염려하는 한 남자로 보이고 싶었다.

설거지를 끝마치고 나서, 부엌 불을 끄고 자신도 커피잔을 들고 거실로 갔다. 거실에는 소파 끝에 있는 램프 한 개와 벽난로 불빛이 있을 뿐이다. 조안나는 웅크리고 있었다. 발을 옆에 있는 쿠션 밑에 박아 놓고, 불꽃을 열심히 쳐다보고 있는 모습이 아주 가녀려 보였다. 그리핀이 조금 떨어진 곳에 앉아 커피잔을 옆에 있는 탁자 위에 올려놓자, 조안나는 신중하고 조심스러운 목소리로 애기를 하기 시작했다.

"캐롤라인에 대해서 물어보지 말라고 경고했을 때, 이런 일이 일어날까 봐 걱정한 건가요?"

"아니오."

그리핀의 목소리는 낮았다.

"난 캐롤라인의 인생에 살인 미수를 가져올 만한 것이 있으리라고 생각하지 않았소."

조안나는 고개를 돌려 그리핀을 쳐다보았다. 그녀의 우울한 눈동자 속에 벽난로의 불꽃이 황금색으로 타오르고 있었다.

"지금은요?"

그는 숨을 들이쉬었다.

"지금은, 누군가 당신을 왜 죽이려고 했는지 전혀 모르겠소……. 당신이 그녀에 대해서, 묻고 다녔다는 것을 빼놓고 말이오. 당신은 이곳에서 적을 만들지 않았소, 조안나. 내가 보기엔 그렇소. 당신이 캐롤라인에 대해 알기를 원치 않는 사람이 있다는 것은 확실하오. 그리고 그 사람은 당신을 멈추게 하기 위해서 어떤 일이라도 기꺼이 한다는 사실이오."

"난 알아낸 것이 없어요."

조안나가 대답했다.

"내 말은, 내가 알아낸 게 누군가 꺼릴 만한 사실이 아니라는 뜻이에요. 악의가 없는 사실들이라구요. 누구에게도 중요하지 않은 사실들이죠, 얼마 전 나는 이 마을 안에서 캐롤라인이…… 불륜을 저질렀다는 사실을 알아냈어요."

"왜 진작에 나한테 말을 안 했소?"

"어떤 사람하고 얘기를 나누다 알게 됐어요. 그 사람은…… 아직도 그녀 때문에 괴로워하고 있었어요. 일 년 전에 둘의 관계가 끝났는 데도 말이에요. 그 사람은 캐롤라인을 혹독하게 비판했지만, 아직도 사랑하고 있었어요. 그리고 그녀에게 다른 남자들도 있었다는 얘기를 해줬죠. 적어도 한 명은 확실히 알고 있다고 했어요. 누구인지 이름을 가르쳐 주진 않았지만, 또 다른 남자가 누구인지 알 것 같아요."

조안나는 고개를 가로저었다.

"그렇지만 그 사람들이 내 뒤를 쫓은 걸까요? 첫번째 남자는 캐롤라인과의 관계를 누가 알든 상관없다는 태도였고, 두 번째 남자는…… 글쎄요, 두 번째 남자는 캐롤라인을 잘 모른다고 했어요. 만약 그렇더라도, 내가 그녀와 자신의 사이를 의심했다는 이유로 나를 해칠 것 같은 사람은 아니었어요."

그리핀은 조안나의 말을 방해하지 않았다. 그녀는 더 이상 마음에 담아두지 말고 머릿속에 맴돌고 있는 말들을 밖으로 쏟아낼 필요가 있었다.

"캐롤라인은 마지막 주에, 두 사람을 만나러 갔어요. 그 사실이 내 머리에서 떠나질 않아요. 아마 할 말이 있었겠죠, 혹은 도움을 필요로 하고 있거나요. 그렇지만 두 사람 모두 캐롤라인에게 말할 기회를 주지 않았어요. 한 사람은 캐롤라인에게 굉장히 화가 나 있었고, 다른 사람은 무척 바빴어요. 그리고 당신도 바빴죠."

비난이 아니라 단순한 사실의 나열임에도 불구하고, 그리핀은 자신을 변명하고 싶은 마음이 생겼다.

"캐롤라인에게 문제가 있다는 사실을 알았다면……."

조안나는 진지하게 고개를 끄덕였다.

"당신이 캐롤라인을 도우러 달려갔을 것이라는 사실은 의심하지 않아요. 다른 두 사람도 그랬을 거예요. 그녀는 남자들에게 대단한 영향력을 행사하는 것 같았으니까요."

목소리는 비난하는 투가 아니었지만, 다시 변명하고 싶은 기분이 들었다.

"난 캐롤라인의 연인이 아니었소, 조안나."

얼굴을 유심히 쳐다보았지만 그리핀은 조안나가 무엇을 찾고 있는지 알 수 없었다.

"그래도 무엇인가 있어요. 그렇죠? 도움이 필요할 때마다, 당신한테 의지했던 것에는 반드시 어떤 이유가 있어요."

"아마 오래 전에 있었던 일 때문일 거요, 아니면 내가 보안관이기 때문에 쪽지를 보낸 것일 수도 있고. 도움이 필요했다면 내가 가장 의지할 만한 사람이었을 테니까."

"나도 물론 그렇게 생각했어요. 보안관으로서, 당신은 최후에 기댈 수 있는 사람이었을 거예요. 다른 남자들이 모두 거절한 후에 말이죠. 그런데 캐롤라인의 문제가 위험하고 불법적인 것이었다면, 당신한테 쪽지를 보내는 것에 굉장히 고민했을 거예요."

"그녀는 자신이 위험한 사실을 알고 누군가로부터 살해 위협을 받고 있었다면, 내가 최선을 다해서 보호해 줄 것이란 사실을 먼저 알아야만 했소. 이게 바로 우리가 하는 얘기의 요점이오."

조안나는 시선을 돌려 벽난로의 불꽃을 쳐다보았다.

"그게 바로 우리가 얘기하고 있는 거죠. 캐롤라인은 어떤 불법적인 일에 관련되어 있었어요. 아니면, 위험한 일을 발견한 거죠. 내 생각에는 그래요. 그녀는 신경이 예민해져 있었고 겁을 먹고 있었겠죠. 죽기 전 마지막 주에 말이에요. 또, 바로 당신한테 도움을 청하지 않았어요. 그건 그녀가 체포되거나 스캔들을 일으킬 만큼 그 일에 깊숙이 관련되어 있거나, 자신이 사랑하고 있는 누군가가 다칠까 봐 두려워했다거나, 혹은 사랑하고 있던 누군가에게 배신을 당했기 때문에 마음의 갈피를 못 잡고 있었다는 얘기죠. 나는 캐롤라인이 죽었을 당시에 누군가와 불륜 관계였다고 생각해요. 아니면, 바로 직전이라도 말이에요. 그러니까 그녀의 마지막 애인이 무엇인가 알고 있을 가능성이 아주 커요.”

“대단한 추리력이요.”

칭찬 후 조안나의 주의를 환기시켰다.

“하지만 그 추리가 사실이라는 증거는 하나도 없소.”

“나도 알아요. 난 퍼즐을 맞추려고 노력하고 있어요. 한 조각, 한 조각 말이에요. 그리고 누군가 내가 완성된 그림을 보는 것을 원하지 않기 때문에 날 죽이려고 했어요.”

“그리고 일요일 밤에도 당신을 죽이려고 했고.”

그녀가 갑작스럽게 다시 고개를 돌렸다. 눈동자에 다시 밝은 불꽃이 서리더니 부드러운 목소리로 말했다.

“누군가 앰버를 나라고 생각하고 죽였단 말인가요?”

“나도 그렇게 말하고 싶지 않소.”

그리핀은 조안나를 토닥여주고 싶었지만 참았다.

“다른 설명이 없소, 조안나. 다른 모든 건 접더라도 오늘 일을 보고 세 명의 죽음이 관련이 있다는 사실을 알게 되었소. 당신이 처음부터 말했던 것처럼 말이오. 그런데 앰버의 관련성은 뭐라고 말할 거요? 앰버는 아무런 관련이 없소, 뒷모습이 당신과 닮았다는 사실을 빼놓고는 말이오.”

“앰버는 폭풍우가 몰아치는 밤에 죽었어요. 그 밤에 내가 호텔 밖으로 나오기를 마냥 기다릴 사람은 아무도 없어요.”

“물론 없소, 하지만 누군가 호텔 안에서 지켜보고 있었을 수도 있소. 그리고 앰버가 나가는 것을 본 거요. 손님이거나 혹은 그날 밤에 우연히 호텔에 있던 사람일 수도 있겠지. 호텔에서는 포커판이 돌아가서 마을에서 간 사람들도 꽤 많았소, 아니면…… 케인이 있었을 수도 있소.”

“어떻게 그런 식으로 말할 수…….”

“나도 케인이 앰버를 죽였다고는 믿을 수 없소. 그렇지만 그가 사람을 죽일 능력이 없다고는 말하지 않았소. 살인을 저지를 이유는 충분하오. 그날 밤 케인은 알리바이를 만들기 위해서 집에서 나갔는지도 모르오. 앰버를 밀고 난 다음에, 여자가 당신이 아닌 앰버라는 사실을 알았건 몰랐건 간에, 케인은 앰버가 호텔을 떠난 정확한 시각을 알려주는 일기장이 발견될 것이라는 사실을 몰랐던 거요.”

“그렇다면 당신이 물었을 때, 케인은 왜 알리바이를 대지 않은 거죠? 왜 밤새도록 혼자 별장에 있었다고 말한 거죠?”

“만일 내가 살인자고 알리바이를 가지고 있다면, 알리바이는 예비로 남겨두는 것이 훨씬 현명한 일이라고 생각하오. 적어도 가장 유력한 용의자로 지목될 때까지 말이요. 더더욱, 다른 여자와 밤을 보냈다면 말이오. 케인은 홀리에게 상처주고 싶지 않아서 말하지 않았다고 언제든지 변명할 수 있소. 내가 그에게 질문했을 때, 홀리가 옆에 앉아 있었소. 제기랄, 충분히 가능한 얘기요. 아마 이것이 케인이 즐기고 있는 게임일 거요.”

“앰버는 케인에게 편지를 보냈어요.”

조안나가 반박했다.

“만일 케인이 누군가 호텔 밖으로 나올 거라고 예상했다면, 그건 바로 앰버였을 거예요.”

“만일 케인이 그 편지를 받았다면 말이지.”

“케인이 편지를 받지 못했다는 말인가요?”

그리핀은 고개를 끄덕였다.

“내 예감이오. 오늘 오후에 당신이 사무실에서 나간 직후에 부보안관을 케인의 별장으로 보내서 살펴보게 했소. 케인에게 직접 편지에 대해서 물어보기 전에 확인하고 싶었소. 부보안관이 화분 밑에 봉투 채 고스란히 깔려 있는 편지를 발견했소. 상태로 봐서 처음 거기 떨어진 그대로 있었던 것이 분명했소. 그는 편지를 뜯어 보지 않은 게 분명하오.”

잠시 후에, 조안나가 물었다.

“케인이 그날 밤 호텔에 있었다구요? 난 보지 못했는데요?”

“그는 홀리와 함께 저녁 식사를 하고 호텔 주위를 산책하고 있었소. 그러다가 호텔에서 나오는 앰버를 흘낏 보고 당신으로 생각한 거요. 그리고 절벽 끝까지 앰버를 쫓아가서…… 확인할 겨를도 없이 절벽 아래로 밀어 버린 거요.”

“지금은 당신이 추리를 하고 있군요.”

조안나가 대꾸했다.

“그렇소, 나도 알고 있소.”

그리핀이 낮게 중얼거렸다.

“난 케인과 애기를 해야만 하오. 그가 일요일 밤에 어디에 갔었는지 말이오. 그리고 캐롤라인이 죽을 무렵에, 케인이 마지막 애인이었는지 알아야겠소. 만일 애인이라면 무엇인가 알고 있을 거요. 캐롤라인이 죽기 며칠 전의 마음 상태라도 알고 있을 거요.”

“한참 전부터 케인은 홀리와 애인 사이잖아요?”

그리핀이 고개를 끄덕였다.

“그 점이 케인에게 유리하게 작용되는 상황이요. 이렇게 작은 마을에서 두 여자를 한꺼번에 사귀는 바보 같은 남자는 많지 않으니까 말이오.”

“케인은 바보가 아니에요.”

“물론 아니오. 하지만 지금 가장 혐의가 짙은 용의자요, 조안나. 만일 그가 일요일 밤에 어디에 갔었는지 분명히 설명할 수 있다면 뺄 것이오.”

“리스트에 또 누가 있죠?”

그리핀이 대답하기 전에 조안나가 얼른 말했다.

“스콧이죠?”

“앰버를 당신으로 오인해서 죽였다면…… 난 그렇다고 믿고 있소. 캐롤라인이 죽었을 때, 스콧이 집에 있었다는 증거는 없었소. 그리고 일요일 밤에도 혼자 집에 있었다는 것을 증명해 줄 목격자가 없소. 스콧도 살인을 저지를 만한 충분한 동기가 있는 사람이오.”

“무슨 충분한 동기를 가지고 있다는 말이죠? 캐롤라인의 불륜을 발견했다고 하더라도, 그것이 살인의 동기가 될 수 없어요. 스콧이 그일 때문에 해안도로로 캐롤라인을 쫓아갈 수는 있겠지만 나를 죽일 이유는 전혀 없어요. 이곳 어딘가에 비밀이 있어요. 누군가 그 비밀을 지키기 위해서, 어떤 일이라도 할 수 있는 비밀 말이에요. 캐롤라인이 왜 두려워하고 있었는 지만 알아낸다면, 나머지 일들은 저절로 풀릴 거라고 생각해요.”

“어디 좋은 점쟁이라도 알고 있소?”

조안나는 벽난로의 불꽃을 바라보았다. 입가에 잠시 미소가 떠올랐다.

“점을 치러 가는 친구는 알고 있지만, 나는 그런 곳에 가본 적이 한번도 없어요.”

그리핀은 침묵하는 조안나의 옆얼굴을 바라보았다. 말하고 있는 것이 훨씬 낫다는 생각이 들었다. 말하는 동안, 조안나의 재빠른 두뇌가 클리프 사이드에서 벌어지고 있는 풀기 어려운 퍼즐을 풀기 때문이다. 그것은 경찰들이 사용하는 최고의 방법이다. 지금 두 사람은 서로가 이 순간 할 수 있는 말을 다 했다.

그리핀은 할 말을 기억해냈다.

“내가 오늘 당신 차 문을 열었을 때, 이번이 세 번째라고 말했소. 그게 무슨 뜻이오?”

“세 번째로 죽을 뻔했다는 뜻이죠.”

조안나가 온화한 말투로 대답했다.

“하지만 불쌍한 앰버가 내 대신 죽었다면 네 번째인 것 같군요.”

그리핀을 바라보는 조안나의 입가에 웃음이 번지고 있었다.

“앞으로도 얼마나 많이 죽음의 위기가 남아 있을 것 같아요?”

이번에 그리핀은 그녀를 어루만지고 싶은 충동을 억누르지 않았다. 그녀에게 다가가서, 두 손으로 얼굴을 감싸 쥐었고 따뜻한 입술 위에 자신의 입술을 댔다. 조안나는 자신의 목에서 맥박이 격렬하게 뛰는 것을 느끼는 순간, 신음소리를 내며 그에게 몸을 기댔다. 두 사람 사이에 있는 쿠션을 치워 버리기 위해서 쿠션을 더듬어 찾으면서, 그에게 완전히 몸을 맡겼다. 그리고 손을 올려 그리핀의 가슴을 쓰다듬었다.

그리핀은 오늘밤 조안나가 쉽게 유혹에 넘어갈 상태라는 것을 알고 있었다. 마음을 안정시킬 수 있는 것이라면 다른 어떤 것이라도 받아들일 것이다. 그녀의 입술이 열리고 깃털같이 가볍고 다소 거칠게, 감각을 일깨우는 조안나의 혀가 그리핀의 입 속으로 들어 왔을 때, 자신이 얼마나 조안나를 원하고 있는 지만 생각하기로 했다.

"조안나……."

가까스로 입술을 떼고, 이름을 속삭였다. 입술을 떼는 것이 괴로웠지만 그럴 필요가 있었다. 그리고 나서 그리핀은 다시 격렬하게 키스를 퍼부었다. 한 손은 조안나의 부드러운 머리카락을 쓰다듬고, 다른 손은 조안나의 등을 타고 움직이면서 그녀를 더 가까이 끌어 당겼다.

조안나는 다시 목쉰 소리를 냈다. 감각적인 신음소리였다. 그리핀의 손길 아래서 몸이 활처럼 휘었다. 그녀의 즉각적이고도 육감적인 반응에 그는 만족스러운 신음소리를 냈다. 하지만 그와 동시에 그리핀은 조금이나마 제정신을 차릴 수 있었다. 몸을 뒤로 젖히고, 다시 한 번 조안나의 얼굴을 감싸 쥐었다.

"의사만 때를 잘못 맞춘 게 아니오."

그리핀이 허스키한 음성으로 말했다.

"조안나, 당신은 오늘 최악의 경험을 했소. 나는 당신의 그점을 이용할 생각이 없소."

조안나의 눈이 커지는 것 같았다. 눈은 아직도 젖어 있었고, 그늘을 드리우고 있었다. 그러나 입가에는 웃음이 넘실대고 있었다. 이상한 미소였다.

"고마워요."

조안나가 중얼거렸다.

"그렇지만 그리핀, 난 전부터 이런 일이 우리 둘 사이에 있을 줄 알았어요. 당신은 몰랐나요?”

그리핀의 엄지손가락이 경쾌하게 조안나의 볼을 쓰다듬었다.

“알았소.”

그도 시인했다.

“그렇지만…….”

조안나는 그리핀이 말을 끝마치도록 가만히 놔두지 않고, 키스를 했다. 입술에서 느껴지는 그녀의 숨결이 따뜻하고 향긋했다.

“난 당신을 원해요. 그리고 난 지금 내가 무슨 일을 하는지 잘 알고 있어요. 오늘밤 나를 혼자 자게 하지 말아요, 제발.”

그리핀은 거절할 수 없었다. 있는 힘껏 그녀를 껴안았다. 그의 키스도 점점 깊어졌다. 조안나도 몸으로 즉시 대답했다. 팔을 올려 그의 목에 감고 가슴을 그의 가슴에 밀착시켰다. 조안나는 더 이상 연약한 여자가 아니라, 자신이 원하는 것을 정확하게 알고 있는 정열적인 여성이었다.

조안나를 소파에서 들어 올렸을 때 너무 가벼웠다. 그리핀은 그녀의 육체가 얼마나 깨지기 쉽고 연약한지, 다시 한번 깨달았다. 그런 깨달음이 그의 마음속에 얽혀 있던 감정들을 충돌하게 했다. 누군가 두 번씩이나 이 연약한 여자를 죽이려고 했다. 너무 걱정스러웠고, 조안나가 위험한 상황에 이를까 봐 두려웠다. 전에는 어떤 여자에게도 이런 보호 본능을 느껴본 적이 없었다. 자신도 모르게 그녀를 안전하게 지키겠다는 굳은 결심을 했다. 오직 조안나만을 보고, 조안나의 목소리만을 듣고, 조안나의 체취를 맡고 조안나를 느낄 뿐이었다.

그녀를 침실로 데려가서 침대 옆에 살며시 세워 놓았다. 그리고 한쪽 손으로 이불을 거칠게 옆으로 밀어젖히면서 그녀를 향한 열정적인 키스를 멈출 수 없었다. 그녀의 입술은 따뜻했고 열광적이었다. 키스의 순수한 유혹에 서로 똑같이 굶주려 있는 것 같았다.

조안나가 입은 파자마의 단추를 풀려고 손을 올렸을 때, 그녀의 손가락도 자신의 바지 벨트를 풀려고 하고 있다는 사실을 알았다. 두 사람 모두 서로의 사이를 막고 있는 장벽을 제거하는 데 몰두했다. 그리핀은 조안나에게서 손을 떼고 티셔츠를 벗었다. 그리고 그녀의 윗단추가 열린 상의를 끌어 내렸다. 맨살을 드러낸 가슴이 그리핀의 가슴에 와닿았다. 딱딱하게 굳은 가슴의 정점이 불꽃처럼, 그의 가슴을 태웠다. 그리핀은 몸 속 깊은 곳, 어디선가 나오는 거친 신음소리를 들었다.

"세상에, 조안나…… 난 당신을 너무나 원하고 있소."

그리핀은 거친 신음소리가 자신의 소리인지조차 알 수 없었다. 조안나의 눈동자는 빛을 뿜어내고 있었고 그녀가 몸을 조금 움직이자, 가슴과 가슴이 스쳤다. 조안나의 몸 속에 몸을 묻고 싶은 충동만이 그리핀을 온통 사로잡았다. 그는 파자마의 허리끈을 모두 풀었다. 그러자 파자마가 조안나의 날씬한 엉덩이와 다리 아래로 흘러 내렸다. 그리핀은 자신의 바지와 팬티를 벗기느라고, 조안나의 손가락이 엉덩이 부분을 더듬고 있는 것이 느껴졌다.

그 친밀한 감촉이 더할 나위 없는 기대감으로, 온몸의 근육을 긴장시켰다. 조금 후, 조안나의 부드러운 배가 그리핀의 남성을 눌렀다. 순간, 원초적인 욕망의 충격이 그의 육체를 관통했다. 조안나가 양말을 벗고 발 주위에 쌓여있는 옷더미를 헤치고 나오느라, 몸을 움직이는 것을 느꼈다. 자신도 신발과 양말을 벗어 옆에 던져 놓고 바지를 벗었다.

그녀를 안아서 침대 위에 올려놓고 자신도 따라 누웠다. 램프 불빛 아래서 보는 조안나의 육체는 예상처럼 아름다웠다. 날씬하고 섬세했다. 가슴은 작았지만 단단하고 동그랬으며, 엉덩이는 부드러운 곡선을 이루고 있었다. 정말 여성스러웠다. 그리핀을 쳐다보고 있는 조안나의 빛나는 눈동자는 욕망으로 흐려져 있었고 입술은 그리핀의 정열적인 키스로 붉게 물들어 있었다.

자신이 보고 느끼는 것을 조안나에게 말해 주고 싶었다. 그녀가 자신이 보아왔던 여자 중에서 가장 아름답다고 말해 주고 싶었다. 그러나 애기를 할 수 없었다. 말을 하려는 시도조차 못할 정도로 그녀의 매력에 취해 있었기 때문이다.

대신에 애무로 조안나와 대화를 했다. 얼굴과 목에 키스를 하면서도,

끊임없이 손은 가슴을 애무하고 있었다. 부드러운 피부와 딱딱하게 굳은 분홍빛 유두를 쓰다듬었다. 그리핀의 입이 손을 따라 움직였다. 조안나가 그리핀의 애무에 대한 대답으로 신음소리를 내면서 몸을 비틀자, 그의 몸 속에 있는 긴장과 열기가 미칠 듯이 솟아올랐다. 그는 자신과 똑같이 격렬하게 고동치고 있는 조안나의 심장소리를 들을 수 있었다. 짧고 부드러운 숨소리와 헐떡거리는 작은 소리도 들을 수 있었다. 그녀의 감촉은 그리핀이 단 일 분도 참을 수 없는 상태에 이를 때까지 욕망을 채워 주었다.

그의 손이 배 위로 미끄러져 내려가자 조안나의 떨림이 느껴졌다. 조안나가 그리핀을 맞아들일 준비가 될 때까지, 그는 부드러운 여성의 핵심을 쓰다듬었다. 그녀가 엉덩이를 들고 작은 소리로 애원할 때까지, 민감한 피부를 부드럽게 애무했다.

그리핀을 제어하고 있던 마지막 끈이 뚝 끊어졌다. 그리핀은 신음소리를 내면서 그녀의 몸 위로 올라갔다. 조안나의 다리를 벌리고 그 사이에 자리를 잡았다. 그녀의 손이 그리핀의 어깨와 등을 더듬었고 손톱은 멋진 감각을 불러일으키는 작은 화살 같았다. 그리핀은 그녀의 몸 속에 들어가면서 그녀의 눈동자를 내려다보았다.

통로는 예상했었던 것 보다 작고 좁았다. 조안나의 육체는 힘겹게 그리핀을 맞아 들였다. 두 사람의 느린 결합이 무한한 즐거움을 주었다. 그리핀은 조안나의 몸 속에 자신을 묻고 모든 것을 잊고 싶었다. 두 사람이 서로의 한 부분이 될 때까지, 녹아들어서 한 사람이 되고 싶었다.

그가 천천히 움직이기 시작하자 미칠 것 같은 긴장감이 생겨났다. 조안나가 다급한 신음소리와 허스키한 작은소리를 내면서 그의 몸 아래서 육감적으로 움직이기 시작하자, 더 빠른 원초적인 리듬이 그리핀을 사로잡았다. 그의 동작이 커지고 빨라지면서, 조안나의 육체에는 긴장감이 감돌고 물결치듯 움직이기 시작했다. 그리핀의 어깨를 움켜쥐고 있는 그녀의 얼굴은 정열로 물들어 있었다. 그가 자신을 쳐다볼 때까지, 그의 마음속에 자신만이 들어갈 수 있을 때까지, 시선을 그에게 단단히 고정시키고 있었다.

두 사람이 절실히 원하고 있는 클라이맥스를 향해 치달아가자, 감각의 폭풍 속으로 빨려 들어가는 것 같았다. 조안나는 비명을 질렀다. 기쁨에 젖은 비명이 그리핀을 강하게 뒤흔들었다. 그는 주위의 모든 것에 눈과 귀가 멀었다. 오직, 자신의 더없이 행복한 클라이맥스가 창조해 내는 순수한 힘만을 느낄 뿐이었다.

"당신은 말이 없는 연인이군."

그리핀이 나직하게 말했다.

눈을 뜨자, 내려다보고 있는 그리핀이 보였다. 그는 손으로 턱을 받치고 있었고 몇 번인가 이불을 끌어 당겨서 덮어주고 있었다. 조안나는 이불과 그리핀이 만들어 준 따스한 보호막 속에서, 평화로운 기분에 젖어 있었다. 멀리서 천둥소리와 절벽에 부딪치는 파도소리가 들렸다.

"앞으로 큰 변화가 있을 거예요."

조안나가 자신도 모르게 중얼거렸다.

그리핀의 표정을 읽을 수 없었다. 자신의 침묵이 그를 불안하게 만들었는지, 아니면 할 말을 생각하는 것인지 알 수 없었다. 그의 억센 얼굴은 진지했고, 눈동자는 굉장히 어두웠다. 그는 조안나의 얼굴에 시선을 고정시키고 있었다.

"이런 일이…… 일상적인 일이오?"

그리핀이 지나가는 말처럼 물었다.

조안나는 그리핀의 질문에 대해서 잠시 생각했다. 무엇을 알고 싶은 걸까?

어떤 남자들은 여자의 과거 얘기를 피하고 싶어하고, 어떤 남자들은 상세히 듣고 싶어한다. 그리고 예전의 애인과 비교도 하는 한편, 둘만의 경험을 특별한 것으로 생각하는지 궁금해 하는 것 같았다.

조안나는 느릿한 말투로 대답했다.

"삼 년 동안, 고등학교 때 남자 친구와 사귀었어요. 고등학교 때 이

년하고, 대학교 일 년 동안이었죠. 우리는 대학교에 들어갈 때까지 육체적인 관계를 미루었죠. 그런데…… 사실 결과는 별로 만족스럽지 못했어요."

조안나는 희미하게 미소를 지었다.

"우리가 왜 그렇게 공연한 말다툼을 벌여야 하는지 알 수 없었어요. 그런 관계를 가질 때, 왜 서로 맞지 않는지 알 수 없었던 거죠. 우린 너무 어렸고, 친구가 너무 경험이 없었기 때문이었나 봐요. 어쨌든 우리의 관계는 시간이 가도 나아지지 않았어요, 나는 그랬어요. 애인한테 내 마음이 식은 것이 보였나 봐요. 결국 헤어졌거든요. 다음 상대는 사무실에서 말했던 사람이에요. 그 사람과의 관계는 몇 달밖에 가지 않았어요. 그래서 난 내가 말이 없는 연인인지 그 반대인지 잘 모르겠어요."

조안나는 숨을 들이쉬었다.

"내가 아는 것이라고는 사람들이 모두 어떻게 그런 욕망에 지배받을 수 있는지…… 이제껏 이해할 수 없었다는 거예요. 조금 전까지는 말이죠."

그리핀이 그녀의 머리를 쓰다듬고 나서 볼을 부드럽게 매만졌다. 여전히 진지한 표정을 짓더니 입을 열었다.

"우리는 성공한 건가?"

얼굴을 쓰다듬고 있는 그리핀의 사소한 손길에서도 조안나는 온몸을 전율시키는 정열을 느꼈기 때문에, 모든 의미가 함축된 짧은 질문에 환하게 미소지을 수 있었다.

"그래요, 우리는 성공했어요."

그녀가 덧붙여 말했다.

"당신도 별로 말이 없군요. 이런 일이 자주 있었나요?"

"아니오."

그리핀이 잘라 말했다.

그를 바라보면서 대답이 더 나오기를 기다렸다.

"난 당신이 쇼크받은 오늘 같은 날에 이럴 생각이 전혀 없었소."

그리핀이 대답했다. 그는 그녀의 피부가 주는 감촉에 매료된 것처럼 아직도 부드럽게 쓰다듬고 있었다.

"맑은 하늘에서 번개가 치는 것처럼 갑작스런 일이었소. 전혀 예상하지 못했었소. 당신을 처음 보았을 때, 당신이 고개를 돌리는 순간……."

"그때, 난 캐롤라인처럼 보였겠죠."

조안나의 턱선과 목을 더듬고 있던 손이 행동을 멈췄다. 눈썹이 약간 치켜올라갔지만 그리핀의 목소리는 조용했다.

"그랬소, 그게 첫인상이었소. 그럴 수밖에 없었소. 하지만 다른 점도 많았소. 당신의 말투와 머리카락, 그리고 눈의 색깔도 달랐소. 그러나 죽은 그녀와 닮았다는 사실이 당신을 경계하게 만들었소. 난 우연의 일치를 믿지 않거든. 당신이 여기서 무엇을 하는지 궁금한 게 당연하지 않겠소. 나중에 당신이 아주 캐롤라인에 대해서 조사한다는 것을 알았을 때, 더욱 갈피를 잡을 수 없었소."

"그래서 나한테 경고를 하기로 결정한 건가요?"

"그냥 난 불안했소, 조안나. 당신이 나를 불안하게 만들었소. 난 당신이 파헤치려고 하는 것이 무엇인지 몰랐소……. 그리고 살인자가 클리프 사이드에 있으리라고는 상상도 못했소. 하지만 마을에 있는 많은 사람들이 캐롤라인의 죽음을 아직 받아들이지 못한다는 사실은 알고 있었지."

조안나는 아무 말 없이 고개만 끄덕였다.

"이런 일이 일어나리라고는 예상하지 못했소, 그때는 그랬소."

그리핀이 얘기를 이어갔다.

"난 내 감정이 바뀌기 시작할 때도 확신할 수 없었소. 얼마 후, 당신을 봐도 캐롤라인 생각이 전혀 나지 않게 되었소."

조안나는 그의 말을 완전히 믿을 수는 없었지만 미심쩍은 것을 굳이 물어 보지는 않았다. 오늘밤 그리핀이 침대로 데려간 여자가 바로 자신이라는 사실을 믿고 싶었다. 캐롤라인을 대신한 여자가 아니라는 사실을.

그리핀이 말을 하다 말고 갑자기 미소를 지었다.

"내게 문제가 생겼다는 것을 깨달은 것이 바로 그때였소."

뭔가 심각한 일이 숨어 있는 것처럼 애절한 말투로 말했다.

"난 서른 일곱이오, 조안나. 난 오래 전에 그런 것에서 벗어난 나이란 말이오."

"그런 것이요?"

조안나가 무심코 물었다.

"내가 무슨 말하는지 알 거요. 백일몽이지, 우스운 충동이오."

조안나는 그리핀에게 백일몽과 충동이 무엇인지 설명해 달라고 하고 싶었지만, 물어보면 그가 놀릴 것 같아서 생각나는 대로 어림짐작했다.

"욕망을 느꼈다는 뜻인가요?"

갑자기 조안나 쪽으로 몸을 숙인 그의 어두운 눈동자 속에서 예상치 못했던 열기가 끓어오르고 있었다.

"난 지금도 욕망을 느끼고 있소. 그렇지만 이건 단순한 욕망이 아니오."

대답할 기회도 주지 않고 조안나의 입술을 내리 눌렀다. 단단했지만 거칠지는 않았다. 입술이 관능적인 정열로 움직이기 시작하자, 그녀의 몸 속에서 이젠 낯설지 않은 불꽃이 빠르고 강하게 타올랐다.

그녀는 이불 밑을 더듬어 그리핀을 찾았다. 조안나의 손가락이 아직은 낯선 그리핀의 육체를 탐험하듯 더듬어 갔다. 최고의 기분이다. 예상했던 것처럼 그의 육체는 단단했고, 매끄러운 피부 밑에 숨어 있는 근육은 잘 발달되어 있었다. 손이 어깨에서 등으로 옮겨갔다가 깨끗한 척추 선을 따라 내려갔다. 그런 후, 가슴을 뒤덮고 있는 털을 쓰다듬었다. 조안나의 손 끝은 문자 그대로 그리핀을 안절부절못하게 했다. 몸 속의 빈 곳에서 느끼는 열망은 커져만 갔다. 완전한 존재가 될 때까지 계속될 것 같았다.

첫번째 결합을 한 후에, 충분히 만족하고 완전히 지치고 무기력해졌다고 생각했지만, 지금 그의 입술이 다시 유혹하고 애무를 시작하자 긴장감이 온몸에 흘러 넘쳤다. 그가 가슴을 애무할 때는 거의 발작을 일으킬 것 같았다. 타는 듯한 즐거움이 숨을 앗아갔고, 기쁨에 차올라 고양이처럼 가르랑거리는 소리를 냈다.

말이 없는 연인? 전혀 그렇지 않았다. 조안나는 원초적인 소리를, 환희에 찬 소리를 참을 수 없었다. 하지만 말은 못했다. 그리핀이 주는 느낌이 너무 강렬하고, 너무 지배적이어서 말은 차마 할 수가 없었다.

그리핀의 입술이 조안나의 가슴 위로 옮겨가자, 감각의 폭풍 속으로 휩쓸려 들어갔다. 손이 배 위로 미끄러져 가서, 그녀의 언덕과 육체에서 가장 민감한 신경을 가진 부분을 찾아냈다. 그녀는 그를 맞아들이기 위해서, 다리가 저절로 벌어지는 것을 느꼈다. 육체의 문을 활짝 열어 주고 싶은, 믿을 수 없는 관능적인 느낌이 들었다. 예전에는 결코 맛보지 못했던 쾌감이었고 미쳐 버릴 것 같이 매력적인 기분이었다. 그리핀은 조안나가 미칠 것 같은 기분이 들 때까지, 또 다시 애원하는 소리가 새어 나올 때까지 애무하는 것을 멈추지 않았다.

마침내, 그리핀이 몸 위로 올라가자 조안나는 안심이 되어서 거의 흐느껴 울 뻔했다. 조안나의 허벅지가 그리핀을 감쌌고, 손은 그리핀의 몸을 더듬었다. 그가 맹렬한 기세로 몸 안으로 들어오기 시작하자 그리핀의 힘찬 얼굴을 올려다보았다.

그리핀에게 빈 공간을 채울 수 있도록 문을 열어 주는 기분, 그리고 마음속 깊은 곳에 숨어 있던 본능이 그리핀의 애무로 끌려 나오는 느낌은 아직 낯선 감정이었다. 그리핀이 움직이기 시작했다. 이번에는 서두르지 않았다. 그의 끝없는 애무는 빠른 속도로 조안나의 참을성을 바닥냈다. 정말 대단했다. 분별력을 뺏어 버리고, 자극과 욕망, 그리고 열망의 노예로 만들었다. 조안나의 육체는 본능적으로 그리핀을 재촉했지만 그는 그녀를 미칠 것 같이 만드는 느릿한 속도를 유지했다.

조안나는 그리핀이 그런 억제의 대가를 공평하게 같이 치른다는 사실을 깨달았다. 그녀의 손 밑에서 느껴지는 근육은 긴장으로 푸들거리며, 숨결은 가쁘고 거칠었다. 얼굴에도 급박한 심정을 그대로 드러내고 있었다.

조안나는 자신도 들어본 적이 없는 소리를 내기 시작했다. 그리핀을
받아들이고 싶은 자신의 욕망에 놀라서, 몸이 동요하고 있다는 사실을
깨달았다. 긴장감이 참을 수 없는 지경까지 이르자 조안나의 손톱이 그
리핀의 등을 파고들었다.

그리핀의 억제력도 바닥이 났다. 갑자기 신음소리를 내뱉더니, 거칠게
조안나의 몸 속으로 들어갔다. 그녀는 승리에 찬 비명을 질렀다. 정열로
가득 찬 절정의 물결이 조안나를 휩싸고 돌았다. 그녀의 여성적인 통로
가 그의 남성을 꽉 조이자 그리핀은 몸을 떨었다. 조안나의 클라이맥스
가 전해져서 그리핀을 폭발시켰을 때, 그는 즐거움에 찬 거친 숨소리를
내뱉으면서 조안나의 몸 속에 깊이 자신을 묻었다.

마침내 정신을 차렸을 때, 조안나는 다시 이불과 그리핀이 만든 따뜻
한 고치 속에 파묻혀 있었다. 그는 두 팔로 자신을 껴안고 있었고, 자신
은 편안하게 그리핀의 어깨를 베고 누워 있었다. 이번에는 정말 움직일
힘도 없었다. 비록 졸리지는 않았지만 조안나는 느긋하게 잠을 청하고
있었다.

"조안나?"

"응?"

"이번 일이 모두 해결될 때까지, 애틀랜타에 가 있으면 안 되겠소?"

조안나는 고개를 쳐들었다. 그리핀의 얼굴을 정확하게 볼 수 있도록,
한쪽 손으로 턱을 괴었다. 그녀가 뭐라고 대답을 하기 전에, 그리핀이
다시 말을 했다. 목소리는 낮게 깔렸다.

"당신이 걱정되오."

그리핀의 생각을 충분히 이해는 했지만 그래도 조안나는 고개를 가로
저을 수밖에 없었다.

"사건이 해결될 때까지는, 이곳을 떠날 수 없어요. 내가 떠나고 싶어
도 말이에요. 나도 왜 그런지 설명할 수는 없지만 나는 여기 있어야 해

요."

　그리핀의 어두운 눈동자가 잠시 조안나의 표정을 살피더니 마지못해 고개를 끄덕였다.

　"당신이 그렇게 말할 줄 알았소. 제발 지금부터라도 조심해요, 알겠소?"

　조안나는 미소를 지었다.

　"최선을 다할게요, 약속해요."

　조안나는 몸을 숙여 그리핀에게 살짝 키스를 했다. 그리고 다시 그리핀 옆에 편안하게 누웠다. 아직 꽤 이른 새벽 시간이었다. 하루는 길었고 시간은 여전히 활동하고 있었다. 조안나는 잠에 빠져들었다.

　늘 꾸던 꿈이 시작되었다. 파도가 부서지는 소리가 들리고, 절벽 위에 서있는 아름답지만 외로워 보이는 저택의 이미지가 점점 명확해졌다. 그러고 나서, 저택이 안개처럼 보이는 것 속으로 희미하게 사라져버리고 다른 이미지가 떠올랐다.

　조안나의 눈앞에, 이젤 위에 놓여진 색채가 화려한 그림이 나타났다. 그것은 몽롱하게 보였고 약간 기울어져 있었다. 어렴풋하게 멀리서 공포에 질려서 흐느껴 울고 있는 아이의 울음소리가 들려왔고 그 소리는 조안나의 마음을 아프게 했다. 시계소리도 계속적으로 들렸다. 종이 비행기가 바닷바람을 타고 솟아올랐다가 빠른 속도로 떨어져내리더니 어떤 나무 바닥 위에 떨어졌다. 아직도 안개는 끼어 있다. 다시 꽃병에 아름다운 핑크색 장미가 꽂혀 있는 영상이 나타났다. 꽃잎이 사방에 흩어져 있었다. 이내 꽃이 사라지고 밝은 색으로 칠한 회전 목마가 위 아래로 움직이고 있었다. 그러다가 뚝 멈췄다. 회전 목마는 사라지지 않고 그대로 있었다. 주위 배경은 어렴풋해서 잘 보이지 않았지만, 회전 목마는 똑똑하게 잘 보였다. 아이의 울음소리가 점점 가까워지고 분명하게 들리면서, 재깍거리는 시계소리도 커지고 메아리처럼 울리기 시작했다.

‘그 여자를 혼자 내버려두지 마세요.’

시계소리는 다른 모든 것을 삼켜 버릴 듯이 울려 퍼졌다. 시계소리가 심장 고동처럼 들리기 시작했다. 그러고 나서 점점 빨라졌다…….

조안나는 손을 앞으로 뻗고 비명을 지르면서 일어나 앉았다. 무엇인가를 잡으려고…….

숨을 쉴 수 없었고 심장이 너무 빠르게 고동치고 있어서 머리까지 아찔했다. 그리고 무서웠다. 공포에 가까운 무언가가 정수리 깊숙이 박히고 목이 막히게 했다. 눈물로 뺨이 젖어 있는 게 느껴졌다. 아직도 조안나의 가슴속에 남아있는 고통과 슬픔, 그리고 후회의 감정들이 눈물로 흘러 내렸다. 그녀는 모든 슬픔의 감정들을 털어 버리기 위해서 흐느껴 울고 싶었다.

“조안나?”

그리핀의 낮은 목소리를 들리자 안정을 되찾기 시작했다. 흐느껴 울고 싶은 욕망이 순식간에 사라졌고 숨결이 평온해졌다. 심장의 고동도 평소대로 돌아갔다. 꿈속에 생겨났던 무서운 감정이 조안나를 놓아주었다. 긴장이 풀렸다. 그리핀이 조안나를 안아 주자 그녀는 그리핀의 단단한 품속으로 빠져들었다.

“우린 시간이 없어요.”

조안나가 중얼거렸다.

침실 안이 이른 아침의 희미한 햇빛으로 가득 찼다. 턱에 수염이 군데군데 난 그리핀이 얼굴을 찡그리자, 평소보다 더 위험한 인물처럼 보였다.

“또 꿈을 꾼 거요?”

“매일 밤 꿔요.”

조안나는 그리핀이 팔을 풀자 베개에 머리를 기대면서 대답했다.

“내가 이곳을 떠날 수 없는 이유예요…… 꿈이 날 놔주지 않아요.”

‘캐롤라인이 날 놔주지 않는 거예요.’

“빨라지고 있어요……. 긴박한 느낌이 매번 강해지고 있어요. 어떤 일이 일어날 거예요, 난 알 수 있어요. 곧 일어날 거예요.”

그리핀은 조안나의 뺨을 부드럽게 쓰다듬었다. 그의 손가락이 눈물자국을 닦고 있었다. 여전히 얼굴을 찡그리고 있었지만 목소리는 조용했다.

“매일 아침, 이런 식으로 잠에서 깨어난다면 꿈에 대해서 강박 관념을 가지는 것도 무리가 아닐 거요. 뭔가 바뀐 것은 없소? 꿈에서 달라진 것은 없소?”

“아니오. 아니, 있어요.”

회전 목마가 항상 오랫동안 돌았었나? 종이 비행기가 더 멀리 날아가서 다른 장소에 떨어졌던가? 그리고 울부짖던 아이는, 그 여자를 혼자 내버려두지 말라고 애원하던 목소리는 여자의 목소리였나? 리건? 만일 캐롤라인과 관련이 있다면, 그 여자는 리건일 것이다.

‘그 여자를 혼자 내버려두지 말아요.’ 정신적으로 혼자 내버려두지 말라는 건가, 아니면 육체적으로 위험하다는 소린가?

알 수 없는 일이다. 조안나는 몸이 너무 떨려와서 제대로 생각할 수도 없었다.

“분명히 매일밤 똑같은 꿈을 꾸어요.”

조안나가 입을 열었다.

“같은 영상들이 나타나고 주위를 맴돌았어요. 그렇지만 이번에는 몇 가지 다른 점이 있었어요. 누군가를 혼자 두지 말라는 애원 소리가 들렸어요. 나보고 그 여자를 혼자 내버려두지 말라고 애원했어요. ”

“그 여자?”

그리핀의 찡그린 얼굴이 더 어두워졌다.

“이번 일이 캐롤라인과 관련이 있다고 생각한다면……, 그것이 캐롤라인을 혼자 두지 말라는 얘기요, 아니면 캐롤라인이 애원하고 있는 거요?”

"나도 모르겠어요. 하지만 리건을 도와주기를 바라는 것 같아요. 리건은 지금 어떤 어려움에 처해 있어요. 그렇지만 나는 그것이 무엇인지는 모르겠어요. 확실히 알 수 있는 것이라고는 시계소리가 점점 커지면서 빨라지고 있다는 사실이에요. 시간이 거의 다 된 것 같아요."

12

이제는 조안나의 머릿속에서 끊임없이 맴돌고 있었다. 처음보다 훨씬 빨라졌다. 긴박감이 그녀를 가만히 내버려두지 않았다. 다음 날 아침, 그런 긴박감 때문에 경찰서에 같이 가자는 그리핀의 부탁을 거절했다.

조안나에게는 할 일이 있었다. 그리핀이 리건은 집에 안전하게 있고 집에서 멀리 떨어진 곳으로 가지 않는 한, 안전하다고 안심을 시켰는데도 마음이 불안했다. 조안나는 리건이 말한 휴식 시간에, 노대가 있는 곳으로 가보고 싶었다. 물론 그 애가 노대에 나타날 것이라고 장담할 수 없었지만 불안한 마음이 직접 가서 리건이 잘 있는지 눈으로 확인해 보라고 재촉했다. 저택의 현관문을 두들기고 물어봐야 할 상황이 발생하더라도 어쩔 수 없었다.

"당신이 차를 몰고 다니지 않았으면 좋겠소."

메인 가를 따라 걸으면서 그리핀이 말했다.

"당신 차를 이 마을 자동차 정비소에 맡기지 않고 어젯밤에 마을 밖으로 견인해 갔소."

조안나는 얼굴을 약간 찌푸리고 그리핀을 바라보았다. 그리고 논리적으로 생각하려고 애쓰면서, 엄지손톱을 물어뜯고 싶은 충동을 억눌렀다.

"의사한테는 완전히 부서졌다고 했잖아요."

"그랬소, 그렇지만 아니오. 울타리 기둥을 들이받아서 앞부분이 많이 들어갔고, 긁힌 자국만 몇 개 있을 뿐이오. 그렇지만 부보안관이 기계를 만져 놓은 흔적을 발견하자 마을에서 좀 떨어진 공장에 있는 믿을 만한 정비공에게 차를 견인해 가라고 명령했소. 우리가 증거를 확보하는 동안, 그 정비공이 차를 안전하게 보관하고 있을 거요. 누군가 일부러 차에 손을 댔다는 소문을 막기 위해서, 사고가 난 공식적인 이유를 스로틀 바디가 과열되는 바람에 전기 시스템이 제 기능을 발휘하지 못해서 생겼다고 했소."

"스로틀 바디요?"

조안나가 물었다.

"내게 설명이 필요한 단어인 것 같군요."

그리핀은 씩 웃으면서 조안나를 바라보았다.

"설명하지. 그 센서는 엔진에 보내는 휘발유의 양을 조절하는 공기의 양을 조절하오. 만약 그 센서가 과열되었을 때, 기어가 들어가 있다면, 엔진은 걷잡을 수 없이 돌아가게 되는 거요. 사라 아주머니가 차에 관해서는 가르쳐 주지 않았소?"

"사라 아주머니는 차란 것은, 한 장소에서 다른 장소로 이동할 때 쓰는 물건이라고 생각했어요. 아주머니의 차에 대한 견해가 내게 많은 영향을 미쳤죠. 그렇지만 난 기억력이 좋은 편이니 누가 내 차에 있는 스로틀 바디가 과열되었냐고 물어본다면 자세하게 답해 줄 수 있을 것 같네요."

그리핀은 고개를 끄덕였다.

"좋소. 차는 렌트한 것이고 완전히 망가졌기 때문에, 포틀랜드에 있는 렌트카 회사에 보낼 수밖에 없었다고 말해요. 어쨌든 골치 좀 썩을 거요."

조안나는 고개를 끄덕이기만 할 뿐 아무 대답도 하지 않았다.

"어제 차가 충돌하는 것을 본 사람은 없었을까요? 내가 보기에 호기심은 인간의 특성인 것 같은데…… 아니면 참견하기 좋아하는 성격이나."

"소수의 사람들은 물론 호기심이 강하오."

그리핀이 인정했다.

"하지만 경찰들이 사람들을 모두 물러 서있게 했소. 사람들은 당신 차가 거의 파묻혀 있는 것만 본 거요. 게다가 어두웠으니 우리가 말하는 것만큼 차가 부서지지 않았다는 사실을 눈치챈 사람은 아무도 없었을 거요."

"음, 그렇지만 차가 망가지지 않았다는 사실을 범인이 눈치채면 어쩌죠?"

그리핀은 다시 얼굴을 찡그리고 조안나를 쳐보았다.

"작은 마을의 사람들은 사건이 일어나면 가장 그럴듯한 원인을 찾는 경향이 있소. 당신 차도, 누군가 당신을 죽이려는 목적으로 일부러 기계를 망가뜨려 놓았다는 것보다는 흔히 있는 전기 시스템의 고장으로 사고가 생겼다는 것이 훨씬 있을 법한 일이요."

"범인이 당신을 알고 있다면 받아들이지 않을 걸요."

그리핀은 미소를 띄우면서 대답했다.

"범인이 받아들이길 바라는 수밖에 없소. 어쨌든 당신이 절벽과 자동차 근처에 가지 않겠다고 약속해 준다면, 기분이 훨씬 나아질 것 같소. 내 차와 택시는 빼놓고 말이요."

"나도 요행을 바랄 생각은 없어요."

자신은 캐롤라인의 노대에 가볼 생각이지만 그에게 사실대로 말하지 않는 것에 죄책감을 느끼면서 대답했다. 조안나는 그리핀이 걱정하는 것을 바라지 않았고 조심할 생각이었다.

"그 말을 믿고 싶소."

그리핀이 중얼거렸다.

"당신이 이번 사건을 풀기 위해서, 얼마나 필사적으로 노력하고 있는지 아주 잘 알고 있소."

조안나는 그리핀의 말을 부인할 수 없었다.

"난 바보가 아니에요, 그리핀. 한밤중에 무엇인가 충돌하는 소리를 듣고 나이트 가운을 입은 채로 호텔 밖으로 달려나가지는 않을 거라구요."

"내 의견을 얘기하자면 당신은 더 이상 혼자서 밤을 보내지 않을 거요. 그리고 나는 당신이 나이트 가운을 입고 밖에 돌아다니지 못하게 할 생각이오."

조안나는 웃음이 터져나왔다.

"마을 사람들이 충격을 받을 거예요. 당신도 알고 있겠지만, 우린 클리프 사이드의 다음 소문의 주인공이 될 거예요. 벌써 되어 있을지도 몰라요."

"나도 그렇게 생각했소, 당신 말이 맞을 거요."

그리핀은 블레이저를 호텔 인의 현관 앞으로 돌리고 조안나를 다시 쳐다보았다.

"그 일에 신경이 쓰이오?"

"내가 왜 신경쓰겠어요? 우린 조금도 부끄러운 짓을 하지 않았어요, 둘다 독신이고, 스무 살이 넘었다구요."

"전혀 신경쓰이지 않소?"

그리핀인 낮은 음성으로 다시 물어 보았다.

조안나는 그의 심각한 옆모습을 바라보다가 그가 자신을 정말로 사랑하는 것이 아닌가 하는 의문이 들었다. 지난 밤에 그런 암시를 주었다. 남자가 여자의 평판을 걱정할 때는, 보통 단순한 욕망을 위한 상대가 아닌, 그 이상의 감정을 느낀다는 뜻이다. 적어도 사라 아주머니의 말에 따르면 그랬다.

하지만 오늘 아침에 그런 얘기를 꺼낸 사람은 아무도 없었고, 조안나는 자신의 감정을 말하지 않아서 그리핀이 언짢게 생각하는 건 아닌지 궁금해졌다. 지금은 많은 생각을 할 수 없었다. 아직 차분히 살펴볼 준비가 되지 않았고 캐롤라인 문제가 여전히 마음속에 남아 있었다. 이런 긴박감이 사라질 때까지는, 그리핀에게 자신의 모든 것을 줄 수 없었다.

그리핀에 대한 마음을 살펴 보려고 할 때마다 캐롤라인에 대한 의문이 더 커졌다. 그 둘은 연인 사이는 아니었지만, 두 사람 사이에 무엇인가 있었던 것이 틀림없었다. 그를 완전히 이해할 때까지, 조안나는 그리핀이 캐롤라인에게서 느끼던 감정을 자신에게서 느끼고 있다는 공포와 싸워야 한다. 캐롤라인에게 깊은 감정을 느꼈던 남자가 아니더라도, 대개의 마을 사람들이 그랬기 때문이었다. 왜 그리핀은 아름다운 캐롤라인에게 깊은 감정을 느끼지 못한 것일까?

"조안나?"

블레이저가 인의 정문 앞에 멈췄다. 호텔 보이가 힘찬 걸음으로 다가와서 차 문을 열었을 때, 조안나는 그리핀의 강렬한 눈동자를 꿈쩍 않고 마주 보았다.

"아니오, 신경쓰이지 않아요. 당신은 어때요? 마을을 책임지는 보안관의 명예를 지킬 필요는 없나요?"

그리핀은 당당한 미소를 지어 보였다.

"당신과 관계를 맺었다고 해서 날 꾸짖을 사람은 아무도 없을 거요. 케인은 월요일에 모든 사람들이 볼 수 있도록 내 마음을 그릴 수 있다고 했으니 나도 감정을 꽤 노골적으로 드러내 보였던 것 같소."

조안나는 차문이 열려 있다는 사실을 인식하면서 그리핀에게 미소를 지어 보였다.

"우린 분별 있는 행동을 할 수도 있어요."

"가능할 것 같지 않소."

그리핀은 대답하고 나서, 조안나의 차 문을 잡고 서있는 호텔 보이의 시선 속에서 몸을 기울여 가볍게 키스를 했다.

그리핀이 다시 몸을 세웠을 때, 조안나는 그에게 다소 멍한 시선을 보내면서 중얼거렸다.

"확실히…… 불가능할 거예요. 음…… 더 이상 밤을 혼자 지내지 않겠다고 했죠? 내 방에서요, 아니면 당신 집에서요?"

그리핀은 조안나의 볼을 살짝 쓰다듬고 나서 허스키한 음성으로 말했다.

"나중에 결정합시다. 점심 시간에 마을에 와요, 식사를 같이 합시다."

조안나는 불안하게 숨을 들이쉬었다.

"좋아요, 그럴게요."

"그리고 오늘 몸조심하오."

"알았어요."

그리핀에게 몸을 돌리는 데 대단한 노력이 필요했다. 조안나는 차에서 몸을 내리며 참을성 있게 기다리는 보이를 바라보았다. 분명히 모든 대화를 듣고, 모든 것을 보았을 것이다. 조안나는 흥분의 여파를 털고 호텔 정문 쪽으로 걸어갔다. 그녀는 그리핀을 돌아보지도 않고 더 이상 비틀거리지도 않았다.

그렇게 해야 할 것 같았다.

로비는 텅텅 비어 있었다. 조안나가 들어갔을 때, 데스크에는 홀리 혼자 있었다. 검은머리의 여성은 조안나를 보자 즉시 물었다.

"괜찮아요?"

조안나는 높은 데스크 위에 여유 있게 팔꿈치를 올려놓았다.

"내 머리 위로 집이라도 무너진 것처럼 보여요?"

"예를 들어서요? 그래 보이네요."

조안나처럼 데스크 위에 팔꿈치를 올려놓는 홀리의 표정은 진지했다.

"난 항상 그리핀을 신중한 사람이라고 생각했어요. 그는 당신과 그렇게 많은 시간을 같이 보내지 않았어요, 그렇죠?"

"내가 그리핀의 집에서 밤을 보낸 것을 알고 있군요."

"글쎄요, 그리핀이 비밀로 하려 하지 않았기 때문에…… 적어도 그리핀은 부보안관에게 당신을 어디로 데려가는지 말했겠죠. 지금쯤이면, 이 마을 사람들이 다 알고 있을 거예요. 가장 최근에 들은 소문으로는 두 사람이 같은 침실을 썼다는 게 지배적인 의견이던데요."

“맞아요.”

조안나가 솔직하게 털어놓았다.

홀리가 미소로 답했다.

“당신이 오늘 아침에 그래서 어지러운 것처럼 보이는 건가요?”

“일 분전에 밖에서 잘 가라는 인사를 하고, 그리핀과 헤어질 때까지는 괜찮았어요.”

조안나가 약간 감정이 상한 말투로 대답했다.

“그리핀이 보안관이기 때문에, 우리는 분별 있게 처신해야 한다고 말했죠. 그는 불가능하다고 말하더군요. 호텔 보이가 지켜보고 있었는데도요.”

“오.”

홀리가 이해한다는 듯이 고개를 끄덕였다.

“글쎄요, 어쨌든 분별 있게 행동하려는 시도가 그렇게 효과적일 것 같지는 않군요. 지금은 휴가가 끝나고 당신이 애틀랜타로 돌아갈지, 그리핀과 함께 이곳에 남을 지에 대해 사람들이 내기를 걸고 있으니까요.”

다소 호기심을 느끼면서 조안나가 물었다.

“확률은 어때요?”

“그리핀을 믿어요. 당신도 알다시피, 우리는 보안관에 대해서 잘 알고 있거든요. 결정하지 않으면 아무것도 실행에 옮기지 않아요. 그리고 원하는 것은 반드시 손에 넣고 말죠. 그가 지금 원하는 것이 바로 당신이라는 사실을 의심하는 사람은 아무도 없어요.”

이번에는 홀리가 궁금해 하면서 물었다.

“이곳에서 살 수 있나요? 애틀랜타를 완전히 떠나서 말이에요.”

“그래요.”

미처 생각도 해보기 전에 쉽게 대답이 나왔기 때문에 조안나도 내심 놀랐다. 마을에 비밀이 있다고 생각하고 불안해 함에도 불구하고, 마을 사람들을 좋아하고 있다는 사실을 새삼 깨달았다. 그들이 얼마나 편안한 느낌이 주는지 이제껏 깨닫지 못하고 있었다.

"그래요, 그럴 수 있어요."

조안나는 천천히 덧붙였다.

홀리가 미소를 지었다.

"난 기뻐요. 내가 들은 바로는 이곳 사람들도 당신을 좋아하고 있어요."

'적어도 한 사람은 빠지겠군.'

"내게는 작은 마을이 맞나봐요."

조안나가 어깨를 으쓱하면서 말했다.

"그리핀과 나는, 지금은 미래에 대해서 애기하지 않을 생각이에요. 그런 생각은 잠시 접어두려구요."

지금은 확실히 다른 생각할 문제가 있었다. 목을 죄어 오는 강렬한 생각이었다. '리건은 잘 있을까? 빌어먹을, 캐롤라인. 나한테서 원하는 게 뭐야?'

"그런 게 어떤 느낌인지 알아요."

홀리가 중얼거렸다. 홀리의 말은 그녀가 고민하는 주제를 향해 달리고 있었다.

"조안나, 당신한테 이런 질문을 하는 것이 옳지 않다는 사실을 알지만 그리핀은 케인이 앰버를 죽였다고 생각하나요?"

조안나는 이 질문이 나올지 예상하고 있었기 때문에, 보안관의 생각을 드러내지 않고 솔직히 대답할 수 있었다.

"그리핀은 용의자 리스트를 가지고 있어요, 홀리. 그리고 당연히 케인도 그 리스트에 올라 있어요. 그리핀의 임무는 실제로 일어났던 일을 밝혀낼 때까지, 그 리스트에 있는 용의자를 한 명씩 지워나가는 거예요. 그러니까 걱정하지 말아요."

"어떻게 걱정하지 않을 수 있겠어요? 케인이 일요일 밤에 어딘가에 갔었고, 그 일에 대해서 그리핀에게 거짓말했다는 사실이 온 마을에 퍼졌다구요. 주민들의 반 정도는 케인을 유죄라고 심적으로 확신하고 있어요."

“케인이 지금 어디에 있는지 알고 있어요?”

조안나가 물었다.

홀리는 약간 얼굴을 찡그리더니 약간 더듬으며 말을 했다.

“아니요, 난…… 케인이 날 피하고 있다고 생각해요. 어제 나한테 전화를 해서 이번 주에는 그림을 그리러 외부에 있을 거라고 하더군요.”

“항상 있는 일인가요?”

“그림 그리러 밖에 가는 일이요? 오, 물론이죠. 한 번 나가면 며칠씩 있어요. 나는 케인을 잘 알아요. 목소리에 예전에는 느껴보지 못한 어떤 감정이 들어 있었어요. 뭔가 피하고 싶은 느낌이죠. 그림 그리러 밖에 나간다는 것은 거짓말 같아요.”

조안나는 잠시 생각을 해보고 대답했다.

“케인은 가끔 포틀랜드에 가죠?”

“그래요. 물론 갤러리도 거기 있고, 케인의 아파트와 작업실도 있거든요. 겨울은 그곳에서 지내고, 이곳에서는 여름에만 살아요. 일요일 밤에 단지 몇 시간 일하러, 그렇게 늦은 시간에 포틀랜드까지 차를 몰고 간 이유를 모르겠어요. 내가 기억하기로는 케인은 일찍 이곳에 돌아왔거든요. 케인이 왜 그리핀에게 사실대로 얘기하지 않았는지도 모르겠어요.”

조안나도 마땅한 이유를 생각해 낼 수 없었다. 그리핀이 이번에 보안관 사무실에서 다시 케인에게 물어볼 생각이라는 얘기는 전하지 않았다. 케인이 다른 여자를 만나러 그렇게 늦은 시간에 나갔을 지도 모른다는 보안관의 의심도 얘기해 주고 싶지 않았다.

“이번 일을 어떻게 해야 할지 모르겠어요.”

홀리가 털어놓았다.

“난 케인을 궁지에 몰지 않기 위해서 애써 왔어요. 그 시간에 그가 어디 갔었는지 다그칠 것 같아서 참아왔어요.”

“나도 알아요. 홀리, 충고를 하자면 좀더 인내심을 가지라는 거예요. 그리핀의 수사는 아직 초기 단계예요. 며칠 안으로 지금보다 훨씬 많은 사실을 알 수 있을 거예요. 케인이 일요일 밤에 집을 나선 논리적인 이

유, 그리고 그리핀에게 사실대로 말못한 이유가 밝혀지면 머지않아 사
실을 알게 될 거예요. 케인을 닦달하지 않고서도 말이에요."

"당신 말이 맞는 것 같아요."

"나도 그렇게 확신해요, 소문은 상관하지 말아요. 진실이 밝혀지면 소
문들이 얼마나 고약했었나 알 수 있을 거예요. 당신은 흡족하게 상황을
즐길 수 있을 거구요."

"고마워요, 조안나."

"힘내세요, 홀리."

조안나가 미소를 지었다.

"이젠 잠시 방에 올라가 봐야겠어요. 그리고 나서 산책을 할 생각이
에요."

"좋은 생각이군요. 오…… 조안나?"

데스크에서 몸을 돌리나가 조안나가 멈춰 섰다.

"왜요?"

"어제 차 사고는…… 어떻게 된 거죠?"

"어쩔 수 없었어요. 그리핀 말로는 스로틀 바디가 망가졌다고 하더군
요. 그게 뭔지 잘 모르겠지만."

조안나는 앵무새처럼 그리핀의 말을 흉내냈다.

"전기 시스템이 작동이 안 돼서, 바디가 과열되었대요."

"끔찍한 일이군요."

홀리가 동정어린 말투로 대답했다.

"당신이 이렇게 조금도 다치지 않고, 빠져 나올 수 있었다는 사실이
정말 놀라워요. 차는 완전히 부서졌다고 들었어요."

"그래요, 완전히 행운이었죠. 차는 포틀랜드에 있는 렌트카 회사로 보
냈어요. 이제부터는 걷든지, 택시를 타든지 아니면 그리핀의 차를 탈 수
밖에 없어요."

조안나는 미소를 지으면서 말을 이었다.

"클리프 사이드가 작은 마을이라는 사실이 아주 편해요. 필요하면 어

디라도 걸어 갈 수 있잖아요."

"아주 가깝게 모여있죠."

홀리가 동의했다.

"다치지 않아서 정말 다행이에요. 나중에 봐요, 조안나."

조안나도 손을 들어 인사하고는 엘리베이터로 향했다.

그리핀은 의자에 앉자마자 케인의 별장에 전화를 걸었다. 벨이 열 번 울릴 때까지 수화기를 들고 있었다. 대답이 없었고 케인은 응답기를 싫어했기 때문에 응답기도 없었다. 또한 케인은 그리고 싶은 풍경이나 사람을 발견하면 한 번에 며칠씩 사라져버리곤 했다.

"제기랄."

그리핀은 수화기를 내려놓으면서 중얼거렸다. 손가락으로 초조하게 책상 위를 잠시 두드리다가 부보안관을 불렀다.

캐시가 왔다. 인디언처럼 생긴 캐시는 늘 무표정한 얼굴이다.

"무슨 일이죠, 보안관?"

"로버트 버틀러에 관한 수사가…… 좀 진전이 있었으면 좋겠네, 신속하게 말이야. 자네와 리, 혹은 셸리가 버틀러의 배경에 대해서 자세히 조사해 보게. 그 사내에 대해서 최대한 알아보라구. 샌프란시스코에 가서라도 말이야. 분명히 우리 마을의 누군가와 연관이 있을 거야. 아무리 작고 애매모호한 것이라고 할지라도 말이네. 그리고 정보가 입수되는 대로 알려주게."

"그렇게 급한 겁니까?"

캐시가 물었다.

그리핀이 처음에 버틀러에 대한 재조사를 한다고 했을 때, 별로 급하지 않다고 말했던 것이 생각났다. 급하다는 대답이 조안나의 생명을 노리는 음모를 막을 수 있을지도 모른다.

"그렇다네."

그리핀이 대답했다.

“급하다네. 그렇지만 다른 임무도 하면서, 버틀러에 대해 자세히 조사 좀 해주게.”

“알았습니다.”

캐시는 더 이상 묻지 않고 대답했다.

“그리고 한 가지 더.”

그리핀이 잠시 동안, 다시 손가락으로 책상 위를 두드렸다. 캐시의 무표정한 시선이 그리핀의 불안해 하는 행동으로 옮겨지자 억지로 손을 멈추었다.

“마크한테 케인의 별장에 가서 별장 주변에 케인이 있는지 찾아보라고 하게. 아마 밖에서 그림을 그리고 있을 거야. 만약 케인이 없으면, 계속 거기서 지키고 있으라고 하게.”

“지명수배를 할까요?”

캐시가 물었다.

그리핀은 고개를 가로저었다.

“아니, 그냥 살펴보는 것뿐이네. 그리고 사람들한테 케인에 대해서 물어보지 말라고 하게. 소문에 기름을 부을 필요는 없으니까.”

“그렇게 전하겠습니다.”

캐시는 대답을 하고 방을 나갔다.

잠시 후에, 그리핀은 다시 손가락으로 책상 위를 두드리고 있었다. 초조한 마음에 멈출 수 없었다.

구름이 해를 가리기 시작하자 조안나도 노대로 가는 발걸음을 재촉했다. 해가 사라지면서 온기도 같이 없어지기 때문에 많이 쌀쌀해졌다. 추워진 이유가 꼭 날씨 탓만은 아닌 것 같았다. 절벽에서 너무 가까이 있어서 그런 것 같았다. 주위를 경계했다. 신경을 곤두세우고 누가 따라오는지, 혹은 주위에 다른 사람이 없는지 살펴보았다. 절벽에서 일정한 거리를 두고 있었지만, 바위를 때리는 파도소리를 들을 때마다, 얼마나 절벽에 가까이 있는지 실감하곤 했다.

규칙적으로 들리는 파도소리는 심장 고동소리 같았다. 아니, 시계가 재깍거리는 소리 같기도 했다. 파도소리는 머릿속을 강타하고 신경을 건드리기 때문에 이 순간 조안나는 고요를 원했다. 머리가 혼란해서 차분히 단편적인 정보와 추측을 살펴볼 수 없었다.

누가 차를 망가뜨려 놓았을까? 베켓은 조안나의 질문을 별로 마음에 들어하지 않았고, 정보를 제공하지도 않았다. 그렇다고 베켓이 죽이려고 했을까? 아담 해리슨은 주저 없이 캐롤라인에 대한 정보를 주었는데 왜 조안나의 뒤를 쫓는단 말인가? 아담이 나중에 자신에게 말한 걸 후회했을 수도 있다. 그렇다고 죽이려고 했을까? 비록 리사 메이트랜드가 이상한 표정으로 조안나를 뚫어지게 쳐다보긴 했지만, 그 눈빛이 과연 특별한 의미를 있는 것일까?

조안나의 차가 주차되어 있는 동안 많은 사람들이 시내에 있었고, 많은 주민들과 캐롤라인에 대해서 얘기한 적이 있었다. 만나왔던 사람 중에서 위험해 보이거나 위협적인 사람은 없었다. 누가 미소짓는 얼굴 뒤에 숨어 있는 거짓을 알아낼 수 있을까?

누군가 존재하고 있다. 누군가 자신을 죽이려는 사람이 존재하고 있지만 보이지는 않았다.

클리프 사이드 마을 전체가 수수께끼인데 어떻게 용의자 리스트를 뽑을 수 있을까?

조안나는 걸어가면서 결정했다. 사람들은 한두 가지의 비밀이 있게 마련이다. 도대체 어떤 비밀이 살인을 저지를 만큼 중요하단 말인가? 확실히 이 마을에는 그렇게 중요한 비밀이 별로 없을 것이다. 비록 있다고 하더라도, 그 비밀이 어떤 종류인지 알지 못했기 때문에 용의자 범위는 조금도 줄어들지 않았다. 죽기 전에 캐롤라인이 불안해 하고 겁을 먹고 있었던 이유를 알아낼 때까지, 조안나는 중요한 비밀에 대한 단서를 전혀 잡을 수 없었다.

조안나가 마침내 결론을 내렸을 때, 노대가 눈에 들어왔다. 나무숲 가장자리에 멈춰 섰다. 리건은 노대 안에 있었다. 회전 목마 위에 앉아서 바다를 바라보고 있었다. 리건은 얼굴은 스콧의 표정처럼, 조용하고 표정이 없었다.

'바로 너 때문에 내가 이곳에 온 거야.'

마음속에 크리스털처럼 선명하게 떠오르는 생각이었다. 조안나는 진작에 미처 깨닫지 못했다는 사실이 놀라울 따름이다. 맞다, 리건 때문에 이곳에 온 것이다. 그 애가 자신의 도움을 필요로 하기 때문에, 이곳으로 불러온 것이었다.

'그 여자를 혼자 내버려두지 말아요.'

두 사람이 사실상 죽은 거나 다름없는 상태에 있었을 때, 조안나의 마음속으로 캐롤라인의 애원이 파고든 것일까? 캐롤라인이 오천 킬로미터라는 거리와 죽음의 공간을 뛰어 넘어, 딸을 위해서 도움을 요청했을까? 그 순간의 공포와 절망이 너무 강렬해서, 조안나의 잠재의식과 맞닿았던 걸까? 잠재 의식 속에서 그 문제를 독특한 방법으로 다루고 있다는 사실을 알았다. 종종 추상적이고, 심지어 초현실적인 방법으로 정보를 처리하고 있었다. 예를 들어, 꿈의 이미지들은 문자 그대로의 뜻을 가질 때도 있지만 상징적인 의미를 가질 때가 훨씬 많다. 하지만 조안나의 요즘 꿈속에서는 대부분의 이미지들이 원래의 모습 그대로 존재하고 있었다. 있는 그대로의 모습대로.

파도가 부서지고, 캐롤라인의 저택은 분명히 존재했다. 그림도, 회전목마도 사실이었다. 장미꽃도 사실이며 조안나를 캐롤라인의 장미와 정보를 나누어주는 예전의 애인이 살고 있는 곳으로 이끌었다. 시계소리는 시간이 지나가는 것이 느껴졌다. 아니, 시간이 빠르게 달려가는 것이 느껴졌다.

그러면 종이 비행기는? 그 이미지는 아직까지 수수께끼로 남아 있다. 울고 있는 아이는 리건이 틀림없었다.

캐롤라인이 헌신적으로 돌봐왔던 유일한 혈육, 바로 리건이었다. 죽음의 순간에 엄마로서 아이를 염려하는 생각이 드는 것은 당연한 일이다. 특히, 그 죽음이 타인의 폭력에 의한 것이었다면 아이에게도 위협이 될 것이다.

왜 리건이 조안나의 도움을 필요로 하는 것일까? 엄마를 잃은 슬픔 때문에?

슬픔이라기 보다 캐롤라인을 위협한 존재가 딸도 안전히 두지 않을 거라는 엄마의 염려가 아닐까? 아이에 대한 모성만큼 강력하고 자기 희생적인 것은 없다. 아이에게 위협이 돌아갈지도 모른다는 생각은, 인간으로서의 한계도 넘을 수 있게 해주었을 것이다.

'그 여자를 혼자 내버려두지 말아요.'

그 말은 문자 그대로의 뜻일까? 리건이 육체적인 위험에 처해 있는 것인지, 스콧의 무관심을 바로 잡아줄 사람이 필요하다는 얘기인지 통 모르겠다.

"제기랄, 이젠 어떻게 하지?"

조안나는 혼자 중얼거렸다. 알고 있는 것은 무엇인가를 해야한다는 사실뿐이다.

조안나가 큰 소리를 낸 것은 아니었지만 리건이 즉시 고개를 돌렸다. 그 순간 작은 얼굴에서 빛이 났다. 리건의 입술이 희미한 곡선을 그렸다.

"조안나 아줌마."

리건이 반갑게 불렀다.

"안녕, 리건."

조안나는 개간지를 가로질러 노대로 갔다. 그리고 노대에 올라가서 회전 목마 옆의 난간에 몸을 기댔다.

"어떻게 지냈니?"

리건은 어깨를 약간 구부린 자세로 계속해서 희미한 미소만 띄우고 있었다.

"난…… 난 어제 아빠 차에 탔었어요. 그리고 잠깐 앉아 있었어요."

차를 무서워하는 아이에게 대단한 발전인 셈이다. 조안나는 웃으면서 리건을 바라보았다.

“기쁘구나. 그건 아주 용감한 일이야. 너의 두려움과 맞선 거지. 엄마가 널 아주 자랑스러워할 거야.”

“아줌마한테 처음으로 애기하는 거예요.”

리건이 털어놓았다.

“아빠한테 애기 안 했니?”

“네, 아빠는 신경도 안 써요.”

조안나는 잠시 머뭇거렸다.

“리건, 난 너희 아빠랑 거의 애기해 본 적이 없지만 아빠도 널 걱정하고 있다고 믿어.”

“아빠는 누구 걱정도 안 해요. 엄마가 그렇게 말했어요.”

“엄마가…… 너한테 그렇게 말했니?”

“아니요, 엄마가 아빠한테 그렇게 말하는 것을 들었어요.”

“리건, 네가 이해하기는 어려울 거야. 그렇지만 어른들은 사실이 아닌 거짓말을 할 때가 있단다. 특히 화가 났을 때 그렇지. 아마 너희 엄마와 아빠가 사이가 안 좋았을 때였을 거야. 그렇다고 두 분이 네 걱정을 안 한다는 것은 아니란다.”

리건의 얼굴이 더 어두워졌다.

“엄마는 그 얘기를 할 때 소리지르지 않았어요.”

“엄마는 화가 나면 소리를 지르니?”

“아뇨.”

“그렇다면 엄마가 아빠한테 그 얘기를 할 때, 화가 난 상태가 아니었을까? 비록 소리는 지르지 않았다고 해도?”

리건의 어깨가 축 처졌다.

“그런 것 같아요.”

“엄마가 너한테 아빠가 누구에게도 신경쓰지 않는다고 말한 적이 있니?”

“아뇨.”

조안나는 미소를 지으면서 리건을 바라보았다.

"리건, 네가 엿들은 말이 항상 말 그대로의 뜻을 갖는 것은 아니야. 아빠는 아마 느끼는 것을 겉으로 드러내지 않는 사람인 것 같다. 그렇다고 아빠가 느끼지 않는다는 뜻은 아니란다. 그리고 엄마가 아빠한테 화가 나있었다는 이유만으로 네가 아빠에게 화를 낸다는 것은 말이 안 돼."

잠시 후에 리건은 자신 없는 말투로 물었다.

"그게 내가 아빠한테 항상 소리를 지르고 싶은 이유예요, 조안나? 엄마 대신에 아빠가…… 죽기를 바랐기 때문이에요?"

조안나는 리건의 물음에 놀라지 않았지만, 캐롤라인의 어린 딸이 불쌍해서 목이 메어왔다.

"리건, 네가 실제로 바라는 것은 엄마의 사고가 일어나지 않았으면 하는 거지, 아빠가 죽기를 바란 것은 아닐 거야. 넌 단지 엄마가 돌아오기를 바라는 거야. 하지만 엄마가 돌아오지 못할 거라는 사실에 누군가 미워할 수밖에 없던 거란다. 그게 바로 아빠였어……. 아빠가 엄마를 보호했어야만 했어. 그게 바로 네가 생각하고 있는 거지? 아빠가 엄마의 사고를 막았어야 했다고 생각하는 거지?"

리건은 말없이 고개만 끄덕였다. 검은 눈동자에 눈물이 가득 어렸다.

"나도 알아. 나도 부모님이 탔던 보트가 침몰했을 때 똑같은 생각을 했으니까. 나도 아빠를 원망했단다. 왜냐하면 다른 원망할 사람이 없었으니까. 리건, 아줌마의 아빠는 엄마를 구하기 위해서 최선을 다했단다. 아마 너희 아빠도 사고 장소에 있었더라면 엄마를 구하기 위해 최선을 다했을 거야. 하지만 아빠는 거기 없었고 집에 있었단다. 엄마가 곤란을 겪고 있었던 것을 아빠가 어떻게 알 수 있겠어?"

한참 후에 리건이 대답했다.

"그래도 아빠한테 화가 나요, 아줌마."

"나도 알아, 리건. 그래도 엄마가 죽은 것이 아빠의 잘못이 아니라는 사실을 생각하고, 이해하려고 노력해 봐. 머지 않아 화가 풀릴 거야. 나중에는 가슴이 많이 아프지도 않게 될 거야."

"정말이에요?"

아이의 혼란스러워하는 목소리가 조안나의 가슴을 아프게 만들었다.

"약속할 수 있어. 엄마를 그리워하지 않게 될 거야. 그리고 엄마를 그리워해도 가슴이 안 아플 거야."

"아줌마는 아직도 엄마와 아빠를 그리워하나요?"

조안나가 고개를 끄덕였다.

"아주 많이 그리워, 하지만 지금은 가슴이 아프지는 않아. 항상 슬픈 감정은 느끼지, 두 분이 나와 함께 있으면 얼마나 좋을까 하고 생각은 하지만 자면서 우는 일은 없어졌단다."

"난 그래요."

리건이 중얼거렸다.

"매일 밤."

"우는 것도 좋단다, 리건. 고통을 참기만 하는 건 도움이 안 돼."

리건은 고개를 끄덕이면서 아무 말도 하지 않았다. 회전 목마의 안장 앞에 달려 있는 크롬으로 도금한 빛나는 막대를 잡은 손을 위아래로 움직이면서 가만히 지켜보고 있었다. 그러다 갑자기 고개를 돌린 리건의 표정이 심각했다.

"어제 아줌마 차 사고 났다면서요?"

대화의 주제가 바뀌어서 기쁘긴 했지만 조안나는 약간 놀랐다. 어른들의 소문을 애가 알다니, 그것도 마을에서 떨어져 있는 리건이……

"그 얘기는 어떻게 알았니?"

"오늘 아침에 포터 부인이 암스 부인한테 얘기하는 것을 들었어요."

리건은 선생님이 가정부에게 하는 얘기를 들은 것이 분명했다.

"아줌마는…… 다치지 않았어요?"

"어떻게 보이니?"

조안나는 한 번 직접 살펴보라는 듯이 웃으면서 양손을 들어 보였다.

그녀를 주의 깊게 살펴보는 리건의 표정이 잠시 심각했지만 이내 고개를 끄덕이면서 미소를 지었다.

“괜찮아 보여서 기뻐요.”

“나도 그렇단다. 사실 그렇게 나쁘진 않았어. 차를 목장으로 몰고 들어가서, 건초더미 몇 개를 들이박았을 뿐이란다.”

“쿡 아저씨가 거기에 말들을 풀어놓지 않아서 다행이네요.”

리건이 자기 생각을 말했다.

“너하고 나, 둘 다…….”

조안나는 복잡한 감정을 느끼면서 말을 꺼냈다. 잠시 어린 소녀를 살펴보면서, 어떻게 애기를 꺼내야 좋을지 곰곰이 생각했다. 리건에게 캐롤라인의 애기를 물어 보고 싶지 않았지만, 정보를 알아낼 다른 사람을 찾을 수 없었다. 스콧이 있었지만……, 아내에 대한 애기는 안 할 게 뻔했다.

이 외로워 보이는 저택은 꿈의 한 부분이다. 캐롤라인이 살았고 리건이 지금도 살고 있는 장소라는 이유보다 더 중요한 의미가 있을 것이다.

“아줌마?”

조안나가 눈을 깜빡였다. 그러고 나서 미소를 지어 보였다.

“미안해. 생각할 것이 좀 있어서.”

“엄마는 여기가 생각하기 좋은 곳이라고 했어요.”

리건이 다시 바다 쪽으로 시선을 돌리면서 말했다.

“엄마는 혼자 있고 싶을 때 여기 왔어요. 아줌마는…… 엄마가 아직도 여기서 나를 지켜보고 있다고 생각해요?”

“엄마가 여기 있는지는 모르겠지만. 널 보고 있는 것은 분명해, 리건. 엄마는 널 아주 많이 사랑하니까.”

조안나가 솔직하게 대답했다.

그때 멀리서 종소리가 들렸다. 리건이 뭐라고 말을 하기 전에 조안나가 말을 꺼냈다.

“아줌마가 너랑 같이 집에 가도 괜찮을까? 아빠가 집에 계시면 아빠와 애기를 좀 하고 싶은데.”

“아빠는 지금 집에 있어요.”

그리핀이 좋아하지 않을 것이 분명했다. 스콧 맥케나는 용의자 중에 한 사람일까. 조안나가 스콧과…… 그것도 혼자서 얘기를 했다는 사실을 알게 되면 난리법석을 부릴 것이 틀림없었다. 어제 자신을 죽이려고 했던 사람이 스콧일지도 모른다는 생각이 조안나를 불안하게 하긴 했다. 그렇지만 캐롤라인에 대한 정보를 알 수 있다면, 스콧과 얘기를 해야만 했다. 그가 아내를 사랑했든 안 했든, 다른 어떤 사람보다 아내에 대해서 잘 알고 있을 테니. 스콧은 10년 넘게 캐롤라인과 같이 살았다. 매일의 습관과 일상은 사람의 본성을 드러내는 법이다.

조안나와 리건은 큰 저택과 캐롤라인의 노대 사이의 작은 나무숲을 나란히 걸어갔다. 저택에 가까이 다가가면서 조안나는 스콧에게 할 말을 정리하려고 애썼다.

'아내를 사랑했나요?'

'당신이 아내를 죽게 만들었나요?'

'날 죽이려고 했나요?'

조안나는 흠 하나 없이 정돈된 정원을 가로질러 현관 계단을 올라가면서도 마음을 정할 수 없었다. 현관문을 지나자 리건이 조안나를 아름답지만 공허한 로비로 안내했다. 그리고 계단의 왼쪽으로 나있는 복도로 들어섰다.

"이쪽에 아빠 사무실이 있어요."

리건이 어깨 너머로 얘기했다.

"딜런 아저씨의 사무실은 복도 끝에 있는데 그 아저씨는 지금 시내에 있어요. 그리고 리사 아줌마는 우리 집에 가끔 와요. 아빠는 지금 혼자 있어요. 포터 부인에게 가기 전에 아줌마를 아빠한테 데려다 줄게요."

조안나는 반대하지 않았다. 리건이 아빠의 사무실 문을 열고 단도직입적으로 조안나가 왔다는 사실만을 차가운 목소리로 알렸을 때, 냉랭한 부녀 관계가 약간 슬퍼졌다.

'거미한테 파리가 다가가고 있는 것 같군.'

스콧을 방문한다는 사실에 불안한 게 정상일 텐데, 어쩐 일인지 불안이 점점 사라지고 있었다. 그 이유를 설명할 수도 없었고, 이해되지도 않았지만 어떤 위협도 느낄 수 없었다.

"나중에 봐요, 조안나 아줌마."

리건이 조안나를 쳐다보면서 말했다.

"그래."

조안나는 어린 소녀가 아빠에게 한 마디 말도 없이 조용히 복도로 나가 버리는 것을 지켜보았다. 사무실 문을 닫고 스콧의 커다란 책상 앞에 있는 손님용 의자에 앉았다.

방은 조안나의 예상과 같았다. 정돈이 잘 되어 있었고 남성다운 권위가 느껴지는 방이었다. 선반 위에는 가죽 장정된 책들이 꽂혀 있었고 나무 바닥이 번쩍였다. 책상 위도 깔끔하게 정리되었다.

"리건을 자주 만나는 것이 잘 하는 일이라고 생각하오?"

스콧이 물었다.

"그 애를 걱정은 하나요?"

조안나가 반문했다.

순간, 움찔했지만 스콧은 이내 어깨를 으쓱해 보이면서 그녀가 듣지 않았으면 더 좋았을 것 같은 말을 했다.

"내가 졌소. 앉으시오, 조안나."

'어떻게 어린 딸을 걱정하지 않는다는 말을 할 수 있지?' 전혀 이해할 수 없었다. 스콧의 시선과 마주하고 앉아 있는 조안나는 이렇게 냉혹한 남자를 이해하는 것은 불가능하다고 생각했다.

"무슨 일이오?"

그가 정중하게 물었다.

그녀는 마음을 단단히 먹고 말을 꺼냈다.

"캐롤라인에 대해서 물어보고 싶어요."

스콧은 의자에 몸을 기대고 앉아서 조안나를 바라보았다. 그녀가 갑작스럽게 집에 나타나서 질문을 한다는 사실에 조금도 놀라지 않았다.

"내 아내에 대해서 왜 그렇게 지나친 관심을 가지고 있는지 설명해 줄 수 있겠소?”
“지나치다고 생각하지 않아요.”
조안나가 대답했다.
“처음에는 나와 닮았기 때문에 관심을 가졌어요.”
“처음에 그랬다면 지금은 무엇 때문이오?”
“지금은……..”
조안나가 고개를 가로저었다.
“설명할 수가 없어요. 설명했다간 미친 사람처럼 보일 거예요.”
“어쨌든 해보시오.”
스콧이 재촉했다.
조안나는 머뭇거렸다. 많은 사실을 털어놓았을 때, 생길 수 있는 위험
과 스콧이 제공할 수 있는 정보의 중요성을 비교해 보았다. 나쁜 사람에
게, 예를 들어 살인자일 수도 있는 사람에게 자세한 얘기를 털어놓는 위
험성은 젖혀놓더라도 과연 스콧이 주는 정보가 가치 있는 것인지 확신
할 수 없다는 데 문제가 있었다. 그는 캐롤라인에 대한 정보를 갖고 있
겠지만 이유를 모른다면 얘기하지 않을 것이 틀림없었다.
그리핀은 확실히 이런 만남을 좋아하지 않을 것이다.
“어제 시내에 있었나요?”
조안나가 물었다.
스콧은 놀라서 눈썹을 치커올렸다.
“없었소, 왜 묻는 거요?”
“집에 있었나요?”
“아니오, 포틀랜드에 있었소.”
스콧의 목소리에서 강한 인내심을 느낄 수 있었다.
“검토할 자료가 있어서 우리 법률 문제를 의뢰한 법률 회사에 있었소.
어젯밤 일곱 시쯤에 돌아왔소. 그런데 왜 묻는 거요?”
만일 거짓이라면 쉽게 발각될 알리바이였다. 스콧이 다른 사람을 시
켜서 차를 망가뜨렸을 수도 있었지만 그랬다고는 생각하고 싶지 않았다.

"누군가 내 차를 일부러 망가뜨려 놓았어요."

조안나가 말했다.

"액셀러레이터가 움직이지 않아서 차를 멈출 수 없었어요. 시내를 빠른 속도로 통과했어요. 목장 안으로 차를 몰고 가지 못했다면, 난 이미 절벽 아래로 떨어져서 죽었을 거예요."

그의 눈썹이 한꺼번에 치켜올라갔다.

"지금 날 의심하는 거요. 조안나? 나는 당신을 해칠 이유가 전혀 없을 뿐만 아니라, 운전을 빼고는 차의 내부 기계에 대해서 아는 것이 아무것도 없소."

"알겠어요."

"우연한 기계 고장일 수도 있잖소?"

조안나가 다시 머뭇거렸다. 효과는 없을 테지만 마음속으로 그리핀에게 사과했다.

"누가 일부러 손을 댄 것이 틀림없어요. 나를 죽이려고 했다는 뜻이죠. 그리고 그것은 앰버 웨이드가 나로 오인받고 살해되었다는 뜻이기도 해요. 뒤에서 보면 나와 앰버는 굉장히 닮았거든요. 논리적으로 가능성은 충분해요. 지금까지 앰버를 죽일 만한 원한을 가진 사람은 없어 보이니까요."

스콧은 얼굴을 약간 찡그렸다.

"그러면 당신은 이곳에서 적을 만들었소?"

"내가 이곳에서 한 일이라고는 캐롤라인에 대해서 묻고 다닌 것밖에 없어요."

스콧의 얼굴이 더욱 어두워졌다.

"무슨 말이오?"

"캐롤라인의 죽음이 단순한 사고가 아니라는 거죠. 그녀의 인생 마지막 주에 무슨 일이 있었어요. 무척이나 불안하고 겁나게 만든 어떤 일이 반드시 있었어요."

"당신이 어떻게 알아낸 거요?"

"이곳에서 알아낸 정보를 끼워 맞추었거든요. 사람들과 얘기하면서 알게 된 것들을요. 무슨 일이 있었는지까지는 알 수 없지만, 무슨 일이 있었다는 사실은 알아냈어요."

조안나는 잠시 말을 멈췄다가 이어갔다.

"죽을 당시에 캐롤라인의 기분이 예전과는 달랐나요?"

스콧은 여전히 얼굴을 찡그리고 있었지만 기꺼이 대답을 해주었다.

"그 주에 나는 굉장히 바빴소. 우린 거의 얼굴 볼 시간도 없었소. 그렇지만…… 캐롤라인이 죽던 날, 나는 우연히 창 밖을 내다보았소. 사고가 나기 한 시간도 전에 차를 타고 집에서 떠나는 것을 보았소. 그때 나는 캐롤라인이 화가 났거나 당황해 한다고 생각했소. 왜냐하면 평소와는 달리 빠른 속도로 차를 몰고 나갔기 때문이었소."

조안나는 스콧의 말을 곰곰이 생각해 보았다. 캐롤라인은 그리핀에게 만나자는 쪽지를 보내 놓고 아마 그리핀에게 고민을 털어놓을 생각이었다. 최후의 각오를 하고 있었고, 그런 이유로 신경이 날카롭고 당황하고 있는 것처럼 보였을 수도 있었다.

"혹시 캐롤라인과 싸웠다거나 다른 일은 없었나요?"

"우린 이제까지 싸운 적이 없소."

"싸운 적이 없다구요? 믿기 어려운 사실인데요."

스콧의 얼굴에 어렴풋이 미소가 떠올랐지만 즐거운 미소는 아니었다.

"날 믿으시오. 우린 싸울 만한 감정이 없었소."

"당신과 캐롤라인 사이에 아무런 감정이 없었다구요?"

"언젠가부터 그렇게 되었소."

"그렇다면 왜 함께 살았죠? 리건 때문인가요?"

"아니오, 단지 헤어질 이유가 없던 거였소."

조안나에게 애정 없는 결혼을 유지한 이유는 정말 말도 안 되는 것처럼 느껴졌다. 이해할 수 없었다. 스콧을 완전히 믿을 수 없지만 그는 자만심이 강한 남자여서 부인이 바람을 피워도 인내할 수 있는 자만심으로 똘똘 뭉친 남자일 거 같기도 했다. 또한, 신중하기도 했다. 물론 캐롤라인의 불륜을 알고 있었을 경우의 애기였지만.

"전에 나를 만났을 때, 당신이 스스로 악당이라고 말했었죠? "

조안나가 스콧에게 다시 한번 확인시켰다.

"그랬죠?"

스콧이 어깨를 으쓱해 보였다.

"적어도 캐롤라인에게는 그렇게 보였을 거요. 난 감정이 없는 사람이 니까. 나 자신을 제외하고는 누구에게도 신경을 쓰지 않는 사람이라고 하더군. 난 캐롤라인을 행복하게 해주지 못했소."

"캐롤라인을 숭배하지 않았나요?"

조안나가 낮은 소리로 말했다.

스콧의 눈동자가 약간 작아졌다, 마치 신경을 건드린 것 같이. 그러고 는 했던 말만 반복했다.

"난 캐롤라인을 행복하게 해주지 못했소."

조안나는 자신의 의심이 들어맞는지 궁금해 하면서 스콧의 말을 되씹 어 보았다.

아담 해리슨과의 불륜이 유일한 것이 아니었다면, 캐롤라인은 남성의 사랑과 욕망에 대한 강박 관념을 즐기는 것이 분명했다. 그리고 지겨워 지면 쉽게 관계를 깨버리곤 했다. 스콧은 냉담한 얼굴로 그런 아내를 대 했고, 아내의 불륜에 무관심했단 말인가? 그는 아내의 불륜을 눈감아 줄 수 있을 만큼, 캐롤라인을 사랑했던 유일한 남성이었을까?

리건이 엿들은 말에 따르면 스콧의 냉담함이 캐롤라인을 괴롭힌 것이 틀림없었다. 그게 그녀에게 좌절감을 주었을 가능성도 컸다. 아담 해리 슨처럼 드러내놓고 사랑을 갈구하는 사람들보다, 자신의 매력에 사로잡 히지 않는 스콧과의 결혼 생활이 힘들었던 것이 틀림없었다.

과연, 이런 결혼 생활이 스콧에게 참을 수 있는 것이었는지 궁금해졌 다. 그가 캐롤라인의 불륜을 알았다고 해도 다른 사람들이 추측하는 것 과 다른 방식으로 캐롤라인을 대함으로써 위안을 얻었을 수도 있었다. 스콧은 그녀가 정신적으로 파괴할 수 없었던 유일한 남성이었다.

그걸 물어볼까?

조안나는 자신을 억누르고 감정이 담기지 않은 말투로 물었다.

“캐롤라인이 당신 말고 딴 남자를 만났을 가능성이 있나요?”

“있을 거요.”

스콧은 주저 없이 대답했다. 괴로운 빛도 보이지 않았다.

“난 그 사람이 누군지는 모르오.”

“괴롭지 않았나요?”

스콧은 다시 어깨를 으쓱해 보였다.

“난 캐롤라인이 하는 일을 받아들였소, 조안나. 그건…… 결혼 초에 분명히 알 수 있었소. 캐롤라인은 한 남자에게 만족할 수 없는 여자였소. 그 일을 본인도 숨기지 않았소. 캐롤라인의 불륜은 기간이 짧았고, 자주 있었던 것 같았소. 우리 결혼 기간 동안, 적어도 열 번 이상 그런 일이 있었겠지. 난 소문이 나지 않는 이상 받아들일 수 있었고.”

“혹시 어떤 관계가 잘못되었다고 당신한테 말한 적이 없나요? 어떤 이유로 인해서 애인에게 겁을 먹고 있지 않았나요?”

스콧이 다시 얼굴을 찡그렸다.

“겁을 먹는다구? 난 모르겠소. 그렇지만 아닐 거요. 캐롤라인은 내게 그 사람들에 대해서 자세히 얘기하지 않았고 나도 자세히 듣고 싶지 않았소. 그리고 그 점을 캐롤라인에게 분명히 했소. 그렇지만 육체적인 관계 이상은 분명히 없었던 것 같소.”

“캐롤라인이 죽을 당시에 당황하던 것 같지 않았나요?”

“모르겠소. 내가 아까 말했던 것처럼 우린 서로 얼굴 볼 시간도 거의 없었으니까.”

스콧은 잠시 말을 멈췄다가 이어갔다.

“캐롤라인의 죽음이 사고가 아니라고 확신하오?”

조안나는 흔들리지 않고 대답했다.

“그래요. 내가 캐롤라인이 죽은 이유에 너무 근접했기 때문에, 누군가 날 죽이려고 했다고 확신해요. 간접적이든 직접적이든 간에, 누군가 캐롤라인의 차가 절벽으로 구르도록 손을 썼어요. 그리고 난 그 사람이 누구인지 조사하고 있구요.”

스콧의 시선이 오랫동안 조안나의 얼굴에 머물렀다가 옮겨갔다.

“미안하지만 나는 당신 조사에 별로 도움이 못될 것 같소.”

스콧이 일어섰다.

이만 나가라는 신호였다.

저항할 수 있었지만 조안나도 몸을 일으키면서 입을 열었다.

“캐롤라인이 일기 같은 것을 썼나요?”

“아니오.”

스콧이 대답했다.

“확실해요?”

“확실하오.”

조안나는 고개를 끄덕이고 나서, 스콧이 책상을 돌아서 다가오자 손을 내저었다.

“괜찮아요…… 나가는 길을 기억하고 있어요.”

스콧은 고개를 끄덕이고 대신 책상 옆에 있는 창가로 다가가서 밖을 내다보았다.

문 앞에 서서 조안나는 몸을 돌려, 스콧을 바라보았다.

“당신도 알겠지만, 너무 재미있는 일이에요. 이 마을에서 캐롤라인을 아는 모든 사람들 중에서, 충격을 받지 않은 유일한 사람이 바로 당신이에요. 당신은 놀라지도 않았어요. 나를 처음 봤을 때 말이에요.”

“난 얘기를 이미 들었으니까 안 놀란 거요.”

스콧은 쳐다보지도 않고 무관심한 어조로 대답했다.

“난 당신인 줄 알고 있었소.”

조안나는 고개를 가로저었다.

“다른 사람들도 알고 있었지만, 나를 보았을 때는 놀랐았어요. 하지만, 당신은 조금도 놀라지 않았어요. 캐롤라인과 내가 조금도 닮지 않았다는 사실을 알고 있었던 거예요. 왜냐하면, 당신은 캐롤라인의 내면과 외면을 전부 알고 있었으니까요. 다른 사람들보다 훨씬 많은 것을 알고 있겠죠, 왜냐하면 당신은 캐롤라인을 사랑했었으니까요."

스콧은 몸을 돌리거나 반응을 보이지 않았다. 단지 인사말을 건넸을 뿐이었다.

"잘 가시오, 조안나."

스콧의 신경을 건드린 것일까? 조안나는 알 수 없었다. 저택을 나섰을 때, 그의 사무실 창문을 볼 수 있는 저택의 한 귀퉁이를 쳐다보고 싶은 이유 모를 충동이 일어나서 뒤를 돌아다보았다. 그리고 밖을 내다보고 있는 스콧을 발견하고도 별로 놀라지 않았다. 봄이나 여름에는 이 정원에 아름다운 장미꽃이 만발할 것이 틀림없었다.

"오늘 당신은 일할 기분이 아닌 것 같군요."

리사가 가게의 재고 목록이 들어 있는 서류를 접고 의자에 몸을 기대어 앉으면서 말했다. 일하기 싫을 뿐만 아니라, 눈에 띌 만큼 초조해 하는 것은 굉장히 스콧답지 않은 일이었다. 벌써 10분 동안 벽난로가를 세 번이나 왔다갔다하는 것을 지켜보았다.

"재고 목록은 나중에 살펴봐도 돼요."

리사가 말했다.

스콧이 혼란스러워 하는 이유가 자신 때문이라고 믿고 싶었지만 그러기엔 자신이 너무 많은 것을 알고 있었다. 그녀는 한 시간 전에 이곳에 도착했는데, 스콧은 리사를 쳐다보지도 않고 있다.

"다음 달에 회계사들이 볼 것이 틀림없기 때문에 곧 전부를 검토해 봐야 할 거예요."

리사가 스콧에게 강조했다.

스콧은 얼굴을 찡그린 채, 불꽃을 바라보고 있었다.

"뭐 잘못된 일이라도 있어요?"

리사는 늘 하던 각본에서 벗어난 일인지 알면서 조심스럽게 물어보았다.

“없소.”

리사가 잠시 머뭇거리다가 말했다.

“원한다면 그만 돌아가겠어요.”

“저녁을 먹으러 가기로 했잖소.”

늘 그랬던 것처럼 리건을 암스 부인에게 맡기고, 포틀랜드에 가서 저녁을 먹기로 한 날이었다.

“꼭 그럴 필요는 없어요.”

리사가 대답했다.

잠깐의 침묵이 흘렀다. 이윽고 스콧이 입을 열었다.

“사실 좀 피곤하오.”

리사는 웃음 속에 실망감을 숨기면서 말했다.

“좋아요. 내가 가져온 디스크 두 개를 본체에 저장해 놓을게요. 한 시간 정도 더 일해도 괜찮겠죠?”

리사는 가게에 컴퓨터를 가지고 있었고, 집에는 노트북이 있었지만 스콧의 사업에 관한 정보는 모두 그의 컴퓨터에 저장해 놓고 있었다. 특히 해마다 처리되는 회계감사 보고서와 같이 중요한 서류는 더욱 그랬다.

“물론이요, 어서 하시오.”

스콧은 대답하고 갑자기 벽난로에서 몸을 돌리더니 빠른 걸음으로 문을 향해 걸어갔다.

“난 가봐야겠소.”

잘 가라는 인사나 심지어 알겠다는 말도 할 틈이 없었다. 갑자기 리사는 사무실에 혼자 남게 되었다.

“잘 가요.”

리사가 중얼거렸다.

가져온 정보를 저장시키는 데는 몇 분 걸리지 않았다. 기계가 작동하고 있는 동안 리사는 할 일이 없어서 책상에서 일어나 사무실을 나섰다.

리사는 각본에서 벗어나는 일인지 알면서도 신경이 쓰였다. 스콧이 그렇게 당황해 하는 것을 이전에는 본 적이 없었다. 그래서 무슨 일이 일어난 건지 알아내기로 결심했다. 위층으로 올라갔다. 집은 조용했고 참견하는 것을 좋아하지 않을 것이 분명했기 때문에, 리사는 최대한 소리를 내지 않으려고 조심했다.

리사는 스콧의 침실로 이어진 복도에서 몸을 돌렸지만, 캐롤라인의 침실 문이 열려 있는 것을 발견하고 놀라서 발걸음을 멈췄다. 캐롤라인이 죽은 이후로 이 방문은 잠겨 있었다.

안을 엿볼 수 있을 때까지 살금살금 다가갔다. 방안의 장면이 리사의 가슴에 상처를 냈다. 스콧은 캐롤라인의 하늘거리는 나이트 가운을 손에 쥐고 여성미 물씬 넘치는 침대 위에 앉아 있었다. 고개를 숙이고 있던 스콧은 리사가 몰래 보고 있는 동안, 연한 녹색의 나이트 가운을 얼굴 가까이에 가져갔다. 죽은 아내의 향기를 맡고 있는 것이 분명했다. 갑자기 스콧의 넓은 어깨가 경련을 일으키기 시작하더니 거칠고 낮은 고통의 소리가 새어 나왔다.

리사는 문에서 물러나 아무 생각 없이 복도를 걸어갔다. 계단 꼭대기에서 발걸음을 멈추고 허탈한 눈으로 허공을 바라보며 중얼거렸다.

"너무 지긋지긋해, 캐롤라인."

13

"도대체 무슨 생각을 한 거요?"

조안나는 손님 접대용 의자에 앉아서 그리핀의 분노를 잘 이해한다는 듯이 고개를 끄덕였다.

"나도 알아요, 바보 같은 짓이었어요."

"왜 그런 짓을 한 거요? 조안나. 스콧은 아직 용의자란 말이오. 당신 혼자 거길 찾아가다니…… 게다가 우리가 생각하고 있던 것을 다 말하다니 말이오."

"알아요."

조안나는 했던 말을 반복했다.

"나도 그때 당신이 싫어할 거라고 생각했어요. 그렇지만 그리핀……."

그가 조안나의 말을 막기 위해서 손을 내저었다. 분노를 삭이려고 자열을 세는 것이 눈에 보였다. 그러고 난 후, 의자에 몸을 기대고 앉아서 숨을 들이쉬었다.

"당신은 훨씬 이유 같은 이유를 대야 하오. 난 지금 농담할 기분이 아니오, 조안나. 스콧이 앰버의 죽음과 관련이 있다면 당신은 스콧을 상대로 이 사건을 완전히 망쳐 놓은 거나 다름없으니까 말이오.”

“스콧은 사건과 관련이 없어요.”

“오? 스콧이 그렇게 말한 거요?”

“스콧은 그렇게 말할 필요가 없어요.”

조안나가 미소를 지었다.

“그리펀, 난 당신이 이 얘기를 들으면 굉장히 화를 낼 것이란 사실을 알고 있어요. 그렇지만 스콧은 캐롤라인이나 앰버의 죽음과 아무런 관련이 없어요. 물론 증거를 댈 수는 없어요. 그냥 느낌일 뿐이니까요.”

그리펀은 잠시 눈을 감고 있다가 눈을 떴다.

“당신이 그걸 증거라고 내밀었을 때, 판사의 얼굴을 보고 싶소.”

그리펀이 말했다. 그의 목소리가 조금 전보다 훨씬 누그러졌기 때문에 조안나는 약간 안심이 되었다.

“그리펀, 나는 내 본능을 믿어야만 해요. 내 본능이 스콧은 그런 일을 하지 않았다고 말해 주는 걸요. 나도 물론 스콧과 얘기를 나누기 전까지는 확신하지 못했어요. 스콧을 만난 이유는, 난 단지…… 내가 해야 할 일을 한 것뿐이에요. 그리고 그때는 그 일이 최고의 방법 같았구요.”

그리펀은 한숨을 쉬었다.

“스콧이 우리에게 도움이 될 만한 거라도 얘기했소?”

“아니오.”

조안나는 잠시 생각을 하고 나서 어깨를 으쓱해 보였다.

“스콧와 캐롤라인의 관계를 전보다 더 잘 이해할 수 있었지만, 그는 부인이 죽기 전에 왜 그렇게 당황해 했는지 모르고 있었어요. 그리고 스콧은 캐롤라인의 죽음이 사고가 아니라는 얘기를 듣고 굉장한 충격을 받았어요.”

“두 가지 사건 모두 스콧에겐 알리바이가 없소.”

그리펀이 조안나의 주위를 환기시켰다.

“그렇겠죠. 그렇지만 어제 내 차가 고장나 있을 때, 스콧은 포틀랜드에 있었어요. 사업상 하루종일요, 목격자도 있어요."

그리핀은 얼굴을 찡그렸다.

"누군가를 고용할 수도 있소."

조안나는 미소를 지었다.

"애틀랜타나 다른 대도시 같은 경우에는, 전화 번호부만 뒤지면 얼마든지 살인 청부업자를 찾아낼 수 있지만 이곳에서는 어떻게 하죠? 그가 누구를 고용해서 그런 일을 시킬 수 있겠어요? 스콧이 그만큼 믿을 사람이 있어야만 한다는 사실은 빼고서라도 누가 그런 일을 기꺼이 하려고 하겠어요?"

"당신 말이 맞소."

그리핀이 시인했다.

"그리고 그게 전부가 아니에요. 스콧이 왜 내가 죽기를 바라겠어요? 캐롤라인에 대해서 묻고 다니기 때문에? 내가 알기로는, 지금까지 내가 발견한 사실 중에는 스콧이 모르고 있다가 놀란 게 하나도 없었어요. 스콧을 특별히 괴롭게 한 사실도 없었구요. 그는 자기 부인 캐롤라인에 대해서 끔찍할 정도로 잘 알고 있었어요."

"알겠소."

그리핀이 천천히 대답했다.

"나도 인정하오. 비오는 날, 스콧이 호텔 바깥에서 당신을 기다리고 있었다는 생각은 솔직히 비약이 심한 애기였소. 그리고 일요일 밤에 호텔 근처에서 스콧을 본 사람도 없소. 우리가 어떤 증거도 발견해 내지 못한다면 스콧은 용의자 리스트에서 뺄 생각이요."

"좋아요. 당신은 케인과 애기해 봤어요?"

"아니오, 빌어먹을. 그는 겁을 먹고 있는 것 같소."

"홀리 말이 케인은 한 번에 며칠씩 자주 그림을 그리러 간다고 하던데요."

"그렇소, 케인의 버릇이오. 아침에 부보안관 한 명을 케인을 찾으러 보냈는데 아직 아무런 소식이 없소."

"주위에 많은 사람들이 케인이 앰버를 죽였다고 확신하고 있다는 사실을 알아요?"

그리핀이 고개를 끄덕였다.

"작은 마을에서 일어날 수 있는 불편 중의 하나요. 소문이 퍼지면 사람들은 재빨리 마음을 결정하는 경향이 있소. 난 상황이 나빠지지 않도록 최대한 노력하고 있소. 부보안관에게 케인에 대해 사람들한테 묻고 다니지 말라고 했소. 부보안관은 그냥 유심히 살펴보면서 마을을 돌아보고 있소."

"케인이 나타날 때까지는 계속 혐의를 둘 생각인가요?"

"아니, 전국에 지명수배를 내릴 만큼 절망적인 심정이 될 때까지는 혐의를 둘 거요."

"그러면 안 돼요."

"물론 그렇게 할 수 있소. 정비사의 보고서를 보니까 조안나 당신 차를 고장낸 사람은 보통 솜씨가 아니오. 케인은 눈감고도 그런 일을 할 수 있는 사람 중의 하나요. 케인은 그림을 그린 시간만큼, 자기 차의 작은 엔진까지 뜯어보느라고 많은 시간을 보내왔소. 난 어제 오후에 케인이 어디 있었는지 알고 싶소. 집에 혼자 있었다고 주장하는 일요일 밤에 어디 있었는지도 알고 싶소. 난 더 이상 그 대답을 기다릴 수가 없고 당신의 목숨이 위협받도록 놔둘 수 없소."

"내 목숨을 노리던 범인은 쥐죽은듯이 숨어 있겠죠."

조안나가 많이 생각해 본 투로 대답했다.

"어제 일은…… 그래요. 누군가가 나를 앰버라고 착각하지 않았어요. 그러나 어제 시도는 실패했고 범인은 자기가 내 차를 손볼 것을 당신이 모른다고 생각하지 않을 거예요. 내 목숨을 노린다는 걸 당신도 알 거라고 확신할 테니 곧바로 내게 다른 시도를 할 엄두는 못 낼 거예요."

"이제 시간이 없다고 말한 건 당신이었소."

그리핀이 조안나에게 말했다.

"범인은 어떤 데드 라인을 정해 놓고 있을 거요. 당신이 자신의 비밀을 발견했을까 봐 겁먹고 있는 것이 틀림없소."

조안나는 한숨을 쉬면서 형편없이 물어뜯긴 손톱을 바라보았다. 그녀가 초조해 한다는 분명한 증거였다.

"범인은 걱정하지 않을 거예요. 나는 비밀에 가까이 가지 못했으니까요."

그리핀이 지켜보는 가운데 조안나는 한참 생각을 해보았다.

"캐롤라인이 죽었을 당시에 누구와 관계를 맺고 있었는지 못 알아내면, 어디부터 비밀을 찾아야 하는지도 끝내 알 수 없을 거예요."

"어쨌든 난 당신과 좀 다른 견해를 갖고 있소. 당신은 이 모든 사건의 시작을 버틀러의 죽음으로 생각하고 있소. 그래서 부보안관들이 버틀러의 배경을 조사하라고 지시했소. 아주 하잘 것 없는 관련성이라도 버틀러와 이 마을 주민 사이에 관계가 다면 특별한 주의를 기울이라고 했소."

"좋은 생각인 것 같군요. 아직 성과는 없나요?"

"없소. 적어도 이틀 정도는 더 있어야 될 것 같소. 샌프란시스코에 사람을 보내서 어떤 사소한 관련이라도 발견하면 철저하게 조사할 생각이오."

조안나는 고개를 끄덕이면서 대답했다.

"아마 단서가 잡힐 거예요."

"아마도."

그리핀이 조안나에게 미소를 지어 보였다.

이제…… 점심 식사를 해야 하지 않겠소?"

"그래야 될 것 같군요. 당신이 아직도 내게 관심이 있다면요."

"물론이요. 난 아직도 당신 때문에 미칠 지경이오."

그가 의자에서 일어나 조안나의 의자를 뒤로 당겨 주면서 대답했다.

"오늘 아침처럼 당신 목숨을 위태롭게 하는 일을 계속한다면, 당신을 감옥에 집어넣겠소."

그리핀은 두 손으로 그녀의 얼굴을 감싸쥐고 키스를 했다.

다시 숨을 쉴 수 있게 되었을 때, 그녀가 중얼거렸다.

"감옥 침대는 어때요?"

"이가 들끓고 있소. 그리고 우리의 행동은 부보안관에게 충격을 주게 될 거요. 나를 그렇게 추한 남자로 몰지 말아요, 알겠소?"

그녀는 그리핀을 바라보면서 미소를 지었다.

"조심할게요, 약속해요."

"당신의 조심과 나의 조심이란 말의 뜻과는 무척이나 멀리 떨어져 있는 것 같소."

"그 얘기는 점심 먹으면서 해요."

조안나는 결국 오후의 나머지 시간을 그리핀의 사무실에서 보냈다. 아침에 그를 당황하게 했던 것을 사과하는 의미에서였다.

할 일은 많았다. 그리핀은 캐롤라인의 죽음에 대한 기록뿐만 아니라, 버틀러에 대한 수사 기록을 전부 보여주었다. 경찰의 수사 기록이 너무 방대해서 놀랐다.

하지만 기록 자체는 놀라운 사실이 없었다. 적어도 조안나에게는 그랬다. 그리핀이 말했던 것처럼 두 죽음, 모두 사고처럼 보였다. 다른 가능성을 제시하는 증거가 전혀 없었다.

로버트 버틀러에 관한 정보는 그나마 쓸모가 있었다. 공식 기록에서 발췌한 것인데 그가 어디서 태어났고, 부모님이 누구고, 어디서 학교를 다녔는지에 대해서 자세하게 나와 있었다. 정보 내용에 이상한 점은 없었고 클리프 사이드에 있는 사람과는 아무 관련이 없었다.

오후 5시쯤, 그리핀은 조안나에게 그만 집으로 돌아가자고 말했다. 자신들의 관계를 비밀로 하지 않았기 때문에 그리핀이 당당하게 호텔로비를 지나간다면, 두 사람에게 아마 호텔이 더 편할 것이라고 제안했다. 룸서비스와 같이 편리한 점도 있으니까.

"갑시다."

그리핀이 말했다.

두 사람이 호텔에 도착했을 때, 로비는 텅텅 비어 있어서 그리핀의 용기는 소용없는 것이 되고 말았다. 데스크에 직원이 한 사람 있었지만 두 사람이 지나가는 것을 쳐다보지도 않았다.

"룸서비스 웨이터가 소문을 퍼뜨릴 거예요."

조안나가 엘리베이터를 타면서 말했다.

"난 신경쓰지 않소. 타월만 두르고 문을 열어 줄 생각이요. 그래서 소문에 불을 붙여 놓겠소."

"당신은 그럴 수 없을 걸요."

그렇지만 그리핀은 정말 그렇게 했다. 그가 저녁 식사 청구서에 사인을 하고, 웨이터에게 터무니없이 많은 팁을 주는 동안 조안나를 침실에서 나오지 못하게 했다. 웨이터에게 일부러 보이기 위해서 옷을 입고 있지 않은 것 같았다. 그러고 나서 그리핀은 젊은 웨이터를 더 이상 참을 수 없다는 듯이 문 밖으로 밀어내 버렸다.

"당신이 이런 일을 하다니 믿을 수 없어요."

조안나는 웃는 얼굴을 하고 거실로 나오면서 말했다.

그리핀도 웃으면서 조안나의 허리를 감싸안으며 끌어당겼다.

"내 기분이 요새 참 우스꽝스럽다고 말하지 않았던가."

조안나는 그리핀의 가슴에 손을 대고 단단한 근육의 느낌을 즐기면서, 무의식중에 가슴의 털을 쓰다듬었다.

"그래요, 하지만 당신이 이렇게까지 할 줄은 정말 몰랐어요."

조안나는 아직도 자신의 감정과 그에게 묻고 싶은 질문에 대해서 생각하고 싶지 않았다.

"난 이제 당신을 애인이라고 생각하기 시작했어요."

"나는 당신의 애인이오."

그리핀은 말하면서 고개를 숙이고 조안나에게 키스를 했다.

그가 얼마나 빨리, 얼마나 쉽게, 신경을 흥분시키며 자신을 욕구불만의 여자로 만들어 버리는지 잘 알고 있었다. 조안나는 그리핀에게 느끼는 감정과 싸울 수 없었다. 팔이 그의 목을 감았고, 조금이라도 가까이 가기 위해서 발 끝으로 섰다. 그녀의 입술이 그리핀의 키스를 받으며 열리기 시작했다.

그의 손이 조안나의 엉덩이를 감싸쥐고 더욱 강하게 끌어당겼다. 그는 그녀의 입술에 포개고 있던 입술을 떼고 말했다.

"아직도 당신은 옷을 입고 있소."

"음, 할 일이 있잖아요."

조안나가 허스키한 음성으로 대답하고 나서, 뒤쪽으로 고갯짓을 했다.

"우리 저녁 식사가 식고 있어요."

"걱정은 그만 둬요. 주방으로 보내서 다시 데워 달라고 하면 되니까. 웨이터도 그렇게 알고 있을 거요."

조안나는 그리핀이 자신을 안고 침대로 데려가도 저항하지 않았다.

"지성인이라는 사람들이…… 우린 매우 멍청한 짓을 하고 있는 것이오. 우리 둘다 건강한 성인이라는 것을 고려한다면 말이오. 피임에 대해서 어떻게 생각하오? 미안하오, 조안나. 나도 미처 생각을 못했소."

두 사람은 호텔 가운을 입고, 거실의 소파에 앉아서 늦은 저녁을 먹고 있었다. 매우 배가 고팠기 때문에, 데워달라고 주방으로 다시 보내지 않았지만 맛은 나쁘지 않았다. 식사하면서 텔레비전 뉴스를 보고 있었다.

"나도 생각하지 못했어요."

조안나가 말했다.

"그렇지만 난 석 달마다 한 번씩 피임 주사를 맞고 있어요. 알약은 마음에 들지 않고, 단순히 피임만을 목적으로 한다면 주사가 훨씬 편해요."

조안나는 어깨를 으쓱해 보였다.

"내 건강에 관해서는 믿을 만하다고 생각해요. 나는 여름에 났던 사고 때문에 건강 진단을 완벽하게 받았거든요, 피검사까지요. 그러니까 당신도 걱정할 필요가 없어요."

"난 걱정하지 않소, 난 단지 우리가 이런 얘기를 해야만 할 것 같았소."

"당신 생각이 옳아요."

조안나는 몸을 기울여 그리핀에게 짧은 키스를 했다.

"난 지금 관계를 가지기에는 위험한 시기예요."

그리핀은 그녀의 뺨을 부드럽게 쓰다듬은 후에 입을 열었다.

"여자에게 있어서, 아마 안전한 시기는 결코 없을 거요. 여자들이 항상 모든 책임을 지게 되는 것 같으니까."

조안나는 몸을 움츠리면서 웃음을 터트렸다.

"엄연한 사실이에요. 내가 이해할 수 없는 건, 왜 그렇게 편협한 시각으로 보느냐는 거죠. 가장 최근에 작성된 논문에서 원시 시대의 남성들에 대한 개념이 완전히 잘못 되었다고 주장하는 것을 알아요? 우리 조상들이 수렵, 채집하던 시절, 옷도 안 입고 작은 집단을 이루어 살고 있었지요. 요즘 이론에선 그 작은 집단을 여성이 통치했다고 믿고 있어요. 왜냐하면, 많은 종족들이 사실은 모계가족 제도를 택하고 있었기 때문이죠."

그리핀은 얼굴을 찌푸리고 조안나를 바라보았다.

"오, 그러니까 남자들이 통치력을 장악할 수 있는 방법을 찾아내야만 했겠군."

조안나는 엄숙한 표정으로 고개를 끄덕였다.

"언제 어떻게 위치가 바뀌었는지 확신할 순 없지만 남자들이 권력을 잡은 다음부터는, 그 권력을 손에서 놓을 생각이 전혀 없는 것 같아요. 우리가 아는 다음 사실은 코르셋이나 버슬, 그리고 높은 구두같이 완전히 장식적인 것들을 여자들이 입었다는 거예요. 여자들은 결혼을 하면서 노예의 위치를 밀려났죠. 그렇지만 또 결혼을 해야만 해요. 왜냐하면 우리의 아버지들은 딸들에겐 돈이나 재산을 남겨주지 않고, 또 여자는 직업을 가질 수도 없었기 때문이지요. 지금은 그런 일들이 조금씩 나아지고 있어요. 하지만 지금도 무슨 일이 일어나고 있었는지 알아요?"

“무슨 일이오?”

그가 부드럽게 물었다.

조안나는 얼굴을 찡그리고 그리핀을 쳐다보았다.

“여성들은 끊임없이 비판받아 왔어요. 우리가 일을 가지고 있건 없건, 혹은 결혼을 했건 안 했건, 혹은 아이가 있건 없건 말이에요. 사람들은 권력을 가지고 있는 여성이라도 옷을 보고 판단하죠. 세상에 왜 남자들의 옷을 보는 여자는 없죠?”

“우린 항상 어두운 옷만 입잖소.”

그리핀이 항의했다.

“지긋지긋하오.”

“음, 아마 그게 문제일 거요. 우리가 수렵 채집 사회로 돌아가서 모두 벌거벗고…….”

조안나는 자기도 모르게 웃음을 터트렸다.

“우리 이 상태에서 심각한 대화는 그만하죠.”

“더 이상은 안 할 거요.”

그리핀이 다시 이를 드러내며 미소를 지었다.

“우리 남성들이 섹스를 밝히는 돼지처럼 행동할 때마다, 완전히 원시의 모습으로 돌아가 모든 남성을 대신해서 당신에게 사과할 생각이오. 이젠 됐소?”

“글쎄요, 기억해 두겠어요. 앞으로 당신을 주의 깊게 살펴보겠어요. 그러니까 본래대로 돌아갈 생각은 하지 마세요.”

그리핀은 비스킷을 쥔 손으로 조안나에게 거수 경례를 했다.

“안 하겠습니다!”

그리핀과 조안나는 동시에 웃음을 터트렸다. 그러고 나서 텔레비전에서 나오는 뉴스를 쳐다보면서 다시 먹기 시작했다. 몇 분 후에, 그리핀이 다시 입을 열었다.

“조안나…….”

“왜요?”

“당신이 오늘 리건을 보았을 때, 그 애 때문에 이곳에 왔다는 확신이 들었다고 했소. 리건을 도우러 왔다는 확신 말이오.”

“난 그렇게 확신하고 있어요.”

“리건을 어떤 식으로 돕는다는 거요?”

“그건 나도 모르겠어요. 캐롤라인이 내게 리건을 도와달라는 간청을 할만큼 겁에 질려 있었다면 그녀를 위협하던 걸 아주 두려워했다고 생각해요. 적어도 캐롤라인이 생각하기에는 말이죠.”

그리핀은 얼굴을 찡그린 채 조안나를 바라보았다.

“리건은 충분히 안전하다는 생각이 드는데…… 오히려 당신이 너무 자신의 안전을 생각하지 않는 것 같소.”

조안나는 대답을 피하려고 하지 않고 침착하게 대답했다.

“내가 막을 수 있었는데도 리건에게 무슨 일이 일어난다면, 내 자신을 결코 용서할 수 없을 거예요. 그 애에게는 아무도 없어요, 그리핀. 스콧은 리건에게 아무런 감정도 느끼지 못하는 것 같아요. 리건은…… 나한테 의지하고 있어요. 내가 자기 엄마와 많이 닮았기 때문인 것 같아요. 그래서 난 사건의 실마리를 빨리 찾는 일이 중요하다고 생각해요.”

“리건에게는 친구가 필요한 것 같소. 어쩌면 보디가드가 필요할 지도 모르겠소. 내가 궁금하게 여기는 것은 당신 생각이오. 당신에게 무슨 일이 일어난다면, 리건을 지켜줄 수 없소.”

조안나는 고개를 끄덕였다.

“나도 알아요, 그러니까 조심할게요.”

조안나의 목소리가 애처롭게 들렸나 보다. 그리핀이 웃으면서 껴안아 줬다.

“내가 어미닭 노릇을 너무 심하게 했나?”

“글쎄요, 당신이 한두 번 경고를 주는 것은 괜찮다고 생각해요.”

“난 단지 당신을 잃고 싶지 않을 뿐이오.”

그러고는 키스를 했다. 몸을 뒤로 젖혀서 조안나를 쳐다보는 눈동자가 아주 강렬했다. 그리핀은 집게손가락으로 볼과 코, 그리고 입술을 쓰다듬었다. 그녀는 그리핀의 최면술에 빨려드는 것 같았다. 자신이 지금 숨을 쉬고 있는 지도 잘 모르겠다.

"더 나쁜 것은, 내가 아직 당신을 진실로 가지지 못했다는 사실이오."

그리핀이 중얼거렸다. 그의 손가락이 그녀의 모습을 새겨 넣으려는 듯이, 아직도 조안나의 얼굴을 더듬고 있었다.

"우리 사이에는…… 어떤 강이 있소. 당신이 나를 아직 건너오지 못하게 하고 있소. 그게 뭐요? 조안나. 왜 날 말리는 거요?"

조안나는 애무처럼 느껴지는 허스키한 음성보다 내용에 집중하려고 노력했다.

"당신을 알게 된지 일주일도 안 됐어요, 그리핀. 그 사이에 너무 많은 일이 있었어요. 난 단지 시간이 필요할 뿐이에요, 그게 다예요."

"그것이 전부요?"

"아니오."

조안나가 솔직하게 말했다.

"모든 것이…… 다 시간이 필요해요. 내 마음을 당신한테 설명할 수가 없어요. 내 마음속을 가득 채우고 있는 것이 무엇인지, 내가 여기에 오기 전에 어떤 일이 있었는지 말이에요. 꿈과 질문, 그리고 가능성이요. 그것들이 나를 짓누르고 있어서 나는 이곳에 온 거예요. 난 단지…… 지금은 당신만 생각해 볼 정신적이 여유가 없어요. 당신 때문이 아니라 나 때문이에요."

그리핀은 조안나의 뺨을 모아 쥐고 엄지손가락으로 아랫입술을 천천히 쓰다듬었다.

"그렇다면 내가 좀더 기다려야 할 것 같군."

조안나는 무슨 말을 해야 할 것 같았다. 고맙다거나 최선을 다하겠다고 말해야 했지만, 그리핀이 다시 키스를 하기 시작했다. 이번에는 가볍고 짧은 키스가 아니라 원초적인 갈망이었다.

조안나는 그의 욕망을 강하게 느낄 수 있었다. 꽃이 태양을 향해서 벌어지는 것처럼, 자연스러운 본능으로 그리핀의 뜨거운 욕망에 화답했다.

그 순간 아무 생각도 할 수 없었고, 그후 한 시간 동안 그랬다. 두 사람이 함께 누워서 평화로운 밤을 보내는 시간이 찾아오자, 자신이 그를 사랑하고 있다는 사실을 깨달았다.

이제 캐롤라인이 그리핀에게 어떤 의미였는지 이해할 시간이 필요했다.

또한 자신의 머릿속에 있는 한 여인을 밀어낼 시간이 필요했다.

그리고, 그리핀의 머릿속에서도…….

그리핀은 사무실에 일찍 나가 봐야 했기 때문에, 아침 일찍 호텔을 나섰다. 조안나는 그리핀에게 도서관에 들러서 챈들러 부인한테 물어볼 것도 있고, 몇 가지 할 일도 있어서 나중에 마을로 가겠다고 말했다. 물론 조심하겠다는 말도 덧붙여서.

조안나가 호텔을 나섰을 때는, 거의 10시가 다 된 시각이었다. 로비를 지나가는 동안, 많은 사람들이 곁눈질로 바라보았다. 그것은 기분 좋은 경험은 아니었다. 룸서비스 웨이터가 소문을 냈거나, 아니면 그리핀이 아침에 나가는 것을 본 것일 수도 있었다. 또, 그리핀의 블레이저가 밤새 호텔 주차장에 세워져 있는 것을 보고 사람들이 알아챌 수도 있겠다는 생각도 들었다.

사생활이 거의 없는 곳이다. 그래도 모든 사람들이 서로 알고 있다는 느낌이 더 좋았다. 사생활이 희생된다고 해도 좋았다. 다같이 이웃처럼 사는 사회를 위해서, 기꺼이 지불할 수 있는 대가라고 생각했다.

조안나는 챈들러 부인과 잠시 애기를 하기 위해서 도서관에 들렀다. 아주 짧은 대화였지만 무심코 캐롤라인이 죽기 전에 무슨 이상한 점을 눈치채지 못했냐고 물었을 때, 아주 놀라운 대답을 들었다.

"글쎄, 한 가지 있었어요. 캐롤라인이 그 준가, 그 전주인가 도서관에 와서는 이상한 질문을 했어요. 미국과 범죄자 인도 협정을 맺지 않은 나라를 알고 싶어했어요."

조안나는 얼굴을 찡그렸다.

"미국의 범죄자들이 체포될 염려 없이 갈 수 있는 곳을 알고 싶어했다는 말인가요?"

"그래요, 그 점을 알고 싶어했어요. 그때는 좀 이상했지만 사람들이 도서관에 와서 흔히들 이상한 질문을 하니까 자연스러운 일이었죠. 그래서 그 일에 대해서 별로 생각하지 않았어요."

"행동에는 이상한 점이 없었나요? 불안하거나 당황해 하는 기색은 없었나요?"

챈들러 부인의 날카로운 눈이 생각에 잠긴 듯 약간 작아졌다.

"솔직히 말해서 기억이 나지 않는군요. 왜 묻는 거죠, 조안나?"

"그냥요, 캐롤라인에 대해서 알아낼 수 있는 것은 다 알아내고 싶어서요."

"당신을 의심한 것처럼 들렸다면 용서해요."

부인이 미안한 미소를 지어 보이며 말을 했다.

"걱정하지 말아요, 조안나. 조급해 하지 않아도 진실은 곧 알려지기 마련이니까요."

"그것도 작은 마을이 갖는 좋은 점인가요?"

"글쎄요, 진실은 항상 드러나기 마련이니까. 나중에는 모든 사람들이 알게 될 거예요. 말할 필요도 없겠지만 때때로 소문은 경솔한 생각들이 많아요, 지금처럼요. 난 케인 바로우 씨가 포틀랜드로 돌아갔다고 해도 의심할 생각이 전혀 없어요."

"바로우 씨를 보았나요?"

조안나가 물었다.

"며칠 동안은 보지 못했어요. 그림 그리러 나가는 것은 이상한 일이 아니고 바로우 씨는 어리석은 사람이 아니에요. 만일 이 마을의 소문이 어떻게 돌고 있는지 안다면, 그가 이곳에서 떠나 있다고 해도 별로 놀라운 사실이 아니에요."

조안나는 도서관을 나와서, 시내의 상점 쪽으로 걸어가면서 챈들러 부인이 한 말을 곰곰이 생각해 보았다. 케인이 소문에서 벗어나기 위해서 이곳을 떠났다면, 그렇게 나쁜 시간을 택한 것도 아니었다. 케인이 자신의 오명을 얼마나 빨리 벗느냐에 따라서 소문도 점점 수그러들 것이다. 그리펀도 그 사실을 충분히 알고 있으며, 케인의 무죄가 증명되면 마을 전체가 그 사실을 알 수 있도록 손을 쓸 것이라는 사실도 알고 있었다.

캐롤라인이 사서에게 물은 질문은 어떤 의미가 있을까? 정말로 위험한 일에 그녀가 관련되어 있었다는 증거가 나오기 시작한 것이다. 캐롤라인이 범죄를 저지른 것일까, 애인이 범죄를 저지른 것을 발견하고 외국으로 도망갈 준비를 하고 있었던 것일까? 이게 수수께끼를 풀 수 있는 마지막 열쇠인가? 캐롤라인과 관계를 갖고 있던 남자는 그녀를 버리고 떠날 생각이었을까…….

스콧에 대한 의심을 버리고 케인과 연락할 수 없는 상황에서, 조안나는 의사에게 물어볼 수밖에 없었다. 베켓이 그녀의 애인이었다면 어떤 일에 관련되어 있을까? 물론 베켓은 사람을 죽이는 것에 대한 상세한 지식과 도구를 가지고 있었다. 그러나 과연 그랬을까?

베켓이 다른 일에 관련되어 있을 수도 있다. 마을 사람들의 주치의로서 분명히 많은 비밀을 가지고 있을 그가 누군가를 협박해서 돈을 빼앗은 것일까?

여러 가지 가능성에 대해서 불유쾌한 생각을 하면서 걸어가던 조안나는 커피숍 근처까지 왔다는 사실을 깨달았다. 리사와 딜런이 근처에 서서 애기를 하고 있었다. 잠시 후에 이국적인 외모의 금발머리 리사는 길을 건너 자신이 운영하는 실루엣으로 향했다. 리사는 몸을 돌렸을 때, 조안나를 발견하고 손을 흔들어 인사를 했을 뿐 걸음을 멈춰 서지는 않았다.

"안녕, 조안나."

딜런이 조안나에게 미소를 지어 보였다.

"커피 한 잔 할래요? 지금 막 쉬려던 참이에요."

“물론이죠, 고마워요.”

딜런이 조안나의 뒤를 따라 안으로 들어갔다.

“무슨 일을 하던 중이었어요?”

조안나가 물었다.

“관료적 형식주의와 씨름하던 중이었지요.”

딜런이 대답했다.

“스콧은 캐롤라인이 유언한 병원 증축 문제를 빨리 진행시키고 싶어 하죠. 당신은 그 병원 증축과 관련된 방대한 서류들을 상상할 수도 없을 거예요. 두 시간 동안 법원에 꼬박 붙어 있었어요.”

조안나는 맞은 편에 앉은 딜런에게 동정어린 미소를 지어 보였다.

“작은 마을에서는 모든 일들이 다를 것이라고 생각했는데, 대 도시인 애틀랜타하고 똑같네요.”

리즈가 두 사람이 앉아 있는 테이블로 오자, 조안나는 그녀를 올려다 보면서 커피를 주문했다. 딜런도 커피를 시켰다. 커피는 금방 나왔고 리즈는 상냥하게 차 사고로 다친 데는 다 나았는지 물어 보았다.

“다 나았어요, 고마워요.”

조안나가 대답했다.

“심지어 긁힌 데도 없어요.”

“그 애길 들으니 기뻐요.”

리즈가 고개를 끄덕이면서 말했다.

“세상에, 요새 나오는 신형 차들도 접합 부분이 너무 많아서 도로를 고속으로 달려갈 때, 차가 제멋대로 부서지지 않는 게 신기할 지경이래요. 우리 오빠가 기술자인데, 차안에 모든 센서와 다른 설비들이 빽빽이 들어차서 웬만한 엔진이 들어갈 자리도 없다고 말했어요.”

“다음 번에는 좀더 큰 차를 빌려야겠군요.”

조안나는 잠시 생각에 잠기는 듯했다.

“아마 지프를 빌려야 될 것 같아요.”

“난 지프를 좋아해요.”

리즈가 혼자 말하고 나서 주문받을 손님이 있다고 그녀를 부르는 주방장의 목소리가 들리자 눈동자를 굴렸다.

"주인이 부르네요."

리즈는 중얼거리고 나서 커피포트를 들고 몸을 돌렸다.

"당신이 차 사고를 당했다고 스콧한테서 들었어요."

딜런이 고개를 가로저으며 말했다.

"스로틀 레버가 어떻게 됐다면서요? 빌어먹을, 때때로 나는 우리가 다시 말과 마차를 타고 다니던 시절로 되돌아가는 것이 훨씬 안전하다고 생각해요."

스콧이 누가 차를 일부러 만져 놓았다는 사실은 말하지 않은 것이 분명했다. 조안나는 웃으면서 대답했다.

"오, 그렇게 분개할 필요는 없어요. 단지 우연히 생긴 일이니까요. 어쨌든 차 때문에 지금쯤 렌터카 회사는 골치 좀 썩을 거예요. 난 그 일에 대해서 걱정할 게 없어요."

"다행이군요."

조안나는 미소를 지으면서 커피를 한 모금 마셨다.

"그런데, 골칫거리는 어때요? 병원 옆에서 불도저를 봤는데 새로운 병동을 짓는 공사가 한창 진행 중인 것 같던데요."

"글쎄요, 스콧이 땅을 밀어 버리라고 지시했을 때 좀 서둘렀던 것 같아요. 필요한 허가서와 서류준비를 하는 동안에는 공사를 중단해야 하거든요. 의사도 별로 달가워하지 않아요. 겨울까지 공사를 계속해서 다음 여름까지 공사를 끝내지 못하면, 비용이 캐롤라인이 남긴 액수를 넘게 되거든요."

"캐롤라인이 모든 비용을 충당할 만큼 어마어마한 돈을 남긴 게 아닌가 보죠?"

딜런이 고개를 끄덕였다.

"아마 충분하겠죠…… 부족하면 물론, 스콧이 메꿀 테지만요."

"그가요?"

“네, 물론이죠. 캐롤라인은 병원이 지어지길 바랐어요. 그러니까 스콧이 병원이 완공되도록 손을 쓰겠죠.”

딜런이 커피를 마시는 동안 조안나는 잠시 머뭇거리다 입을 열었다.

“캐롤라인을 꽤 잘 알고 있던 것 같군요.”

“난 거의 매일 그 집에 들락날락 거렸으니까요.”

딜런이 곰곰이 생각하는 말투로 대답했다.

“그래서 그녀를 잘 아는 것 같아요. 캐롤라인은 나 같은 고용자들한테 별로 신경을 쓰지 않았어요.”

조안나는 순간 몸이 오싹해지는 것을 느끼면서 딜런을 바라보았다. 그리고 온 신경을 딜런에게 집중했다.

“고용자요? 캐롤라인은 사람들한테 전혀 차별적인 감정을 갖지 않은 것 같은 데요?”

조안나는 아담 해리슨과 캐롤라인 사이의 사랑을 생각하지 않을 수 없었다.

딜런은 약간 얼굴을 찡그렸다.

“멸시는 아니었고 단순한 무관심이었죠. 캐롤라인은 하인들이 있는 집에서 어릴 때부터 컸어요. 그녀의 눈에는 사실상 하인들이 가치 있게 보이지 않았죠. 난 스콧을 위해서 일했고 사무실이 스콧의 집에 있었으니 하인과 같은 계층으로 보였겠죠. 특별히 싫은 감정이 있는 것은 아니었어요.”

딜런이 씁쓸하게 미소를 지었다.

“그렇지만 안 보이는 사람처럼 취급받는다는 것은 그렇게 기분 좋은 느낌은 아니죠.”

‘하지만 캐롤라인에게 잘생긴 사람은 보였겠지요. 그 사람이 어떤 신분이든지 말이죠.’

조안나는 그 사실은 불을 보듯 뻔히 알 수 있었다.

‘딜런이 그녀의 또 다른 애인? 맙소사, 남편과 매일 얼굴을 마주보는 남자와 같이 잔 건가? 자신의 집에 사무실이 있는 남자와?’

　조안나의 의심은 아주 가능성이 짙었지만 아직 예리하게 물어볼 준비가 되어 있지 않기에 다른 말을 했다.

　"당신은 캐롤라인에게 이상한 점을 눈치채지 못했나요? 그러니까 캐롤라인이 당황한 것처럼 보이지 않았나요? 사고가 나기 직전예요."

　"당황이요? 캐롤라인은 결코 당황한 적이 없었어요. 적어도 내가 지켜보는 동안에는 없었어요."

　딜런은 어깨를 으쓱해 보였다.

　"그리고 그 주에 나는 포틀랜드에 들락거리는 바람에 캐롤라인을 거의 못 봤어요. 왜 그런 질문을 하죠?"

　이번에는 조안나가 어깨를 으쓱해 보였다.

　"그날 캐롤라인이 자동차를 운전하는 능력을 잃을 만큼, 어떤 일에 당황하고 있었던 것이 틀림없다는 생각이 들어서요."

　"난 항상 캐롤라인이 어디서 돌아오는 걸까 궁금했어요."

　딜런이 말했다.

　"그리핀의 말에 따르면 그때 그녀의 차가 마을의 북쪽에 가 있었고, 거기서 마을 반대쪽으로 향하고 있었죠. 캐롤라인은 그렇게 자주 마을 밖으로 나가는 편이 아니에요. 더욱이 그런 대낮에는요."

　"쇼핑하러 포틀랜드에 가는 길이었겠죠."

　조안나는 그날 캐롤라인이 오래된 헛간에서 그리핀을 만나기로 했다는 말을 딜런에게 전할 생각은 없었다. '당신도 그 장소를 알고 있나요, 딜런? 거기서 캐롤라인을 만났나요?'

　"캐롤라인은 포틀랜드에 쇼핑하러 가는 옷차림이 아니었어요. 그날 아침에는요."

　딜런이 계속 말했다.

　"캐롤라인은 항상 도시에 갈 때엔 완벽하게 차려 입고 가거든요. 청바지와 스웨터 차림으로는 절대 가지 않아요. 어쩌면 나중에 갈아입었는지도 모르죠."

　"그렇겠죠."

조안나가 대수롭지 않게 대답했다.

"나는 문제의 핵심에서 벗어나 헤매는 것 같아요."

조안나를 유심히 쳐다보는 딜런의 얼굴은 진지했고, 눈동자는 솔직해 보였다.

"캐롤라인과 당신은 어떤 연관성을 느끼는 겁니까? 단지 닮았다는 이유 하나로?"

"네, 그러네요. 당신도 누군가와 닮은 사실을 알게 되면 굉장히 신경이 쓰일 거예요. 게다가 그 사람이 갑자기 죽었다는 것은 더욱 큰 충격이죠. 그리고…… 불쌍한 리건은 내게 의지하고 있구요."

"리건 일은 참 안됐어요."

딜런이 한숨을 쉬면서 말했다.

"요새는 집에서 리건을 거의 볼 수 없어요. 마치 어둠같죠, 눈에 보일 만 하면 구석 어딘가로 사라져버리거든요."

조안나는 한 가지 정도는 솔직한 질문을 하기로 마음먹었다.

"스콧이 처음부터 리건에게 그렇게 무관심했나요?"

딜런은 즉시 반발을 보이며 머리를 가로저었다.

"아니오, 리건이 태어났을 때 스콧은 리건에게 홀딱 빠졌었죠. 정말 사랑했어요. 어린 딸을 위해서라면 무슨 일이든 다 했죠. 그리고 리건도 아빠를 사랑했구요. 그 후에 삼사 년 전에 상황이 바뀌었어요. 처음엔 스콧이 전보다 일을 열심히 하는구나 정도로 생각했었죠. 포틀랜드에 갔다가, 샌프란시스코에 가고, 자주 출장을 다녔으니까요. 스콧은 리건과 더 이상 함께 보내지 않았죠. 반면에 그럴수록 캐롤라인은…… 리건과 놀아 주고, 책을 읽어 주고, 같이 댄스 교습을 받으러 다니고, 친구집에서 열리는 파티에 데리고 가는 등의 자상한 태도를 보였어요. 나는 아빠가 바빠서 리건과 함께 있을 수 없는 시간을 엄마가 보상해 주려 노력한다고 생각했어요. 하지만 점차로 어린 딸에 대한 스콧의 태도가 완전히 바뀌었다는 사실을 깨달았죠. 딸을 볼 때, 스콧의 얼굴에는 어떤 감정도 떠오르지 않았어요. 리건이 더 어렸을 때, 그 애가 자기 옆에 가까이 오면 스콧이 밀어내는 것을 두 번 봤어요. 그 후로 리건은 스콧에게 가까이 가려 하지 않아요.”

“왜 스콧의 태도가 그렇게 갑자기 바뀌었는지 짚이는 데라도 있어요?”

조안나는 짐작할 수 있었다. 간단했다. 분명히 소름끼치는 이유였다.

딜런은 비웃는 듯한 미소를 지었다.

“내가 아는 것은 그저 겉으로 본 것이지, 그 이상은 없어요. 스콧은 아무한테도 털어놓지 않으니까요…… 확실히 나에게도 말하지 않았어요. 모르겠어요, 조안나. 난 전혀 모르겠어요.”

조안나는 커피를 마시면서 곰곰이 생각해 보았다. 딜런이 캐롤라인의 마지막 애인이었을까? 굉장히 궁금했지만 이런 공공 장소에서 감히 그런 주제를 꺼낼 용기가 없었다. 그리고 왜 스콧이 리건을 냉담하게 대한 것일까? 스콧에 대한 그녀의 느낌은 아직도 유동적이고 불안정했다. 하지만 그가 피도 눈물도 없는 사람은 아니라는 것은 확신하고 있었다. 그녀의 가슴속에 있는, 스콧이 어린 딸을 밀어 버릴 수밖에 없었던 것은 오직 한 가지 이유만 가능했다.

“오, 빌어먹을.”

딜런이 시계를 보다가 갑자기 외쳤다.

“법정에 돌아가야 할 시간이에요. 조안나, 더 있다가 가요. 계산은 내가 할게요.”

“고마워요, 딜런.”

딜런은 일어서면서 상큼한 미소를 지었다.

“오히려 내가 즐거웠어요. 나중에 봐요.”

“그래요.”

딜런이 계산을 하러 카운터로 가는 것을 지켜보다가 잠시 커피잔을 쳐다보며 잔을 옆으로 밀어 놓았다. 그리핀이 지금 자신이 어디 있는지 궁금해 할 것이라고 생각했다. 그리고 여기에 더 앉아 있다간 리즈나 다른 사람의 수다에 꼼짝없이 휘말릴 것이 틀림없었다.

조안나는 딜런이 커피숍을 나가서 법원에 가기 위해 길을 건널 때까지 기다린 다음에 리즈에게 잘 있으라고 손을 흔들고 커피숍을 나갔다.

보안관 사무실 쪽으로 가면서 몇 가지 자질구레한 일을 처리할 생각이었다. 하지만 의사가 약국에서 나오는 것을 보자 즉시 방향을 바꿔 의사를 쫓아갔다.

"선생님?"

의사는 발걸음을 멈추고 돌아보았다. 눈썹을 치켜올리고 조안나를 응시하였다.

"안녕하시오, 조안나. 무슨 일인가요?"

근처에는 아무도 없었고 가게도 문이 닫혀 있었다. 덕분에 조안나는 주저하지 않고 물었다. 예의는 의사에게 아무런 효력을 발휘하지 못할 테니 얼굴에 철판을 까는 뻔뻔스러움이 효과가 있을 것이다.

"진실을 말해 주세요."

조안나가 말했다.

"지금 무슨 애기를 하는지 모르겠군요."

의사는 아직 유쾌한 목소리를 유지하고 있었고, 미약하게 미소를 띄우고 있었지만 눈동자에는 경계의 빛이 나타났다.

"아뇨, 내가 지금 무슨 말을 하는지 당신은 알고 있어요. 캐롤라인을 죽기 전에 봤다는 말을 당신은 내게 일부러 하지 않았어요."

의사의 얼굴이 굳어졌다.

"잠시 잊은 거요, 그게 전부요."

"잊었다구요?"

조안나는 난간에 몸을 기대고 서서 팔짱을 끼고 미소를 짓고 있었다.

"캐롤라인이 필요로 할 때 도와주지 못했다는 죄책감에 사로잡혀 있는 또 다른 남자이기 때문이 아닌 가요?"

"또 다른 남자라니, 무슨 뜻이오?"

의사는 지금 조안나에게 온통 신경을 쓰고 있었다. 그녀는 마음을 다잡아먹고, 자신이 지금 하려는 짓이 마음에 들지 않았지만 선택의 여지가 없어서 용기를 냈다.

"캐롤라인은 주위에 있는 사람들이 죄책감을 느끼게 만들었어요, 특히 과거의 애인들에게요. 당신이 설마 그녀의 유일한 애인이었다고 생각하는 것은 아니겠지요? 남편마저 캐롤라인이 결혼 생활을 하는 동안, 적어도 열 명 이상의 애인이 있었을 거라고 하던데요."

의사의 표정은 바뀌지 않았지만 목소리는 매우 작아졌다.

"그런 말을 해줘서 굉장히 고맙군요."

"알 필요가 있을 것 같아서요."

조안나는 목소리에서 비웃음이 스며나오다가 짜증으로 변했다.

"선생님은 꼭 알아야 할 필요가 있어요. 내가 알기로는 캐롤라인을 아직도 잊지 못하는 사람이 선생님 혼자만이 아니거든요."

"당신은 결코 이해할 수 없을 거요."

"이해할 수 없다구요? 그렇다면 설명을 해주세요. 캐롤라인이 어떻게 남자들을 정신적으로 파괴시켰는지……, 자신을 잊지 못하는 강박 관념은 파괴시키지 않은 채 말이에요."

의사는 입을 열려다가 다시 다물고 고개를 저었다.

"난 설명할 수 없어요. 캐롤라인은…… 어떤 특별한 것을 가지고 있었소."

"그럴 것 같았어요."

조안나도 고개를 가로저었다.

"파괴적이면서도 유혹적이었죠. 어떤 사람들은 그런 것을 악이라고 정의내리고 있어요."

의사는 즉시 고개를 가로저었다.

"아니오, 악은 아니오. 캐롤라인은…… 항상 내부에서 전쟁을 겪고 있었소, 항상 투쟁을 하고 있었소. 자기 자신과, 자신이 소유하고 있는 것에 만족하지 못했던 거요. 항상 더 많은 것을 필요로 했소. 캐롤라인이 일부러 잔인하게 굴었던 게 아니라는 걸 당신은 이해해야하오. 그 자신이 원하는 것은 무엇이든지 가져야 했소. 다른 사람이 어떤 희생을 치르는 지는 상관없었으니까."

"캐롤라인은 버릇없는 어린아이 같았군요."

조안나가 말했다.

의사의 마른 얼굴이 그녀 생각을 하며 부드러워지는 것을 보고 조안나는 다시 연민을 느꼈다. 의사가 대답했다.

"어린아이 같은 점이 있었오, 타고난 순수함이소. 그렇소, 캐롤라인은 버릇이 나빠 보일 수도 있지만, 놀랄 만큼 관대하고 사랑스러웠소. 그것이 내가 기억하는 캐롤라인이오."

"선생님은 캐롤라인이 죽기 바로 직전, 그녀의 애인이 아니었죠?"

"아니오."

의사가 멍한 표정으로 대답했다.

"이 년 전이었소."

캐롤라인의 최근의 애인이 누구였는지 아느냐고 물어볼 생각이 없었다. 자신이 그녀에게 실연당한 유일한 애인이 아니라는 사실만으로도 의사는 충격을 받은 것 같았다.

"캐롤라인이 선생님을 마지막으로 만나러 왔을 때, 왜 왔는지 말했나요?"

의사는 오랜 옛날의 기억을 더듬는 것 같았다. 눈을 깜빡이면서 조안나를 쳐다보았다.

"아니오, 난 그때 긴급 환자가 있었소. 난 바빴소. 캐롤라인은 할 말이 있다고 했지만…… 난 그녀를 무시했소."

조안나는 의사의 목소리에서 엿보이는 죄책감에 조금도 놀라지 않고 한숨을 쉬면서 말했다.

"선생님만이 그런 게 아니에요. 그때 일을 자세히 기억해 보고, 내게 진실을 말해 주면 고맙겠어요."

의사는 약간 고개를 끄덕이고 나서 아무 말 없이 몸을 돌려 발걸음을 옮겼다.

조안나는 잠시 의사의 뒷모습을 지켜보면서 그대로 서 있었다. 그러고 그리핀의 사무실을 향해 걷기 시작했다. 그리핀은 의사를 궁지에 몰아 놓은 것을 좋아하지 않을 것이다.

의사가 가지고 있는 어떤 비밀이 캐롤라인을 겁먹게 했을지 모르겠지만 그럴 확률은 아주 적었다. 아직도 누가 그녀의 마지막 애인인지 알아내지 못했다. 딜런이 아니라면…….

그리핀의 사무실에 들어가서 의자에 앉았을 때 조안나는 허탈하고 의기 소침해졌다. 그도 그 기분을 느끼고 있었다.

"좋은 소식이 있었으면 좋겠네요."

조안나가 입을 열었다.

그리핀은 책상 위에 가득 쌓인 서류를 보다가 씁쓸한 미소를 띠우면서 조안나를 올려다보았다.

"어떤 소식도 없소, 좋은 것도 나쁜 것도. 케인이 아직도 행방 불명이라는 것을 제외하고는 말이오. 당신은 어땠소?"

조안나는 한숨을 쉬었다.

"챈들러 부인이 캐롤라인이 사고가 나기 바로 직전에, 미국과 범죄자 인도 협정이 없는 나라를 물어 봤대요. 어떤 불법적인 사건에 연루되어 있었다는 사실이 점점 더 확실해지고 있어요, 당신은 어떻게 생각해요?"

"그럴 가능성이 점점 커지는군."

그리핀도 동의했다.

"또 의사 선생님하고도 얘기했어요."

조안나가 말했다.

"별로 얻은 것은 없어요. 닥터 베켓은 죽기 바로 직전에 캐롤라인과 애인 관계를 맺은 것은 아니라 이 년 전에 애인 사이였대요. 이런 얘기는 당신 보고서에 써넣을 필요는 없어요, 알겠죠? 이런 얘긴 당신한테 하지 말아야 하는 건데."

"그런 얘기는 아무리 적절하다고 해도 보고서에 기록하지 않소. 그리고 난 벌써 알고 있는 얘기요."

그리핀이 대답했다.

조안나는 그리핀을 뚫어지게 쳐다보았다.

"내가 처음에 캐롤라인에게 애인이 있었다는 말을 했을 때 당신이 놀랐던 것 같은데요."

"놀랐소. 내가 알기로는 의사 선생과 캐롤라인의 관계는 전혀 소문이 나지 않은 얘기였으니까. 그래서 당신이 그 사실을 발견했다는 사실에 놀란 거요."

조안나는 그리핀이 어떻게 알게 되었는지는 묻지 않고 그저 고개만 끄덕였다.

"의사는 어떤 비밀을 갖고 있지만 그게 캐롤라인을 겁먹게 할 것처럼 보이지는 않았어요……. 게다가 누군가를 절벽 아래로 떨어뜨릴 불량한 양심을 가진 사람 같지도 않구요."

"그렇소, 나도 그렇게 생각하오."

조안나는 딜런과 만난 얘기와 그가 의심스럽다는 말을 꺼내려고 했을 때, 세차게 문을 두드리는 소리에 중단했다. 스콧 맥케나가 들어 왔다.

스콧은 신중한 자세로 사무실 문을 닫았다.

조안나는 두 남자가 정면으로 쳐다보는 방향에서 벗어나 있어서 다행이라고 생각했다.

그리핀의 긴장감을 느낄 수 있었고, 스콧의 눈동자에 나타난 적대감도 다이아몬드처럼 단단하다는 사실도 알았다. 다이아몬드라는 표현은 이런 때를 위해서 만들어 낸 말이 아닌 것 같지만. 그녀는 불안해 하며 두 남자를 번갈아 쳐다보았다.

"스콧."

그리핀의 목소리는 친절했지만 일어서지는 않았다.

다른 남자는 간단히 고개를 끄덕이다가 입을 열었다.

"조안나의 말이 생각나서…… 캐롤라인의 죽음에 관한 의문점들이 모두 사실이오?"

"사실이오, 앉으시오."

스콧은 그리핀의 말을 무시하고 조안나를 쳐다보았다.

“어제 당신이 가고 난 후에, 캐롤라인이 혹시 일기 같은 것을 쓰지 않았는지 궁금해졌소. 그래서 그녀의 물건을 뒤져보았소.”

“일기를 발견했나요?”

스콧은 고개를 가로저으면서 재킷의 안주머니에 손을 넣어 황동으로 만든 작은 열쇠를 꺼냈다.

“하지만 이걸 발견했소.”

스콧의 그리핀의 책상 위에 열쇠를 떨어뜨리고 나서 다시 보안관을 쳐다보았다.

“침실 서랍에 있었소. 전에는 보지 못했던 거고 우리 집에는 이 열쇠에 맞는 자물쇠가 하나도 없었소.”

조안나는 그리핀을 쳐다보았다.

“캐롤라인이 죽기 전에, 작은 골동품 상자를 샀다는 말을 들었어요.”

“캐롤라인의 방에는 그런 상자가 없었소.”

스콧이 말했다.

“캐롤라인은 그것을 과거로의 여행에서 샀소, 조안나?”

“그런 것 같아요.”

스콧은 꼼짝 않고 서서 그리핀이 신속하게 전화 거는 것을 지켜보았다.

“보니? 나 그리핀이오. 맥케나 부인이 여름에 작은 골동품 상자를 사간 적이 있소? 언제? 아, 알겠소. 그 상자에 자물쇠와 열쇠가 있었소?”

그리핀은 얘기하면서 황동 열쇠를 손안에 꼭 쥐었다.

“그 열쇠를 자세히 설명 좀 해봐요.”

설명을 들으면서 그리핀은 고개를 끄덕였다.

“고마와요, 보니.”

그리핀은 수화기를 내려놓았다.

“그 상자 열쇠가 맞나요?”

조안나가 급한 마음에 서둘러 물었다.

“아니면, 정확한 복제본일 거요. 문제는 상자가 어디 있느냐는 거지.”

"캐롤라인이 상자 안에 무엇을 넣었을까요?"

스콧은 잠시 두 사람을 지켜보다가 조안나에게 시선을 고정시켰다.

"왜 그녀가 무엇인가를 숨기려 했다고 생각하는 거요?"

그리핀은 스콧의 말을 대답할 마음이 없는 것처럼 보였기 때문에 조안나가 얼른 대답했다.

"그저 추측이에요. 우리는 캐롤라인이 어떤 위험한 사실을 알고 있었다고 생각해요. 그래서 겁을 먹고 있었어요. 사고가 나기 전에, 마을에 있는 몇몇 사람들에게 비밀을 털어놓으려 했지만 여러 가지 이유로 누구에게도 비밀을 털어놓지 못했어요."

"그럼 왜 나한테 말하지 않은 거요?"

스콧이 메마른 말투로 물었다.

조안나는 고개를 가로저었다.

"나도 그 질문에 대해선 대답할 말이 없군요. 캐롤라인이 죽던 날, 그리핀에게 그 얘기를 털어놓으려고 했던 것은 확실해요."

스콧은 그리핀을 빤히 쳐다보았다.

"어떻게 확신할 수 있소?"

스콧이 차갑게 물었다.

"캐롤라인이 쪽지를 보냈소. 만나자고 말이오."

그리핀이 숨김없이 대답했다.

"그때 난 일이 바빠서 가지 못했소. 그리고 그날 캐롤라인은 죽었소."

스콧의 얼굴이 약간 굳어졌다.

"옛날처럼 캐롤라인의 충견은 아니시군."

잠시 무거운 침묵이 흘렀다. 그러고 나서 그리핀이 날카로운 목소리로 다그쳤다.

"도대체 무슨 의미로 하는 말이오?"

스콧이 비꼬는 듯한 미소를 지으면서 어깨를 으쓱해 보였다.

"무슨 의미가 있겠소, 아무 얘기도 아니오. 보안관, 난 그저 당신이 항상 내 아내가 부를 때마다 달려올 준비가 되어 있다고 생각했을 뿐이오.”

조안나는 약간 움찔했다. 이런 긴장감이 얼마나 오랫동안 두 사람의 대결을 기다려 왔는지 궁금해졌다. 곧 두 사람의 긴장감은 터질 것이다. 조안나는 클리프 사이드의 평화로운 길에서 서로 마주 보고 서 있던 두 남자를 목격한 그날부터 느꼈다.

그리핀이 벌떡 일어서서 반박하기 시작했다.

“이것 봐요, 당신한테 무슨 문제가 있는지는 모르겠지만 난 당신에게 조롱을 받았소. 나한테 뭘 원하는 거요? 숨기지 말고 말해 보시오. 나하고 한판 붙고 싶소? 그렇다면 시간하고 장소를 정하고 사무실 밖에서 기다리면 가겠소. 하지만 시간이 있으면, 집에 가서 불쌍한 당신 딸하고 같이 있는 게 좋을 거요. 나보다는 당신 딸이 훨씬 더 아빠를 필요로 하고 있으니까.”

“그렇다면 당신이 가보는 게 나을 거요.”

스콧이 몸을 돌리면서 낮고 거친 음성으로 말했다.

“뭐라구?”

스콧이 한 걸음을 내딛고 나서 찬바람 나게 몸을 돌렸다. 그의 얼굴은 고통으로 가득 차 있었다. 그 고통이 너무나 생생해서 조안나의 몸까지 움찔했다.

“리건을 위로하려면 당신이 가는 게 좋을 거라고 했소. 당신은 비열한 인간이오, 그리핀. 리건은 내 딸이 아니라 당신 딸이오.”

14

조안나는 딸에 대한 스콧의 태도가 갑자기 변한 이유를 어느 정도 짐
작하고 있었다. 천진난만한 어린 딸에게 갑자기 그렇게 차가운 태도를
보이는 것은, 단 한 가지 이유로만 설명이 가능했다. 캐롤라인의 행동으
로 고려해 본다면 충분히 가능한 애기였다.

예상하지 못했던 것은, 스콧이 그리핀을 다그치는 소리를 들었을 때
자신이 고통스러웠다는 것이다.

"말도 안 되는 소리요."

그리핀이 대답했다, 스콧에게 시선을 고정시킨 채.

"내가 꾸며낸 애긴 줄 아시오? 캐롤라인이 나한테 직접 얘기했소. 그
것도 몇 년 전에 말이오."

그리핀은 책상을 짚고 앞으로 몸을 숙였다. 여전히 시선은 흔들림 없
이 스콧에게 고정되어 있었다.

"내 말 잘 들으시오, 캐롤라인이 거짓말을 한 거요. 그 이유는 모르겠
지만 당신 부인이 거짓말을 한 거요. 우린 아무 관계도 아니었고 성관계

를 맺은 적이 없소, 한 번도 없소. 리건이 내 딸일 가능성은 꿈에도 없소."

조안나는 그 말에 다시 안정을 찾기 시작했다.

"당신 말은 믿을 수 없어."

스콧의 목소리는 여전히 거칠었다.

"캐롤라인은 그런 일을 거짓말하지 않았을 거요, 절대 그럴 리가 없소."

"내가 친부 확인 검사라도 했으면 좋겠소? 기꺼이 하지만 당신도 해야 하오. 리건은 당신 딸이니까, 스콧."

무거운 침묵이 흘렀다. 조안나가 조용히 입을 열었다.

"난 처음에는 리건이 캐롤라인을 닮았다고 생각했어요. 하지만, 세심하게 한 번 더 자세히 살펴봐요. 눈동자는 완전히 스콧을 빼닮았어요, 그리고 귀도 그래요, 얼굴 표정은 더욱 똑같죠. 그리고 리건의 손은 당신 손이 여자 손으로 변한 것 같아요. 당신과 리건이 함께 있는 것을 보았을 때, 엄마보다는 아빠를 더 많이 닮았다는 사실을 알았어요."

스콧은 비틀거리며 뒤로 한 발자국 물러나 손님용 의자의 등받이를 잡고 간신히 서 있었다. 그의 시선은 그리펀을 넘어서, 아니 모든 것을 초월해서 자신의 고통스러운 과거를 응시하는 듯했다. 얼굴에는 핏기가 하나도 없었지만 목소리는 침착했다.

"난 그동안 완전히 판단력을 잃고 있었소."

"캐롤라인이 당신의 눈을 멀게 한 거예요."

조안나가 말했다.

"당신은 캐롤라인한테서 그 얘기를 들은 후부터 리건을 의심스럽게 바라볼 수밖에 없었겠죠. 그리고 일단 그렇게 보기 시작하면서 고통이 시작된 거죠. 그녀는 당신에게 상처를 주고 싶어했던 것이 틀림없어요."

잠시 후에, 스콧은 고개를 가로저었다. 얼굴에는 여전히 아무런 표정이 없었다.

"아니오, 내게 상처를 주기 위한 것이 아니라 리건을 자기만의 것으로 만들고 싶어했소. 그런데 내가 방해가 된 거요, 나를 아이한테서 떼어놓기 위해서 내가 아이를 미워하게 만들려고 그런 말을 한 거요.”

‘의사 말이 맞았군…… 캐롤라인은 원하는 것은 반드시 가져야만 했어, 무슨 일이 있어도 말이야.’

캐롤라인은 딸의 관심과 사랑을 독차지하기 위해서 믿을 수 없을 만큼 이기적이고 잔인한 방법을 취했던 것이다. 아빠의 사랑을 빼앗은 것이 어린 딸에게 얼마나 큰 상처가 되는지, 알지 못했던 것이다. 캐롤라인은 자신의 사랑으로 충분하다고 생각했었고, 분명히 최고의 엄마노릇을 했다. 아낌없는 사랑을 쏟아 부었다. 그렇지만 리건이 치르게 될 대가는?

조안나도 그리핀도 아무 말도 할 수가 없었다. 단지 스콧이 과거의 회상에서 돌아오기를 기다릴 뿐이었다. 그는 서서히 제정신을 차렸고 눈동자의 초점도 현실로 돌아왔다. 이렇게 자만심 강한 남자가 그리핀의 작은 사무실 안에서 자신의 본심을 속속들이 드러냈다는 사실을 깨닫는 것은 고통이었을 것이다.

두 사람을 쳐다보고 나서 몸을 돌려 문 쪽으로 걸어갔다.

스콧은 문을 열고 나서 발걸음을 딱 멈추더니 조안나를 돌아다보았다.

“당신 말이 맞소.”

스콧은 그렇게 말하고 나서 방에서 나갔다. 그리고 조용히 방문을 닫았다.

“방금 한 말이 무슨 뜻이오?”

그리핀이 물었다. 스콧이 나간 후에도 계속 문을 응시하고 있던 조안나가 낮은 소리로 대답했다.

“스콧은 캐롤라인을 사랑하고 있었어요. 그녀가 무슨 짓을 했든 말이에요. 아직도 계속 사랑하고 있어요.”

“빌어먹을.”

그리핀은 거칠게 의자에 앉으면서 욕설을 내뱉었다.

"스콧은 몇 년 동안 오해 때문에 나를 증오해 왔던 거요."

조안나는 숨을 들이쉬고 그리핀을 쳐다보았다.

"스콧이 리건을 당신 딸이라고 생각하는 걸 그동안 전혀 눈치채지 못했군요."

"전혀 상상도 못했소, 만일 알았다면 오래 전에 결판을 냈을 거요. 그럴 가능성이 내게 전혀 없었기 때문이었소. 리건은 스콧의 딸이 분명했으니까, 난 그런 생각조차 안 했소. 스콧이 아이한테 무심한 듯 보였지만 누구에게나 원래 다 그렇게 대했었소."

조안나는 리건에 대한 스콧의 무관심을, 그리핀이나 다른 사람들이 무심히 지나쳤다는 사실에 별로 놀라지 않았다. 캐롤라인 가족과 오랫동안 가깝게 지낸, 예를 들어 딜런과 같은 사람만이 변화를 눈치챌 수 있었을 것이다.

"당신은 어느 날 갑자기 자신을 미워하는 스콧의 이유가 뭔지 궁금하지도 않았어요?"

조안나가 물었다.

"난 단지……."

"단지 뭐요?"

그리핀은 주저했다. 그러고 나서 낮게 욕설을 내뱉었다.

"당신이 전에 캐롤라인과 나 사이에 일이 있었던 것 같다고 말했잖소. 어느 정도 당신 말이 맞소. 우리 사이에는 어떤 일이 있긴 있었소."

조안나는 조용히 기다렸다. 유혹적이면서 파괴적인 여인이 그리핀에게 어떤 영향을 미쳤는지 이해할 수 있는 순간이 온 것이다. 그 결과로 그리핀이 지금까지 어떤 마음의 짐을 짊어지고 살았는지도.

"난 클리프 사이드에서 처음부터 살지 않았소."

그리핀이 천천히 말을 꺼냈다.

"난 시카고에서 날이면 날마다 생기는 폭력 사건으로 죽어가는 사람들을 보았소. 거의 미칠 지경이었지, 그래서 난 시카고를 떠났소. 작은 마을의 보안관이 된다는 얘기는 내게 천국처럼 들렸소. 그래서 포틀랜드에서 클리프 사이드의 보안관 자리가 비었다는 애기를 들었을 때, 나는 주저 없이 지원했소. 얼마 후 시의회에서 신임장을 받고 나는 이곳 별장으로 이사를 온 거요."

그리핀은 어깨를 으쓱해 보였다.

"첫주 동안은 거의 휴가를 보내는 기분이었소. 시카고에서 험한 생활을 한 후이니까. 이곳은 범죄 신고를 하는 사람이 한 사람도 없었소. 숨을 쉴 수 있는 기회가 온 것이오. 난 이곳에 정착해서 사람들을 사귀기 시작했소. 캐롤라인은 마을의 잘 알려진 여류 명사지만 그때 그녀는 매우 어렸소. 결혼한 지 이 년밖에 안 됐고 거의 모든 마을일을 돕고 있었소. 캐롤라인은 부끄러움을 타는 것 같았고 연약해 보였소. 적어도 그 당시 내게는 그렇게 보였소⋯⋯. 그리고 나는 열심으로 캐롤라인을 도와주기 시작했소."

"캐롤라인이 당신을 사랑하게 된 거군요."

그리핀이 고개를 끄덕였다.

"어느 날 우리 집에 와서 그녀가 그런 애기를 꺼냈을 때, 난 완전히 놀라서 기절할 지경이었소. 지나가다가 몇 가지 물어볼 게 있어서 들렀다고 했소. 어떤 질문이었는지는 기억나지 않지만 어쨌든 나중에는 캐롤라인이 날 사랑한다고 말했을 때, 나는 무슨 말을 해야 할 지 알 수 없었소. 나는 캐롤라인을 사랑하지 않았소. 그녀는 스콧의 아내였고, 내가 상대할 여자가 아니었으니까. 그리고 나한테는 언제나 캐롤라인이 여자라기 보다는 아이처럼 느껴졌었소."

'달콤한 천진난만함이 당신에게 준, 단 한 가지 나쁜 점이었군요.'

조안나는 그렇게 생각할 수밖에 없었다.

"나는 캐롤라인을 달래려고 노력했소."

그리핀이 말을 계속했다.

"나는 캐롤라인에게 내 감정을 오해한 것이 다 내 잘못이라고 말했소. 그리고 나서 나는 몇 가지 우둔한 말을 했소. 내 감정을 오해하고 있었다는 사실을 알았으니까 이젠 오히려 편하게 친구처럼 지낼 수 있다고 말했소."

"캐롤라인이 어떻게 받아들였나요?"

그리펀은 뒷목을 문지르면서 난처한 표정을 지었다.

"엉엉 울기 시작했소. 그 다음에 내가 기억하는 것은 우린 소파에 앉아 있었고, 내가 그녀를 안고 있었다는 것이오."

'눈물…… 빌어먹을, 캐롤라인. 당신은 그리펀에게 속임수를 쓰지 않았을까?'

"그렇지만 아무 일도 없었소."

그리펀은 약간 조급하게 덧붙여 말했다. 화가 난 조안나의 표정을 읽은 것 같았다.

"그러다가 난 캐롤라인이 더 이상 울지 않는다는 사실을 알았고 그래서 손을 떼었지. 당신이 마음 상하지 않아도 되는 일이오."

"고맙군요."

조안나가 대답했다.

그는 씩 웃어 보였다.

"난 가까스로 캐롤라인을 소파에서 일으켜 집에서 데리고 나갔소. 그 후로는 한동안 우리 사이에 긴장감이 흐르긴 했지만, 그녀도 다시는 그 얘기를 꺼내지 않았고 나도 마찬가지였소."

그리펀의 웃음이 사라졌다. 그리고 덧붙여 말했다.

"그렇지만 문제가 있을 때마다 내게 의지하곤 했소. 나는 그것을 스콧이 알아챘다고 생각했소."

"그래서 스콧이 아까 당신한테 그녀의 충견이라고 말한 건가요?"

"그렇소, 어쨌든 나는 캐롤라인이 필요로 할 때마다 일을 도와줬소. 대부분 하찮은 일이었지. 학생들이 행진을 할 수 있도록 허가증을 빨리 받을 수 있게 해준다거나, 지역 사회 극장에 대한 캐롤라인의 의견이 시 의회에서 채택될 수 있도록 도와준 것 같은 일이었소."

"그래서 스콧이 당신을 미워하고 있다는 것을 깨달았을 때……."

"난 단지 캐롤라인이 나를 사랑했다는 사실을 알았거나 의심하고 있다고 생각했소. 스콧이 우리가 함께 있는 것을 싫어하는 줄만 알았소. 우리 사이에 비밀 만남은 없었기 때문에, 나는 완전히 결백했소. 그리고 난 거의 스콧과 마주칠 일이 없었기 때문에, 그가 나를 미워한다는 사실이 그렇게 고민스럽지도 않았소.”

조안나는 고개를 끄덕였다.

“알겠어요. 그날 이후로 캐롤라인과 단둘이 만난 적이 없었지만 캐롤라인을 보호하는 버릇 때문에 스콧에게 죄책감을 가지고 있었다는 말이죠?”

“이런 사실 때문에 당신 마음이 상했소?”

“약간이요, 캐롤라인은 자신의 인생에서 만났던 남자들에게 강력한 영향력을 행사했어요. 심지어 관계가 오래 전에 끝난 사람한테도 그랬죠. 그래서 나는 정말 궁금해…….”

“내가 캐롤라인을 사랑했는지 말이오?”

“문득 그 생각이 들었어요.”

조안나는 솔직하게 고백했다.

“비록 당신은 부인하고 있지만, 난 당신들 두 사람 사이에 어떤 감정이 있다는 것을 확신했거든요. 캐롤라인을 좋아하던 다른 남자들은 그녀를 못 잊었어요. 살아 있는 연적하고는 달라요……. 유령과 싸우기는 어렵거든요.”

그리핀은 일어서서 책상을 돌아 나와서 조안나를 품에 안았다.

“난 솔직하게 털어놓았소.”

그리핀이 메마른 어조로 말했다.

“그렇지만 정말 아니오. 당신을 만나기 전까지는, 누구도 사랑한 적이 없소. 당신이 캐롤라인과 닮았기 때문에, 혹은 누구 다른 사람과 닮았기 때문에, 당신을 사랑하게 된 것이 아니오. 난 당신처럼 금빛으로 빛나는 커다란 눈동자를 가진 사람을 본 적도 없고, 그렇게 달콤한 목소리는 들어본 적도 없소. 당신은 내 마음속에 있는 모든 것을 밀어내고 당신만을 생각하게 만드는 놀라운 기술을 가졌소.”

조안나는 그의 열렬한 사랑의 고백에 아찔해졌다.

"그렇지만…… 우리는 만난 지 일주일도 안 됐어요."

"그게 중요하오?"

그리핀이 흔들리지 않고 물었다.

잠시 후에 조안나는 고개를 가로저었다.

"아니에요. 그리핀……."

그때, 다시 세차게 문을 두드리는 소리가 들렸고 문이 열렸다. 부보안관이 두꺼운 서류 뭉치를 들고 들어오다 두 사람을 봤다.

"오, 죄송합니다."

부보안관은 무뚝뚝하게 말했다.

"버틀러에 대한 정보를 입수하는 대로 가져오라고 하셔서. 그리핀, 방금 샌프란시스코에서 한 뭉치의 팩스를 받았어요."

"캐시, 자네한테 얼마나 시간을 잘못 맞춰서 들어 왔는지 말할 겨를이 도통 없군."

포옹을 풀면서 조안나의 입에서 웃음이 새어 나왔다.

"괜찮아요, 우린 나중에 얘기하면 되니까요."

조안나가 말했다.

"나도 할 일이 있어요. 그러니까 내가 호텔에 가 있는 동안 당신은 서류를 검토해 봐요."

"점심 시간이오."

그리핀이 항의했다. 그의 눈동자에는 음식이 아닌 다른 것에 대한 갈망으로 가득 차 있었다.

"점심을 좀 늦게 먹는 게 어때요?"

조안나가 제안했다.

"두 시에 호텔로 데리러 와요, 알겠죠?"

그리핀의 시선이 아직도 태연하게 서 있는 캐시에게 향했다.

"그렇게 할 수밖에 없겠군. 그렇지만 우리가 어디까지 했는지 잊으면 안 돼오."

"그럴 리는 없어요."

조안나가 유쾌하게 중얼거렸다.

사무실을 나오는 순간 친숙한 긴장감이 온몸을 감싸고돌았다. 그리핀이 자신에게 미치는 영향력에 대해서 감탄할 수밖에 없었다. 문자 그대로, 마음속의 온갖 잡념을 밀어낼 수 있는 유일한 존재였다. 조안나는 돌아가서, 그의 품속에 있고 싶은 소심한 마음이 들었다. 왜냐하면 참을 수 없는 긴장감에서 탈출하고 싶었기 때문이다.

최대한 참아야 한다. 딜런을 다시 만났을 때, 조안나의 목소리가 필요 이상으로 날카로워진 것도 여러 가지 생각에서 기인한 것 같았다. 보안관 사무실에서 한 블록 떨어진 곳에서 딜런을 만났다.

"잠깐 얘기할 수 있을까요?"

딜런이 가까이 다가오자 조안나가 물었다.

주위에는 아무도 없었고 어느 누구도 훔쳐 들을 염려가 없는 이런 좋은 기회를 놓치고 싶지 않았다.

"물론이죠, 조안나. 무슨 일이에요?"

사람 좋아 보이는 얼굴에 미소가 떠올랐지만 눈에는 경계의 빛이 번득였다.

단도직입적으로 물어보는 방식이 의사에게도 효과가 있었다. 그래서 조안나는 솔직히 물어 보았다.

"캐롤라인과 애인 사이였나요?"

잠깐 동안, 딜런의 얼굴에 아무런 표정이 나타나지 않았다가 미소가 감돌았다.

"단순한 개인적인 호기심에서 물어 보는 겁니까, 조안나?"

조안나는 고개를 가로저으면서 다시 물었다.

"캐롤라인과 애인 사이였나요?"

딜런은 조안나의 시선을 잠시라도 피하고 싶은 것처럼 들고 있던 서류 가방을 내려다보았다. 얼굴에서 다시 표정이 사라졌다. 다시 시선을 들었을 때, 눈동자에 우울함이 가득 차 있었다.

"장원의 여주인은…… 겸손했었죠. 이 말을 듣고 싶은 건가요? 맞아요, 사실이에요. 스콧을 위해서 일하러 이곳에 왔을 때, 나는 원기왕성한 청년이었죠. 내가 대학에 가고 샌프란시스코에서 일하고 있는 동안, 캐롤라인은 어른이 되어 있었구요."

"캐롤라인도 당신과 같은 감정을 가지고 있었나요?"

딜런의 입술이 씁쓸하게 뒤틀렸다.

"아니었어요, 그녀는 오랫동안 나를 비웃었어요. 스콧이 주변에 없을 때는 웃으면서 수작을 부렸죠. 그렇지만 항상 내 손에 닿을 수 없는 곳에 있었어요. 그녀는 거의 나를 미칠 지경까지 몰고 갔어요. 지독한 여자였죠."

"그래도 당신은 결국 캐롤라인의 애인이 되었겠죠."

딜런의 목소리는 다른 사람처럼 들렸다. 비통함과 분노가 나오고 있었고 강박 관념에 사로잡혀 있는 것 같았다.

"그렇게 생각한다면 그렇게 불러요."

그는 경련이 일어난 것처럼 어깨를 으쓱해 보였다.

"우리는 한 주일을 매일 만났어요. 사실, 서로의 옷을 찢어 버릴 지경으로 뜨거웠죠. 그러고 나서…… 아무 일도 없었어요. 캐롤라인은 우리의 관계가 끝났다고 내게 통보했어요. 마치 아무 일도 없었던 것처럼 행동하더군요."

조안나는 딜런의 미소 속에 나타난 고통을 보고 싶지 않았지만 침착하게 물어 보았다.

"어디서 만났죠?"

딜런은 짧은 웃음을 토해냈다.

"차 뒷좌석에서 했어요. 상상할 수 있어요? 내가 방을 마련할 수 있다고 했는데도 캐롤라인은 막무가내였어요. 그래서 길에서 안 보이는 곳에 차를 주차시켜 놓고, 우리는 뒷좌석으로 기어들었죠."

이상하고 불편한 장소였다. 마치, 캐롤라인은 쾌락을 추구하고 있는 동안 벌이라도 받고 싶어하는 것 같았다.

"최근에 그랬나요, 딜런?"

"아니오, 일 년 전이에요. 내가 이곳에 돌아오고 나서 바로죠. 이제 왜 당신이 그런 일에 관심을 갖는지 물어도 될까요?"

딜런이 무뚝뚝한 말투로 물었다.

"난 그냥 단편적인 정보들을 맞추고 있을 뿐이에요, 그게 전부예요. 다른 사람한테 말하지는 않을 거예요, 딜런. 그 점은 믿어도 돼요. 난 그냥 물어 보는 것뿐이니까요."

조안나는 잠시 머뭇거리다가 말을 이어갔다.

"캐롤라인이 죽기 전에, 당신한테 어떤 것을 말하려고 하지 않았나요? 그녀를 괴롭히고 있던 것을 말이에요."

딜런은 얼굴을 잔뜩 찌푸렸다.

"난 그 주에 캐롤라인을 거의 보지 못했어요. 포틀랜드에 세 번이나 갔었고 그 중에 두 번은 포틀랜드에서 자고 왔거든요. 캐롤라인은 철저하게 나를 무시했는데 내게 왜 그런 얘기를 하려 했겠어요?"

캐롤라인은 얘기하려 하지 않았을 것이다. 그때쯤이면, 차 버린 애인한테서 도움을 받을 수 없다는 사실을 깨달았을지도 모른다. 가장 최후에 그리핀에게 가기로 마음을 먹었는지도 모른다.

"난 그냥 궁금했을 뿐이에요."

조안나가 말했다.

"마지막 주에, 캐롤라인이 무슨 일 때문에 그렇게 당황했는지 알아내려고요."

"캐롤라인은 결코 당황한 적이 없었어요, 내가 저번에 말했던 것처럼 그녀는 결코 냉정함을 잃지 않는 장원의 여주인이었죠."

딜런의 분노와 고통은 강박 관념을 지속시키는 것 같았지만 조안나는 아직도 그가 캐롤라인이 남긴 상처를 간직하며 살고 있다는 사실을 알 수 있었다. 다른 모든 캐롤라인의 남자들이 그랬던 것처럼.

"그렇군요, 솔직하게 대답해 줘서 고마워요."

약간 메마른 어조로 딜런이 대답했다.

"천만예요, 라는 말을 안 한다고 해서 날 나무라지 말아요."

딜런은 의사보다도 더 기분이 상해 있는 것 같았다. 몸을 휙 돌리더니 걸어갔다.

그녀는 한숨을 쉬면서 길을 재촉했다. 머릿속이 무척 복잡했다. 얼마나 많은 남자들이 캐롤라인에게 이용당하고 버려졌을까? 케인도 그런 남자일까? 케인이 캐롤라인의 마지막 애인이었을까? 홀리와 연인 관계에도 불구하고…….

'빌어먹을, 케인. 지금 어디 있는 거예요?'

포틀랜드로 가는 내내, 홀리는 큰 실수를 저지르고 있는 것이라고 되뇌고 있었다. 조안나의 충고를 받아 들여 케인이 클리프 사이드에 다시 나타나고 문제가 해결될 때까지, 가만히 기다리고 있는 편이 나을지도 몰랐다. 하지만 아침에 마을에 갔을 때, 사람들이 홀리에게 케인이 앰버의 살인 용의자로 곧 체포될 것인지 드러내놓고 물어 보았다.

아침에 호텔을 나서는 그리핀과 잠깐 애기를 했었는데 조안나와의 관계가 깊어졌기 때문에 기분이 좋은 것 같았다. 그래도 케인의 계속적인 부재를 마음에 두고 있었다. 더 이상 기다릴 수 없는 것처럼 보였다.

그렇기 때문에, 자신이 포틀랜드에 갈 수밖에 없다고 생각했다. 그가 있을 확률이 가장 큰 장소는 포틀랜드에 있는 작업실이다. 케인의 작업실 위치는 홀리만 알고 있었다. 그는 항상 비밀로 해왔다.

그리고 작업을 하는 동안에는 어떤 종류의 방해도 받고 싶어하지 않았기 때문에 전화도 없었다. 그래서 홀리가 직접 차를 몰고 가는 수밖에 없었다.

가서 케인에게 무슨 말을 해야 할지 알 수 없었다. 차를 주차시키고 케인의 작업실이 있는 건물 안으로 들어가면서도 무슨 말을 할지 알 수 없었다.

로비에서 홀리는 끈기 있게 초인종을 울렸다. 몇 분이 지나서야 케인의 짜증 섞인 목소리가 인터콤을 통해 흘러 나왔다.

"뭐야?"

"케인, 홀리예요. 들어가도 돼요?"

잠깐 침묵이 흐르고 나서 무게가 꽤 나가 보이는 엘리베이터가 로비로 내려오는 소리가 들렸다. 엘리베이터가 도착했을 때, 홀리는 울타리처럼 생긴 문을 열고 올라탔다. 천천히 큰 소리를 내면서, 4층을 향해서 올라갔다. 이 순간이 끝없이 계속될 것 같았다. 아직도 케인에게 무슨 말을 해야 할지 알 수 없었다.

케인은 기다리고 있다가 문을 열어 주었다. 어쩐지 자신이 온 것을 기뻐하는 기색이었다.

"안녕, 여긴 어쩐 일이오?"

"도대체 어디 있었던 거예요?"

그녀는 자신도 모르게 다그치고 있었다.

케인의 눈썹이 치켜올라갔다.

"지난 이 주 동안 말이오? 여기 있었소."

홀리는 그를 지나쳐서 안으로 성큼 걸어 들어가면서 바가지를 긁는 여자같이 신랄한 질문을 준비하는 자기 자신을 발견하고 오싹해짐을 느꼈다. 전체가 하나의 커다란 방인 작업실은 여러 개의 이젤과 붓, 물감을 담아 놓은 깡통, 그리고 수많은 병과 천조각이 놓여져 있는 테이블과 모델이 포즈를 취하는 천이 씌워져 있는 단상이 있었다. 그 외에도 작업에 필요한 여러 가지 다른 도구들이 있었다.

"그렇게 아무 말도 없이 나 혼자 클리프 사이드의 소문을 견디게 만들고 사라질 수 있어요?"

"오, 내가 재판을 받고 교수형이라도 당했소?"

케인은 관심이 없다는 듯이 대꾸했다.

"내가 거기 있는다고 해서 달라지는 것은 없소, 홀리. 그리고 당신은 왜 그런 소문들을 무시하지 못하는 거요? 소문은 곧 없어질……."

"아니에요, 없어지지 않을 거예요."

홀리가 말했다. 그를 마주보고 있으니 현기증이 나는 것 같았다.

"이해하지 못하겠어요, 케인? 당신은 일요일 밤에 어디 있었는지 보안관에게 거짓말을 했어요. 지금은 마을의 모든 사람들이 그 사실을 알고 있다고요."

케인이 얼굴을 찌푸려졌다.

"보안관이 내가 거짓말을 했다는 것을 어떻게 알았지?"

"당신이 자정쯤에 차를 몰고 나가는 것을 이웃에서 봤대요. 어디 갔었어요, 여기 온 건가요?"

케인은 잠시 머뭇거리다가 고개를 끄덕였다.

"그렇소, 여기 왔었소."

"일하러요? 한밤중에 일하러 집을 빠져 나올 만큼 중요한 일이 도대체 뭐죠? 그리고 그리핀한테는 왜 거짓말을 한 거죠?"

"그건 그리핀이 상관할 일이 아니었소. 홀리, 난 그 여자애를 죽이지 않았……."

"그만 둬요, 나도 알아요! 난 단지 당신이 거짓말을 했다는 사실을 이해할 수 없는 것뿐이에요. 모든 일이 엉망으로 돌아가고 있는데 왜 여기 숨어 있었던 거죠? 왜 나한테 진작 말하지……."

작업실 한쪽에 놓여진 그림을 보는 순간, 갑자기 할 말을 잃었다. 방금 끝낸 캐롤라인의 초상화였다. 굉장히 아름다웠다.

"이제 이해할 수 있을 것 같군요."

홀리가 중얼거렸다.

"당신이 캐롤라인에게 빠져 있었다니 정말 놀랍군요. 그 여자를 잘 알고 있었나 보죠? 정말 아주 잘 알고 있겠죠. 당신은 캐롤라인의 애인이었으니까. 그렇지 않나요?"

"그렇소."

케인이 대답했다.

조안나가 호텔로 돌아갈 무렵에 구름이 몰려들고 있었다. 날씨가 기분에 맞춰 변화하고 있었다. 하늘에 검은 구름이 몰려들고 있는 것처럼 그녀의 마음도 어두워졌다.

여전히 리건이 걱정스러웠다. 위험이 어딘가 숨어서 기다리고 있다는 생각이 뇌리에서 떠나질 않았다. 그 위험은 그 애를 노리고 있었다. 하지만 긍정적인 변화가 있다. 그 변화가 리건에게 도움을 줄 것이라는 기대를 가졌다. 그 변화는 스콧이 변한 것이다.

그리고 그런 변화를 일으킨 사람이 바로 조안나였다. 만일 조안나가 스콧에게 의심하고 있던 것을 애기하지 않았다면 그는 캐롤라인의 물건을 살펴보지 않았을 것이고, 작은 황동 열쇠도 발견하지 못했을 것이다. 또 오랫동안 두 남자가 서로를 피해 왔기 때문에 일어나지 않았던 스콧과 그리핀과의 감정 해소도 없었을 것이다.

결론적으로 조안나가 도움이 된 셈이다. 리건에게 아빠를 돌려주는 일을 도운 것이다. 이런 갑작스러운 변화가 스콧이나 리건에게 쉬운 일이 아닐 것이다. 아직도 리건은 아빠에게 많이 화가 나 있었다. 분명히 엄마의 돌연한 죽음과 몇 년 전부터, 영문도 모르고 아빠한테 냉대받은 것 때문에 화가 나있을 것이다.

그래도 스콧이 리건과의 관계를 다시 정상으로 돌려놓기 위해서 노력할 것이라는 사실은 분명했다. 한때 그렇게 딸을 사랑했던 아버지라면 다시 그런 사랑을 보여줄 것이 틀림없었기 때문이다.

조안나는 호텔로 들어가 방으로 올라갔다. 그리핀을 생각하니 캐롤라인의 유령을 두려워하는 것은 아니었지만, 아직 자신의 감정을 완전히 드러내고 싶지 않았다. 그래서 아까 캐시가 방해한 것을 내심 고맙게 생각했다. 그리핀이 자신의 고백을 달갑게 듣지 않을 것 같았다. '나는 당신을 사랑해요, 그렇지만 캐롤라인이 아직도 머릿속에서 지워지지 않아요.'

조안나는 그 말밖에 할 말이 없었다. 적어도 이번 일이 끝날 때까지는 그랬다. 수수께끼가 완전히 풀려서 세 명의 살인자가 밝혀지고, 리건이 완전히 안전해졌다는 확신이 설 때까지는 마음속에 있는 초조함을 깡그리 없애기 전까지는 뭐라 단언할 수 없다.

지금까지 그런 일에 대해서 생각해 보지 않았지만 캐롤라인이 평생동안 자신에게 붙어 다닐지도 모른다는 생각이 미치자 불안해졌다. 그건 최악의 상황이었다. 그렇지만…….

"당신은 그렇게 할 수 없어, 캐롤라인."

조안나는 무서운 표정을 지으며 혼자 중얼거렸다.

"당신뿐만 아니라 어느 누구도 내게 그럴 수 없어."

침대에 앉아서 깊이 숨을 들이쉬면서 끔찍한 공포를 밀어냈다. 그런 일은 절대로 없을 것이다. 모든 일이 행복한 결말을 맞게 될 것이고, 모든 일이 끝났을 때, 머릿속에는 그리핀만이 남아 있을 것이다.

마침표를 찍을 것이다.

조안나는 마음을 괴롭히고 있는 아련한 생각을 잡아내기 위해서 잠시 그대로 앉아 있었다. 빌어먹을, 도대체 뭐지? 조안나는 일어서서 화장대 앞으로 갔다. 그리고 빗을 집어 머리를 빗었다. 작은 여행용 보석 상자로 시선을 떨어뜨렸다가 눈살을 찌푸렸다. 이것이 마음을 불안하게 만든 이유인가?

조안나는 케이스를 열고 목걸이를 꺼냈다. 캐롤라인의 목걸이였다. 손가락에 매달린 예쁜 목걸이를 바라보면서 중얼거렸다.

"세상에, 리건에게 이걸 주는 것을 잊고 있었잖아."

섬세한 목걸이를 손안에 감싸쥐고, 불빛 아래서 하트 모양 펜던트를 이리 저리 돌려보았다. 오래된 헛간에서 이것을 잃어버리던 날, 만났던 애인은 누구일까? 케인일까? 그는 이렇게 작은 마을에서 동시에 두 여자를 사귀는 곡예를 한 것일까? 케인이 그녀의 마지막 애인이었다면 공포스러운 어떤 일에 연루된 것인지, 아니면 모든 추측이 틀린 것이고 캐롤라인의 공포는 애인과 아무런 관련이 없는 것인지도 몰랐다.

"빌어먹을."

조안나는 목걸이를 쥔 채로 발코니로 가서 문을 열었다. 밖으로 나가니 시원하고 차가운 공기가 느껴졌다. 조안나는 남쪽을…… 스콧과 캐롤라인의 집 쪽을 바라보았다. 정말 궁금했다.

꿈이 조안나를 이곳에 데려왔다. 그리고 여러 가지 장소와 사람들을 만나게 했다. 꿈에서 본 모든 것들이 현실에 존재하고 있었다. 부서지는 파도와 바다를 내려다보고 있는 대저택……, 꿈처럼 그대로 존재하고 있었다. 저택은 또한 캐롤라인이 딜런과 애인 사이였다는 것을 의미하고 있었다. 이젤 위에 놓여진 화려한 색채의 그림은…… 케인과 만나서 얘기를 들었다. 하지만 케인이 그 그림을 그렸다는 사실이나 어린 소녀가 그려진 그 그림 자체에 별로 신경을 쓰지 않은 것 같았다.

그림에서 중요한 점을 놓치는 건 아닐까?

"빌어먹을."

조안나는 다시 욕설을 내뱉고 얼굴을 찡그렸다. 다른 것들은 어땠었지? 장미는 분명히 현실에 있었고 아담 해리슨을 만나게 해주었다. 장미는 아담 해리슨 외에는 다른 의미가 없을까? 회전 목마는 캐롤라인이 가장 좋아하던 장소에 있었다.

그런데 종이 비행기는 뭐라고 설명할 수가 없었다. 클리프 사이드의 어디에도 종이 비행기는 없었다.

그렇다면…… 상징적인 것일까?

"종이, 나는 종이, 움직이는 종이."

조안나가 중얼거렸다.

"도대체 무슨 의미일까?"

어떤 의미도 알아낼 수 없었다. 시계소리는 시간이 흘러가는 것을 의미하는 것이 분명했고 울고 있는 아이는 리건이다. 리건은 캐롤라인의 딸이고, 게다가 이번 사건에 관련된 아이는 리건 하나뿐이니까.

그리고 자신이 느끼는 감정은 무엇일까? 공포가 목구멍을 채우고 심장이 방망이질 치고, 저항할 수 없는 긴박감에 젖어 잠을 깨곤 했다. 그런 것은 무슨 의미일까? 캐롤라인으로부터 온 경고일까? 아이를 도와주고 보호해 달라는 절망적인 호소…….

아니다. 그 이상의 무언가가 있다. 자신이 어떤 이유가 있어서 이곳에 있는 것이라는 확신이 있었다. 문제가 이곳에 있고 위험도 이곳에 있다. 그렇지 않다면 왜 자신을 죽이려고 했을까?

조안나는 한숨을 쉬면서 나무숲을 하염없이 쳐다보았다. 노대에 목걸이를 가지고 가서 리건을 위해서 놓고 와야겠다는 생각이 들었다. 어쨌든 노대는 캐롤라인이 가장 좋아하는 장소였으니.

갑자기 마음속에 종이 비행기가 다시 떠올랐다. 하늘로 치솟아 오르던 비행기는…… 전과는 다른 장소에 떨어졌었다. 그것이 지난 밤 꿈과의 다른 점이었다. 전에는 비행기가 풀 위에 떨어졌었는데 마지막 꿈에서는 다른 장소에 착륙했었다. 어딘가…… 마룻바닥이었다.

노대의 바닥처럼.

"그게 나한테 중요하지 않다고 생각하나 보죠."

홀리가 단호하게 말했다.

"당신에게 중요하다는 사실을 알고 있소. 그래서 당신한테 얘기하지 않은 이유이기도 하오."

"지독하군요."

"홀리, 내 말을 끝까지 들어요."

케인은 홀리를 쓰다듬거나 가까이 가려고 하지 않았다. 목소리는 낮았고 흔들리지 않았다.

"그건 당신을 만나기 일 년 전의 얘기요. 내가 클리프 사이드에서 보낸 첫 여름이었소. 그리고 우리의 관계는 그해 여름에만 지속되었소."

"당신은 다음 여름에도 왔잖아요."

"캐롤라인 때문이 아니라 마을이 좋았기 때문이었소. 그림 그리기에 아주 적당한 곳이지. 난 그녀를 보러 돌아온 것이 아니오."

"내가 지금 그 말을 믿을 거라고 생각하는 거예요?"

홀리는 코웃음을 쳤다.

"당신은 캐롤라인의 죽음으로 어쩔 줄 몰라 했어요. 일주일 동안 마을을 떠나 있었죠. 그건 어떻게 설명할 수 있죠?"

홀리는 캐롤라인의 초상화를 고개로 가리켰다.

"당신은 그녀가 죽었을 때 저 그림을 그리고 있었어요. 그때 당신 별장에 저 그림이 있는 것을 봤어요."

"부탁받은 것이었소, 홀리. 캐롤라인이 봄에 초상화를 그려 달라고 부탁을 했었소. 리건에게 초상화를 주고 싶어해서 앉혀 놓고 스케치를 한 거요. 그러고 나서 우리는 둘다 굉장히 바빴소. 난 리건의 다음 생일에 초상화를 줄 생각이오. 그게 캐롤라인이 바라는 일이었거든."

"온갖 수단을 동원해서 캐롤라인은 항상 자신이 원하는 것을 해요."

케인의 입이 굳어졌지만 목소리는 차분했다.

"나는 우리가 무엇보다도 캐롤라인에 대한 것을 정리해야 한다는 사실은 이미 알고 있었소. 그렇소, 나는 캐롤라인이 죽은 직후에 마을을 떠났었소. 그렇지만 내가 전시회 준비를 하고 있었던 걸 당신도 알고 있잖소. 난 일에 몰두해야만 했소. 그래서 그때 이곳에 온 것이오. 당신은 스콧의 심부름을 하기에 바빴고, 마을 전체가 검은 상복을 입고 있었소……. 그런 분위기에서 나는 벗어나고 싶었소. 하지만 결코 캐롤라인 때문은 아니었소, 홀리. 나는 그녀를 사랑하지 않았소. 심지어 관계를 가지는 동안에도 사랑하지 않았소."

"당신 말을 믿고 싶군요."

홀리가 낮은 소리로 중얼거렸다.

"나는 남자들이 캐롤라인을 어떻게 대하는지 전부 보아 왔어요. 당신 같은 모든 남자들이요. 그녀를 극진히 보살피고 진심으로 돌봐 주었다구요. 그 여자를 이 세상에서 가장 고귀한 존재인 것처럼 쳐다봤다구요. 그게 사랑이 아니라구요?"

"아니오."

케인이 숨을 들이마셨다.

"나는 아니었소. 아마 다른 많은 남자들도 아니었을 거요. 당신, 충격을 받은 거요? 진정해요. 캐롤라인은 항상 애인에 관해서 내게 털어놓았소."

“그 여자가 당신한테 다른 애인에 관해서 얘길 했다구요?”

케인이 어렴풋이 미소를 지었다.

“또 충격을 받은 거요? 캐롤라인은 바로 그런 여자였소, 홀리. 그리고 그런 점이 내게는 매력적으로 다가왔소. 굉장히 여성스러웠고 항상 너무나 사랑스럽고 변덕스러웠기 때문에, 남자들은 캐롤라인에게 매력을 느끼는 거요. 그렇지만 그녀가 애인을 가지고, 버리고 하는 것은 열에 들뜬 암코양이 이상의 감정은 아니었소. 나는 그녀가 사랑이라는 감정을 알고 있다고 생각하지 않았소. 어떤 남자도 사랑하지 않았지, 캐롤라인은 확실히 그런 감정을 느껴본 적이 없었소.”

홀리는 그 순간 자신이 어떤 감정인지 알 수 없었다. 오로지 케인의 전혀 감정이 없는 듯한 목소리와 신중한 표정에 안심이 되는 것을 느낄 뿐이었다.

“그것이 캐롤라인의 천성이었는지도 모르겠소.”

케인이 말을 이어갔다.

“인생에서 선택의 폭이 더 넓었다거나, 고등학교를 졸업하자마자 결혼을 하지 않았다면 캐롤라인은 다른 사람이 되었을지도 모르오. 그녀는 천성적으로 섹스를 좋아했지만 사람을 좋아한 것은 아니었소. 리건에게는 헌신적이었지. 난 그렇게 믿지만 그건 인간에게만 국한된 숭고한 감정이 아니오. 어미 고양이도 새끼 고양이에게 헌신적이지 않소? 그러나 일단 새끼 고양이가 크면 어미 고양이는 새끼로 보지 않고 단순히 다른 경쟁하는 고양이로 취급한다오. 난 리건이 크면 캐롤라인이 리건을 단지 다른 여자로 볼 것이라는 생각을 했소……, 라이벌로.”

홀리의 머릿속에서 케인이 캐롤라인의 애인이었다는 생각은 완전히 사라졌다.

“케인, 그렇게 생각하면서 어떻게 캐롤라인과 관계를 가질 수 있었죠?”

“처음에는 이런 생각을 하지 않았소……. 그렇지만 시간이 지나면서 많은 것을 알게 되었소. 그해 여름에 내가 캐롤라인에 대한 망상에 꽤나 강하게 집착해 있었다는 사실을 부인할 생각은 없소. 그렇지만 나는 결코 캐롤라인을 사랑하지 않았소, 홀리. 내가 다음 해에 다시 이 마을에 왔을 때, 그녀에게 느꼈던 감정이라고는 연민밖에 없었소."

홀리는 누군가 그녀를 불쌍하게 여긴다는 사실을 상상할 수도 없었다.

"정말이에요?"

케인은 진지하게 고개를 끄덕였다.

"캐롤라인은 결코 행복하지 못했소. 조금은 만족했지만, 결코 행복했던 것은 아니었소. 심지어 리건과 함께 있을 때도 아니었소."

잠시 후에 홀리도 고개를 끄덕였다.

"미안해요. 난……."

"질투하는 거겠지."

케인이 말했다. 그의 얼굴에는 미소가 가득했고 녹색의 눈동자는 빛나고 있었다.

"나는 당신의 질투를 좋은 징조로 받아들이고 있소."

"좋은 징조요?"

"음, 이런 얘기를 하기 전이라면 내가 그리핀에게 거짓말한 것을 우리가 해결할 수 있었겠소?"

"나도 그렇게 생각해요."

홀리는 다소 온순하게 대답했다.

케인은 그녀에게 다가와 손을 잡았다.

"나는 그리핀에게 그날 밤 어디에 갔었는지 거짓말을 했소. 왜냐하면 당신이 옆에 있었기 때문이었지. 당신이 아는 것을 바라지 않았던 거요."

케인이 말했다.

"나중에 그리핀에게 사실대로 말해야겠다고 생각했지만 별로 중요하게 생각하지 않았었소."

홀리는 케인의 말을 이해할 수 있었다. 그는 일에 몰두할 때마다, 다른 생각은 깨끗이 잊어버리곤 했다. 완전히 작품에만 몰입했다.

케인은 홀리는 장막을 씌워 놓은 이젤 쪽으로 데리고 갔다.

"난 이번 주에 틈틈이 이 그림을 그렸소. 완전히…… 완벽하게 표현했다는 확신이 설 때까지는 당신에게 알리고 싶지 않았소."

말하면서 그가 다른 손으로 장막을 걷어냈다.

홀리는 자신의 초상화를 보고 있었다. 일부러 포즈를 취하고 있는 것이 아니라 자연스럽게 바다를 보고 있었다. 바람에 검은머리가 휘날리고 있었다. 다른 모든 케인의 작품들처럼, 생생한 색채와 역동성이 느껴졌다. 그림 속의 자기 모습이 살아 숨쉬는 것 같았다. 반쯤 벌어진 그녀의 입에서 탄성의 소리가 새어 나왔다.

"케인…… 너무 굉장해요."

홀리가 나직한 소리로 말했다.

"당신은 나에 대해서 잘 모른다고 했잖아요."

"그건 아무렇게나 한 말이었소."

케인이 조용히 대답했다.

"설명할 준비가 안 되어 있는 질문에 대한 가장 수월한 대답이니까. 난 오랫동안 당신을 그릴 수 없었소. 왜냐하면 당신에 대해 너무나 잘 알고, 너무나 많이 보아 왔기 때문이었소. 당신을 예술가가 필요로 하는 시각으로 볼 수 없었소. 당신과 너무 가까웠고 당신의 모든 것들로 가득 차 있었소. 당신에 대한 내 감정을 조절할 수 있을 때까지, 나는 당신을 그릴 수가 없었던 거요."

홀리는 그림에서 시선을 떼고 케인을 바라보았다. 심장이 빠르게 뛰고 있었다.

"그러니까 이제는…… 나에 대한 당신의 감정을 조절했다는 말인가요?"

케인의 입가에 어렴풋이 미소가 떠올랐다. 활기 있는 푸른 눈동자는 완전히 본심을 드러내고 있었다.

"글쎄, 당신 없는 내 인생은 공허하다는 사실을 알았소. 당신을 사랑하오, 홀리.”

그녀는 행복에 찬 숨을 들이쉬고 나서 팔을 벌려 케인의 목을 감싸 안았다. 그리고 그의 입술 위에 자신의 입술을 대며 중얼거렸다.

“하느님께 감사드려요. 나도 당신을 사랑하고 있어요.”

두 사람은 결국 모델이 포즈를 취하는 단상 위에 누웠다. 그렇게 편안한 자리는 아니었지만, 그런 대로 쓸 만했다.

한참 시간이 지나서야 불편하다는 것을 깨닫고 그때서야 불과 10미터도 안 떨어져 있는 침대로 가자고 부드럽게 말했다.

케인은 주위를 살펴보고 나서 웃음을 터트렸다.

“침대에 가야 될 것 같군. 그렇지만 알다시피 당신을 본 지 여러 날이 지났소. 그러니까 내가 참을성이 없어도 용서해 줘야 할 거요.”

케인은 홀리에게 키스를 했다. 처음에는 가볍게 시작했지만 점점 깊어졌다.

“오늘밤에 같이 있는 거요.”

“아직 대낮이에요.”

홀리는 대답하고 나서 즉시 덧붙였다.

“물론 옆에 있을 거예요. 다나한테 호텔 일을 맡기고 왔어요.”

“아.”

케인은 고개를 들고 미소를 지으면서 그녀를 내려다보았다.

“자기의 일을 남에게 맡기다니, 당신에게 중요한 일이 있나보군.”

“글쎄요, 나는 우리 두 사람을 위해서 더 많은 시간을 내기로 약속했으니까요. 그리고 다나는 호텔을 훌륭히 운영할 수 있는 능력이 있어요.”

홀리는 집게손가락으로 케인의 아랫입술을 더듬었다.

“그렇지만 내일은 클리프 사이드에 돌아가는 게 좋겠어요. 아니면 그리핀에게 전화를 해요. 보안관은 지금 당신한테 잔뜩 불만을 가지고 있거든요. 왜 그에게 거짓말을 했는지 말해 줘야 해요.”

“아직도 내가 가장 유력한 용의자인가 보군.”

전혀 신경이 쓰이지 않는다는 말투였다.

"누가 앰버를 죽였는지 궁금하군."

"나도 모르겠어요, 마을 사람들이 당신을 교수형에 처하기 전에 그리핀이 범인을 찾아냈으면 좋겠어요."

홀리가 슬픈 얼굴로 말하고 나서 우울한 얼굴로 케인을 올려다보았다.

"그리핀이 캐롤라인의 죽음과 앰버의 죽음 사이에 있는 어떤 연관성을 찾고 있다는 얘기를 들었어요. 캐롤라인이 죽기 직전에 관계를 맺었던 애인이 누군지 알아요?"

"내가 초상화를 그릴 수 있도록, 모델이 되어 준 이후로 애인이 바뀌지 않았다면……."

케인이 말했다.

"캐롤라인은 그때 딜런과 관계를 맺고 있었소."

단지 몇 분밖에 걸리지 않을 것이다. 조안나는 베란다 쪽에서 로비로 급하게 발걸음을 옮기면서 생각했다. 아직 그리핀이 올 시간은 아니다. 서두른다면 그동안에 노대에 갔다가 올 수 있을 것이다. 틀림없이 그리핀이 기다리게 될 것이지만 너무 불안해서 자신의 생각이 합당한지 곰곰이 생각해 볼 여유도 없었다.

"안녕, 조안나. 뭐가 그렇게 급해요?"

그녀는 베란다 근처에서 발걸음을 멈추고 놀란 표정을 하고 있는 딜런을 바라보았다.

"할 일이 있어서요. 여기서 뭐 하는 거예요, 딜런?"

"난 여기서 살아요. 몰랐어요?"

딜런이 어깨를 으쓱해 보였다. 아까 마을에서 대화를 나누었을 때 볼 수 있었던 당황스러움은 완전히 가신 것 같았다.

"홀리처럼 나도 호텔에서 살죠. 법원에서의 문제가 전부 해결되었기 때문에 스콧이 오늘은 쉬라고 해서요. 커피 한 잔 할래요?"

"고맙지만 가볼 데가 있어서요. 비가 올 것 같아요?"

"십중팔구 올 거예요. 그리고 원래 비는 와 봐야 알잖아요."

"맞아요, 비 좀 맞았다고 내가 녹기야 하겠어요"

조안나가 말했다. 그러고 나서 손을 흔들며 급하게 베란다를 가로질러서 먹구름이 잔뜩 낀 오후에 호텔을 나섰다.

"들은 그대로 믿은 거군요."

리사는 초조하게 사무실을 서성거리고 있는 스콧을 바라보면서 낮은 음성으로 말했다.

"그런 말을 믿다니 난 죽어 마땅하오."

스콧의 음성이 거칠었다.

"캐롤라인의 말을 그대로 믿기 전에 친부 확인 검사라도 했어야 했소. 리건이 내 딸이 아니라는 증거를 대라고 했어야 했는데 나는 그녀의 말을 그대로 믿어 버린 거요. 그 말만 듣고, 그대로 믿은 거요. 신이 나를 용서하기를…… 아내의 사악함이 내 딸에 대한 내 사랑을 파괴했소."

"스콧, 당신은 그것이 거짓말이라는 것을 몰랐잖아요. 어떻게 알 수 있었겠어요?"

그가 벽난로 가에 멈춰 서자 리사는 스콧에게 다가갔다. 그리고 조심스럽게 그의 팔 위에 손을 올려놓았다. 물론 각본에 있는 행동이 아니었다. 리사에게 스콧은 캐롤라인이 자신에게 한 짓을 말해 주었다.

그 말을 듣고 리사는 아직도 충격에서 못 벗어난 상태였다. 캐롤라인을 좋아하지 않았지만 그녀가 남편에게 한 짓은 정말 잔인한 처사였다. 부부 사이의 믿음을 완전히 깨버린 것이다.

이런 일을 어떻게 다루어야 하는지 전혀 알 수 없었다. 스콧을 어떻게 다루어야 하는 지도 알 수 없었다. 그가 이렇게 나약해 보이고 상처받은 것처럼 보인 적은 한 번도 없었다. 리사는 스콧이 자신의 위로를 받아들일지 어쩔지 몰랐지만 감정이 시키는 대로 행동했다. 위로를 하면서도 스콧의 기분이 더 나빠지지 않기만 간절히 바랐다. 그는 리사의

손길에 응답을 보이지는 않았지만 낮은 목소리로 계속 알아들을 수 없
는 말을 했다. 표정은 굉장히 침착했지만 감정이 혼란스러운 표정이었
다.

"캐롤라인은 나를 어떻게 다루어야 할지 잘 알고 있었던 거요. 난 옛
날부터 그리핀을 미워했소. 왜냐하면 캐롤라인이 그 사람을 사랑하고
있다는 사실을 알고 있었기 때문이오. 그건 다른 사람들에게 느끼는 것
과 같은 욕망이 아니라 사랑이었소……. 혹은 사랑에 가장 가까운 감정
이었을 것이오. 그래서 캐롤라인이 낳은 딸이…… 내 딸이 아니고 그 사
람의 딸이라는 소리를 들었을 때, 난 당연히 믿을 수밖에 없었소."

리사는 무슨 말을 하려고 하다가 사무실 밖의 복도에서 나는 작은소
리를 듣고 고개를 돌렸다.

"당신도 들었어요?"

스콧은 벌써 방을 가로질러 문 쪽으로 성큼성큼 걸어가고 있었다. 문
은 닫혀 있지 않았다. 그가 거칠게 문을 잡아당겼다.

처음에 리사는 아무도 없다고 생각했다. 그때 스콧이 허리를 굽혀서
손때 묻은 인형을 집어 올렸다. 딸이 항상 들고 다녔던 인형이다.

"이런, 아니야."

리사가 중얼거렸다.

스콧의 얼굴이 흙빛으로 변했다. 그 순간 현관문이 쾅하고 닫히는 소
리가 들렸다.

"오, 세상에. 리건이 들었소."

스콧이 거칠게 내뱉었다.

샌프란시스코에서 온 팩스에는 여러 가지 정보들이 뒤섞여 있었다.
로버트 버틀러의 대학 시절 기록에서부터 다양한 회사 기록, 그리고 몇
가지 개인적인 기록까지 있었다. 모든 팩스를 훑어보느라고 그리핀은
골치가 지끈거렸다. 그러나 지금 어떤 것도 놓칠 수 없었기 때문에 샅샅
이 살펴보고 있었다.

버틀러는 모든 자료에서 부유하고 견실한 사업가였다고 나와 있었다. 회사도 놀라울 정도로 성공을 거두었다. 그리핀은 클리프 사이드나 클리프 사이드에 사는 사람과 아주 작은 관련이라도 있었는지 알아내기 위해서, 끈기 있게 여러 가지 성공 사례를 읽어 나갔다.

서류의 거의 끝부분까지 읽어 내렸을 때, 이름 한 개가 눈에 띄자 그리핀은 주의를 집중했다. 그리고 천천히 주의 깊게 읽었다. 그리고 나서 또 읽었다. 부보안관이 버틀러의 여동생으로부터 알아낸 사실이었다. 아주 분명했다.

드디어 연관을 찾아냈다.

딜런 요크는 몇 년 전에, 버틀러를 위해서 일했다가 돈을 횡령했다. 많은 돈이었다. 딜런은 그 일이 발견되기 전에 잠적했고, 버틀러는 지출이 늘어나 있는 장부를 설명해야 할 처지가 되었다. 대부분의 힘있는 사람들이 문제를 해결할 때 흔히들 그러는 것처럼 그도 딜런을 정식으로 고소하지 않고 문제를 해결했다.

서류를 읽으면서 그리핀은 생각했다. 버틀러가 고용한 브로커가 제공한 정보를 통해서 딜런이 클리프 사이드에서 살고 있다는 애기를 들었을 지도 모른다. 그리고 그를 만나려고 이곳에 왔을 것이다. 우연히 혹은, 계획적으로 딜런이 살고 있는 호텔 인의 뒤쪽에서 두 사람은 만났고 싸움을 벌이게 되었을 것이다.

추측일 뿐이라고 자기 자신을 타일렀지만 로버트 버틀러의 죽음은 추측이 아니었다.

그리핀의 생각은 모든 정보를 하나로 모으고 모르는 사실은 추측해내려고 애쓰면서 생각은 한 방향으로 달리고 있었다. 딜런은 지금 다른 부유한 남자 밑에서 일하고 있다.

딜런의 예전 버릇이 고개를 쳐들었을 것이 분명하다. 고용자에게 거의 모든 결정권을 위임하는 스콧의 경영 버릇에 의해서 탐욕이 발동하게 된 것이다. 몇 년 동안, 딜런은 많은 돈을 훔쳤을 것이다.

그리고 캐롤라인이 그 일을 알아냈고 버틀러의 죽음에 대해서 알아낸

것이 틀림없었다. 아마 딜런과 가까이 지내서가 아니었을까? 왜 스콧에
게 말하지 않은 것일까? 분명히 딜런과 관계를 맺고 있었기 때문일 것
이다. 관계가 너무 깊었기 때문에 그의 배반을 믿기 어려웠을 것이다.

그리핀은 알 수 없었다. 캐롤라인은 무엇인가에 겁을 먹고 있었다. 딜
런 때문이었는지, 딜런이 저지른 짓 때문이었는지 알 수는 없지만.

어떤 증거를 발견해서 아무도 본 적이 없는 그 작은 상자에 넣어 놓
았을지도 몰랐다. 딜런은 캐롤라인이 자신을 오랫동안 감옥살이시킬 수
있는 증거를 가지고 있다는 사실을 알았거나, 그렇다고 추측했겠지. 그
래서 예상보다 일찍 포틀랜드에서 돌아와서 오래된 헛간에 세워진 캐롤
라인의 차를 발견했을 수도 있다는 것은 결코 심한 비약이 아니었다. 캐
롤라인은 의심을 품고 있던 화난 딜런을 만났고, 공포에 휩싸여 그에게
서 도망치려고 했다는 것도 망상이 아니었다. 딜런의 차는 구불구불한
도로를 따라 캐롤라인의 차를 쫓아갔고, 급기야 그녀의 차는 통제력을
잃고 절벽에서 떨어진 것이다.

그러고 나서 조안나가 캐롤라인에 대해서 사람들에게 물어보며 수수
께끼를 풀려고 하자, 딜런에게 새로운 위협 대상으로 떠오른 것이다. 아
주 위험한 위협을 하는 대상으로.

조안나 말이 맞았다. 모든 일이 그녀의 말대로였다.

"빌어먹을."

그리핀이 중얼거렸다. 시계를 쳐다보는 순간 온몸이 오싹해졌다.

2시 10분이다. 늦었다.

그리핀은 한 손으로는 전화기를 쥐고 다른 손으로는 책상 맨 아래서
랍을 열었다. 그리고 시카고를 떠난 이래로 한 번도 사용해 본 적이 없
는 총을 집어들었다.

15

노대로 가는 도중에 찬바람이 점차 거세게 불고 축축한 습기가 빗방울로 변해가고 있었다. 서둘러 걸음을 옮기면서도 무의식적으로 절벽에서 거리를 떨어져서 유지하고 있었다.

머리 위에 몰려드는 폭풍우를 동반한 구름이 분위기를 어둡고 스산하게 만들지 않기를 바랐다. 그런 분위기가 마음을 이상하게 만들어서이다.

마치 꿈에서 본 이미지처럼, 알아낸 정보와 대화의 조각들이 머릿속을 스치고 지나갔다. 조안나는 그 생각을 머릿속에서 몰아낼 수 없었다.

기억의 페이지들을 홀홀 넘기면서 무의식적으로 무엇인가를 찾고 있는 것 같았다. 그러다가 조안나가 노대에 거의 다 왔을 때 그토록 찾아 헤매던 핵심을 찾았다. 죽은 듯이 그 자리에 멈춰 섰다.

'딜런이 캐롤라인이 무슨 옷을 입고 있었는지 어떻게 알았지?'

청바지와 스웨터를 입고 있었다고 했다. 그날 아침에는 도시에 나가는 차림이 아니었다고 했다. 청바지와 스웨터를 입고는 도시로 외출을 안 한다고 했는데 조안나가 그리핀의 파일에서 본 기억으로는 딜런은 그날 아침에 클리프 사이드에 없었다.

딜런은 전날 포틀랜드에 갔다가 거기서 자고, 캐롤라인에게 사고가 나고 난 다음인, 그날 늦은 오후에 돌아왔다. 그리고 사고 후에도, 딜런은 캐롤라인을 볼 수 없었다. 왜냐하면 그리핀과 구조대원, 그리고 의사만이 캐롤라인의 시신을 보았기 때문이었다. 스콧조차도 그날 산산이 망가진 아내의 시신을 보지 못했다.

그리고 신문에도 그날 캐롤라인이 어떤 옷을 입고 있었는지 실리지 않았었는데 어떻게 딜런이 그날 캐롤라인이 무슨 옷을 입고 있었는지 알고 있었을까? 딜런이 그날 아침에 캐롤라인을 보지 못했다면, 아마 오래된 헛간에서……?

조안나는 어깨 너머를 돌아다보고 싶은 참을 수 없는 충동이 일어났지만 대신 발걸음을 재촉했다. 딜런이 쫓아오고 있는지, 알 수 없는 일이다. 이렇게 훤한 대낮에 쫓아올 리가 없다고 자기 자신을 안심시켰다. 만일 자신을 쫓을 마음을 먹었다면 딜런은 아마 호텔과 지금 자신이 서 있는 곳 사이에 있을 것이다. 그와 마주치고 싶지 않았다. 최선의 방법은, 계속 걸어가서 노대를 지나 스콧의 집으로 얼른 들어가는 것이다. 그의 집에는 사람들이 있기 때문에 그리핀이 올 때까지 안전할 것이다.

개간지에 들어서자 리건이 보였다. 어린 소녀는 노대에 있었다. 회전 목마 옆에 웅크리고 앉아 있는 작은 몸이 고통과 슬픔을 절실하게 보여주고 있었다.

조안나는 주저하지 않았다. 아이에게 가야 한다는 본능이 너무 강했다. 노대로 들어서자마자, 하늘이 입을 벌리더니 노대의 지붕과 판자들을 향해서 힘껏 비를 뿌리기 시작했다. 빗줄기가 너무 강해서 단지 몇 미터 앞만이 겨우 보였다.

조안나는 아이 옆에 무릎을 꿇고 앉아서 손을 뻗어 부드럽게 리건의 머리를 쓰다듬었다. 어린 소녀가 엄마 잃은 슬픔을 말하려고 한다는 생각이 들었다.

"리건?"

아이가 고개를 들었다. 핏기 없는 작은 얼굴에 눈물이 얼룩져 있었다. 소녀는 흐느껴 울면서 조안나의 품에 뛰어 들었다.

"내 것이 아니었어요."

리건이 절망적으로 울부짖었다. 그 목소리는 잠겨 있었다.

"그 사람은 내 것이 아니었어요, 아줌마."

"네 것이 아니라고? 리건……."

계속 떨리는 리건의 목소리는 빗소리와 바람소리에 묻혀 거의 들리지 않았지만 계속 말했다.

"방금 리사한테 아빠가 말하는 것을 들었어요. 엄마가 어떤 남자를 좋아했었고 그래서 내가 아빠 딸이 아니래요. 내 아빠가 아니었어요, 조안나 아줌마. 난 아빠가 없어요!"

조안나는 리건이 하는 말을 확실히 알 수는 없었지만, 스콧이 리사에게 상황을 설명하는 것을 리건이 오해한 것 같았다.

"아줌마 말을 잘 들어라."

조안나는 어린 소녀가 자신을 쳐다보게 하면서 말을 했다.

"네가 일부분만 들은 거야, 얘기를 전부 들은 게 아니야. 지금 오해를 하고 있어. 스콧은 너의 아빠란다. 아줌마가 약속할 수 있어…… 그리고 아빠도 그것을 알고 있단다."

"아빠가 그랬어요……."

"아빠가 말한 것에 신경쓰지 마. 리건, 스콧은 분명히 네 아빠야. 그리고 널 사랑한단다. 아빠가 널 사랑한다는 것을 아줌마는 알고 있는걸."

리건은 완고하게 고개를 가로저었다.

"아니에요, 우리 아빠가 아니에요. 이젠 아니에요. 난 나쁜 아이여서 하느님이 내게서 엄마와 아빠를 한꺼번에 빼앗아 가는 거예요."

"리건……."

"아줌마는 몰라요. 이건 게임이에요, 게임이라구요. 엄마와 나는 항상 게임을 했어요. 난 엄마가 나한테 상자를 찾게 하려고, 그 상자를 숨기는 줄 알았어요. 그래서 엄마가 잠시 나갔을 때, 내가 그것을 가져갔어요. 그렇지만 상자는 잠겨 있었고, 난 그 안에 뭐가 들어 있는지 몰라요. 열쇠를 찾아보았지만 찾을 수가 없었어요. 엄마는 그 상자를 찾지 못했을 때, 마치 겁을 먹은 것처럼 보였어요. 얼굴이 아주 하얬고, 울고 싶은 것처럼 보였거든요. 그리고 차를 타고 나갔어요. 아주 빠른 속도로요…… 그리고 다시는 돌아오지 않았어요. 아줌마, 엄마는 내게 돌아오지 않았어요. 그건 전부 내 잘못이에요. 내가 다시 이곳으로 상자를 가지고 와서, 원래 감춰져 있던 구멍에 상자를 다시 넣어놨지만 엄마는 다시 돌아오지 않아요…….”

가장 결정적인 단서를 자신이 얼마나 소홀하게 놓쳐 버렸는지 깨달으면서 흐느껴 우는 아이를 꼭 껴안았다.

‘난 나쁜 아이예요, 조안나 아줌마.’

어린아이의 죄책감에 더욱 주의를 기울였어야 했다.

“리건, 이건 네 잘못이 아니야…….”

말을 시작하려고 할 때, 음침한 목소리가 조안나의 말을 끊었다. 목소리가 너무 가까운 곳에서 들렸기 때문에 놀란 나머지 화들짝 뛰어오를 뻔했다.

“얼마나 감동적인지 모르겠군.”

딜런이었다. 총을 들고 서 있었다. 노대 바깥쪽에 있었지만 비가 미치지 않는 처마 아래 있었다. 그의 총은 정확하게 조안나를 겨누면서 난간에 팔뚝을 기대고 있었다.

조안나는 리건을 품에 안고 가까스로 서 있다가 뒤로 물러나면서 본능적으로 아이를 등 뒤로 돌려 숨겼다. 딜런은 미소를 짓고 있었는데 지금 이 순간까지 그에게서 볼 수 없었던 사악한 미소였다. 그의 번득이는 눈동자는 죽음을 원하고 있었다. 살인자, 그 자체 본연의 모습이었다.

“딜런, 바보 같은 짓 하지 말아요.”

조안나는 최대한 침착하게 말했다.

“모든 것이 끝났어요. 이것도 사고라고 할 건가요? 지금까지는 운이 좋았지만……."

"운이 좋아? 당신 눈에는 이게 단지 운이 좋은 걸로만 보이나?"

딜런이 고개를 흔들면서 씁쓸하게 웃었다.

"난 수개월 동안 그 디스켓을 이 잡듯이 찾아왔어. 그런데 그동안 저 꼬마애가 여기에 숨겨 두었다고? 제기랄."

디스켓? 조안나는 디스켓에 관해서 섣불리 물어 보지 않았다.

"리건은 집으로 보내 줘요."

물론 딜런이 허락할 거라는 예상은 안 했다.

딜런은 다시 미소를 지었다.

"안 돼, 그렇게 할 수 없어. 이봐, 아이가 공포에 휩싸여서 집에서 뛰쳐나왔다는 얘기를 들었어. 그러니까 아이는 흥분한 나머지 절벽 가까이에 다가갔다고 충분히 말할 수 있어. 폭풍우가 몰아치고 있는 이 상황에서 말이지. 그런데 당신이 여기 있었어, 조안나. 엄마와 똑같이 생긴 여자는 이미 리건에게 애착을 느끼고 있었지…… 안 그런가? 당신은 리건을 구하려 했지만 두 사람 다 이 절벽에서 살아나지 못한 거지."

딜런은 신중하게 생각하는 것처럼 얼굴을 약간 찡그리면서 고개를 끄덕였다.

"우리 마을은 위험한 절벽을 가지고 있지, 아주 위험하단 말이야. 오늘로 비극적인 사건이 막을 내리면, 시의회에 튼튼한 방어막을 설치하자고 탄원서를 낼 생각이야."

리건은 조안나를 꼭 껴안은 채 완전히 말을 잃었지만 몸은 계속 떨고 있었다. 그 애가 충격을 받았다는 사실을 알 수 있었다. 그녀는 살며시 손으로 리건의 귀를 막고는 엄마에 대한 얘기와, 모르는 것이 더 좋은 사실을 듣지 못하게 아이의 머리를 옆구리에 꼭 붙이고 있었다.

조안나가 할 수 있는 일이라고는 시간을 끄는 것뿐이었다. 가능한 한, 오래 딜런과 얘기를 해야 한다.

"당신은 캐롤라인과의 관계에 대해서 내게 거짓말을 했어요, 딜런. 일 년 전에 있었던 일이 아니라 몇 달 전에 있었던 일이죠. 캐롤라인이 죽기 바로 전이죠.”

딜런은 역겹게 예의를 차리는 태도로, 인정한다고 고개를 약간 숙였다.

“글쎄, 난 거짓말을 할 수밖에 없었지, 조안나. 캐롤라인이 죽었을 당시, 애인이었던 남자로 당신의 주목을 받고 싶진 않았으니까. 내가 당신 입을 막기 전에 그리핀에게 말할 게 뻔했지. 그리고 당신이 이곳에서 하는 일도 잘 알고 있었으니까. 캐롤라인은 나를 이용하고는 차버렸어, 내 마음을 갈기갈기 찢은 채 말이지. 다른 남자들한테서도 들은 얘기일 테지만.”

“어떻게 알았죠?”

“난 수년 동안 캐롤라인을 지켜보았으니까. 그녀가 자신의 애인들한테 하는 짓을 보았지, 그리고 스콧한테 하는 짓도 다 봤어. 난 언젠가는 그 모든 지식을 유용하게 써먹을 것이라고 생각했지…… 그리고 결국엔 그렇게 했어. 장원의 여주인을 꼬시기로 마음먹은 날이었지.”

딜런은 미소를 지었다. 그의 목소리에서 광기가 느껴졌다. 희열에 들떠서 기뻐하는 모습이 조안나를 오싹하게 했다. 그녀는 심호흡을 하고 입을 열었다. 자신이 듣기에도 목소리가 공포에 질려 있었다.

“디스켓을 찾으면 우리는 보내 줘요. 당신을 고발하지 않겠어요, 딜런.”

“당신은 고발할 거요, 조안나. 당신은 이곳에 온 그날부터 날 알고 싶어했으니까……. 내가 그걸 모를 거라고 생각한 건가? 여기저기 묻고 다니고 자신과 상관없는 일을 들쑤시고 다녔어. 마치 당신은 이미 알고…….”

딜런은 궁금하다는 듯이 갑자기 고개를 갸웃거렸다.

“그래, 처음부터 그랬어. 당신은 캐롤라인의 죽음이 사고가 아니었다고 이미 생각하고 있던 거야, 그렇지 않나? 왜 그렇게 생각한 거지?”

“캐롤라인이 말해 줬어요.”

조안나가 대답했다. 가까스로 공포심을 억누르면서 시간을 끌어야 한다고 절망적으로 다짐하고 있었다. 그리핀이 호텔에 도착할 때까지 시간을 벌어야만 했다. 하지만 지금 시계를 들여다 볼 엄두가 나지 않았다.

딜런의 눈동자가 작아졌다.

"캐롤라인은 죽었어."

조안나는 안간힘을 다해서 미소를 떠올렸다.

"그래요, 죽었어요. 하지만 이상한 일이 있었어요, 딜런. 지난 여름에 캐롤라인이 죽었을 때, 동시에 나도 죽었어요."

"뭐라고?"

"나도 차 사고를 당했죠. 비록 긁힌 자국 하나 없이 살아났지만 송전선이 내 차 위로 떨어지는 바람에 난 감전되었죠. 바로 그 시간에 캐롤라인이 죽었어요. 내가 의식을 잃은 그때에."

딜런은 얼굴을 찡그렸다. 조안나가 바라는 것처럼 그 사실이 마음에 걸리는 것이 분명했다.

"우연의 일치다, 그건가? 그래서?"

"그래서 우리 사이엔 어떤 정신적인 텔레파시가 통했어요. 난 캐롤라인이 알고 있었던 것을 좀 알게 되었죠. 그녀가 말해 줬어요, 딜런. 그녀는 내가 이곳에 와서 리건을 안전하게 지켜주길 바랐다구요. 그리고 진실이 밝혀지기를 원했어요, 당신에 대한 모든 진실이요."

딜런이 코웃음을 치며 말했다.

"미안하지만 그런 애기는 믿을 수 없어."

조안나는 미소를 지어 보였다.

"당신이 믿든, 안 믿든 상관하지 않아요. 나는 여러 사실들을 알고 있어요, 딜런. 도저히 내가 알 수 없는 사실들도 알고 있죠. 당신이 캐롤라인과 오래된 헛간에서 만나곤 했다는 사실을 알고 있어요. 당신은 그날 포틀랜드에서 일찍 돌아오는 길에, 헛간에 세워져 있는 캐롤라인의 차를 발견했어요. 그녀가 누구 딴 남자하고 만나고 있다는 의심을 품고 차를 세우고 들어가서 그녀를 만났겠죠. 그렇지만 캐롤라인은 혼자 있었어요. 그리고 당신과 애기하기를 싫어했어요, 내 애기가 틀린 가요?”

“캐롤라인은 안절부절못했지.”

딜런이 중얼거렸다.

“신경이 몹시 날카로워져 있었어. 캐롤라인이 누군가와 만나려고 거기에 있었다는 사실은 알겠지만, 그 사람이 누구인지는 난 알 수 없었어.”

“그때 당신은 캐롤라인이 문제의 디스켓을 숨기고 있다고는 전혀 상상도 못했죠. 그때는 몰랐을 거예요.”

“그래, 내가 어딘가에 잘못 두었다고 생각했지.”

딜런이 말했다.

“캐롤라인이 왜 그렇게 신경이 날카로워져 있는지, 왜 그렇게 나한테서 무작정 도망치려 하는지 깨닫기 전까지 그렇게 생각했었지. 캐롤라인은 그 디스켓을 가지고 있었어. 그 앙큼한 계집이 나한테서 훔쳐낸 거야.”

조안나는 숨을 들이쉬었다.

“캐롤라인은 당신은 두려워하고 있었어요, 그렇죠? 당신은 그녀를 거칠게 대했고 그녀를 지배하고 있었어요. 그런 일은 전에 있던 애인들과의 사이에서 결코 없었던 일이었겠죠.”

딜런은 만족스러운 미소를 띠었다.

“스콧과 다른 남자들은 캐롤라인을 너무 버릇없게 놔뒀지. 그렇지만 난 아니야, 난 그 여자에게 누가 대장인지 보여줬지.”

‘오, 캐롤라인. 당신은 힘에 겨운 상대를 만난 거군요.’

“그리고 그날.”

조안나가 시간을 끌기 위해서 계속 대화를 이어갔다.

“당신은 캐롤라인이 디스켓을 가지고 있다는 사실을 깨달았어요. 그녀는 당신을 피해서 마을을 향해서 도망갔죠. 그리고 당신은 뒤쫓았구요.”

“캐롤라인은 내가 너무 무서웠기 때문에 제정신이 아니었지.”

딜런이 어깨를 으쓱거리면서 말했다.

"차를 세우고 내려다보았을 때, 이미 이 세상 사람이 아니더라구. 그건 명백한 사고였던 거야."

"당신이 일으킨 사고예요."

조안나가 말했다.

"앰버는 어떻게 된 거죠? 그 애가 나 대신 죽은 거죠, 딜런?"

그가 얼굴을 찌푸렸다.

"그 계집애도 쓸데없이 참견하기를 좋아했어. 그날 밤 베란다에서 나오다가 나를 보았지. 난 당신을 없애 버릴 기회를 엿보면서 당신방 발코니를 쳐다보고 있었는데 그 계집애가 다가와서 총을 들고 무엇을 하냐고 내게 물었어."

딜런이 어깨를 으쓱해 보였다.

"그 계집애는 호텔 근처를 어슬렁거리면서 더 일찍 나를 본 것이 틀림없었어. 난 당신만 쳐다보고 있다가 몰랐던 거지. 그 계집애가 우연히 나와 마주쳤다고 생각해?"

"그게 앰버를 죽인 이유인가요? 단지 당신이 총을 들고 있는 것을 보았기 때문에?"

"앰버는 누군가에게 그 얘기를 할 게 뻔했어, 조안나. 당신도 알고 있겠지?"

딜런의 목소리는 섬뜩할 정도로 논리적이었다.

"케인에게 쪼르르 달려갔겠지, 그 계집애는 케인 뒤꽁무니를 따라다녔으니까. 아니면, 그리핀이거나. 난 선택의 여지가 없었어. 나를 의심스럽게 보는 사람은 아무도 없었고 사람들이 나에 대한 인상을 바꾸고 싶은 생각도 없었어. 한 명 더 사람을 죽인다 해서 무슨 문제가 있겠어? 특히 그렇게 바보 같은 계집애라면 말이지. 그런 계집애가 죽는 건 문제도 아니야. 모든 계획이 물거품이 될 위험한 상황이었으니까. 당신이 이곳에 오기 전까지는 운이 좋았어. 캐롤라인의 죽음은 사고였고, 버틀러의……."

"로버트 버틀러? 그 사람도 당신이 죽였나요?"

얼굴을 찡그리며 대답했다.

"난 그냥 한 대 친 것뿐이었지, 그게 전부였어. 그런데 버틀러가 혼자 비틀거리다가 절벽으로 떨어졌지."

"또 다른 사고? 난 그렇게 생각하지 않아요."

"그렇게 생각하고 싶겠지."

딜런은 다시 미소를 지었지만 그런 얼굴 표정이 조안나를 더욱 공포스럽게 만들었다. 눈빛에 조안나에 대한 찬사를 담고 있었기 때문이었다.

"머리가 참 좋군, 조안나. 그 점은 인정하겠어, 그리고 대단한 행운이 따르더군. 내가 이곳에 돌아온 이래 당신을 계속 지켜보았지만, 접근할 기회를 잡을 수 없었지."

'계속 감시당하고 있었는데 조금도 몰랐군.'

뼛속 깊숙한 곳까지 한기가 밀려들었다. 두려움을 외면하는 일은 어려웠지만 이를 악물고 노력했다. 그녀는 딜런과 버틀러와의 관계를 모르고 있었다.

시간이 갈수록 자신에게 총을 겨누고 있는 딜런의 인내심이 바닥나고 있는 것이 느껴졌다. 얼마나 더 시간을 끌 수 있을지 점칠 수 없었다. 그녀는 급하게 입을 열었다.

"한 번은 성공했었죠, 내 차 말이에요. 당신은 아주 완벽하게 해냈어요."

"충분하진 못했지."

딜런은 매우 짜증스럽다는 듯한 표정으로 웃음을 터트렸다.

"이번에는 확실히 성공할 생각이야, 물론 아이도 함께 말이지. 내 손에는 디스켓이 들어올 거고, 아무도 알아차리지 못할 거야."

"딜런, 당신은 이번 일을 무사히 넘길 수 없어요. 그리펀이 지금 이리로 오고 있으니 그는 이곳에서 일어난 사고들을 의심스럽게 생각하고 조사할 거예요. 곧 당신의 모든 죄악들이 분명히 밝혀질 거예요."

"분명히? 이런, 그리핀은 아직 감도 못 잡고 있어."

"당신과 버틀러 사이를 의심하고 있어요."

조안나는 자신의 말이 딜런을 주저하게 만들기를 바라면서 말을 이었다.

"당신이 버틀러를 죽인 이유요. 당신은 그것을 숨길 수 있다고 생각하고 있지만, 그리핀은 발견해 낼 거고 일단 사고가 아니라는 사실이 드러나면 나머지 것들은 기필코 알아낼 거예요. 지금 이 시점에서, 그리핀이 나의 죽음을 가볍게 넘길 것 같아요? 다시 생각해 봐요."

딜런이 얼굴을 찡그렸다.

"난 이미 선택을 했어. 저리로 가, 빨리."

딜런의 뒤쪽에서 뭔가 움직이는 것이 희미하게 보였지만 조안나는 모른 척했다.

"말도 안 돼요. 당신은 내가 리건을 데리고 절벽으로 갈 것 같아요? 우리를 밀어 버리도록 말이에요. 당신은 미쳤어요."

그가 총의 안전장치를 풀었다.

"저리 가라고 말했어."

"사고로 죽은 사람 몸에 총알 구멍이 있는 것은 나중에 어떻게 설명하죠? 경찰에서 검사를 할 거예요, 탄도 검사요. 경찰은 당신 총에서 나온 총알을 발견할 거예요."

"이건 스콧의 총이야."

딜런이 의기양양해서 말했다.

"그리고 의사 선생한테서 고무 장갑을 몰래 빌려 왔지. 장갑에는 의사의 지문이 묻어 있어. 부인을 잃은 슬픔에 휩싸인 남편이 딸을 쏘고 그리고 부인과 닮은 여자를 쏘았다…… 특종이라고 뉴스에 나겠군."

살인자가 교활한 미소를 지었다.

"가십거리를 다루는 신문들도 아주 좋아하겠지, 그렇게 생각하지 않나?"

딜런은 자기 흥에 겨워 웃고 있었다.

"난 미친 게 아니라 의지가 굳센 거지. 스콧을 위해 일해 주는데 신물이 났어, 내 몫을 챙길 때가 온 거야. 노대에서 나와, 아니면 쏘겠다. 시키는 대로 안 하면 아이를 먼저 쏘겠어."

"딜런."

자기 이름을 부르는 소리에 움찔하면서 그가 조안나의 어깨 너머를 바라보았다. 스콧이 단지 몇 미터 떨어진 곳에 서있는 것을 보자 얼굴이 흙빛으로 변했다. 살인자는 금세 성난 표정을 지우고 섬뜩할 만큼 교활한 표정을 지어 보였다. 그리고 입을 열었다.

"오, 잘됐군. 당신도 여기 있었군, 한 번에 해치울 수 있겠어."

"두 사람을 놓아줘, 딜런."

스콧이 말했다. 아주 낮은 목소리였다. 쏟아지는 빗속에서 옷은 완전히 젖었고, 검은머리는 찰싹 달라붙어 있었지만 여전히 인상적인 얼굴이었다.

"딜런, 이젠 끝났어."

"아니, 끝나지 않았어. 난 아직 해낼 수 있어."

딜런은 자신 있다는 듯이 주장했다.

"아니, 넌 끝났어."

딜런의 등 뒤에서 또 다른 남자 목소리가 들렸다. 가슴을 섬뜩하게 만드는 냉혹한 그리핀의 음성이었다.

"총을 내려놔, 딜런."

딜런은 총을 내려놓는 대신 난간에서 약간 떨어져 몸을 돌려서 스콧과 그리핀을 번갈아 봤다. 그는 이제 비를 맞고 있었다. 금발머리가 비에 젖어 색이 진해졌고, 이제는 총도 아무렇게나 들고 있었다. 더 이상 조안나를 겨누지 않았다.

"여어, 그리핀. 자네가 총을 가지고 있을 줄 몰랐군."

딜런을 겨누고 있는 그리핀의 눈동자가 굉장히 차가웠다.

"난 시카고 경찰이었지, 잊었나? 총을 아주 많이 쏴봤지. 내가 그것을 증명하게 만들지 말게, 딜런. 총을 내려놔. 자네가 로버트 버틀러에게 한 짓을 알고 있어, 왜 버틀러가 자네를 쫓아왔는지도. 분명히 스콧에게도 똑같은 짓을 하고 있었겠지. 디스켓이 모든 것을 증명해 주겠지, 그렇지 않나?"

딜런의 미소가 창백하게 시들더니 천천히 뒤로 물러나기 시작했다. 절벽 쪽으로 가고 있었다.

"난 이 지방을 떠나고 싶지 않았어. 지난 여름 내내, 그 생각을 했지만 난 떠나고 싶지 않았어. 내가 한 일이 기록되어 있는 디스켓 없이는 떠날 수 없었지. 스콧의 회계사들은 장부에서 조금도 잘못한 점을 발견하지 못할 테지만 말이야. 이젠 평생 동안 일할 필요가 없었는데……. 난 그럴 만한 대가를 충분히 치렀어. 스콧의 재산이 이제야 내 손에 들어 올 수 있었는데……."

딜런은 경련을 일으키듯 스콧을 향해서 고갯짓을 했다.

"총을 내려놔, 딜런."

그리핀이 메마른 말투로 말했다.

"그리고 감옥에 가라구? 난 그럴 수 없어."

딜런의 입술이 뒤틀렸다.

"난 아주 주도면밀하게 계획을 실행했지만 캐롤라인의 유혹에는 저항할 수 없었지. 그 후에야 내 처지를 깨닫게 되었어. 캐롤라인이 나를 망쳤어, 빌어먹을 캐롤라인. 그녀가 모든 것을 망쳤어!"

"딜런, 안 돼."

딜런이 총을 올리기 시작하자 그리핀이 명령했다.

그는 아직도 비꼬는 듯한 미소를 짓고 있었다.

"미안하군, 그리핀."

딜런은 그리핀을 향해서 총을 겨누었다. 조안나는 리건이 보지 못하게 하기 위해서 본능적으로 몸을 돌렸다. 잠시 후, 딜런의 가슴 한가운데 정확하게 총알이 박히는 소리에 자신의 눈을 꼭 감았다.

딜런은 비틀거리면서 뒤로 물러났다.

절벽 아래로 떨어지면서 그는 아무런 소리도 지르지 않았다.

오랫동안 세 사람은 얼어붙은 듯 서 있었다. 위험의 시간이 지났다는 신호처럼 하늘에서 비가 그치기 시작했다. 그리핀이 권총 케이스에 총을 집어넣고 절벽 끝으로 걸어갔다. 아래를 내려다보고 나서, 노대 쪽으로 걸어오는 그의 표정이 매우 어두웠다.

스콧은 앞으로 걸어오다가, 노대로 한 계단 올라와서 걸음을 멈추고 딸을 바라보았다.

"리건?"

리건은 작은 새처럼 떨고 있었다. 가는 팔로 조안나를 꼭 껴안고서. 아무 말도 하지 않았다. 이젠 리건과 스콧 사이의 일이 남았다. 두 사람이 스스로 해결해야만 했다.

"리건…… 아빠 좀 봐주지 않겠니?"

스콧의 목소리는 매우 작았지만 이제껏 들어본 적이 없는 부드러운 목소리였다.

리건이 약간 고개를 돌려 눈물어린 눈으로 아빠를 쳐다보았다.

"당신은 우리 아빠가 아니라고 했어요."

리건이 울음 섞인 목소리로 중얼거렸다.

"아니야, 그건 잘못 안 거야."

스콧이 말했다.

"내가 그렇게 잘못 알고 있었다고 말한 것 뿐이야. 오랫동안 난 리건의 아빠가 아니라고 생각했는데 아빠가 틀렸단다, 리건. 넌 확실한 내 딸이고 난 네 아빠란다. 제발 네게 사과할 기회를 다오."

리건은 움직이지 않았지만 조안나는 붙잡은 아이의 손에서 힘이 빠져나가는 것을 느낄 수 있었다. 그 애는 혼란스러운 얼굴로 아빠를 바라보고 있었다. 지금 일어난 일에 여전히 충격을 받은 상태인 것 같았다.

리건은 어린아이였다. 이곳에서 듣고 본 것을 이해할 수 없었다. 그 애가 필요로 하는 건 사랑과 편안함이다. 스콧이 팔을 벌리자 리건의 작은 몸에 있던 모든 본능이 아빠 쪽에 마음이 끌리게 했다.

"너를 사랑한다, 리건."

스콧이 허스키한 목소리로 말했다.

리건이 조안나에게서 손을 놓고 비틀거리는 걸음을 떼어놓더니 울음을 터트리면서 아빠의 품안에 안겼다. 리건을 꼭 안아주는 얼음 같은 남자 스콧의 눈도 꼭 감겨져 있었다. 조금 후에, 그들은 노대 옆에 서있는 그리핀을 처다보았다.

"리건을 집에 데리고 가겠소."

그리핀은 고개를 끄덕이고 스콧이 딸을 데리고 집을 향해 가는 것을 지켜보았다. 그러고 나서 노대로 올라와서 격렬하게 조안나를 끌어안았다.

"세상에, 당신은 나를 지독히도 두렵게 만들었소."

그리핀이 조안나의 머리에 입술을 묻고 말했다.

조안나는 그리핀의 품안에서 고향에 돌아온 것 같은 편안함을 느꼈다. 더욱 바싹 그에게 다가붙으면서 환희에 벅차 중얼거렸다.

"나도 무서웠어요. 당신을 기다렸어야 하는 걸 나도 알아요, 난 완전히 바보, 얼간이였어요. 미안해요, 그렇지만 난 단지 생각하지 못……."

그리핀이 그녀의 고개를 들어 올려 키스했다.

"다시는 그런 일을 하면 안 되오."

그리핀의 목소리가 지쳐 있었다.

"마지막 십 분 동안, 처음으로 흰머리가 생겼소."

조안나는 불안하게 무릎이 떨리고 아찔해짐을 느끼면서, 그리핀에게 미소를 지어 보였다. 키스 때문인지, 쇼크를 받아서인지는 알 수 없었다.

"미안해요, 정말. 그렇지만 이젠 다 끝났어요, 그렇죠?"

"그럭저럭 끝났소."

그리핀이 대답했다.

노대의 마룻바닥 아래서 작은 골동품 상자를 찾아냈다. 스콧이 찾아낸 황동 열쇠가 꼭 맞았다. 상자 안에는 딜런의 탐욕에 대한 자세한 내용이 들어 있는 작은 디스켓이 있었다.

디스켓은 정말 요긴했다. 횡령 내용을 속속들이 파헤치기 위해서 스
콧의 법률가뿐만 아니라 회계팀이 전부 모였지만, 딜런의 장부 조작 기
술이 너무나 교묘해서 작업이 쉽지 않았다. 그는 어떠한 증거도 남기지
않고, 수년 동안 2백만 달러의 돈을 횡령했다. 스콧이 한 사람에게 너무
많은 권한을 쥐어 준 대가를 치르는 셈이었다.

게다가 계획이 너무 치밀했기 때문에 개인적으로 자세한 내용을 기록
해 놓을 수밖에 없었다. 자기 습관에 대한 대가를 스스로 치른 것이다.
딜런이 말한 것을 참고삼아서 캐롤라인이 그가 한 짓을 발견했다는 사
실을 충분히 짐작할 수 있었다. 애인 사이가 된 이후로, 자주 딜런의 방
에 드나들다가 우연히 그 사실을 알아낸 게 분명했다.

그 디스켓을 손에 넣은 그녀는 어마어마한 횡령을 깨달은 즉시, 스콧
에게 갔어야만 했다. 아니면, 그리핀에게 갔어야 했다. 그녀가 그렇게 하
지 못했던 이유는 뻔했다.

딜런은 캐롤라인이 매우 겁을 먹도록 협박하고 있었다. 어떤 협박을
했는지, 아니면 정신적으로 압박을 가한 것인지는 모르겠지만 그는 완
전히 그녀를 구속하고 있었다. 애인이 폭력을 휘두르기 때문에 어떤 조
치를 취하려면 용기가 필요했을 것이다.

캐롤라인은 충고나 도움을 받기 위해서 차례로 과거의 애인들을 찾아
갔지만 때가 다 안 좋았다. 항상 적당치 않은 시간에, 적당치 않은 사람
을 찾아간 것이다. 캐롤라인은 딜런과 관계가 있다는 사실을 스콧에게
알리고 싶지 않아서 남편에게는 가지 못한 것 같다.

결국 그리핀에게 디스켓을 주기로 결심했다. 보안관만이 이 일에서
자신을 구해 줄 수 있다고 믿었던 것이다. 캐롤라인은 그리핀에게 쪽지
를 보내고 디스켓을 가지러 노대에 갔다.

여름 감기에 걸려 있던 리건이, 자기 방의 침실 창문으로 엄마가 노
대에서 나오는 것을 봤다. 그리고 엄마의 얼굴에서 공포와 고통의 빛을
읽었다. 어린 딸은 엄마 몰래 노대에서 상자를 꺼낸 것이 잘못이었다는
것을 깨닫고 죄책감에 사로잡혔다. 그날 이후, 리건은 결코 엄마를 다시

볼 수 없었다.

마지막에 딜런이 한 말 때문에 나머지 부분들도 잘 풀어낼 수 있었다.

조안나와 스콧, 그리고 그리핀이 들은 말은 범죄 고백이었다. 딜런은 로버트 버틀러를 사고로 죽였다고 했고, 앰버 웨이드는 살해했다고 했다. 마침내 슬픔에 잠긴 앰버의 부모에게 딸이 죽은 이유를 설명해 줄 수 있었다.

구조대가 날카로운 바위에서 딜런의 시체를 끌어 올리는데 두 시간이나 걸렸다. 삽시간에 소문이 돌아 클리프 사이드 전역에 소문들이 무성했다. 안개비가 계속 내리고 있었음에도 불구하고 호기심 많은 사람들이 절벽으로 몰려들었다. 얼마 안 지나자 많은 사람들이 처음부터 자신은 딜런이 의심스러웠다고 수군거리기 시작했다.

그리핀은 케인에게 연락을 받고 그가 거짓말을 한 이유를 알게 되었고 다소 씁쓸한 어조로 케인에게 사건의 결과를 알려 주었다.

조안나는 그날 나머지 시간을 모두 그리핀 곁에서 보냈다. 그렇게 하고 싶기도 했고, 그리핀이 자신의 놀란 맥박과 혈압이 정상으로 돌아올 때까지 곁에 있어달라고 부탁했기 때문이다. 조안나는 자신이 딜런의 네 번째 희생자가 될 뻔한 사실에 그가 심한 충격을 받았다는 사실을 알고 있었기에, 자신은 멀쩡하다는 것을 확인시켜야 했다.

이상한 일이었지만 조안나는 정말 괜찮았다. 나중에는 결국 죽음을 맞게 된 미친 남자가 겨누는 총 앞에 서 있었다는 사실이 썩 유쾌한 경험은 아니었지만, 아주 침착했고 평온했다. 만족감뿐만 아니라 문제가 해결되었다는 성취감에 들떠 있었다.

모든 일이 끝났다. 마침내 끝이 난 것이다.

리사는 침실 문간에 서서 스콧이 새근새근 자는 딸 옆에 앉아 있는 것을 조용히 지켜보고 있었다. 그는 고개를 숙이고 딸의 작은 손을 잡고 있었다. 다른 손으로는 리건의 이목구비를 구석구석 살피는 것처럼 얼굴을 정성스럽게 쓰다듬었다. 그는 딸의 손을 이불 아래로 넣어 주고 리사를 바라보았다.

리사는 기다리고 있었다.

복도는 어둠에 휩싸여 있었고, 리건의 방안에 켜진 램프 불빛만이 따뜻하게 원을 그리면서 딸과 아버지를 비추고 있었다. 그는 두 시간 동안이나 리건의 침대 옆에 꼼짝도 않고 앉아 있는 중이다.

"난 리건을 혼자 남겨 두고 싶지 않소."

스콧이 말했다.

리사가 고개를 끄덕였다.

"의사가 약을 먹었기 때문에, 리건이 밤새도록 푹 잠을 잘 것이라고 말했어요. 그러니까 걱정 말고 내려가서 뭘 좀 먹어요, 암스 부인에게 당신이 먹을 음식을 오븐에 넣어 따뜻하게 데워 놓으라고 말했어요."

스콧은 리건을 돌아다보면서 주저하다가 고개를 끄덕이면서 복도로 나왔다. 주방으로 가면서 스콧이 물었다.

"암스 부인은 어디 있소?"

"자기 방에 있어요. 필요한 것이 있으면 부르겠다고 했어요. 부인도 꽤 충격을 받았어요, 딜런을 좋아했거든요."

스콧은 얼굴을 약간 찌푸리면서 리사를 바라보았다.

"당신은 어떻소?"

리사는 미소를 지어 보였다.

"난 괜찮아요, 물론 충격은 받았지만요. 딜런을 오랫동안 알고 있었거든요……. 아니, 알고 있었다고 생각한 거겠죠. 그나저나 지금 돌고 있는 소문이 사실인가요? 그 모든 죽음의 책임이 모두 딜런에게 있는 건가요?"

아무 말도 해주지 않았는데, 리사가 알고 있다는 사실에 그다지 놀라지 않았다. 아마 누군가 리사나 가정부에게 전화를 한 것이 틀림없었다.

"그렇소."

스콧이 대답했다.

"캐롤라인은 딜런 때문에 겁을 먹고 통제력을 잃어서 사고가 난 거요.

로버트 버틀러는 딜런과 싸우다가 절벽으로 밀려 떨어졌고, 앰버는 딜런이 총을 가지고 있는 것을 보았기 때문에 입막음으로 살해당한 거요.”
“세상에.”
리사는 고개를 흔들었다.
“그리고 당신한테서 엄청난 돈을 횡령했다구요?”
스콧이 어깨를 으쓱해 보였다.
“그것은 딜런이 저지른 죄 가운데 가장 보잘 것 없는 죄요. 만일 횡령만 했다면…… 그러나 살인은 잊혀질 수도, 용서될 수도 없는 일이오.”
리사는 스콧의 말에 동의했다. 주방에는 작은 식탁이 있었는데, 요리를 만들 때를 제외하고는 거의 사용하지 않는 식탁이다. 리사는 오븐에서 꺼낸 음식의 뚜껑을 열었다.
“암스 부인은 당신이 굶어 죽는 것을 바라지 않은 게 분명해요.”
“당신도 아직 저녁을 안 먹었잖소.”
스콧은 찬장에서 접시 두 개를 꺼냈다.
두 사람은 작은 테이블에 앉아서 조용히 음식을 먹었다. 전에는 느껴보지 못했던 친근한 감정이 느껴졌다. 리사는 이제 어떻게 해야 할지, 자신이 할 일이 더 남아 있는지 고민했다. 늘 그대로 따라하던 각본 같은 만남은 오래 전에 포기해 버렸다.
스콧이 오늘 얘기할 상대로 자신을 불렀다는 것과, 고통에 찬 딸을 찾으러 나가기 전에 자신의 충고를 들었다는 사실에 위안을 얻으려고 했다.
‘리건은 사랑을 필요로 하고 있어요. 스콧, 당신의 사랑을요. 당신은 오랫동안 리건을 제대로 볼 수 없었어요. 이젠 그 애와 대화를 하고 당신 딸에게 사랑한다고 말하세요.’
리건이 스콧에게 안겨서 들어온 걸 봐서, 어린 소녀는 기꺼이 아빠를 용서할 준비가 되어 있나 보다.
앞으로도 힘든 시간들이 남아 있을 것이다. 수년 동안의 무관심이 하루아침에 보상될 수는 없다. 리사는 이번 일로 스콧에게 연민을 느끼는 것만큼, 캐롤라인이 이 부녀에게 한 짓이 참을 수 없을 만큼 혐오스러웠다. 그녀는 이들에게 결코 지울 수 없는 상처를 남겼다.

자신의 잔인한 이기심 때문에.

"이제 캐롤라인을 떠나 보낼 때가 된 것 같소."

스콧이 반쯤 남은 포도주 잔을 보면서 불쑥 말을 꺼냈다.

"아니면, 걷어차 버리든가."

어느새 캐롤라인을 미워하는 자신의 마음을 그가 읽었지만 이번에 마음이 들통난 건 화가 나지 않았다.

"당신은 캐롤라인을 사랑했어요."

리사가 조용하게 말했다.

스콧의 시선이 리사에게서 떨어져내렸다. 그리고 건조한 미소를 지었다.

"난 캐롤라인을 사랑했소, 그렇지만 미워하기도 했소. 그리고…… 캐롤라인한테 지쳤소. 이건 정상적인 부부 관계가 아니오, 정상적인 결혼 생활이 아니었소."

"그렇다면 이젠 모든 것을 잊고 앞만 보고 가세요."

리사가 온화하게 미소지으며 덧붙였다.

"그래도 당신은 결혼 생활에서 굉장한 것을 얻었어요. 당신에게는 리건이 있다는 걸 잊지 말아요."

"리건을 완전히 돌려받는 데는 오랜 시간이 걸릴 거요. 그리고…… 노대에서 리건이 얼마나 많은 얘기를 들었는지 모르겠소. 조안나가 가능한 리건이 듣지 못하게 하려고 노력했지만, 아마 어느 정도는 들었을 거요. 지금은 이해하지 못하겠지만 그 얘기를 기억하고 있다가 나이가 들어 나한테 와서 엄마에 관해서 물을 거요."

"아마 그렇겠죠."

리사가 대답했다.

"그때쯤이면 우리가 사랑하는 사람들이 누구나 완벽하지 않다는 사실을 리건 스스로도 깨달을 거예요. 아무 문제없어요, 스콧."

스콧의 얼굴에 희미하게 미소가 떠올랐다.

"당신 말이 맞는 것 같소."

"물론 맞을 거예요. 내 말은 항상 옳았잖아요."

스콧의 손이 갑자기 식탁 위로 건너와 리사의 손을 잡았다.

"당신은 나를 잘 참아 주었소."

"글쎄요, 고된 하루였어요."

리사가 경쾌하게 대답했다.

스콧이 고개를 가로저었다.

"아니오. 오늘뿐만이 아니라 당신은 그동안 나를 잘 참아 주었소."

당혹감에 리사는 이 상황을 피하고 싶었다. 무거운 주제에서 벗어나고 싶었지만, 지금이 스콧과의 관계를 전환시킬 수 있는 중요한 순간이다. 만일 여기서 물러난다면, 다시 일상적이고 무미건조한 관계가 될 것이다.

그러다 결국은 스콧을 잃게 되겠지.

그녀는 심호흡을 하고 침착하게 말하려고 애썼지만, 목소리는 의지와는 상관없이 흔들리고 있었다.

"내 나이 서른 다섯에 첫사랑을 하게 되었어요. 만약에 당신이 날 사랑하지 않는다면, 나의 감정에 연연할 필요는 없어요. 내 아픔을 달래려고 노력할 필요도 없구요. 그리고 괜한 일에 참을성을 발휘하지는 말아 줘요."

스콧은 리사의 고백에 놀라지도 않고 미소를 지어 보였다. 그의 눈동자는 부드러웠고 오히려 기뻐하는 것 같았다.

"한동안 여러 가지 일로 어려울 거요."

스콧이 조용하게 입을 열었다.

"특히, 리건 일로 힘이 들 거요. 딸애는 나와 좀더 많은 시간을 함께 할 필요가 있소. 이해하겠소?"

"물론이에요."

"그럼 그때까지 좀더 나를 참아 줄 수 있겠소? 여러 가지 문제를 해결하고 내 딸을 다시 알 수 있는 시간을 줄 수 있겠소?”

리사는 손등을 감싸쥐고 있던 스콧의 손을 잡고 신뢰어린 미소를 지어 보였다.

“당신이 필요한 만큼 드릴게요. 난 어디에도 가지 않아요.”

스콧은 의자를 밀어내고 일어섰다. 여전히 리사의 손을 잡은 채 고개를 숙여 키스를 했다. 가벼운 키스였지만 진실된 마음이 담겨 있었다.

“고맙소.”

“이제 리건에게 돌아가야죠. 난 여기를 깨끗이 치우고 나서, 집으로 돌아갈게요.”

스콧이 잠시 머뭇거리다가 입을 열었다.

“괜찮다면 이 집에 있었으면 좋겠소. 당신이 곁에 있으면 기분이 훨씬…… 나아질 것 같소. 틀림없이 소문이 날 테지만…….”

“소문 걱정은 하지 말아요.”

리사가 대답했다.

“암스 부인한테 당신은 리건과 함께 있을 것이고, 나는 일이 있어서 여기서 자고 갈 것이라고 말하면 돼요. 손님용 침실 대신에 안락한 소파에서 자도 되니까 너무 걱정하지 말아요.”

스콧은 고개를 끄덕이고 나서 리사의 뺨을 살며시 쓰다듬었다.

“고맙소.”

스콧은 다시 한번 고맙다고 하고는 자고 있는 딸의 곁을 지키기 위해서 위층으로 올라갔다.

“별 문제는 없을 거요.”

그리핀이 말했다.

“내가 용의자를 쐈기 때문에 주경찰은 내 보고서를 보고 싶어하는 거요. 그렇지만 세 명의 목격자가 보는 앞에서 용의자가 고백을 했고, 안전장치가 풀린 권총으로 날 겨누고 있었기 때문에, 범인을 잡아서 축하한다는 말을 들을 것이 뻔하오.”

조안나는 그리핀과 벽난로 앞에서 두꺼운 퀼트 이불을 덮고 쿠션을 베고 있다가 진지한 눈으로 그를 쳐다보았다.

"혹시 딜런을 쐈다는 것 때문에 죄책감에 시달리는 건 아니죠, 그렇죠? 당신은 선택의 여지가 없었어요. 당신의 행동은 옳았다구요."

그리핀이 고개를 끄덕였다.

"난 딜런을 위해서 눈물을 흘리진 않을 거요, 조안나. 딜런은 이미 세 사람을 죽음으로 몰아넣었고, 당신과 리건도 죽이려고 했소. 그리고 나중에는 내게 총을 겨누고, 자기를 쏠 수밖에 없게 만들었지. 그가 자살할 위인이 아니라는 건 우리 모두가 알고 있잖소."

"나도 그렇게 생각해요."

조안나는 한숨을 쉬면서 포도주 잔을 옆에 내려놓았다.

"사람들이 캐롤라인에 대한 모든 일을 알게 된 건가요? 딜런과 애인 사이였다는 사실을 사람들이 알게 될까요?"

"내가 얘기하지 않으면 아무도 모를 거요."

그리핀은 잠시 생각에 잠겼다.

"나는 캐롤라인과 딜런이 그런 사이인줄 몰랐소. 어떻게 찾아냈는지는 알 수 없지만……, 그리고 알 필요도 없지만 그녀는 디스켓을 찾아냈소. 그리고 그 디스켓을 숨겼고, 딜런은 디스켓이 없어졌다는 사실을 알아내고, 캐롤라인을 협박하기 시작했소. 결국 사고로 그녀가 죽었고…… 그는 디스켓이 어디 숨겨져 있는지 여전히 못 찾았소. 그러던 중에, 당신이 나타나서 캐롤라인에 대한 질문을 하고 다니면서, 그를 초조하게 만든 거요. 당신이 우연히 디스켓을 찾아낼까 봐 두려웠던 거요. 그래서 두 번씩이나 죽이려고 했던 거고."

조안나는 희미하게 미소를 떠올렸다.

"또 다시 죽을 위기를 넘겼네요. 지금부터는 길 건널 때도, 숨 쉴 때도 조심해야겠는데요."

그리핀도 포도주 잔을 옆에 내려놓고 조안나에게 가까이 다가갔다. 그의 얼굴은 아주 진지했다.

"그런 말을 농담처럼 하지 마시오. 당신이 목숨을 여러 개 갖게 해달라고 내가 얼마나 빌었는지 하느님만은 알고 있을 거요. 제발 조심하오, 그럴 수 있겠소? 난 당신을 잃고 싶지 않소. 난 당신을 절대로 잃을 수 없소."

조안나는 그리핀의 목에 팔을 감고 손가락을 그의 검은머리 속에 파묻었다.

"당신 말을 따를 거예요."

조안나가 중얼거리면서 애원하는 듯한 표정으로 얼굴을 들었다.

그리핀의 욕망에 굶주린 입술 아래서, 그녀의 입술이 열렸다. 그리고 온몸이 뜨거워지는 것을 느꼈다. 아무 생각도 나지 않았다. 지금은 생각이 필요 없는 순간이기 때문이다. 온몸으로 느끼기만 할뿐 생각할 필요는 없다. 조안나는 벅차오르는 환희에 온몸을 맡겼다.

잠을 깬 것은 새벽이다. 그리핀은 조안나가 옆에 없다는 사실을 깨닫고 황급히 일어나 앉았다. 이불을 젖히고 일어서며 서둘러 운동복을 입었다. 어두운 거실로 나갔을 때, 차가운 기운이 느껴졌다. 안마당으로 나가는 문이 약간 벌어져 있는 것을 발견한 그리핀은 그제서야 안심이 되었다. 조안나는 밖에 있었다.

그녀는 퀼트 이불을 몸에 감고 있었다. 그리고 이불 아래로 자신의 셔츠 칼라가 나온 것이 보였다. 이불 안에 셔츠만 입고 있는 것 같았다.

그리핀이 밖에 나가서 조안나 옆에 있는 난간에 기대어 섰다. 한 손으로는 조안나의 등을 가볍게 위아래로 쓸었다.

"이렇게 밖에 있다간 몸이 얼겠소."

그리핀이 말을 건넸다.

차가운 새벽 기운에 그녀의 눈은 맑았고 뺨이 분홍빛으로 물들어 있었다.

"지난 모든 일을 되돌아보고 있었어요."

조안나가 중얼거렸다.

"특히 딜런에 관해서 생각이 많이 들어요. 사람이 왜 그렇게 된 거죠, 그리핀? 탐욕에 눈이 멀면 살인도 서슴없이 저지르게 되나요?"

"나도 모르겠소."

조안나가 한숨을 쉬자 입김이 하얗게 안개처럼 퍼졌다.

"너무 끔찍한 범죄가 세 명의 목숨을 빼앗았어요. 횡령한 사실을 감추기 위해서요. 돈은 그냥 돈일 뿐인데."

그리핀이 고개를 가로저었다.

"아니, 딜런에게는 단순한 돈이 아니었소. 그건 힘이었겠지. 그는 자신의 행동이…… 당연하다고 생각한 거요. 그의 생각으로 그 돈은 당연한 자신의 몫이었소. 자신이 원하는 것을 위해서 살인도 기꺼이 저질렀소. 딜런은 바보 같은 범죄자였소. 성공이란 것이 다른 누구보다 똑똑하고 돈이 많다는 것에만 집착하고 믿었으니까."

조안나가 약간 고개를 끄덕이고는 잠시 아무 말이 없었다. 조금 후에 그녀가 입을 열었다.

"이젠 모든 것이 끝났어요. 지난 밤에는 꿈도 꾸지 않았어요. 마침내 끝났어요, 그리핀. 공포도 긴박감도 모두 끝났어요. 그래도 완전히 혼자가 된 느낌은 아니에요, 캐롤라인은 사라졌지만요. 그래도 모든 것이 끝났다고 확신하고 있었어요."

조안나는 진지한 얼굴로 그리핀을 바라보자 그가 그녀의 뺨을 쓰다듬었다.

"기쁘군."

"캐롤라인이 사라질 때까지는 다른 어떤 것도…… 생각할 수 없었어요."

"알고 있소."

여전히 진지하게 조안나가 물었다.

"내가 당신을 사랑한다는 사실을 알고 있어요?"

그리핀의 얼굴에 서서히 미소가 떠올랐다.

"당신이 나를 사랑했으면 좋겠다고 생각했었소. 그 말을 들으려고 오래 기다렸소.”

“난 우선 캐롤라인을 머릿속에서 쫓아내야만 했어요.”

조안나가 설명했다.

“내 마음속에도 캐롤라인이 없다는 사실을 확신하오?”

“그렇게 믿어요.”

그리핀은 고개를 숙이고 천천히 키스를 했다.

“내 마음속에 캐롤라인이 있었던 적은 없었소.”

그녀의 입술을 쓸어내리면서 허스키한 음성으로 말했다.

“그렇지만 당신은 있소. 내 머릿속과 마음속에, 그리고 내 몸 깊숙이 당신을 나의 일부로 느끼고 있소. 당신은 항상 내 속에 있었던 것 같소. 당신을 사랑하오, 조안나.”

“나도 당신을 사랑해요.”

그리핀은 조안나의 얼굴을 쳐다보기 위해서 얼굴을 들었다. 그가 손가락 끝으로 부드럽게 뺨을 쓰다듬었다.

“들어가야겠소. 당신이 추워 보여.”

연인의 미소가 너무 사랑스러워서 그리핀의 심장이 멎을 것만 같았다.

“동이 트는 것을 보고 싶어요. 당신이 죽음의 공포를 일깨워 주지 않았다면 이 아름다움을 모를 뻔했어요. 우리 같이 봐요, 그리핀…… 너무 아름답죠?”

조안나에게서 눈을 떼기가 힘들었지만 순순히 수평선 너머로 시선을 옮겼다. 검은 어둠이 짙은 자주색으로 바뀌고 있었다. 머리 위쪽이 짙은 파란색으로 변하더니, 동쪽으로 갈수록 밝아졌다. 수평선 너머에서 곧 태양이 떠오를 것이다. 절벽에 부딪치는 파도가 노호하면서 울리고 있었고, 아침 공기에 짠맛이 배어든 습기가 실려 왔다.

그리핀은 심호흡을 하며 말했다.

“나는 이곳을 처음 보는 순간 좋아하게 됐소.”

“나도 그래요.”

조안나가 다시 그리핀을 향해서 편안한 미소를 지어 보였다.

"곳곳에서 어둠과 긴장을 보았기 때문에 깨닫지 못하고 있었을 뿐이에요. 내 마음속 깊숙한 곳에서는 이곳이 아름다운 고장이라는 것을 느끼고 있었어요."

"그렇다면 이곳에서 삽시다, 나와 함께 말이오. 결혼해 주시오."

그리핀은 이렇게 서둘러 결혼 신청을 할 생각은 아니었다. 하지만 지금 말해야 한다는 생각이 들었다.

"당신이 많은 것을 포기해야 한다는 사실을 알고 있소, 조안나. 그렇지만……."

조안나의 손가락이 가볍게 그리핀의 입술에 와서 닿았다.

"내가 잃을 것이 뭐가 있겠어요? 도시요? 난 도시를 원하지 않아요. 가족이요? 사라 아주머니가 나의 마지막 가족이었어요. 친구요? 새로운 친구는 만들면 돼요."

"조안나……."

"당신을 사랑해요, 그리핀."

그녀가 부드럽게 말했다.

"여기서 당신과 함께 있는 것보다 더 중요한 일은, 이 세상에 아무것도 없어요."

그리핀은 깊게 숨을 들이쉬었지만 가슴속에서 느껴지는 달콤한 통증을 감출 수는 없었다. 그는 감격에 겨워 조안나를 끌어안았다.

"후회하지 않게 하겠소, 조안나. 약속하오."

"나도 약속해요"

서로를 바라보는 두 사람의 미소가 이 아침의 태양보다 훨씬 더 환하게 빛나고 있었다.

"비록 내 자신도 인정할 수 없는 일이었지만, 당신을 처음 보는 순간 사랑하게 되리라는 걸 알았어요. 그리고 애틀랜타로 돌아가지 않을 것이라는 사실도요, 혹시 쫓겨난다면 모를까."

"당신은 마법사요."

그리펀이 허스키한 음성으로 말했다.

"난 정말이지, 운이 좋은 여자예요."

그리펀은 자신이야말로 행운아라고 생각했지만, 굳이 조안나와 다투지 않고 그녀를 안아 올려 따뜻한 침대로 데려갔다.

에필로그

조안나는 정확히 2주일 후에 클리프 사이드로 다시 돌아왔다. 밝은 햇살이 내리비치는 10월 중순의 화요일, 마을 북쪽에 있는 오래된 교회를 향해서 그리핀과 함께 걸어가고 있었다.

그는 교회 옆에 아름다운 철문이 있는 곳까지만 조안나와 함께 걸어갔다. 그리고 그녀가 들어갈 수 있도록 문을 열어 주었다.

"정말 내가 같이 안 가도 괜찮겠소?"

조안나는 그리핀을 향해서 상큼하게 미소를 지었다.

"정말 괜찮아요. 내가 해야 할 일인 걸요."

"알았소."

그는 설명하지 않아도 이해한다는 표정을 지으며 고개를 숙여 조안나에게 가볍게 키스했다.

"여기서 기다리겠소. 약속을 기억해요, 십오 분이오."

"오래 걸리지 않을 거예요."

조안나는 마을의 가장 오래된 공동묘지 안으로 들어가서 깔끔하게 정돈된 자갈길을 따라 걸었다. 클리프 사이드의 다른 땅들처럼 이곳도 잘 정돈되어 있었다. 거대한 참나무 때문에 그늘이 진 곳 빼고는, 대부분 양지바른 곳이다. 이곳에서는 바다가 보이지 않았지만 지구의 맥박처럼 바다를 느낄 수 있으리라. 죽은 사람들이 편안하게 쉬고 있는 곳이지만 이상하게 생명력이 느껴졌다.

조안나는 지금까지 이곳에 오는 것을 피해 왔었고 생각하는 것조차 꺼려했었다. 왜냐하면, 그동안 캐롤라인과 형성된 유대감이 산 자와 죽은 자를 구분하는 묘지와 비석으로 끊어져 버릴까 봐 두려웠기 때문이다.

하지만 오랫동안 유지되었던 유대감은 이제 사라져버렸다. 그런 느낌은 스쳐지나가는 기억일 뿐이다. 그녀와 작별 인사를 할 때가 온 것이다.

그녀의 묘지는 다른 묘지들처럼 아주 깔끔하게 정돈되어 있었다. 풀은 짧게 베어져 있었고, 10월이었는데도 싱싱한 녹색으로 빛났다. 대리석으로 만들어진 비석도 말쑥하게 다듬어져 있었다. ‘캐롤라인 더글러스 맥케나’ 태어난 날짜와 죽은 날짜가 또렷하게 새겨져 있었다.

캐롤라인은 30년도 채 살지 못했고 마지막 10년 동안은 스스로 자신의 인생을 지옥으로 만들었다. 그렇지만 스콧은 ‘사랑스러운 아내이자 어머니’라고 새겨놓았다. 조안나는 전통과 남들이 보는 이목 때문에 비석에 그렇게 새겨놓은 것이 아닐까 하는 의문이 생겼다.

불쌍한 캐롤라인. 그녀는 자신이 놓쳐 버린 것을 영원히 알지 못한 채 세상을 떠났다.

“당신은 이런 것을 좋아하지 않을 것 같군요.”

조안나는 허리를 구부려 꽃다발을 깔끔하게 정돈된 무덤 위에 놓으면서 대화하듯이 말했다.

그래야 될 것 같은 느낌이 들어서 큰 소리로 말했다.

“나는 당신의 인생에 있어서 그나마 사랑으로 남았던 남자에게서 장미꽃을 가져왔어요, 캐롤라인.”

조안나는 비석을 바라보았다. 딸을 구하기 위해서 죽어 가면서도 도움을 요청한 여자, 복잡한 여자라고 생각했던 그 이름을 한자씩 유심히 훑어보았다.

"당신은 리건이 위험에 빠져 있다는 사실을 알고 있었어요, 그렇죠? 아마 마지막 순간에 리건이 상자를 발견한 것이라는 사실을 깨달은 것이겠죠. 아니면…… 그 애가 도움을 필요로 하는 것을 알고 있었어요. 딸애가 디스켓을 가지고 있다는 사실을 딜런이 알면, 위험에 처할 것이라는 사실이 뻔하니까요. 그렇죠? 캐롤라인, 당신은 결국 남편에게 한 일을 후회한 거죠? 딸에게 아빠를 돌려줘야 한다고 깨달은 거죠?"

물론 대답은 없었지만 조안나는 큰 소리로 중얼거리는 것을 멈추지 않았다. 그리고 이번 사건에서 가장 피하고 싶었던 일들을 마무리 지으려고 노력했다.

"당신이 몇 가지 일들을 후회하고 있다고 생각해요, 캐롤라인. 리건을 보호하라고 나를 이곳에 보냈을 뿐만 아니라, 당신이 만든 상처들을 치유해 달라고 나를 이곳으로 불렀던 거예요. 스콧은 이제 리건이 자기 딸이라는 진실을 알고 있어요. 아담은…… 고백할 수 있는 기회를 가졌고, 그리핀도 이젠 당신 죽음에 대해서 죄책감을 느끼지 않게 되었어요. 진실이 밝혀졌기 때문에, 모든 마을 사람들의 상처도 서서히 나아지고 있어요. 나는 당신과 버틀러의 죽음이 모든 사람들에게 충격을 주었다고 생각해요. 그러고 나서 당신과 많이 닮은 내가 나타나서, 당신에 대해서 묻고 다니자 긴장감이 더해 갔던 거예요. 그리핀도 그랬고, 마을 전체가 긴장감에 휩싸였죠. 내가 이곳에 온 이유는 사람들에겐 여전히 미스터리일 테지만, 나를 경계했던 사람들조차 지금은 미소를 지으면서 친절하게 대해 줘요. 참 좋은 마을이에요, 캐롤라인. 난 이곳을 좋아해요."

조안나는 팔짱을 끼고 서서 슬픈 얼굴로 비석을 내려다보았다.

"당신과 나, 우리가 서로 많이 닮았다고는 생각이 안 들어요. 나는 이곳에 와서 발견한 당신의 많은 부분들이 마음에 썩 든다고 말할 수 없네요, 그렇다고 당신을 미워하진 않아요. 당신도 어쩔 수 없었을 텐데 미워해서 무슨 소용이 있겠어요? 그렇지만 당신의 인생이 내게 좋은 인상으로 다가오진 않아요. 사실, 좀 수치스러웠어요. 동정받는 걸 싫어할 것 같아서 연민을 느낀다고 말하진 않겠어요. 그렇지만 나는 희망하고…….”

난 과연 무엇을 바라고 있었을까? 가볍게 한숨을 쉬었다.

“날 이곳으로 불러 준 것을 기쁘게 생각해요, 캐롤라인. 당신을 도울 수 있게 되어서 기뻤어요…… 때로는 미칠 것 같았고, 겁을 먹기도 했지만 말이에요. 내가 유감스럽게 생각하는 건 앰버예요. 그리핀은 내 탓이 아니라 전부 딜런의 탓이라고 말했지만, 앰버한테 생긴 일은 나도 책임이 느껴져요. 앞으로 죄책감을 이기는 법을 배워야겠죠. 그것이 이곳에서 살기 위해서 내가 지불해야 할 대가인 것 같구요. 당신 딸은 잘 있어요. 리건과 스콧이 서로 진실로 믿고 사랑하기까지는 아직 갈 길이 멀지만, 시작은 아주 좋아요. 어제 리건은 차를 타고 시내에 왔었고…… 당신이 죽고 처음으로 차를 탄 거예요. 모든 사람들이 리건을 보고 자기 일처럼 기뻐했어요. 그리고 당신이 들으면 좋아하지 않을 테지만, 스콧은 아마 리사와 결혼할 것 같아요. 리사는 모든 면에서 그를 도와주고 있어요. 당신도 스콧을 위해서 당연히 기뻐해 줘야 해요, 캐롤라인. 그는 당신을 사랑해요, 물론 알고 있겠죠? 아무리 당신이 가혹하게 대했어도 당신을 사랑했어요.”

조안나는 말을 하다가 생각에 잠겨 얼굴을 약간 찌푸렸다.

“이건 내 생각이지만, 당신은 스콧이 자신한테 주었던 물질적인 것에 불만이 있던 게 아니에요. 나는 처음에 둘의 관계가 왜 잘못된 것인지는 몰라요. 당신의 천성이 스콧을 냉정하게 만들었건, 아니면 스콧이 자신의 감정을 잘 표현하지 못했기 때문에 당신이 불행했건, 자세한 건 잘 모르겠지만 당신은 헌신적인 사랑을…… 필요로 했어요. 내가 안타까운 점은 당신이 세상에서 가장 아름답고 숭고한 감정을 놓쳤다는 거예요, 캐롤라인.”

조안나는 잠시 말없이 있다가 씁쓸한 미소를 지었다.

"난 알아요, 당신이 내 동정을 바라지 않는다는 걸요. 이제 당신이 평화로운 휴식을 취하길 원해요. 리건을 잘 돌볼게요, 약속해요. 잘 있어요, 캐롤라인."

조안나는 몸을 돌려 교회로 뻗어 있는 길을 따라 걸어 내려왔다. 모든 것이 만족스러웠고, 비로소 모든 일이 깨끗하게 마무리졌다는 느낌이 들었다.

사랑하는 남자가 교회 문 앞에서 기다리고 있는 것이 보였다. 자신과 두 눈이 마주친 그리핀의 눈동자가 반짝반짝 빛났다. 서둘러 걸음을 재촉했다. 지금 이 순간, 너무 행복해서 가슴이 터질 것 같다.

조안나는 뒤돌아보지 않았다, 다시는 돌아보지 않았다. 과거는 끝났기 때문이다.

오직, 현재만이 중요하다. 그리고 앞으로 살아보지 못한 무궁무진한 미래가 우리 앞에 펼쳐져 있다.

< 끝 >

Iris Johansen

Pegasus Series

아름다운 전설

보기 드문 독특한 아름다움을 지닌 노예 소녀 상치아와
윈드 댄서 조각상을 지키려는 이탈리아의 귀족 리온의 만남은
그대로 하나의 아름다운 전설이 된다.

진채은 옮김 / 488면 / 8,500원

베르사유의 전설

18세기의 프랑스, 윈드 댄서는 마리 앙투아네트의 궁정에 놓여
있었다. 무자비한 사업가 장 마르크 안드레는 반항적인 줄리엣의
도움으로 윈드 댄서를 되찾으려 노력하는데……

나채성 옮김 / 528면 / 8,500원

페가수스의 전설

케이틀린은 모든 사람을 매혹시킬 향수를 개발했다. 하지만
알렉스를 향한 열정이 그녀의 모든 인생과 꿈을 빼앗을지도 모를
위험에 처해 있다. 이제 모든 것을 걸고 모험을 시도해 볼 때다.

나채성 옮김 / 544면 / 9,000원

운명이 가르쳐 준 사랑   DARK RIDER

1806년 하와이 섬, 원주민들과 함께 자유로운 생활을 즐기던
카산드라 드빌은 낯선 영국 배의 입항으로 알 수 없는 위험과
새로운 운명을 예감한다.

남석우 옮김 / 528면 / 8,500원

사랑을 기다리는 여자   LAST BRIDGE HOME

존 산델, 그는 자제력이 강하고 많은 비밀을 가진 남자이다.
또한 여자의 영혼을 온통 흔들어대는 놀라운 능력의 소유자다.
이런 그에게 중요한 임무가 생겼다. 한 여자를 구출하는 것……

류정민 옮김 / 272면 / 6,800원

“늦은 오후에 당신이 아만다 퀵의 책을 손에 들었다면,
아마도 그 책에 당신의 밤을 저당잡힐 것입니다.”
- The Denver Post -

더 이상 필적할 만한 상대가 없는 역사 로맨스의 거장
아만다 퀵의 최신작!

양아버지의 가증스런 음모에서 간신히 벗어난
샤롯데 아켄데일은 남자를 믿지 않았다. 그녀는 결혼을 앞둔
여자들을 위해 상대 남성에 대한 조사를 해주는 일을 하면서
더욱 남성에 대한 불신을 쌓아간다.
그러나 그녀의 그런 경험에도 불구하고
벡스터 세인트 아이브스 같은 남성은 예상치 못했는데……
그는 처음 본 순간부터 그녀의 정부가 되기로 결심한다.
샤롯데의 최근 고객의 살인자에 대한 조사를 해가며
그들은 서로에 대한 열정을 키워갔고
살인자의 마수의 손길은 시시각각 다가오는데……

▶ 7월 출간 예정